中国民间文化遗产抢救工程
中国民间文化遗产抢救工程
FOLK CULTURAL HERITAGE
SOS

中国民间故事全书

吉林·铁东卷（下）

《中国民间故事全书》系国家社科基金特别委托项目中国民间文化遗产抢救工程系列成果之一

文化部与中国文联共同主办的中国口头文学遗产数字化工程系列成果之一

中国文学艺术基金会资助项目成果之一

「十一五」期间国家重点图书出版规划书目

总　主　编　　白庚胜

本卷主编　　李春彦　　高志明

全国百佳图书出版单位

知识产权出版社

中国民间故事全书总编辑委员会

中国民间故事全书四平市铁东区编委会领导成员

春天的故事（代总序）

白庚胜

对于中华民族来说，21世纪是与中国民间文艺保护的春天一起来到神州大地的。

正如20世纪新中国历史开篇注定要从知识界对民间文艺的关注及其从中寻找现代化的资源与动力开启那样，经济全球化背景下的中国精英阶层乃至普通群众，在新纪元伊始之际亦把深沉的目光投向了中华大地上五千年积淀丰厚的民间文艺遗存：几多焦虑，几多审视，几多期待……

辛巳之春，在送走整整一个世纪的痛苦与欢乐、牺牲与胜利之后，随着4月的和风一寸寸染绿京城的街头，中国民间文艺家协会终于完成了新统帅部的组建，并在冯骥才主席的倡导下作出了用10年时间在全中国境内实施"中国民间文化遗产抢救工程"的战略决策。其内容是对960万平方公里土地上56个民族的民间文化作一次"地毯式"的大普查，最终编纂出版县卷本《中国民俗志》（3 000卷）、省卷本《中国民间美术图录》（31卷）、专题集《中国木版年画集成》（20卷）、《中国剪纸集成》（50卷）、《中国唐卡集成》（20卷）、《中国古村落民居集成》（50卷）、《中国服饰集成》（60卷）、《中国彩塑集成》（10卷）、《中国民窑陶瓷集成》（10卷）、《中国皮影集成》（10卷）、《中国民间杰出传承人集成》（100集）、《中国史诗集成》（300卷）、《中国民间叙事长诗集成》（500卷），并命名一大批民间艺术家，建立一系列民间文艺之乡与民间文艺保护基地、传承基地，建设民间文艺数

据库。其目的，不外乎是固守中华文明根脉、传承中国文化薪火。

想当初，没有上级的指示，没有企业的支持，没有出版社的承诺，一切都只是一个发生在初春里的梦。于是，多少赞叹如春潮涌起，多少怀疑似涛声依旧，多少讥讽穿行在街巷，多少风险横陈于前路。但是，紧迫感、责任心使我们义无反顾，民间情怀、国家利益令我们坚定前行，中国民间文艺家协会众志成城，誓将梦想化现实。

由于顺应了发展多元文化的时代潮流，也顺应了弘扬民族精神、实现中华复兴的党心、民意，春天的梦想一天天成长：在党的"十六大"报告明确提出要扶持优秀民间文艺及国家级大型文化工程之后，中宣部决定襄助中国民间文艺家协会主持实施的中国民间文化遗产抢救工程。在获得民间文艺界前辈贾芝、冯元蔚诸先生的全力支持后，中国民间文化遗产抢救工程新闻发布会于2003年2月18日在人民大会堂举行，中国民间文化遗产抢救实施工作会议于2003年3月25日至26日在北京正式召开，第一批实施省区及专项随之开展行动。

作为主干项目，编纂出版包括《中国民间故事全书》在内的"中国民间文学全书"从中国民间文化遗产抢救工程动议之初就被提到了议事日程。这是因为：作为这项工作重要基础的"中国民间文学三套集成"工作的组织系统仍然存在；其省卷本编纂工作仍在进行；大多数地区都已编定有关县卷本。我们相信，它定能成为中国民间文化遗产抢救工程的第一批收获。

难忘啊，从1984年起，中国民间文艺家协会（当时称中国民间文艺研究会）曾先后动员200多万名民间文艺工作者从事有史以来规模最大的民间文学普查，先后收集到40亿字的文学资料。其中，包括184万篇民间故事，302万首民间歌谣，748万条谚语，各种专集4 000多种。这是一笔多么丰厚的遗产！如今，作为这项工程的最终成果《中国民间故事集成》《中国歌谣集成》《中国谚语集成》省卷本的编纂出版正在接近尾声，而曾经主持这项工作的钟敬文、马学良、姜彬等领袖人物却长眠大地，再也看不到这赏心悦目的收获，还有许多民间文艺传人早已作古化春泥，许多"三套集成"工作者从"青青子衿"变成了"白发老翁"。面对这一切，除了继续做好"三套集成"省卷本的后续工作之外，我们还有什么理由能够拒绝编纂出版他们苦苦收集到的民间文学原始资料？

怀着如火燃烧的激情以及对民间文艺事业的忠诚，我们经过两年多的准备，于2004年4月正式启动《中国民间故事全书》专项。那时的杭州，正是"江南草长，落英缤纷，群莺乱飞"，一派明媚的春光。

在实施这项工作的过程中，多少感人的故事就发生在我的身边：中国民间文艺家协会主席冯骥才先生以他作家的情怀与文化领袖的睿智，始终坚持将包括《中国民间故事全书》在内的"中国民间文学全书"编纂出版工作纳入中国民间文化遗产抢救工程，并具体过问它的体例设计、出版、文本审定、封面设计，真正做到了事无巨细、精益求精，自己的文学创作却因此被束之高阁；杨亮才先生是中国民间文艺界的老同志、老领导，他不仅参与了中国民间文化遗产抢救工程的全部策划，而且还主动承担了《中国民间故事全书》的整体设计、并不顾七旬高龄奔走于湖北、云南、山东、河南、河北等地摸底游说，直至回老家部署大理白族自治州12卷示范本的编纂工作；赵寅松是白族文化专家，他任所长的大理白族自治州白族文化研究所并不从属于文联系统，但他在得知中国民间文艺家协会正在主持实施中国民间文化遗产抢救工程后主动请缨，不仅承担了《云南甲马集成》大理部分的编纂工作，而且还以极快的速度、较高的质量完成了《中国民间故事全书》大理白族自治州12卷示范本的编纂工作。他说："抢救遗产不分内外，保护文化岂等文件经费！"这是他

的心声，也是全中国民间文艺工作者的深愿；与赵寅松先生一道为示范本的编纂作出贡献的还有湖北省民协主席傅广典先生及宜昌市民协主席王作栋先生。在他们的主持下，"当阳卷"示范本的编纂亦高速优质，一锤定音。

随着河南信阳文联主席廖永亮、山东枣庄民协主席王善民、内蒙古民协主席那顺、中国民协副主席兼吉林省民协主席曹保明、江苏省徐州市民协负责人殷召义等先后加入到《中国民间故事全书》的编纂工作中来，早日高水平出版这些成果便成为当务之急。也就在这个时刻，经过不断磋商，我们最终与知识产权出版社喜结良缘。该社有胆有识的社长董铁鹰先生与总编欧剑先生、副总编王润贵先生决定投巨资以圆这套"全书"的出版梦。这使我们感到鼓舞，也更使我们坚信中国尚有出版家，而不仅有追逐名利的出版商！促成这段良缘的是一位名叫孙昕的年轻女士。她曾在 2002 年与 2003 年两次采访过我，以报道中国民间文化遗产抢救工程在无"红头文件"、无一分钱的背景下组织实施的壮举。那时，她是一名记者。2004 年，她从《中国知识产权报》转调到知识产权出版社后的第一件事，就是给我打电话了解这项工程的进展以及有关成果的出版问题。当她了解到我们虽已获中华书局斥资帮助出版《中国木版年画集成》、黑龙江人民出版社出资帮助出版《中国口头与非物质遗产推介丛书》，但《中国民间故事全书》出版维艰之后，决定向本社领导反映抢救工程面临的困难。对此，我心存疑，而被知识产权出版社的出版家们铁肩担大义，断然允诺。

这，都是发生在 21 世纪春天里的故事。

在这个春天里，我十分荣幸能成为中国民间文艺家协会最高统帅部的一名成员，并奉调协助冯骥才主席主持协会日常工作及中国民间文化遗产抢救工程的组织领导工作。可以说，这四年里，我是与中国民间文艺的梦想一起不断成长的。尽管衣带渐宽、双鬓初霜，我与我的同仁们却无怨无悔，抱诚守贞，一直执著于为祖国文化遗产的保护、传承、创新、发展而努力。这是因为我时刻听到来自田野的呼唤：暂先放下你的寸管，作民间文化遗产的抢救与保护；我亦不断被冯骥才主席对国家文化命运的关切所震撼：暂先离开你的书斋，走到人民群众中去。是的，暂先放下，是为了永远拿起——学术；一时离开，是为了不朽的存在——人民文化。

在这部洋洋 3 000 卷的《中国民间故事全书》即将问世之际，我觉得有必要对这项工作的缘起与经纬作一些简单的诠释。

关于名称 《中国民间故事全书》名副其实。它之所以以"中国"相冠，表明其中所收作品遍及内地及港、澳、台地区。港、澳、台地区民间故事作品入"全书"是藉台湾中国文化大学教授金荣华先生之力才得以实现的。这在"三套集成"时代是不可能、也是没有做到的；所谓"民间故事"沿用的是《中国民间故事集成》中所使用的广义性概念，它泛指一切散文体民间口头创作，包括神话、故事、传说之属；"全书"之称，因它基本反映了中国民间故事的基本情况而定，它的确在内容、形式、地域、民族、体裁、题材等方面都比较全面、客观。以它的编纂出版为标志，中国民间故事的形象将不再残缺星碎、模糊不清。

关于关系 中国民间文化遗产抢救工程与"中国民间文学三套集成"工作有千丝万缕的联系。我在中国民间文化遗产抢救工程工作会议上的讲话《精心组织实施、全面开拓创新》中即已作过明晰的阐释："'抢救工程'与'中国民间文学三套集成'同是中国民间文艺家协会主持承办的民间文化工程。'抢救工程'是'三套集成'工作的一种继承与延续，也是对'三套集成'工作的一种拓展与深化、发展。两者之间既有联系、又有区别，但其抢救保护民间文化遗产的精神是一致的。在文学意义上，'抢救工程'是对'三套集成'的范围扩充，增加了史诗、民间叙事长诗；在艺术意义上，'抢救工程'增加了民间工艺美术，为'中国民间文艺十套集成'中缺少的相关部分作了'补天'；在文化意义上，'抢救工程'把'民俗文化'作为重点工作之一，力求一网打尽，理清了民间文学与民间艺术存在基础的关系。在'抢救工程'实施过程中，还将最终完成'三套集成'工作的遗留问题，不仅争取出版《中国民间文学集成》，还将对历时20年的'三套集成'进行总结、评奖，并探讨有关资料的活化与应用问题。"

也就是说，在最初的创意之中，周巍峙主席所主持的"中国民间文艺十套集成"工程之组成部分"中国民间文学三套集成"县卷本是拟在中国民间文化遗产抢救工程中以《中国民间文学全书》的形式加以编纂出版的。后来，由于经费方面的原因，不得不改弦易辙，决定先编纂出版县卷本《中国民间故事全书》，歌谣、谚语、史诗、民间叙事长诗等则留待今后再相机启动编纂出版。显然，《中国民间故事全书》的编纂出版并不是平地起高楼，也不是刻意另起炉灶，它基本属于"三套集成"《中国民间故事集成》县卷本资料的系统编纂出版。

关于原则 在2004年3月26日至28日召开的"中国民间文化遗产抢救工程推动会议"上，我受主席团的委托，作了《用优异的成绩编好〈中国民间故事全书〉》的报告，对编纂出版这部"全书"提出了以下原则：1. 分批实施、推进，用五年左右的时间完成全部编纂出版任务；2. 示范本先行，先编云南大理白族自治州12卷示范本及湖北省当阳示范本；3. 对未编过县卷本的地区进行普查并编纂县卷本；4. 对已编纂县卷本但未作过普查的地区进行普查，以补充原有县卷本资料；5. 对已作过普查并编有县卷本的地区进行补充调查，以丰富原有文本；6. 对已有少数民族文字县卷本进行翻译并补充有关资料，以编成汉语文县卷本；7. 制定体例及出版方案，进行统一编纂及集中出版；8. 成立从中央到省、市、县的四级领导小组、工作委员会、专家委员会领导此项工作。虽然进度不一，但一年多来这项工作始终是按此原则实际进行的。

关于动机 我们的最初动机是：1. 中国民间文化遗产抢救当然包括对民间文学的抢救，抢救性保护是一个永恒的话题；2. 大量的信息表明，由于种种原因，从 1984 年起被搜集到的民间文学资料正面临着各种厄运：或佚失无存，或藏诸私家，或变卖造纸，或鼠啮虫蛀，或风雨侵蚀，必须加大对它们的再抢救；3. 通过《中国民间故事全书》的编纂出版，为日后编纂出版《中国歌谣全书》《中国谚语全书》《中国史诗集成》《中国民间叙事长诗集成》等积累经验，并最终完成"中国民间文学三套集成"各层级卷本的全部编纂出版；4. 为方兴未艾的故事学、传说学、神话学及类型学、母题研究等提供最生动的资料，推动这些学科的发展进步；5. 强化民间故事作品的社会应用，使之在人文精神建设、学术建设、道德建设、和谐社会建设、文艺建设、文化产业建设等过程中发挥应有的作用……

亲爱的朋友，《中国民间故事全书》摆放在您的案头并正一天天增高的今天，也正是全中国民间文艺工作者为您祝福、供您享用的盛大节日。为了这一天，我们付出了我们应该付出的一切；为了这一天，我们为自己的正确抉择、坚定信念、审慎工作而感到自豪。

自豪，来自人民群众的伟大创造！

光荣，展示了精神家园守望者的无私与智慧！

我们确信，春天的故事永远没有结束，她只会延伸为一次又一次秋天的收获。

2005 年 8 月 13 日酷热中
于北京潘家园寓所

目　录

故　事

下　卷

笑　话

赎婆婆

很久很久以前，有这么娘俩，母亲叫苏巧云，四十多岁；儿子叫田牛，年龄二十。娘俩靠种一垧多地维持生活。

街坊王二嫂给田牛提了门亲，前屯老许家姑娘，叫许金凤。许金凤要了很多彩礼，娶儿媳妇，娘俩一时拿不出那么多钱，可又怕夜长梦多，于是苏巧云想出个主意来，自己改嫁要聘礼，再把这聘礼作为彩礼，给儿子娶媳妇。想到这，托人说媒，嫁给一个财主做小妾。

田牛结婚后，媳妇许金凤问："喂，咱娘到哪里去了？"田牛伤心地说："咱娘为了娶你，彩礼钱不够，只好改嫁了。"许金凤说："这事咋不早告诉我呢？我怎么能让娘走道呢？好像我这当媳妇的容不下老人似的，让外人笑话咱们，明天赶紧把老太太赎回来。"田牛为难地说："上哪借钱去啊？有钱的话娘就不走道了。"许金凤说："明天我就回娘家取钱去。"

第二天一大早，许金凤回到娘家，把情况跟父母一说，父母也同意女儿的意见，许金凤怕路上不安全，让哥哥陪她去一趟。许金凤回到家后，急忙把钱放到箱子里，就给哥哥做饭。哥哥说啥也不吃，说家里活忙，起身就走。许金凤见留不住哥哥，也就送出去了。

这笔钱放在箱子里的时候被邻居鞠凤双看见了，趁机给偷去了。这小子不仅是光棍一条，而且还是个好吃懒做的家伙。

田牛赶完活回来，问妻子说："金凤，钱拿回来了吗？"许金凤回答说："能不拿回来吗？不然怎么赎娘啊！"说着打开箱子去拿钱，掀开盖一看，钱没了，翻了个底朝上，怎么也没有找到。田牛开玩笑说："你是不是就想回娘家看看啊，何必骗我说回家取钱呢？"不管许金凤怎么解释，田牛说啥也不信。许金凤非常恼火，饭也吃不下去，水也不想喝，只是唉声叹气。婆婆没赎出，钱还丢了。

到了晚上，她拿了根绳子来到东山小树林里。大哭一场，找了棵歪脖树，搭上绳子，脑袋伸进绳套里，刚吊上，绳子就断了，回头一瞅，是个白发白胡子老头，站在身后，手里拿着把镰刀。许金凤说："这位大伯，虽然你好意救了我，可你不该救我，我好不容易才吊上。"老头手捋胡须微微一笑说："闺女啊，啥大不了的事，值得你寻短见呢？不妨说出来，也许我能帮上你什么忙也未可知。"

许金凤哭着把赎婆婆的钱被偷的事述说了一遍。老头笑着说："小事一桩，我给你一粒丹药。街坊邻居有生疔疮的人，就是偷你钱的人，这粒药你丢多少钱就卖多少钱。"

许金凤半信半疑，接过丹药，谢过老人，回到家里等待消息。没出三天，邻居鞠凤双右手生了疔疮，急忙找郎中医治，哪料越治越大发，右胳臂都抬不起来了，许金凤见时机已到，带着丹药来到鞠凤双家说明来意，鞠凤双说："嫂子，这丹药能不能便宜点？"许金凤说："一文不能少，如果你不买，我就卖给别人了。有位老神仙说：你的病不吃我的药，不出一个月急火攻心，必死无疑。"鞠凤双"扑通"一声跪在地上说："大嫂，我对不住你，你的钱是我偷的，我手长疔疮也是报应，我把钱还给你，你把药给我，以后我再也不干缺德的事了。"

夫妻俩用失而复得的钱把老太太赎回来后，一家人过上了幸福美满的生活。

讲　　述：王桂兰

记　　录：王忠和

采录时间地点：2000 年采录于铁东区山门镇

哥仨学艺

一家子哥仨，都长大成人了。他爹跟他们说："家有万贯，不如学手艺。有手艺在身，小偷偷不去，胡子抢不去。你们哥仨出外学一年半手艺，学啥手艺都行。"

哥仨出外各学各的手艺。老大学铁匠，老二学银匠，老三啥手艺不学，专门行善。

这一天，老三看见一个卖活狐狸的，有一个人花钱把狐狸买了，回去想要弄死，剥皮使用。老三就多花钱把狐狸买下，把狐狸放了。

老三不想学手艺只想行善。一天，他经过一个大院时，从院子里走出一个人来，对老三说："你买鸟放生，太好了。"这个人把老三让进院里，让老三在这里待了一年半，好吃好喝供着。

一年半过去了，该回家了，老三要回走。院子里的人对他说："看啥好拿点啥。"老三说："啥也没相中，就要那个宝葫芦头。"那人把葫芦头给了老三。

学艺从家走的那天，哥仨定好学艺回来在一个地方会合，再一起回家。老三走到这里把葫芦头一摇，要了一身要饭花子衣服，要了一根打狗棍子，他穿着要饭花子的衣服，挂着打狗棍子，在这等大哥、二哥。哥俩走过来看见老三穿着要饭花子的衣服，也没答理他。二哥说："你看老三都要饭了。"大哥说："别召唤他，看他那样吧！"哥俩走过去了。

老三看大哥他们走过去了，把葫芦头拿出来一摇，要了一辆小车子，还有不少护兵。老三坐在小车里，前跟后随走到哥哥跟前召唤开道，连车带人都过去了。把大哥二哥拉下一段路。老三下车后让葫芦头把小车子和护兵收回去，又要一身要饭花子衣服，又等两个哥哥过来。大哥、二哥走过来，看见老三在前边，二哥纳闷，说这老三咋走到咱俩的前边来了呢？大哥说："他那是抄小道走的，才走到咱俩的前头了。"

一连气三回，老三最先到家大门口，又管葫芦要一身要饭花子衣服，坐在大门口的石头上，大哥、二哥走到大门口也没理老三。进了院，老太太见大儿子、二儿子回来了，没见三儿子回来，她就问看见老三没有？大哥说老三穿一身要饭花子衣服，在门口坐着呢。这时候，老三也进院了。老三媳妇一瞅老三丢人样子，就哭了。嫁花子跟花子走，哭也不顶啥。老头问仨儿子出外都学啥手艺？大哥说铁匠，二哥说学银匠，老三说啥手艺也没学，要饭了。

哥仨回来不几天，有手艺在身的能挣钱了，跟要饭花子在一起也委屈，闹着要分家。分家先问老三都要啥？老三说："啥也不要，就要八亩地。"八亩地分给了老三，他领着媳妇上八亩地去了。老三媳妇也纳闷：老三不要房子，光要地可上哪住去。老三走了，她也得跟着走，走到八亩地当间，老三媳妇坐在地上哭着哭着睡着了。老三把葫芦拿出来，用手敲敲葫芦头，说："出四合院，丫环使女都有。"

不大一会儿，平地出来了四合房，丫环手端洗脸盆召唤老三媳妇："太太起来洗脸。"老三媳妇醒来没睁眼睛说："在露天地待着，洗啥脸哪！"老三让她睁开眼睛看看。老三媳妇把眼睛睁开一看，四合院套摆在面前。

大哥想看看老三上八亩地咋呆的，远远看见八亩地上出房屋了，烟囱还冒烟，他紧忙去告诉他爹。老头听了，说："真的假的？去看看。"家里人都上八亩地去看。

到那一看，可不是咋的，大院套大瓦房。大哥问老三："弟弟，这四合房咋来的？"老三没敢说实说，只说昨天晚上做个梦，就出来这些房子。大哥说用他分的房子跟老三换八亩地里的房子。老三不干，谁能用新房换旧房！大哥能粘牙，好说好歹把房子换了。

老三把新房倒出来给大哥住，老三搬到大哥的房子去住。

晚上睡觉，老三做个梦，梦见给他葫芦头的那个人对他说："你哥心肠不好，葫芦头不能在你手里搁着，怕让你哥哥知道了，给要去。我就要把葫芦头收回了。你先多要点金子、银子。"

　　第二天，老三管葫芦头要了些金子和银子。正好大哥来，看见了，他管老三要，还没等要到手呢，葫芦头没了，八亩地也是老三的，自己啥也没有了，大哥站在那傻了眼。

　　讲　　述：张素文
　　记　　录：齐学田
　　采录时间地点：1986 年采录于铁东区山门镇

半碗金豆子

有这么祖孙俩，奶奶领着孙子过日子。自打儿子儿媳妇死后，好不容易把孙子拉扯大，家里穷得连个饭碗都没有，天天吃饭使瓢。老太太挖了些黄泥，做了个泥碗，用火一烤非常结实，掉地上几次都没摔坏。

孙子长大后，挣钱买了几个碗，泥碗也就用不着了，老太太把泥碗擦得干干净净，放到柜子里。心想：再给孙子娶个媳妇，了去一份心愿，自己也该享清福了。

哪料没多久孙子娶了个媳妇，又馋又懒，对老太太百般虐待。嫌老太太脏，岁数太大，干不多少活，还能吃饭，在丈夫耳边说老太太坏话。日子久了，孙子的心也变了，把老奶奶撵到下屋去住。

一天，小两口收拾屋子，清理板柜里的东西，一眼发现泥碗在柜里。孙子生气地说："啥都留着，这老破泥碗要它干啥。"说着撇院外去了。老太太当宝似的又捡回来了，怕孙子再扔，就藏起来了。媳妇看不上老太太，经常对丈夫说："赶快把老不死的撵出去吧！再过几年，不但吃闲饭，还得搁人伺候她……"丈夫听了，起初没答应，时间长了，架不住妻子软磨硬泡，也就动心了。

一天，他对奶奶说："奶奶，我把你送到我姑姑家去吧，她家生活好，咱家挺穷的，吃不好穿不好，别在这儿遭罪了。"老太太一想，再继续待下去，没什么好日子过，走到哪也比这好受，于是随口答应了。

第二天，孙子把奶奶领走了。临走时，老太太包了几件衣服，又把泥碗放到包袱里。祖孙俩走到一座高山上，路旁有个好几丈深的大沟。孙子心想，这么大岁数了，到哪都是累赘，还不如早点死了，省得麻烦别人，他狠了狠心，将奶奶推进大沟里去了。

老太太醒来时，天已经黑了，什么也看不见，大呼："救命啊！救命啊！"哪里有人答应。她哭着骂自己孙子太狠心，竟把自己推大沟里去，没良心的东西。不管她怎么喊叫也没有用，哭着哭着睡着了。醒来时天已大亮了，她捧着那个泥碗，悲恨交加，伤心地又大哭起来。

这时有个王木匠，背着锛刨斧锯，正打这路过。听见沟里有哭声，就顺着哭声找去，一看是个老太太，便同情地把老太太拽了上来。问明了缘由，觉得老太太挺可怜的。自己也独身一人，不如当个娘养活，给自己看家望门有个照看，就跟老太太说："老人家，如不嫌弃，就到我们家去吧。我养你老，从今往后你就是我妈，我就是您儿子！"说完，给老太太磕了三个头，老太太求之不得，乐得嘴都合不上了，跟着木匠回家了。到家后木匠发现老太太拿着泥碗不撒手，可能是老太太的宝贝，小心翼翼地摆在地桌上。说来也怪，每到夜晚，泥碗就金光四射，里面有半碗金豆子，木匠把金豆子卖了，盖房子买地。没几年骡马成群，牛羊成帮，使奴唤婢，还经常周济附近百姓。人们都称王木匠为大善人。

老太太的孙子，整天好吃懒做，无所事事，没过二年，家产挥霍一空，夫妻俩端着碗到处讨饭。

一天，夫妻来到木匠家门口要饭，见着老太太非常面熟，到近前一看，原来是自己的奶奶，捂着脸抹身就走。奶奶也看出是孙子和孙子媳妇。见如此寒酸落魄，想把他们俩留下。可夫妻俩起身就走，走到推奶奶的深沟旁，双双跳进深沟里，死于非命。

讲　　述：殷桂琴
记　　录：高志明
采录时间地点：1996 年采录于四平

瞎子上当

从前，有一家两口子。这天门口来了个瞎子，要找个宿。

男的说："不招。"

他媳妇拉了他一下说："看你这个隔路劲，他一个瞎子，住一宿能怎么的。"

把瞎子招进来，送到了西屋，媳妇抱了一床新被子给瞎子盖上了。瞎子躺在被窝里，越摸越觉着这床被子好，麻花被面，里面三新，软软乎乎的。他就坐了起来，从自己带的小包里翻出针线，摸着在被里的四个角上钉上了四个大钱。

第二天早上吃完了饭，瞎子把那床麻花被卷巴卷巴要拿走。那媳妇一看，说："哎哟，我家的被哟，你咋还要拿走呢？"

瞎子说："这被是我的。"

那媳妇说了："咋成你的了？昨晚不是我给你盖的吗？"

瞎子说："不对，这是我的，你要说这是你的，你有啥记号？"

那媳妇说："没啥记号呀！"

瞎子"嘿嘿"一笑说："你看你没有记号，我可有记号，你把街坊邻居叫来让大伙看看。"

他们这一吵吵，来了几个邻居，瞎子冲大伙说："这被子是我的，我有记号，在被子的四个角上都钉了一个大钱。"

大伙一看，可不，这被子的四个角果真都钉着大钱，瞎子就背着被子走了。

等瞎子走后，那媳妇的男人说："你好心吧，把床新被子叫瞎子给骗走了，我看你咋整？"

那媳妇也挺来气，想了想说："你别急，我给你要回来。"

媳妇说完就出去了。她从岔道上走到瞎子头前，看看瞎子背着被子过来，她就在道旁哭起来，瞎子到跟前说："大姐，你哭啥呀？"

那媳妇哭哭啼啼地说："我男人没了，我没着没落的，都没法活了。"

瞎子说："你要是不嫌弃，你就跟我走吧。"

那媳妇说："那敢情好了，我跟你走。"

瞎子乐坏了，领着那媳妇继续往前走。走了一会儿，遇到一条大水沟子，那媳妇说："这沟子里的水没腰深，把你那些东西给我拿着吧，你看不着，深一脚，浅一脚的，看都弄湿了。"

瞎子就把那床被子给了那媳妇，那媳妇又说："把你衣裳裤子也脱了，过了水沟再穿上，省得弄湿了穿在身上再着凉。"

瞎子一听，也对，就脱巴脱巴脱了个精光。

那媳妇把瞎子的衣裳撇到树棵子里，夹起被子卷偷偷地跑了。瞎子趟过了水沟子，喊："你在哪呢？把衣裳给我呀！"他喊了好几声，也没人搭言，他一下子明白了，坐在地上哭了，这时来了个过路的，问他："你哭啥呀？"

瞎子说："我上南方去说书，碰着个女子哭丈夫，我寻思白捡个小媳妇，却被她拐了我个光屁股。"

讲　　述：张玉芳

记　　录：郑长春

采录时间地点：1985 年采录于四平

智断偷牛案

从前，有个叫刘大的人，说话有些结巴，为人花五六哨，总想占别人便宜，还好偷东西。街坊邻居都避而远之，绕着他走。

一天，他牵着自己家的瘸牛去集市上卖，途经一座破庙，庙前拴着一头牛，打冷眼一看，跟自己家瘸牛一样。转念一想，何不将此牛调换一下，能卖个好价钱。于是他乘人不备，将牛换了过来，到集市上卖了个好价钱，安安自得地回家了。

那个逛庙的人，逛完庙，准备骑牛往回走，解开缰绳牵着要走，一拽是瘸牛，仔细一瞅不是自己家的牛，心里这个骂，谁这么缺德把牛给调包了。于是他就告到县衙。

县官带着衙役，来到庙上一看，果然如此。这个案子好棘手，费了好一番脑筋想出个主意来，喊道："来人哪！""在！""找两根棍子来！"

不一会儿，衙役找来了两根棍子，"把瘸牛松开，使劲地打！"衙役们不敢怠慢，操起棍子照着牛屁股就打，瘸牛疼痛难忍，四蹄乱蹬，撒腿就跑，瘸牛记道，一直奔家里跑去。县官吩咐衙役，跟着牛走，就能找着盗牛贼。

再说刘大，回到家里，心里很高兴，坐在窗前美滋滋地喝着酒，哼着送情郎小曲。正在高兴呢，瘸牛跑进院来，刘大心里"咯噔"一下，心里想坏了，是不是那家牛主人找上来了，不然牛怎么会自己跑回来了。又一想，兴许没拴好，牛自己挣开缰绳跑回来的，这真是双喜临门：卖了那头牛，这头牛也回来了。

正在侥幸之余，两个衙役闯进门来，铁链往刘大脖子一套，牵着就走。到了县衙，没等上刑呢，就供认不讳，缴回赃款，瘸牛也没收缴公。打了二十个嘴巴子，放走了。

讲　述：李铁华
记　录：颜晓郁

货 郎 得 妻

从前，有个货郎名叫孙宝家，家里就娘俩，孙宝家常年挑着挑子走乡串屯，卖针头线脑。

一天，孙宝家卖完货往回走，突然打前边跑过来一匹马，马背上坐着富人模样的老头儿，孙宝家紧忙把路让开。等马跑过去后，他顺道继续往前走。没走多远，发现路旁有个钱褡子，捡起来一看，里面有两锭金子，孙宝家乐得直蹦高。他又一想，自己捡着高兴了，可失主不知多着急呀！八成是刚才骑马老头儿丢的，过会非回来找不可。于是他放下挑子，坐在一块方石上等候失主。

约莫有半个时辰，骑马老头急匆匆地返回来了。他下马来到孙宝家近前问道："货郎老弟，刚才老夫不慎将钱褡子丢了，你可曾见到了？""刚才我倒捡了一个钱褡子，不知里面装的是什么？""两锭金子。"骑马老头直言回答说。孙宝家就把钱褡子递了过去，随即问道："这是您丢的吗？"，老头回答："正是。"并接过钱褡子，顺手从里面掏出一锭金子，送给孙宝家，孙宝家摆手谢绝了。老头说："小老弟太仗义了，老夫有生以来从没遇见不爱财的人，真是令老夫敬佩！"感激得不得了。随后告诉孙宝家说："小老弟，我姓王，家住柳树壕屯，以后你有啥困难，就直接往南山走，打听王员外，方圆几十里人们都知道。我有急事，先走了。"说着，王员外上了马，一溜烟似的走了。孙宝家回到家，把回家路上发生的事跟母亲细说了一遍，母亲夸奖说："我儿子做得对，好样的！"

光阴似箭，一晃半年过去了。孙宝家去外地进货，计划顺便看看王员外，带上几天吃的喝的就上路了。孙宝家找到王员外的住处，一看，好大一片宅院，光房屋就有几十间。只见仆人们来往如穿梭。王员外热情地迎出门外，手拉手地进入了客厅。

话说王员外和张员外是世交，两人曾指腹做亲家。两家夫人怀孕时，定下了盟约：都生男孩就是把兄弟，全是女孩拜为干姐妹，一男一女匹配为夫妻。事也巧合，王员外家生了个男孩，张员外家生了个女孩，两家人欢天喜地。到婚娶之日，张灯结彩，杀猪宰羊，唯独王员外愁眉苦脸，闷闷不乐。管家王贵问道："东家，公子大喜之日，你应该高兴才是，为什么反倒烦恼起来了呢？"王员外唉了一声说："王贵呀，你有所不知，人家张小姐不但人长得漂亮，而且能说会道，人品出众，说得上百里挑一。可咱家少爷一杠子压不出个屁来，长得又丑又矮，恐怕人家瞧不起咱们。"王贵随即说："东家，奴才倒有个办法，来个移花接木。咱们家来的那位客人一表人才，让他顶替公子去迎亲，只要媳妇一娶到家，就由不得她了。"

王员外觉得这也是不得已而为之，只好点头答应。

王贵将事情跟孙宝家一说，孙宝家开始说啥也不干，后来经不过反复劝说，为了成全王员外家的好事，也就违心地答应了。王贵给孙宝家换了一身新衣服。

娶亲的日子到了，孙宝家披红戴花，骑着高头大马，抬着轿子，鼓乐班子吹吹打打，迎亲队伍直奔张员外家而来。不到一个时辰，迎亲队伍就到了张员外家，张家大摆宴席款待娶亲队伍。酒足饭饱后，刚要返程，就见天空乌云翻滚，雷声大作。接着下起了瓢泼大雨，风越刮越大、雨越下越急。不多时，来时的过河木桥中断，将整个迎亲队伍隔到张家。良辰吉日不能错过，就在张员外家临时摆上了天地桌，收拾了新婚洞房，张小姐偷眼观瞧，见丈夫举止言谈、稳重大方，人又长得端正，心里非常满意。丫环把炕烧热，行李铺好后，新娘子先上了炕。孙宝家心里明白，自己只是替娶，不能占人家便宜。他找了一本书，坐在椅子上看了起来，张小姐催促道："夫君，早些安息吧。"连催三遍，孙宝家纹丝没动，只是推说："娘子，你先睡吧，我再看会儿书。"张小姐等久了独自睡去。等她醒来天已大亮，见丈夫仍然坐在椅子上看书。

第二天，雨下小了点，王贵派家人去试探河水情况，家人回报说："河水猛涨，水流甚急，根本过不去。"接着继续等了一大天，河水仍不见退，迎亲的人们只好又住下来。

晚上，张小姐老早命丫环把炕铺好，心想：昨晚不好意思，今晚总该上炕睡觉了吧！哪料孙宝家又拿起书看上了。张小姐又连催几遍，他还是连推带拖地说："再看一会儿。"结果又一直看到天亮。

第三天，河水仍没消退，人不留，天留，只好又住下来。到了晚上与前两宿的情形一样。这下张小姐再也忍耐不下去了，气急败坏地去找她爹爹，把三天夜里的事一说，张员外很纳闷儿，说："女儿不必烦恼，待为父问明情由再作道理。"

父女来到洞房，孙宝家急忙起身让座。老员外开门见山地问道："贤婿，我女儿刚才跟我说，三天夜里你只看书不睡觉，是何道理？是不是我女儿配不卜你？"孙宝家摇了摇头，被逼无奈，只好实话实说："老员外，实在是对不住你们，我是受朋友之托扮做你女婿。"然后就一五一十地将事情原委诉说了一遍。老员外一听，气得暴跳起来，并大声吼道："好你王员外，竟干出对不起我的事来。当初我怎么瞎了眼，交你这么个朋友。"他看了看孙宝家说："我女儿已跟你在洞房住了三宿，传扬出去名声不好听。我看你忠厚老实，又是个讲义气的人，我女儿就嫁定你了！"从此，孙宝家与张小姐成为一对恩爱夫妻，过上了幸福美满的生活。

讲　　述：高振权
记　　录：高志明
采录时间地点：2003 年采录于四平

一只烟荷包

很早以前，有一个赵员外，他有一个十七八岁的儿子。这个小伙子在家待着没事干，经常到后院表哥家玩。有一天，表嫂逗他说："你现在天天往这跑，等到娶了媳妇，就不会再来啦。"小伙子就和表嫂打赌说："到我结婚的那天晚上要是再来，你就给我宰鸡吃。"表嫂说："行。"凑巧他们说的话，被一个蹲在窗底下的毛贼听到了。毛贼回家想：员外的公子结婚，值钱的东西一定不少，这回我得好好捞一把。他想好了一条计策。

不多日子，小伙子结婚了。为了兑现和表嫂打的赌，他在前院忙完了就到后院表嫂家。表嫂一看他真的来了，就喊人宰鸡。也就在这个时候，那个毛贼偷偷地跑到洞房，一看就新娘一个人在那坐着，他对新娘就说："我是你丈夫，在外面犯了杀人罪，人家要抓我，抓住就得砍头哇。如今，我也顾不上你了，要到外面躲一躲，日后混好了，再让人来接你。快把金银首饰都给我吧。"新娘听后哭着说："我的命好苦哇，一个女人家，嫁鸡随鸡，嫁狗随狗，你把我也带走吧。"毛贼一听，心里乐坏了，忙说："别耽误了，把值钱的东西收拾收拾跟我走吧。"新娘收拾好东西和毛贼从后门逃跑了。

这个小伙子在表嫂家吃完鸡，回洞房一看，新娘不见了，值钱的东西也没了。急忙跑去告诉了员外，赵员外开始不信，后来到洞房一看，明白了，知道儿媳是被他人勾引携物私奔。

第二天，赵员外到衙门告了新娘随人私奔。女方家也是一个大财主，一听刚出嫁的姑娘没了还不算，男方还告了状，气得到衙门诉说："是我亲手把女儿交给了赵家，怎么只隔一夜我女儿就没有了？明明是赵家谋害我女儿。"两家都有钱有势，各说各的理，官司整整打了一年多，最后赵家以证据不足打输了官司。

两家因为打官司都变穷了。小伙子一气之下离家出走，到处卖短工。走了一天又一天，也不知走了多远的路，来到一个集市上，被一富裕户叫去铲地。这家的女雇主心眼挺好使，有时到地里给送点饭，时间长了女雇主发现这个小伙子有心事，见他总是铲完地，往地头一坐，不声不响的。有一天中午女雇主又来送饭，看见小伙子放在地下的一只烟荷包，烟荷包上绣着的一朵荷花跟她当姑娘时给未婚夫的绣得一模一样。

回到家里女雇主想：这二年自己稀里糊涂过着日子，也不知婆家娘家都怎样了。女雇主就是张小姐，自从那天晚上和男人跑出来后，就隐姓埋名，变卖了首饰，买了房子也置了地，日子过得还算舒心，也生了一个儿子。可她总觉得这个丈夫不像自己的丈夫。有时问丈夫："我给的信物——烟荷包你放哪啦？"丈夫说："跑的时候丢掉了。"问一些听父亲讲的婆家的事，丈夫回答的也是驴唇不对马嘴，使她常犯寻思，总怀疑身边的这个人，不是父母给定的那个人。但生米已经煮成了熟饭，只好安心过日子。可今天白天她看见了小伙子的烟荷包，又使她想起了这些事。她想有机会就要好好问问他。

又过了几天，女雇主去送饭，她问小伙子："这位大哥，你是什么地方的人？"小伙子说了。女雇主又问："这烟荷包绣得真好，是谁给你绣的？"小伙子说："别说了，提起这事都能把人气死。"接着，小伙子说："那年，我为跟表嫂打赌，结婚的晚上去吃炖鸡，结果刚过门的媳妇带着财物和别人逃跑了。为了和媳妇娘家打官司，家产全卖光了，我只好到处卖短工维持生活了。"女雇主又问："你还有物证吗？"小伙子说："这个烟荷包是那个刚过门的媳妇在娘家时给我绣的。"女雇主听了这话完全明白了，自己原来是让人给骗了，这个小伙子才是自己没见过面的丈夫呢！她哭着把自己是怎么怎么被骗的向小伙子说了一遍。两个人全都明白了，抱头大哭起来，半晌，小伙子问："那咱们现在怎么办啊？"女雇主想了想说："咱们这么办吧……"

女雇主和小伙子商量好后，回家跟"丈夫"说："咱们自从到这儿，给村里的人添了不少麻烦，明个你把村里的长者都请来，咱道道谢。"她"丈夫"听后很高兴。请客那天，酒过三巡以后，女

雇主突然哭着把自己被骗的经过,向大家讲了一遍。她又指着小伙子说:"他才是我真正的丈夫,这里有烟荷包为证。"小伙子又把两家打官司、老父亲坐牢的事讲了一遍。大家听了问毛贼:"是不是这么回事?"毛贼承认了:"是这么回事。"这伙人就七手八脚把毛贼捆了起来,送到衙门。

后来,小伙子领着媳妇回到原籍过日子了,毛贼坐了牢。

讲　　述:孙玉清
记　　录:孙雪松
采录时间地点:2003 年采录于铁东区山门镇

诈　尸

　　早年间，大院张家，是个有钱有势的人家。当家的叫张福成，娶了四房老婆都没生育，没办法，抱养了个女儿，叫张雅仙。去年大老婆心脏病死了，好顿闹鬼了。大腊月正是淘米、做豆腐、杀年猪，紧忙活的时候，鬼天天夜里出来闹腾，穿着青色大衫，将外边筐箩里冻的豆包撒可地，后来找街坊姜半仙给治住了。

　　一天，张福成突然得了脑病死了。家人怕再闹鬼，免不了要找姜半仙给看看日子，帮着料理一下丧事。姜半仙掐着手指算了半天说："当家的死的时辰不对，弄不好就得成气候，用不用破一破呢？"张雅仙不信邪，心里一盘算，干脆不破，不花那大头钱。姜半仙生气地说："既然不破，就得找几个胆大的帮我看着，不然诈尸我自己捂扎不住。"张雅仙急忙找来三四个邻居帮姜半仙看尸。

　　到了夜深人静时，姜半仙沏上一大缸子浓茶，让人取过烟笸箩，边抽烟喝水边讲故事：黄鼠狼迷人，狐狸成仙，大姑娘坟闹鬼，老房子犯邪，说得有鼻子有眼。胆小的吓得往墙根挤，眼睛盯着窗户和门，生怕钻进鬼来。出去解手一个人不敢去，听见柴火垛响，看树影晃动，尤其碰见人，都以为遇到鬼了，吓出毛病来了。

　　到了后半夜，众人感到有些困倦，姜半仙在尸体头直放了个长条板凳，点着了照尸灯，同供品和倒头饭摆在凳子上。一切安排完了，觉得有点饿，就到上屋跟黄先生说："黄老兄，我求你替我看会老当家的，我肚子直叫唤，扒拉两口饭就去换你。"

　　黄先生二层眼，天一黑就扑蚂蚱。本想不去，可人家给了钱，况且都是吃一碗饭的。又是老熟人，不去不好意思。于是他摸摸索索地来到东下屋。当他开门的工夫，跟进一只大黑猫，大黑猫见着倒头饭纵身跳上凳子，一抹身，"啪"的一声把照尸灯碰掉在地上。黄先生一愣，伸手一划拉，"哐当"凳子又碰倒了。

　　屋里人正打瞌睡呢，突然听到响动，感到意外。睁眼一看，屋里灯咋灭了呢，不免有些发毛，会不会诈尸了呢？有个小伙子叫侯

三，听姜半仙讲了半宿鬼，早就吓得不知所措，凳子一倒，灯一灭，立刻炸了营，惊恐地喊道："我的妈呀，老张头诈尸了，快跑吧！"他这一跑，别人也跟着跑，黄先生抹身也想跑，不料被板凳绊了个跟头，等他站起身来走到门口时，房门早已关上了。用手一推，外边顶得牢牢的，于是他拼命地用力砸门。

姜半仙听说东下屋老张头诈尸了，嘴嚼着饭跑了过来。老远就听屋里砸门，心里有些紧张，早把黄先生替换自己吃饭的事忘了。虽然心里恐惧，可又不能露出自己害怕的样子，故作镇静，乍着胆子说："大家不要害怕，我马上进去降尸，让你们开开眼界！"虽然嘴上这么说，可心里非常恐慌，过了好一阵，磨磨蹭蹭地来到房门前，侧耳听了听屋里没动静了，这才将窗户捅了个窟窿，往里一看，里面太黑，什么也看不见。又仔细观察了一会儿，发现灶台上影影绰绰有个黑影。心想，大概是死尸。他悄悄地撤下顶门杠子，冷丁拽开房门，猛地扑了进去，伸手掐住黑影的脖子，那黑影也掐住了他的脖子，互相用力。半个时辰过去了，屋里声音皆无。

人们打着灯笼，拿着火把进屋一看，黄先生和姜半仙都死了。二人的双手仍然死死地掐住对方的脖子，掰都掰不开，看样是用力过大，再加惊吓，两个人都随着张福成见阎王去了。死尸纹丝没动。哪里是死人诈尸，分明是活人作怪。摊着人命官司了，街坊四邻，亲朋好友作证私了，好就好在两个人都没家口，又是误伤，多买两口棺材，一起出殡了。

后来张雅仙查证，原来张福成大老婆死时闹鬼，都是姜半仙所为，因为在姜半仙家里搜出很多鬼脸和服装。谁家死人，他夜里戴上鬼脸穿上鬼服去闹鬼，只要你去找他破解，就得花钱。

闹鬼的事被揭穿，人们再也不相信鬼神了。

讲　　述：赵亚芹
记　　录：刘春丽
采录地点：铁东区叶赫镇

盗墓姻缘

有个刘员外，年近半百，只有一个女儿名叫刘巧云，芳龄二九，长得像一朵鲜花，老两口视如掌上明珠。

一天，刘巧云擅自离家出去闲游，不料被一地痞给强奸了。她反复考虑：回家跟父母说吧，怕父母受打击承受不了；一旦传扬出去，以后婆家难找，只得把苦水往肚里咽。

福无双至，祸不单行。哪料自那日被地痞强暴后，怀孕了。她整天心急如焚，以泪洗面。瞒了初一，瞒不了十五，肚子一天比一天显怀。后来被老员外发现了，先打了女儿几个嘴巴，然后又抽了顿鞭子，骂道："贱人，败坏门风，给祖宗丢脸，还有何颜面活在世上，赶紧死去吧！"说着拿出根绳子，又沏了碗大烟水，放在桌子上，喝道："两样死法任选其一！"老夫人抱着女儿哭成一团。

刘巧云一咬牙，端起大碗来"咕嘟、咕嘟"喝了下去，顿饭之时，刘巧云手脚发青，脸色发紫，气绝身亡。老员外虽然逼女儿死，可自己也心疼，大哭了一场，吩咐管家李宝说："李宝，我这辈子就这么一个女儿，挣下万贯家产也都是她的，可她做了辱没祖宗的事，实在没有办法，我也不忍心让她去，丧事由你去办，多葬些值钱的宝物！""是，老爷，包您满意！"

李宝将小姐葬后，心里非常不平静。东家心太狠，这么漂亮的姑娘都逼死了，虽然失身了，下嫁给谁都双手捧着。白瞎那些值钱好东西了，也随着姑娘埋土里了，自己一辈子也挣不来。转念一想，不如把好东西弄出来，转手变成钱，后半生也有了着落，不再老给人家当下人了。想到这儿，他找了一些锹镐和铁钎子，等到半夜再下手。

李宝是个孤儿，讨饭来到刘员外家，刘员外见他老实能干，便让他念了几年书，当了管家。李宝心里早就深深地爱上了小姐，但不敢奢望，只是趁人不注意，偷偷地多瞅几眼。

可下子熬到了半夜，他带家什来到坟地，看了看四下无人，拿起锹便挖。白天刚埋的坟土松，不一会儿就挖开了，用钎子撬开棺材盖，也不敢点亮，虽然摸黑，自己放的东西伸手就来。

哪知刚一伸手，就听棺内有痛苦呻吟声，他吓一哆嗦，难道是诈尸不成？想走吧，不甘心，先听听里边动静再说吧。又等了好一阵，又一伸手，里面"哎哟"一声，李宝立即吓得坐在地上。真的闹鬼了？想跑吧，裤子也湿了，腿也不听使唤，嘴里叨念说："小姐，你别见怪，世间我最爱的就是你，但我只能把爱埋在心底，不敢奢望。我想你死后带这么多财宝也是浪费，不如给我做个念想，也成全了我……"

李宝叨念完想走，就听棺内刘巧云说："李宝，莫怕，我不是鬼，命大又活过来了。快把我拉出去，里面东西都给你！"李宝一听这话，不那么害怕了，又反问了一句："你到底是人还是鬼？""李宝，你咋还不相信我呢，我已到阎王那里了，阎王知道我是无辜的屈死鬼，不收留我，又把我打发回来了。我得感谢你，你不来盗墓我也活不成。既然你刚才说爱我，你不嫌我失了身子，我就嫁给你！咱们远走高飞。"

刘巧云说完哭了起来，李宝做梦也没想到，盗墓会遇上这等好事，要不是小姐遭到地痞糟蹋，八辈子也轮不到自己这儿。他心里甭提多高兴，上前轻轻地将刘巧云抱了出来，刘巧云伤心地又痛哭了一场，李宝也随着掉了一阵眼泪。刘巧云说："咱们俩得赶紧把棺材里面的金银财宝拿出来，然后将坟原样填上，趁着天还没亮赶紧走！"

工夫不大，一切处理妥当，李宝搀着刘巧云远走他乡了。

讲　　述：王　义
记　　录：王　华
采录时间地点：2004 年采录于铁东区山门镇

大 烟 葫 芦

从前，有一家挺富裕。兄弟三人，都娶了媳妇。

一天，老三离开了家，也不管东西南北，茫无目的走了起来。走啊走，也不知走了多远。这一天，他来到了一马平川的草原，走得又困又乏，就躺在草地上睡着了。老三醒来的时候，见自己身边站着一个美貌的女子。老三十分奇怪，他心想：来的时候没看见这地方有人呀？他抬头一看，不远处还有一个帐篷。从此，老三和那女子过上日子。几个月后的一天，那女子躺在老三怀里，对老三说："我要死了，我死后你要把我埋起来，过不多久，我的坟头上长出一棵草，这棵草开花结一个葫芦头，葫芦头熟了，你把它摘下来，携带在你身上，到那时，我们还有团圆的日子，才能永不分离。"那女子说完这句话，就死了。

老三遵照那女子临终遗言，把那女子埋葬了。自此，老三天天守在坟前。不久，坟头上果然长出一棵草，草上开了一朵粉红的花，花落了，结了个葫芦头，老三把葫芦头摘下来，揣在怀里回家了。

老三回到家，径直往自己的书房里去。进了书房，关上门，一天一天也不出屋。老三媳妇十分纳闷，一天晚上，老三媳妇蹑手蹑脚地来到老三的书房外，把窗户纸用舌头舔了个洞，往屋看，见老三和一个女子正搂在一起亲近呢。老三媳妇气得火冒三丈，很想打开房门闯进去。但是老三媳妇平时惧怕老三，她不敢进去也就忍声压气回自己房间去了。第二天晚上，老三媳妇又来到老三住处，往屋里一看，还是那女子陪着老三睡觉呢，老三媳妇也没有吱声。

有一天，老三出门去了，老三媳妇径直走进老三书房，她要抓住那女子。可是她走进书房，屋里空荡荡的，人影都没看见。老三媳妇就四下翻了起来，翻了一气也没找到什么，最后在墙上挂着的衣袋里发现了一个葫芦头，老三媳妇拿过来，"啪"地摔在地上，把葫芦摔成两半了。到了晚上，老三回来了，一进屋，被摔成两半

的葫芦头说话了:"你把我坑了。"老三一看,很是心疼,稀罕巴又地把两半的葫芦拾了起来。这时,两半的葫芦头告诉老三:"要想再团圆,你得把我粘到一起。"老三听了葫芦头的话,就用唾沫把破两半的葫芦头粘到一起。晚上时,老三媳妇又偷着来看,一看还是那女子和老三在一起耍闹,她也没吭声就回到自己房中。转天,老三媳妇趁老三不在的时候,又来到这屋,四下翻了一阵,又在墙上挂的衣袋里找到了那个被自己摔成两半的葫芦头。老三媳妇拿在手里一看,葫芦头是用唾沫粘在一起的,老三媳妇心想:啥宝贝,还稀罕巴又的。老三媳妇十分生气,就把这个葫芦头放在凳上,用锤子砸个粉碎。老三回来的时候,那个砸碎了的葫芦头说话了:"你可把我给坑苦了,这回我永远不能陪伴你了。"老三哭了起来。那被砸碎了的葫芦头告诉老三:"你把葫芦头里的籽种上,结果的时候,你把浆拉出来,熬成块。当你想我的时候就抽上几口,旁边都点上灯。"老三听了葫芦头的话。

从此以后,每当有人抽大烟的时候,旁边都点着一盏灯,无论谁到跟前,他都不会理睬你,原因就是他把大烟当做自己媳妇了。

讲　　述:李福莲
记　　录:朱英芙
采录时间地点:2003 年采录于四平

撒 灯 碗

　　从前，叶赫镇老爷屯附近有一座老爷庙，这个屯就由此而得名。为什么这庙叫老爷庙呢？原来，很早以前叶赫镇有一位老爷，他在抵抗外族侵犯时，英勇善战。他在一次混战中死了，骑的是一匹白色的千里马。人们很敬重他，就给他修了一座庙，这座庙里就供着他牵一匹白马的石像，所以，这座庙就叫老爷庙。

　　这座庙的附近住着一户姓陈的人家，他家有一个独生子。有一天，老陈头到庙里去闲逛，因为他手挺讨厌，看见庙里有一只灯碗就随手给撒了，要是一般人也不能这样，可老陈头是个不信神，不信佛的倔老头。

　　可是，不长时间他家的独生儿子白天好好的，晚上一不点灯就哭，要是把灯点上就马上好了起来，也不哭也不闹了。老陈家出了一个"夜哭郎"，这老陈家老两口可慌了神。因为老年得子很不容易，当然对儿子也就十分娇惯。老陈头到处请大神来给看病，但怎么跳神、扎针也不见好，还是天天晚上哭。

　　有一天，屯里来了一个看病算卦的大仙，说能医治百病。老陈头就把他请到了家中，好酒好饭招待。这个大仙对老陈头说："你这孩子得的病是你给造成的，是自作自受呀！你是不是把老爷庙的灯碗给撒了？"老陈头一想，是有这么回事。算命先生说："你赶紧到城里买一只同样的灯碗送到庙里去，并烧香磕头请老爷原谅，一共得拜九九八十一天才行。"老陈头送走大神后，就照着办了。这样一共拜到八十一天，果然，儿子的哭病好了，夜里再也不哭了。

　　讲　　述：丛万清
　　记　　录：王忠和
　　采录时间地点：2004 年采录于铁东区叶赫镇

南方人憋宝

从前，有个姓金的财主，家有房屋数十间，良田近百垧。可惟有一件事不遂心——宅院不消停，总有动静，闹得人心惶惶，日夜不宁。

一天晚上，来了个南方人借宿，老财说："不是老夫不开面，实是宅院不干净，每到夜里就有怪动静，怕是非妖即怪。"蛮子说："老员外莫怕，降妖捉怪是我的本事。"老财一听他会降妖捉怪，便点头答应了。

南方人在这住了快到三个月了，每天好酒好菜款待他。可是他每顿吃完，就把剩饭剩菜倒进饭盒里，到夜里三更天，他拎着盒子走了，到天亮才回来。自打他来后，怪动静真没了，老财松了口气，可他又觉得非常蹊跷，老觉着这个南方人怪，神出鬼没。

一天，老财尾随南方人身后，要看个究竟。只见南方人拐弯抹角地来到后院池塘边上，用网子捞啊捞，捞了半个时辰，最后捞上个大癞蛤蟆，个头有头号大碗那么大，接着南方人打开饭盒，喂癞蛤蟆剩饭剩菜，自言自语地说："蟾蜍啊蟾蜍，再养你几天，你就给我吐金元宝了，指你发财呢。"老财一听满心欢喜，原来自己家里养着无价之宝，全然不知。这是我家的宝贝，不能让南方人得去。

南方人喂完癞蛤蟆，又把癞蛤蟆放回池塘里。南方人提着空盒子走后，老财主拿起网子，又把癞蛤蟆捞了出来，拎回屋去，放到里屋里养着，他想试一下，就两手掐住癞蛤蟆肚子，使劲一捏，"扑哧"一下，癞蛤蟆尿崩着了眼睛，就觉得眼睛又辣又疼，心想这下眼睛保不住了。他急忙找到南方人，把实话告诉了南方人，南方人埋怨说："东家，怪你心太贪，这只蟾蜍没长成，不能吐金元宝，弄不好会把眼睛整瞎了，快把蟾蜍拿过来！"老财叫管家把癞蛤蟆送到南方人近前，南方人用锥子在癞蛤蟆背上疙瘩里挑出几股白浆，抹在老财眼睛里。老财立时头清眼亮，南方人说："东家，

你比我得着宝贝都强，现在你能看进地里三尺多深，地里埋的宝藏都能瞅着，能看见人的五脏六腑，只要搭人一眼，就能看出人的内脏哪儿有病，以后你就发财了。"

南方人说完拎着蟾蜍走了，打那以后，老财成了方圆百里的神医，挣下了无数钱财。

讲　　述：王桂兰
记　　录：王忠和
采录时间地点：1995 年采录于铁东区山门镇

改　口　钱

　　从前，在张家窝棚屯有个张大吵吵，自打娶了儿媳妇后，快半年了，儿媳妇从不管公婆叫爹叫娘，老两口为此非常烦恼。

　　新媳妇叫云云，跟婆婆总也不说话，婆婆索性也不吱声。新媳妇挺勤快，有眼力见，婆婆干啥她就跟着干啥。

　　一天中午，婆婆下地去做饭，媳妇就往灶坑里添柴加火，北锅做好了饭，又在南锅炖上了菜。这功夫新媳妇去茅房解手，婆婆将菜里放上了作料，又放了一匙盐，盖上锅回屋摆纸牌去了。

　　新媳妇只看见婆婆往菜里放作料，没看着往里放盐，洗了把手，顺手捏了一大捏盐放到锅里，盖上锅回自己屋去了。

　　到吃午饭时，一家人都瞪眼了，公爹夹了一口菜，咸得一咧嘴，刚要埋怨，又一寻思，要是儿媳妇做的菜，说出来怕不好，只好把话咽了回去。丈夫夹了一口菜，咸得一闭眼急忙吐了出来，嚷道："谁把卖盐的打死了？"婆婆夹了口菜，咸得直筋鼻子，差点把饭拐出来，心里纳闷：不对呀，今天的盐放得正好，怎么会咸呢？算了，也别吱声了。一家四口人，干扒拉饭，瞪眼瞅着菜没人夹。

　　婆婆反复考虑，整天互不通话太别扭了，日久天长容易耽误事。媳妇岁数小，当婆婆不能跟她一般见识，费了好一番脑筋，想出个好主意。

　　到吃中午饭时，公爹在院里干活，婆婆吩咐媳妇说："云云，招呼你爹吃饭！"媳妇站在门口喊道："你爹吃饭了！"公爹一听鼻子都气歪了，没办法只好气哼哼地进屋去吃饭。

　　一天，公爹想出个好办法，让老伴出门躲两天，媳妇在家做饭，公爹吩咐说："云云，明天早上我上街去赶集，把辣椒和大蒜准备了，做好饭菜早点叫我！"

　　第二天早上，媳妇老早做好了饭菜，用烧火棍敲了两下炕沿说："大蒜编成了瓣，辣椒穿成了串，上街去赶集，起来就吃饭！"

公爹暗暗叫苦，不但爹没叫，还得跑二十多里地赶趟集。

婆婆气得找到亲家母问道："亲家母，你闺女是咋教养的？结婚半年多了，不叫爹也不叫娘，当老人的哪点对不住她？"亲家母说："结婚时是不是没给红包？孩子初次叫爹叫娘不习惯，抹不开张嘴，给了红包我闺女一高兴不就改口了吗！"老两口一听，便赔礼说："对不起亲家母，我们回去就补。"只好后补个红包试试吧。

老两口回家后，包了十两银子红包，送给了儿媳妇，儿媳妇立时改口叫道："爹！娘！"叫得可甜了。老两口高兴得不得了。

打那以后，举行完婚礼，婆婆就得掏改口钱。

讲　　述：刘占一
记　　录：刘春丽
采录时间地点：2004 年采录于铁东区叶赫镇

王宝借金子

从前，有这么个年轻人叫王宝，绰号王一枪，枪打得准，伸枪见物。他每天上山带一葫芦酒，一块肉，走累了便坐下来喝几口酒，吃几口肉；困了时，随处打个盹；打着猎物拿到集市上卖，然后买些柴米油盐，奉养七十多岁的老娘。

一天，他跑了一上午也没歇一会儿，不知不觉地到了麻达山，他觉得又饥又乏，就习惯地在一棵大树下一靠，拿起酒葫芦和肉，一边吃一边喝。吃喝了一阵儿觉得有点困，眼皮一合打起盹来。等他醒来时，发现有个老者面对面和自己席地而坐，正吃着他剩下的肉和酒。王宝仔细打量这个老者，从没见过，他好奇地问道："老头，你怎么偷着喝我的酒呢？"老者说："年轻人，少见多怪，我偷喝你的酒不是一天半天了，有好几年了，你打盹我就喝，你醒了，我就走了。我不是你们人类，是修炼千年的狐仙，今天是特地来向你辞行的。我要回到离此百里之遥的五顶山青石洞去。以后你要有啥难处，可以到那去找我，用石块在石砭上连击三下，喊声'老狐头，我来了！'我就立刻出来接你。"

王宝自打那日起，什么猎物也打不着了。他盘算着再不想别的办法家里就断炊了。干点啥呢？忽然想起老狐仙了，于是他安顿了老娘，带了些干粮上路了。

第三天头晌，王宝找到了五顶山，他拿起石块往石砭子上敲了三下，喊道："老狐头，我来了！"三声语音未落，"轰隆"一声，闪出一座石门，接着"吱呀呀"，石门自动打开，老狐仙笑吟吟地迎了出来，伸手相让道："小兄弟来了，快请！"王宝随着老狐仙进了洞。来到里面一看，这里又一番天地，花草树木，楼台亭阁，丫环婆子来往如穿梭。老狐仙把王宝让到待客厅，分宾主落座，由下人摆上酒席宴菜，异香扑鼻，老狐仙伸筷相让道："小老弟，请！实实惠惠的，别装假！"王宝有生以来从没吃过这么丰盛的饭菜，如入九霄云雾中。喝到酒兴浓处，老狐仙说："小兄弟，依老

哥哥之见，你改行得了，别再杀生害命了。我的狐仙家族被你捕杀不少，我不怪罪你，因为你指这行为生。我给你指个路子，我把李银的金子先借给你用，等发大财了，再还给人家。""李银是谁呀，我也不认识他呀。"老狐仙说："到时候你就知道了。你回家后，到你家西山根的那棵老槐树下，金子就埋在那棵树下了。"

两个人一直喝到上灯，老狐仙说："小老弟，外面的小轿已备好，你老娘在等你回家，老哥哥就不留你了，请上轿吧！"

王宝上了轿，就觉得忽忽悠悠的，不一会儿工夫，轿就停了。王宝打开轿帘，借着月光往外一看，到家了。王宝进屋拿起镐头，直奔西山根，找到老槐树开始刨。约莫一袋烟的工夫，他刨出了一个坛子，打开盖子一看，里面装满了金光闪闪的金元宝。他看四周无人，悄悄地把金元宝搬回了家。

几年后，王宝成了当地首富。他娶了妻子，生了个胖闺女，房屋百间，良田千顷，牛羊成群，骡马成帮，使奴唤婢。可他没有忘记过去的苦日子，经常周济穷人。

这一天，来了一对要饭的夫妻，走到王宝家门口，当时是寒冬腊月，大雪纷飞。王宝见那个女子挺着个大肚子，看那样没多久就要生了，非常同情，忙吩咐管家腾出一间房子，让夫妻俩住下来，等生了孩子再走。后来一打听，那个男的姓李，因家乡闹土匪，将所有财产都抢光了，夫妻俩被逼才出门要饭为生。

在王宝家住了没几天，那女人就生了个大胖小子，模样非常讨人喜欢。夫妻俩又喜又愁，喜的是遇见了好人，孩子顺利地生下来了。愁的是以后还要到处讨饭，孩子也要跟着遭罪。正在这时，王宝打发下人送来了一盆小米和十两银子作为贺礼，夫妻俩感恩不尽。两个人商量着要给孩子起个名字，琢磨了半天，也没想出来叫啥名好。那男人一眼看见十两银子，有了银子，全家人就不会挨饿了，得，这孩子就叫李银吧。

又过了几日，王宝过来看孩子，孩子的父亲忙从妻子怀里接过孩子，跪在地上对着孩子说："李银哪，快给王老爷磕头谢恩！"王宝听了忙问："孩子叫什么？""我们夫妻见恩公送来的米和银

子，为了让孩子记住你的大恩大德，所以给这孩子取名叫银。"王宝听罢，慌忙跪倒磕头，说道："李银恩人，我可找到你了。要不是你借我的一坛金子，我哪有今天的富贵！金子的主人来了，我得物归原主啊！"

李家夫妻听见这话，被弄得莫名其妙。王宝就把事情的前因后果叙说了一遍，并让夫妻俩搬到上房去住，交出一切财物。夫妻俩说啥也不肯接受，多次推让。两家人一商量，干脆都住上房，东西屋，并且两家又订了娃娃亲，成了儿女亲家。

讲　　述：张徐氏
记　　录：孔庆宁
采录时间地点：2004 年采录于铁东区山门镇

金丹、宝扇和隐身衣

早些年，东辽河畔的人们，每逢除夕，都要合家备酒摆肉，蒸馍烧香，在院子里篝火迎神。

这年除夕，有一个小伙子跪倒在十字路口，烧香祷告，他不接富神，专门接穷神。口中念念有词：

"穷神穷神，快到我家，没有馒头、烧酒，只有黏馍、豆腐渣……"小伙子叫李二柱，为人正直，又勤快，父母早亡，眼下独自一个挑着门灶。因为年年三十晚上接神，一年比一年更穷，所以一气之下，今年接起穷神来了。他嘴里正叨咕叨咕，突然有个穿着补丁摞补丁衣服、头不梳脸不洗的白发老人走到他跟前。这老人说是没家没业，已经好几天没吃东西了，请求二柱给一点什么垫垫肚子。既然是同病相怜，二柱就把老人请到家中，实在没啥好招待的，两人就以开水为酒，咸萝卜疙瘩为菜，一口干粮一口水地对喝起来。

饭到八分，老人提出了一个要求，让二柱借八十吊钱预备一桌酒席，正月十五那天摆在十字路口，不管哪路神仙下凡，只要吃了你的酒菜，你就拽住他，要他一件宝贝。二柱听完乐了。

转眼就是正月十五，二柱照老人说的，在十字路口摆出了酒菜。这酒菜可真香，云游到这的各路神仙都神魂颠倒。八仙一到这，何仙姑就提出非吃一顿不可，汉钟离满口答应，倒骑驴来的张果老也不说话，小鞭子一甩，先赶上去，大吃大嚼起来。真是"八仙过海，各显神通"。不一会儿，酒菜一空，众仙飘去，惟独铁拐李走得慢，被二柱一把扯住。铁拐李赶紧脱下披在身上的黑袍，二柱没放手，铁拐李又从腰间拽出一把扇子，二柱还是不放手，铁拐李只好解下腰间系着的八宝葫芦，从里面"腾"地蹦出一个金光闪闪的金丹，也交给了二柱，二柱才撒开手。谢辞铁拐李，二柱回到家中，家里又是空洞洞的，除夕那天捡的那个白发老人不见了，二柱正在纳闷，只见饭桌上铺一张纸，有六行金子刻上

去的一首小诗：

> 黑袍隐身衣，
> 扇子扇千里。
> 金丹母金丹，
> 当晚就报喜。
> 我本一穷神，
> 相助唯至此。

二柱没等看完，就高兴地蹦了起来。他把这三件宝贝稀罕巴嚓地收起，放在了炕梢的檀香柜里。第二天早晨，打开橱柜一看，黑袍、扇子没有什么变化，只是那颗光亮亮的金丹又多了一颗。二柱乐得不得了，赶紧拿到街上卖了，买了些粮米、衣物。第三天，檀香柜里，又多了一颗；第四天，又多了一颗。打那以后，二柱天天卖金丹，天天买衣物，没过半年，街里有的，他家都有了。小地方住不下了，在京城买了一座考究的青砖瓦房的四合院。又把一些金银交给了平日交往不错的乡亲邻里，从此住进了京城。

这天正是八月十五，明月当空，二柱禁不住满腔欢喜。二柱在窗前桌边，摆上金丹，品酒赏月，突然从隔壁高楼上传来了叫好声：

"好金丹！"

原来这高楼上住着丁举人，这天正同义女春柳小姐在楼前平台赏月，发现脚下青砖房子里有金忽忽的东西，仔细一看，是颗金丹，就眼馋了。当时，丁举人和二柱一个在楼上一个在院中，搭上了话。丁举人说要借二柱的金丹玩玩，二柱不敢不答应。可是，举人的楼又怎么能随随便便地登呢？举人那么大的人物，又不能屈身到你二柱家取东西看哪。没办法，举人从楼上系下一条彩带，由二柱把金丹包好，拴在彩带上，直接系上去。举人收起金丹，连声称赞，突然命令家人，撤下宴席，闭起门窗，头也不回地折回房中去了。把个二柱气得直跺脚，眼睁睁地看着人家把金丹夺去了。

　　这天，二柱正向楼上张望，突然看见了春柳姑娘，正在向楼下系一条彩带。忽然小姐身后传来了脚步声，春柳往上一拽，那彩带"突噜噜"又收回去了。二柱不知怎么回事，想要到举人楼上去要金丹，又怕人家嘴巴一歪歪，问个私闯官邸罪。正愁没办法，突然想到了檀香柜里的隐身衣。此时不用，还等待何时。

　　当天晚上，他披上那件黑袍，果然是来无踪去无影，穿过几道大岗的丁举人家门口，如走平地一般，不一会儿就到了小姐春柳的绣楼上。就着半开的门一看，小姐正坐在绣墩上自己叨叨咕咕：

　　"二柱啊二柱，千不该，万不该，不该把这宝贝送到楼上来。那天我放下彩带是还你金丹，哪承想……唉！"

　　小姐说到这，长叹一口气，这时，绣楼开了，丁举人得意忘形地走了进来："我说春柳啊，都说这金丹一宿能生一个新的，来到咱们楼上，我就锁在箱子里，都三四宿了，咋一个没生啊！"小姐待答不理地说："那就不是你的财呗，赶紧还给人家吧。"听说金丹被锁在了箱子里。二柱气坏了，在楼里就高声喊了起来："丁举人，快把金丹交出来，要不然，就平了你举人楼！"

　　只闻声音，不见人，这下可把丁举人吓坏了。等到听出了是二柱的声音时，急忙让手下关闭楼门，捉拿二柱，把个彩楼梳头似的梳了个遍了，连个人影也没有，李二柱还是喊声不断，接着又噼里啪啦地砸举人家的东西。举人这回霜打的茄子——蔫了。"扑通"一下跪在地当间了：

　　"苍天保佑，我丁举人没干伤天害理的事，我拿了二柱的金丹，是要开开眼界，长长见识，马上就还给人家，保佑保佑……"丁举人正没完没了地叨咕，二柱这边可等不了了，听说丁举人要还金丹，老实的二柱，一下脱去黑袍，还了原形。丁举人突然看见了二柱，眼睛都吓圆了："你，你是怎么上楼的？"二柱为人老实，心想：既然他答应还我金丹，告诉他又怎么样。于是就把隐身衣的事说了。丁举人好奇地说："是吗？拿给我看看！"

　　丁举人刚把隐身衣拿在手，就变了脸："大胆狂徒，竟敢夜闯我举人楼，讹诈金丹，左右，还不与我拿下问罪！"

　　一声喊，噼里啪啦，两厢里蹿出二三十人直奔二柱。二柱急了，手无寸铁，只好掏出腰间宝扇抵挡，只一扇，就把丁举人的大楼扇得东摇西晃，珠宝玉器漫天飞扬。又一扇，一阵大风，把二柱和丁举人一起刮到南海。

　　又累又渴，望着茫茫海水，丁举人大嘴一咧，哭了起来，对二柱说："我要你黑袍、金丹不过是玩玩，怎么动起真来了？"他突然发现身边有棵黑果树，有一大一小两个黑果，一把摘下来，大的狼吞虎咽自己吃了，小的送到二柱面前，讨好地说："都是你把咱俩弄到这南海来的，快把咱弄回去，好还你两件宝贝！"二柱心想：老在南海待着，两件宝也得不到，不如回去好，便掏出宝扇，准备往回扇。没承想，身强力壮的丁举人从背后扑来，一把夺过宝扇，咬牙切齿地对二柱说："你就在南海待一辈子吧！"一阵大风，丁举人连同宝扇被卷走了。三件宝贝都没有了。二柱气得昏倒在地，一觉醒来，觉得身上特别痒，用手一挠，一块块地往下烂，都要露骨头了，原来是吃了丁举人的黑果造成的。

　　二柱回不去家了，在南海住了一天又一天，两个月过去了，还是没办法。这天，忽然发现海边一棵树上接着一大一小两颗绿果，在又饥又渴时，随手摘了下来，把大的吃了。说来也怪，这果一吃下肚，浑身就觉得有了力气，也消了肿，也长了肉，一摸身上，全好了。又觉身体飘轻，走路生风，原来这是神仙果，善良的人吃了一颗，能日行千里。二柱一天工夫就到了京城。

　　进了城门，只见墙上有一张求医榜，原来丁举人身上长了烂疮，快要死了。有能治好病的愿赏给重金，年轻人以义女春柳相许。

　　二柱知道了丁举人得的什么病，立即揭榜来到举人家，提出治好病后要举人还三件宝，丁举人一一答应，当时还了三宝。二柱立即把从南海带来的那颗绿果给举人吃了。丁举人病好了，留下三处残疾。一是左眼失明，人说是讹诈金丹讹的；二是脊骨里有一块烂疮，是赖黑袍赖的；三是左腿瘸了，是抢宝扇抢的。

二柱收起三宝，领着媳妇，高高兴兴地过日子去了。

讲　　述：聂玉刚

记　　录：施立学

采录时间地点：1985 年采录于四平

动植物故事

人心不足蛇吞咽

很早以前，有个小村庄。庄里住着个姓王的人家，母女两个，靠纺线织布度日。女儿才九岁，小名叫英子。

这年清明过后，妈妈挎着个竹筐，拿着把弯刀，领着女儿到野外去挖野菜。娘儿俩挖了一筐菜，在往回走的路上，路过一片涝洼塘。正走着呢，小英子猛地一下踩着一只四脚的马蛇子，把英子吓了一跳。这只四脚蛇一时也就不能动了，娘儿俩就把这只小蛇放在菜筐里。到了家，小英子把小蛇放在水缸根底下养活着。小英子侍候得可耐心了，精心地喂着它。她非常喜欢这只小蛇。这小蛇也真通人性，每当小英子喂它的时候，小英子一叫："小蛇！"它就把小脑袋瓜抬起来，向小英子点点头，两只大眼睛眨巴眨巴地瞅着小英子，好像要跟它这个小主人说什么似的。就这样，一天一天地过去了，一晃就过去七个年头了，小英已经十六岁了，小蛇也长了许多，尾巴长长了，眼睛长大了，而且那两个眼珠儿流明锃亮，闪闪发光。

不久，小英子许给了涝洼塘那个庄里一个叫张三儿的小伙子做媳妇了，在娶亲的头一天，小英子把小蛇放生到七年前遇到小蛇的那片涝洼塘的草丛里。这时小蛇的脑袋瓜儿不住地向小英子直点嗒，同时又用尾巴连连打它自己的左眼睛。小英子起初还不明白小蛇要干什么，后来明白了小蛇的意思，是让小英子把它的左眼珠挖下来。小英子虽然明白意思了，她不忍心剜小蛇的眼睛，小英子不得已才把小蛇的左眼睛剜了下来。小蛇钻进草棵里去了。

小蛇的这个眼睛原来是颗夜明珠，小英子和张三儿成婚后的一

天晚上，小英子把得这颗珠子的事儿跟丈夫说了，张三儿便让小英子把那珠子拿出来看看。小英子把珠子拿出来后，照得满屋子通亮，这可把张三儿乐坏了。张三儿长得倒很英俊，可就是爱财如命。张三儿就埋怨起小英子来，说："你这个人真傻，那会儿咋不把它那只眼睛一起都剜下来呢？"小英子说："哪能把两只眼睛都给剜下来呢！都剜了，那它用什么看道哇！就剜这一只，我还有点不忍心呢！"张三儿说："管它那个呢，还管它看着道看不着道，一只蛇就是死了又算得了什么？若有两颗珠子够咱俩过一辈子了。"小英子说："认可受穷，我也不能那么做。"

天亮了，吃完早饭，张三儿就逼着小英子领他到那片涝洼塘去找小蛇，小英子实在不愿意去，可是不去不行啊！因为张三儿要揍她，小英子被迫跟着张三儿来到了放小蛇的地方。小英子叫了一声："小蛇！你在哪呢？"不一会儿，那个一只眼的小蛇就从草棵里"刷刷"地爬来了。张三儿一见它，就走上前去要剜小蛇的那只右眼睛，说时迟、那时快，只见小蛇把头一抬，嘴一张，一眨眼就把张三儿囫囵个儿吞了进去。然后，就又"刷刷"地钻进草棵里去了。

讲　　述：王瑞淑
记　　录：周　荣
采录时间地点：1986 年采录于铁东区山门镇

母鸡上吊

早先年，一个老太太家里很穷。后来，养了一只黄母鸡，这只黄母鸡可能下蛋了，五冬六夏都没有褪毛住蛋的时候。老太太把这些鸡蛋都孵成小鸡雏换了钱，先买头毛驴，后来又拴挂车，小日子红红火火地过起来，儿子也娶上了媳妇。

日子一好了，老太太就忘了黄母鸡的恩情啦。有一天儿子的老丈人来了，媳妇就对老婆婆说："妈呀，我爹正闹痨病，怪馋的，晚上给他做点啥荤腥吃呢？"老太太寻思：亲家大老远来一回，儿媳妇头一回张口，咋能不答对他们父女乐呵呢，就说："把那只老黄母鸡杀了吧！"

儿媳一听老婆婆这么开面，就去磨刀，一边磨刀一边对院里的老黄鸡叨咕着：

> 母鸡母鸡别见怪，
> 你原是人间一刀菜。
> 杀你为的我老爹，
> 爹谢婆母舍出来。

老黄母鸡听完好不伤心，忙"咕咕"叫着小鸡雏们，把它们麻溜领到离后院挺远的树林里，流着眼泪悲悲切切地唱道：

> 咯嗒嗒，咯嗒嗒，
> 孩子们快来看看妈。
> 鸡蛋我下了千千万，
> 才使东家把财发。

狠心婆婆要动刀，

给她亲家把酒下，

妈妈宁死不低气，

让她瞎子点灯白费蜡！

冷哒沙，热哒沙，

夜晚天黑你们早上架，

风吹草动要防黄鼠狼，

阴天下雨可不能远离家。

有蛋下给好人吃，

忘恩负义别理他。

妈妈吃了心软亏，

临死才醒太晚啦。

唱完，黄母鸡用嘴把柳条挽个套，然后探进头去，一蹬腿就吊死了。

老太太听儿媳妇说老黄母鸡没了，就全家一齐出动到处找，直到第三天下晌，人们才从小树林深处找到那个上了吊的老黄鸡。见鸡身上像撒满盐粒似的，仔细一瞧原来是下层蛆，有的都长成了大蛆了，死母鸡已经肉臭毛脱浑身青，就是馋掉大牙也没法吃了。

讲　　述：管永霞

记　　录：高　山

采录时间地点：1986 年采录于四平

灰 狼 报 恩

　　老人讲过，在东北的一个半山区，一百年前没多少人家，那时狼很多，行路人常见着。有个老太太上她围女家去串门回来，走到傍晚，在山脚下的毛道上，碰见个公灰狼在路边仰着脸蹲着呢。老太太一看有个狼，挺害怕的，也不敢往前迈步了。站了一会儿她往前走，狼往前跟着。老太太想：这也不像狼呀，狼咬人，可它见人咋不往前扑呢？老太太自己叨咕着。狼也不懂人语，可这狼到老太太跟前，就用嘴巴拱老太太，让她往回去。老太太想：这回我算玩完了，它是要把我推回狼窝去吃呀。想走又不行，这狼截着她。还使劲用脑袋堵着老太太，又用尾巴来推着老太太。老太太一看这回算没命了，反正让你吃了得了，跟你走吧。走不多远，来到一个山洼里，一瞧有个母狼在那正产崽呢。一般的动物下崽都头朝外，可这母狼生崽斜歪着，后腿却冲外，脑袋没出来，老太太一看明白了：是这么回事呀。老太太自己叨念：我先把这小狼崽接生下来再说吧。她就慢慢揉着狼胯骨，把小狼崽的后腿顺溜顺溜，母狼一连溜生了三个狼崽。老太太接生完，就把小狼放到母狼跟前去吃奶，那母狼不像狗那么会晃尾巴，只一劲回头瞅着老太太。公狼看看母狼生完崽，就用嘴又来拱老太太，老太太先是害怕，后来明白了：这是让我回家呀，老太太心里这才松口气，就跟大灰狼往前走，走到岔道口，大灰狼又坐在地上，意思是不知道往哪走，让老太太在前边引路，老太太就上前面走去。这样公狼一路把老太太送到家。老太太是住在山沟的小草房里，公狼见老太太回屋了，就围着小草房走了三圈，瞅一会才往回走了。

　　这年快过年的时候，一天早上，那个老太太听木障子外有猪叫声，她心里纳闷：我也没养活猪呀，哪来的猪叫声呢？扒窗户眼往外一看，见那个大公狼嘴叼着一头猪的耳朵，母狼咬着尾巴，赶来个百十多斤的肥猪，后边还跟着三个半大小狼崽子。公狼来到门口，用嘴拱拱门，老太太明白了：这是大公狼领它的孩子们给我送

年猪，报恩来了！她赶忙下地去开门往屋放猪。把猪放进屋里，公狼和母狼摇摇头领着小狼崽走了。

讲　　述：陈雅凤

记　　录：高　山

采录时间地点：1986 年采录于铁东区城东乡

蜘 蛛 献 宝

过去，有个人家住关里。关里人口多，生财挣钱难。这个人琢磨着：人挪活，树挪死，干脆上关东求财去。

这个人来到东北，两手攥空拳，做生意没本钱，只好出大力，上山砍柴到市上换钱。

打柴人第一次上山，走到一条山沟里，看见一只大蜘蛛忙着织网。打柴人看蜘蛛织网挺有意思，站在一旁卖呆。那大蜘蛛织完网，躲在一旁，飞虫飞来粘在网上，往外挣，也逃不了。蜘蛛过来，爪子往上一搭，抓过来，送到嘴边，飞虫成了蜘蛛的美餐。打柴人看一阵子才去砍柴。

打这以后，打柴人见天上山砍柴，都要上那条山沟里看蜘蛛拉网，抓飞虫，那蜘蛛对他也熟悉了。

打柴人是春天三月来的，一转眼，已经是九月深秋，六个月的光景了。这时候，东北的天气冷起来了，打柴人的钱也挣得差不多了，他要回关里老家去。小行李卷也捆好了，一扬手背在肩膀上，刚迈步要走，忽拉想起沟里的那只大蜘蛛来，不能这样走哇！还得到山沟跟蜘蛛见一面，跟它打一下招呼。

打柴人来到山沟里，蜘蛛正在网上抓虫子呢。打柴人走到近前，说："蜘蛛哇，咱们见面时间有六个月了。现在天气也冷了，我想回老家去，咱俩今天就分手了，以后不能天天来看你了。咱俩明年春天再见面吧！"打柴人说完，还抹擦两疙瘩眼泪。蜘蛛返回洞里，取出一个不成形状的蛋，推到网边上。打柴人领会蜘蛛的意思，赶忙把那蛋拿起来，放到腰中，说声："过年见吧！"就走了。

打柴人回去的路上，路过一条江，他搭上船，那船行到江心，可不好了。咋的？江中忽然刮起大风，那风刮得大，江浪像山似的，哇哇地嚎着。别说是船，就是鹅毛也给打进江心里去。船还有好？可是呀！出乎意料，风是照样刮，浪涛照样起落，那船却照样平平稳稳朝前开走，船不摆也不摇。船老大知道这里必有缘故，就问坐船的人们："你们大家伙带来的东西都是什么？是不是有宝贝？"大家伙没人回答。打柴人站起来说："我带来一个圆蛋，不知道是什么东西？"船老大年岁过百，见多识广，他接过圆蛋一看，认出这是一颗避风珠。就说："这宝贝你带回家去也没啥用，你把这宝贝留在船上，船不怕风浪，可使串亲访友的、做生意的人坐在船上平安无事。这可是一件好事，我们还不能白用，船上挣的钱按年跟你分红。"打柴说："那就送给你们吧！我不要钱。"

打柴人把蛋送给了船老大。船到码头，打柴人回家了。

讲　　述：张凤来
记　　录：齐学田
采录时间地点：1986 年采录于铁东区山门镇

万 年 松

从前，有一座高山，山上古木参天，野兽遍地。山下有一条河，河水很深。

在这座山上有一只兽中之王——吊睛白额虎。这只虎在山上打完食了，便到河里去喝水。

这条河里，有一只大乌龟也时常到这山上晒太阳。

这一虎一龟下河喝水或上山晒太阳，天长日久就在山下踩出一条道来，在这条道旁有一棵老高的万年松。

这一天，老虎又到河里去喝水，当路过万年松的时候，万年松叫住了老虎，说："虎大哥，不好了，河里的乌龟要吃你呢，它说你弄脏了它河里的水啦。"老虎听了非常气愤，气呼呼地说："哼，它嫌我弄脏了它河里的水，我还没嫌它弄脏了我的山呢！"

又一天，河里的乌龟又上岸晒太阳，当走到万年松下的时候，万年松叫住了它，说"我说龟大哥，不好啦，山上的老虎要吃了你呢。它说你弄脏了它的山。"乌龟听完二话没说，转身回到河里，躲在水草下等老虎来了，好给它点厉害看看。

正在这时，老虎真的来了。当老虎刚要把脑袋伸向河里去喝水，躲在河里的乌龟一下子扑上来，咬住了虎的下颌，虎一伸脖子，也咬住了乌龟的脖子。一个在岸上，一个在水下争斗起来。乌龟把老虎往河里拽，老虎把乌龟往岸上拽，就这样，一顿把式老虎和乌龟都累死了。

这时过来个打柴火的，一看岸上一个死虎，河里一个死乌龟，也顾不得打柴了，用扁担一头一个，把虎和乌龟挑回家，扒了皮，剁巴剁巴就扔锅里煮上了。这一煮，烧了三天三夜也没把肉煮烂。

打柴火的心里纳闷：怎么柴火烧了不少，这肉怎么煮不烂呢？正在这时，锅里说话了："要吃龟虎肉，必得万年松。"

　　打柴的一听，赶紧到山上砍来了万年松，一烧，嗬，没一顿饭的工夫，就把肉煮烂了。

讲　　述：胡锡庆

记　　录：张玉恒

采录时间地点：1986 年采录于四平

雁　哨

秋风吹来，天气凉了。一群大雁一会儿排成"一"字，一会儿排成"人"字，向很远很远的地方飞去。

这一天，太阳快要落山的时候，雁群来到了一个叫黑龙潭的地方。突然，憨头憨脑的大丽和快嘴小花吵了起来。

小花说："黑龙潭，真好玩，麦苗鲜，潭水甜，应该在这住一宿。"可大丽却反驳说："到野鸭湖宿营，是大伙合计好了的，不能随便更改。再说，天这么早就休息，寒潮到来之前赶不到目的地咋办？还有，兄弟雁群早就说过，'危险黑龙潭，十去九难还'，万一出了危险……"

这话要搁在别的雁嘴说出，头雁也许会认真思索一番。要是小花说的，它会欣然同意。可是，这话是它最讨厌的大丽说的，它就满肚子不高兴了。

在头雁看来，大丽一憨二直，说话又冲又硬，不懂礼节，有几次竟当大伙的面，说它的不是，给它下不来台。为这，头雁从心里往外讨厌大丽。所以，它不问三七二十一，便责备大丽说："在哪宿营，我心里有数，不用你小孩子乱掺言。"

大丽不服地辩驳说："头雁大伯，你干吗老是袒护小花啊！这才赶一天路，它就吵吵渴了、饿了、累死了！还挨个儿央求大伙给您提建议，要求提前宿营，我一批评它，它还跟我吵上了。"

小花听了，生气地想道：该死的大丽，早点儿吃饱喝足休息睡觉，对你有啥不好？你咋总跟我过不去？于是，便讨好头雁说："大伙还不得听头雁爷爷的。老爷爷的脾气谁不晓得呀！最能倾听群众意见。"小花用眼瞟了一下大丽，又接着说，"大丽，你算老几呀！动不动就教训老爷爷，老爷爷那么大岁数了，经过的事比你身上的羽毛还多，难道还不如你？"

小花的话，像瓢油浇在头雁的火头上，它当即做出决定："传我的话，在黑龙潭宿营！"

雁群的纪律就是——头雁话出，势如山倒，既没有商量的余地，更不能违抗。大丽无可奈何地"嗯"了一声，然后要求说："那……今晚巡逻哨任务派给我吧！"

飞行了一天，晚上再巡逻放哨那是既苦又累的差事，指派谁谁也不愿意干。没想到大丽主动要求，头雁正求之不得。话说回来，头雁虽然讨厌大丽，但大丽办事认真负责，从不马虎偷懒，它是知道的，所以，它稍加考虑就一口答应了。

群雁来到黑龙潭边，有的喝水，有的觅食，有的清洗身上的灰尘，等它们吃饱喝足、玩够，就躲在黑龙潭的草丛里睡觉去了。大丽呢，它找到一个地势高而又能隐蔽身子的地方放哨去了。

夜里，起风了。草丛发出"飒飒"的响声，黑龙潭的水面上也掀起了半尺多高的浪头。

一会儿，一团团的乌云从西边飘来了，少顷，乌云便把天全遮上了，像一口黑锅扣在头顶一样。按说，天越黑，雁群就会越安全。但大丽心里却不踏实。它的脑海里一直闪着兄弟雁群的那句话："危险黑龙潭，十去九难还。"说不定这里狐狸多，要不就是这里的人个个都是捕雁能手。它警惕地睁大眼睛，支棱起耳朵巡视着，谛听着。尽管疲乏困倦，睡魔一次又一次地袭扰着它，它仍坚持着巡逻。困大劲儿了，它用嘴使劲拧拧大腿，用潭水洗洗身子，保持着头脑清醒。它一次又一次地告诫自己："当心哪当心！你肩负整个雁群的命运啊！"

忽然，它发现了远处有一丝亮光，一闪，眨眼间又消失了。它惊惶地向雁群发出报警信号：

"不好啦！有情况啦！"听到报警信号，大雁们一齐从梦中惊醒，并立即做好了转移准备。

可是，半个时辰过去了，再也没有发现什么异常现象。

这时，小花一边打哈欠，一边嘟嘟囔囔地埋怨说："尽谎报情况，我看存心拿大家开心！"

听小花这么一说，头雁心里的火气更大了。于是，它忍不住怒斥大丽说："我告诉你，以后可不能随便拿军情开玩笑，这次念你

初犯，饶你一次，下次再犯，决不留情！"

大丽心里十分难过，心想，难道是我精神紧张看花了眼？还是真有情况，暴露得不那么明显？正在它沉思不解的时候，在营地的另一侧，又发现了一丝亮光，而且比头次更为明亮。大丽当即断定，肯定有情况！于是，它又立即向营地发出了"敌情警报"。

大雁们又都惊醒了，可是等了半天，还是什么动静也没有。大丽感到奇怪，又尴尬。刚刚入睡又给唤醒的雁群里，顿时响起了一片埋怨声。"咳，尽诈惊！怎么搞的？"其中小花吵得最凶，嗓门也最高："哼！我可知道是怎么回事，今儿个头雁爷爷没按大丽说的主意办，它这是心里有气，跟头雁老爷爷闹别扭呢！"

头雁正为大丽一再谎报敌情恼火，经小花这么一煽风，顿时火冒三丈，大喝一声："来呀，把大丽逮住，重责四十，好好教训教训它！"

头雁有令，群雁们七手八脚地扑了过来，把大丽掀翻，用脚踢，用嘴叼……羽毛被扯掉了好几缕，腿被踹瘸了，浑身都是伤……

"倘若再谎报军情，必处极刑！"头雁说完，率领群雁又休息去了。

大丽强忍周身疼痛，又一瘸一拐地巡逻放哨去了。

大丽仍然在想着刚才的亮光。心想：怪了，我明明看见的，为什么又没了呢？蓦地，一种可怕的危险袭上他的心头。假如不是自己神经错乱，那就是狡猾的敌人设的圈套迷惑我们。那可就要坏大事了！总之，不能有一丝一毫的麻痹与侥幸，要百倍地提高警惕。于是，它把眼睛睁得大大的，向四周窥视着……

当营地里的雁群又进入酣睡之后，大丽的预感被证实了。营地的南面和北面，几乎同时发现了亮光，而且竟连闪三下。这次还报警不报警呢？若是不准确，自己不但要受皮肉之苦的处罚，而且要遭众雁的责备；不报警吧，自己是哨兵，一旦情况严重，群雁就会惨遭毒手……大丽思索了一会儿，决定报警，只要大家平安无事，自己受点皮肉之苦也值得。于是，它又尖厉地长鸣三声，发出

"特急警报"。

出乎大丽意料的是营地上的雁群听到报警，只稍稍骚动了一下。先是头雁吼叫："妈的！总诈惊，看我不收拾它！"接着，传来小花埋怨的声音："困死了，明天再跟它算账！"这样叨咕一阵之后，雁群又安静下来，一切又归于沉寂。

就在这时，东西南北同时出现了亮光。大丽惊惧地发现了好几个擎灯的人。它一切都明白了，使出全身力气，朝雁群发出十万火急的警报，但营地却一点反应都没有。

大丽急了，尖厉凄凉地鸣叫着，呼喊着，但雁群仍没动静。

四周的灯忽然灭了，但一张阴森森的大网却张开了，撒了下来。完了，雁群完了！大丽悲哀地嘶鸣一声，扬翅飞上了夜空，呼叫着，哭泣着，绕着营地一圈又一圈地俯冲着……

雁群终于惊醒了！可是已经晚了——无情的大网落下来了。

大丽失声痛哭起来，眼里滴着殷红的血……

每当深秋，人们都会听到一只失群的孤雁，一声声地悲愤长鸣，那就是那次大难幸存下来的大丽，思念呼唤着它的伙伴……

讲　　述：黄　成
记　　录：李　沫
采录时间地点：1986 年采录于四平

小 胖 孩

从前，有个张寡妇，男的死去多年了，她拉扯个名叫李福的孩子过日子。家里刮锅抹勺子，吃了上顿愁下顿。张寡妇全靠打柴卖钱好赖混个生活。这年，张寡妇把孩子拉扯到了十五岁，总算有了个帮手，可她却一病，趴炕上起不来了。

李福急得趴在母亲身旁哭开了。正哭间，忽然屋里进来个老头，对他说："别哭，别哭，光哭也救不了你娘的命。你听我说，在长白山上有一种棒槌，要能挖来给你娘熬汤喝，哪怕是一根棒槌须呢，也能治好你娘的病。"李福抬头一看，只见这老头，头发胡须都是白的，可是脸上看上去还不算老。李福正要问个清楚，老头已经出去了，转眼间，那老头化作一缕青烟不见了。

李福是个孝子，他知道这是神仙点化。他想：我要是能挖到棒槌须，能治好娘的病，那该有多好啊。第二天，李福便带着一把小镐、一把砍柴刀和一点儿干粮进山了。

李福光听说山上有棒槌，也不知道在哪里，满山遍野地走哇，走哇，天快黑了，脚磨破了，身上划出一道道血口子，可什么也没挖到，急得坐在山上哭起来。哭着哭着，就听见身旁有人问："小哥哥，你哭什么呀？"那声音奶声奶气，怪逗人喜欢的。李福抬头一看，是一个光着屁股戴着红肚兜的小胖孩站在眼前，小脸蛋红扑扑的，大眼睛水灵灵的，可好看啦。李福自言自语地说："唉，我漫山遍野地挖棒槌给娘治病，可是连个棒槌须子都没看见，我娘眼瞅着要断气了，这可怎么办呢？"

小胖孩听了，眼圈红了，说："小哥哥，你别愁，俺认识一种草根，能治你娘的病。"说着，他从一棵大树后拔出两棵草根递给李福。李福连忙爬起来，小胖孩说："俺家就在这不远，自己能走，你快回去给你娘治病吧。你以后有什么急事，你就在这喊三声'小胖孩'。我就会来的。"说完小胖孩一蹦一跳地钻进树林子里不见了。

李福欢欢喜喜地回到家，把小胖孩给的草根熬了碗汤，端到娘的床前。张寡妇喝完这碗汤，顿时红光满面，能站起来了。李福乐得碗都扔了，蹦高喊："娘的病好啦！娘的病好啦！"张寡妇也乐得合不拢嘴。原来，小胖孩是一棵棒槌精变的，他给李福的两棵草根，就是两根棒槌须。打那以后，李福每天上山打柴时，都要喊小胖孩跟他玩一会，每次带吃的东西给小胖孩，小胖孩都不要，只是在天气炎热的时候，他才喝上几口李福给他的水。

谁知，时隔不久，这事传扬了出去，被当地一个叫张罗锅子的大财主知道了。这张罗锅子自打从小得了场急病以后，他的腰就一直没直开过。他身高不过三尺，体重不足百斤，两头都要扣一头去了，可满肚子都是坏水。家里虽有万贯，可从不满足，专门坑害穷人，半拉屯里的人都恨透他啦。他听说李福从山上一个小胖孩子那里弄了两棵草根，一下子就治好了他娘的病后，他想：这小胖孩八成是人们说的棒槌，我要是把它弄到手，不但我吃下去能使我这腰直起来，也一定会发大财的。他想到这里，一个高蹿起来，就像真的吃了棒槌似的，一颠一颠地往李福跑去。到了李家门口，他眼珠一转，计上心来，便四平八稳地走进了李家，对张寡妇说："这方圆几十里的山林都是我张家的，从明天起开始封山，谁也不能上山打柴。"

张寡妇一听，傻啦，她对张罗锅子说："张大老爷，我们孤儿寡母就靠打柴度日，你不让我们打柴，我们可怎么活呀？"说着说着，眼泪也下来了。

张罗锅一看，时候到了，就笑嘻嘻地说："唉，你们娘俩也确实不易，你能让李福领我上山看一眼小胖孩，就让你们上山打柴。"李福心想：看就看一眼吧，反正他也不能把小胖孩给吃了，只要我不让小胖孩给他草根就行。这李福本来心眼就实，为了过日子，为了老娘，也没办法，只好同意了。

第二天，这张罗锅子来到小胖孩住的地方，喊起来："小胖孩，小胖孩，小胖孩——"小胖孩听到喊声，一蹦一跳地跑了过来，张罗锅子一看见小胖孩，眼睛都红啦，一个饿虎扑食，猛扑上去，一下子抱住了小胖孩，乐得嘴都走形啦，拔脚就想跑。这边李福还没弄明白怎么回事哪，就听见小胖孩喊："小哥哥，快救我！小哥哥，快救我！"李福这才明白，他猛扑上去，一下将张罗锅子推了个仰八叉，一把抢过小胖孩，紧紧地抱在怀里。这时，又听小胖孩说："小哥哥，快放下我。"

李福把小胖孩往地上一放，小胖孩顿时就不见了。这边张罗锅子从地上爬了起来，一看小胖孩不见啦，嘴里不停地骂着，边骂边向李福走去，趁李福不注意，猛地从怀中掏出尖刀，一刀将李福捅倒在地，回身又在四周找了两圈，喊了几声，也不见小胖孩的踪影，便气急败坏地向山下走去。

再说小胖孩等张罗锅子一走，就从地里头钻了出来，抱住倒在血泊中的李福哭着喊："小哥哥，你醒醒！小哥哥，你醒醒！"可是，李福的血快流干了，听听胸口，只剩下一口气了。小胖孩边哭边想：小哥哥为我弄成这样，要是他死了，我怎么对得起他呀？再说，他还有一个老娘，丢下来谁侍候啊？

想到这，他一狠劲儿咬断自己的血管。血，像石头缝里的泉水，不住地淌进李福的嘴里，李福的脸色慢慢地红润起来。不一会儿，李福就醒了过来。而小胖孩的脸色却越来越苍白，身子眼看支持不住了，李福抱起小胖孩大哭起来。小胖孩对李福说："小哥哥，你别哭了，我不行啦，等我死后，你把我埋在东边的大树林子里，第二年就能长出一片头顶红花的人参，你把它们起出来，能卖不少钱，好养活你老娘。"说完小胖孩就死去了。这李福大哭了一场后，抱着小胖孩，来到东边的大树林里，找了块潮湿的地方，将小胖孩埋了起来。第二年，这里果然长出一大片顶红花的人参。李福将这些人参起出来卖了。他买了房子，买了地，又娶了个好看、贤惠的媳妇，一家三口日子过得比蜜还甜，后来，他为了不忘小胖孩对他的恩情，将人参种子撒遍了长白山上。现在长白山上的人参还是李福那时撒下的种子，留下的后代呢。

讲　　述：刘天福
记　　录：朱　丽
采录时间地点：2004 年采录于四平

棒 槌 鸟

每当夜幕降临长白山的时候，就能听到一种悲凉的鸟叫声："王三哥，王三哥。"听了令人心碎。它就是以人参籽为食的棒槌鸟。提起棒槌鸟，还有一段故事呢。

相传，从前关里有一叫王三的小伙子，是给财主家扛大活的长工。由于王三相貌端正，勤劳、诚实，渐渐赢得了财主家小姐的爱情，可是财主反对这门亲事。无奈，小姐对王三说："听说东北长白山上，有千年的大人参，要是你也去挖一棵回来，有钱了，爹娘就不会反对我们了，那时我们就成亲。"第二天，王三就告别小姐，起程往长白山去了。

自从王三走后，小姐是天天想、夜夜盼，盼望王三早日还。可是三年过去了，仍不见王三的影子。小姐决定到长白山去找王三。她沿路打听，一直走到长白山，遇到一个挖参老人，就说："大爷，你可曾知道一个叫王三的关里人？他是到这里来挖人参的。"老人见一个女子打听王三，便对小姐说："这位小姐，你是他什么人？"小姐说："是王三东家的小姐。"

老头听罢，不觉泪如雨下，泣不成声地说："两年前，我们住在一起，他跟我说过，是你让他来挖人参的。""是的。大爷，他现在在哪？""就在长白山里。"

老人说："可是你再也见不到他了。自两年前那次我们分头出去后，他就再也没有回来过。我多方托人打听，也没打听到下落。最后，才听说他被强人害了。"

小姐听说王三死了，多年的盼望成了泡影，一口气堵在胸口没上来，昏死过去了。

醒来后，竟成了一个疯疯癫癫的姑娘，不吃不喝，满山遍岭地跑着喊着："王三哥哥，王三哥哥。"

几天后小姐也死了，变成一只美丽的棒槌鸟。她恨人参，是人参夺去了王三的性命。白天里她专吃人参籽；到晚上，思念王三，就从这棵树飞到那棵树，不停地叫着："王三哥哥，王三哥哥。"直到天亮。

讲　　述：王德清

记　　录：孙玉清

采录时间地点：1986 年采录于四平

红松和人参的故事

长白山的人参早先并不在长白山，后来是一棵红松给偷着搬来的。

在很早以前，在一个山上有座寺庙，寺里住着两个和尚，他俩是一师一徒。老师父不好好在寺里念经烧香，却整天下山会些狐朋狗友。每天下山，都要留给小徒弟一大堆活。平时呢，他看小徒弟不顺眼，动不动就是一顿打，小徒弟被师父折磨得面黄肌瘦。

这一天，师父又会见朋友去了。小徒弟去树林里，在一棵老红松旁抢着斧子砍柴。也不知从哪跑出来一个红兜肚孩子，和小徒弟一般大小，活蹦乱跳的。小徒弟平时孤零零的，没个伴儿；这回可乐坏了，一个人做的活，两个人一会就做完了。他们就围着老红松唱呀，跳呀，小徒弟头一回这么欢势。从这以后，师父一下山，红兜肚小孩就来找小徒弟玩，约莫老和尚快回来的时候，小孩就不见了。

日子一久，老和尚看见小徒弟的脸红扑扑的，留多少难干的活，也干得利利索索的，心里想：一定有"鬼"。一天晚上，他把小徒弟叫到跟前盘问、小徒弟很怕老和尚，就从头至尾地实说了一遍。师父心里纳闷：深山老岳里哪来的红兜肚的小孩呢？嘿，一定是棒槌。想到这急忙从箱子里找出红线和针来，递给小徒弟，对他说："等小孩来玩的时候，把针别在小孩的肚兜上，明白吗？"

这天，老和尚下山去了，红兜肚小孩照常上山来玩。傍晚，红兜肚小孩对小徒弟说："时候不早了，我该回去了。"小徒弟本想把自己的心事告诉他，可又怕师父知道，死逼无奈，只得趁着小孩着急回家的时候，把针别在他的肚兜上。

第二天清早，老和尚悄悄地把门锁上，拿着镐头，顺着红线往上找，来在一棵红松树旁边，看到那棵针插在一棵人参苗上，老和尚乐坏了，举镐就刨，刨出一个人参孩子来。拿到寺里把人参孩子放在锅里，盖上锅盖，上面还压了一块石头。然后，进屋一拳打醒

小徒弟，叫他到厨房去烧火。煮得差不多的时候，偏巧，老和尚的朋友找他下山，老和尚没法推辞，就跟着下山了。临走的时候他吓唬小徒弟说："我不回来，不许你揭开锅盖，要不听话，小心打断你的腿。"老和尚走后，小徒弟一个劲地烧火，锅里"咕嘟咕嘟"直响，大气直往外冒，满屋子香得不得了。小徒弟不知道锅里是什么，就搬开大石头，揭开锅盖一看，喜欢得直笑，啊，是一苗大棒槌，香气直扑鼻子。小徒弟掐下一块，填进嘴里品尝，那可真是想着什么味，就是什么味，再掐下一块填进嘴里品尝，比那头一口还香，就这么着接二连三地吃光了。吃完了，小徒弟想起了师父的话，有些怕了。后来他胆子一壮，一不做，二不休，舀了瓢汤喝了，又把狗叫来给狗喝汤，剩下的汤就倒在寺的四周了。

这时，就听师父在外边喊他，心里一急，不知道该如何是好，没办法，赶紧跑吧！刚出门，只觉得两条腿轻飘飘的，忽忽悠悠地起空了，紧跟着，狗，寺庙也起空了。老和尚一看这光景，知道人参孩子被小徒弟吃了，急得仰脸喊。小徒弟才不理他呢，还让狗汪汪咬他。老和尚这个气呀，一口气没上来，给气死了。小徒弟、狗、寺庙，一点点升到云彩里去了。

原来，红兜肚小孩就是那棵人参变的。那红松树下长着一对人参，自从那棵人参叫老和尚挖去后，剩下的这棵成天对着老红松哭哭啼啼。一天，老红松说："关东山里人少树多，比这儿强。"人参孩子不哭了，跟着红松爷爷，来到了长白山的林子里落了脚，这就是人参搬家的故事。

讲　　述：纪桂芳
记　　录：郭三妹
采录时间地点：1986 年采录于四平

红　孩

　　古时候，在深山老林的一个村庄里，有个山霸王，霸占着好多好多的山头，猎人打猎都要给他纳贡；挖参人挖到人参，要给他劈份子。山霸王有个儿子从小习练武术，有一身功夫，长大后京城考武状元，因力气不佳而落了榜。回来后，武术教头给出了个主意：喝虎奶壮身强骨，定能力大过人。

　　有个猎手，名叫方勇。山霸王命方勇在半个月内捉一只活母虎，不然就拿五千两白银来。方勇捉不到老虎，眼看期限就到，他着急上火，就病倒在炕上。

　　方勇家里有个十岁小孩叫全柱，天天到山脚下去玩。这一天从山里走来一个穿一身红衣服的小孩，同全柱一起玩。全柱问他叫啥名，他不说；问他家住在哪，又不告诉。全柱看他穿一身红衣服，就管他叫"红孩"。他们俩天天到一起就摔跤。别看红孩比全柱矮一头，力气却大，总是红孩取胜。全柱不服气，天天来山脚下和红孩比试。这一天，全柱把山霸王要他父亲捉虎的事说了一遍。红孩听了说："这个容易，明天我给你捉一只老虎来。"全柱一听呆住了："老虎要吃人的，你别喂了老虎。"红孩没说什么，摇摇头走了。

　　第二天，山霸王一伙人正在猎户方勇家逼银子。方勇没银子给山霸王，山霸王指挥打手们要扒房子。这时红孩骑着老虎走来，红孩大老远就喊："老虎送来，还扒房子干什么！"只见虎的嘴巴被捆着，红孩骑在虎背上，手把着老虎的耳朵，老虎规矩矩地听摆弄。众人见了，无不惊奇。红孩救了方勇一家，他自己被留在山霸王那里，天天给山霸王的儿子挤虎奶。一天，红孩偷偷地从山霸王家溜走了。山霸王的儿子要喝虎奶，没人敢挤奶去。山霸王的儿子想，小孩都敢挤虎奶，我是做武功的，还怕它不成。他打开木笼子的门，走进木笼里。老虎一见生人，上去一口把他的脑袋咬了下来。这位武功出身的公子，白白地送了命。老虎趁木笼子没关，又

逃进深山。

山霸王就这么一个儿子，这下被老虎咬死了，他好像被挖去了心头肉，一下病了，一来二去就死了。

猎户方勇的病也越来越重。一天，红孩来到方勇家，要给方勇治病。红孩煮了一锅汤，锅水煮得翻开时，只见红孩一头扎进锅里。全柱急忙去拉，一把没拉住。说也奇怪，红孩钻到锅里就变小了。全柱把红孩捞了出来，送到方勇面前，带着哭腔说："他煮死了，没人跟我玩了。"方勇一看便知是一棵红参，他喝了人参汤，从此病就好了，又可以到深山老林里去打猎了。

讲　　述：张素文
记　　录：齐学田
采录时间地点：1985 年采录于铁东区山门镇

深 山 闯 险

很早很早以前，人们就知道人参是个宝，人们就成帮结队地到长白山老林子里去挖，可往往都是空手而归。

有一个叫吉青的和一个叫于前的庄稼人，为给村子里的病人配齐药方，下决心把人参挖回来，两人就上路了。

走了数日，进了山。一天，他们在一片密林里真就发现了一棵人参。这棵人参大得出奇，厚墩墩的叶子又肥又绿，挑起红灯似的花骨朵。两人乐得直蹦高。这时只听一声大吼，震得山石"哗哗"滚落，打树丛中跳出一只斑斓猛虎，张牙舞爪直逼吉青和于前，两人吓得面如土色。吉青急中生智，指着一棵大树对于前说："快，你快上树，老虎只能先吃一人，等它把我吃了，你也上树了。"吉青说着奔老虎迎去。于前一把拉住吉青说："不，还是你上树，你家有六旬老母，应该你活着。"

于前把吉青推到树跟前，然后三两步蹦到老虎面前，想用自己一死保护吉青性命。吉青只好爬到树上，眼睁睁看着老虎把于前掀倒，两只爪子搭在他身上，张开血盆大嘴就要咬下去。吉青不忍看，扭过脸去，却见这边草丛里钻出一个姑娘。吉青喊："喂！别往这边跑，前边老虎在吃人！"不管吉青怎样喊，那姑娘像没听见一样，照样往前奔。姑娘走近老虎身边，用手一指，老虎立刻收起前爪，没命地逃了。吉青看得真切，急忙溜下大树，上前给姑娘行礼，接着又去扶于前。于前早已被老虎吓昏了过去，吉青叫了好一阵子，他才清醒过来，可是，再找那姑娘，人却不见了。两人心中暗自庆幸保住了性命，于是又想起那棵大人参，到草丛中去找，人参却无影无踪了。

他俩又继续往前走。工夫不大，两人又在一条沟塘里发现了一棵人参。这棵人参和上次看见的一模一样，两人又是一阵高兴。他们蹲下来正要挖，却传来了野猪的叫声，两人在惊恐中爬上了一棵大树。这时只见一只野猪来到树下，趴在那儿不动弹了。吉青和于

前在树上等了很长时间，肚子有些饿了，可干粮都在地上，上树时由于着慌，忘带到树上来。两个人在树上想把野猪哄走，就"哎！哎！"地喊了起来。这一喊倒坏了事，野猪发现树上有人，也觉肚里瘪了，就用脊背靠树，想把树上的人晃下来。接着，野猪就用嘴啃树，一口啃掉一层树皮，发出"嘎吱嘎吱"的声音，一会儿的工夫，大树就被它啃出豁口来。眼看大树有倒下去的危险，吉青和于前的心里打鼓般地跳。吉青说："上一次猛虎来吃咱俩，你挺身送死救我，这一次该我去！"于前一把没拉住，吉青从树上蹦到地上，撒腿就跑。野猪看见树上掉下个人来，它一愣神的工夫，吉青已跑远，野猪在后面穷追不舍，跑出了沟岔。这时，草丛中又跑出一个姑娘来，于前在树上看见那姑娘也往危险的方向跑，就跳下树来追那姑娘，他一边追一边喊："喂，别往那边跑！前边有野猪追人！"

姑娘追上了野猪和吉青，她用手一指，野猪乖乖地向一边跑去了。这时于前也追上来。吉青和于前一看，还是上次遇虎救人的好姑娘，两人心中暗暗称奇。姑娘说话了："我是这老林中的一棵人参。""啊！你是人参姑娘？""以前有些进山挖参的人，怀着妒嫉心肠，得财害命。你们俩和那样的人就不同，遇见老虎、野猪，舍生忘死救别人，都是我亲眼看见的。实话相告，你们两次发现的大人参就是我。我可找到世上的好人了。你们俩能舍己救人，我也要舍己为人。你们俩把我带回村，用水煮了给病人治病，行不行？快点呀！"人参姑娘说完现了原形，一棵有一千多年的九品叶大参躺在吉青和于前的面前。

吉青和于前怎忍心把恩参带回去煮了！他俩在草丛里刨了个坑，把这棵人参栽在土里，又去找水，打算用水浇活这棵参。找水回来，这棵人参不见了，回头一看，人参姑娘出现在身后，把挖人参的秘密告诉了他俩。原来，满山遍野的人参都让人参姑娘教会了隐身法。挖参人即使看到人参也挖不到。人参姑娘说完就飘然而去了。

回到村里，吉青和于前把这些方法告诉了其他的挖参人。从此，挖参人再发现人参时，就大喝一声："棒槌！"然后赶紧蹲下，用红丝线系在人参的叶茎上，免得隐身逃走。接着用锹把人参周围挖通，用头簪挖土，伤不着根须，直至把人参取出为止，这叫"抬参"。现在人们还是这样挖呢。

讲　　述：张素文
记　　录：齐学田
采录时间地点：1986 年采录于铁东区山门镇

吹 箫 得 宝

清朝年间，山东黄河边上有个贫穷的小伙子，名叫苏二虎。二虎不光会种地，会些武把操，还会吹箫。无论是下地干活还是出门办事，身上总是带着一根齐眉棍和一管竹箫。他的竹箫吹得好极了，婉转悠扬的箫声一起，就连天上飞过的小鸟也会停下来谛听。

一年，黄河突然发了大水，洪水像一头怪兽冲出了河堤，淹没了庄稼，冲毁了房屋，卷走了许多人和牲畜。二虎和爹妈也被洪水冲得不知去向，幸亏二虎水性好，才保住了性命。

洪水过后，山东大地泡在一片黄汤之中，人们衣食无着，官府和富豪又乘机盘剥，老百姓简直活不下去了。

一天，同庄的李大叔对二虎说："闯关东吧，东北有座长白山，山上有人参果。要是碰着运气，挖着两棵，也许能解救乡亲们的苦难。"

二虎听了李大叔的话，就带着竹箫，拎着齐眉棍奔向长白山。

也不知走了多少日子，吃尽了千辛万苦，终于来到了长白山的大森林里。他找了一个背风的山坡挖了个地仓子，从此，每天二虎走山串岭，四处寻宝，晚间回到地仓子胡乱过夜。饿了采些野菜，打几只野味吃，渴了就喝口山泉水。

头一年，二虎虽然没挖着大棒槌，可还挖了些小棒槌，采集些木耳、猴头，剥几张兽皮，背到山外的镇上卖些银钱，换回些粮米衣裳，多少还有些积攒。可是，第二年从春挖到秋，不但没碰到一根棒槌，就连小野牲口的影儿也没见到。

这天晚上，二虎拖着疲乏的身子空着手从山里转了回来。他连地仓子也懒得进了，把齐眉棍往身旁一放，他想起被洪水冲走的父母，想起了荒芜的土地，想起了家乡受苦受难的众乡亲，越想越难受，禁不住轻轻叹息道："原打算到关东挖几棵人参，给乡亲们度荒年！岂不知两年了，还是两手空空。"

此刻，湛蓝的天空中，升起了大瞟月亮。

今天是八月十五了。往年八月中秋，当月亮升起的时候，他总是在村里吹箫。竹箫一响，全村老少都集到大槐树下，一直听他吹到深夜。进山两年了，竹箫虽然天天带在身边，可是还从来没顾得上吹一回呢。他从腰间摘下竹箫，轻轻擦了擦，略一沉思，便吹起了思乡曲来。

吹着吹着，二虎觉着有一股腥烘烘的气味飘来，他往细里一看，这黑影足有一丈高，满身长着红毛，脑袋似虎，身子像熊，两眼似铜铃。二虎见了，虽然有点害怕，但还是仗着胆子吹着箫。

那个怪物来到二虎面前便停下来了，站在那里一动不动地听二虎吹箫，还不时随着拍子轻轻摇晃着大脑袋。二虎一边吹箫一边寻思，冷不丁想起来了，过去曾听李大叔讲过：笙管笛箫要是吹得好，就能引来百鸟，招来禽兽。看来，这怪物八成是被我的箫声引来的。想到这里，就更加壮起了胆子，专拣那些欢快悦耳的乡间小曲，不停地吹着。

小曲越吹越响，越吹越快，那怪物随着节拍，情不自禁地跳起舞来。二虎乘它一个转身之机，抄起齐眉棍，照定怪物的后脑勺，使足力气，狠狠地抽了一棍。那怪物嚎叫了一声，一个趔趄差点跌倒。二虎抓紧时机，抡开了齐眉棍，雨点般地照怪物打去。直打得怪物翻倒在地，口吐鲜血，死了。

二虎长长吐了口气，刚要坐下歇一歇，猛然，一阵脚步声传来。二虎很是一惊，急忙手拄齐眉棍，站了起来。

月光下，一个瘦高个的老人向他走来。老人须发皆白，身穿一件红袍子，手拄一个木杖，来到二虎面前，搭手作揖，说："恩人，老汉这边有礼了！"

二虎慌忙答礼："不敢，不敢！"接着问道："老人家，深更半夜，山高路险，不知从何而来？"

老人仰头一笑说："我是这里的老户，特来感谢恩人的。"

老人指着地上那怪物说："你看，这是一头红毛狮子精，凶恶无比。这山千百年来百草繁茂，百鸟群集，百兽相安。自打今春，来了这么一个怪物，山林族算遭了灾难。它每天要吃很多的野兽，

还要吃人参果。你可为山里生灵除一大害呀!"

二虎一听这话才明白起来,怪不得一年来自己挖不到人参,也打不着野牲口。

老人又说:"我家就在这附近,请到我屋里喝几杯热乎酒。"

二虎见老人诚心实意,不好推脱,只得点头应许了。老人让二虎拉着他的手杖,叫二虎闭上眼睛。二虎刚闭上眼睛,就觉得脚下飘飘忽忽的,正觉惊奇,就听老人说:"到了!"

二虎睁开眼睛,见前面一座四合大院,青砖红瓦,好不富丽堂皇。进得院来,只觉一股清香,直打鼻子。

老人把二虎让到客厅,两个童子端上茶来,一杯香茶饮尽,桌上已摆满了丰盛的酒菜。老人亲自把盏,酒过三巡,老人问道:"不知您家住何方?到这深山老林里干什么来了?"

二虎不觉泪挂腮边,就把自己的遭遇细说了一遍。

老人听了后说:"你今晚就在这住一宿,明天我带你上山。"

第二天,天刚蒙蒙亮,二虎就跟随老人走出院门。一回头,身后的房屋无影无踪了,二虎见了觉得奇怪,又不好发问。

老人带着二虎不一会儿就来到一个湖泊上。二虎放眼一看,见湖水澄清澄清的,湖中有一群小胖孩在洗澡。他们一边洗着,一边嬉戏打闹着。

老人对二虎说:"你把口袋解下来,下到湖里去抓吧!抓住了就往回袋里装。多咱装满了,多咱再上来。"

二虎于心不忍,正在迟疑间,老人忽然在他的背上轻推了一下,二虎就觉得身子像弹出去一样,一直飞到孩子堆。他也管不了许多了,伸手就抓。说也奇怪,那些孩子看见他也不躲,还一个接一个往袋里钻。不大一会儿,他的口袋就装满了!

等他回到岸上,老人已不知去向。二虎怕伤了口袋里的孩子,急忙打开口袋,一看,他简直惊呆了,这哪是孩子呀!口袋里装满了一棵棵又大又白的人参呀!二虎乐得心都快蹦出来了。忙跪下,向四方山林重重地磕了几个响头。

二虎带着人参下了山,要回山东家。走到伊通洲奉化县的嘀嗒

嘴子时，碰上了一群难民。难民说："山海关附近正在打仗，关口把守极严，过往之人不是被砍掉脑袋，就是被搜查一空。"二虎一听，生怕人参被掠，只好在嘀嗒嘴子暂时安家落户了。

一连几年，山海关口仍然不太平。二虎没法，只好卖掉人参，在嘀嗒嘴定居下来。人们都听说苏二虎挖参的故事，传来传去，就把苏二虎传成"赫二苏"了，以后，把他居住的村庄也叫成了"赫尔苏"啦。

苏二虎虽然在这落了户，但他还时常想念故乡和那些受苦受难的穷乡亲，每当夜深人静的时候，他就坐在村前的大石头上吹箫。这箫太动人了，有两条龙每天听二虎吹箫。后来，这两条龙听懂了二虎的心事，就年年去山东，把黄河的水吸来一些，吐在了赫尔苏的周围。从此，黄河的水不再泛滥了，赫尔苏的周围也形成了一座湖，人们给它起个名叫"二龙湖"。

讲　　述：高喜生

记　　录：李广源　郑长春

采录时间地点：1982 年采录于四平

人 参 老 头

很多年以前，在东边大山里，有一个财主，叫姜大牙，他是又狠又毒，出了名的老财迷。

这年，从关里来了一家逃荒的。两口子领着一个十三四岁的孩子。一进这屯子，两口子连累带病就死了，那个孩子抱着亲爹娘的尸首急得哇哇直哭。姜大牙看见了，眼珠子转了转，对那孩子说："我借给你二两银子，你把你爹妈发送了吧。"

那孩子说："二两银子，我可咋还呀？"

姜大牙说："发送完你爹妈，你就到我家干活抵债。"

这孩子叫锁柱，进了姜大牙的家门，姜大牙把他支使得腿脚不沾地：白天让他出去放猪，早晚让他挑水、劈柴、干杂活。给他吃的是稀糊涂、糠窝窝头，不到一年，把锁柱折腾得皮包骨头了。

一天晌午，锁柱在山坡上把猪拢好，拿出两个糠菜团子刚要吃，忽然来了一个老头，管他要糠菜团子吃。锁柱见这老头穿着破破烂烂的衣服，面黄肌瘦的，十分可怜，就把一个糠菜团子给了他。老头接过糠菜团子三口两口就吃没了，锁柱见老头吃得甜嘴巴舌的，顾不得自己肚子饿得咕咕叫，索性把剩下的那个糠菜团子也给了老头。

第二天晌午，锁柱刚要吃饭，那个老头又来了，锁柱把两个糠菜团子又给他了。接连七天，老头天天赶到锁柱要吃晌饭的时候就来，吃完了锁柱的糠菜团子就走，把锁柱饿得两眼直冒金星。可是，老头连一句客气话都没说过。到了第八天，老头吃完锁柱的糠菜团子，拾了两捆柴火，背起来就走，没走几步摔了两跤。锁柱看见了，赶紧跑过去把柴火接了过来，要送老头回家。老头没说什么，就头前领着走了。

他们两个不紧不慢地走哇，走哇，不知道翻了几座山，也不知趟过了几条河，走了很远很远，来到一个高高的大石崖子跟前，老头用手一指说："绕过这大石崖子就到我家了。"锁柱觉着奇怪；

从来没听说这里有人家呀。想着想着，不知不觉他们已经绕过了这又高又大的石崖子。锁柱往四周看了看，没看着房子，再仔细一看，哎呀，这崖子后面的山坡上到处都长满了人参，几品叶的都有，可山漫岗的。

锁柱来到长白山快两年了，他只在放山回来的人手里见过人参。一下子看见这么多的人参，他都有点傻眼了。他想招呼老头看看，可一回头，老头不见了。找了一圈，也没见着老头的影子。正着急呢，不知从哪儿传来的声音："好心的孩子，你面前的人参，都是我的孩子，你想用多少就挖多少，这是我对你的报答。"

锁柱仔细听了听，这不是那个老头的声音嘛！他在哪儿呢？他顺着声音找哇找哇，找了半天也没找着。这时，那个老头又说了："我就在你身边，你是看不到我的，你就挖吧。"

锁柱心想：我不就是给老头几个糠菜团子，帮他背了一回柴火么？怎么能要人家报答！他就说："不，我帮助您是应该的，不要报答。"说完，转身就往回走。他没走几步，那个老头又说话了："好心的孩子，你还欠姜大牙二两银子呢，你就多挖几棵，还还债，买些房子置些地，好好过日子。"

锁柱听了这话，心想：姜大牙的债是得还。对，我就挖一棵，回去卖了还债，我可就再不给他干活了。于是，他找了一棵小人参，小心地挖出来。下山时，说："老爷爷，谢谢您啦！"

回到屯子里，把人参卖了。正巧，卖了二两银子。他高高兴兴地拿着银子进了姜大牙的屋子。姜大牙看见银子一愣，问："你从哪弄到的银子？说！"

锁柱老实，就把怎么帮老头背柴火，老头让他挖人参的事从头到尾地说了。姜大牙听了，骂道："你真是天生的穷命，傻透腔了，那么多的人参，你咋不可劲地挑大的挖呀！"他把银子收下，把锁柱打发走了。

第二天，姜大牙打扮成一个穷人的样子，怀揣两个糠菜团子，赶着一群猪上山了。刚响午，他急忙拿出糠菜团子，装模作样地比画着，果然，那个老头也来了。姜大牙心里这个乐呀，急忙对老头

说："给你两个糠菜团子吃。"老头也没说啥，接过糠菜团子吃起来。吃完了，抹抹嘴走了。

一连气七天，老头天天来吃糠菜团子。到了第八天，姜大牙预备了一条大麻袋，揣着两个糠菜团子又上山了。到晌午，等老头吃完糠菜团子，姜大牙沉不住气了，说："你捡点柴火，我帮你背回去吧？"老头也没说啥，捡了一捆柴火，姜大牙急忙上前背上，跟着老头走了。

翻过了几座山，趟过了几条河，来到了大石崖子后面。姜大牙看见那满山漫岗子的人参，乐得什么也不顾了，把柴火一撇，去拣大个的人参挖起来，一直挖到天黑，麻袋装不下了，他才住手。把麻袋扎好嘴，扛起来往家走。

麻袋好沉哪，压得他伸着脖子，龇着牙。越走麻袋越沉，他可舍不得放下，没走出二里地，他就被麻袋压死了。

讲　　述：郭连喜
记　　录：郑长春
采录时间地点：1986 年采录于四平

机智人物故事

黑老爷巧断嫁女案

叶赫驿站附近有一个屯子，依山傍水，好似一幅山水画。屯了南头紧靠河沿，绿树环抱着一处深宅，青砖院墙，内有两进四合大院，院落宽敞，门庭气派，大门外还立着几根拴马桩。庭院和小河中间是一片荷花塘，片片荷叶覆盖了整个塘面，荷花朵朵绽放，蜻蜓、蝶儿在花间飞来飞去，塘边几位姑娘陪着一位盈盈（满族语：姑娘）练武。

这深宅大院是财主"老财迷"的家，"老财迷"精明能干，唯利是图，大事小事都精打细算，攒下百垧好地，家财万贯，豪宅一片，成为当地的富户。财主夫妇五旬开外，膝下无儿，只有一女，娇宠无比，视为掌上明珠。姑娘聪明漂亮。天生一副好嗓子，她要是唱起歌来，燕儿不飞，雀儿不啼，百灵鸟都不敢再歌唱了，姑娘就有了"赛百灵"的美称。"老财迷"对宝贝女儿寄予了无限的希望，请人教她识字、习武，唯独不教唱歌，他认为那不是财主千金该学的本领。

赛百灵越长越漂亮，识文断字，饱读诗书，长拳短打，马上步下，刀枪棍棒，样样精通。老财迷看在眼里，喜在心中，在心里打着如意算盘：女儿能文能武，不会受气挨欺负，将来为她找个好丈夫，这片家业交给他俩也就放心了。

十八岁的赛百灵像一朵盛开的鲜花，吸引着人们的目光。官府老爷的公子、财主乡绅的少爷，纷纷托人上门求亲，都被赛百灵拒之门外，弄得老财迷夫妇十分难堪。闺女的心事娘知道，赛百灵的额娘心里明镜似的，姑娘喜欢上小秀才啦！

小秀才是财主家的长工，本是流落到这里的落魄书生，贫困潦倒时被老财迷收留。小伙子貌不出众语不惊人，忠厚实在，聪明能干。落榜不失志，劳作之余，下雨阴天，仍手不释卷，潜心读书，胸怀大志，绝非等闲之辈。赛百灵喜欢在天不亮时习武，总能遇见在河边吟诵唐诗宋词的小秀才。那天偶然听见他吟诵朱淑贞的断肠句：

> 春暖长江水正清，
> 洋洋得意漾波生。
> 非无欲透龙门志，
> 只待新雷霞一声。

小秀才以此抒发自己的远大志向，排解心中的郁闷。曲高和寡，不想竟遇知音，赛百灵读懂了他的心声，回敬了一句：
"行路难！行路难！多歧路，今安在？
长风破浪会有时，直挂云帆济沧海。"
小秀才一愣，财主的女儿也懂李白的《行路难》？他深感意外，从内心里佩服赛百灵，"多谢小姐以诗相励！"赛百灵微微一笑，练剑去了。从此以后，两个年轻人彼此欣赏，赛百灵常以请教诗文为借口，同小秀才谈论诗词，推敲戏文。小秀才的学识、人品、志向令赛百灵十分倾心，姑娘芳心暗许，非小秀才不嫁。尽管小秀才对赛百灵另眼相看，极有好感，可他的身份和处境让他不会有任何的奢望。

老财主明白了女儿的心事，偷偷地把她叫到自己的屋里，爱怜地说："我的宝贝啊，你的心事阿玛都知道，只是那小秀才房屋没一间，薄地无一垄，穷光蛋一个，咋能和你这个千金小姐一样金贵呢！""阿玛呀！你可不能隔着门缝看人——把人看扁（贬）了啊！"赛百灵摇着老财迷的胳膊恳求着。老财迷说："等他考取功名，那得猴年马月啊！"赛百灵说："我相信他一准能考中，我的心里只有他，等到白头我也等他出人头地的那一天！"老财迷的老婆含着眼泪哀求道："我和你阿玛都苦熬了大半辈子，就指望你接管好这片家业。那秀才庄稼不成买卖不是，这家财早晚让他坐吃山空。"老财迷接过话茬说："就凭咱这家，咋也得给你找个门当户对的婆家，还得有钱有势！""我不嘛，我就相中了……"赛百灵和父母拗了起来，老财迷一脸的不高兴，叹了一口气："唉，儿大不由爷，女大不由娘啊！"老两口虽生气，可还要为女儿的婚事操心。

那天，赛百灵的大舅来给她提亲，说男方是住在城里的，绰号"镇半城"。老财迷一听心花怒放，那可是方圆百八十里的首富，能攀上这门亲戚可是自己的造化呀，女儿也是俊鸟登高枝了。再者说媒人可是孩子的亲娘舅，事儿绝对不会有半点差错。老财迷两口子二话没说，满口应承，替女儿应下了婚事。媒人乐颠颠地进城回话去了。没过几天，"镇半城"来相亲了，赛百灵的大舅给老财迷一张银票，乐得他话都不会说了，忙让老伴儿去叫赛百灵来相亲。

老财迷的老伴一见"镇半城"，打心里往外不喜欢，老财迷又催她去叫女儿，她只好硬着头皮去叫赛百灵。"镇半城"早就听媒人说过赛百灵的美貌，他要先睹为快，随后跟来，甜甜地叫着："岳母，丈母娘啊！等等我，我要亲自去请。"说着紧跑几步赶了上来。来到后院，只见赛百灵正在舞动双锏，呼呼生风。一见额娘来了，必是有事，姑娘才收住招式。"镇半城"见姑娘曼妙的身材、矫健的身手、粉红的笑脸，乐得手舞足蹈，心醉如泥，早已神不守舍，垂涎欲滴，凑上前来，连连说："好，好！"气得姑娘举锏要砸，"什么人？这样不懂礼数……"吓得赛百灵的老娘哀声央求："姑娘啊，使不得，这是你大舅给你请来相亲的……"赛百灵不待额娘的话说完，一口回绝了："额娘，不就是这位公子吗！请他打道回府，另求高门吧！""镇半城"一听笑了，涎着脸皮说："小丫头，我就相中你了，你就等着我的花轿来接你吧！这个三姨太有些性子，我娶定了！"赛百灵怒不可遏，开口骂道："呸！屎壳郎搬家——滚吧！"话落手起，举锏就打，吓得"镇半城"撒腿就跑，一不留神后背被赛百灵的锏扫掉一块皮，疼得他龇牙咧嘴，

一边跑一边还贫嘴："好，我就稀罕你这般烈性子！"姑娘紧追不舍，吓得他狼狈而逃，直恨爹娘少生了两条腿儿。回到客厅时累得气喘吁吁，他上气不接下气地对老财迷说："岳父大人，我，我，相中赛百灵姑娘了，我回去择日迎娶！"说完带人走了。

"镇半城"前脚刚出院，赛百灵额娘也回到了客厅，气冲冲地说："老头子！咱闺女可不给他当三姨太，赶紧把聘礼退掉！"老财迷趿拉着鞋就追了出来，叫住了"镇半城"，不待老财迷把话说完，这个纨绔子弟就露馅了，当时就急眼了，眼珠子都要立起来了，怒吼道："老犊子，你听好了，这门亲事我同意，聘礼你不要我带回去，三姨太我是娶定了，这事由不得你，不同意就等着吃官司吧！走！"说完打马就走。媒人被扔在尴尬的境地，听着妹妹的数落："哥哥，你办的这叫啥事啊！"赛百灵的舅舅一肚子的委屈，辩解着："妹妹、妹夫啊！可不能冤枉好人哪！我还不是为你们好！'镇半城'娶啥样的没有啊！人家那是瞧得上咱们，可别错了主意，别听小孩子的，她还不懂人间的事理！"说完也气呼呼地走了。

老财迷收起聘礼，对老伴发起了脾气："儿女的婚事，要听父母之命、媒妁之言，这亲事由不得她，就是绑也得绑到城里。"老伴心疼女儿啊，听了这话气得呜呜地哭了起来，使出了"一哭二闹三上吊"的手段来，想让老头子改变主意，可这老财迷只认钱，根本不为女儿着想。

没过几天，"镇半城"果然带着家丁，抬着花轿来迎亲了。老财迷家里乱了，他一面款待客人，一面让老伴准备嫁妆，给女儿梳妆打扮。在这节骨眼上，赛百灵忽然间不见了，找遍了院里院外也不见人影，急得老财迷两口子心烦意乱。当妈的担心孩子性情刚烈，会寻短见；老财迷死要面子，一面按当地习俗招待女婿，一面派人去屯子里亲戚家里找。

这时，两匹驿马由远而近，叶赫驿站的站丁传黑老爷的话，请老财迷夫妇、媒人、镇半城等去驿站问话，原来赛百灵趁乱去驿站告状去了。

　　老财迷知道黑老爷的厉害，不敢怠慢，带着一干人等急忙来到驿站。黑老爷很客气，让人给"镇半城"搬来板凳请他上座，递烟倒茶。"镇半城"在叶赫驿站有这么大的面子，心里美滋滋的，看了一眼站在一边的赛百灵一家和媒人，心中不禁一阵好笑：赛百灵啊！小美人你还会这一手，我真没想到。驿站的老爷知道谁的钱大，一会儿把你判给我，看我咋驯服你这匹烈马。

　　黑老爷正中落座，笔帖式和师爷、旗排官排列两行，开始问案了。黑老爷脸子一绷，没有了刚才的随和，问老财迷："你家闺女早有意中人，你可知道？"老财迷答道："回老爷，我真不知道！"黑老爷问赛百灵："姑娘，你和相好的认识几年了？"赛百灵大大方方地说："回老爷，三年前他到我家扛活，我俩就好上了。"黑老爷追问道："你阿玛适才咋说不知道啊！"赛百灵如实相告："我阿玛和额娘都知道。我阿玛嫌他人穷，同我家不是门当户对，拿不出聘礼，才不答应的。"黑老爷目光炯炯，直逼老财迷，厉声问："我且问你，明知闺女有相好，为何装作不知？"老财迷咧着嘴，像吃苦瓜一样，气呼呼地说："老爷，那小子只是扛活的，他不配做我家女婿！"黑老爷气得一拍桌案，怒吼道："我朝自古就有'男女歌于途'自主成婚的祖俗，你竟违祖制，你可知罪？"一句话吓得老财迷一声不吭了。黑老爷又问赛百灵："你与相好有私通，还不如实招来？"赛百灵满脸绯红，故作害羞地说："回老爷，半年有余，我已怀有身孕。""镇半城"一听暴跳如雷，大声嚷道："老爷，我可下了聘礼啊！你可为我做主，这还没成亲就给我戴上绿……"黑老爷示意"镇半城"不得喧哗，接着又说："姑娘，这话不可胡说，待郎中诊脉勘验。"黑老爷带着师爷、赛百灵母女去往后堂，悄声告诉他们这般行事，师爷交给赛百灵一个小纸包后，几人又回到堂前。

　　黑老爷面带怒色，点指赛百灵说："你本财主千金，本应听从父母之命，你却悖逆父母之言，招蜂引蝶，果真怀有身孕，定是与哪家富豪公子有染，绝非一扛活长工所为，定是你水性杨花移花接木，袒护相好，顾及他的颜面，嫁祸于长工，却把父母的颜面丢在

大堂之上!"赛百灵的额娘听了这话,抢起巴掌就打,边打边数落
道:"赛百灵啊!你阿玛和我的老脸都让你给丢尽了,我可不能活
了!"说完坐在地上嚎啕大哭。赛百灵佯作羞愧难当,从怀中摸出
一包药倒入口中,一把夺过黑老爷案上的水碗"咕咚、咕咚"喝
了下去,顿时面无血色,倒在大堂之上,举座哗然。老财迷悔恨交
加,老泪纵横,黑老爷怒目圆睁,高喊"肃静"。

黑老爷叫人把媒人推向前来,厉声说:"你既为媒人,本应如
实相告,可你却两头相瞒,隐瞒'镇半城'公子娶三姨太的实情,
又掩盖外甥女与他人相好的真相,最终酿此大祸,你可知罪?"赛
百灵的舅舅吓得体似筛糠,战战兢兢地说:"小的知罪,愿听老爷
发落!"只听黑老爷说道:"来人,先行羁押,日后发落!"黑老爷
叫起"镇半城",说:"你强买民女,致人死命,本应严惩,念你
不明真相,又受媒人蒙骗,才有此结果,故从轻发落。最可悲赛百
灵姑娘已死,其父母人财两空,与你有脱不了的干系,不治你的罪
于情于理都难抚人心,故聘礼不退,另外你再拿出白银五百两为姑
娘安葬……""镇半城"听到这儿,好像捡到大便宜似的,抢着
说:"老爷,简、简直包公再世。我认、认倒霉,聘礼我不、不要
了。要我赔偿多少,我就给多少,只要不治我的罪就、就行。"老
财迷夫妇不答应了,老婆破口大骂:"去你妈的,你当我们卖闺女
哪!""镇半城"赖狗嗓门一样地叫着:"老爷、你、你都听见了,
他们可不兴反悔!"黑老爷瓮声瓮气地说:"空口无凭立下字据,
签字画押,记录在案!如有反悔,严惩不贷。"双方在笔帖式的文
案上签字画押后,"镇半城"如数交出银票,这才如释重负一般,
给黑老爷叩了三个响头,带人灰溜溜地回城去了。

大堂冷清了下来,老财迷哭成了泪人,后悔贪图钱财,毁了孩
子,只听黑老爷高喊一声:"来人哪!"吓得老财迷心里直颤,两
位站丁应声走进大堂,恭恭敬敬地说:"请老爷下令。"黑老爷小
声地向他俩交代着,二人领令出去了。

不到一个时辰,小秀才赶着老财迷家马车来了,车上有他的铺
盖和书卷,还有小姐的几样兵器。两站丁把他带进大堂,黑老爷打

量着他，小秀才不知老爷找他何故，不由自主地四下看了看。当他看见倒在地上的赛百灵时，不顾一切冲了过去，抱起姑娘的头，泪如雨下。这一举一动都被黑老爷看在眼里，只听黑老爷说："小秀才，赛百灵对你心仪已久，早已暗许终身。她不恋钱财，不图富贵，牢守信义，为你守身如玉而死，现尸骨未寒。你若念旧情就把她葬得远远的，免得'镇半城'再来搅了她的好梦！"小秀才听了黑老爷的话哭得更伤心了，他内疚地说："小姐呀，你对俺好，俺心如明镜，无奈落魄之人，怎敢接受这份深情，你既为我香消玉殒，我同你共赴黄泉，寻觅焦仲卿、刘兰芝，去找梁山伯、祝英台，来生化蝶永相随！"

这时，天色渐晚。黑老爷下了逐客令，小秀才抱起赛百灵，把她放到车上。正欲离开，黑老爷好像想起了什么，"且慢！"叫住了小秀才，黑老爷直奔老财迷而去："百灵姑娘已走，你不应拿点盘缠嘛！"老财迷一听火了："这不肖的子孙，去了也罢，这挂马车送予她吧！"黑老爷被他给气乐了："事已至此，你还攥着银票不放吗？"老伴伸手从老财迷的衣袋里掏出银票交给黑老爷，黑老爷拿着银票对老财迷说："这笔聘礼是本官从'镇半城'手中讨来的，理应充公。"老财迷被气得语无伦次："你，是啥老爷啊，一会说我违背祖制，一会说我家闺女忤逆父母，勾三搭四不正经，你净断糊涂案，你、你人黑，心也黑，财也黑……"黑老爷"嘿嘿"一笑，眼睛一瞪，怒吼道："吾就如此断案，随你去骂吧！几年以后连本带利还你几个活宝。来人，把这个老财迷轰了出去！"站丁把老财迷夫妇推搡出去，黑老爷这才把两张银票塞到小秀才的手里，小秀才赶着马车消失在夜色里。

几年以后的春天，老财迷和老伴正在荷塘边走着，两名站丁传令，让他俩去驿站，黑老爷有请。财主满腹牢骚，死活不去，老婆把他拉上马车。来到驿站，触景伤情，老财迷的心里很不是滋味，打心眼里嫉恨那个黑老爷。当他被带到大堂上时，站丁请老两口上座，老财迷不知黑老爷又卖的什么迷魂药，气呼呼地一屁股坐下来，低头不语。只听黑老爷说道："请抬起头来。"老财迷怒目而

视，只见上首坐着两位老爷，一个是老财主最不想见的黑老爷，另一个有些面熟，仔细一看咋是小秀才？老财迷一愣，"他咋来了呢？"只见小秀才走到近前，恭恭敬敬地施礼："小婿拜见岳父岳母，二位大人好！"老岳母高兴地走上前去，看着身着朝服、头戴花翎的小秀才，百感交集。这时，赛百灵领着一个咿呀学语的小阿哥从后堂走来，直奔额娘走来，母女相见，抱头痛哭。好一会儿，老财迷才缓过神来，伸手搀起女婿，百感交集。黑老爷说："你们的女婿考取了功名，去黑龙江将军衙门赴任，路过叶赫站，公务在身，不便去府上拜访，才把你们请来。当年是我略施小计，用蒙汗药迷倒小姐，骗过'镇半城'，狠狠地敲了他一笔银子，也为朝廷栽培了一位官员，还为贵府上留下了一位贤婿，还记得当年你骂我的话吗？"老财主羞愧地说："都记得呢！"黑老爷一本正经地说："那好，我可是言而有信，兑现了承诺，本利偿清，活宝都在！"话音刚落，大堂里响起了一片笑声。

后来，老财迷变卖了家产，老两口去小秀才和赛百灵那儿养老。女儿、女婿、外孙对他俩别提有多孝顺了。可他再也没回叶赫来，怕别人拿他做过的事当笑柄取笑于他。直至当今他家的院墙、房框仍依稀可见，荷花塘里的荷花开得还是那样鲜艳。

讲　　述：柴绍先
记　　录：柴运鸿
采录时间地点：2000 年采录于铁东区叶赫镇

好心有好报

在关东山里有这么亲哥俩，老大叫刘发，老二叫刘和。刘发的妻子叫姜丫，非常贤惠，她对小叔子像娘家兄弟一样，给丈夫买啥就给他买啥，常想着给他成个家。

刘和对嫂子也像自己的亲姐姐，有时候和嫂子撒个娇，耍个赖，说个笑话啥的，一家三口人和和睦睦。可专门有些人把事情想歪了，说成嫂子小叔子有勾搭，还有的无中生有，说叔嫂俩亲嘴了，后来闲话越来越多，刘发有些呛不住劲了，就想试探一下媳妇和弟弟。

一天晚上，刘发说："岭南李二娃子答应给二弟说个媒，另外他说请我喝酒，我去一趟，今晚就不回来了。"姜丫也没多想，并嘱咐说："虽然是好事，别喝多了。"

刘发走后，刘和对嫂子说："大哥今夜不回来，你就回娘家住吧。"嫂子答应了，娘家在下屯，刘和把嫂子送回娘家。

回来的路上，忽听前边有人喊："救命啊！"

刘和紧跑几步赶上前去，见不远处有个人在追赶一个姑娘，姑娘的衣裳已被那人扒光。刘和抓住那人，伸手就要打，被那人挣脱跑掉了。刘和脱掉外衣给姑娘穿上了，把姑娘带回家去，把嫂子的衣服找出来给姑娘换上，又拿出来米面，让姑娘自己做着吃，自己到别人家找宿去。

刘和刚走不一会儿，屯里有个耍钱鬼叫徐歪脖子的人来了，一见姑娘长得漂亮，屋里又没人，顿时起了歹心，上前拽住姑娘就要强暴。

姑娘不从，两个人撕扭在一起，时间一久，姑娘体力不支，转念一想：好汉不吃眼前亏。就对徐歪脖子说："这位大哥，别这样，你有意思的话，过会儿再来，现在天没黑，让人看见多不好哇。"

徐歪脖子信以为真，放开姑娘走了。

姑娘想逃出这个地方，刚一出门，大门外有脚步声，她急忙钻进筐里。来人叫刘美娘，是朝三暮四的女人。她见一家人都走了，想到这儿偷点东西，怕屋里有人，就喊道："刘和，刘和……"

一连喊了几遍，无人应声，她拽开房门进屋了。见屋里无人，她开柜子翻东西，刚把包袱拿到手，听见外边有脚步声，紧忙把包袱送回柜里，躺在炕上装看家的。来人是徐歪脖子，他见有人在炕上躺着，心想：这姑娘真守信用。刘美娘以为刘和回来了呢，连推带扯地说："刘和别闹，叫你哥知道了多不好。"

刘发没走多远又绕回来，躲在房后听声，一听这话，怒从心头起，操起先准备好的刀，悄悄摸进屋去。也不问青红皂白。"乒乓"两下将二人人头砍下，装进麻袋里，背着麻袋来到岳父家。

这时已是三更天了，他上前没好气地砸门，全家人都被惊醒，来开门的是小舅子，生气地问道："这是谁要抽风啊，想死也得慢慢地敲啊！"刘发吼道："你他妈的快开门，看看你姐姐干的好事"。

小舅子一听是姐夫的声音，赶紧把门打开，西屋姐姐问道："老弟，是谁叫门？""是姐夫！"

姜丫急忙下地迎了出来，问道："深更半夜的你咋来了呢？"

刘发一听声音是媳妇，立时惊呆了，心想完了，错杀人了。不知不觉地说："摊人命官司了。"

姜丫慌忙问道："你把谁杀了？"刘发有口难言，打个"唉"声说："别问了，我自首去吧。"

刘发背着两颗人头来到县衙，县官一听有人命案子，立时击鼓升堂，大堂之上，两颗人头作证，刘发供认不讳，画供以后，打入死牢，等候问斩。

刘和救的这个姑娘，听说刘发要被处斩，也来到县衙，连喊冤枉！县官升堂问道："姑娘你有什么冤枉，快快讲来！"

姑娘跪在大堂上，就把昨夜发生的事情经过叙述了一遍。

县官吩咐衙役将两颗人头洗净，细细辨认，一个正是本屯赌鬼徐歪脖子，另一个是邻居卖淫女刘美娘。

县官命衙役把刘和带上堂来，当堂宣布："赌鬼徐歪脖子起歹意被杀，刘美娘有贼心被诛，罪有应得，杀人者虽然死罪，没有弄清是非，随意杀人，重打四十大板，判处徒刑一年。刘和见义勇为，心地善良纯洁，本官做媒，将姑娘许配刘和为妻，择日完婚。"刘和与姑娘跪在堂上谢恩。

讲　　述：于大爷
记　　录：于国占
采录时间地点：2007 年采录于铁东区山门镇

情 人 泪

从前，有个恶霸老财，外号叫"徐大麻子"，为人狡诈刻薄。他有六个小老婆，生了一帮姑娘，一个儿子没有，人们背后议论他不积德，损的。

徐大麻子为了生儿子张罗纳妾，他看中本屯陈四媳妇了，她人长得漂亮。徐大麻子给陈四一笔钱，硬霸过来了。陈四不干，去找媳妇，被徐家的狗腿子们打了一顿，差点打死。

陈四媳妇叫小香，二十三四岁，跟徐大麻子大闺女一般大。小香见徐大麻子非常凶，打死也不从，整天哭，跑又跑不出去，好几个人轮班看着她。

大麻子修宅院，雇来个年轻木匠，小木匠不但手艺棒，长得也挺英俊，心眼还好使。他跟别的长工一样，没日没夜地干，吃不饱穿不暖，到年底一结算，杂七杂八的一扣，剩不下几个工钱。那年月有冤无处申，有状无处告，只好忍气吞声。

小木匠见徐大麻子霸来的小妾虽然是穷人家的孩子，长得倒挺秀气，心灵手巧，心眼好使，也怪可怜的。他每次见到小香都要劝上两句，日子一久，小香对小木匠产生了感情，经常给小木匠偷点吃的，乘人不见给小木匠缝缝衣裳。一来二去心里有了对方。没隔多久，两个人的私情被徐大麻子看出来了，于是派人暗中监视。

小香又偷出点吃的，用缝好了的衣服包上，趁着夜黑给小木匠送来了。小木匠刚接到手，就被潜伏在草棵里的徐大麻子抓个正着，徐大麻子大喊一声："站住，你们这两个不知耻的奸夫淫妇，来人呐，给我打！"小香见事不好，抹身跑回房去了。狗腿子们上前一顿拳脚，打得小木匠鼻青脸肿。徐大麻子吼道："小木匠，你好大胆子，你勾引我媳妇还偷我家东西。我待你不薄，你却坏了良心，从今天起老子不用你干活了，马上给我滚！"说完一甩袖子走了。

小香在房中吓得心里"咚咚"直跳，也不敢吱声，徐大麻子进屋不由分说，上去给小香两个嘴巴，凶狠狠地说："小贱人，我把你宠坏了，再往出跑我把腿给你打折了。"说完召唤丫环进来，吩咐道："你们给我看住了这小贱人，要是出了差错我拿你们算账。"

自打那日被软禁后，小香整天不吃不喝，就是哭，心中惦念情人小木匠，也不知道他在何处，死活不知，自己又落到这个地步，活在世上还有什么意思，不如一死了之，想着想着泪如雨下，解下腰带就要悬梁自尽。这时被奶妈看见，上去一把抢下带子，抱住小香，也掉下了眼泪说："闺女，千万别想不开。年轻轻的往长远看，天总会亮的，你先别急，老身豁出这把老骨头，乘夜深人静放你逃离虎口吧。"小香一听，止住眼泪，忙问："奶妈，我走了你怎么办？""不要管我，我自有安排。"奶妈说完，带着小香从后门溜出去了。

奶妈和小香一直跑到天亮，见前面一条大河拦住去路，心想这下完了，跑不了了，正在惊慌之中，忽听后面有人叫她，吓了一跳，以为徐大麻子追上来了呢，仔细一看是小木匠。

小木匠被财主赶出来后，就在这一带等她！果然遇上了。二人相见抱头痛哭，这时奶妈惊叫道："徐大麻子他们追上来了！"二人止住悲声，惊慌不知所措。正在这紧要关头，有只小船划到了近前，一看，认识！原来是跟小木匠在一起干活的王五，平时两个人交情深厚。听说小香逃跑马上前来接应。王五悄声说："快上船吧！"等徐大麻子赶到岸边时，船已到河中间了。

讲　　述：王淑文
记　　录：王桂杰
采录时间地点：2007 年采录于铁东区山门镇

瞎子破案

从前有个瞎子，以打板算卦谋生。

这一天，他算了一天卦，晚上要住店休息，就摸到了一家小店。店掌柜把他领到一个房间，他摸摸炕，说："我只睡半铺，我没有那么多的钱，那半间屋、半铺炕，你随便招客人吧。"店掌柜听了，看他是个没眼没户的瞎子，同意了。掌柜的走后，瞎子把探道杆子往炕头一顺，爬上炕，坐着睡了。待一会儿，房间里又招进一个客人，是个挑担卖砂锅的。店掌柜的把卖砂锅的领到房间里："就这屋，你们俩合住一间，你出钱不多，他出钱也不多，行吧？"卖砂锅的一看，一铺炕满睡得下两个人，屋地还有放砂锅的地方，就点头应着说："好的。"卖砂锅的挑了一天的砂锅担子，已经乏了，他把砂锅篓子靠边放好，把肩膀上扁担垫解下来，卷做枕头，躺在炕上就呼呼地睡了。三更天刚过，瞎子睡醒了，他还是坐在那儿，一动没动，也没倒一会儿。瞎子虽说眼睛看不着啥，可是耳朵特别灵，一听能听多老远。瞎子想：这深更半夜的，人们都睡得死死的，对过的房间里怎么会有动静呢？说是打架吧，还没有吵吵声，这是咋回事呢？瞎子犯了寻思。于是，他又侧过耳朵细听听：先是"咕咚"的声音，接着就是一声"哎呀妈呀！"就再也没有动静了。瞎子想不好！这是人命案！接着他又想，这要是把凶手抓到，就能有赏啊！这赏我可不能放过，我得抓住这个杀人凶手。瞎子坐在那开始动脑筋了，他心里算计着：我可怎么能抓住凶手呢？想着想着，心里一亮：哎，有了！找我的同屋伙伴帮一下忙吧。于是，他就坐着往前蹭蹭，凑到卖砂锅的近前，推着卖砂锅的肩膀说："哎，伙计伙计，醒醒，醒醒！"卖砂锅的挑了一天的担子，乏了，睡得正香呢。听着有人叫他，翻过身，迷迷糊糊地说："干什么哪！人家睡得正香呢。"瞎子赶忙说："哎，兄弟，醒醒！你想不想发财？这财就在咱们眼前。你要想发财就能发，就能得赏银！""得赏银！怎么得？"卖砂锅的惊奇地问。瞎子心里有谱地

454

说："别多问，你先听我的！"卖砂锅的说："好！我听你的。"瞎子说："那就好！你先下地，把砂锅重新摆好，大号的套二号的，二号的套三号的，三号套小号的，摆成一溜。"卖砂锅的一听，不明白地问："这是折腾个啥？我不干。"瞎子催他说："哎！不干你能发财吗？快摆……"卖砂锅的一想：能发财，得赏银，重新摆摆可也不算个啥。他转身刚要下地，瞎子一把拉住他说："这事儿你得保密，财到手才能说，财不到手可不行说。发生什么大事都不行说。你记住没？"卖砂锅的点点头说："记住了。"接着，下地重新摆好砂锅，小号的套上三号的，三号的套上二号的，二号的套大号的，整齐地排好了一溜。瞎子坐在炕上支着耳朵听着动静，压着声音问："你摆了没有？"卖砂锅的回答说："摆好了。不信你下地摸摸。"瞎子下了地，挨排摸摸，果真是摆了一趟。就说："好了。"接着转身又往炕上摸。卖砂锅的见了问："你还摸啥？"瞎子回答说："你不用管。"说着，摸起探道杆子，转过身抡起来，照着一摆砂锅就打。只听见"啪嚓"、"哗啦"几声，一摆砂锅全给打碎了。卖砂锅急了，生气地问瞎子："你把砂锅都给打碎了干啥？"瞎子"嘿嘿"一笑，没有回答。转身摸上炕，倒下呼呼地睡了。卖砂锅的着急了，赶过来搡着瞎子问："你为啥把我的砂锅都打碎喽？"瞎子毫不理会地说："别闹别闹，挺困的。"翻身呼呼地又睡了。卖沙锅的更急了！抢起撇子，"啪啪"就给瞎子两个嘴巴，卖砂锅的说："你把我砂锅都给打碎啦！"瞎子说："我多咱打你的砂锅了？"卖砂锅的说："不是你刚才一马杆子给打的吗！你还不认账?！"瞎子矢口否认地说："我没打，我没打。"卖砂锅的一听更火了，揪起瞎子就打，瞎子抱着脑袋就哭，哭得嗷嗷的。夜静更深，一有动静听多远，住店的人都给惊醒了，围上来看热闹。店掌柜和小伙计们也来了。一看，卖砂锅的正揪着瞎子打呢。又打脑袋又踢屁股，瞎子护着脑袋嗷嗷地叫。看热闹的说："快拉着吧！这么打，一会不把瞎子给打死了！"店掌柜叫伙计把他们俩拉开后，问卖砂锅的："你这么打他干啥？"

卖砂锅的哭丧着脸向大伙说："你们大伙瞅瞅，我这一挑子砂锅都叫他给打碎了，没有一个好的了。"瞎子说："我没打他一个砂锅。我倒在炕上睡觉来着。"卖砂锅的说："是他打的，是他用马杆子一抡就都给打碎了。"瞎子说："不是我打的。我一个啥也看不着的瞎子，能一马杆子把他的砂锅打碎吗？这不是欺负我这没眼没户的人吗？"说着又嚎起来。大伙一听，瞎子说得也有道理，一个啥也看不见的瞎子，怎么能一马杆子把一排砂锅给打碎呢？于是就纷纷责怪卖砂锅的："是你自己不小心弄打了的吧？反而诬赖瞎子，还不管头不管腚地打人！"卖砂锅的听有人给瞎子争理，就喊着说："是他打的。是他一马杆子全都打碎了！是他叫……"话说到这儿停住了。卖砂锅的忽然想起瞎子告诉的："要保密，不管发生什么大事儿，都不能先说出去。"他再不往下说了。可是肯定砂锅是瞎子打的，俩人你说他打的、他说你打的，争吵个没完没了。掌柜的在一旁见了说："好了好了！你们别吵了。这事好办。你们俩先去睡觉，明天柜上出一半钱，瞎子出一半钱，赔给卖砂锅的。"卖砂锅的听了点头同意了，瞎子也点头同意了。大伙刚要散去，瞎子捂着脸又哭起来。哭得鼻涕一把、泪一把的。掌柜的转身来，问瞎子："这事儿不是给你解决了吗，你又哭什么哪？"瞎子说："我的钱丢了！我的钱丢了！"大伙问："你的钱搁在哪儿丢了？"瞎子拎出一个皮口袋说："就放在这里呀，一口袋钱哪！都没了！你们哪位拿去了？快还我吧，可怜可怜我这没眼没户的人吧，我挣这些钱可不容易呀！"说完又捂着脸哭起来。店掌柜见这情景，就对周围人说："谁这么缺德，趁火打劫，把瞎子的钱给偷去了？"大伙说："没有哇，我们都站着看热闹了，谁能偷瞎子的钱呢?!"瞎子说："谁都没偷？可我这钱就瞪眼没了！"店掌柜一听，说："各位，那我可不客气了！既然大家都没拿，那咱们就翻。来人哪！"随着声音，走过来几个小伙计，"先给我挨个儿翻，然后再挨个屋搜，给瞎子找钱！"这时瞎子还蹲在那儿捂着脸哭呢。掌柜的安慰说："别哭了，别哭了，一会儿保证把钱给你找着。"瞎子不哭了。人，先挨个翻完了，没有。接着，又打头儿起，搜房间。等搜到瞎子对过的房间时，住店的两个人把着不让进，说屋里没有。瞎子听见两个人不让进去搜，就又哭起来，说："就是他们俩偷去了！要不他俩咋不让进去搜哇！"掌柜的一听也来劲了，叫伙计把不让进去的两个人押到一边。进屋的两个人一看：屋地上有个大油篓，上边盖着一块油布，掀下一看，油篓嘴的边沿上有血滴答。两个小伙计一惊，急忙喊："掌柜的！可不好了，出人命案了！"住店的两个小子一听，要逃跑。店掌柜的忙说："把他们俩拽住，绑上！"众人七手八脚地把两个人五花大绑地捆上了。掌柜的接着说："带上他俩、抬着油篓，送县衙！"大伙抬着油篓，带着人，刚要走，瞎子说话了："大伙人们哪，我的钱没丢哇，还放在枕头底下呢！这可没有我的事呀，我要上炕睡觉去了。"两个凶手一听，心里暗暗骂道："你这个瞎鬼，我俩哪辈子该你的！"

凶手被送到县衙，油篓也抬到大堂上。县太爷命揭下油布，往外一倒：是一个大卸八块的死人，肉块子还往外渗血呢！县太爷忙问："这是怎么回事，怎么出的人命？凶手怎么逮住的？"店掌柜就把瞎子和卖砂锅的半夜怎么打架的，瞎子怎么说钱丢了，店里怎么挨屋搜的，一五一十地都说了。县太爷听了说："传瞎子和卖砂锅的。"不大一会儿，瞎子和卖砂锅的被带到大堂。瞎子到了堂上，没等县太爷问，就说："传我干啥，没眼没户的！"县太爷说："得了，你别装了！我传你不是为别的事儿：凶手你是怎么发现的？怎么想出法儿抓的？——如实说来，老爷我这里有赏！""禀大老爷，我们瞎子睡觉，没有黑天白天。今个住店，我坐在炕上睡到半夜醒了，就听对过房间里有打架的动静。说是打架吧，还没有吵吵声。先是听到'噼里扑棱'的声音，最后听到'妈呀'一声，就再也没有动静了。我一想，就把我一个屋住的这个伙计叫起来了。我们商量来商量去，想出个打架的办法。我叫卖砂锅的把砂锅摆成一溜，一摆一摆地摆好，我摸起马杆子，一马杆子就都给打碎了，卖砂锅的见自己砂锅被打碎了，一个没剩，能不心疼吗?！这时我再躺到炕上睡觉，装作不知道。卖砂锅的问我，我也不承认。这样，我们俩就打起来了。他打我，我就使劲嚎，把大伙都哭醒

了，围上来，掌柜的来了，给解决了。叫我赔一半砂锅的钱，我也点头同意了。我见大伙就要散去，抓凶手的目的没达到，就灵机一动，说钱丢了，捂着脸哭起来。其实，我是一个眼泪疙瘩没掉，干嚎。哭得店掌柜心软了，就挨屋给我找钱。搜到对过房间，他们不让进，我就哭着说，钱是他们拿去了，要不咋不让进呢？等两个伙计进了屋，发现了油篓里的尸首，就把他俩给逮住了。"县太爷一听，笑着说："我可得谢谢你呀！"瞎子说："这是件容易的事儿，不值得一谢。"县太爷说："得了，你别客气了！打碎的砂锅我赔，另外，每人再给你们二十两银子。"瞎子接过银子乐了，说："这二十两银子是两个小元宝哇！"卖砂锅的也接过两个小元宝，急忙向县太爷千恩万谢。县太爷说："你别谢我了，还是谢谢你瞎大哥吧！"

卖砂锅的急忙过去谢瞎子，说："大哥呀，你要是昨天把这事说明白喽，我能打你吗？哎呀，打痛了吧？"瞎子说："为了发财，打痛点也合适！"

讲　　述：尹孟珍
记　　录：张玉林
采录时间地点：1985 年采录于四平

洞房父女相认

早年，有个商贩叫王起化。王起化整天出外跑货，妻子李玉梅在家看摊带孩子。三岁女儿凤娇，天真活泼可爱，夫妻俩爱如掌上明珠。

王起化心直性爽，爱打抱不平，为人仗义。他每次回来都会给女儿买些好吃的，三口人的小日子和和美美。

这天，妻子的娘家侄女来串门，非要跟姑父上街买东西。姑娘漂亮得像朵花似的，男人见了都要瞅上几眼，爷俩赶着毛驴车正在街上闲逛，被地痞高二赖像蝇子见血似的盯上了，当街抢人。王起化心头火起，操起镐把照着高二赖脑袋就是一下，哪知用力过猛，给打死了，看热闹的一哄而上。王起化见势不妙，将姑娘打发走，赶着毛驴车逃之夭夭。

王起化赶着毛驴车一溜气跑出好几百里，来到了奉天地界。他又累又饿，依在一棵柳树下睡着了。正在梦乡，被一阵马銮铃声惊醒。睁眼一看，一位管家模样的人能有四十多岁，骑着一匹大青马，由东往西而去。王起化心想：我也别在这歇着了，找个落脚地方，随着那人一起往西去了。

大约走出四里之遥，发现地上有个褡裢，顺手捡起来打开一看，里面是一下子银元宝，还有一本厚厚的红皮大账。心里暗自合计：这一定是骑大青马那人丢的，发现褡裢丢了，不知道咋着急呢，一会儿准得找回来，干脆做做善事，就坐在路旁一块石头上等吧。一袋烟工夫，那人蔫头耷脑回来了，见着王起化便问道："这位兄弟捡着我褡裢没有？"王起化捧起褡裢说："这个褡裢是不是你的？""正是，正是啊！老弟，我太感谢你了，这可是我一家人的命根子，这里的银子是小事，关键是那本大账！"那人感恩不尽，把王起化领回家中。

原来丢褡裢的人叫徐一，给本地财主王福成当管家。今早上出外收租，收了二百两银子后，高高兴兴地往回走。没承想，半路上褡裢遗落在地上，心想这下完了，二百两银子是小事，关键是这本大账。徐一心想：如果找不回来这本账，自己就得上吊了，没脸再见东家，万万没想到会失而复得。他把王起化领到东家面前，把丢褡裢经过叙说一遍。王福成见王起化一表人才，拾重金不动心还能物归原主，世间罕见，心里十分喜欢，便将他收留下来，认他做干儿子。又拿出二百两银子做底垫，开个杂货店让王起化经营。王起化一字没提家里有妻女和失手杀高二赖的事，从此就在这儿落了脚。可王起化经常想起妻女，暗自落泪，有时以亲属名义往家捎些钱财。

光阴似箭，不知不觉十五年过去了。妻子李玉梅和女儿凤娇得知丈夫大约就在奉天南面一带，李玉梅带上盘费，携女寻夫，找遍了奉天城里城外，也没有找到踪迹。时至初冬，身上的盘费也花光了，李玉梅连冻带饿病倒在一家大宅院门前。凤娇虽然十八岁了，一个弱女子怎能背得动母亲，抱着母亲的头直哭。

凤娇正在悲痛之际，打宅院里出来个老者，七十多岁，头戴毡帽头，穿着绸缎长袍短褂，走到近前问道："姑娘，这是咋的了？"凤娇没敢说实话，编了个名字叫玉奴，说来奉天寻亲不遇，身上已无分文，母亲又病倒了，自己又没啥主意，故而啼哭。老者见母女如此惨状，便起了怜悯之心，吩咐家人把姑娘母亲抬进屋去。

老者就是大财主王福成，找郎中给李玉梅进行调治，没出半个月身体康复。母女不想给别人找麻烦，打算要走。王福成说："依我看，姑娘这么大了，不如找个人家，你们娘俩有个依靠。""东家，我们娘俩人生地不熟的，咋找啊？""我有个义子，虽然年纪大了些，毕竟他是单身，自己又有买卖，人又实惠能干，嫁给他以后错不了。"李玉梅一听条件自然动心，便点头答应了这门婚事。

王福成挑良辰、择吉日，杀猪宰羊为义子王起化操办婚事。王起化本人不同意，怎奈王福成苦苦相劝，说结了婚王家也就有了继承香烟的了。王起化也不好违背义父的主意和打算，只好依从了。

当天晚上，新郎新娘入洞房，新娘蒙着盖头，坐在床边上，王起化心潮起伏，想起家中的妻女，不免心里不是滋味，一直到了半夜，有些困倦了，这才来到姑娘近前，揭开盖头一看，吃了一惊：这姑娘怎么跟我妻子一模一样呢？他就刨根问底打听姑娘身世，姑娘就把父亲杀死歹人，弃家逃走，自己和母亲前来寻父流落到此，诉说了一遍。王起化一听，脑袋"嗡"的一声，差点晕倒，抱住女儿放声大哭，边哭边诉前情："我就是你该死的爹，扔下你们娘俩不管，不配做你娘的丈夫，也不配做你的父亲，今天又和自己的女儿入洞房，这还算个人吗，还有啥脸面活在世上，干脆吊死算了！"说着把幔帐扯下一条系在脖子上就要上吊，女儿哭喊着拼命往后拽。

管家徐一正好路过，听见里面哭喊声，不顾一切闯进洞房，一看，见王起化正要上吊，急忙上前劝解。王起化和管家哭诉了细情。徐一思索半晌，说："兄弟且莫悲伤，你把你女儿嫁给我儿子，我儿子一表人才，满腹才学，你一定能相中，马上让他前来入洞房。再布置个洞房，你和你妻子也入洞房，岂不是一俊遮百丑嘛。"王起化止住了哭声，也只好如此了。

一家人相认，破镜重圆，从此过上了幸福美满的生活。

讲　　述：王淑文
记　　录：王海山
采录时间地点：2007 年采录于铁东区山门镇

绝 路 逢 生

早些年，关东边有个莫老疙瘩，财大气粗，拴辆大胶车，经常跑奉天，方圆百里也算首富。

一天，莫老疙瘩和伙计莫痴赶车来到一个集镇，打算歇歇脚，喂喂马，吃点东西。他刚把车停在街旁，附近一家饭店开张，鞭炮一响，马冷丁一惊，放开四蹄在街上狂奔。事也该着，不远处两个小男孩在弹玻璃球，其中一个小孩见事不好，闪身在一旁，另一个小孩躲闪不及轧个正着。莫老疙瘩好不容易把车刹住，跑回来再看一眼，小孩已被轧死了。

看热闹的围得里三层外三层。工夫不大，孩子的父亲来了，此人外号叫马二邪，是本地有名的泼皮无赖。他抱住儿子号啕大哭，多时后，站起来问道："谁是车主？"莫老疙瘩坐在地上面带痛苦说："这位大哥，我是车主，实在对不起，万没成想出了车祸，小少爷的死，我也痛心。大哥您看是公了还是私了？""公了怎讲？私了怎讲？""公了您就报官，官家怎么处理我怎么领。要是私了，我将这挂马车和这车绸缎布匹赔偿给你，总算合情合理了吧！"马二邪把眼睛一瞪说："说得怪轻巧的，我也不公了，我也不私了，我今天非要这车从你身上轧过去不可，好给我儿子抵命。"马二邪的一些狐朋狗友也跟着起哄说："一还一报，你也叫车轧过去。"

马二邪顺腰里掏出把牛耳尖刀，在莫老疙瘩面前晃了晃说："看着没有，你要是不让车轧过去也行，我就慢慢地一刀一刀地割了你。"莫老疙瘩一看，跑又跑不了，讲理讲不通，报官府，官府离得太远，于是把心一横，干脆抵命就抵命，回头告诉跟车的说："莫痴，我死后，你把我的尸体拉回去，以后绸缎店的事就多帮助照应照应。"说完抹身对马二邪说："这位大哥，说话算数？"马二邪点了点头说："算数！"莫老疙瘩又问："如果车轧过去我不死呢？"马二邪不耐烦地说："少废话，不死算你命大。"莫老疙瘩往地上一趴，对跟车的说："莫痴，抄鞭子往我身上赶吧！"跟车的

不忍心，磨磨蹭蹭下不了手。马二邪急不可耐地上前抢过鞭子，照着辕马后胯狠狠地抽了一下子，辕马负疼拼命往前跑，眼见车轱辘就要轧到莫老疙瘩了。事也巧了，有块小饭碗那么大块石头垫在车外胶轱辘上，差点将车垫翻。等外胶轱辘落地时，车早已从莫老疙瘩的背上跨过去了。

莫老疙瘩闭目等死，等了半天没动静，睁眼一瞧，车从自己的身上过去了，就觉得脑瓜皮让车里胶轱辘刮了一下，用手一摸，弄一手血，不知伤成啥样，心里又是纳闷，又是害怕，又一想，自己虽受点伤，有命在还算万幸。想到这，他拍了拍身上的土，叫莫痴上车，从马二邪手里接过大鞭，赶着胶车回家了。

讲　　述：张玉田
记　　录：张立田
采录时间地点：1999 年采录于铁东区山门镇

拍　手　掌

　　这天中午，王老汉从地里干完活回来，走进院子便看见屋门的锁头被撬开了，扔在地上，心里一惊：是不是来小偷了？想到枕头底下放着的五百个大钱，老汉立即往屋里跑，刚撞开门，屋里突然有人咳嗽了一声，他一愣怔，知道小偷还在屋里呢！

　　老汉急忙站住脚步，也咳嗽了一声。他这一咳嗽，其实是给小偷报了信，意思是说我知道你在里头。对方沉默了一会儿后，又咳嗽了一声，老汉不知道这一声咳嗽是啥意思，着急了，便说："屋里的贵客，你别害怕，有话你就说，别打哑语好吗？"

　　屋里的"贵客"还是不说话，又咳嗽了一声，老汉这下明白了，小偷是本村人，怕说了话被老汉听出是谁，以后见面为难。于是就说："是村里的爷们吧？要是的话，你就拍一下巴掌吧。"

　　话音刚落，"啪"一声巴掌响，从屋里传了出来，老汉心里有了底，说话也客气了不少："哦，是村里的爷们呀，有啥事你说吧，你是不是想走？"

　　又一声巴掌响，老汉知道自己猜对了，就说："要走你就大胆地走，我不拦你。"

　　小偷听了老汉的话，一点反应也没有，老汉长长地叹了口气："看来你还是不相信我，要不我把眼睛蒙上，这下你该放心了吧？"说完他就拽下搭在脖子上的毛巾，把自己的眼睛蒙上了，接着又说："贵客，你从门缝里向我看看，我真的蒙上了，这回你放心了吧，信了你就拍一下巴掌。"

　　屋里仍然没有反应，看来小偷的警惕性还挺高，对老汉的话还不敢轻易相信，老汉急了："你还是不相信我？你怕我这个七十多岁的老头子干啥？哦，我知道了，你是怕我在你走出屋时把毛巾摘下来呀！"

　　这话一说，那小偷又拍了一巴掌，老汉实在想不出别的什么法子，无奈地说："贵客，你要是真怕我骗你，你就等到天黑再出来吧，到时我想看你也看不清楚了。"

小偷听了老汉的话，"啪"地又拍了一巴掌。老汉看了看天，才刚过晌午，只好等了，等了一会儿，他就觉得肚子"叽里咕噜"地乱叫，这才想起还没有吃午饭呢，饭就在屋里，却不能进去拿，老汉苦笑一声，紧紧裤腰带，只好先忍着。

这时，屋里的小偷一个劲地拍巴掌，老汉不知他要干啥，只好猜，猜了十几次，终于猜出小偷是饿了，老汉就说："饿了你就吃吧，只是俺日子过得紧巴，没啥可口的，碗柜里有两个干馒头，柜上边还有一个纸包，包里有咸豆子，你就将就吃吧。"

等小偷吃完了饭，老汉猛然想起了什么，"哎呀"一声说："不好了，'贵客'你刚才吃的咸豆子是俺老伴去闺女家之前，调拌的鼠药，都怨我老糊涂了，一时吓忘了！"老汉这话一说，屋里"乒乓乒乓"乱响，像是摔东西的声音，老汉知道小偷自己吃了鼠药，恼火了，在摔东西报复他，便说："你别着急，俺有办法破解，柜子底下有一瓶破解药的白酒！"

接着就听到找东西、喝解药的声音。大概过了一顿饭的工夫，屋里响起了呼噜声，老汉一猫腰蹿进了屋里，见小偷正在炕上躺着，他抓起枕头一看五百个大钱不见了，骂道："奶奶的！"骂完了又从小偷的身上翻出了钱，数了数一文不少！

老汉看看躺在炕上呼呼在睡的小偷，哈哈大笑，嘴里自言自语地说道："哼，真是癞蛤蟆推小车——不自量力！告诉你，活该你小子倒霉，你喝了这玩意儿还得睡上半天！"

其实，那咸豆也不是什么鼠药，只是给仔猪调食用的，所谓的解药其实是度数很高的老白干。

讲　　述：李贵生
记　　录：关庆福
采录时间地点：2007 年采录于铁东区山门镇

安朱里跑马占荒

很早以前，靠近围里的边壕附近，住着一家在旗的。一个老爷领着两个儿子过日子，两个儿子都是远近闻名的炮手。他们都精于骑射，能在奔驰的马上用木棒打着兔子。大伙称他俩叫"安炮儿"。

大儿子十八岁那年，出了官差。因为在旗的人家生的男孩，一"落地"就是一个丁，长大就得去当兵，他这一走就杳无音信。大儿子走后，只剩下老爷领着小儿子安朱里在家过活。第三年头上，有一天，跑来一位骑马的公差，来到安朱里家，把怀里的罐子一撂，说："你的儿子为大清国尽忠了。"说完就又跨上马跑了。爷俩接过骨灰罐子一看，里边只装着一条辫子。老爷哭得死去活来，一病不起，没几天，也死去了。安朱里把阿玛埋葬了，在院中立了杆子挂上幡，每日叩奠三次。

从此就剩下小儿子安朱里一个人过着孤苦伶仃的日子。

他养着一匹马，这马毛色纯白，浑身上下像白缎子一般。春天，这匹马帮他种地；秋天，帮他拉庄稼；到了冬天，安朱里又骑着它去打围，他就像爱小兄弟一样爱这匹马。他不管怎样累，怎样饿，也得先到马棚去喂这匹马，有时心里憋屈，就一个人和马唠嗑。

有一年冬天，从京城来一伙人，到围场去行围。猛然间在林子里蹿出一只黑瞎子，这伙人被黑瞎子撵得四处逃命。一个当官的，单身一人骑着马跑，那马见到黑瞎子也跑不动了，就这样，当官的在前边跑，黑瞎子在后面撵。当官的骑马刚跑到了边壕，他只觉黑瞎子跟上来了。这时黑瞎子站立着，两只大爪子不偏不倚地正好搭在他的肩膀上，"呼哧、呼哧"地喷着热气。当官的吓得差一点摔下马来。他听说，黑瞎子的舌头上长的刺最厉害，一舔就得掉层皮。它还会用屁股压人，不管多结实的汉子，让它一坐，人也就没命。当官的想到这里，索性闭上眼睛等死吧。这时就听一声大喊：

"喂，快把脑袋歪一歪，我好开枪了。"当官的一看，从边壕那边跑出一个骑白马的炮手。当官的刚把脑袋往旁边一歪，只听一声枪响，黑瞎子给撂倒了。

那当官的一看安朱里救了他一命，当时忘了自己的官品，直是连连作揖。可是过了一会儿，惊魂稍定，就又端起了官架子来。他想，一个普通的旗民，救了京城的官员，这也是他应该的呀。于是把安朱里叫到跟前，说："炮手，你单枪匹马，救了本官，这也算你为大清国效力啦，可敬啊，可敬！"说着两眼又贼溜溜地盯上了安朱里的那匹白马："我看你这匹马不同于一般的马，你骑上跑一跑，给我看看，当前皇家正缺好马呀，快跑吧。"

安朱里听说要他的马，心里升起怒火，哥哥出兵差，死到他乡，阿玛想儿子也死去了。就剩下这匹马，你还想要，说什么也不能让你得去。可是当官的命令又不能违抗，于是就骑着马慢腾腾地跑了起来。

当官的一看，心里话，这马虽说长得好，可跑得太慢了，于是就喊住了安朱里，把安朱里跑过的那一小块地赏给了他。不用从自己腰里掏银子就送个空人情。他说："我寻思让你跑马占荒，可是，怪你的马不中用啊！"

有人说，安朱里福浅，要是打马快跑，那得占多少地呀，准能成个大富户。可安朱里不那么想，他不贪那些地，也不愿当富户，他庆幸自己没有快跑，才保住了自己心爱的马。

讲　　述：宋振山
记　　录：佟　丹
采录时间地点：2000 年采录于铁东区叶赫镇

幻想故事

王刚问卦

有一个小伙子叫王刚，二十多岁了，还没有媳妇。他睡不着觉，就想：我哪天才能娶上媳妇呢？听说，西天有个佛祖，会算卦，我不如去找找他，求他给我算算，啥时候能娶上媳妇。他主意拿定，就上路了。

他走了好多日子，人家告诉他，你过了青水河，再过了白沙滩，就到了佛祖的地方了。他很高兴，越走越来劲。正走着，遇到一条大河，河面宽，河水深，他犯愁了，没有桥，没有船，可怎么过呢？正为难呢，就看见从河心游过来一条大鲫鱼，这鱼这个大呀，露出水面的脊背像大梁坨似的，漆黑漆黑的，大鲫鱼问："你是干啥的？"

王刚说："我想去西天，找佛祖给算卦。"

大鲫鱼说："大哥呀，你给我捎一卦吧？"

王刚问："你要捎啥卦呀？"

大鲫鱼说："我就是跳不过龙门去。你要是能给我捎这卦，我就把你驮过河去。"

王刚挺高兴，说："好，我给捎着。"

王刚骑着大鲫鱼过了河，接着往前走。天黑了，他来到了一座大庄园，想找个宿。这家的老员外问他："小伙子，你往哪去呀？"

王刚说："人们都说西天佛祖会算卦，我去西天求他给算卦。"

老员外说："正好，你给我捎一卦吧，我家的房后有个大果树园子，几十年了，就是不结果，求求你问问佛祖是怎么回事？"

王刚说："行，这也不费啥劲，我给你捎着。"

又走了几天，他遇到一户人家。这家的老头听说他去西天求佛祖算卦，就说："你给我捎一卦吧，我家姑娘二十岁了，就是不能说话。"

王刚说："那好说，我去给你问问。"

王刚又走了几天，过了青水河，又过了白沙滩，他见着了佛祖，行过礼后，王刚说："求您给算算卦。"

佛祖说："中，你说吧。"

王刚说："有一条大鲫鱼，活了几百年了，就是跳不过去龙门，它是犯的啥病呢？"

佛祖说："它的嗓子眼里有颗夜明珠，吐出来，它就能跳过去了。"

王刚又问："有一家的果树园子可大了，几十年了，就是不结果，不知为啥？"

佛祖说："那是让财压的。在果木园的东北犄角埋着一缸金子，在西南犄角埋着一盆银子，把金银挖出来，果树就能结果了。"

王刚又问："有一家姑娘都二十岁了，不能说话，不知为啥？"

佛祖说："那姑娘看见她的女婿，就会说话了。"

王刚接着又说："我自己还有一卦，我……"还没等他说下去，佛祖一摆手说："得了得了，你别问了。我有一个规矩，一个人我只算三卦，你退回去吧。"他看王刚没动地方，说："你就是再来，我也不给你算了，退回去吧。"

王刚的心一下子凉了，自己历尽了千辛万苦，见着佛祖，尽给人家捎卦了，自己还没算上，不是白来了么？可是，佛祖命他退去，不退也不行呀！他只得垂头丧气地往回走。

过了白沙滩，又过了青水河，正走着，遇见那个让他捎卦的老头，老头问："你给我捎的卦怎么说呀？"

王刚告诉他："佛祖说了，你姑娘看见她的女婿，她就会说话了。"正说着，老头的姑娘出来了，看见了王刚，就开口说话了："哎呀，你不是给我捎卦的吗？"她这会一说话，可把老头老太太

乐坏了，说："我把姑娘嫁给你吧。"

王刚领着媳妇继续往回走，来到大庄园。把佛祖的话对老员外讲了，老员外派人一挖，果真挖出来一缸金子，一盆银子。说也真奇，金银一挖出来，那满园的果木就开花了，结果了，老员外高兴了，对王刚说："我家财大业大，这挖出来的金银就送给你吧。"

王刚带着金银，领着媳妇接着往前走。来到大河边，大鲫鱼早就等在这里，见着他就喊："大哥，你可回来了，佛祖是怎么说的呀？"

王刚说："你嗓子眼里有颗夜明珠，你把它咯出来，就能跳过龙门。"大鲫鱼一咯，一颗鸡蛋大的夜明珠掉了出来。大鲫鱼说："这颗夜明珠就是你的了，我能跳过龙门就行了。"

王刚领着媳妇骑鱼过了河，带着金银和夜明珠回家了。

讲　　述：张玉芳
记　　录：郑长春
采录时间地点：1985 年采录于四平

王　三

　　王三是王家村人，父母都已去世了。王三独身住在山上，靠种田、打柴为生。王三非常爱吹箫，一个人觉得很闷的时候，就拿起箫来吹。王三今天吹、明天吹；今年吹、明年吹，天长日久，王三把箫吹得这个好，简直就跟唱歌一样。天上飘的云彩，林里飞的小鸟，山上跑的小鹿、河里游的小鱼，只要王三拿起箫一吹，都要停下来听一会儿。

　　海仙王有七个女儿，长得都非常漂亮。这天，七个仙女到花园里休息，忽然顺风飘来一阵阵悠悠扬扬的箫声。仙女们很是惊奇，你看看我，我看看你，都不知从哪飘来的箫声。仙女们商量了一下，便顺着箫声寻去。仙女们同在一朵云上，飘到了王三家的上空，她们俯身往下看，寻找吹箫人。还没等六位仙女看见，七仙女先看到了，便告诉六位姐姐。七仙女用手一指，不小心，手腕上的一只金镯掉了下去，正落在王三面前。王三停止吹箫，捡起金镯向四周看了看，没有看见人。王三想，难道是从天上掉下来的？一转身，面前出现了七位美丽的姑娘。王三呆呆地看着七位仙女，只见七仙女走过来飘然一礼，说道："这位公子，能把金镯还给我吗？"王三看着这位仙女，不肯还给她，说道："你要是留下来，做我的妻子，我就把金镯还给你。"七仙女一听，脸一红低下了头，大姐看着两人都有意，便走出来说："这位公子、七妹妹，我来给你们做媒人吧。"

　　王三和七仙女完了婚。白天，七仙女和王三一起种田、打柴，有时间，七仙女便让王三吹箫给她听。转眼七仙女在人间过了一年多。

　　海仙王知道了七仙女下凡与王三结了婚以后，气得大发雷霆，便发了洪水淹没了整个王家庄。只有王三的家没有被洪水淹着。海仙王又派人把七仙女押回了天，关进了一座小楼，让两名天兵看守着，不准七仙女私自离开这座小楼。七仙女有一只梅花鹿，这天，

七仙女唤来了梅花鹿，悄悄地和梅花鹿说了几句话，又偷偷给梅花鹿一些东西。梅花鹿就离开了七仙女，去找王三。

梅花鹿找到了王三，告诉王三说："七仙女被关了起来，有天兵看守，她让我把神粱籽交给你，你把神粱籽种上，把最好的那棵树留下，其余的都不要。等神粱长大了以后，你就可以登神粱上天去。"说完，梅花鹿把神粱籽交给王三，就走了。

王三把神粱籽种上，不一会儿，长出一片绿油油的禾苗。王三把最好的一棵粱苗留了下来，神粱很快长了起来，越长越高，一直伸到天上，王三登着神粱的叶子上了天，见到了海仙王，海仙王听说是王三来了很生气。王三上前深施一礼，说道："丈人爹爹，身体可好？"海仙王看了王三一眼，哼了一声，问道："你来做什么？""我是来接我妻子七仙女的！"海仙王一听，顿时大怒，说道："想见我女儿？那好办。不过，你必须给我做三件事，我才让你们见面。如果办不来，可就别怪我不客气了！"说完，坐在龙椅上得意地看着王三。王三问道："您让我做什么呢？"海仙王说："第一，你看到前面这道窄墙了吗？你必须在这道窄墙上给我犁出两条垄。"说完，海仙王走了。王三想：这么窄的墙，我怎么能犁出两条垄呢？王三正在为难，忽然，六位仙女来到王三面前，就听大姐说："妹夫，你不要急，我来帮你。"说完，就见往墙上吹了一口气。墙上立刻出现了一头老牛在拉犁。大姐说："你上去扶犁，一会就能犁出两条垄。"说完，六位仙女就躲起来。

王三扶着犁在墙上犁了起来，不一会儿，两条垄全都耕完。这时，海仙王来了。王三忙问："丈人爹爹，您看我犁得行不行？"海仙王一看，他真还犁出来了，只好说："行，行。"海仙王又叫人抬来了一缸雪白的糖，对王三说："第二，你必须把这缸白糖搓成一条绳子。"说完，海仙王又走了。王三看着这缸白糖又发起愁来，仙女们又来了，就听二姐说："妹夫，你不要愁，我来帮你。"就见二姐搅了几圈搓起绳子来，然后说："你就照我这样搓。"说完，六位仙女又躲了起来，王三照二姐的样子很快搓了起来，不一会儿，海仙王又来了，王三连忙说："丈人爹爹，你看我搓得行不行？"海仙王看了只好说："行，行。"接着，海仙王说："第三，你必须到对面的猴子山把震天鼓给我偷来。"说完，海仙王一甩袖子走了。海仙王刚走，只见三姐拿出一个小口袋给王三，对他说："猴子山下有一个水坑，猴子们每天都要去那里洗澡，你要在猴子洗澡以前赶到，把你全身都抹上泥，然后你就像佛像那样坐在石头上，把身上的泥晒干，猴子就会把你当做佛像，一起叩拜，然后把你抬到山上去。山上有一只老猴子看护震天鼓，别的猴子不在跟前。你别说话，用手一指，老猴子就会钻进你的口袋里，你把口袋嘴扎上就行。然后把震天鼓拿下来。"

就见四姐拿出来一把斧子交给王三，对他说："你摘了震天鼓，猴子们一定要追你，等猴子要追上你的时候，你就把斧子往身后一划，就会出现一条大河拦住猴子们。"

就见五姐拿出一根金光闪闪的一寸多长金针，交给王三说："等猴子们再追上你的时候，你就把金针往身后一插，就会出现一道针山，拦住猴子的。"

六姐也拿出一块火石，交给王三说："等猴子们又要追上来的时候，你把火石往身后一划，就会出现一座火山，如果猴子爬火山，就会被烧死，你就可以安全地回来了。"

正在这个时候，梅花鹿跑来了，交给了王三两团神棉，对王三说："这是七仙女给你的，你把震天鼓偷来后，海仙王会敲敲，只要你把耳朵塞上，就不会被震死。如果海仙王不敲了，你就敲，就会把海仙王震昏。"王三谢过仙女们和梅花鹿，向猴子山走去。

王三走了很远很远，终于来到了猴子山，山下果然有个小水坑，王三来到了水坑边，就往身上抹起了泥，不一会儿，身上全都抹好了，王三就坐在石头上晒太阳，到了晌午时候，王三身上的泥已经晒干了。这时候，一只老猴带领着一群小猴就跑下山来，猴子们来到水坑边，看到了王三，都以为是佛像，一齐向王三叩拜，猴王说："神佛显灵了，帮我们看震天鼓来了，我们快把神佛抬到山上去。"猴子们把王三抬上了山，放在了挂震天鼓的树下。然后，留一只老猴，其余的都下山洗澡去了。等猴子们走远了，王三把口

袋一开，用手一指，那老猴子就钻进了口袋里，王三急忙把口袋嘴扎得紧紧的，伸手把震天鼓拿了下来，加快脚步拼命地往山下跑。跑着跑着，王三回头一看，猴子们眼看就要追上了，王三急忙拿起了斧子，往身后一划，立刻出现了一条大河。王三继续往前跑着，猴子们一见这条大河，气得"嗞嗞"乱叫，在猴王的带领下，一个拉着一个地下了水，王三跑了很远，猴子们又追了上来。王三见猴子们大喊大叫，忙拿出金针往身后一插，身后立刻出现了一座针山，有许多猴子被刺得流出血来，可猴子们还是忍痛爬了起来，又追上了王三。王三又把火石往身后一划，身后顿时出现了一座火山，猴子们像疯了一样爬上了火山，有的被火烧死了，剩下的受了伤，逃回了猴子山。王三把震天鼓偷回来了以后，交给了海仙王，趁海仙王看鼓的当儿，把神棉团偷偷塞进了耳朵里，海仙王说："我要试一试震天鼓响不响。"说着，就狠狠地敲了三下，震天鼓一响，惊天动地，王三却一点也没震着。王三看了看海仙王，问道："丈人爹爹，你还敲不敲了？"海仙王说："不敲了。"王三拿起鼓槌，敲了三下，王三回头一看，海仙王已经被震昏了。这时候，六位仙女已经把七仙女救了出来，王三和七仙女在一起来到了人间。不久，六位仙女也都找到各自的如意郎君，都结婚过上了幸福的生活。

讲　　述：曹国齐

记　　录：姚成春

采录时间地点：1986 年采录于铁东区城东乡

"老神仙"奇遇

从前，有一个老头，都说他看过天书。谁家要是中了大邪，把他请去了，他都能够治好。这家也请，那家也请，方圆百八十里都来请他，人们管他叫"老神仙"。

一天晚上，来了一个人请老神仙，老神仙瞅瞅来人，不认识，就问："你家离这多远啊？"

"不远，不远，"来人连忙说："就二三里地。"

老神仙看看外边，说："天黑了，明天再去吧。"

来人打躬作揖说："老神仙，行行好吧，我家公子病得邪乎，务必求您老今晚去驱驱邪，晚了，怕公子家没命了。"

老神仙无奈只得去了。外边天已大黑，他跟着来人东拐一下，西拐一下，工夫不大，来到一座宅院。一进宅院，老神仙不觉一愣，嗬，这宅院这个阔啊，他这一辈子还从来没见过这样的房子呢！看病人要紧啊，他也不顾着细想，进了客厅就问："病人在哪呢？我看看。"

这时，客厅里坐着的一个白胡子老头说话了："病人没有，我请你来，不为别的事，为的是找你说和说和。你以后，别再治邪病了，这生灵叫你祸害太多了。"

老神仙一听这话明白了，心说：怪不得这房子修得这么好，怪不得这些人没见过，这不是凡人啊。我这大半辈子净治邪病了，狐狸、黄皮子确实让我收拾了不少，今儿个这是来找我算账的。来者不善，善者不来啊，我得先下手为强。他想到这，就掐诀念咒，把关老爷给拘来了。

关老爷手提青龙偃月刀，在白胡子老头的头上转了几圈，就是不往下砍，关老爷跟白胡子老头无仇无恨，不管老神仙怎样念咒，他也不杀白胡子老头。没办法，老神仙又掐诀念咒，把关老爷给送回去了。

老神仙忙又掐诀念咒，拘来了上方二十八宿星。这二十八宿星

可不管和白胡子老头有仇没仇，下来举起大棒子，和白胡子老头一家打了起来。打了一阵子，突然，白胡子老头一家全没了。老神仙一看，连房子都没了，自个儿在野甸子上坐着呢。

这个时候正是半夜时分，天那个黑啊，伸手不见五指。往家摸吧，可哪有道哇！老神仙转来转去，绊得一个跟头一个把式的。好容易盼到天亮，他四下一瞅，妈呀，这是哪啊，四周全是大山，树木狼林的，他可蒙了。

老神仙翻山越岭，走了一个多月，足足走了一千多里路，才回到家。一到家，他一头扎到了炕上。从此，谁再让他去治大邪，给多少钱，他都不去了。

讲　　述：李福莲
记　　录：郑长春
采录时间地点：1987 年采录于铁东区

王 小 砍 柴

从前，在一个大山根下，住着一个打柴人，名叫王小，家就娘俩，指着打柴为生。

有一天，王小正在砍柴，突然刮来一阵大旋风，带着腥味从他身边刮过，王小用砍柴斧一砍，就把旋风砍出血了。他正在纳闷，从后边吵吵闹闹地撵来一群人。王小问："是怎么回事？"他们说："我们家小姐在花园里让旋风给卷跑了，员外非常着急，他答应，谁能找回小姐，就把小姐给谁做媳妇。"

王小听后，把柴担挑回家，告诉他娘一声，就拿起斧子，顺着血印找去了。走了很长时间，在一个山旮旯儿的大石板旁边，血印不见了。王小用力掀开石板，一个洞口出现在眼前。他趴在洞口往里一看，洞里很宽敞。他下洞后，远远看见一个姑娘正抱柴烧水，他悄悄地走过去，姑娘哭着对王小说："这洞里住着九头妖，它刚被你砍伤，在洞里躺着，等我给洗伤口呢。你先藏在这别吱声，等它睡着了，你看见我摆手，你就进来，砍它中间的脑袋，那是它真正的脑袋。"

王小藏在那等呀等，就见姑娘对他一摆手，他一步一步地走进去，就听见震耳欲聋的呼噜声。王小按姑娘的说法，举起斧子对准九头妖中间的脑袋猛一砍，就听"咔嚓"一声，九头妖中间的脑袋"骨碌碌"地滚下来了。

九头妖死后，王小对姑娘说："咱们快走吧。"他们一先一后向洞口走去，姑娘刚出洞口，就听"咣当"一声，大石板又把洞口堵上了，姑娘无论怎么搬也搬不动，只好离开洞口，寻找回家的路，路在哪儿？转来转去天已经黑了。她害怕极了，只见前面不远有一口井，她想："哎！这就是我的家了。"于是，她蒙住了脸，就跳了下去。

再说王小见洞口关上了，推了半天，洞口丝毫也不动。他看见洞里有一匹好马，在拉着空磨转。王小就问大白马："你拉空磨干

啥呀？让我把你卸下来吧。"大白马对王小点点头，王小就把它卸
下来了。大白马在地上打了一个滚，变成了一条小白龙。原来小白
龙是龙王爷的孙子，喝醉了酒，让九头妖给提来了。王小问小白
龙："我们怎么才能出去呢？"小白龙说："你不用着急，洞口这块
大石头是个大蜜桃变的，你要是舔舔那块石头，洞口就会自动
开了。"

洞门开了，小白龙说："我背你上龙宫去吧，你骑在我的背
上，我带着你飞。你听见什么动静也不要睁开眼睛。等见到我爷
爷，他给你什么也别要，就要我爷爷门后挂着的小葫芦。"小白龙
把王小背到龙宫，龙王谢过王小的救命之恩，好吃好喝地招待他。
过了些天，王小要走了，龙王爷拿了很多珠宝送给王小，王小什么
也不要，就要龙王爷门后的小葫芦。

龙王爷说："这可是我们龙宫的宝呀。行呀，你救了我孙子，
我就把宝葫芦送给你吧，你要是缺少什么，只要把葫芦一拧，要啥
有啥。"王小记住了龙王爷爷的话，背着宝葫芦走了。

王小背着宝葫芦走了很远很远，天气越来越热，他觉得很渴，
他想：正好试试宝葫芦灵验不灵验。他刚一拧葫芦，一瓢水就来到
他跟前，他"咕嘟咕嘟"喝了个够。他又想：再来一匹马多好呀。
他一拧葫芦嘴，就跑来一匹大马。他跨到马背上，向前走去。走着
走着，就来到一口井边，看见一条小黑狗围着井沿咬，王小就问屯
子里的人："你们这井里有啥东西，这狗咋围它直咬？"屯子里的
人说："这井里肯定有缘故。"王小回过头看看小黑狗，小黑狗就
又围着井沿转了三圈。转完了小黑狗就不见了。

屯里人开始打捞，一捞捞上来个姑娘。王小走近一看，正是员
外家的小姐。他用宝葫芦把她救活了，王小把她带回家当媳妇了。
老太太一看王小领来个俊俏的大姑娘，乐得嘴都合不拢了。可是老
太太一下又犯愁来了，这可住哪呀？王小说："娘，不要着急。"
说着，他拿出宝葫芦一拧，他们三个人就都站在一间大屋里了。老
太太走出门一看，院子里鸡、鸭、鹅、狗一大群，老太太说："这
回日子可好过了。"

王小有宝葫芦这事，一传十、十传百，传得很远很远，也传到地主的耳朵里了。老地主偷偷地来到王小家，一看真是不假。就托人要花银子买王小的宝葫芦。王小说什么也不干。老地主就下了毒手，他派了一大群狗腿子把宝葫芦抢走了。老龙王掐指一算，这宝葫芦落到坏人手了，就把宝葫芦收回去了，地主家也遭了一把天火，烧了个溜溜光。从此，王小娘三个就消停地过日子了。

讲　　述：李洪霞
记　　录：郑长春
采录时间地点：1986 年采录于四平

小 龙 私 访

这是发生在龙王庙的一个故事，当时这里还叫东山沟呢。

一天，龙王爷在龙宫给它的子孙们降下圣旨，要它们到人间去查访一下，哪方的人们心地善良；哪方的人凶恶残暴。好的地方给予奖励，保佑那里风调雨顺无天灾；坏的地方要惩罚，让那里洪水连年泛滥，教训不善良的人。

龙王爷的小孙子，被分派到了东山沟。临行前，爷爷知道它身小年幼，很不放心，对它说："你下界之后，只要你把龙袍一脱，就会变成一条小蛇，有利于你的隐蔽，同时也容易接触和了解那里的人。"最后它又再三叮嘱："孩子呀，要记住，十天，到了十天就回来。"

小龙告别了爷爷，来到了东山沟。在一丛小草中，变成了小蛇。它从龙宫来到人间，遥远的路途已把它累得筋疲力尽，它正想在草丛中休息一下，忽然从空中传来一种可怕的声音。小蛇抬头张望，只见一只黑色的老鹰向它一头扎了下来，落在了它的身上。老鹰用爪子按住了小蛇，用嘴狠狠地叨了两口，小蛇的背部当时就流出血来。老鹰一见蛇背出血了，它高兴得叫了起来。这叫声，惊动了正在砍柴的一个小伙子。

这个小伙子是东山沟的人，是在山里长大的。他看一只恶鹰在咬小蛇，就跑过来。老鹰一见来了人，飞走了。小伙子来到草丛边，看见小蛇背上流着血，他心疼地蹲了下来，从衣袋里掏出了布带子，细心给小蛇包扎好，放入怀中，带回了家。

小伙子的家中，只有一个老母亲，已年过七旬。到家后，儿子对老母说了他从鹰嘴里救出一条小蛇，母亲听了夸赞他是个善良的人，做得对。母子俩对小蛇很关心，经常给它洗伤口、换药。为了让它早日恢复，儿子天天上山给小蛇打鸟吃，在母子俩的精心照料下，小蛇的伤很快就好了。

时间过得真比流水还快，转眼间九个昼夜过去了，小蛇该回龙宫了。临行前，小蛇卧在那善良的母子面前，真诚地说："尊敬的救命恩人，我现在要对你们说实话了，我根本不是一条普通的蛇，我是龙王爷的小孙子，是到人间来查访的。到这后，我不幸遇上了老鹰，是你们救了我的命。今天我就要回龙宫报旨去了。"小蛇说完不见了。

小龙回到龙宫后，向爷爷讲述了自己遇难的经过。它说："人世间顶数东山沟人民最善良，是他们救了我的命。"龙王爷听后深受感动。它决心替孙子报答东山沟人民的恩情。自那以后，东山沟再也没遭受过天灾，年年风调雨顺，旱涝保收。

讲　　　述：聂义千
记　　　录：聂嗣燕
采录时间地点：1985 年采录于山门镇龙王村

王 小 打 柴

这一家娘俩，老太太领个小子，小子叫王小。王小以打柴为生。他上山打柴捡回两个石球，这两个石球跟别的石头不一样，溜圆锃亮。上山打柴带着怕丢了，让他妈搁起来。老太太刚把石球搁好，大门外来个老道化缘。老太太给他啥，他都不要，就要石球。老太太说："那是孩子上山打柴捡来的，谁也不让给。"老道说："这两个石球，一个是炸山丹，一个是炸海丹。告诉你儿子拿炸海丹上大海里把海水炸干，龙王就得出来，问你儿子都要啥？其他啥也别要，龙王有三个巴了狗，要最小的巴了狗。"老道说完走了。

王小来到大海边上，把炸海丹往大海里一扔，把大海炸干了，露出两条道，走出来北海龙王。龙王问他是干什么的？为啥炸海？王小说是打柴的。王小跟龙王进了水晶宫，他在水晶宫呆了几天后要回走。龙王问他都要啥，金银财宝随便拿，王小啥也不要，他说："龙宫里有三个巴了狗，我要最小的那个。"龙王听了打几个唉声，说："实在是要，你就抱走吧。"

王小抱着巴了狗，从海里走到岸边上。他看了看巴了狗，说道："老道偏告诉我抱巴了狗，要这有啥用，不如要金银财宝。"巴了狗从他怀里蹦到地下打个滚，变成一个俊俏的大姑娘。她说："我是龙王的三闺女，许配给你了，咱们回家走吧！"

王小心里想：来的时候走了很多天，这回去又多了一个人，那得啥时才能到家，有点犯愁了。龙女说："别愁，回走容易。"她在地上画了一龙一凤，吹口气，龙、凤活了，两人一个骑龙一人骑凤，奔回家了。

王小他妈在家里掐指一算，儿子去炸大海走了不少天了，到现在还没回来，怕的是掉进大海里淹死了，老太太心一酸就哭了起来，眼睛哭得像个桃，嘴咧得像个瓢。正在这时，王小回来了，可把老太太乐坏了，一看儿子后面还跟着一个大姑娘，老太太来火了，说道："把谁家的姑娘拐来了，你咋还干这事，快给送回去！

咱本分人家可不能拐骗好人家儿女。"龙女把怎么来怎么去的前后事一说，老太太这才消火。王小问他妈，他这些天没在家，都吃啥来的。老太太说："这几天家里啥也没有了，净吃野菜了。"龙女说："我做饭去。"老太太说："巧女难做无米粥，家里连一把米都没有了，咋能做饭呢。"龙女听了也没说啥，走到外屋地，掏出一把扇子，一扇饭好了，再一扇菜也好了，端进屋里热气腾腾的，全家人乐呵呵地吃上了，这饭和菜又香又好吃。

王小说上一个龙女媳妇，这媳妇没米还能做饭，这事让左右街坊都知道了。啥事架不住传，越传知道的人越多，越传还越远，县城里的县官也知道了。

县官来到王小的家。把县官迎进屋后，龙女用扇子一扇，扇出一桌酒席，请县官吃上喝上了。县官一看这龙女长得也太好了，二齿钩眼睛就搭上了，县官对王小说："今天我来没别的事，我要跟你换媳妇，我有六个老婆随你挑。"龙女说："要换全换，连衣服和你那乌纱帽全换。"县官一听不干，他怕换了衣服，他连官都丢了。县官要跟王小赛马赢媳妇，王小说："没有马咋参加比赛？"龙女说："不怕，等一会儿我去取来。"她说完走出大门外，驾着一块云到海龙王那牵来一匹干巴马。县官一看乐了，这匹马瘦得都是骨头架子，走道一溜歪斜直晃。县官的那匹马膘肥体壮，县官把自己的马放出去，王小把干巴马也放出去。先是县官的马在头前跑，跑一个来回，干巴马把那马撵过去了，眼看要到地方了，干巴马一蹶子把县官的马踢死了。县官一看赛马没赢，他说赛鸡，他让随从抱来一只大公鸡，龙女抱出了一只干巴鸡。两只鸡三叨两叨，干巴鸡把县官的那只鸡拧住，使劲往地上一扔，把那只鸡摔死了。县官也没赢，只得回走了。临走时告诉王小："三天以内把你媳妇送县衙去，不送来我就派人抢。"

三天过去了，王小也没把媳妇送去，县官派人来抢。王小两口子上了房，龙女道："涨水！涨水！"就见平地涨水，把打手都淹没脖了。龙女看打手们都被水淹没了，又喊道："冻冰！"水刹那间就冻上冰了，那些打手都只剩个脑袋在冰上冻着。两个人把炸山丹往下一扔，把那些打手的脑袋都炸了下来。从此县官再也不敢上王小家来了。

讲　　述：张素文
记　　录：齐学田
采录时间地点：1985 年采录于铁东区山门镇

小羊倌和鲤鱼精

有这么个羊倌，姓杨，人们习惯叫他杨羊，他自幼没了爹娘，靠乡亲们把他拉扯大的。他给本屯财主姜员外放羊，每到年底给他个半价，平常东家管吃管喝。日子久了，手里也攒几个钱，生活倒也无忧无虑。

在屯子南面有个大水泡子，方圆能有半里地，泡子里有各式各样的鱼，人们经常到泡子去捞鱼，总是满载而归。这里的人们靠捕鱼发了家。

在这水泡子里有一条修炼千年的鲤鱼精，鲤鱼精经常变成美丽的少女到岸边游玩，她经常碰见小羊倌放羊，鲤鱼精对这个勤劳朴实的小羊倌产生了爱慕之情。他们渐渐地相识了，日子一长，两个人好上了。

一天，小羊倌放羊路过水泡子边，鲤鱼精来了，她对小羊倌说："杨羊，你我心里相爱了好长时间了，我认为你心地善良，又勤劳能干，是我终身可依赖的人，我想和你成亲，不知你意下如何？"羊倌听后求之不得，打心眼里高兴，心想：我是个穷羊倌，能娶上这么一位如花似玉的大姑娘，真是前世修来的，他掐了下身上的肉，挺疼！相信是真的，不是做梦，急忙点头答应说："我乐意！我乐意！"鲤鱼精说："既然你愿意，那好，你回去跟东家说，跟他租两间房子，咱俩好成亲！"小羊倌乐颠颠地回去了，找到东家说："东家，我想租两间房子，有喜事要办！"东家问："你个穷羊倌有啥喜事办呢？"小羊倌说："我要娶媳妇！"东家撇着嘴说："穷羊倌，穷得啥也没有，谁家的姑娘愿意下嫁给你呢？""东家别管我穷富，先把房子租给我，明天新娘子保证送上门来。"东家笑着点头答应了他。小羊倌连夜收拾新房，屋里屋外打扫得干干净净，就等新娘子拜花堂。

快到晌午了，从水泡子方向过来一顶花红小轿，吹鼓手吹吹打打，丫环婆子扶着花红小轿，前呼后拥地来到姜员外家，小羊倌急

忙接出来，送亲的喊道："新娘子到！"小羊倌亲亲热热地将新娘子扶进屋去。丫环婆子在小羊倌的洞房里闹腾了一阵子，新娘子对他们说："家里酒菜已经准备好了，回去喝喜酒去吧。"送亲队伍呼呼啦啦都走了。

东家和伙计们都想看看新娘子长得啥样，就都偷偷地趴在门窗缝往里瞧，众人一看，嗬！新娘子长得美如天仙，方圆百里也找不出这么俊俏的媳妇。

一晃半年过去了，鲤鱼精跟小羊倌说："夫君，咱们不能老租房子住，得自己盖个房子了。"小羊倌发愁说："我穷得叮当三响，哪有钱盖房子？"鲤鱼精说："我知道你没钱，这事就不用你管了，我给你拿五十两银子，跟东家买块地，七天内保证把房子盖完！"小羊倌半信半疑地说："娘子，要说两三个月能盖上还差不多，七天盖不完。""夫君放心，等着瞧吧。"

第二天，小羊倌把买地盖房子的事跟东家一说，东家见白花花五十两银子便动了心，卖了他几亩薄地。鲤鱼精拿着棍子在买来的地上一捅，地上立刻出现一眼井，从井里喷出一股雾气，越扩越浓。从雾气中出现了石匠、瓦匠、木匠，还有许多力工搬石头、抬木头的、砌墙的、截木头的。离多远都能听见烟雾里叮叮当当地响。没到六天头上，一座崭新的青堂瓦舍大院套建成了，非常豪华。

一天，当地知府坐着八抬大轿从小羊倌家门前路过，知府打开轿帘往外一看，吃一惊，哪有这么阔气的人家，我的府衙也没这么漂亮，便叫过一个衙役，吩咐说："把这家主人给我带来！"

知府回到府衙后，立时升堂审问："下面刁民，听说你用妖术盖了这么一套宅院，你用什么妖术盖的，不到七天就把偌大一片宅院盖完了？""大人，没有什么妖术，这房子是我们两口子一起盖的，又有地契，又有凭证，没有违法呀？"

知府一听这小子说话还挺在理上，眼珠子一转出个坏主意，对小羊倌说："我不信，既然你们两口子七天内能盖出这么漂亮的房子，我也给你们俩七天时间，盖一座四合大院，如果盖成，我这知

府就让给你做，盖不成就要抓你坐牢！"

　　小羊倌一听可愁了，回家往炕上一躺，饭也不想吃，水也不喝。鲤鱼精笑嘻嘻地把小羊倌从炕上拉起来说："我以为什么了不起的大事，好了，不用愁，咱们先吃饭，一切事包在我身上。"

　　第二天，鲤鱼精拿着棍子往地上一捅，地上就出现一口井，井里冒出了烟雾，烟雾里出现了石匠、瓦匠、木匠和许多力工，"叮叮当当"地干了七天，一所崭新的府衙再现。知府一看高兴了，领着衙役住了进去，吩咐众衙役排摆酒宴，并且把姜员外也请来赴宴，因为姜员外举报有功。正在欢乐之际，只听"轰隆"一声巨响，房倒屋塌，知府和姜员外全被砸死在里边。

　　从此，鲤鱼精和小羊倌过上了幸福、美满的好日子。

　　　　　　　　讲　　述：王桂兰
　　　　　　　　记　　录：王忠和
　　　　　　　　采录时间地点：1999 年采录于铁东区山门镇

两 世 奇 缘

说不清是哪个年代了，在一个叫莲花甸的屯子里，有一对小两口，家境贫寒，丈夫丰书年是个秀才，平日和妻子张氏耕种几亩薄田，维持生计。农闲时刻苦读书，一心想考取功名。

这年京城大考，丰书年告别了妻子，急匆匆赴京城参加科考。一天傍晚，他来到一个偏僻的小镇，投宿在一家客栈里。吃过晚饭，刚要休息，就听见隔壁的房间里传来阵阵的呻吟声。丰书年是一个古道热肠之人，他想，看来这人病得不轻，远离家乡无人照料，真是可怜，我得去看看他。于是，丰书年来到病者的房间，只见这人瘦瘦的脸庞，鼓着一双大眼球，却没有一点精神。经过询问才知，这人名叫韩玉庭，也是一名赶考的秀才。十天前投宿到这家客栈，住下的第二天早起，不知得了什么怪病，只觉得浑身疼痛难忍，竟不能下地行走。请医吃药，花了不少银两，也不见好转，再这样下去，盘缠眼看着就要花光，不但赶不上京城大考，恐怕连家都回不去了。

丰书年听后很是同情，说："仁兄不要着急，你我都是读书之人，历经寒窗之苦，就是盼望考取功名、荣登金榜，现在离大考还有些时间，我来伺候你，待病好后，咱俩同赴京城。"

韩玉庭一听，急忙拒绝："我病着，是死还是活难以断定，怎好再拖累于你，你的心意我领了，但千万不要为我误了考期，而耽误了你的前程，你还是自行上路进京赶考吧。"韩玉庭言语恳切，可丰书年却执意留下，无奈之下，韩玉庭也只好依从。

为了使韩玉庭早日康复，丰书年拿出自己的盘缠，四处奔波寻找名医，一日三餐精心调理，煮汤熬药十分周到。一晃十几天过去了，韩玉庭的病情虽见好转，但仍然不能下地行走。眼看临近京城大考，韩玉庭心里十分过意不去，多次劝丰书年赴京赶考，可丰书年就是不听。

这事说多怪就多怪，说多巧就多巧。韩玉庭的病早不好晚不

好，就在丰书年的盘缠已经花光、京城举行大考之日，韩玉庭的病奇迹般地好转，能够下地行走了。虽然耽误了大考，丰书年心里却非常高兴，因为他救活了一条人命，这比金榜题名还要重要。韩玉庭觉得自己万分愧对丰书年，他说："你是我平生所见的最讲情义、讲仁义的人，你的大恩大德我一时难以报答，为了我们友谊长久下去，我想咱俩不如结拜为兄弟，你看如何？"

丰书年在伺候韩玉庭的日子里，也了解到韩玉庭是个有情有义的人，很值得交往，就一口答应下来，于是，两人插香为盟，义结金兰，韩玉庭年长为兄，丰书年为弟。结拜后韩玉庭非常热情地邀请丰书年到他家做客，丰书年愉快接受。

客栈的老板早被丰书年忘我救人的精神所感动，给他俩赠送了盘缠。兄弟二人一路谈论诗文、说说笑笑来到韩玉庭的家乡，一个叫琼南山的山区小镇。

故事讲到这里可以说已是相当感人，但后面发生的故事更加催人泪下。

韩玉庭家在南街面，开有一个卖日用杂货的小店铺，因为一心苦读诗文，店中生意全靠妻子冯氏打点，生意一般，日子过得很清贫。韩玉庭的家乡琼南山依山傍水，风光秀丽。韩玉庭带丰书年回到家乡后，陪伴丰书年游遍了琼南山，两人感情日益深厚，大有相见恨晚之意，几乎形影不离。一晃一个月过去了，丰书年想念妻子要回家乡。韩玉庭挽留不住，只好设宴送行。丰书年走时，韩玉庭依依不舍，送了一程又一程，一直送出二十多里地，这才挥泪而别。分手时两人约定，明年端午节韩玉庭到丰书年家探亲看望。

再说丰书年的妻子张氏。自丈夫走后，她一心盼望丈夫能够金榜题名，可丈夫一去久久不归，令她万分焦急牵挂，还以为出了什么意外和不测。这一日见丈夫突然归家，自是分外喜欢，急忙询问丈夫一路如何，考得怎样。丰书年向她讲述了自己久去不归的原因，本以为妻子会恼火，没想到妻子却十分理解，她说："你这是仁义之举，为妻怎能怨你，如果人人都像你这样，这世上就会到处充满亲情友爱，那该有多么祥和温暖。从今以后你就安心读书，家

里活计全由我来承担，等下次京城大考，我夫定能金榜题名。"从此，丰书年更加苦读诗书，准备下次京城大考。

时间一天天过去，很快就来到第二年的端午节。丰书年牢牢记住这个日子，因为这是仁兄韩玉庭和他约定来家的日子，所以早早准备好丰盛的饭菜等待韩玉庭的到来。可是日头已经偏西，仍然不见韩玉庭的身影，夫妻两人都很着急，张氏说："想必是韩兄家里有什么急事，怕是不能来了。"

丰书年说："我和韩兄相处时间虽短，但我深知他的为人，他同我一样，是一个非常讲信义的人，来是肯定要来的，恐怕是走错了路线，耽搁了时间，我到村口去迎接他吧。"

于是丰书年走到村口，耐心地等待。可一直等到日头落下西山，韩玉庭还是没有来，这时张氏来到丰书年身边，说，"我想韩兄肯定家事缠身耽误了，过两日来咱家也是正常的事，我们还是回家吧。"

丰书年说："我想韩兄一定会来的，我要一直等待下去。"

张氏见丈夫这样坚守信义，也就不再多言，便和丈夫共同等待下去。

天色越来越晚，就在繁星布满天幕之际，丰书年忽然看见韩玉庭疾步走来。丰书年兴奋异常，心想：韩兄果然讲究信义。于是他大步迎上前去，刚要拉手亲近，可韩玉庭却触电一般急速闪到一旁，说："贤弟不要向我靠近，我已是阴间之鬼，你现在看到的我乃是我的魂魄。阳间的人摸了我的魂魄，就会染上阴气，折损你的阳寿。"

丰书年吓了一跳，镇静下来问道："仁兄怎么到了阴间？"

原来，自打去年丰书年走后，韩玉庭心想：我的病怎么早不好，晚不好，偏偏大考之日好转，还耽误了人家的前程。看来我没有金榜题名的命运，还是好好料理自家的店铺吧。

从此，韩玉庭一心经营生意，日子也一天天好转，因为他整天忙于生意，渐渐地忘了和丰书年的约定，等想起来时，已经是约定之日的前一天了。

　　他越想越是悔恨，怎么能忘记了约定呢？人家是那样地真心对我，我怎么能这样不讲信义呢？可两家相距一千里地，一天时间，是无论如何也赶不到的，这可怎么办呢？如果不去，就是薄情寡义之人，今后怎好活在世上？左思右想，他猛然想起民间一句俗语，叫做"人行一百，鬼行一千"。这句话不知是真是假，但既然流传恐怕也有一定道理，不管是真是假，我也要试试。于是他向妻子说了要去丰家探亲一事，可是时间耽误了，只有做了鬼才能弥补。

　　妻子虽然被他这种精神深深感动，但怎能舍得丈夫去死，便苦苦相劝。无奈丈夫决心已定，无论怎么劝也劝阻不了，还是要自刎而死，临死前告诉妻子，说："丰书年是世界上最重情义的人，我死后，他肯定会来吊唁，千万要等他来时，我的棺木才能下葬。"

　　韩玉庭的魂魄本来可以按时来到丰家，不料刚行不远，却被黑白无常发现，拦住他说："我俩奉命去阳间索命，怎么没有你的名字？难道阎王爷也有疏漏之时？看来你的阳寿已到，还是随我俩到丰都城向阎王报到吧，免得你到处游荡，耽误了转世的前程。"说完，黑白无常就用锁链把他套牢，硬是把他带到丰都城见了阎王。阎王根本不听他说，打开生死册，发现他果真没到阳寿，这才问了详情。听后，阎王大为感动，这才把他放行，但还是耽误了一天的时间。

　　丰书年听了韩玉庭的诉说感激万千，看来嫂嫂冯氏身穿孝服，棺木也没有下葬，正在等他来吊唁。于是马上起身赶往韩玉庭的家。丰书年跪在灵前三拜九叩，然后打开棺木，见了韩玉庭的真身，禁不住号啕大哭，悲痛万分。丰书年边哭边喊："韩兄，你的阳寿未尽，是为了见我而死啊！我怎能让你一人在阴间受苦，还是让我和你一起同赴黄泉去吧！"说完，趁人不备，一头撞在棺木角上，当即流血身亡。

　　无奈之下，冯氏又买了一口棺木把丰书年装殓，众位乡邻、亲友帮忙把墓坑挖大，将两人合葬在一起。刚刚葬完，天空霎时电闪雷鸣，大雨倾盆而下，乡亲们都说："这才是一对真情实意的好朋友啊！连老天都被感动得掉泪了。"

491

丰书年魂魄到了阴间，四处寻找韩玉庭，黑白无常带他去面见阎王，阎王打开生死簿，发现丰书年阳寿未尽，便询问详情，丰书年如实禀告，阎王感动不已，说："你俩都没到寿限，为情义所殉，实在难得，本王成全你，你们就同一日转世投胎吧！"阎王为了圆他俩前世金榜题名的梦想，分别把他们投生在两个书香门第。

也许是天意的安排，丰书年魂魄投生的人家还姓丰，起名还叫丰书年；韩玉庭投生的人家也还姓韩，起名还叫韩玉庭。十八年后，他俩赴京赶考，又同住在那家客店。两人你瞅我，我瞅你，感到彼此竟是那样的熟悉和亲近，冥冥中头脑忽然忆起前世来。不多时，一幕一幕的往事都被回忆起来，当下两人又结拜为兄弟。当年的客店老板虽然年迈，却也认出他们的面貌，感到十分惊奇，原来他俩模样竟和前世一模一样。

更让人惊奇的是，这年大考二人同时金榜题名考中进士，被朝廷任命为县令。赴任前，丰书年和韩玉庭不忘前世的妻子，凭着记忆，各自回到自己的老家，恰好，张氏和冯氏为了守节始终也未嫁，含辛茹苦，已成半老婆娘，但丰书年和韩玉庭毫不嫌弃，于是重新团圆。这段奇闻在当时轰动很大，被人传为美谈。

讲　　述：李文刚
记　　录：刘　明
采录时间地点：2000 年采录于铁东区叶赫镇

神　水

　　从前，有个姓李的人家，家里有个儿子叫铁柱，在他很小时母亲就去世了。他就跟着父亲相依为命，一起生活。

　　父亲会点儿木工活，铁柱从小就跟着父亲学活，他很能吃苦，手艺学得很好，由于家境不好，等他长到十几岁的时候就给一个地主家干活。一晃四五年的光景过去了，铁柱一直没能回家。老父亲很想儿子，又见他老不回来，便托人捎信叫他回家看看。他向地主请假，地主怕他回家之后不回来了，就没放他回去。

　　他父亲在家左等右等也不见儿子回来，着急上火地得了重病，就又托人捎口信给儿子："父亲得了重病，速回家给父亲看病。"这下可把铁柱急坏了，他自己挣的那点钱只够维持家用，哪够看病买药啊！他越想越伤心，怎么办呢……

　　晚上收工之后，铁柱一个人跑到了湖边，想起生病的父亲，他难过得哭了，他越哭越伤心，哭着哭着靠在一棵大树下睡着了。睡梦中他看到湖里闪出一道红光，接着，一条大鲤鱼跃出水面，随着又是一道红光，大鲤鱼竟然变成了一位美丽的姑娘。她身着红衣绿裤，肩上披着洁白的绸纱，一双水灵灵的大眼睛闪闪发亮，真是仙女下凡一样。一眨眼工夫来到了铁柱的身旁，她笑着对铁柱说："师傅，你为什么一个人在这儿哭呀？有什么难事可以跟我说说，看我能不能帮助你。"他抬起头看了看这个姑娘，哭得声音更大了，姑娘劝道："你快别哭了，我想我能够帮上你的忙，你快说说到底是什么事呀？"铁柱见姑娘再三追问，只好把父亲有病没钱看的事跟姑娘说了一遍，姑娘听完想了想说："你别哭了，你不用着急，我有办法。"说完一甩长袖子，水面上架起一座彩桥，铁柱看到这情景一下子愣住了，只见那姑娘又是一甩长袖子，湖水向两边分开了，让出了一条路来："师傅，快跟我来。"她说完拉着铁柱的手上了彩桥。

　　走了一会儿，他们来到了一座宫殿前，姑娘说："你在这稍等片刻，我去去就来。"说完走进了宫殿。不一会儿她出来了，手里拿着一个瓶子，里面装满了水。姑娘说："这是一个宝瓶，有了它你要什么就有什么，我把它送给你吧。你有什么要求就对着瓶口说两遍，然后把里面的水倒出一滴在手上，它就会答应你的一切要求，你要记住：瓶里的水不能倒净了。"姑娘说着把水瓶递给了铁柱，铁柱又惊又喜，双手接过了瓶子。他看着这个姑娘，感激地说："谢谢姑娘搭救之恩。"等他抬头再看那姑娘，已不知去向，四周黑糊糊的，什么也看不见，只有这个瓶子在闪闪发光。

正在这时一阵凉风吹来，铁柱从梦中惊醒，他睁眼一看，四周什么都没有。低头一瞧，手里果真有一个瓶子，而且在闪闪发光。这时，天已经发白了，他把瓶子往怀里一揣，就去上工了。

过了几天，他向主人请了几天假回家去了。他到家一看，父亲的病早就好了，铁柱问父亲是怎么回事，父亲说："在你回来之前，咱家来了一个姑娘，拿来一个药丸，说是你给买的，让她送来，说吃了这药，病就会好了。我就把药丸吃了。说来也真神，刚吃下，身子骨立刻就硬朗了，也有力气了，这不，身体也好了。"铁柱听完父亲的话，明白了，一定是那个送他宝瓶的姑娘来了。他便把那天在湖边做的那个梦跟父亲说了一遍，父亲说："你遇到贵人了。"

从此以后，铁柱也不用给地主打工了，他和父亲过上了幸福的生活。

讲　　述：孙淑兰
记　　录：关丽梅
采录时间地点：2004 年采录于铁东区山门镇

蛇 女 为 媒

从前，有这么哥俩，老大叫周财，老二叫周富，靠种几亩薄地生活。那一年，年头大旱，庄稼颗粒不收，日子过不下去了。哥俩一合计，不如去闯关东，到老山里去挖人参，碰碰运气，挖着两棵大参就够活一阵子的了。于是兄弟二人背上行李，带上干粮上路了。哥俩进了老林，在一个山坳里搭了个窝铺，垒起了锅灶，住了下来。可是一连几天毫无收获，只好拔营起寨。茫茫林海，无边无际，鞋也走掉底了，衣服也刮破了，连个参影都没见着。哥俩互相一商量，还是分头去找，晚上再返回窝铺里。周富挖参心切，一口气走出十几里地，腿也软了，肚子也饿了，想找个平整地方休息一会儿，吃点干粮。看见前面几步远有块方方整整的大青石，他就坐在青石上，拿出干粮刚要吃，就听见旁边草动声。他放下干粮来到近前，扒开草一看，是条白蛇，一米多长，半死不活地蠕动着。他伸手掐住白蛇脖子，拿起来用脸蛋亲了亲，自言自语地说："谢天谢地，正愁干粮不够，你给我送到嘴边上来了，一会儿扒了皮，用火烤熟，香香的一顿美餐……"

周富正叨咕呢，忽然闻到一股酒香，又闻了闻，是从蛇嘴里发出来的。看样子是一条得道成仙的蛇，醉酒卧道现了原形。要是把它整死吃了，白瞎它多年修炼的道行了。何况它也是一条生命，干脆放了它。哪知白蛇没爬，倒把身子立起来了，向周富点了点头，然后才慢慢地往前爬，没爬多远它又立起身子点点头，一连三次后没影了。这时天阴了下来，周富怕下雨，急忙吃了几口干粮，继续赶路。走着走着就到了麻达山。天老爷也凑热闹，下起了小雨，他心里着急：只拿一顿饭的干粮，回不去就得挨饿，再说哥哥不定怎么着急呢！走来走去又走回来了，走到天黑也没走出这片林子。没办法，只得住一宿，等天亮再说了。他顺腰抽出柴刀，砍了些树枝子和杂草铺在地上，躺下睡觉了，模模糊糊地听见有孩童嬉笑打闹声。睁眼借月光一看，在附近树下有两个胖娃娃，三岁左右，胖乎

乎的脸蛋，头上留着一撮歪毛，穿着红肚兜，光着脚丫，真让人喜欢。就见其中一个胖娃娃把另一个胖娃娃绊倒抹身就跑，另个胖娃娃起身就追，追到东南方向一片蒿草中不见了。天渐渐亮了，周富睁开眼睛，才知道自己做梦了，可是看见地上胖娃娃摔跤的脚印还在，这深山野林里哪来的小孩呢？听老年人讲，人参年头多了就能变成胖娃娃，说不定这两个胖娃娃就是人参变的。

等天大亮后，周富起身奔东南方向蒿草中找去，头一眼就发现棵二甲子。往前又走了几步，又看见棵四品叶。抬头往前边一看，立时眼睛就亮了，两棵大人参，而且紧挨着，激动得眼泪都下来了。赶忙用红绒绳将两棵人参拴住，掏出竹签开始破土挖参。足足抠了大半天，几棵人参全部挖了出来。他吃了几把山野菜，以解眼前的饥饿，然后不顾一切寻找哥哥。困了走哪睡哪，饿了吃些野果子和野菜，渴了喝几口山泉水。嘴里不停地喊着："哥哥！哥哥！"一连寻找了七天，终于找到窝铺。到近前一看，窝铺也倒了，锅也没了。他心里反复一算计，可能哥哥找不到自己就独自下山了，不如也早点下山在路上等他。

周富沿途打听，都说没见着过这个人。他心里盘算着，不如把参卖了，有了钱再去找哥哥。他来到营口药材行，拿出人参一看，老板也愣了，从来没见过这么好的货色，纯千年人参。老板见周富土里土气的，当他外行，压价给两千两银子。周富乐得屁颠屁颠的，也没讨价还价，顺利地成交了。他雇了辆马车，又奔老林子里走来，走到一个集镇上，把马车辞了，买下一家客栈，改名长白客栈，在此边开客栈边寻找哥哥。

一天，客栈里来了个讨饭姑娘，十四五岁，衣衫褴褛，满脸污垢，走道直打趔趄。周富见她挺可怜，施舍给她些饭菜。哪知姑娘不走了，跪在地上央求说："恩人收下我吧，只要给我口饭吃就行，什么活我都能干。"周富立时起了怜悯之心。自打跟哥哥失散后，身边又没有个近人，不如认她做干妹妹，也好有个帮手。他上前扶起小姑娘说："小姑娘，起来吧！我就认你做我的妹妹吧！不过你得说说家乡居处，姓啥叫啥，为啥讨饭？"小姑娘抹着眼泪说："我家住在长白山脚下，前年父母双亡，孤身一人来投亲戚，不料亲戚搬走了，不知去向，所以才流浪街头。我姓林，就叫我小丫吧。"周富忙吩咐伙计们打扫打扫房间，多烧些水，并上街里买几套花衣裳，让小丫梳洗打扮，沐浴更衣。打扮完一看，小丫长得眉清目秀，唇红齿白，一笑俩酒窝，好像仙女临凡，咋看咋美，周富乐得嘴都合不上了。

自小丫来到长白客栈后，生意一天比一天兴隆。周富见小丫挺实在，又能干，就把客栈让小丫料理。过往客商见小丫如此美貌，又热情，舍不得离开这个客栈，有事没事也都逗留几天。

周富整天跑外讨账办货，小丫领几个伙计在家料理生意，打听大哥周财下落。一天中午，客栈里进来个要饭花子，蓬头垢面，光着膀子，穿一条漏腿裤子，端着个带豁的饭碗，哀求说："大爷们，行行好吧。给口饭吃吧！饿了两三天了。"小丫见要饭花子挺可怜，现做点好饭好菜端了上来，又给了一套衣服，打来盆水。花子饿急了，狼吞虎咽将饭菜吃个精光，穿上衣服，梳洗完一看，咋看咋像周富。小丫详细一问，果然是周富的哥哥周财，小丫急忙见礼，说："大哥，我二哥为了找你，在这开了个客栈，天天打听你的消息，这下好了，兄弟团聚了，再也不分开了。"周财简直不相信自己的耳朵，半信半疑地问道："小姐，你是什么人？""大哥，前些日子我也是讨饭来到这个客栈的，二哥见我孤苦伶仃，便把我收留下来，认做干妹妹。"周财一听更加高兴。

到了晚上，周富回到客栈后，见哥哥回来了，喜从天降，赶忙摆酒庆贺，席间，周富说："大哥，叫二弟找得好苦啊，我挖到人参后，在山上找了七天，吃了七天野菜和野果子，可下子找到了窝铺，窝铺也倒了，锅灶也没了，以为你下山了，我也就下山了。""二弟，我在山上整整找你两个月，方圆几百里林子找遍了，活不见人，死不见尸，没办法只好下山各处打听。又走了一个多月，才找到这，亏得小妹过问，咱们兄弟才算团聚了。"周富说："大哥，以后这个客栈你当家，我们听你的！""不，客栈是你开的，哥哥有吃有喝就知足了。"小丫在旁说："大哥，二哥别推了，咱们哥仁的家，有福同享，有罪同遭！"说得周财、周富都笑了。

光阴似箭，一晃就是三年。小丫长成了大姑娘，比从前长得更漂亮了，如花似玉，人见人爱，就连女人见了也多搭两眼，媒人踏破门槛，小丫连理都不理。周财有意将小丫给周富撮合撮合，谁知跟小丫一说，小丫倒火了，说："大哥，咱们虽然不是亲兄妹，可跟亲的差不多，哪有自家人相配的呢？"说得周财面红过耳，不再提起此事。周富心里暗自合计：哥哥这么大岁数了，也应该成个家，不如将小丫撮合给大哥做妻子。

不料跟小丫一说，小丫急了，说："二哥，既然你认我做妹妹，跟亲妹妹一样，哪有家女配家兄的道理，以后休提。"周富的脸像巴掌打的似的，再也不敢提这事了。小丫说完挺后悔，不该冲撞大哥和二哥。又一想，两个哥哥都这么大岁数了，该成个家了，于是她亲自出马，给两个哥哥说媒。

一天，小丫乐颠颠地把周财和周富叫到一起说："大哥、二哥，你们俩赶紧收拾收拾，大后天成亲。姑娘是东村马员外的两个孪生女儿，又漂亮又贤惠，包两个哥哥满意。"

哥俩一听，又惊又喜，急忙下聘礼。杀猪宰羊，请客唤友，张灯结彩，鼓乐喧天。婚礼那天，小丫当主婚人，哥俩双双拜花堂，方圆几十里的客商都来捧场。客栈里挤得人山人海，人们无不佩服小丫能干，人缘好。两对夫妻各自入了洞房，掀开新娘子的盖头一看，新娘子长得像月宫里的嫦娥。可奇怪的是两位新娘子的模样跟小丫长得一模一样。一家人欢天喜地。

第二天，小丫将两位哥哥找到一起，说："大哥，二哥，咱们兄妹只有三年缘分，我要走了，不走会遭天谴。实话告诉两位哥哥，我本蛇仙家族，只因父亲过生日，我多贪了几杯酒，不料走到林子里酒醉卧道，现了原形，亏得二哥心善将我放生，为了报答二哥大恩，特意点化二哥迷了路，找到了这几棵人参。为啥我不嫁人呢，只因我道行浅，体内有毒，伤着人罪孽就更大了。哥哥想我时看见嫂子就看见我了。"

周财和周富哭得像泪人似的，一直送出很远，小丫擦了擦眼泪说："哥哥嫂子们保重，我走了！"说完小丫腾云飘然而去。

讲　　述：张玉田

记　　录：孙宇策

采录时间地点：2004 年采录于铁东区山门镇

棒槌女为媒

说这话可有年头了。关东围里有个财主叫钱有财,靠挖人参发了家,置了几处窝堡,买了百十多垧地,雇了三四十个短工,可谓是这一带首户富翁。

钱有财年纪五十挂零,老伴长他两岁,膝下只有一女,叫钱宝宝,年方二八,长得如花似玉。老两口视为掌上明珠,真乃是搁到脑袋顶上怕吓着,含到嘴里怕化了。媒人踏烂了门槛子,没一个中意的。可是女儿钱宝宝早就有意中人了:长工里面有个小伙子叫万宝库,虽然长得不俊,瞅着倒也顺眼,做得一手好庄稼活,为人憨厚老实,人们都挺喜欢他,看得出他和东家的小姐钱宝宝有情有义。万宝库几次向钱有财提媒,都被拒绝了,嫌万宝库家穷,门不当,户不对。尽管钱有财百般阻挠这件婚事,怎么也拆不散两个人的感情。于是他二人立下了山盟海誓,非她不娶,非他不嫁。

钱宝宝恐怕夜长梦多,变着法托人向她爹求亲。可钱有财把脑袋摇得像拨浪鼓似的,断然告诉女儿,要想做我的女婿,除非给我挖棵千年人参,不然就等死了再托生托生吧。钱宝宝反复一合计,只有一线希望,就是让万宝库上山挖参。她把这个主意和万宝库一说,万宝库满有信心地说:"挖不到千年人参,誓不回来见你!"钱宝宝准备了不少干粮和盘费,又给了一条绣花手巾,千叮咛万嘱咐说:"遇到困难或想我的时候,看看绣花手巾。上山一定要小心,挖着大参早点回来。"万宝库带好一切应用之物,一步一回头,恋恋不舍地上路了。

万宝库来到深山老林里,也不知翻过多少座山,越过多少道岭,衣服也刮破了,鞋也掉底了,就是不灰心。他用树枝搭了一座小土屋,白天上山采参,晚上回来就宿。每次回来都不空手,挖些个二甲子、三品叶、灯台子一些小参,可着急的是始终挖不到一棵像样的大参。干粮吃光了,就吃野果子,喝泉水嚼树皮充饥,眼见天气渐冷,衣服又单,日子越来越苦,他毫不动摇,每天继续上山寻找千年人参。

一天，万宝库饿得实在没法了，摸了摸口袋里还有一捧干粮，刚想要吃，突然从林子里走出了一位少女，长得千娇百媚。头扎红绒绳，身穿粉衣紫裤，带着一股香气，轻飘飘地来到万宝库近前儿，用娇滴滴的声音说："这位大哥，行个方便，小女去姨娘家串门，不料走迷了路，已有两三天没吃东西了，讨口干粮充饥。"万宝库饿得眼睛都冒花了，心想：干脆可我一个人饿吧，反正没头绪，救她一时饥饿之急，也算积了点德。想到这，眼巴巴地把干粮递给了姑娘，自己也直咽唾沫，姑娘捧着干粮千恩万谢地走了。

万宝库身上一点劲儿也没有了，强支撑着身子，拔了几把绿草嚼巴了一顿，掏出绣花手巾往脸上贴了贴，仿佛看见钱宝宝在路口上等待着自己，立时振奋精神，拄着镐把，晃晃悠悠坚持往前走。走着走着，忽然眼睛一亮，发现前面红光闪闪有棵大人参，当时力量倍增，不顾一切向人参奔去。只差十多步远，猛然间飞出一群马蜂子来，落得满身全是，蜇了十多块儿伤。他咬着牙，忍着疼痛继续往前走，眼见差两步远，刹那间，一条大蛇盘在他的脖子上，越勒越紧，憋得脑袋发胀，气都喘不上来了。正在危急关头，讨干粮的那位姑娘又出现了，指着蛇、蜂喝道："孽障，这是我的恩人，还不快松开！"只听"啪啦"一声蛇松开了，蛇乖乖地顺着草丛溜走了，马蜂也都飞走了。

姑娘走到近前说："恩人，你受惊了，刚才这些孽障都是护参的。你对钱宝宝一片诚心，本姑娘早已知道了，我是万年棒槌王，见你心地善良，就送你一棵千年人参，回去及早成亲。"说着话往手上吐了口唾沫，往万宝库被蜂子蜇的伤口上搽了搽，顿时消肿不疼了。棒槌女又把刚才的那捧干粮还给了万宝库，然后帮着万宝库挖出那棵千年人参。万宝库小心翼翼地把参装进口袋里，跪在地上给棒槌女磕了好几个头，含着激动的眼泪下山去了。

钱宝宝在家盼望着万宝库早日归来，天天在路口守候张望，望眼欲穿，急得整日茶不思饭不想，渐渐面容憔悴，眼见要病倒了。这天万宝库忽然回来了，她急忙跑到近前问道："宝库哥，挖到千

年人参没有？咋这些天才回来呢？都快急死人家了。"万宝库掏出千年人参一举说："宝宝，你看这是啥？"钱宝宝又惊又喜接过人参跑回家里，见着钱有财喊道："爹，宝库哥真的把千年人参挖回来了，这回该答应我们的婚事了吧？"钱有财接过人参一看，黄里透红，和人的形状差不多，是棵宝参，只是赞不绝口地夸这宝参，就是不提两个人的婚事。摆弄了好大一阵子，吩咐家人说："摆酒设宴，好好款待万宝库！"

席间，钱有财眯着三角眼说："宝库啊，本东家念你挖参有功，赏你一百两银子，我做媒，把我的叔伯侄女嫁给你如何？"万宝库一听肺都要气炸了，强压怒火说："东家说话如此不算数，我也不娶你的侄女，也不要你的一百两银子，还是把那棵人参还给我好了。"钱有财把三角眼一瞪，说："你说什么？我是你东家，你是我雇的长工，也算我花钱雇你挖的人参，这参就该属于我，你要不识抬举，什么也不给你，只给你个工钱罢了。要是跟我过不去，现在就把你赶走。"万宝库刚要分辩，就听门口有一女人说话："钱东家，为人处世可要讲良心，要不是你答应此事，万宝库也不能舍生忘死去挖参，挖来参你又赖账。如果你以势压人，必遭报应，不但宝参留不住，连你女儿也会毁了。听我良言相劝，咋说咋办，不然悔之晚矣。"万宝库顺着声音一看，正是棒槌女，急忙起身相迎见礼。正在这时，丫环来报："老爷，不好了，小姐要自杀。"钱有财一听，扁担勾眼睛——长长了。

钱有财没办法，立刻吩咐丫环说："快去告诉小姐，说我答应她的婚事也就是了。"说完转身指着棒槌女问道："你是何人？"没等棒槌女开口，万宝库插嘴说："东家，这棵宝参是这位恩人送我的，没她帮忙，我恐怕今生今世也回不来了。"钱有财仔细一打量，这位女子长得可真漂亮，有仙人气度，大概是仙女下凡吧？要真是仙女点化，就不能违背。想到这，便顺水推舟地说："既是仙姑驾临要成全此事，小人一定照办！"棒槌女点点头说："好！东家办事倒也算个明白人！爽快！既然不反悔，那么今天就成亲！"钱有财一想话说出去了，成亲就成亲吧。吩咐家人马上操办，棒槌女为媒，又是主婚人，张灯结彩，鞭炮齐鸣，吹吹打打，两位有情人终成眷属。棒槌女喝完酒，飘然而去。

讲　　述：孙忠田
记　　录：孙喜臣
采录时间地点：2000 年采录于铁东区山门镇

鬼狐精怪故事

王 二 成 婚

从前有一家，姓王，老太太领个小伙子过日子。小伙子叫王二，他靠给财主扛活为生。财主的地在一座非常高且立陡石崖的大山根下。王二天天在山下这大片地里干活，天天瞅见从山顶上走下来一个大姑娘，来时顺山路下来到镇里去，回来又顺山路上去。王二天天看着觉得怪：山上没有人家，怎么有大姑娘来回走？他老想上山看个究竟，这一天就爬到了山上。到山上后看到有个洞，洞口卷着一张狐狸皮。王二拿起那卷皮夹着回家了，到家就搁后院用板石压上藏起来。

下晌，姑娘回来了，要往山上走，咋往山上走也上不去。她一掐算：狐狸皮让王二拿去了，就找到王二。见到王二，说："大哥你捡了我一件东西，还给我吧！"王二说："没看着。"姑娘问王二："你家几口人？"王二回答说："家里就我们娘俩。"姑娘说："我给你做媳妇吧。"小伙子听有这样的好事，真是求之不得。

王二跟财主说了，财主给操办了婚事。姑娘跟王二过上日子。一来二去一年多，王二媳妇生个胖小子。这天王二媳妇问王二："孩子大了，我也诚心诚意跟你过日子，告诉我，你捡的那张皮搁哪了？"王二告诉她："搁在后院板石压着呢。"说完王二铲地去了。王二媳妇把孩子交给婆婆哄，到后院掀开石头板，夹着那张皮，一股烟儿回去了。王二铲地回来，问妈："你儿媳妇干啥去了？"

老太太说："她也没说干啥，把孩子交给我就走了。"小伙子听完，到后院掀石头板，一看皮没了，知道他媳妇回洞府去了。他

回屋告诉他妈："我抱孩子去趟老丈人家。"

　　小伙子抱起孩子顺山爬到山顶，往那个洞里走去，刚进洞感觉里面很窄，越往下走越宽，走到里面有个大院套，里边有不少人，鸡、鸭、狗直叫唤。王二让看大门的往里送信——就说胡家姑爷子来了。不大一会儿，看门的回来开了大门，请王二进院。王二走进院子里，被人让进屋里。屋里有老头、老太太，一大帮人。老头问王二："你到这有啥事？"王二答道："我接你闺女——我媳妇来了。"老头说："我有七个闺女，认出来哪个是你媳妇，就跟你回去；认不出来，你别想活着回去！"老头说完一摆手，七个闺女都出来了，站成一排，都是一个模样。王二瞅瞅这个、看看那个，不敢认，哪个都像他媳妇，这可叫王二为难了。冷不丁的，王二想出一个主意来，他把孩子抱到七个姑娘跟前，照着小孩子的屁股上猛掐了一下，掐得小孩"嗷嗷"地直叫唤。谁的孩子谁连心，王二媳妇受不啦！掉了几疙瘩眼泪。王二一看就知道了，这掉眼泪的肯定是他媳妇，伸手就给拽出来。老丈人一看认出来了，也没别的说的，让闺女跟王二回去了。

　　讲　　述：陆长林
　　记　　录：齐学田
　　采录时间地点：1985 年采录于铁东区山门镇

梦走阎王殿

在东北老山里有这么个村子，一共住着五十来户人家。村子西南角住着个年轻小寡妇叫李腊月，此人品行不端，整天打公骂婆，还张家长李家短地扯闲话。她向人家借东西，总是借一斤还八两，大瓢借小瓢还。因此人送外号"李小掂"，乡亲们见着她就像见着鬼似的躲她老远。

这天，李腊月端着面箩又去邻居王家借面。王老太年近七旬，双目失明，无儿无女的，靠着丈夫死后留下的一点家业勉强度日。王老太因为眼睛看不见，就让李腊月自己到缸里去戗面。李腊月也不客气，戗了岗尖一箩面回家了。几天后，李腊月还面时又要了心眼，她翻过箩来，在箩底铺了一层面，王老太用手一摸，认为面是满箩的，就倒进面缸里了。李腊月站在一旁洋洋自得，心想：这个瞎老太婆真好糊弄，赶明儿个我还得多借几次。离地三尺有神灵，这话一点也不假。李腊月的骗人手脚恰好被地府里巡游的黑、白无常二鬼看在眼里。二鬼回到丰都城，来到阎王殿，向阎王禀报了此事。阎王听后大怒，说道："判官，查一查生死簿，看这个李腊月还有多少年阳寿？"判官打开生死簿，翻看了有半炷香的工夫，合上生死簿子，禀报说："李腊月本该活到六十岁，因她平日里打公骂婆忤逆不孝，已损阳寿十年。簿上还记有她欺残压弱，对邻人王氏，不扶贫帮老，反而总是正箩借面反箩还粮，甚至往里掺沙子的恶行，又损阳寿十年。李腊月正好二十岁，如今阳寿还剩二十年。"阎王听罢拍案大叫："难道还要让这恶妇在人间作恶二十年吗？黑白无常，我命你们二人到阳间将李腊月的魂魄速速押来！"判官急忙摆手说："大王，请息怒，李腊月虽然作恶多端，但还罪不至死呀。如果您硬把李腊月的魂魄押来，岂不是违背天规吗？""你不用担心，本王自有安排。"阎王说完冲着判官诡秘地一笑。

这天晚上，李腊月在灯下纳鞋底，纳着纳着只觉得上下眼皮打架，头晕眼花，困得坐不稳了，她拿过枕头倒头便睡。突然一阵阴风刮

过，将房门吹开，李腊月迷迷糊糊地发现，从门外飘飘悠悠地走进两个鬼来，一个身穿黑大褂的手里拿着根铁链，另一个身穿白长衫的，手持勾魂牌，他们的舌头耷拉在胸前足有二尺多长。李腊月一看，吓得从炕上掉在地上，结结巴巴地问："你们是人还是鬼，为何三更半夜来到我家？"二鬼差说："我们奉阎王爷之命捉拿你的魂魄去丰都城报到。"李腊月急忙跪在地上哀求说："二位差爷放过我吧！我以后多给你们烧纸钱……"二鬼差厉声喝道："阎王让你三更死，我们怎敢留你到五更，赶紧跟我们走，别误了时辰！"说着，黑无常将铁链套在李腊月的脖子上，李腊月拼命往后挣，白无常将手中勾魂牌朝她晃了三晃，李腊月就觉得身子轻飘飘的，不由自主地跟着二鬼差走了。

一路上漆黑一片，看不到星辰日月。这时，突然刮起一阵狂风，带着沙石将二鬼差和李腊月刮得东飘西荡。黑无常拽着李腊月在前面吃力地走着，白无常跟在后面，不时地拳脚相加地对李腊月，嘴里还嘟嘟囔囔地骂道："都怪你，平时不行善，死后出门还要大风灌。"黑无常转过身对白无常说："照她这个走法，天亮也走不到丰都城啊。误了时辰，阎王怪罪下来，咱哥俩可担当不起呀！"白无常说："可不是咋的，我看还是给她开开天眼吧！"说着白无常将唾沫吐在李腊月眼睛上，李腊月顿时觉得头清眼亮，一条大路直通西方。

又走了半个时辰，来到一座城下，城门楼上三个大字"丰都城"，城墙被浓雾笼罩，显得阴森可怕。这时李腊月看到有两个鬼差押着五六个人迎面走来，最后一个人很像死去的丈夫，走近一看果然是他。李腊月惊喜地叫道："夫君留步！你可想死我了。"奇怪的是无论她怎么叫，丈夫就是不理她，一直朝前走去。李腊月问二位鬼差说："我丈夫为啥不理我？"二鬼差说："你丈夫已经喝了迷魂汤，把阳间的事都忘了，现在正赶往阳间投胎。"二鬼差押着李腊月走进城门，眼前呈现出一座大殿，门框上贴着一副对联，上联写着：天堂有路你不走，地狱无门自进来。横批：罪落十八层。城里关着好多鬼，有的衣衫褴褛、披头散发，不是缺胳膊就是断

腿，还有的眼睛被挖掉，鲜血淋漓。众鬼手抓铁门、狼哭鬼嚎地喊着："快放我们出去！我们要回家。"这时从旁边过来几个鬼差，手抡皮鞭乱抽一顿，打得众鬼"嗷嗷"怪叫。

李腊月往那边一看，两个鬼差持刀将一个女鬼的舌头割下，鲜血顿时从嘴里喷出，疼得那女鬼声声惨叫。李腊月声音颤抖地问道："为啥要割那女鬼的舌头？"二位鬼差没好气地回答说："因为她生前不孝敬公婆，还打东邻骂西舍，所以她死后要受如此惩罚。"李腊月一听，吓得脸色煞白，忙用手捂住嘴，两条腿像泡糟了的面条，软得拉不开步了。

李腊月被黑白无常架着来到阎王殿，跪在大殿上偷眼向上一看，只见阎王正横眉竖眼地看着她呢，还有判官拿着生死簿也正瞅着她。他们身边还站着些牛头马面，大鬼小鬼，个个龇牙瞪眼，吓得李腊月急忙低下头来。阎王一见李腊月，气就不打一处来，一拍案桌说道："李腊月你可知罪？"李腊月赶忙向阎王磕头求饶说："我知罪，我不该打公骂婆，不该勾三搭四，更不该欺负瞎眼王氏。求阎王爷饶我一回吧！我一定痛改前非，好好做人，多行善事。"

阎王"嘿嘿"一笑，说道："晚了，早知今日、何必当初，把你打入十八层地狱，永不得超生。再不就让你托生一只母鸡，到阳间去给王老太下蛋。因为你欠王老太的太多了，就以蛋偿还。"李腊月心想：我若下十八层地狱，不是被掏心，就是挖眼睛，还要割舌头，还不如投胎回阳间变成母鸡呢。想到这，李腊月说道："阎王爷，我愿托生成母鸡。"

阎王听罢说道："二鬼听旨，把李腊月的魂魄押到望月台，让她投胎去吧！"黑白无常押着李腊月直奔望月台，路过奈何桥见到一位老婆婆手里的茶就要喝，二鬼差急忙将碗打翻，告诉李腊月说："这是一碗迷魂汤，如果你喝了，就会把前生的事都忘了，阎王有旨，让你必须记住前生所干的一切恶事。"二鬼差说完，将李腊月推下望月台。

这天早上，王老太早早起来，她在二十一天前孵了一窝鸡蛋，

今天正好是雏鸡蹬壳的日子。王老太用手挨个摸着鸡蛋，心想：都到日子了，咋还没孵出来呢？突然一只毛茸茸的小鸡崽蹦到她手里，这小鸡崽就是李腊月的转世投胎。半年后，李腊月变的母鸡开始下蛋，还是天天连蛋，累得母鸡冠子都干了，羽毛也饲了。

一天，这只母鸡跳到王老太家的老祖宗板上去了，把香炉碗碰得"叮当"乱响。王老太虽然看不见，但也气得抢棍子朝母鸡乒乒乱打。母鸡东躲西藏，一下子掉进地上的火盆里，烧得皮开肉绽"嘎嘎"乱叫，使劲一挣巴，跳出火盆，可浑身疼得如针扎刀剜一般。李腊月被疼醒了，发现自己原来是做了个梦。她回想起梦中的情景，终于醒悟了：善恶终有报，为人做事还是行善为好。李腊月爬起身，背了一袋子面朝王氏家走去。

講　　述：刘占一
记　　录：刘春丽
采录时间地点：2004 年采录于铁东区叶赫镇

门灶子申冤

清初，关东边外有一个二十多户人家的小屯落，叫太平屯。屯西有座大宅院，十多年没人居住了，因经常闹鬼，主人早就搬出去了。

城里有个田二先生，嫌住城市闹哄，想到乡下住清静。经亲属介绍来到太平屯，一看这里山清水秀，鸟语花香，挺满意。美中不足没有闲房子，只有村西大宅院挺宽敞。听人说闹鬼，他一琢磨，不如开办个学堂，准能压住邪气，于是招了十几个学生，就开张了。

一天，田二先生要进城里办事，临走时嘱咐学生们说："今天我要出门办事，你们不准私自回家，也不准乱打乱闹，好好复习功课！"田二先生走后，学生们就把先生的话丢到一边，玩起县官断案来。有个大一点孩子叫二牛子，装县太爷；还有几个孩子扮衙役；其余的孩子全都装告状的。二牛子把桌子一拍，喝道："堂下可有人告状吗？""大老爷，小人冤枉！刚才狗剩子踢我两脚，望大老爷给我做主！"狗剩子说："大老爷明断，是三丫子先打我的。"两个孩子正在分辩，突然从炕门灶子里钻出一红衣女人，蓬头垢面，跪在地上喊道："大老爷，我冤枉啊。请大老爷替我做主！"学生们被这突如其来的女人吓得趴在桌子上不敢看，有的钻到桌子底下藏了起来。女人喊了两声没有动静，抬头一看，原来是孩子们在玩游戏，抹身又钻到门灶子里去了。

第二天上午，田二先生打城里回来一看，学生们一个没来，到每家一问，才知道学堂里闹鬼了，而且是个冤鬼。他反复一合计，不替女鬼申冤，永远不会消停，尤其自己为人师表，要给学生们树立一种正气和见义勇为的精神。他决意替女鬼申冤！他把学生们聚集在一起，让学生们玩县官断案，并且教给二牛子怎样问案。学生们有老师仗胆，就不怎么太害怕了，可玩了一天，女鬼也没有出来。一连玩了五六天，还是没有出来。田二先生费了好一番脑筋，编出一个案子来。

　　七天头上，田二先生亲自扮演县老爷，把惊堂木一拍，喝道："把罪犯李六带上来！"接着两个大一点的学生押着矮个学生进来了。田二先生说："大胆李六，偷老张家的牛。还不如实招来！""大老爷，我冤枉呀！""给我打！"两个学生拿着棍子往一捆草上打，矮个学生佯作"哎呀哎呀"地叫着："大老爷我招，我全招！"正这时女鬼忽地从炕灶子钻出来，跪在地上喊道："大老爷，我冤枉啊！"田二先生问道："下面那女子，有何冤情尽管讲来，本官为你做主！"只见那女鬼一边抽泣一边叙说自己被害经过。

　　原来宅院主人叫张东，外号张疯子，靠祖上留下些财产，在这块儿称富。张疯子有两个儿子，大儿子张福，在皇宫里当太监，二儿子张禄，是个书生，虽然一表人才，却满身是病，常年卧床不起。张疯子怕张禄有什么不测，急忙给他娶了个媳妇，想留条根，哪料，刚入洞房，张禄就一命呜呼了。

　　新媳妇田云秀，是个穷人家的孩子。因家贫有欠债，以二百个铜钱卖到张家，她哪里知道丈夫是个病危之人，更没想到他死得那么快。正在六神无主之际，张疯子进来了。他凑到田云秀的近前说："儿媳妇，我没承想二儿子死得那么快，为了给他留下个后代，今夜我就得和你睡觉，等有了孩子既是儿子，又是孙子。以后你要怎样就怎样！"田云秀见张疯子不怀好意，哀求说："公爹，不要啊，这是乱伦的事，我死也不从。"张疯子脱掉自己衣服，然后扒光了田云秀的衣服，像只老虎似的扑了上去。田云秀拔下头簪，猛力刺去，一下正好刺中张疯子左腮，鲜血立刻流下来，淌了一炕。张疯子恼羞成怒，两只大手狠狠掐住田云秀的脖子，等他清醒过来时，田云秀已经死利索了。

　　张疯子这下慌了手脚，他在屋地上像热锅上的蚂蚁，转了好一阵子，稍一镇静，有了主意：他拿把尖刀在儿子尸体上捅了几下，然后给儿媳妇穿好衣服，抱着儿媳妇尸体放进炕洞里，收拾妥当后，扯着嗓子喊道："不好了，杀人了！"街坊邻居跑过来一看，都惊呆了，怎么会这样？张疯子干号着说："两口子刚入洞房，就吵起来了，谁知这婆娘这么狠，杀死我的儿子她跑了。可要了我的老命了……"人们也弄不明白究竟咋回事，感到莫名其妙。张疯子嘴上嚷嚷要报官，实际上心里有鬼哪敢报。给儿子安葬后，就说房子闹鬼，搬走了。

田二先生听完女鬼的叙述，又吩咐道："田云秀抬起头来！"女鬼长出了一口气，抬起头来，分开面部头发。田二先生仔细观看，女鬼长得果然漂亮，接着又问道："以上所述情况属实吗？""奴家不敢说谎，尸骨就在炕洞子里，请大老爷做主！""既然这样，七天后将你的仇人绳之以法，你下去吧！""谢大老爷廉明清正！"说完又钻回门灶去了。

第二天，田二先生给学生放假七天，他亲自去县衙替女鬼告状。县衙离此一百多里地，走了一天多才到县衙。买了两个烧饼，一边吃着一边击鼓鸣冤，县太爷闻鼓急忙升堂问案。田二先生就把女鬼田云秀的冤案诉说了一遍。县太爷吩咐捕快班头骑快马勘查现场，查实并捉拿凶犯。

几个时辰过后，捕快班头回到县衙交差，并将田云秀尸骨和张疯子一并带到大堂。起初张疯子狡辩抵赖，县太爷让田二先生当堂对质，又将田云秀尸骨摆在堂上作证，在事实面前，张疯子不得不招认。县太爷立刻将张疯子打入死牢，报朝廷待秋后问斩。

讲　　述：孙忠田
记　　录：孙喜臣
采录时间地点：2004 年采录于铁东区山门镇

蛤 蟆 郎

从前，有这么个王员外，人送外号叫王大善人。他家虽有良田千顷，房屋百间，苦的是无儿无女继承家产。整天愁眉苦脸，唉声叹气。南庙烧香，北庙磕头，祈祷上帝保佑，哪管有个像蛤蟆疙瘩那么大的儿子，也就心满意足了。

一天晚上，老两口正在烧香祷告，突然打外边蹦进来一个小蛤蟆，进屋就给老员外和夫人磕头，然后说："爹、娘，您二老不是常说，哪管有个像蛤蟆疙瘩那么大的儿子在跟前混眼睛，也就心满意足了吗？今天我是给您老当儿子混眼睛来的。"

老两口一听，乐得合不上嘴。老夫人急忙把蛤蟆儿子捧到床上，老员外吩咐家人赶紧摆酒宴，庆贺一番。街坊邻居，南北二屯的人们都知道了，道喜的、送礼的络绎不绝。老员外像得了宝贝一样，蛤蟆儿子要啥买啥，出外面溜达打发家人、院工陪着。这可真是放在脑袋上怕吓着，放到嘴里怕化了，给儿子起了个名字叫宝娃。一切事都挺遂心，惟有儿子的亲事老两口挺发愁。怎么办呢？老员外想了七天七夜，终于想出了个好办法来。他吩咐管家王九把所有的佃户都找来，然后摆上酒宴盛情款待。酒过三巡，菜过五味，老员外打了个唉声说："诸位，老朽有个愁人的事——就是我儿子宝娃的婚事，谁要能给我儿子介绍成个媳妇，那我就把他在我这儿所欠的债一笔勾销，并且送给他一些土地，归他自己所有。"

佃户中有个大酒包叫陈四，他有个女儿叫云芝，年方二八，容貌虽不及天仙，但也超过凡间女子。陈四心想：我若把女儿嫁给东家，不但以前的债一笔勾销，往后喝酒就也不愁了。虽说苦了女儿一些，但也落得个富贵荣华。想到这，他和员外一说，员外更是求之不得，满心欢喜。急忙叫管家取出文房四宝，当时立下字据，又拿出二百两雪花白银作为订礼。陈四一见员外拿这么多银子，高兴得不知所措，接过银子乐颠颠地回家了。

到家后，他跟老伴和女儿撒了个谎话说："东家有个侄子，过

继给他当儿子，叫啥名字我都忘了，他相中了咱的女儿云芝。今天一早，东家托人把我找去，提起了这门亲事。我一看，公子长得年貌相当，才华过人，我就替你们娘俩把这门亲事定了下来。"女儿听了抿着嘴笑，老伴高兴得不住嘴地夸陈四会办事。陈四脱鞋上了炕，老伴和女儿在地下忙活了一会儿，炒了四个菜，烫了两壶酒，端上桌来，一家人乐乐呵呵唠个不停。

哪知乐景不长，一拜天地露了馅。云芝一看丈夫是个蛤蟆，顿时觉得心如刀绞，气得又哭又闹，埋怨爹爹坑害了自己。宝娃在一旁得意地蹦来蹦去，调皮地说："娘子，不要哭，你实在讨厌我的话也不用急，暂时你先跟我享两天福，过些日子我帮你找个称心如意的郎君……"云芝心本来就很烦躁，听宝娃这么一说，气上加气，找了根树条子，使劲地抽了宝娃两下，宝娃一边往外蹦一边喊："娘，快来呀，我媳妇打我了！"

真巧，老夫人因为对儿子放心不下，已经在门外听了半天，儿子一喊娘，她心疼得了不得，急忙闯进屋去，抱起了宝蛙，生气地对云芝说："儿媳妇，娘跟你商量个事，以后凡是家里的事一切都能依你，唯独不行打我儿子，我儿子要是有个好歹的，我找你家人算账……"老夫人把宝娃往床上一放转身走了。云芝转念一想：虽然误了青春，等公公婆婆一死却落得个万贯家产，自己爹娘也能跟着借点光。想到这，她转忧为喜，捧起宝娃亲了一下，宝娃"呱呱"地叫了两声，开玩笑地说："娘子，我就知道你爱我和我的家产。"说得云芝哭笑不得，打那以后，云芝把宝娃当成了玩物，整天连哄带逗，玩得挺开心。

光阴似箭，一晃一年过去了。这一天，天气很热，火辣辣的太阳烤在人身上就像下火一样，云芝在绣楼上正在闷坐，忽听楼下敲锣打鼓。凭窗往下一看，原来是一群耍猴的，旁边围了不少看热闹的。云芝心想，正好无聊，趴窗口看一会儿。这时就看见打北边过来一位公子，骑着黑毛驴，公子长得可真英俊，面白如玉，眉清目秀，真是一表人才。云芝把眼光都集中到公子身上，哪里还顾得上看耍猴的了。公子热得汗流满面，不停用袖子擦脸上的汗。看到这情景，云芝从怀里掏出个手帕，团成个团扔到了公子身旁，并长长叹了一口气，自言自语地说："人活一世，要是摊着这么个丈夫该有多幸福了。"

公子下驴捡起了手帕，擦了擦脸上的汗后，把手帕藏在怀里，回头望着楼上朝云芝点点头，然后上驴走了。

工夫不大，要猴的散了，人们也都纷纷离去。云芝刚要睡午觉，宝娃回家了，嘴里叼着个手帕，蹦到了云芝跟前说："娘子，恭喜你呀！"

"喜从何来？"

"我有个朋友相中了你，非要娶你为妻，他拿着刚才你赠给他的手帕，求我做媒撮合你们，我一想这倒是一桩美事，就满口答应下来。"

云芝一听，坏了，这点事全让宝娃知道了，就是浑身是嘴也说不清啊，并且地上放着刚才扔出的手帕，真要宣扬出去还了得。云芝觉得脸上无光，越想越不是滋味，干脆一死万事皆休。于是，她把衣服往脸上一蒙就要撞墙，只听宝娃哈哈一笑说："娘子，你睁开眼睛看看我是谁。"云芝睁开眼睛一瞧，愣住了。原来，刚才的那位美貌公子是宝娃变的，蛤蟆皮就放在一边。云芝一下扑到宝娃怀里，不知道是高兴还是生气，甜酸苦辣一齐来。云芝抓起蛤蟆皮就要烧，宝娃说："娘子，烧不得，如果把皮烧了我就活不成了，你把皮藏起来就是了。"

老员外和老夫人听说这个事后，起初还以为是云芝有外心把儿子害了呢，后来宝娃当场给二老变一回，老两口才相信。打那以后，一家人过着美满幸福的生活。

讲　　　述：刘占一
记　　　录：刘春丽
采录时间地点：1988 年采录于铁东区叶赫镇

为鬼妻昭雪

也不知是哪年的事了，在十八道沟子屯有座学堂，看样荒废很久了。据附近人说，每到夜里三更天，学堂里就传来女人哭泣声，尤其夜深人静、有月亮地儿时，一缕幽魂拔地而起，在学堂上空，悠悠荡荡，悲悲切切，泪如雨下，溅湿了学堂整个院落，嘴里念叨着："我死得好冤呐！"人们听到这凄惨的哭声，不寒而栗。

有个叫郑名的书生，进京赶考，路过此地，正赶上夜色降临。他想在此借宿一夜，到附近人家一打听，学堂闹鬼，无人敢住，每到夜里有女鬼哀号。郑名不信鬼神，还挺好奇，就住了下来，非要弄个水落石出。

郑名正在秉烛夜读，突然阴风骤起，黑雾弥漫，顿时遮住了皎洁的月色。天色暗了下来，烛光乱晃，似熄非熄。郑名觉得身上发冷，心想：莫非真的有鬼吗？鬼能吃人吗？他越想越怕，这时空中传来了悲哀的哭声，叙道："我死得好冤啊！"接着下起了小雨，这雨与往日不同，居然是血雨，风中伴雨，雨中伴着女鬼申诉声，雨点儿打得门窗"噼里啪啦"作响，郑名凝神屏息，侧耳倾听。

过了好一阵儿，风停雨住，月色复明，灯光明亮。瞬间，外边传来了急促的敲门声，只听一女子喊道："郑公子开门，奴家有冤情向你倾诉。知道你是正人君子，恳求郑公子为我鸣冤昭雪，别无他意。"郑公子听女鬼这一说，一颗恐惧的心这才放下。急忙上前打开门插关，推开房门，借着月光一看，眼前站着一位年轻的女子，清秀俊雅，苗条身段，头上缠着一条白绫，身穿青纱散裙，影影绰绰看见额头上有血迹。郑名将她让进屋里，女子跪在地上泪如泉涌，边哭边叙说自己被害经过。

原来女鬼姓魏名叫三娘，姑娘家境很穷，被本地地主周大麻子的大少爷周纯看中。周纯面笑心恶，仗着家里有钱有势，强霸为妻，三娘无力反抗，也就认命了。后来周纯跟屯里刘四媳妇勾搭成奸，两个人为了做长久夫妻，周纯勾结江湖恶棍，将刘四一顿乱棒打死了。没隔多久，就把刘四媳妇娶进家门。刘四媳妇叫胡水仙，外号万人迷，不但长得漂亮，会拿情，勾引男人也手到擒来。她见魏三娘长得美貌，心里忌妒，常在周纯耳边下舌，搬弄是非。日子一久，周纯半信半疑。

一天，胡水仙弄来一套男人衣服，偷偷地放进魏三娘的衣柜里，硬说魏三娘偷汉子，领着周纯去拿赃，打开衣柜翻个正着，周纯也不问青红皂白，把魏三娘吊在房梁上，打了个半死，胡水仙还是不依不饶，撒娇放刁非要周纯把魏三娘置于死地不可，不然就告他杀夫夺妻之罪名。周纯将三娘捆绑起来，嘴里塞上毛巾，在头顶心上钉了三颗铁钉。把三娘弄死后，对外扬言说，因两口子吵架三娘离家出走了。

魏三娘诉完冤情痛不欲生，悲伤过度，瘫软在地上，失去了知觉，郑名把魏三娘抱在床上，拍前胸捶后背，大声呼唤她的名字，她好长时间才苏醒过来，扑到郑名怀里，抽泣了好久，才止住悲声说："郑公子，你才华横溢，日后必能金榜题名，等你高官得做时，一定为奴家申冤雪恨，我把一切希望寄托在你的身上，不管以后是做人做鬼我都属于你。"

郑名非常同情她的遭遇，便点头答应她的请求。二人言语融和，越唠越投缘，两颗心紧紧拴在一起，并山盟海誓订了终身，插草为香，拜了天地。郑名英俊潇洒，魏三娘美貌多情。二人凝视好久，终于搂抱亲吻在一起。然后宽衣解带，上床共寝，魏三娘用手在郑名身上来回摩挲，郑名感到身上特别舒服，不知不觉地睡着了。

郑名一觉醒来，太阳一竿子多高，发现魏三娘不见了，急忙下床去找。找遍了整个学堂，不见踪迹，难道是梦吗？虽然一夜夫妻，她却把自己的心带走了，让人好想啊！他惦念冤情似海的妻子，坐卧不宁，娘子，你在哪里？心里感到无限空虚。他盘算着，离科考日期还很长，不如暂住几天，也许夜里还能相见，多给她些安慰和温暖。

到了第二天夜里，魏三娘又来了，进门就问："夫君昨夜睡得

可好?""娘子去哪里了?叫我好生牵挂。""夫君,你有所不知,我们阴间鸡叫前必须得走,晚了就走不了了,魂魄见光亮就会随风散去。我算计着离科考日期还远,你不如再住上几日,为妻帮你攻读功课。你若考取功名后,可早日回来,惩办恶人周纯和胡水仙,为民除害。"郑名点头应允。于是二人前半夜攻读功课,后半夜夫妻同床共枕。有说不完的知心话,唠不完的知心嗑。

一晃七天过去了,魏三娘说:"夫君,科考日期将近,收拾行装上路吧!此去定能高中榜首。一旦高官厚禄,免不了有皇亲国戚给你提亲做媒,不管你做了哪家王公大臣的乘龙快婿,也别忘了为妻的冤案!"

甜蜜的夫妻就要分手,哪能割舍得了,夫妻俩搂抱在一起,又掉了一阵眼泪,郑名才难舍难离地走了。

郑名到了考场上,拿起考卷一看,心里开了两扇门,考卷上的题都是妻子所教的题,他顺利地答完卷。没过多久喜报传来,高中榜首,皇上召见他,见他一表人才,才华过人。龙颜大悦,加封省督察巡府,又将他暂留宫中陪王伴驾,下棋对诗,非常投缘,并有意招为驸马。

一天,皇上设宴招待郑名,特意让御妹盈盈陪酒。两个人一见面,郑名惊呆了,天下竟有这般奇事?盈盈长得跟鬼妻魏三娘一模一样,就连说话语气都一样,感到特别亲近。盈盈要试试郑名的才学,便出了个上联:"鸳鸯戏水水波清",郑名稍加思索答道"夫妻相爱爱悠长"。盈盈公主听了心悦诚服,悄悄爱上了郑名。皇上哈哈大笑说:"朕给你们加个横批:天作之合。"

皇上下旨,招郑名为驸马,择日完婚。可郑名惦念魏三娘,心神不安。盈盈公主见郑名魂不守舍,便追问道:"驸马,有心事吗?难道我配不上你吗?""公主,如能和你结为夫妻,我求之不得,这也是前世姻缘。""可你为什么闷闷不乐呢?"郑名就把魏三娘的那段情缘叙说了一遍,盈盈公主很同情三娘的遭遇,叹了口气说:"既然这样,派人将奸夫淫妇杀了不就完事了吗?""公主,此言差矣,没有证据杀人是犯法,不能冤枉好人,也不能放过坏人。"盈盈公主听后更加佩服郑名的为人。没多久两个人拜堂成了亲。

郑名和盈盈公主完婚后，如胶似漆，夫唱妇随。渐渐地淡忘了魏三娘的冤情，沉醉在荣华富贵的享受之中。

忽一日，皇上下旨，命他北巡。皇上赐他一把宝剑，遇见贪官恶霸先斩后奏。郑名辞别公主盈盈，领着大队人马上路了。

事也凑巧，这次巡察正路过这所学堂下扎，自己住进了学堂。二更天左右，魏三娘破门而入，怒气冲冲地说："忘恩负义之人，有何面目见我？""娘子，我无一时不在想念你，只是为官身不由己，此次北巡，也是为你平冤昭雪。只不过有件事你得配合我，目前缺少证据，有了证据他就难逃法网！"魏三娘转怒为喜说："夫君，我的尸体就埋在墙外东墙角，挖出来只要验下头骨就真相大白了。夫君，我送你一块木块，作为惊堂之木，这是用我的血泪浸泡而成，审案时只要一拍惊堂木，就会想起为妻的冤情，促使你认真为民办案。"

第二天，郑名在学堂里设个临时公堂，派人将周纯抓捕归案。开始周纯狡辩抵赖，咆哮公堂。郑名一拍惊堂木，喝道："嘟！大胆罪犯，不动大刑如何肯招！来人，打他二十大板！"刚一拍惊堂木，周纯一惊，心里发虚，立时没了主意，也不那么嚣张了。可他很快镇静下来，就是不承认所犯罪行，又挨了二十大板还没招供。有人把魏三娘尸骨抬了进来，从头骨里拔出三根铁钉子，摆在周纯面前，可他还是死活不开口，这时又把胡水仙带到公堂上，郑名使劲一拍惊堂木，"啪"的一声巨响，震得大堂都颤动了。周纯吓得直筛糠，胡水仙也吓得哆嗦成一团。郑名喝道："大刑伺候！"接着御役们将夹棍、老虎凳、铁烙摆在堂上。胡水仙立时瘫软在堂上，哀求道："大人且慢动手，民妇招供！""从实招来，免得皮肉受苦！"胡水仙对合谋杀害丈夫和魏三娘的犯罪事实供认不讳。周纯在人证物证面前不得不招认。二人画了押，当场判决斩首示众。听到这个消息，人们无不赞扬郑名是个清官！

夜里二更天，魏三娘来见郑名，流着眼泪说："夫君，我们分

手了，阎王让我去超生，你想我时就把盈盈公主当成我，这块惊堂木带在身上，就等于为妻在你身旁，断案时惊堂木能帮你助威，能使你想起为妻的冤情，望夫君日后秉公断案，清正廉明，做个好官！"说完夫妻又抱头痛哭起来。一直到五更天，魏三娘才恋恋不舍地离去。

打那以后，这座学堂里一片安宁，只有朗朗的读书声，再也听不到女鬼哭声了。也是从那时起，衙门有了惊堂木这一审案工具。

讲　　述：崔立元
记　　录：崔艳杰
采录时间地点：2003 年采录于铁东区叶赫镇

城隍和知县

清朝道光年间，新科进士彭林秀被朝廷任命为关东重镇——伊通县县令。彭林秀接到任命，就带着夫人米氏乘坐一辆轿式马车，从河北沧县赶赴关东上任。为避免路上土匪抢劫，车棚上插有一杆新任伊通县令的彩旗。这是彭林秀好友告诉他的一个招法：土匪见了新任县令的官车，认为没有多大的油水，一般是不会劫道的。从沧县到山海关，一路平安无话。可一出了山海关，怪事就来了。在彭林秀后面不远处，有一辆马拉的轿车，上面也插着一杆新任伊通县令的彩旗。彭林秀不免犯了疑惑，难道是朝廷疏忽大意，一个县同时任命两个县令？还是遇上了土匪？彭林秀仔细一想，觉得不是土匪，因为土匪要想劫财，完全没有必要乔装成官家，直接行抢就是了。彭林秀越想越不明白，索性也不再去想，等到了任上就会明白了。

傍晚，彭林秀宿在一家客栈。刚刚安顿完毕，就见后面的官车也来这家客栈投宿。彭林秀忍不住，便上前探问究竟。这位县令回答说："仁兄不要见怪，我乃阴间县令，也就是阴间的城隍，乃是阎王所派。恰巧你我赶上同一任期，还望今后互相提携相助。"原来这位城隍名叫冯雨翰，早已过了转世投生的期限，但阎王舍不得他这个人才，他也习惯了阴间的生活，投生之念头早已淡化。这次伊通城隍有了空缺，阎王便派他前来担任。

两个人论起来还是老乡，越唠越是亲近。从冯雨翰的话里得知，城隍虽然是泥塑，但也不是虚设。他奉阎王之命监督阳间的一切，阳间如有贪赃枉法，或者恶棍刁民惹是生非，为非作歹，城隍便想方设法予以纠正制裁。纵有天大的冤假错案，或有屈死的鬼魂向城隍申冤，最终都能昭雪平反。原来城隍还有这么大的作用，令彭林秀不禁对冯雨翰肃然起敬，连说："晚辈初次为官，公事中定有许多不当之处，还望前辈多多赐教。"冯雨翰说："你我同任为官，还是以平辈相论为好，有什么难事咱们互相切磋。"

两人唠至深夜方睡，第二天又结伴而行，很是快活。几天后他们就到了伊通县城，冯雨翰拱手辞别："如今到了你我上任之地，阴阳两界必须分明，你若想我，可到城隍庙来找我。庙里有一偏厦雅室，专为接待阳间官吏所设，你只要躺在床上合眼片刻，我就会来与你相会。"说完，冯雨翰一行人马便杳然不见了。

彭林秀到任后，忙完了几件要紧的公事后感觉疲乏。可是还有很多前任遗留的公务，相当棘手，难以处理。忽然想起冯雨翰分手时的话来，心想：何不找冯雨翰叙谈叙谈，一来唠唠官场之事，向他讨教讨教；二来也可放松一下心情；再有他还要验证一下，到底能不能再见到冯雨翰。于是他化装成平民百姓，只身一人走到城隍庙去会冯雨翰。

城隍庙里，只见城隍泥像端坐大堂，满脸的浩然正气，两边衙役泥像个个魁梧雄壮，气氛十分肃穆庄严。彭林秀暗想：这比阳间的官吏衙役还要威风气派，也许他们真的比阳间的官府公正廉洁，难怪阳间百姓世代都要供奉他们。想到这儿，彭林秀不禁生出几分敬畏。穿过大堂，果真有一偏房，室内灰尘不染，十分干净整洁，靠墙一张大床，被子叠得整整齐齐。彭林秀打开被子，躺上床去，合眼片刻就进入梦境。冯雨翰果真前来会他，分外热情。寒暄过后，彭林秀向他讲了繁杂棘手的公务，以求赐教。经冯雨翰的点拨，彭林秀茅塞顿开，受益匪浅。分手时冯雨翰告诉他有几件前任判处的冤假错案，屈死者至今阴魂不散，频频向城隍告状，请他回去重审。彭林秀睁开双眼，天已大亮。他急忙回到县衙，找出前任知县判处的案卷，里面果然有冯雨翰交代的案子。于是他一一重理，果真是冤假错案。尔后他对这些冤屈者一一平反昭雪。

一年过去了，彭林秀把伊通县治理得政通人和，一片太平。他和冯雨翰的感情也日益深厚。有一天夜里，彭林秀又去拜访冯雨翰，冯雨翰在后花园里设宴招待，并叫出自己的家人。席间冯雨翰九岁的小女儿叫倩云，对彭林秀很是亲切，依偎在他胸前，不时地为他夹菜倒酒，彭也非常喜欢这个女孩，不时地抱上一会儿。冯雨翰看在眼里，高兴地说："我女儿在阴间住够了，既然你这样喜欢她，就送你做你女儿吧！"彭林秀说："我真的很喜欢小倩云，可我怎能带她到阳间呢？"冯雨翰说："这个好办，我早已奏请阎王，让倩云转世投生，我正在准备给她找一合适的人家，你家不是正好吗！"彭林秀拱手称谢。天亮后，彭林秀返回家中，恰巧妻子生产，喜得一女。原来彭林秀的妻子已经怀胎十月，但没想到今天就生，看来定是冯雨翰相助。彭林秀抱起女儿端详，果然长得和小倩云一般无二。从此，彭林秀对小倩云百般珍爱，视为掌上明珠。转眼间小倩云已到五岁，非常聪明伶俐，越发可爱喜人。彭林秀为她请了全县最好的私塾先生教她识字。小倩云学习十分刻苦用功，五六岁的孩子竟能和父亲出诗作对。彭林秀每当和冯雨翰会面，总免不了对小倩云夸奖一番。冯雨翰自己也十分高兴。他说："小倩云是你的女儿，又是我的女儿，看来我没有看错人啊！但愿你能把她好好培养，长大后为她择一佳婿，我就更加满足。"彭林秀回答说："我也是这么想的，请恩公放心就是。"

一段时间，彭林秀处理公务非常顺手，因秉公执法，深受百姓爱戴称颂。可是不久，彭林秀遇到一件非常难缠的公务，使他很是头疼。原来，他家私塾先生的大儿媳妇因为不能生育，经常受到婆婆的训斥，有时还遭毒打。后来，大儿媳妇不堪欺辱上吊寻了短见。事后，娘家人把私塾先生的老伴告上县衙。彭林秀受理此案，本想秉公而断，但有私塾先生说情，此事也就从轻发落，只罚了私塾先生家里五石粮米，送给大儿媳妇娘家就算了事。大儿媳妇冤魂不服，就向阴间的城隍告了一状。城隍冯雨翰判决，让大儿媳妇的冤魂化成厉鬼，天天夜间去骚扰婆婆，让她惊吓一生。私塾先生的老伴因为夜夜恐惧，已是骨瘦如柴，行将就木了，请了好多郎中也不见好转，无奈又请了占卜打卦的先生。这个阴阳先生法术高超，占卜出了其中缘由，说："想要老太太病好，还得请县令去阴间走一趟，求城隍开恩。"

平日彭林秀对私塾先生很是敬重，看私塾先生来求情，抹不开面子，只好去见城隍。彭林秀说："这件公案，是我顾及私情，如果将那老太太捉拿归监，恐怕年事已高，也活不了几日，所以我才罚她五石粮米抵过。如果惩罚过轻，我可重新加倍惩罚，只是请恩公不要再让她儿媳妇变的厉鬼去折磨她婆婆了。"

冯雨翰说："恕我不能从命，阳间有阳间的法律，阴间有阴间的法规。就说这个老太太，虽然儿媳妇上吊身亡不是她亲手所杀，但毕竟是因她欺辱，才使儿媳妇上吊的。像这样的案子，在阳间往往不能得到公正的处罚，但我们阴间有办法，这叫死罪可免，活罪难逃。这个恶毒的老太太，如果不让她在心上遭受折磨，那这世道也太不公平了。凡是在阳间作恶的人，即使有幸逃脱了阳间惩处，但没有一个能够逃脱阴间严惩的，或在今天或在来世，都将遭到报应，所以这个面子我是不能给的。"

彭林秀虽然没有要到面子，但对冯雨翰更加佩服，办起案来越发秉公断理，再也不徇私情。那个虐待儿媳妇的恶婆婆病情至死也没有好转。事情传开后，那些平日里在儿媳妇头上作威作福的婆婆，都把恶习改掉了，待儿媳妇就像亲闺女一样。

彭林秀在伊通任职十年，因政绩突出，被朝廷升为直隶总督，离任前，为了感谢城隍暗中帮助，想向全镇号召捐款，为城隍重塑金身，被冯雨翰劝阻，他说："此事千万不可，此举既劳民伤财，又毁了你的英名，如果哀怨过多，你还要受到阴间的惩处。"彭林秀听了只得作罢，带了家人上任去了。伊通县老百姓感念他的功德，倾城出动，泪雨纷纷，依依不舍，送了一程又一程，彭林秀说："乡亲们不要谢我，要谢就谢城隍！"从此，城隍庙里香火十分旺盛。

彭林秀在直隶总督任上，一干又是十年。小女倩云年方十九，在彭林秀的挑选下，嫁给了一名进士叫方禹臣，恰巧也被朝廷任命为伊通县令。到任后，倩云把他领到城隍庙，面向城隍说："这也是我的父亲。"方禹臣很是惊讶，倩云向他讲了事情的经过，方禹臣十分敬仰，急忙跪拜说："请岳父大人今后对小婿多多指教。"这天夜里，倩云和丈夫住在城隍庙里，果然看见了冯雨翰，冯雨翰对爱女和女婿十分亲切，特别是对女婿方禹臣，把如何当官为民、造福一方，一一做了指点，方禹臣也遵从城隍岳父的指点，把整个伊通治理得人人安居乐业，一派歌舞升平的景象。

为了感念城隍岳父的指点，方禹臣又要为他重塑金身、重修庙宇。冯雨翰劝阻说："此事万万不可，城隍庙虽旧，但还坚固，城隍虽旧，但还挺拔威严，身躯毫无损坏。当年你岳父就要为我重塑金身，被我制止。现在你也要珍惜百姓钱财，千万不要干这劳民之举。"方禹臣不听劝阻，号召全县乡绅富贾捐款，为城隍重修庙宇、重塑金身。建好之后，方禹臣很高兴，夜里去见冯雨翰，本想得到夸奖，没想到冯雨翰却满脸怒容，说："你这哪里是为我好？分明是坑害了我。你的作为已牵连于我，被阎王怪罪，说我在阴间做官已是不利，罚我到阳间转世投胎，今日就走，望你今后做事要严加律己，好自为之。"说完冯雨翰瞬间不见了人影。方禹臣这才后悔，但为时已晚。

方禹臣在伊通任知县，一晃又是十年，虽然政绩突出，但调任时却没有得到升迁，只是改任做了别地的县令。可能是为城隍重塑金身的劳民之举，受了牵连。

讲　　述：孙廷举

记　　录：刘　明

采录时间地点：2000 年采录于四平市伊通县

王公子求妻

从前，有一家姓王，爷儿四个是种地户，家里还有果园子。老头没出过门，就打算等园子里的果子熟了，去苏杭二州卖果子，顺便出外溜达溜达。果园子的果子下来了，他准备了十辆大马车，每辆大马车都满满登登装上果子，然后赶着车溜溜达达往苏州城去了。

来到苏州城，找家店往下了。店主一打听是卖果子的，就说："现在是果子下来的季节，卖果子不是时候，卖不上价钱。我有一个好主意，你雇些伙计挖窖哇！把果子存起来，等果子涨价再卖。"老王头听了，按店主的话雇人挖了窖后，把十大马车果子都存了起来。

几个月工夫，果子涨价。老王头一看是时候了，就叫几个工夫，把果窖起开。果窖门打开，老王头下窖一看，心全凉了：可惜呀！十大车果子全坏了，挑来挑去挑出三个好果。老王头把这三个果子装到大茶缸里，他是满嘴起泡，挺上火。愁人觉多，他整天躺在店里睡闷头觉。店主为老王头着急，但也没啥法子劝说。这时，从门外来个白胡须的老头，问："有个卖果子的老王头在这住吗？"老王头听说有人找他，一骨碌坐了起来。白胡须老头说："我是从石家庄来的，听说你为卖果子上挺大火。大兄弟，别着急、别上火，有功夫你上我家溜达去。"白胡须老头说完走了。

白胡须老头走后，老王头还是往炕上一栽，又躺下了。第二天，店主说："你上火也不行。你既然有个哥哥在石家庄住，就上他那去散散心。"

老王头往石家庄走，遇个捡粪老头，老王头打听说："石家庄在哪？"捡粪老头说："这里就是。""这也没有屯子呀？"捡粪老头说："这里没有屯子也叫石家庄。"老王头往地上一看，有块石头板，他往上一坐，挺得劲，他又躺在上面，更觉舒坦，不大会儿睡着了。这时候，白胡子老头来了，说："这不是大兄弟吗？快到屋，在这躺着干啥。"他把老头让到上屋。这里不是只有一块石头板，没有房子吗，怎么又出现了房子？原来白胡须老头是狐狸精，是他点化的。他告诉厨房做饭。不多时，酒席饭菜摆桌子中间。老王头在这一住就是一年。这一年都是上顿下顿招待。老王头有点过意不去，一想这也太麻烦人家了，就想回走。白胡须老头说："弟弟既然有事在身，你要走哥哥让你走。可你还没看看你大嫂呢。"老王头说："那，看看我大嫂。"

两个老头从前屋走到后屋，见到白胡须老头媳妇，大嫂说："你到这，嫂子给你点儿东西，就是这么点心意。"大嫂顺手从柜里掏出一个大包袱。大包袱里面左一层又一层地包着一个破帽子，一把扇子，一个铜盆。老王头说："我都要。"白胡须老头牵来一头毛驴告诉老王头："你把毛驴牵到没人地方，拍三巴掌，闭上眼睛，一会就到家。"

老王头把毛驴牵到没人地方，骑上毛驴身上，照驴屁股就是"啪啪啪"三巴掌，随后闭上眼睛，毛驴腾空了，只听耳旁风声"呜呜"直响，不一会儿就到自己家当院子了。老王头看见院子里站着大儿子、大儿媳妇、二儿子、二儿媳妇。老王头说话了："三儿子干什么去了？"儿媳妇说："你走后老三输耍不成人，输了不少钱，把地都输了。"老王头一听，气不打一处来，说："老三啥时候回来？"儿媳妇回答："每天都是黑天回来。"老王头气嚷嚷地说："回来非打他一顿不可。"

刚一黑天，三儿子回来了，让老头臭骂一顿，想打，叫两个大儿子拉住了。老王头说："我认了个朋友，你胡大爷给我三件东西，你们要是不嫌乎，就给你们哥三个分分。"给大儿子一顶破帽子，给二儿子一把扇子，给三儿子一个铜盆。大儿媳妇没瞧起，把破帽子扔柜后头去了；二儿媳妇没相中，把扇子扔箱后边了；三儿子稀罕巴叉把铜盆塞挎兜里去。

他们住的那里有一条河，分为河南岸、河北岸，他们家在河北岸。晚上，老三往河南岸走去，走到河边上，有一片柳树毛子，柳树毛子有个柳树墩子，老三坐下歇一会儿，把铜盆拿出来，说：

"铜盆你是宝,给我掉出金子来。"他把铜盆倒过来一控,掉出三块金子。老三把金子揣在怀中往河南岸走去。在河南岸有伙耍钱的,他把三块金子都押上了,一下子都输出去了。他又回到柳树墩子,说道:"铜盆铜盆多掉金银财宝。"他说完把铜盆一控,掉一堆金子和银子。他用手抱着回家了。他爹听别人说他今天晚上又去耍钱,输了三块金子,拎起棒子就想打他,老三一把抱住老爹,说:"别打,赢了一堆金子。"大嫂、二嫂一看这么多金子、银子,就夸三弟没白耍,以后别耍钱了,用金银把地再买回来。老三一想铜盆是宝,那破帽子、扇子都是宝。大嫂二嫂把那两件东西拿出来给老三。老三得了三件宝。

过了几天,老王头对老三说:"借你胡大爷的毛驴得给送回去。"又告诉他咋骑驴。

老三按着他爹告诉的,把毛驴牵到没人地方,骑在驴背上,拍了三巴掌,闭上眼睛,不一会儿到苏州城了。走到城里,真叫热闹:上京赶考的,挑挑担担的,做买做卖的。老三在前边走,驴在后边跟,他手牵驴缰绳,走着走着,回头一看,毛驴没有了,缰绳在手里拎着呢。他找个店房住下了。晚上睡觉做个梦,梦见白胡须老头,他的大爷。那老头告诉他:"你也别上火,毛驴我已收到了。我听说那三件宝都让你得去了。我把实话告诉你,破帽子是避宝针,扇子是开门扇,铜盆是金银盆。跟你交个朋友吧,就是等你发财时,给我修个庙,我就满足了。"

县官见王三有能耐,封老三为王公子。又派人马,不几天把庙修好。王公子利用庙做生意了,专门给人看病卖药。

苏州城有个邓员外,邓员外家有个邓小姐。邓小姐无缘无故得了病,山南海北来的大夫也没看好她的病。这一天,听说苏州城的庙里有会看病的,邓小姐坐轿来了。王公子看中了邓小姐,给邓小姐配了几服药。邓小姐拿回去熬了,吃了药之后,不多日子好利索了。可王公子想邓小姐却想出了相思病了。

有个老太太姓邓,都叫她邓妈妈。邓妈妈跑货卖玩具,正好路过庙前。王公子跟邓妈妈说要见邓小姐。邓妈妈说:"好,不过你

得男扮女装。"

邓妈妈领王公子来到邓员外家大门口吆喝叫卖。听见吆喝声，小姐、丫环都出来买玩具。王公子是左一眼右一眼，上一眼下一眼瞅邓小姐。把邓小姐瞅得不好意思了，她就问邓妈妈："他是你啥人？"邓妈妈随口答道："不外乎，是亲戚。"

王公子跟邓妈妈回来，病也好了！他想出外散散心，走几天。他一出门，帽子一戴，扇子一扇，起飞了，飞到邓小姐后花园。邓小姐正在织衣服。王公子上前把邓小姐夹起来，扇子一扇，登空驾云走了，把邓小姐夹到破庙里。王公子把小姐放下来，小姐吓昏过去了。醒来时问："这是什么地方？你为什么把我带到这？"王公子说道："我想娶你为妻。"邓小姐说："做妻可以。不过，这地方也没吃的，饿也饿死了。"王公子乐呵呵地说："我有办法，一会就有饭。"说完，王公子把扇子一扇又起飞了。

正赶这时，有一家的老爷爷过寿，酒席饭菜做好，摆上桌子还没吃呢。王公子飞到上空，就把那酒菜都端回来了。邓小姐想：这是什么人呢？是不是妖怪？她给王公子斟酒，左一杯，右一杯，把王公子喝醉了，迷迷糊糊睡上觉了。邓小姐一看，机会到了，她把帽子一戴，扇子一扇，飞走了。飞到自家后花园落下了。

王公子醒酒一看，宝物也没了，人也没了。人没了不要紧，宝贝没了咋回家呀？他一步步往回走，走到山上，山头长着一棵桃树。王公子摘下两个桃子吃，吃一个，另一个顺手揣兜里了。刚吃完那个桃，觉得口渴，就上河边喝水，这河水清得跟镜子似的，能照人，他低头看见河里自己的样子，长得猪嘴獠牙，不是他的模样，变成妖精样了。他吓得就着河水胡乱地洗着脸，洗着洗着，再往河里看，模样变回来了，比以前英俊多了，随后他又把河水灌了一瓶带在身上。

苏州有只大船外出取货，船上有人认识王公子，喊："喂！那不是王公子吗？快上船！"王公子坐船回到了苏州城。他一进城，就看见城墙上贴不少告示，凑上前去一看，写的是邓小姐的病又犯了，谁能把她的病看好，邓小姐许配谁为妻。王公子把告示揭下

来，当差的看见了忙回去禀报。不大会儿就有人抬个轿来，把王公子接进府中。

王公子走马号脉——从小姐楼上扯下一条红线，一头拴小姐手脖上，王公子手拿另一头，用手一摸，他说："小姐是邪病。"他把带回来的桃子刷上白浆，给小姐吃下去，小姐病真的就好了。

第二天早晨，丫环给小姐送洗脸水时，看见小姐长得猪嘴獠牙，不是人样，吓得她滚下楼去，摔得鼻青脸肿，还直劲召唤人："快来人哪！小姐让妖精吃了。"人们听见了，拿着铁齿钩杆上楼去捉妖。邓小姐说："我是小姐，你们咋连我都不认识了。"老太太说："你是小姐？你是小姐？你咋变成这样了，照镜子看看。"小姐照镜子一瞅，自己也吓得哭起来。

员外着慌了，他跟王公子说："小姐的模样变了，能不能治过来？"王公子说："也能看好，看好后会比以前的容貌还美。"接着又是走马号脉，号完脉又拿出那瓶水，说："用这水给小姐洗脸吧！"

又过一宿，丫环要伺候小姐起床，一看小姐容貌变回了原样，比以前还美，还好看。邓小姐的病好利索了。王公子和邓小姐也结了婚，成了家。

讲　　述：陆长林
记　　录：齐学田
采录时间地点：1986 年采录于铁东区山门镇

老疙瘩媳妇

一家子，哥三个，老大、老二、老疙瘩。老大老二都娶妻生子了，老疙瘩没媳妇。

这天哥仨在地里干活。到了晌午，老疙瘩回家取饭，回来的半路上，到路旁解手，就把装饭的筐放在路旁。冷不丁来股大风把饭筐刮跑了。老疙瘩又转身回家，让大嫂重做了饭。大哥、二哥嫌他取饭工夫长了，说他两句："干啥去了，没紧没慢的，你走吧！别在这混吃了。"老疙瘩脸皮薄，让我走，就走吧！老疙瘩心酸地走了。他走到一座老山老岭，听前面有说话的声音，他抬头一看，是他姐姐。他大吃一惊，原来他的姐姐已经死了好几年了。可今天怎么还见面了呢，这叫老疙瘩咋能不吃惊呢！姐姐说："老弟，你还没说媳妇呢吧！我给你保媒。"只见他姐姐一摆手，一个漂亮姑娘走过来。他姐姐说："这是你媳妇，领她回家吧！"

这个姑娘是狐狸精。老疙瘩姐姐死后掌管精灵，要么咋能给保个狐狸精媳妇。老疙瘩哪里知道，乐不颠地领媳妇回来了。到家后，大嫂、二嫂一看老疙瘩媳妇，就夸个不停。也不怪大嫂、二嫂夸老疙瘩媳妇，就说妯娌三个轮班做饭，大嫂、二嫂下地做饭，磨磨咕咕，一半会儿做不好饭。老疙瘩媳妇下地不大一会儿就做好饭了，庄稼人嘴急，因为干活累，好饿，进家就想吃饭。赶上大嫂和二嫂的饭班，吃饭总得等着，一半会儿吃不上饭，老大老二免不了骂两句。到老疙瘩媳妇的饭班就不是这样了。再说做衣服，妯娌三个分一样的活计，老疙瘩媳妇用不大工夫，就做出来了。时间一长，大嫂、二嫂心里有点画魂儿。老疙瘩媳妇再干活时，大嫂、二嫂偷着看，看她有啥高招。她做饭，大嫂、二嫂捅破厨房的窗户纸偷着往屋里看，就见老疙瘩媳妇手拿饭勺往锅沿一磕，饭就做好了；菜勺往锅沿上一磕，菜就好了。大嫂、二嫂看到这儿，相互一递眼色，赶紧离开去找老大、老二、老疙瘩一同合计。大嫂、二嫂说这老疙瘩媳妇是精灵，她们俩把看到的都说了。这几个人的脸都吓得变了颜色，心里直蹦，老疙瘩媳妇若是精灵是祸害，该咋治她？合计来合计去，想到舅舅是个风水先生，就去找舅舅治她。舅舅被请来了，他手拿着铜大钱，见到老疙瘩媳妇直摇头，说："老疙瘩媳妇诚心诚意跟老疙瘩过日子，我治不了，你们找你姐姐治去吧！"舅舅说完走了。

他们就去老山老岳找姐姐。姐姐来了，把老疙瘩媳妇带回去了。三年以后，姐姐给老疙瘩送来个小子，说是他媳妇生的。小子长大，考上了状元。

讲　　述：张素文
记　　录：齐学田
采录时间地点：1986 年采录于铁东区山门镇

公 子 寻 妻

从前，有一个公子，家大业大，父母早亡，独撑门面。他很喜欢读书，每天都在书房里读书作诗，闲来无事就弹琴。

这天，正是四月十八娘娘庙会，公子去逛庙降香。走到半路，看见前面围着一群人，不知是干什么的。他好奇地挤过去，往里一看，只见人群里有一个打猎的，怀里抱着一只活的白狐狸。那个白狐狸看见公子，冲着公子卡吧卡吧眼睛，掉下几滴眼泪。公子觉得很奇怪，也觉得白狐狸很可怜，就对打猎的说："这位大哥，你这只狐狸卖不卖？"

打猎的说："卖。"

"你要多少银子！"

打猎的上下端详了一下公子，心想：我得多管他要几个钱，就说："少十两银子不卖！"

公子身上正好带着十两银子，掏出来交给了打猎的，把白狐狸买下了，他也不去逛庙会了，抱起白狐狸往回走。走到半路，看看四下没人，把狐狸放到地上说："我买你，一不是为了剥皮，二不是为了吃肉，我就是看你挺可怜的，放你一条生路，你愿意往哪里去，你就往哪里去吧。"白狐狸瞅了瞅他，点了几下头，就走了。

公子回到家，也没把这件事放在心上，照常读书弹琴。到了第三天半夜，公子读书累了，站起来伸伸懒腰，就觉得背后有喘气声，回头一看，是一个白胡子老头。这个老头的穿着打扮不像庄稼院的人。公子问："你是什么人？我这深宅大院的，你怎么进来的？"

老头说："公子，你别害怕。我一不是人，二不是鬼，我是你大前天逛庙会时放生的白狐狸。"

公子"噢"了一声，问："你来有什么事吗？"

老头说："咱们俩是多年的老邻居了，我每天都听见你作诗弹琴，我知道你非常喜欢琴，今天特意给你送来一把好琴，略表谢

意。你对我的救命之恩，我以后再报。"说着老头从身后摘下来一把琴。公子试了几下，琴音优美悦耳，果然是一把好琴。公子非常喜欢，对老头说："我收下了。"

又过了十几天，公子正在书房内读书，忽然屋门"嘎吱"一声响。回头一看，屋里站着一个姑娘，这姑娘长得非常漂亮，水灵灵的，天仙一般。公子愣愣地问："这位小姐，三更半夜的，你来我书房干啥？"

姑娘淡淡一笑，说："公子，你不要害怕，我是来报恩的。"

公子疑惑不解，问："你报什么恩？"

姑娘说："前些天，你去逛庙，半路上救了一个大白狐狸，那是我的父亲。我是奉父亲之命，前来报恩的。公子，咱俩有夫妻缘分。"公子见姑娘长得如花似玉，举止端庄文雅，顿生爱慕之心。可是，他觉着这样处理婚姻大事又有点不太相当，自己家大业大，名门望族，不能如此简单地办婚事。姑娘看出了他的心事，说："我明白你的意思，今天我们先订下亲事，这不会失了公子的体面吧。我家就住在镇东头，那有两间房，就是我家。不过这个你不会知道。你明天托个媒，到我家去提婚，一说就妥。"

公子高兴了，说："这么办还好。"

第二天，公子打发媒人去说亲，果然一说就妥了。几天后，两个人拜堂成了亲。婚后，媳妇对公子非常体贴，两个人恩恩爱爱，常常在一起读书弹琴，日子过得比蜜还甜。

可是，好日子不长，过了三个月，这天夜里，媳妇说："公子，你晚睡一会儿，我有话要对你说。"

公子问："有什么话？你就说吧。"

媳妇说："公子，你算算，咱们成亲多少天了？"

公子掐指算了算，说："到今天，刚满一百天。"

媳妇长长叹了一口气："咱们俩只有百日的夫妻之情。我是仙体，你是凡人，咱们俩不能总在一起，到今晚半夜，我就得回去了。"

公子听了这番话，急了："你这是什么话？你不能走，半路途

中的，你扔下我，让我可咋整哪？"

媳妇说："我半夜子时必须得回去，现在时辰快到了。"

公子一把拽住媳妇的衣服，喊着："你不能走，不能走哇……"

这时，就见他媳妇的鬓角出汗了，脸色由红变白，由白变青。他媳妇气喘吁吁地说："你赶紧松手吧。我也是不愿意离开你呀，人非草木，岂能无情。一日夫妻百日恩，百日夫妻一辈情。不过，咱们这样过不行。你想我时，去找我吧。"

公子说："我到哪儿能找到你呢？"

"你往东南走，打听天下第一山，到那山上就能找到我。你赶快松手吧，如果子时一到，我走不了，雷公就要把我劈死了，连你也得捎上。咱们就永生永世不能相见了。"公子不得已，一松手，媳妇一溜火光就没影了。

公子从这天起，没心思看书，也没心思弹琴了，身体一天天消瘦下去。老家人劝他，让他去找找。他说："这样吧，我带些银两出去找找。这个家你老好生看管。过个三年四年的，我要是回不来，这个家业就归你了。"

老管家忙说："公子，你尽管放心地去找，你就是十年，二十年不回来，你的家业我也不能给你扔了。"

第二天，他骑着马上路了，走了许多日子，也没打听到天下第一山在哪儿。时间长了，银两花光了，他把马卖了继续往前走。卖马钱又花光了，他就边要饭边往前走。说不上走了几年的工夫，走到一个人烟稀少的地方。

一天，天傍黑，他走到一片荒野地方，几十里地看不见人烟。正走着，忽然西北方向刮来一阵大风，回头一看，天上乌云滚滚，眼瞅着一场大雨就要来了。这可咋整，上哪儿躲雨呢？正着急哪，他突然看见前面不远的荒草甸子上有两间房，他连忙奔那儿跑去。刚迈进屋，大雨点子就下来了。他往房顶瞅瞅，这老破房子，上面还露天，可就是不漏雨。他觉得很惊怪。正这时，里屋有人说："公子，请到里屋来吧。"

公子进到里屋，见这屋里四面光墙，什么也没有，炕上没有炕席，有一个白发老太太坐在上面纺线呢。老太太手里连个线团、棉花丝都没有，把个空纺车子摇得嗡嗡响。公子心想：我在这荒甸子走两三天了，也没看见一户人家，在这荒野之中，怎么会住着这样个老太太呢？这时，老太太说："公子，你别害怕，我家啥人也没有。你还没吃饭吧？你等着，我给你做饭。"

公子想：她家连个锅台都没有，她用啥做饭呢？只见老太太站起来，从墙上一个小窟窿里掏出来个小铜钟，这小铜钟比眼珠大不了多少。她又从墙上抠出来三小块土坷垃，把小铜钟架上，从房箔上拽下三根细糜棍，点着了，伸到铜钟底下。老太太从衣兜里翻出来两个米粒，放进小铜钟里，说："别急，饭一会儿就好了。"

公子这个气呀，这老太太不是拿我闹着玩嘛，两个米粒够谁吃的？正想着，小铜钟里散发出米饭的香味，味这个香，馋得公子直咽口水。

老太太不知从哪儿又摸出一只碗来，说："公子，饭好了，吃饭吧。"老太太把小铜钟拿起来，往碗里一倒，奇怪，小铜钟里的饭才出来小半下，碗里的饭就满了。公子实在饿极了，端起碗来三口两口就把饭吃进去了。老太太又给他倒，一连吃了五大碗，小铜钟里的饭还有。

老太太看他吃饱了，说："公子，你累了，上炕休息吧。我年龄比你妈都大，也没啥说了，我在炕头，你在炕梢。"

公子早已乏了，也不管炕上有没有炕席，上炕倒头便睡。别看这炕没有烧火，还真挺热乎。

一觉醒来，已云开日出，公子睁开眼，叫道："我咋睡在草地上了呢？"再看看，炕也没了，房子也没了。老太太也不见了。公子想：定是哪位大仙开恩救我呢！他朝天上拜了三拜，继续往南走去。

正走着，迎面来了个老头，七八十岁，头戴毡帽，腰扎草绳，手拿粪叉子。公子上前施礼道："老人家，您老可知道天下第一山在哪儿吗？"

老头打量打量他，说道："你可问着了，这个天下第一山，只有我一个人知道，第二个知道的人都没有。"

公子一拍大腿说："哎呀，我走了这么多年，遭了数不尽的大罪，今天是头一次碰见有人说知道的。"

老头说："知道可是知道，你可不能去。"

"为什么？"

老头说："这山在一片汪洋大海之中，没有船，你过不去。依我之见，你还是要着饭回家吧。"

公子说："不，我一定要去。"

老头看他态度坚决，说："好吧，我带你到前边看看。"说着，他领着公子往前走。走了几里路，眼前突然出现了一片汪洋大海。老头指着海中的一个小山包说："那就是天下第一山。"

公子四处望望，问："从哪边能过去呢？"

老头说："面前就有一条路，你看，这水面上有一溜草，每隔三尺远有一堆，一直通到山上。每堆草只有三寸宽，要是一脚踩不准，掉进水里就没影儿了。"

公子一咬牙说："只要有路，我就要上山。"说着，他就踩着草堆一步一步往山上走去。好不容易来到山上，他连累带怕一下子就昏倒了。等他醒过来，睁眼一看，见自己躺在一个很讲究的屋子里，身边围了一些人。原来是老丈人和一大帮小姨子，唯独不见他的媳妇。他问："我媳妇在哪儿呢，为啥不来见我？"

老丈人并不回答他的问话，只是命人安排酒席宴菜。一连几天，老丈人顿顿好酒好菜地招待他，可就是一句不提他媳妇的事。

这天夜里，公子躺在床上翻来覆去地睡不着，他想：我历尽了千难万险，好不容易才找到这天下第一山，可是，却见不着媳妇，我这不是白来了吗？他正想着，门开了，他媳妇进来了，他一下子从床上蹦起来，拉着媳妇的手说："我来好几天了，你怎么才来看我？"

他媳妇说："咱俩在一起过一百天，我就有了十年的灾性，离开你以后，我一直在后山炼丹，好补过这十年的灾性。你来我知

道，可是，我父亲不让我来见你，我是背着他来的，只能跟你见一面。"说完，挣脱开身子，匆匆地走了。

公子十分伤心，躺在床上想：我这不是白来一回？费了这么大的劲儿，真不甘心哪！不回去吧，人家又不让夫妻见面……正胡思乱想着，听院门一响，进来一个老头，他长得细高个，猪嘴獠牙，挺长个脸。他进院就喊："狐老三，听说你家来客人了？"

公子的老丈人紧忙跑出去，说："是，是，我家来客人了。"

"听说高门贵客，是你家三姑爷吧？能让我看看吗？"

公子的老丈人说："请吧，请到客厅。"落座以后，老丈人把公子请了过去，引见引见，说："这是你二大爷。"

二大爷上上下下瞅了公子一阵，对他老丈人说："明天请你和你姑爷到我家吃饭。"说完，手一背，大摇大摆地走了。

瘦老头走后，公子见老丈人愁眉不展，很是纳闷。到了半夜时分，他媳妇匆匆来了，对公子说："因你救过我父亲一命，咱俩夫妻一场，我不能见死不救，才冒险来见你。"

公子不解其意，问道："怎么回事？"

媳妇说："我二大爷请你过去吃饭，酒没好酒，菜没好菜，他要害死你。因为我们是仙体，你是凡人，他容不得你在山上。明天，他让你喝酒，你不能喝，让你吃菜你也不能吃。你要是喝了酒就得死，要是吃了菜就得亡。你明天光吃饭，保准没事。"

第二天，老丈人陪着公子来到了二大爷家。酒菜端上来，一阵香味扑鼻，山珍海味摆满了一桌子。但是，公子记住了媳妇说的话，无论二大爷怎么让，他一口酒不喝，一口菜不吃，干咽了一碗饭。二大爷来了气，"啪"把筷子往地上一摔，指着公子老丈人的鼻子骂开了："好啊，狐老三，你这是告诉他了。狐老三，我告诉你，你姑娘败坏门风，你今天让这小子在山上再住一宿，明天赶快让他走。如果明天他还在山上，我把你们都吃了！"

到了半夜，公子的媳妇又来了，说："你明天走，我父亲一定要送给你不少东西，你什么也别要。在仓库的北墙上挂着三把伞，你就要东头数的第三把。另外，在半道上，你千万可别把雨伞打开。"

媳妇临走时又叮嘱说："你一定要记住，半道上不能把伞打开。"

公子问："那里有啥呀？"

"啥也没有，你不用问了。记住：就是下多大的雨，你也不能把它打开。"

早上，吃完饭，老丈人说："姑爷，不是我撵你走，你就是在我这儿住上三年五载一辈子，我也养得起你。可是，你二大爷不容你呀，他是个老蝎子精，我们都怕人家，不得不让你走哇。别看你来时遭到许多罪，回去并不费事，几天就可以平安到家了。你来一回，我不能让你空手回去，我的仓库里有许许多多的好东西，你相中什么，就拿什么。我们仙家的东西，到了你们人间哪样都是宝物。"老丈人一边说着，一边把公子领进了仓库。

仓库里，金光闪烁，什么稀奇的宝物都有。公子在仓库里转了一圈，来到北墙，走到第三把雨伞前说："我就要这把伞。"

老丈人一愣，急忙说："不行，不行。你要这把破伞能有啥用呢？你看看，这有聚宝盆，这有夜明珠，这里叫个物都比那把破伞强。"

公子说："你要是实在舍不得，我就啥也不要了。"

老丈人想了一会儿，打了个唉声说："唉，你拿去吧。"

老丈人让公子趴在他身上，闭上眼睛。公子只听得耳边风声呼呼作响，不大一会儿，老丈人说："你睁开眼睛吧。"公子睁眼一看，他已经来到了陆地上。老丈人把公子放下，一句话也没说就回去了。

公子夹着那把破雨伞往家走。这天下晌，他走累了，在山道旁坐下歇一会儿。这时他想：人活一世为啥呢？像我这样的人家，这样的身份，就为了媳妇，吃了好几年的苦，结果，啥也没捞着，光来看看。给啥都不让要，就让我要这把破伞，还不让打开，这里会有什么奥秘呢？想到这儿，他前后左右看看，一个人影也没有。他想，我打开看看，反正谁也不知道。一使劲，把伞打开了，"扑通"掉出个人来，一看，正是他媳妇，公子可高兴了。

可是，他媳妇却不高兴，说："这回可坏了，我不让你把伞打开，你偏打开。你知道吗？这是把隐身伞，我在里边，你能够把我

带回家。掉下来，我就跟着你变成了凡人了。你看看我的脚，三寸金莲，这山道可咋走哇？"

公子一拍大腿说："那你怎么不早告诉我呢？"

"我要是早告诉你，你就带不出来了。"

公子又是高兴又是后悔，只好搀着媳妇一步一扭地往家走。

这一天日薄西山，走到一个村子。媳妇说："别走了，咱俩没钱花不行。我这里有个荷包，你把它卖了，买点绒线和布，我再绣荷包，你再去卖，能挣些钱。"

媳妇的手非常巧，荷包绣得又快又好看，一天能卖好多钱。有了钱，他们又上路了，继续往家走。

一天，正走着，天上一个大响雷滚滚而来，媳妇说："不好，是我兄弟追来了，你快去折两个桃树枝来。"

公子折来桃树枝，媳妇把它削成桃木箭，对公子说："你躲在山石后面，我变成一朵白云，上天与他们交战。你看见白云下来不要打，看见黑云下来一块，你就往上扔一支桃木箭，黑云下来两块，就扔两支桃木箭。"媳妇说完，在地上画了两个十字，一脚踩上一个，化作一朵白云升到空中，和两块黑云战到了一起。只见空中黑云白云上下翻滚，霹雷闪电，震耳欲聋。

大约有两个时辰，一块黑云下来了，公子赶紧扔出一支桃木箭，随着桃木箭飞起，从天上掉下来一条大腿，两块黑云嘶叫着飞走了。不一会儿，白云下来，媳妇落了地。公子迎上去，媳妇哭了。公子问："你哭啥呀？"

媳妇捧着从天上掉下来的大腿说："这是我弟弟的大腿，叫你给打下来的。唉，为了你，伤了我的兄弟。"

公子听了，也十分难过。媳妇说："从今日起，家里不会再有人撵咱们了。"

这天，公子和媳妇来到一条大河边。看见河中顺水来了一艘船，船上的人说拉弹唱，好不得意，看得公子直眼热。

媳妇今天的心情也很好，想开个玩笑，让公子开开心，就说："你看，我能让那船不动。"说着，用手一指，那船头就调了头，

在河心一动不动了。船上人急了，撑篙的撑篙摇橹的摇橹，可是，不管怎样用劲，那船就是纹丝不动。这时，从船舱里出来一个老头，他望岸上一望，把船上的人都拉到一边，拿起三根钉子往船头一钉，那船又调回头来，走了。

这当儿，公子听见身后"扑通"一声，回头一看，可不好了，他媳妇躺在了地上。忙问："你怎么了？"

媳妇说："你看见那老头往船上钉了三根大钉子吧，那三根钉子都钉进了我的头上了。"

公子着急了："那怎么办呢？"

"你不用着急，你快到集上买三千斤劈柴，买一口百刃大锅，九九八十一斤豆油，然后，把我扔到油锅里去，你在下面烧火。你别管我在锅里咋折腾，你也不许把锅盖掀开，一直到三千斤劈柴全烧没了。"

公子按着媳妇说的准备好了，点着火后，就把媳妇放进了油锅里，烧了半天，就听见油锅里"噼里扑棱"一阵闹。眼瞅木头快烧光了，锅里也没动静了。他想：我这不是把媳妇下油锅炼了吗。他等不得把劈柴全烧光，就把锅盖打开了。一看，媳妇睁一只眼，闭一只眼在躺着呢。媳妇说："坏了，劈柴没烧完，你怎么就把锅盖掀开了呢？"

公子说："劈柴剩不多了。"

媳妇说："那也不行，你看，我脑袋上还有一根钉子没出来呢！"

公子一看，可不，还有一根钉子和脑袋连着一点，他一着急，上去一把把钉子给拔下来了，他媳妇"哎哟"一声，脑浆随着钉子喷出来，当时就气绝身亡。

讲　　述：张荣凯

记　　录：郑长春

采录时间地点：1985 年采录于四平

刘 小 寻 妻

从前，在东山里有个财主，家有良田千亩，霸占着几座大山。

这一年，有娘俩从关里逃荒来到这里。娘有六十岁，儿子二十刚出头，叫刘小。老财主看刘小年轻力壮，又老实厚道，就把他娘俩收留下来。刘小娘在财主院里做些杂活，刘小是春、夏、秋在地里干活，冬天上山打柴。

这年刚入冬，庄稼进了场，刘小拎着斧子进山了。他刚砍完一背柴，就在榛子棵里看见了一张狐狸皮。这张狐狸皮这个好，火红火红的，一根杂毛都没有。奇怪的是：狐狸皮上一点伤痕都没有，就是一个筒筒，也不知这狐狸皮咋扒下来的。刘小来了心眼，他急忙把狐狸皮卷好，捆在柴火里，背起来就下山了。

走到半路，在山道上迎面遇见一个大姑娘，这姑娘长得很俊，她一个劲地用眼睛瞅刘小。刘小觉得奇怪，心说：这大山里哪来的这么个俊姑娘？她也不怕让狼叼了去。可是，他记挂着柴火捆里的狐狸皮，也没多想，看了姑娘两眼急忙回家了。

到了财主家，他怕狐狸皮让老财主看见，就用张老羊皮把狐狸皮裹起来，藏在他住的东下屋的房坨上了。

藏好狐狸皮，卸完了柴火，天还不晚，他不能闲着哇，又拎着斧子上山了。当他来到捡狐狸皮那块儿，老远地就看见一个女人在榛子棵里钻来钻去，像是找什么。走近一看，原来是刚才下山时遇见的姑娘。只见那个姑娘急得满头都是汗，衣服也被榛子棵扯凌乱了。姑娘看见刘小来了，就问："大哥，你刚才捡着什么东西了吗？"

刘小急忙说："没有，什么也没有。"

姑娘又说："好大哥，你就把那东西还给我吧。"

刘小可舍不得，那么好的狐狸皮市上指不定能卖多少钱呢！就一再说："我啥也没捡着。"

姑娘皱了皱眉头，咬着下嘴唇想了一会儿说："大哥，你家里

还有谁呀?"

刘小回答说:"我还有一个老娘。"

姑娘脸一红,悄声说:"我孤身一人,没依没靠的,给你做媳妇,你可愿意?"

刘小一听这话,心里乐得怦怦直跳,这可是打着灯笼也找不着的好事!忙说:"可是我太穷呀。"

姑娘说:"没事,日子靠人过。"

就这样,刘小把姑娘领下了山。回家跟老财主一说,老财主也替他娘俩高兴,说:"东下屋那三间房就归你们娘三个住着吧。"

刘小和姑娘成亲了。刘小媳妇是又贤惠又能干,把个家安排得头是头,脑是脑,转年秋天刘小媳妇生了个大胖小子。孩子满月那天,媳妇问刘小:"孩子他爹,我到你家整整一年了,我诚心诚意地跟你过日子,你告诉我,你去年从山上榛子棵里捡的那张皮子搁哪了?"

到这个时候,刘小再也不能瞒着媳妇啦,就说了:"你看看,不就在你头顶梁坨上面嘛,用老羊皮裹着呢。"正说着,老财主打发人来叫刘小拉地去。

等刘小拉地回来,一进屋,看见娘自个坐在炕上抱孙子,他问:"孩子他娘呢?"

刘小他娘说:"你去干活时,她从梁坨上拿下一个羊皮包,说是出去晒晒,把孩子交给我,让我给看着,可出去小半天了,她咋还不回来?孩子都饿了。"

刘小一听这话,心里立刻凉了半截,他明白,这是媳妇拿了皮回山了。他见孩子饿得"哇哇"直哭,就抱起来,对娘说:"娘,我上老丈人家找她去。"

刘小抱着孩子来到山上,到那片榛子棵子前一看,连个人影也没有。他就继续往山里走,走着走着,在一块大山石后面发现了一个洞,他啥也不顾了,抱着孩子钻了进去。这个洞越往里走越宽敞,最后,他走进了一个大殿堂。殿堂正中坐着一个白胡子老头。老头看见他就问:"你是什么人?"

刘小也不害怕，回答说："我是你老胡家的姑爷子。"

老头又问："你来干什么？"

刘小说："我来接我媳妇回家 。"

老头说："你媳妇回娘家来了，这不假，可是你要想接回你的媳妇可不易。"

刘小问："为啥？"

老头说："我有九个闺女，她们都长得一模一样，你要是认对了，你就把媳妇领回去；你要是认错了，你可别想活着回去。"说着，老头一摆手，从里屋立刻走出来九个姑娘。

刘小瞅着九个站成一溜的姑娘，都傻眼了。可不是咋的，这九个姑娘长得是一模一样，连穿戴都不差一点儿。刘小瞅瞅这个，看看那个，都不敢认。想到跟前细瞅瞅，刚迈两步，这九个姑娘一齐放出一股气味，使他晕晕乎乎，近不了前。这可咋办呢？突然他想起怀抱的孩子来了。他就偷偷地把手伸进棉被里，在孩子的胖屁股上狠劲地掐了一把，掐得孩子"哇啦哇啦"直叫唤。

孩子都是娘身上掉下的肉哇，心连着心呢。刘小媳妇见儿子哭得邪乎，心疼了，不由得掉下了眼泪。刘小看见了，抽冷子蹿过去，一把拉住媳妇说："这就是我媳妇！"

老头看见刘小认出媳妇了，也不好再说什么了，给了他们些钱财，放他们下山过日子去了。

讲　　述：姜老太太
记　　录：郑长春
采录时间地点：1985 年采录于四平

狐狸妻子

有这么一家姓许的人家，家里就哥俩，许大已经娶媳妇了，许二还是光棍一条，哥哥和嫂子住上屋，许二住下屋。

南屯有个猎手叫张大扛，因为他枪法准，每天狩猎回来都不空手，总是扛着很多猎物回来。故而叫他"张大扛"。

初冬的一场大雪没膝深，正是狩猎的好时机。张大扛背着猎枪上山遛套子，走到一棵柞树墩子旁，套住了一只火狐狸，火狐狸拼命挣扎，张大扛用小绳把它的四条腿捆上，扛在肩上往回走。

张大扛快到家时，碰上了许二。许二见狐狸毛油亮而且非常柔顺，觉得狐狸太可爱了，便上前说："张大扛，今天又有收获了，这狐狸能值不少钱呢吧？"张大扛说："值不几个钱，我打算用狐狸皮吊个帽子，不打算卖。"许二深知张大扛爱喝酒，便上前指着狐狸说："我给你买十斤酒，换给我好吗？"张大扛一听酒，立刻来了精神，答应道："行，别反悔，把它给你。"说着把狐狸扔了过去。许二买了十斤酒送给了张大扛。许二把狐狸扣在筐里，心想：养着玩也比卖皮强，于是他每天给狐狸弄些肉和鱼吃。日子一久，人狐产生了感情。狐狸很温顺，也不跑也不逃，后来干脆也不用筐扣了，让它自己在屋里随便玩。突然有一天，狐狸跑了，许二心疼得差点哭了。

一天，许二上街赶集回来，走到半路上天就黑了，就听道旁有人哭泣，走近一看是个年轻的姑娘，便问："大妹子你哭啥呀？"姑娘说："大哥你有所不知，我是串门去，走到这找不着家了，天就要黑了，连个认识人都没有，要吃没吃要住没住，我一个人在荒山野岭有点害怕。"

许二寻思了半晌说："那你跟我来吧，我家有哥嫂，你跟我嫂子住在一起吧，明天我再帮你找家。"姑娘点头答应了，许二把姑娘领回家送到嫂子房里。嫂子听他们讲完经过，又见姑娘很招人喜欢，就把她留下了。

第二天，姑娘没有走的意思，在嫂子房里和嫂子唠嗑，帮嫂子干这干那，姑娘跟嫂子说："嫂子能不能在近处给我找个人家，只要人肯干就行。"嫂子说："你不回家了吗？"姑娘说："我的父母都死了，我去找哥哥又迷了路，一时又找不着，老在这待着也不是办法，我寻思我这一辈子能过上安稳日子就行，以后我再慢慢地找哥哥。"

嫂子寻思了半天，明白了，对姑娘说："我先给你问问下屋孩子的二叔，人你也见着了，他人挺好的，没说的，干活挺下力，心眼又好。"嫂子就到下屋劝说小叔子娶这个姑娘，起初许二不干，后来架不住嫂子左劝右劝就答应了。结婚一年多功夫，小两口有了个胖小子，叫许良。

一天，许二舅舅来了，他是个阴阳先生，进门就说院里有股妖气，许二吓一跳，心里寻思，既然家里有妖精我得多加小心。舅舅来了，许大、许二和大媳妇都迎了出来，唯有许二媳妇没过去。舅舅吃完饭走时全家人都出来送，就许二媳妇没送，舅舅询问了许二媳妇的来历，他们一五一十地说了。舅舅说："她不是人，八成是个狐狸精，不能让她在你们家久呆，日后会吃人的，我回去找个高人收拾她。"

许二犯了愁，回到屋里也不吱声，头朝下躺下了，媳妇边给孩子喂奶，边叨咕说："我儿子命好苦，一岁就要离开妈，要想找妈得上双山堡。"她喂完儿子已经深夜了。

许二一早起来，媳妇被窝空了，他以为上厕所去了呢。过了一个时辰，媳妇还是没回来，这下他可着急了，他找来哥哥嫂子说："舅舅说她是妖精，不能在咱们这久待，今天真走了，再也不能回来了。""她走时跟你说啥了？""啥也没说，也不知她啥时走的，哥嫂你们给我照顾点儿家，我抱孩子去找她。"

第二天，许二收拾行李和盘费，抱着孩子朝西边方向上路了。他见人就打听双山堡，没人知道。一连走了半个月后，碰到一个白胡子老头，告诉许二说："小伙子，再往西走百里之遥就到了。"他又走了两天两夜，终于到了双山堡。

老远就见一座青堂瓦色大院套，有个老头迎了出来，问道："年轻人，打哪来到哪去呀？"许二就把事情经过一五一十地说了。许二问老头说："老爷子，贵姓啊？""姓胡。"老头说，"你媳妇在西楼织布呢！"许二抱着孩子上了西楼，进屋一看，媳妇正在织布。听见有人进来，她抬头一看，是丈夫抱着孩子来了，忙放下手里的活计，把孩子接过来。许二劝媳妇回家，媳妇说："我不能回去了，你舅舅说得对，我不是人，是修炼千年的狐仙家族。三年前，你从猎人手里用酒换回来的那只狐狸就是我，为了报你的恩才变成姑娘和你成亲。我要再回去，你舅舅肯定找人来害我。今天相见咱们缘分已尽，你以后一定要供孩子念书，日后必能出人头地，长大娶媳妇时，必须娶姓李的姑娘，非姓李的姑娘不娶。等孩子成亲那天我得到场。你快回去吧，这是仙界，不能久待。"

许二难舍难离，哭着说："我们爷俩盘费都花光了，咋回去呀？"妻子说着解下围裙，递给许二说："你们爷俩把围裙放在院子里，站在上面，闭上眼睛，一会儿就到家了。"许二来到院子里，把围裙放在地上，抱着孩子站在上面，妻子念动咒语，喝道："起！"只见围裙冉冉升空，许二就觉得耳旁生风，一顿饭之时到家了，大哥大嫂正在门前张望呢。

打那以后，许二精心伺候孩子，孩子一天天长大了，他给孩子请了个教书先生，让孩子刻苦读书。孩子聪明得很，一教就会，一点就通，不少人给他提亲，提了多个没有姓李的。大比之年京城开考，许良进京应试，非常顺利考中头名状元。没多久就被朝廷李尚书看中，要把自己的女儿玉莲嫁给了他，许二自然同意。

结婚这天，许二妻子果然来了，见儿子英俊潇洒，儿媳妇娇美无双，喝了喜酒，亲了口丈夫，向儿子儿媳妇挥了挥手，驾着祥云走了。

讲　　述：王淑文

记　　录：关丽梅

给狐狸接生

道沟屯有个接生婆，老太太姓王、六十多岁，会扎针拔罐子刮痧，医道还挺深呢。

一天晚上，人们正在院外乘凉，忽然听见马铃铛响。一挂大马车由远而近，来到人们近前，车老板跳下车来，急切地问道："老少爷们，你们这可有会接生的老太太吗？"人们搭眼一看，来人长一脸连鬓络腮胡，穿着一身青衣裳，三十多岁。有个老头见他非常着急的样子，告诉他说："屯东头老王太太会接生。"

那中年男子来到老王太太家说："大娘，我姓胡，住在胡家村，我妻子生孩子难产，危在旦夕。听说您老人家会接生，求老人家跑一趟，救救我妻子吧！"老太太接生了大半辈子，啥样都见过，她二话没说，拿起接生用的东西就上车了。

只见车老板一甩鞭子，三匹马狂奔而去。这时天已黑下来，看不清东南西北，漫荒拉草的，也不知道是个啥地方。马车走到一座山坡上不走了，那中年人把她领进一个洞里。老太太感到蹊跷，就问："这里这么黑，咋不点灯呢？""到地方就有灯了。"又走了一段路，发现前面有灯光，来到里面一看，是个圆形大洞穴。墙壁上挂着盏油灯，一闪一闪地亮着，老太太也没来得及喘口气，焦急地问道："产妇在哪里？"那中年人往地上一指说："它就是！"老太太往地上一看，在乱草中躺着一只狐狸，蹲下伸手一摸狐狸肚子，胀得鼓鼓的，浑身湿漉漉的，折腾得很难受。仔细一检查，胎位偏了，老太太悬着的一颗心放了下来，她将顺了好一阵子，小狐狸才生下来。那中年人脸上露出了笑容，那只狐狸瞅着老太太，不时地亲着小狐狸，在小狐狸身上来回舔着。

那中年人就是公狐狸，里里外外忙坏了，再三感谢老太太，留她吃饭，老太太说啥也不吃。一边收拾接生那些东西，一边对那中年男人说："你们的心意我领了，家里怕再来人找接生的，不耽误时间了，赶紧送我回去吧！"中年男人说："她们母子平安，感谢老人家的救命之恩，今天没有什么东西报答你，拿几个土豆回家吃去吧。"老太太心里暗自寻思：我家有半袋土豆，够吃一阵子了，便推辞说："她们娘俩没事就好，我也放心了，什么我也不要。"中年人诚心地说："礼物虽轻，但是我们全家人的心意。"说着把土豆捧到老太太跟前，老太太盛情难却，接过土豆揣在怀里。中年人又重新上马车，等老太太上车后嘱咐说："您老坐好，请恩人闭上眼睛。"只听"啪"的一声鞭子响，接着就觉得耳旁风声，"呼呼"三响。不到半个时辰到家了，老太太下了车，一转身工夫，马车不见了。

老太太进了家门，两个女儿就问："娘，你给谁接生，咋去这么长时间？""唉，别提了，给狐狸接生去了。"接着就把发生的怪事告诉了女儿。她从怀里掏出那几个土豆说："两个狐狸留我吃饭，我没吃，送我几个土豆。"老太太往炕上一放，就听"哗啦"一声，拿起来一仔细看，原来是几个金元宝。

讲　　述：王淑文
记　　录：王桂杰
采录时间地点：2006 年采录于铁东区山门镇

魏财搭命

　　话说在一座山里，住着一位猎人，姓魏名财。他家共有四口人，夫妻俩带着一双儿女。魏财的猎法十分高超，他每年所猎取的禽兽不计其数。

　　有一年冬天，外边下着大雪，魏财一早起来就上了山。他踏着大雪走了几圈，发现了一串狐狸脚印，他顺着脚印找了下去。没走多远，就到了狐狸洞前，他看着这个洞口比较大，地上还有又大又深的狐狸脚印子，自言自语地说："这一定是一只老狐狸，这回又该我发财了，捉住它，最起码也能卖五十两银子。"他说着，就把套子下在了洞口。

　　傍黑的时候，魏财去遛套子。他到了狐狸洞前，见套子原封未动，心中十分气恼，说道："老狐狸，你叫我空跑一趟，明天早晨我还来。如果你再不出来，等我套你时，我非把你活扒皮不可。"说完他就回家睡觉去了。

　　魏财走后，洞里的狐狸犯起愁来，它真为自己的性命担心。它知道，魏财是个心狠手毒的人，虽然自己还活着，可死在他手里的子孙已数不清了。狐狸现在真后悔，今早不该出洞，赶上下雪，给猎人留下踪迹，把自己憋在洞里。老狐狸发呆愁坏了，愁着愁着想起了魏财早晨的那句话："套住它，最起码能卖五十两银子。"狐狸想到这，心里亮堂了，对，魏财不就是为了钱吗？只要他肯放我的命，我送给他五十两银子。狐狸想好后，它要等到夜深人静时，给魏财去托梦。

　　天黑了，魏财倒在炕上睡着了。他刚睡实，就觉得有人扒拉他："哎，明早我给你五十两银子，你把套子取回去，你修个好，放了我这条老命吧。"

　　魏财觉醒了，对媳妇说："我做了一个梦，梦见我下套子的那只狐狸，它给了我五十两银子，在它洞口放着呢！"媳妇听后笑着说："我看你让银子给迷住了，一个老狐狸，它到哪去弄银子呢？

快睡觉得了。"魏财听后觉得有道理，他翻了身，就又睡着了，可他睡着后，还是这个梦，还是有人扒拉他，让他天亮去取银子和套子，放了狐狸的命。魏财糊里糊涂地睡了一宿，当他睡醒时，天已大亮了。他直朝狐狸洞走去。

他到洞跟前，果真和梦里说的一样，洞口有大堆银子在闪闪发光。这下可把魏财给乐坏了，他把银子揣进了衣兜，刚想摘了套子，他又犹豫起来。心想：再把它套住，那不就是一举两得吗？他就揣了银子，没摘套子就回家。

这一天晚上，魏财又做了一夜的梦，翻来覆去一个事，就是狐狸求他饶命。可贪心的魏财，硬是不肯。第一大，狐狸给了他五十两；第二天，狐狸央求了他一夜；第三天，狐狸又央求了他一夜；第四天，狐狸又给他五十二两银子。可是这一切，丝毫没动摇魏财的贪心，到了第五天，狐狸饿得实在不行了，便从洞里走出来，被魏财活捉了。

魏财回家后，把狐狸四腿绑好，吊在门前的一棵树上，要把老狐狸活扒皮。狐狸说话了："魏大哥，你就修个好吧，放了我这条老命，我保佑你家太平无事发大财；你真整死我，我让你们全家都把命搭上。"

魏财听完觉得好笑，他不相信，一只狐狸能有那么大的本事，便说道："老狐狸，我这就整死你，我看你能怎么样？"他说着，一刀刺进狐狸的心窝，这时只见从老狐狸的头上冒出一股白烟，飘飘摇摇，升上天空。魏财毫没注意这些，专心地扒着狐狸皮。就在狐狸只剩下一条腿没扒时，魏财的两个孩子一齐朝他跑来，到了跟前都躺在地上打滚哭，嘴里不停地喊着："我的身上咋这么疼呢？我的身上咋这么疼呢？"他俩只叫了几声就死了。

孩子死后，魏财的媳妇也来到他跟前，她先脱去全身的衣服，然后竟光着腚子转圈子跑，边跑边喊："是谁扒去了我的衣服？是谁扒去了我的衣服？"跑了几圈也咽了气。当魏财把整个狐狸扒完时，魏财全身也剧烈疼痛起来，不一会儿就咽气了。

就这样，魏财为了一只狐狸和钱财，搭上了全家四口人的性命。

讲　　述：聂义干
记　　录：聂嗣燕
采录时间地点：1985 年采录于山门镇龙王村

狐 狸 报 恩

老两口领个小子过日子。小子上山打柴挑到市上卖钱，再用钱买米。

这天，小子出去打柴，看见一条大狗，趴在地上睡觉。小子心想：把狗捡回去，比打柴强，狗皮卖钱买面，狗肉做馅，正好包饺子解解馋。小子上前把大狗用绳绑了，背到家里。

小子到家，妈问他："你在哪儿得的？"小子说："在山上捡的。"他爹看了看，说："这不是狗，是只狐狸。"小子说："是狐狸，皮更值钱，打死了吧。"他爹摆摆手说："别介，这只狐狸喝醉酒，卧道了，把它放在炕头上，等缓醒过来，咱把它放回山上去。"爷俩把狐狸放在炕头上了，过了一个时辰，狐狸"呼呼达达"有点气了，狐狸把脑袋往起抬抬，站起来了。小子他爹说："你能走，送你回山吧！"狐狸像听懂话似的，蹦到地上跑了。晚上，小子睡觉做个梦，梦见狐狸来了，变成个老头，老头说：山上有个洞是它的家。小子睁眼醒来，一寻思，这是个梦。闭上眼睛又是个梦，那狐狸变的老头说："请你到我们家去一趟，全家都欢迎。"小子连做三梦都是这样。

第二天早晨，小子把昨天晚上做的梦跟他爹学了一遍。老头说："去吧！"小子顺着山上的小毛道往前走，小毛道越走越宽。早先年屯子人家稀少，几十里也没人家。小子走了一天，天快黑了，看见前边大石头上坐个老头，老头看小子走过来，低头扒开石头召唤："你刘老叔来了！"你说才怪呢，小子眼前不是大石头了，都是房屋，明灯蜡烛点上了。屋里出来男的，女的，老的，少的，好几十人，把小子接到上屋。

小子在这一呆就是好几天。老头说："你来好几天了，我跟你说点儿事，我的姑娘给你一个，行不行？"小子一听，心里寻思，自己家那么穷，还能说媳妇？一个人靠打柴卖点钱生活强维持，再说个媳妇又多一张嘴吃饭，可够呛。老头见小子不吱声，说道：

"行不行吧？白给你一个。"旁边有个老头说："他有八个姑娘长得都是一个模样，他也认不出来谁是老几，把边要一个得了。"小子说："要把边那个。"老头说："这是老闺女，明天让你们拜堂成亲。"

时间一长，小子媳妇说："你妈想你了，咱们回去看老太太。"老头子给小子拿了不少银子，打发他领着媳妇回家了。

又过了两年，小子媳妇生个小孩，一来二去，一晃十几年过去了。小子的孩子十多岁了。一天，小子媳妇对小子说："你救我爹一命，我来报恩的，孩子也大了，我要回走了。"小子听了赶忙挡拦："咱俩恩恩爱爱过了这么多年，你走了，扔下我和这孩子，半路途中的咋整呀？"媳妇说："我不走不行，再不走就要挨雷劈了。"小子没招，只得让她走了。三口人抹着眼泪分别了。

讲　　述：王文德
记　　录：齐学田
采录时间地点：1986 年采录于铁东区山门镇

李四果逃年

很早以前，有这么个李四果。李四果的哥哥在这一年病死了，扔下老婆孩子四口。平常李四果吃喝靠哥哥，养成了一些坏毛病，还好耍钱。现在哥哥死了，这日子就不好过了。

这年大年三十，别人家都放鞭炮热热闹闹过年，只有李四果家，锅台清冷，饿得肠子肚子乱叫。他嫂子看着饿得趴在炕上的三个孩子，想起丈夫过早死去，不禁淌起眼泪来。李四果只是抽着闷烟，不吱一声。其实他比他嫂子还着急，这些年来，自己把钱都败花没了，现在家里能卖的全卖了，想起来也挺后悔的。没办法，最后只好把外屋地的风门拿了下来，背到集上换了几个钱。李四果拿着钱心想：这点儿钱能买什么呢？他垂头丧气地走着，猛一抬头，看到了赌馆。他灵机一动，心里盘算着：运气好就能赢两个。他第一回就把卖门子的钱全押上了，结果一下赢了，李四果的脸上顿生喜色。第二回他把本利都押上了，又赢了。李四果拿着转眼间轻易而来的钱，心这个乐啊！干脆，全押上了，没承想全输光了，李四果就像那霜打了的茄子——蔫了。他觉得自己实在没脸回家了，走吧，挣足钱再回来吧。

李四果也不知走了多远，来到一个员外家，员外家的大门旁粘着个告白帖，上写："小姐多日病重，有治好小姐病者，定有重赏。"

李四果走得又饥又累又困，已经筋疲力尽了。他也没管三七二十一，就把告白帖给撕下来了，心想：白话白话他们，先混顿饭吃再说。门上人一看有人撕告白帖，又看看李四果的破衣烂裤和那理直气壮的表情，心想：真人不露相，露相不真人啊，说不定这人就是神仙呢。把门的高高兴兴地去禀报员外。老员外一看李四果这身打扮就皱起了眉头，员外老婆急忙说："人不可貌相，海水不可斗量，只要能治好我儿的病就行。"原来这家的小姐已病近半年了，请了好几位先生调治都不见效，病情越来越重。李四果原先打算吃点东西就走，由于员外等一帮人陪着，他根本就没法脱身。只好去装模作样地给小姐看病。他对小姐的丫环说："我先号号走线脉，你拿一条绳子，一头系在小姐的胳膊上，一头从窗户伸出来给我。"这个小丫环本来就没瞧起这个要饭花子似的先生，一听要号走线脉，更是觉得好笑，便把绳子系在了屋内的桌子腿上了。李四果在外面一拽，没拽动，他从窗缝一看，啊！原来系在桌子腿上了。李四果假装不知，用五个手指捏着绳，号起脉来，过了片刻，他对员外和老太太说："完了，小姐是木脉，快进棺材了。"所有人全惊住了，尤其是小丫环，她想：怎么这么准啊?！丫环只好偷偷地把情况跟老太太说："那阵我把绳子拴在桌腿上了。"老员外和老太太又再三请求李四果再给号一次，李四果说啥也不干了："不行，我有个规矩，每次看病只能号一次脉。"老太太连哭喊带央求，李四果说："好吧，不过就得明天了。"

晚上，李四果就在小姐房前的房子里休息下了。已经深夜了，他还是睡不着，寻思着今晚应该脚抹油——溜了算了。待他爬起来，蹑手蹑脚地来到外面，忽然间看见在小姐窗前有个高大的黑影子，还在动呢！李四果只觉得头发茬全竖起来了，汗毛孔儿往外冒冷汗。猛地一下子想到：小姐的病因是不是在这个怪物身上呢？他稍稍镇定一下，进到屋里拎了把大菜刀，就又出来了，他悄悄地来到怪物身后，举刀就砍，还大声喊："妖怪拿命来！"这怪物吓了一跳，还没来得及明白过来已挨了一刀。这时怪物一转身变成了一个小伙子，他一头拜倒在李四果脚下，口称："大哥，饶命！"李四果一看就更不害怕了，胆子大多了。他细一盘问，原来这小伙子，是狐狸精变的。小姐的病就是他给魔的。他跪在地上只求大哥饶他一命，决不再做坏事，李四果看他还算诚心，就放了他。

第二天天刚亮，李四果一醒来，脚丫子上的埋汰东西一搓一团，他忽然想起用这东西做几个大药丸子，就说它能治病。老员外把这两个"大药丸子"给小姐吃了，小姐的病还果真好了。老员外这下可感恩不尽，问李四果要什么，李四果想起家中嫂子和三个侄子还在挨饿，就要了点猪肉粉条子，员外派车给送去了。老员外

非留李四果在他家过完正月再走，可他想到家中的嫂子和三个小侄，无法住下去。老员外只得送他回去，临走时，老员外和小姐都送给他不少财物。

从此，李四果的日子好起来了，他再也不耍钱了，没过两年，他也娶了亲。夫妻俩帮助嫂子把三个小侄拉扯大了。

讲　　述：姚　江
记　　录：杨远波
采录时间地点：1986 年采录于四平

人 狐 姻 缘

很久很久以前，赵家庄有个赵员外，一家三口，老两口膝下只有一子，名叫赵明。赵明三岁那年，夫人去世了。老员外又续娶了个继母。三年后，继母给赵明生了个弟弟叫赵亮。老员外为了让两个儿子长大出人头地，便送两个儿子到学堂念书。

继母心胸狭窄，性情古怪，容不得别人，总瞅赵明碍眼，让他干杂活，吃残汤剩饭。对自己的儿子赵亮娇生惯养，饭来张口，衣来伸手，要什么给什么。赵明不但不怨恨，对继母百依百顺，仍然那么孝顺，对弟弟赵亮又关心又爱护。赵亮经常逃学打架，偷家里东西出去变卖，连喝带赌，把老两口气坏了。

赵明勤奋好学，老师同学都很喜欢他，老员外也经常夸奖赵明有出息！继母一听这话心里就嫉妒，怕他日后继承财产，变本加厉地刁难赵明，张口就骂，抬手就打，老员外也无奈。

到了大举之年，老员外给赵明准备好行李、马匹、盘费，让赵明进京赶考。继母觉得这是除掉赵明的好机会，于是她雇了几个杀手，在半路上将赵明打个半死，然后把马匹、行李、银子都抢走了。

赵明并没灰心，忍着伤痛，一步一步吃力地往前爬！劳累，饥饿，再加伤势过重，就昏倒在荒野山坡上。也不知过了多久，他清醒过来了，觉得口中湿润清凉，睁眼一看，一位花容月貌的少女，正对着自己的嘴喂水，他一骨碌身坐了起来，吃惊地问道："你是谁家姑娘，为何独自一人在这荒岭之中？""奴家姓狐名月，家就住岭后，今天一早出来采药，碰见公子遇难，特来相救。你的腿被打断了，奴家为你服了接骨药，这才不疼了，公子随我来。"那女子搀扶着赵明来到一个青堂瓦色的大院套，这里清净幽雅，别具一格，狐月喊了一声"摆宴！"不一会儿奴婢仆人来往如穿梭，将酒宴摆上，狐月伸手示意说："公子，请！"赵明在家也吃过宴席，可比不上这顿宴席。酒过三巡，菜过五味，狐月说："公子，离考日期还远，不如在这儿多住些日子养养伤，奴家帮你补一下功课，到考场上也好多一些把握。"赵明也正有此意，便答应了下来。

赵明见狐月美如天仙，又有才学，四书五经，天文地理，南朝北国，无不通晓，大长见识，交谈中情投意合，两个人的感情融洽，便私订了终身。

一晃半月有余，赵明学问大增，狐月说："公子，考期临近，奴家也不留你了，前程要紧，收拾收拾起程吧！日后中榜了别忘了奴家……"说着拿出一百两雪花白银送给赵明，赵明感动得不知道说啥好了。一对情人难舍难离，狐月一直送出十里之遥，这才洒泪而别。

赵明顺利地来到京城，非常轻松地考中榜首，回家祭祖时，途中寻找狐月，那青堂瓦舍宅院，早已无影无踪，分明是一片乱草蓬蒿野地。让他好生想念狐月，无限伤感，失去了心上人，求名求利又有何用？

等赵明回到家乡一看，父母和狐月老早接出村外，他又惊又喜，下马拜见过爹娘，然后走到狐月近前，疑惑不解地问道："贤妻，你让我好找，啥时来的?""夫君，奴家为了替你堂前行孝，你走第二天，我就来到公婆身旁，服侍二老。"继母含着泪花激动地说："明儿，你找了个贤孝好媳妇，以前为娘对你有偏见，虐待你，现在回想起来，为娘感到惭愧……""娘，您不要自责，没有您严厉教诲，孩儿也不会成才。"

打那以后，赵明对待继母像对待生母一样，继母悔恨自责，逢人就夸："赵明虽不是我亲生的儿子，可比亲生的还亲。"

讲　　述：李王氏
记　　录：孔庆宁
采录时间地点：2006 年采录于四平

门闩关、扫帚节、吹树疙瘩

从前，一家有三个姑娘，大姑娘叫门闩关，二姑娘叫扫帚节，三姑娘叫吹树疙瘩。

有一天，姥姥病了，妈妈要去看姥姥，临走时，对三个姑娘说："你们一定要把门关好，等我回来时喊'门闩关、扫帚节、吹树疙瘩开门呀！'你们再开门。你们记住了吗？""记住了！"三个姑娘齐声回答。妈妈又叮嘱了几句，才挎着篮子走了。

走到半道，遇见个老太太坐在道旁纺线。这老太太是一个老皮货娄子（老狼精）变的，它看见姑娘妈到跟前，就问："你干什么去呀？"

姑娘妈停下脚，说："看我妈妈去。"

老太太盯着姑娘妈胳膊弯里的小篮子又问："你拿点啥呀？"

"包的饺子。我妈妈病了，给她送去。"

"给一个尝尝吧？"

姑娘妈见老太太那么大岁数了，就给她一个。可是老太太吃完了还要，左一个右一个，不一会儿把篮子里的饺子吃光了。

老太太一边咂吧嘴，一边问："你家里还有什么人啊？"

姑娘妈好唠嗑，再说面前的是一个白发苍苍的老太太，她也就没介意，说："家有三个姑娘。"

"好，好，都叫什么名字呀？"

姑娘妈说："大姑娘叫门闩关，二姑娘叫扫帚节，三姑娘叫吹树疙瘩。"老太太暗暗把三个姑娘的名字记住了，又问："你不在家，她们不害怕吗？"

姑娘妈说："我告诉她们把门关好，谁敲门也不给开。"

"啧啧，那么你回家也进不去屋呀？"

"我能进去，一喊'门闩关，扫帚节，吹树疙瘩给妈开门呀！'她们就能给……"姑娘妈说到这里自觉说走嘴了，急忙把话打住。

这时，老太太突然惊叫一声："哎哟，你脖子上好像有个大虱子，来，我给你抓下来。"

姑娘妈也没在意，把脸偏过去，让老太太给抓虱子。老太太乘机一下子现了原形，上去一口把姑娘妈给咬死吃了。然后就来到姑娘妈家，敲起门来。

三个姑娘正在屋里盼着妈妈回来呢，听见敲门声三姑娘吹树疙瘩乐得蹦起来，说："妈妈回来了，我去开门。"

大姐门闩关拉住她："不像，咱妈走时不是告诉咱们，听她喊'门闩关，扫帚节，吹树疙瘩开门呀！'咱们再开门吗？"二姑娘扫帚节说："对，先别忙。"老皮货篓子敲了一阵门，没见有人来开门，猛然想起姑娘妈的话，就装着姑娘妈的声音喊："门闩关、扫帚节、吹树疙瘩开门呀！"

屋里三个姑娘这回可高兴了，三姑娘吹树疙瘩紧催她大姐："快去开门呀！是咱妈回来了，没错！"

大姑娘把门打开了，二姑娘要去点油灯，皮货篓子说："不用点灯了，摸黑睡吧。小不点挨着妈。"

吹树疙瘩上炕紧挨着皮货篓子躺下了。她伸手一摸，身上一拘挛："妈呀，你身上咋有毛呢？"

老皮货篓子急忙说："啊，啊，那是你姥姥怕我冷，送给我的皮袄。"

"妈呀，你手上咋也有毛呢？"

"那是你姥姥怕我冻手，送给我的毛手套。别问了，快睡觉吧！"

门闩关和扫帚节在炕梢听着，觉着不对劲，就不敢睡了。快到半夜了，就听见炕头响起"咔嚓咔嚓"的声音，门闩关就炸着胆子问："妈呀，你吃啥呢？"

老皮货篓子说："我吃小鸡呢，你姥姥给我的。"

门闩关说："妈，给我吃点吧。"

老皮货篓子没办法，就给扔过来一块。门闩关和扫帚节一看：这不是吹树疙瘩的手吗？吓得姐俩浑身直哆嗦。

门闩关想了想说："妈呀，我要撒尿。"

"你在炕上尿吧。"

"我不，在炕上尿要冲炕神。"

"那就在地上尿吧。"

"不行，在地上尿要冲地神。"

"到外屋地上尿吧。"

"那也不行，在外屋地上尿要冲灶神。"

"行了，行了，到院里尿吧。"

门闩关急忙拉起扫帚节跑到院里，顺手拿起院子里的筐和绳子，爬上了大枣树。皮货篓子吃完了吹树疙瘩，不见姐俩回来，就追到院子里，大声喊："门闩关，扫帚节，你们在哪呢？"

门闩关在树上说："我们俩在树上摘枣呢。"

皮货篓子想了想说："我也想吃几个，你们下来给我送几个吧。"

门闩关说："你上来吧。"

"我上不去呀！""没关系我们有办法。"说着姐俩用绳子把筐拴好放了下来："妈，你坐在筐里，我们把你给拽上来。"

皮货篓子坐在筐里，姐俩在树上一使劲，把筐拽起来，拽到半道，猛然一松手，"咣"的一下，把筐重重地摔在地上，摔得老皮货篓子疼得"嗷嗷"直叫唤。它刚想往外爬，姐俩又一使劲把筐又拽到半空中，然后，又猛地一松手，再把筐摔在地上。三墩两墩把皮货篓子给墩死了。

门闩关和扫帚节挖了一个坑，把皮货篓子埋上了。

过了些天，在埋皮货篓子的地方长出来一棵大白菜。

这天门口来了一个货郎子，门闩关和扫帚节用大白菜换了针线。

货郎子把白菜放在担子后面，挑起担子走了。走着走着，大白菜在后面唱起来："货郎儿，货郎儿，做买卖，前头挑着花绒线，后头挑着祖奶奶。"货郎子可来了气，回到家里，拿着刀把大白菜剁碎了，喂了小鸡。

讲　　述：李洪霞

记　　录：王　玮　郑长春

人 蛇 情 仇

从前，小岭子屯有户老强家，丈夫是个木匠，整天走村串屯干活，不怎么着家。

妻子突然得了邪病，犯病时上房，钻灶坑，耍着长杆烟袋，玩得滴溜圆，让人看了身上起鸡皮疙瘩。白天好好的，说话唠嗑非常明白，她对邻居讲："每天就见打窗户进来个年轻小伙，往身上一趴，我就啥也不知道了，失去了知觉，小伙睡到天亮才走……"

有天晚上，正赶木匠回家取家伙，一看老婆身子上有条蛇在蠕动，他怕蛇跑了，操起根木棒狠狠打去，不料用力过猛，连蛇带老婆都打死了，他大哭了一场，把老婆埋了。

一天强木匠干活回来，发现道旁树上吊着个女人，强木匠急忙把女人放下来。仔细一瞅是个漂亮姑娘，眼看就要冻僵了，立刻起了怜悯之心，把姑娘背回家中，放在炕上好半天才醒缓过来。

姑娘哭诉自己的身世，说："自幼父母双亡，在财主家当丫环，今年十八岁，狠心的东家要玷污我，乘人不备才逃出来的，因投亲不遇，又无处安身才寻死的。"强木匠也向姑娘倾诉了自己的家境，二人觉得同病相怜，有说不完的悄悄话，姑娘说："大哥救命之恩，小女永生难忘，无以报答，如不嫌弃，小女愿意以身相许。"强木匠一听，求之不得，从此两个人相爱，情投意合，如胶似漆，形影不离。

强木匠娶妻的事，很快传出去了，人们议论纷纷，说木匠媳妇是南边房框子里的那条蛇精所变，日后必受其害。这话传来传去，传到强木匠的耳朵里了，虽然半信半疑，心里也有些膈应。

一天，人们凑钱请来法师，法师对强木匠说："你身上有股妖气，是蛇精缠住了你的灵魂，日后必有性命之忧。"强木匠一听，吓得浑身发抖，面无血色，跪在地上哀求说："法师救我。"法师说："你可用孕妇的裤腰带，套在你妻子的脖子上使劲勒，方能治住她。"

到了晚上，强木匠借了条孕妇裤腰带，套在妻子的脖子上，妻子哭说："夫君，我实话告诉你吧，虽然我是蛇精，但没有害你之意。前些日子，我丈夫和你妻子偷情，被你用棒子打死，我很感激你，去我心头之恨，愿咱们夫妻俩白头到老。没承想你却听信妖人的话来害我，你不让我活，你也别想活。"强木匠不听劝解，仍然用裤腰带使劲勒妻子的脖子。眨眼间，妻子变成一条碗口粗细，一丈多长的白蛇，缠住了强木匠，不管强木匠怎样呼喊，没人敢来救他，不大一会儿，就没了声息。

第二天，人们来到了强木匠家里一看，一条大白蛇缠在强木匠身上，人蛇全都死了。

讲　　述：杜长发
记　　录：田　苗
采录时间地点：2007 年采录于铁东区山门镇

火烧蜘蛛精

早年，东边山下住着一户姓姜的人家，祖辈以采山货挖参为生。上两辈人挖参被野兽给吃了，到姜幻这辈，虽然没挖到几棵参，采草药年年也不少收入，小日子比上不足比下有余。

姜幻有个女儿叫姜丽，天姿俊秀，聪明伶俐。姜丽十岁就帮父母烧火做饭，缝缝补补啥都会。房前屋后收拾得干净利落，后来母亲有病死了，一切家务都落在姜丽身上。

一天，吃过早饭，姜丽刚收拾完，外面来了个小孩叫她出来玩。小孩能有六七岁，穿着红兜肚，头上梳着俩鬏鬏，蹦蹦跳跳讨人喜欢。姜丽也愿意和他玩，玩饿了，小胖孩就拿出自己带来的东西分给她吃。吃了小胖孩的东西后，过多长时间也不觉得饿。

父亲在外挖参十天半个月不回来，只扔下她自己一人在家。等姜幻回来见粮食啥也未动，心中纳闷，这些天女儿吃啥了呢，便问："闺女，这些天你在家都吃啥了呢？""我不饿，我不想吃东西。"父亲心里觉得蹊跷。

第二天，父亲装作上山去挖参，刚走不到一个时辰，小胖孩又来找姜丽玩。其实父亲并没进山，他绕到房后藏了起来，偷看女儿动静，等他来到屋里，小胖孩不见了。父亲心里有了数，没等女儿看见就进山了。

晚上父亲采参回来，把女儿叫到近前，交给她一个红线穗儿，告诉女儿说："把红线揣好，明天那个小胖孩来找你玩，等他要走时，你就偷偷地把针别在他的兜肚上。"

第二天，父亲装作没事似的领着人们又进山了。约莫快到晌午了，父亲自己先回来了，问女儿说："红线系上没有？""系上了！"爷俩顺着红线找去，在门前不远的地方，发现了一张大网，红线从网底下穿过去了。爷俩拿着木棒去挑网，纳鞋底绳子粗的网，怎么也挑不动。这时从树上跳下来个黑老头，大肚子小细腿，叉着腰说："你们爷俩要挖这棵宝参，那就别费心了，我已经看守了多少年了。如不听我劝告，我先把你们爷俩吃了！"爷俩一听撒腿就跑，也没敢回家，一溜跑出三四里地，正碰上挖参的伙计回来，姜幻把刚才遇见的事叙说了一遍，人们随着姜幻回到家，正巧，黑老头在他家炕上坐着抽烟呢。房子周围拉满了像纳鞋底绳子粗细的网，单等爷俩回来，把网口封死，好吃掉爷俩。

伙计们见势不妙，互相一商量，姜家爷俩有难，我们必须得帮忙。于是抱了些干柴，在房子四周点着。只听见里面烧得吱吱乱叫，等火灭一看，地上有只烧焦了的像饭碗口那么大蜘蛛。

人们把那棵变成小孩的小参挖了出来，卖了一千多两银子。爷俩和伙计们发财了，过上了好日子。

讲　　述：张玉田
记　　录：崔红来
采录时间地点：2000 年采录于铁东区山门镇

张三娶媳妇

葫芦沟有户人家姓胡，老两口有一个女儿叫胡小娟，年方二九，花容月貌，一家人靠种六亩地维持生活。

一天，胡小娟下地给父亲送饭，回来时不小心把脚脖子崴了。她一拐一瘸地往家走，这时乌云滚滚，雷电交加，眼见大雨就到了。正在着急之际，从后面走过来个俊俏后生，搀扶着她回到家里。母亲胡氏非常感谢，见小伙子一表人才，心里有七八分喜欢，便盘问道："小伙子贵姓？家在哪住？"后生说："我叫张三，家在岭南，以后伯母有空闲时间到我家串门！"张三坐了一会儿，说几句客套话走了。

没过两天，张三又来了，说来看看小姐的脚脖子好没好，还拿不少水果和肉。小娟的父亲叫胡才，看张三挺帅气，心里非常高兴，寻思着：女儿要找这么漂亮的女婿以后错不了。看模样、个头都挺称心，不知他家穷富，不如借送客之机顺便看看他家啥样。胡才领着胡小娟一直送到岭南，远远看见一座宅院，青堂瓦色大院套，朱漆大门，幽雅别致，父女这才放心地回家了。

老两口一合计，就把女儿嫁给他吧！女儿也很乐意，一家人欢天喜地，买嫁妆，选日子，三亲六故离得远，附近又没人家，也就不操办了，张三来了简单地把姑娘接走了。

胡小娟跟着张三来到岭南，几日前的四合院也不见了，拐弯抹角来到了狼洞跟前，张三说："娘子，到了！"然后冲着狼洞喊道："娘，我把儿媳妇领回家了！"话音未落，出来个老太太，拉住胡小娟的手往洞里拽，亲近地说："儿媳妇到家了，就别外道了。"胡小娟进洞一看，满地骨头，其中还有几个骷髅，一股血腥味。胡小娟突然发现婆婆身后边露出个尾巴，她意识到婆婆和丈夫都是狼精变的，立时毛骨悚然，想偷偷溜走。婆婆看穿了她的意图，便守在洞口旁，不让她出去。乘着胡小娟睡觉时，娘悄悄地说："儿呀，精神点，看住她，等生米煮成熟饭，我抱上大孙子，那时她跑就跑吧!"张三说:"娘,你放心吧,我一定能看住她,不让您失望!"于是娘俩日夜守护着胡小娟。

这天婆婆出门打食去了,张三在洞里看着媳妇,时间一久有些困倦,直打哈欠。胡小娟说:"夫君,咱俩都过了这些天,我还能跑吗,咋还信不过我呢?看你困成这样,人家怪心疼的,快去睡吧!"

张三寻思,也倒是,她家离这儿不远,跑了和尚跑不了庙,也就放心地睡了。胡小娟见张三睡着了,轻抬腿、慢落足,悄悄地逃跑了。

她跑着跑着,就听见后边有动静,回头一看,婆婆和丈夫撵上来了,她急忙爬上一棵大柞树,母子摇身一变,现出原形,两只大野狼,母狼往树上一蹿,差点把胡小娟扑下来。那只子狼使劲一跃,将胡小娟钩了下来。正在危急之时,"砰"的一声枪响,子狼应声而倒,母狼见势不妙,抹身就跑,胡小娟回头一看,原来是本屯猎手王一枪,感激不尽,正好他也没娶妻,就以身相许,和猎人王一枪成了家。

讲　　述:张桂珍
记　　录:徐慧洁
采录时间地点:2006 年采录于四平

流 子 砍 柴

从前有这么一个人，姓刘，叫什么也没人知道，因他右腮帮上长一个小饭碗那么大的肉瘤子，人们都叫他"流子"。流子无妻无子，一个人以打柴为生。他天生一副好嗓子，能唱很多小曲，闲来无事，乡亲们都喜欢听他唱上几曲。

一天流子又上山砍柴，走啊走啊，就走到深山里去了。正走着，见前边有一个小院了，大门二门都开着。进了门，看见院里蒿草长老高，是一座没人住的空房子。流子一看天都黑了，也回不去家了，只好在这儿扪嘟一宿吧。

睡到半夜，就听外边一阵风，风过后，一大帮鬼手拿金棍银棍走进院来。只听一个鬼说："别进屋，屋里有人味。"

流子吓坏了，想出出不去，想躲无处躲。猛然，他想到：听人说鬼愿意唱歌，正好自己能唱，唱唱看，他就扯起嗓子唱起来，先唱一段《十里香》。

这帮鬼一听有人唱歌，都不吵吵了，有个胆大的鬼说："老头，唱得挺好呢！再唱一个。"

流子一听，什么还唱一个两个的！反正也是这么回事了，干脆唱吧，他又唱了一段《十段锦》。鬼听完鼓起掌来，大喊大叫，也跟着流子唱起来。

就这样，折腾了一宿，流子胆子越来越大。眼看鸡叫了，有一个鬼走近他说："老头，你的好嗓子是哪来的？"流子想了一下说："我这瘤子啊，可是个宝贝，我的歌都是从这儿出来的。"鬼说："咱们换换吧！"流子说："那可不行，我全指这瘤子挣钱哪。"鬼说："那好说，我们这些人手里都有金棍和银棍，我们用这些金棍和银棍换你的瘤子，怎么样？"流子说："好吧。"

那鬼在瘤子上一摸，流子脸上的瘤子就没了。鬼把金棍和银棍丢了一地，一阵风地跑了。

流子把这些金棍和银棍拿到市上卖了好多钱。

这件事被一个财主听到了，这个财主右脸上也有一个瘤子，比流子脸上的瘤子还大，他也要到山里那座房子去，用瘤子去换金棍和银棍。

隔了几天，财主便穿了一件穷人衣服，也到山里打柴，在那间没人住的房子住了下来。到半夜，这群鬼又来了，财主也唱起歌，鬼也很愿意听。

天快亮了，鬼问财主："你的好嗓子哪来的?"财主说："是我右边的肉瘤发出来的歌声，我这可是个宝瘤。"鬼听了大声笑起来。

财主大叫起来："笑什么，你们要拿金棍、银棍来换吗? 要换就快点。"

鬼们又一阵大笑，一个鬼头说："老头，你还想骗人吗? 你那瘤里面根本就没歌，还给你吧，哈哈。"鬼一扬手，一个大肉瘤长在了财主的左边腮帮上，鬼一阵大笑，扬长而去。原来是把财主当成了上次看见的流子了。

财主傻了眼，只好多得个肉瘤子回家了。

讲　　述：刘亚芹

记　　录：张王恒

采录时间地点：1986 年采录于四平

强秀才除妖

从前，在一个村子里住着个穷秀才，姓强名光普。父母早年去世，无依无靠，生活十分艰苦。但光普自幼好学，上进心强，天性又非常好奇，奇闻怪事他不知便罢，只要听闻非想法弄个究竟，问个彻底不可，大有不到黄河不死心的犟劲。

有一年，正赶京城科考，强秀才就打点些银两上京城赶考去了。他晓行暮宿，走哇，走哇，这天天已经黑了，也没碰到村店，真是又累又饿又乏，就在路边找了一块石头，坐下休息。刚坐下，忽然见远处有灯光晃动，秀才想：有灯必有人家，何不前去投宿？想到这，劲也来了，饿也消了，他三步并作两步就向灯光奔去。走到近前一看，是一座三明两暗的四合院。强秀才上前叩门，"咚！咚！咚！"敲了几下，半天才听到里面有人问话。他忙说："我是去京应试的，路过贵庄，想麻烦员外赏个食宿不知可否？"又过了好一会儿门开啦，门里闪出四个家丁，管家提着灯笼，上下照了照秀才，客气地说："让秀才久等啦，员外有请。"

员外六十多岁，个不高，倒很慈祥。谈话当中强秀才发现员外的双眉时皱时舒，好像是有心事。强秀才天生好奇，就想问个明白，但初次见面觉得有些不便。谈不多时，员外吩咐管家给秀才安排食宿。躺下后秀才怎么也睡不着。他想：员外为什么心事重重？真怪，真奇。他想着想着，自己倒笑了起来，自言自语地说："强秀才呀强秀才，您可真强啊。现已酒足饭饱再熟睡半宿，明早告辞赶路，岂不美哉，管他何事？"想到这他闭上眼睛就想入睡。可是好奇心过剩，追根问底的怪癖太强，他就像心中有口气透不过来似的，折腾了半宿。可下天亮了，他迫不及待地拉住管家劈头盖脑地就问："管家，小生有一事不明，要请管家指教。"没等管家吱声，他又急切地问："我看贵庄是慈善好客的大户人家，为什么员外愁眉不展有心事？"管家听后，摇了摇脑袋，半天地叹了口气说："别问啦。"转身要走。管家如要讲明还好，这一不说，强秀才的

好奇心立即增加了一倍，急忙向管家施一礼，再三请教。管家看他问得恳切，说："我不是不给你讲，讲了也没有什么用处。"强秀才一听，更增加了想听个究竟的欲望，说："请管家赐教，请管家赐教，因学生有怪癖，如此奇事不明，恐难再进京城应试。"官家无奈说："这事提起话就长了。那还是一年前的事，我们的老庄园离此不远，我家员外祖孙三代经营家业，好善憎恶，管理有方，家业很是兴旺。但是一年前家宅里闹鬼，一到夜静更深，到处都是木底鞋走路的声音，同时也有光亮晃动，天天不得安宁。老员外也请过几位法师捉妖，说是小脚大仙与我争宅，我家员外答应搬走迁宅。但大仙不讲信义，还闹得很凶，在搬家的头一天晚上，竟吃了小姐的一个丫环。吓得老夫人一病不起，不久去世啦。员外思念夫人，又痛惜家业，终日想驱除大仙，各处搬请高师，都无结果。因此，整日心事重重，不得欢乐。这就是您要问的原因。请秀才见谅。""那后来呢？"强秀才刨根问底。"后来员外又请了个叫王半仙的法师，到庄楼作法除妖，妖怪没捉住，法师却让大仙治个半死，抬了回来。昨天员外又访着个拉灵仙，准备明天去旧宅除妖。"秀才听后想：光听说过很多鬼神的事，也听说很多捉鬼的奇闻，可从没亲眼见到过，这倒是个大好机会，我要亲眼看看捉妖是怎么捉，大仙怎么闹。想到这，他想跟管家商量再留一宿，明天晚上好看看捉妖。但又怕管家不答应。怎么办呢？忽然秀才"啊呀"一声，双手捧腹，似疼痛难忍，管家急忙把秀才扶到床上，吩咐请来郎中给秀才诊治。

第二天晚上，请到的法师带着道童在旧庄园搭了法坛，法坛上摆着降妖用品，有朱砂、黑驴蹄子、狗血、香符等。晚上亥时许，法师站在法坛前，披散开头发，烧了符咒，手中高举降妖剑，口中念念有词，开始作法。子时许，只听楼上脚步声声，乱七八糟吱吱叫着。法师抬头一看，见一对绿而发光的火球自楼上向楼下滚来。法师急忙烧符撑剑，大声念动咒语。不念倒也罢了，这一念火球直向法师冲来。说时迟那时快，法师操起黑驴蹄子就打，火球向后倒退数尺，一会儿又冲了上来。法师这时无物可扔、也无咒可念啦，只有三十六计走为上，带着道童一溜烟地逃命去啦。法师逃命不提，园中还偷偷地藏着个强秀才。昨天，强秀才装病成功，今日很早他就偷偷地来到旧宅，找了个藏身之处，观看法师怎么样作法除妖。他看法师战败逃走，也害怕起来，感觉头发根"噌噌"往起直竖，心"咕咚咕咚"跳个不停，也想拔腿逃走。正在这时，只见绿光又向他这边涌来，怎么办？跑！已经来不及啦，不跑！就要坐视等死，眼见绿光越来越近，强秀才脚下一滑，摔了一跤，发出很大的响动，只见火球急急地向后滚去，秀才见此情景，心里一愣：怎么，鬼神也怕响动！哼，什么小脚大仙，分明是损鬼毛神，没多大道行。就在这时，火球在旧宅的暗处又出现啦，秀才咬牙自语道："来吧，我走是走不了啦，今晚就和你拼了。"就完，他就摸黑捡了些破石头，堆在自己身旁，等绿光越来越近啦，秀才猛将石头一块接一块地向大仙砸去，只见有几点火球向空中蹿了几蹿，发出"吱吱"的怪叫，箭一般的向后滚去。火球消停啦，宅院静得吓人，只有风吹草动的"刷刷"声。秀才屏住呼吸两手举着石块，眼睛盯着旧宅的暗处，等大仙再来。等呀等，等到了远处的鸡叫啦，东方放白啦，也没见大仙再来。秀才松了口气，心想：鸡叫鬼神惊，今天是不会再来啦，秀才伸了伸胳膊，展了展腰，背手慢慢地向旧宅的楼门口走去。快到门口啦，他忽然看到了一个很大的东西倒在草丛中，近前一看，是只十多斤重的大耗子倒在地上，它的旁边还有几块石头。秀才看了看死耗子笑了，心说：什么小脚大仙，原来是老鼠作怪。他把老鼠翻了个个，又发现老鼠的尾巴上粘个蛋黄大小的泥团。秀才琢磨半天，才恍然大悟说："噢！秘密在这呀。"说着他把死老鼠提着向旧宅的大门走去，将出大门，迎面碰见老管家和几个年轻家丁，推着木轮车向园走来，老管家看见秀才愣了愣说："秀才没有起程？"秀才笑了笑说："我受员外的食宿之恩，员外旧宅闹妖，岂有旁观之理。您看！"秀才举起老鼠说："这就是您家的小脚大仙。"接着，他就把昨晚上斗妖的经过详细地讲了一番。管家听后乐得也不去旧宅收拾法坛，急忙把秀才请到车上，回庄啦。员外把秀才迎进庄里，杀猪宰羊，热情款待秀才。

酒席间，秀才把捉妖详情又细说一遍，然后说："晚上楼梯上的木底鞋响，就是老鼠尾巴上粘的土泥团作的怪，因为老鼠的尾巴是抬不起来的，卷不了弯，年长日久，老鼠尾巴上沾的湿泥越滚越大，就形成了泥团，老鼠成群结伙地上下楼时，尾巴垫打楼板的声音就和木底鞋踏楼板的声音一样，人们才误认为是小脚大仙在楼板上走动。又因它是夜行动物，眼放绿光，在暗处显得很亮，十分吓人，法师们又都说小脚大仙作怪，你们才信以为真。前次丫环碰上大仙早已吓昏，是被群鼠吃掉了。现已真相大白，确实无鬼。"

员外听后非常高兴，第二天员外带领庄客重整旧宅，强留秀才又多住几日，临行时全庄老小送秀才十里之余，还派了书童，携带银两同秀才一起进京。这正是：信妖邪家遭横祸，破迷信了事安康。

讲　　述：黄　葵
记　　录：郑长春
采录时间地点：1986 年采录于四平

虎 为 媒

　　樵夫陈四，家境贫寒，二十六七岁了也没有讨上老婆。家里就娘俩，娘纺线织布，陈四上街卖柴、卖布维持生活，日子过得紧巴巴的。

　　时至六月，天气炎热，陈四娘坐在门前大树下纺线纳凉，忽听身后有动静，她停下手中的活计，回头一看，一只斑斓猛虎蹲在身后，陈四娘吓得"嗷"的一声昏倒在地。过了好大一阵子，才苏醒过来，她回头一看，老虎原地没动，还在那蹲着。陈四娘觉得蹊跷，老虎不但没吃自己，在那儿"吧嗒、吧嗒"掉眼泪，还把身子掉过来让自己看，不时地用前爪子往身上比画。陈四娘往老虎身上一看，见虎后胯上中了一支短箭，心里明白了，可能是老虎通人性，是来求我帮忙把短箭拔掉。便问道："虎大仙，你是让我把箭拔出来吗？"老虎点了点头。陈四娘把短箭拔了出来，然后回屋取了包草药敷在伤口上，又扯下衣襟把伤口包上了。老虎感激地向陈四娘点了三下头，一步一回头地走了。

　　陈四卖柴回来，吃完晚饭，娘就把给老虎治伤的事叙说了一遍，陈四也感到稀奇，娘俩一直唠到深夜。刚入睡，忽听外面狂风大作，飞沙走石，刮得窗户"噼里啪啦"山响。半袋烟工夫风停了，就听外面敲门声，这深更半夜的谁来干啥？娘俩趴窗户往外一看，一只老虎坐在大门口，吓得陈四紧忙缩回脑袋瓜。陈四娘仔细一瞧，正是她白天救的那只老虎，老虎来干什么？陈四娘端着油灯来到门外一照，老虎叼来一只狍子，放下狍子对娘俩点了点头走了。

　　打那以后，老虎天天夜里来，不是送野猪，就是送野鹿。陈四娘对老虎说："虎大仙，你老给我们家送猎物，老身难以回报，我想认你做儿子，好吗？"老虎跪在地上磕了三个头，娘俩把老虎让进屋里去，煮了一盆野猪肉给老虎吃，正式成为一家人。

　　日子一久，人虎感情日益加深，白天几乎也来，有时还帮着干

活。虎倒腾来的东西卖了钱，不到二年翻盖了房子，买了地，娘俩的日子一天比一天红火。

一天夜里，老虎又来挠门，娘俩还以为老虎又送猎物，出门一看傻眼了，老虎跟前儿躺着个人。陈四娘惊恐地问道："儿子，你送啥猎物都行，你咋把人给叼来了呢？这不是摊上人命官司了吗？"老虎摇了摇头，用前爪子拍了拍地上躺着的人，用嘴叼住陈四娘的衣角，拽到那人身边，点点头走了。

陈四娘接过油灯，蹲下身来一照，竟是一个如花似玉的大姑娘，伸手一摸，心口窝还有气。娘俩急忙把姑娘抬进屋里去，放在炕头上。不大一会儿，姑娘醒了过来，陈四娘给姑娘做碗白面汤，拿着汤匙一边喂汤，一边端详姑娘的模样。心想：要是能娶到这样漂亮的儿媳妇那该有多好哇。姑娘见老太太对自己这么关心，打心眼儿里感到亲近，姑娘喝完面汤，觉得身体好了些，急忙下地跪倒磕头谢恩。陈四娘上前扶起姑娘说："闺女，你家住哪里，姓啥叫啥，因何落到如此地步？"

原来姑娘家住二十里外李家窝棚，名叫李水仙，父亲李安是当地首富。老员外早年丧妻，亲朋好友都劝他续弦再娶二房，他怕娶了后娘给女儿水仙气受，就都婉言拒绝了，平日里视女儿如掌上明珠，要星星不敢摘月亮。

清明节这天，水仙去给母亲上坟，路上正遇地痞王七。王七见水仙长得年轻美貌，上前拦住去路，先是污言秽语挑逗，然后动手动脚，被水仙上去打个大嘴巴。王七不但没恼火，嬉皮笑脸地向她扑来，水仙见事不好，抹身往回跑，王七紧追几步抓住水仙，正欲施暴时，突然打草丛里蹿出一只斑斓猛虎扑上前去。老虎把王七吃掉后，就把水仙叼到陈家。

李老员外见女儿失踪，急忙派家人四处找寻。愁得茶不思，饭不想，精神恍惚，终于病倒了，心里盘算着：女儿要有三长两短的，自己也不活了。正在床上寻思死呢，管家来报说：陈四送信，让他去接闺女。老员外心里一下敞亮了，如同黑暗中送来一颗夜明珠，病立刻就好了，马上备上轿子到陈四家接闺女。

父女相见悲喜交加，接着陈四娘和老员外讲起老虎报恩的事。

老员外见陈四老实憨厚，魁梧健壮，心里非常喜欢，就对陈四说："既然老虎把我女儿叼到你家，就是咱两家有缘分，虽然我是富贵之家，可是我并不讲究门当户对，只讲恩德，今天就让老虎为媒，天地为证，把小女许配给你为妻，从此你就是我的乘龙快婿。"

陈四乐坏了，一时不知怎样感谢自己未来岳父，腼腆地偷看了水仙一眼，水仙羞得满脸通红。李员外看出孩子们的心思，真是儿大不由爹，女大不由娘了，赶忙叫仆人张罗婚事！

成亲那天，喜事办得非常隆重，大摆宴席，高朋满座，推杯换盏，猜拳行令。正在热闹之际，突然一阵骚乱，人们东躲西藏，四散奔逃，众人喊着说："老虎来了！老虎来了！"陈四娘急忙迎了出来，招呼道："大家别乱，别乱，不要害怕。老虎是我的干儿子，也是我儿子、儿媳妇的媒人，它给我送礼来了！"

老虎叼着一只狍子进了院，陈四娘抚摸着老虎的脑袋说："儿子，看你把客人都吓跑了，快给赔个礼！"老虎一拱前爪作了个揖，众人见状这才松了一口气，都小心翼翼地走了出来。

陈四过来把狍子扛进屋去，随手给老虎倒了一大碗酒，盛上盆肉。老虎眨了眨眼，点了点头，把酒喝干了，肉也吃光了，扭身跪在地上给陈四娘磕了三个头，摆了摆前爪子走了。

从此以后，老虎再也没出现过，婚后陈、李两家合为一家，夫妻恩爱，亲家和睦相处！

讲　　述：齐振霄
记　　录：崔艳杰
采录时间地点：2003 年采录于铁东区叶赫镇

蛇 王 借 房

二道岭子屯有户村民叫罗德安，这天晚上他做了一个梦，梦见一条又粗又长的眼镜蛇，对他说："大哥，我家遭灾了。希望你把房子借我住三天。"罗德安醒后很纳闷：怎么无缘无故做了这么个稀奇古怪的梦？虽然梦不是现实，但眼镜王蛇说的话一直在他脑海萦绕，那条花斑眼镜蛇可怜兮兮地看着他的神情，让他产生了恻隐之心。

早晨起床后，他就对老婆说了梦中的事，并且还说，要把房子借给眼镜蛇。老婆对丈夫的行为有些不解，但看见丈夫固执的样子，也就默许了，她想，农村有句话："宁信其有，不信其无。"于是罗德安领着老婆孩子住进了本村老丈人家里。

第二天，就见罗德安家房上房下，房前屋后的树上爬满了黑压压的蛇，让人看了觉得麻痒，附近的邻居都看惊呆了。村民议论纷纷，说这是不祥的预兆；还说，这蛇是无事不来，莫非罗德安做了什么事惹怒了蛇神。人们看着这不速之客，心里都非常恐慌，村民用异样的眼神看着罗德安一家人。

三天过去了，成群的蛇无影无踪了，没有了一点迹象，蛇更没有骚扰村民，也并没给他们带来灾难。

从这以后，罗德安家的果园里，有人看到有条巨蟒经常在果园里吃虫，他家的果树果实累累，长势特别好。

讲　　述：张铁奇
记　　录：张佳妮
采录时间地点：2006 年采录于铁东区山门镇

吊 死 鬼 沟

在老山里有这么个吊死鬼沟，在这沟里住着姓汪的一大族人家，共有十多户，都是近支。有个叫汪清的小两口，男人在外面给财主打工，女人在家纺纱织布，小两口住在屯西，那是离屯很远的地方。

一天，天刚擦黑，几个官差追赶一个胡子头，胡子头乘汪清媳妇出外解手工夫，进了屋，爬到梁上。汪清媳妇去完茅房回来，进屋拨亮小油灯，盘腿坐在灯前，"哧溜哧溜"地纳起鞋底来。三更天过去了，她打了几个哈欠后，把纳好的鞋底放到柜子里。胡子头以为她要睡觉，哪知她把纳好的鞋底放到柜里，又掏出一双小鞋底，看小油灯要灭，就给灯里加了些油，又纳上了。胡子头一看着急了。心想：你可快睡吧，我好脱身。

胡子头正着急时，忽然刮来一阵阴风，刮得他身上发冷，头发茬子直竖。阴风过后，门没开怎么进来个女人呢？女人进到外屋间，先掏出红绿两个球，放在灶王爷供板上的香碗里。胡子头又想：她把球放在那干啥呢？再看那女人摇身一变，只见她的脖子上挂着半截绳子，披头散发，眼球突出，舌头吐出唇外。这不是人们常说的吊死鬼吗！胡子头害怕了，心想：吊死鬼来准没好事。就见吊死鬼来到屋里，一直奔汪清媳妇来了，她围着汪清媳妇左转三圈，右转三圈，转完就给汪清媳妇跪下了，连磕头带作揖，嘴叨咕说："吊死好，吊死好，吊死无忧无虑无烦恼……"胡子头见汪清媳妇听了这话后像掉了魂似的——就看她放下手中的活，下地打开柜，拿出一套新衣服穿上，洗了脸，梳了头，找了条绳子，搭在房梁上，吊死鬼帮着结好了绳套后，帮助汪清媳妇上吊。汪清媳妇偶然回过头看见了熟睡的孩子，有些舍不得孩子，就不想吊了。吊死鬼可急坏了，趴在地上磕头，又开始念刚才那遍嗑。当吊死鬼念到第三遍时，就看汪清媳妇把眼睛一闭，脑袋伸进绳套里。胡子头一看，不能见死不救。他早看出吊死鬼那两个球，是迷人的东西，

他便大喊一声，从房梁上跳下来，来到外屋，伸手从灶王爷供板上的香碗里抓起那红绿两个球揣在怀里，然后直奔吊死鬼来，嘴里骂着："不要脸的家伙，到处害人，今天遇见大爷我，你死定了！"

吊死鬼见房梁上跳下个大汉来，手里拿着明晃晃的钢刀，寒光逼人，吊死鬼被这突然发生的情况吓一跳，撒腿就往外跑。这时汪清媳妇也立时明白过来了，胡子头就把刚才发生的一切告诉了汪清媳妇，汪清媳妇听罢这才觉得后怕，知道是眼前这个陌生人救了自己，急忙跪倒磕头，感谢大汉救命之恩。

她急忙喊来了父老乡亲们，人们拿着刀枪棍棒在屋里屋外寻找吊死鬼。终于，在后墙上看到了吊死鬼的影子，人们用铁锹砍，用镐刨，可是怎么也弄不掉，后来用火烧，总算把影子烧没了。

这时，天刚好亮了。汪清回到家一看，家里来这么多人，不知何故。妻子上前把夜里发生的事和他说了一遍。汪清急忙跪倒向胡子头谢恩。哥俩非常投缘，便拜了把兄弟。然后大汉把那两个阴阳授界球烧掉。打那以后哥俩经常往来，人们把这个地方叫"吊死鬼沟"。

讲　　述：李铁华

记　　录：颜晓郁

采录时间地点：2007 年采录于铁东区山门镇

妯娌斗狼精

从前，在吉辽交界处有个二道沟子屯，屯子里有家姓郭的哥俩，都是木匠，相继都娶了媳妇，哥俩住东西屋。耍手艺的人常年在外，很少回家，妯娌俩在家除了洗洗涮涮的，还伺候点儿地。那时候山里狼多，狼进屯子祸害家禽的事时常发生。老人们常说太阳卡山狼劫道，下地干活的人们老早就收工了。

一天晚上，太阳刚落山，妯娌俩就收工回家了，进院后两个人就开始忙活，抱柴火烧火做饭，捣酱缸。嫂子从房后抱柴火回来，看见个头戴草帽、身穿长袍的人，溜进老二媳妇屋里去了。嫂子感到奇怪，这人是谁呢？莫非老二媳妇有外遇了？不能啊，我跟她整天形影不离，没见她接触过任何男人，也许是在娘家时有外遇的？嫂子心细，遇事不慌，觉得自己没看走眼，心里有了数，就假装先去找老二媳妇唠嗑，再看个究竟。

进屋一看，老二媳妇正忙着择菜。嫂子坐在炕沿上，边唠嗑、边四处撒目，屋里除了老二媳妇，连个人影都没有，嫂子心里犯了嘀咕，人哪去了呢，莫非把他藏起来？她又犄角旮旯用眼睛扫了一遍。这回看见了，在屋门后露出双毛脚，嫂子心里明白了，眼珠一转，有了主意，拉着老二媳妇说："他二婶快走！你娘家来人找你有急事！"说着用眼睛往门后一扫，二媳妇也看到那双毛脚了，吓得急忙跟着跑出来了。接着大嫂"咣当"一声把门关上了，"咔嚓"一声上了锁。大嫂出来把情况跟她一讲，二媳妇吓得立时尿了裤子。

大嫂进屋摘下猎枪，对老二媳妇说："居家过日子，啥都怕能过日子吗？狼精进屋了都不敢打，熊到家了。只有把狼精打死了，咱们家才能太平无事。"老二媳妇一听，胆子也壮起来了，跟着大嫂来到自己的住处。捅破窗户纸，往屋里一撒目，就看见老狼精坐在炕上，两只眼睛像两盏绿灯，舌头耷拉着，长袍草帽脱在一边，专等老二媳妇回来就下口。

　　老二媳妇操起大棒守在窗外，大嫂端起猎枪，瞄了又瞄，从没放过枪的女人，此时胆子也大了，"砰"的一枪，老狼精栽歪了一下，奔窗户蹿了出来，老二媳妇上去一棒子，正打在狼精脑门子上，就听狼精"嗷"的一声，然后就倒在地上不动了。妯娌俩怕狼精不死，嫂子又补了一枪，老二媳妇又打了一棒子，老狼精抽搐几下，终于不动了。等丈夫回来时，狼精身子都硬了。事后一家人才后怕起来。

　　讲　　述：张玉田
　　记　　录：师桂忱
　　采录时间地点：2007 年采录于铁东区山门镇

泥 鳅 泡 子

早年，半拉山门这块流传着这样一首歌谣：南跑北颠，别离开半拉山；南颠北跑，别离开柳条边。半拉山门是块宝地，风景优美，土地肥沃，年年风调雨顺，岁岁五谷丰登。

有一年，山门街南面的大水泡子里来了一个妖怪，大祸害没有，小祸害不断。人们晾个衣服，或晒些山货和粮食，它总是给下点儿雨。尤其是秋收晾粮的时候，早不下，晚不下，刚好场院铺好粮食，突然天空飘来一朵云彩，一个翻花，豆粒般的雨点儿卜一阵儿，粮食都浇透了，并顺着水沟冲到街南的大水泡子里。不大的工夫，冲到大水泡子里的粮食就沉底不见了。人们又纳闷又生气，这到底是咋回事呢？后来有人发现，每到场院里铺晒粮食时，山门南面大水泡子里就钻出一股黑云，飞上天空，黑云一翻花，就开始下起雨来了。

周围百姓起先不信，后来次数多了，验证确实是这么回事。大家伙一合计，干脆把大水泡里的水淘干，非弄出个究竟不可。于是，人们回家取来了锹镐、二齿钩、扁担、水桶等家伙，排水、拉水、挑水，一连干了七天七夜，眼瞅着水快淘干了，只见水里一翻花，冒出一泡水来，人们傻眼了，再淘还那样。村里有个李老汉，年近八旬，看了看水泡子说："大家这样干，干到过大年水也不会淘干的。要我看，干脆预备一车生石灰，等到大水泡子里水快要淘干时，把生石灰往里一倒，什么精灵用石灰一呛也受不了。再预备上挠钩套索、渔叉等家伙，等妖精一露面就往上搭，以防妖精逃跑。"

一切准备妥当了，大家伙又开始淘水，眼看淘得差不多了，就开始往泡子里呛石灰，只见水泡子里的水都烧开花了。这时泡子里的妖精可受不了，把稀泥搅起一丈高。几个年轻小伙子拿着铁叉，一顿乱扎，工夫不大水泡子里没动静了。又淘了三天三夜，水总算被淘干了。大伙上前一看，水泡里躺着一条有檩子那么粗的大泥鳅精，把泥鳅精搭上岸后，水泡子里的水又满了。

原来泥鳅精身下是一眼泉眼，只要泥鳅精一翻身，水泡子里的水马上就满了。

自从这条泥鳅精被人们治住后，这里便年年风调雨顺，岁岁五谷丰登，后来人们就管这个水泡子叫"泥鳅泡子"了。

讲　　述：赵桂英

记　　录：刘　洋

采录时间地点：1999 年采录于铁东区山门镇

宋黑虎与蜘蛛精

很久以前，有一个后生，名叫宋黑虎。黑虎二十四五岁，面孔微黑，长得虎背熊腰，敦敦实实。黑虎不但人长得壮实，而且聪明机灵，心肠也好。

黑虎练就了一身打猎的好功夫，地上跑的兔子、天上飞的鸟雀，只要让黑虎瞄着个影儿，猎枪一响，保准百发百中。打着猎物，黑虎从不自贪。总是把它分给贫苦人。因此，十里八村，山前山后，一提起宋黑虎，没有不说好的。

有一天，黑虎追赶一只狍子，追到深山老林里不见了。这时，天已经很黑了。黑虎转来转去迷了方向。无奈，黑虎就砍了些树枝搭了个窝棚，打算在窝棚里对付一宿，天亮再下山。他翻过来掉过去，咋也睡不着，就坐起来吹笛子解闷。

在这深山老林里，住着一只大蜘蛛精。这只大蜘蛛精阴险狡诈，好事不干、坏事做绝，变着法害人。它正在睡大觉，迷迷糊糊听到有吹笛子的声音。它赶忙爬起来，悄悄地顺着笛声摸来。它躲到树后一看，见吹笛子的是一个"大老黑"，身后还背着一个长筒猎枪。知道这个"大老黑"不好惹，自己不能胡来。它眨巴眨巴小眼睛，"嘿嘿"冷笑了几声，想出了一个鬼主意。它就从树上下来，摇身一变，变成了一个年迈的老翁，拄着龙头拐杖，笑呵呵地向黑虎走来，老远就说："娃子的笛子吹得可真妙呀。"

黑虎抬头一看，说话的是一位上了年纪的老大爷，心里挺纳闷：黑天半夜的，在这老山老林里咋还有人呢？黑虎这么想，却不动声色问道："您老贵姓？家住哪里？天这么晚了，咋一个人到这来了？"黑虎这一问，蜘蛛精先是一愣，接着答道："啊，我呀，姓胡，人们都叫我'胡二爷'。离这不远有一座'仙蛛山'，我家就住在'仙蛛山'的山脚下，是你这动听的笛子声把我给吸引来了。"胡二爷说完，偷偷地扫了黑虎一眼，黑虎开始半信半疑，但看胡二爷挺和善，不像坏人，疑虑也就消除了大半儿。

蜘蛛精见黑虎信以为真了，就让黑虎再给吹两支曲子。黑虎就又吹起了笛子。黑虎发现这个胡二爷听笛子时心神不定，贼头贼脑不住地四下打量，行为可疑，不由得犯起了嘀咕：这个胡二爷到底是啥人呢？瞧他的神色，心里一定有事儿。对！何不这么这么办……看他究竟啥人，到底要干啥！

黑虎想好了主意后，马上就换了曲调，吹起了催眠曲，吹得胡二爷昏昏沉沉，直打瞌睡。

这时，黑虎放下笛子，也装作非常困倦的样子，说道："天不早了，二爷，我送您回家吧。""不送，不送，我一会儿就到家。"蜘蛛精装模作样地谢绝了黑虎，一个人回家去了。

蜘蛛精走后，黑虎赶忙抱了一捆树枝进窝棚里，又用兽皮蒙在上面，装扮成人躺在那里睡觉的样子。然后，从窝棚悄悄地出来，躲在树杈上察看动静。

等啊，等啊，不知啥时黑虎迷迷糊糊地睡着了。蒙眬中似乎听见有"咝、咝"的声音。"这是什么声音？"

黑虎睁开眼睛，发现自己搭的窝棚外不知啥时来了一只簸箕大的蜘蛛，正绕着窝棚一圈圈地拉丝结网。

不一会儿，小窝棚就被封在网里，网了个密密匝匝、结结实实，就是神人也甭想出来。

黑虎恍然大悟：啊，原来胡二爷是一只蜘蛛精变的，它想把我网在窝棚里，再把我害死，好你个害人的家伙！

这时，只见那蜘蛛精拉好网，就从事先留好的"门"钻了进去。它往屋里一瞅，见黑虎"躺"着睡觉，就"嘿嘿"冷笑道："好小子，今晚让你知道知道爷爷的厉害！"说完就扑了上去。

黑虎见蜘蛛精已经进了屋，赶紧跑过去把窝棚点着火。不一会儿，火光冲天，小窝棚顿时变成了一片火海。

火灭以后，黑虎从灰堆里找到了一张又厚又硬的蜘蛛皮。黑虎就把它拿回家去，用蜘蛛皮做了一双鞋。嘿！黑虎穿上这双鞋，顿时觉得轻飘飘的。穿着它，上山爬岭，攀崖登壁，如走平地，一点儿也不觉得累。

从此，黑虎就更啥也不怕了。他穿上这双鞋到处为人们除害，做好事。

讲　　述：赵桂珍

记　　录：宋桂贤

采录时间地点：1986 年采录于山门镇龙王村

耗 子 精

李员外家的小姐，正值出嫁之日，送亲的簇拥着一顶小轿往前正走呢，突然一阵狂风，刮得天昏地暗，刮得人们睁不开眼睛。狂风过后，人们打开轿帘一看，李小姐不见了，顿时傻了。这事可怎么办呢？李小姐的弟弟李少安公子说："我姐姐定是被妖怪掠去了。"

一晃三年过去了，少安公子暗下决心，一定要找回姐姐，这一天，他跟母亲说："我要去找我姐姐。"母亲摇了摇头说："恐怕是找不到了。"少安公子说："找不着，我也要试试。"

少安公子背着小包，辞别了父母，离开了家门。这一天走到一个镇上，找了一个店铺住了下来。这一宿他做了三个同样的梦，梦见姐姐就在这个店的东山小毛道旁的一个洞里，洞门盖着青石板。第二天早上，少安公子吃罢早饭，就来到住店的东山。顺了毛道往前走，果然发现道旁有一块青石板。公子上前用手动了动青石板，听里面有女人的声音，他猛一用劲把青石板搬开了，从里面走出了一个女人，这女人一见少安公子，就掉下了眼泪，她正是少安公子的姐姐。原来少安的姐姐是被耗子精给抢到此地，被逼和耗子精已经过了三年。

姐弟相见大哭一场，少安公子要把姐姐领走，姐姐摇摇头说："走到哪儿也跑不出耗子精的掌心，你先在我们这住几天再说吧。"说完姐弟一前一后，进了洞。姐姐说："兄弟，你姐夫快回来了，我得把你藏起来，要不然它会吃了你的。"说着就把少安公子藏到了水缸里，脑袋上还扣了个瓢。正在这时，一阵狂风过后，从外走进来一个白色的耗子精，耗子精一进屋就说："这屋里怎么有生人的气味呢？"少安姐姐怕瞒不过去，就对耗子精说："你小舅子今天串门来了。"耗子精一听，还挺高兴："我小舅子在哪呢？请出来啊！"少安姐姐说："他怕你。""我有啥怕的？"说到这，耗子精在地上打了个滚儿，变成了一个书生公子。少安从水缸里钻了出来，见了姐夫，行了礼。耗子精非常高兴："来，我们哥俩喝点儿！"吃饱喝好了，耗子精就出去了。

一晃几天过去了，少安公子觉得很烦闷，耗子精说："小舅子，你是不是觉得没啥意思，明天我领你到苏州城溜达溜达怎么样？"少安心里想，反正也没啥事，去就去吧，就满口答应了。少安问他："苏州城离咱这儿那么远，咱可怎么走啊？"耗子精说："你把眼睛闭上，趴在我身上，一会儿就到。"少安趴在耗子精背上，只觉得两耳生风，工夫不大，来到苏州城外的一个庙上，耗子精对少安公子说："睁开眼睛吧。"它掏出个小帽，递给少安公子，说："这是隐身帽，你戴在头上，你能看见别人，别人看不见你。你自己到城里去玩吧，我在这儿歇歇腿。"少安接过小帽戴在头上，进城了。

这城市十分繁华，大街上做买卖的、锔锅的、挑担的，好不热闹。少安正往前走，见前面不远有个女子，这女子长得好似天仙，少安左一眼右一眼看个没完，顿生爱慕之情。那女子走到哪，他就跟她到哪。不多时，女子进了苏家大院，上了绣楼，少安也跟着到了楼上。苏小姐上楼后，腹中有些饥饿，就拿过一盘点心吃了起来，少安也坐在小姐身旁，小姐吃一块，他也吃一块，小姐喝口水，他也喝口水。

小姐今天很是纳闷，她总觉得还有一个人也在屋里和她一起吃点心，就仗着胆子问："你是人是鬼？"少安搭腔说："我是人。"小姐又问："你是人，我怎么看不见？"少安回答："我戴着隐身帽呢。"小姐说："你把隐身帽摘下来给我看看。"少安顺手就把隐身帽摘了下来，握在手里，小姐又说："你把这隐身帽给我看看。"少安不依，小姐说："咱们有缘分，你让我看看又有何妨呢？"少安无奈，只好把隐身帽递给了小姐。苏小姐接过隐身帽，随手打开了柜子，把隐身帽锁进了柜里，苏小姐立刻变了脸："你胆大狂徒，竟敢到我楼上闹事，来人哪！"说一声"来人"，从门外进来了几个家丁，不管三七二十一，把少安公子捆了起来，拖到了楼下绑到柱子上。

再说，庙里的耗子精正睡觉呢，一场噩梦把它惊醒。它掐指算到：小舅子遇难了。它急忙来到苏家大院门口。敲了几下门，里面有人问："谁呀？"耗子精一抹脸说："我是小姐娘舅。"耗子精进了院，见少安在柱子上绑着呢，也没理睬他，走到了小姐跟前："外甥女，你怎么了？"小姐把前后事说了一遍，耗子精说："这隐身帽是什么玩意儿？拿来让我看看。"小姐叫人上楼去，拿来隐身帽，递给了耗子精。耗子精拿着隐身帽走到少安公子跟前，一边走一边骂："好小子，胆真大，敢到这儿来闹事！"说着就把隐身帽戴到了少安的头上，又掏出小刀，割开绳子，背着少安一阵狂风腾空而起。

回到洞来，耗子精问少安："小舅子，你相没相中那个苏小姐？你要相中了，我把她整来。"少安公子脸一红没言语。耗子精明白了少安的意思，它又来到苏小姐的绣楼，逼着小姐跟它走，要是不跟它走，它就杀掉小姐。小姐无奈，只好收拾包裹跟耗子精走了。从此，苏小姐就嫁给了少安，过上了日子。

一来二去，他们在洞里过了两个月。苏小姐毕竟是读过书的人，她和少安公子姐俩商量说："我们这人不人、妖不妖的，这算过的什么日子？"少安姐姐说："那有什么办法？"少安说："我们逃出去！"少安姐姐说："逃到哪儿也逃不出耗子精手心。"苏小姐说："咱们这么办，你们看怎么样？"苏小姐把想好的办法说了。

这一天，耗子精回到洞里，苏小姐跟耗子精说："姐夫，咱们喝酒啊？"耗子精很高兴，叫少安姐姐拿来酒，端上菜，和苏小姐喝了起来。少安在一旁倒酒，给耗子精倒的是酒，给苏小姐倒的是凉水。不一会儿耗子精喝多了，就现出了原形。少安看耗子精醉成烂泥一般，他上去一刀把耗子精脑袋砍了下去。杀死了耗子精，少安领着姐姐和苏小姐回家了。

讲　　述：王喜林
记　　录：孙　炜
采录时间地点：1985 年采录于铁东区山门镇

背　鬼

　　酒鬼陈四，每天喝酒到半夜才回家，回家要路过一片乱坟岗子，因为他经常不醉不归，走这片坟地也就不害怕了。

　　一天夜里，他又路过这里，大膘月亮下，突然发现一座大坟旁有一个年轻漂亮的女人，坐在一块墓碑上梳头。这女人对他说："大哥，你背我玩一会儿好吗？"酒鬼陈四一弓腰，女人走到近前，就势趴在他背上。陈四四十八的人了，光棍一条，背这么漂亮的女人还是头一回，怪舒坦的。

　　陈四虽然喝多了，可心里明白。想借酒劲儿占女人便宜，就用手抠女人的屁股，心想：只要她不张罗下去，自己就接着背。眼看天快亮了，那女人说："大哥，放下我吧，不玩了，改日再玩，我该回走了。"陈四知道她是女鬼，就使劲搂住那女人的屁股不放，他腾出一只手，咬破中指将血蹭在女鬼身上，女鬼想走已经走不了了，天一亮，女鬼变成一只羊。陈四把羊赶到集市上卖了换了钱，回来继续买酒喝。

　　一天，他半夜里又喝得酩酊大醉，歪歪斜斜地往回走。路过乱坟岗这块儿，又见那年轻漂亮女子坐在墓碑上梳头，抬头瞅了瞅陈四没吱声，陈四走上前去说："妹妹我来背你。"女鬼也不客气，趴在他背上，搂住他脖子不撒手。不知不觉天又快亮了，女鬼说："放下我来吧，我要回走了！"陈四又腾出一只手来，咬破中指，往女鬼身上一擦，女鬼又走不了了。等陈四把女人放下来一看，变成肥猪了，他赶着肥猪到集市上卖了。买猪的回家一杀，是堆麻袋片子。陈四用卖猪的钱又大吃大喝一个多月，心里合计，女鬼挺成全自己啊，还得找女鬼，说不定又有啥好事呢。

　　又是一个三更天，陈四踉踉跄跄地走到这片坟地，见着女鬼蹲在地上哭。便上前劝慰说："大妹子，别哭，前两次都是我不好，今夜哥哥好好背你玩。"

　　眼见天快亮了，陈四搂着女鬼不撒手，然后腾出一只手，咬破

中指，还没等往女鬼身上蹭，女鬼上去给他个嘴巴，接着又挠了一下，陈四一撒手，女鬼掉在地上。女鬼说："你真是不要脸，我不能再可怜你了，前两次想害我，我没怪你，反倒变羊变猪成全你。没想到你得寸进尺，看来，我不给你点儿颜色看看，也不知道姑奶奶的厉害！"

陈四死皮赖脸要强奸女鬼，女鬼怪叫一声现出本相：披头散发，眼珠突出，放出绿光，舌头吐出二寸长，滴着鲜血，十指如钢钩，直奔陈四扑来。陈四吓得"妈呀"一声昏死过去了。等他醒来时，自己躺在坟地里，女鬼早就不见踪迹了。从这以后，陈四夜间再也不敢走这片乱坟岗子了。

讲　　述：张玉田
记　　录：孔庆宁
采录时间地点：2003 年采录于铁东区山门镇

猪槽子成精

从前，有这么个大户金家，五间口袋房，上下十多口人，屋里是南北连二大炕，新结婚的小两口就住最里屋，晚上睡觉用幔帐一隔，就算新房。

可是最近一段日子，也不知招来什么邪了，好端端的一家人突然开始尿炕。大人尿，孩子尿，连姑娘媳妇都尿炕。一到白天被褥晾满院子。先后找了几个阴阳先生掐算，也没算出子午卯酉。

一天，金家老头儿子结婚，新媳妇的妈对闺女说："闺女，你婆家人得了尿炕的怪病，你过了门头三宿精神点，别睡觉。进了门就尿炕，人家该说你在家就有尿炕的病，赖你妨的啦。等过三天后再尿炕，那就是婆家拐的，与咱家无关。"

新婚之夜，新娘子没敢合眼。傍三更左右，一家人鼾声四起，进入梦乡。新媳妇就听院子里有"咕咚、咕咚"的声音，接着声音听着好像奔房门而来。

说来也怪，房门插得牢牢的，可响动到近前，房门就自动开了。新媳妇蒙上大被，大气不敢出。从被缝里偷着往出看，就见进来个傻大黑粗的怪物，手里拿着香头，从南炕头开始，用香头在每个人头上点三下说："哗哗一大泼！"接着就听见有人"哗哗"尿炕的声音。怪物挨排点完，"咕咚、咕咚"地走了。新媳妇急忙起身趴窗户往外看，那怪物走到西墙角那不动了。

第二天早上起来一看，全家除了新媳妇没尿炕，其余的人又都尿炕了。新媳妇把昨夜发生的事一五一十地和公婆说了。公婆一听心里明白了，原来是西墙角那个废猪槽子闹的妖。正当午时，公爹将猪槽子劈开，放捆柴草点着一烧，木头里往外冒血水，就听火堆里喊："这下完了，没命了！"

公爹告诉家人们说："去年割草时自己不小心把手拉个口子，鲜血滴在猪槽子上，再加上每天晚上男人起夜时都往猪槽子上浇尿，没想到日久天长猪槽子成了精。"

自打烧了猪槽子，一家人再也不尿炕了。打那以后，这家人给小孩子把尿就说："哗哗一大泼！"孩子听到这句话，尿就撒得快。

讲　　述：徐井春
记　　录：周建库
采录时间地点：2004 年采录于铁东区山门镇

刺 猬 精

早年，在柳条边里这儿有个磨盘沟屯，屯东头有个赵石匠，赵石匠妻子生孩子不到半年，突然暴病身亡。

赵石匠又当爹又当娘，东家讨几口奶，西家要碗粥，来喂养孩子。妻子死到七天头上，变成鬼半夜回家了。

赵石匠觉大，半夜里鼾声如雷。妻子用手一指，房门和屋里门自动打开，走进屋里，上炕抱起孩子，哽哽咽咽地边哭边撩开衣襟，给孩子喂奶。

喂了一阵子奶，把孩子又放在炕头上，盖上小被，摩挲摩挲孩子的头发说："乖孩子，快点长，到了一周岁，娘好吃了你的心，只要吃了你的心，娘就能炼成仙体。到那时，谁也斗不过我。宝贝，好好睡觉吧，娘明天晚上再来给你喂奶！"说完下地抹身走了。

一连几个月，小孩子长得白胖白胖的。有天夜里，赵石匠被一阵哭声惊醒，睁眼借月光一看，是死去的妻子边哭边喂孩子。吓得他毛骨悚然，不敢声张，怕鬼妻伤着孩子。

到四更天鬼妻才放下孩子离去。赵石匠心想，这个宅子不能住了，日子长了怕鬼妻伤人，急忙收拾东西搬走了。

这一天，来了伙鼓乐班子，都是山东人，没处住，人们告诉他们说："屯东有两间草房没人住，没别的毛病，就是闹鬼。"

老山东说："娘了个巴子的，俺就不怕鬼，住几晚上看看鬼啥样！"

老山东领着三个小山东到这两间草房住下了。

夜里三更天，女鬼破门进入，哭哭啼啼地上了炕，抱起炕头睡着的小山东，掀起衣服给小山东喂奶，嘴里叨咕说："孩子快点长，到一周岁，娘好吃你心，早点成仙，娘就谁也不怕了。"

小山东被折腾醒了，睁眼一看，吓得叫了起来，把老山东也给惊醒了，操起长杆铜烟袋，使劲刨了一下，就听"妈呀"一声栽

倒在地上，点灯一瞧，原来是只大刺猬精。

讲　　述：王　义

记　　录：王　华

采录时间地点：2004 年采录于铁东区山门镇

阿善做梦

从前有一个叫阿善的人。他为人慈悲心软，吃斋念佛，对于任何生命都十分珍惜。他不仅不吃任何动物的肉，甚至从没打死过一只苍蝇、蚊子，就是他身上生了虱子，他也不忍心抓下来把它弄死。

有一天夜里，阿善上茅房，出了外屋门，他就觉得脚下踩了什么东西，软咕囊的，而且还"叭"地响了一声，可能是那个玩意儿的肚子被踩破了。阿善回屋后，心里想：刚才我踩死的是什么呢？可能是个大蛤蟆，它一定被我踩死了，要不怎么会出响呢？阿善想到这，后悔极了：我慈悲了一辈子，吃斋念佛，修行好善，可今天竟伤了一条命。

阿善睡着后，做了一场梦，梦见一只大花蛤蟆，来找他算账。蛤蟆说："阿善，刚才你上外面把我踩死了，可你连个声都没吱就走了。你是修的什么好哇？你给我偿命吧。"阿善一看是蛤蟆来了，赶忙说："对不起，蛤蟆。刚才把你踩死了，可我不是故意的啊。"蛤蟆说："不是故意的就没事了？你知道我托生一次多不容易啊，反正你得还我的命。"阿善说："那我这条命就给你了。"蛤蟆这时却哭了起来："你一条命顶什么用啊？我现在已经身怀有孕，都快临产了，我那几百个闺女儿子的命都要丧在你的脚下了，你能偿还得起吗？"阿善一听，可吓坏了，忙问："那怎么办呢？""怎么办？这就得听我的了，要不然，我就要了你的命。"蛤蟆向阿善提了两个条件："第一，明天早上你起来，要先把我儿女收进屋里来，再到你家门前的大泡子里舀来一盆水，把它们放在里面，它们自己就能活，等到十天半月，它们长出小尾巴，你就把它们送回大泡子就行了。第二，要把我的尸体收殓起来，要用你们人间的方式给我买个棺材，埋个坟墓，并在坟墓前立块碑，写上我'花娃'的名字，逢年过节，你要给我上坟。除了这两个条件，别的要求我没有，你如能照我说的办，我就饶了你的命。"蛤蟆说完，

阿善十分感激，赶忙跪下磕头。可他磕完三个头，蛤蟆就不见了。阿善出了一身冷汗，一下就惊醒了。他刚醒，天已大亮。

　　阿善急忙穿上衣服，按照蛤蟆的吩咐去收殓它们母子尸首，可他到了院子里，怎么也没有找到蛤蟆，只见一个老茄子不知被谁踩坏了肚子。这正是：

> 做梦本是心头想，
> 闭上眼睛就撒谎。
> 梦见蛤蟆来要命，
> 原是踩得茄包响。

讲　　述：聂义千
记　　录：聂嗣燕
采录时间地点：1985 年采录于山门镇龙王村

戒　赌

　　靠山屯张大吵吵好赌成瘾，种了两垧多地，到年底输个精光，妻子苦苦相劝，可他全当耳旁风，妻子一赌气回娘家去了。

　　一天，张大吵吵又到外村去赌，五十吊钱输得只剩下五吊钱了，心里一合计，今晚不赌了，留这五吊钱当本钱，等明天晚上好往回捞，便无精打采地往家走。这时已是深更半夜了，又是阴天，大树林子里黑洞洞的，他深一脚浅一脚地走了老半天也没走回来。后来发现自己迷路了，索性不走了，靠着一棵大树打起盹来。似睡非睡时，忽听不远处有人说话："该你出牌了！"他顺声音一看，不远处影影绰绰有灯光，他站起身来向灯光走去。

　　张大吵吵来到近前仔细一瞅，是间破茅屋，他推门进屋，见四个小人正在玩牌。他们都满脸胡楂子，看脸上的皱纹能有六十多岁，可个头和小孩一样，站起来也许就有一尺高。张大吵吵进屋后，几个小老头也没在意，继续玩牌。张大吵吵站在一个老头身后，看了一会儿，不免赌瘾上来了，就在背后支招。其中一个小老头说："张大吵吵别乱支，有能耐你就上来，瞎支啥啊？"张大吵吵早看出他们是帮鬼，心想：这么点个小个子，我要是掐住你们脖子把你们扔出去的话，就能把你们摔冒肠子。想到这些，也就不害怕了，还生气地说："我不能跟你们这帮小鬼玩，输、赢好像我欺负你们似的。"几个小老头齐声说道："大吵吵，你说谁是鬼？你本身就是鬼！""我是人，不是鬼！"其中一个小老头说："你是个赌鬼！还骂我们是鬼，来，一起揍他！"说着几个小老头冲他抡拳就打，张大吵吵哪把他们放在眼里，噼里啪啦地打起来。

　　打了好一阵子，张大吵吵心里没了底，这几个老头挺灵巧的，蹿蹦跳跃，弄得他眼花缭乱。他瞅准其中一个老头，猛地一拳击去，哪料没砸到老头，却砸在墙角上，手立刻出了血，使劲一甩，四个小老头没了仨，剩下的一个也不动了。张大吵吵觉得奇怪，问道："小老头，你咋不跑呢？"小老头说："我跑不了，你的血淋在

我的脸上，把我给定住了。"张大吵吵问道："我的血怎么能定住你呢？"

小老头说："大吵吵，你有所不知，我们阴间鬼，最怕阳间人的血，只要有一滴血淋到我们身上，不管多厉害的鬼都跑不了。"张大吵吵说："我看你偌大年纪，今天放你一马，你走吧。"小老头说："没承想，张大吵吵心胸挺大度，既然你饶了我，我也不能知恩不报，今夜回赌场保你赢个够。"张大吵吵问："那咋个赢法？""我蹲在窗户钩上，别人看不见，我伸巴掌你就别下注，我出拳头有多少押多少。""那咱们就走吧！""你得把我脸上那滴血擦下去，我才能走。"擦完脸上的血，小老头就和张大吵吵回到了赌场。

张大吵吵往炕上一坐，还真准，把把赢，不一会儿，赢的钱成堆了。赌徒们很纳闷，这张大吵吵想必有什么鬼，还是手幸？众人都盯住他，玩到天亮也没发现什么破绽。一连赢了三天，把整个赌局快赢黄了。有个大麻子输急眼了，一拍桌子吼道："他娘的，出鬼了，今天豁出去了，跟你拼了。"张大吵吵吓一跳，抬头一看，窗户钩上蹲着的小老头不见了。心里没了底，有心不玩吧，可赢这么多钱就走，怕赌徒们不让，只好倒回些再走。这一倒不要紧，收不住口了，输得没剩下几个钱。

这天又是半夜往回走，半路又遇上了那个老头，便问道："那天夜里我赢得正起劲，你怎么半路跑了呢？"小老头说："大吵吵啊，你就别提那天晚上的事了，大麻子一吼，说出鬼了，我以为他发现我了呢。我吓得急忙跑了。今夜咱俩再去，赢差不多了，你把钱揣好，我把灯一吹，你就走人。但以后不准你再赌了，别让人家瞧不起你。把老婆接回来，做个小买卖，好好过日子，以后生个一男半女的，也对得起祖宗。"

一人一鬼来到了赌场上，张大吵吵早有准备，赢了就往怀里揣，赢得差不多了，小老头使劲吹了一口气，阴风刮起，灯也灭了，屋里一片漆黑，冷风飒骨，到处"噼里啪啦"乱响。人们见状毛骨悚然，整个赌场乱了营。张大吵吵趁机溜之大吉。

打那以后，张大吵吵再也不赌了，把妻子接回家，开了个杂货店，一年后，妻子给他生了个大胖小子。这真是老婆孩子热炕头，一家人过上了幸福的日子。

讲　　述：于香云
记　　录：张立军
采录时间地点：2004 年采录于铁东区山门镇

马猴子舅舅

从前，有个寡妇叫胡玉娘，自打丈夫死后，领着个三岁男孩子宝娃度日。白天背着孩子下地干活，忙忙乎乎不知不觉地就过去了，到了晚上就显得寂寞和孤独，抱着孩子不住地念叨着说："人家都有三亲六故，就咱娘俩无依无靠，连个串门地方都没有。"

说者无心，听者有意，不料被一个过路的马猴子精听见了，摇身一变，变成个老头，赶着辆大马车来到胡玉娘家，自称是胡玉娘舅舅。可胡玉娘怎么也想不起来自己还有个舅舅。马猴子精说："外甥女，那时你还小不记事呢，我就离家出走了，后来听说你娘没了，我就到处找你，找了好几年才找到这儿。舅舅来接你去住些日子，快上车吧！"

胡玉娘听了，抱着孩子上了马车，马猴子精大鞭子一甩上路了。

走着走着，就听马猴子精自言自语："左一洼，右一洼，快点到我猴子家。"胡玉娘蹊跷地问道："舅舅，舅舅你说啥？""没说啥，走吧！"又走了一段路，马猴子精又说："左一岭，又一岭，快点到我猴子岭！""舅舅，舅舅你说啥？""没说啥，走吧！"

傍晚太阳落山时，终于到地方了，眼前一座四合大院，从院里出来个老太太，笑吟吟地说："外甥女来了，快进院。"马猴子精亲热地把胡玉娘让到上房，只见许多猴子都穿着红兜肚，来往如穿梭，胡玉娘心想：舅舅舅母家里养这么多猴子干啥？到了上房，老两口抱起宝娃亲了一番。晚饭早已做好了，母猴子精端上饭菜让她娘俩吃，母子俩吃得挺香，吃完饭，就让娘俩住西屋。到了夜里，胡玉娘出去解手，就听对屋舅舅、舅母悄声唠嗑："你这老猴子头，把她母子骗来想咋办？""养几天，吃了她们母子的心，我就能炼成仙体，在这一带称王。"胡玉娘听罢，吓得浑身发抖，回到屋里想了半天，想出个主意：把后院那堆柴草点着，吸引猴子精们只顾灭火，自己和孩子才能逃出去。

她拿着火镰从后窗户钻了出去，悄悄地来到后院，点着火后又溜回屋去。马猴子精发现后院起火了，眼见就要烧着房子了，急忙领着母猴精来到后院，召唤小猴子们来救火。胡玉娘抱着孩子乘机逃走了。母子跑到了天亮，影影绰绰见马猴子精追了上来，危机之时，斜岔道上过来一辆马车，胡玉娘在马车前求救说："大伯，救命啊！后边马猴子精抓我们母子，要吃我们娘俩的心，行行好，快救救我们吧！"

车老板也没容多想，掀起车上扣着的那口大缸，伸手示意说："快钻进去！"车老板把缸放好，赶着车继续往前走，还没走多远，马猴子精就追到近前，问道："老哥，看见一个女人抱着孩子跑过去没有？"车老板用手往反方向一指说："往那边跑了。"马猴子精奔车老板所指的方向追去。

胡玉娘到家后，心里还"咚咚"直跳，急忙找了个木匠，将窗户钉牢，晚上把门顶得死死的。马猴子精天天晚上坐在大门前的碾盘上叨咕说："天荒荒，地荒荒，我要找小孩和他娘！"一直念叨到天亮才走。

屯子里的人们看见了，七嘴八舌合计说：长久下去马猴子精会伤人的。有位老人出了个主意，白天把碾盘烧热热的，洒上胶水，猴子屁股就粘在碾盘上，天亮时猴子精就跑不掉了。

这天，马猴子精又和往常一样，坐在碾盘上还叨咕那句话，就觉屁股底下热，烫得直欠屁股，一直折腾到天亮。屯子里的人们拿着刀枪棍棒，奔马猴子精打过来。马猴子精想跑，屁股已经粘到碾盘上了，使劲一挣，把毛皮全粘掉下去了，抹身拼命地跑，以后再也不来了。马猴子精烙了这一宿，屁股烙红了，打那以后，猴子屁股就成了红的了。

讲　　述：王　义
记　　录：王　华
采录时间地点：2004 年采录于铁东区山门镇

冤　家　鬼

　　早年，在老山里有这么座关老爷庙，庙宇宏伟壮观，常年香火不断，善男信女，整天络绎不绝。

　　有这么一天，庙里突然来了两个恶鬼，一个叫胎里坏，绿头发，红眼睛；另一个叫坏事包，红头发，蓝眼睛。二鬼化做两股旋风，一会往东刮，一会往西窜，说大就大，要小就小，整天绕着庙宇旋转。风沙打得庙门"噼噼啪啪"直煽动。恶鬼时而现出原形，面目狰狞，眼放凶光，张牙舞爪。附近人们听庙里闹鬼，没人敢来庙里烧香上供。

　　两个恶鬼说："这回咱哥俩占领了这个地盘，想收拾谁就收拾谁。"胎里坏说："兄弟，昨天你是怎么害人的？"坏事包说："我到李家，见李狗胜在房里看书，我就向他吹了一口气，他就去隔壁陆七家偷毛驴。我又吹了一口气，李狗胜牵着毛驴在院子里划圈，怎么也出不了大门。随后我到陆七的枕头边也吹了一口气，他毛头竖尾地起来，见有人偷毛驴，操起一杆大扎枪将李狗胜扎死。陆七一看自己杀了人，摊了人命官司，跳到井里也死了。我抓住他们二人的魂灵，吸了他们的元气，又长了两层功力。"

　　坏事包反过来问胎里坏说："大哥，你是怎么害人的？"胎里坏说："我上刘二麻子家勾火，让两口子干仗。他老婆拿绳子吊死在大梁柁上，刘二麻子见老婆死了，便随后也吊死了。"两个恶鬼说完得意地狂笑起来。

　　两个恶鬼抻抻懒腰，拍拍肚子，里面的馋虫大闹五脏六腑，便又打起了吃人的主意。两个恶鬼一闪身来到一户人家，顺着窗户窟窿往里一看，见一位妇人在灯下做活，于是两个鬼叽咕着说："舌舌长长，长长舌舌。"随着话音，恶鬼的舌头从窗户窟窿伸了进去，将妇人截为两段，撕成碎块，然后狼吞虎咽，吃得顺嘴直淌血水，转眼间只剩一堆白骨。两个恶鬼奓拉着舌头，得意洋洋地走了。

胎里坏说："从今天起，我想要换个方式来害人。"坏事包好奇地问："大哥有啥高招？请指教指教。"胎里坏说："这招先不告诉你，以后你会明白的。"

这时，从不远处传来了一个女人痛苦呻吟声。原来是本寨子郑二牛媳妇生孩子。在床边上站着两个押送投生的鬼差。手按着一个男鬼，正等着婴儿降生。哪知胎里坏早已在旁边阴暗角落里等候着呢。婴儿一露头，胎里坏急忙抢上前去，附在婴儿体内。那两个鬼差一看，竟敢有鬼偷生，这还了得。气冲冲地离去，向阎王报信去了。

郑二牛一看媳妇生了个大胖小子，乐颠颠地抱在怀里。说来也怪，小孩生下来就哭个不停，郑二牛顺嘴叨咕说："天慌慌，地慌慌，我家有个吵夜郎，正人君子念三遍，我儿一睡大天亮。"从此民间就留下这么段歌谣。哪家孩子吵夜，就念叨这首歌谣医治小孩夜哭。郑二牛为了让孩子平平安安，给孩子取了个名字叫郑小安。

九年后，孩子长大了，这孩子脾气太坏，说发火就发火，摔东西，打爹骂娘。到了年三十晚上，家家张灯结彩，户户鞭炮齐鸣，郑二牛烧好了饺子水，正要下饺子，郑小安站在锅台边上，突然眼睛冒出绿光，显出一副凶相，便一头扎进锅里。郑二牛急忙抢上前去将孩子捞了出来，可孩子早已断气。两口子哭得肝肠寸断。

二牛媳妇想孩子都想疯了，整天蓬头垢面，不吃不喝。街坊邻居咋劝也无济于事。隔壁二大娘过来劝道："侄媳妇，想开点，人死不能复生。是你的夺不去，不是你的留也留不住，这样的儿女都是冤家鬼，捉弄父母心哪。"从此就有冤家转儿女，恩人转夫妻的说法。

这天，庙里来了个云游道士，他见这里静得瘆人，庙内外一片凄凉景象。于是他拜完关老爷像，便在大殿上打坐修炼。忽听门外有声音，侧耳细听，原来是两个恶鬼在说话，坏事包说："大哥，你真有两手！闹得郑家鸡犬不宁，这回你还有什么高招呀？"胎里坏说："明天刘幻家办喜事，等到成亲那阵，你在梁柁上蹲着，我吹一口气，等新娘子下地穿鞋时，你就变成个蝎子钻到她鞋里，上去咬她一口，这样咱哥俩又闹得刘家天翻地覆。"

道士一听明白了，怪不得这几年连连不断发生惨事，原来是他俩干的，决意要除掉两个恶鬼。道士跪在关老爷像面前，磕了三个头，发誓要铲除这两个恶鬼。突然关老爷显灵了，从腰间飞出一把神剑。道士接在手中，此剑非比寻常，剑面射出万道霞光，夺人眼目。道士又拜，只见关老爷身旁飘来一缕云雾，道士驾着云雾冲出门外。

两个恶鬼见有人从庙里冲了出来，大吃一惊。定睛一看是个道士，便恼羞成怒喝道："臭道士，天堂有路你不走，地狱无门你闯进来，竟敢到我们哥俩地盘来施威，大概你是活得不耐烦了吧！"说着便现出原形，张开血盆大嘴，露出铁齿钢牙，伸出钢钩似的爪子，直奔道士扑来。道士舞动宝剑与恶鬼打在一起。打了几个回合，宝剑闪闪放出金光，两个恶鬼觉得刺眼，功力无法施展，渐渐有些招架不住。二鬼见势不妙，使出了看家本事，吐出两条毒舌，奔道士卷来。道士口中念念有词，将神剑往空中一抛，立刻变成无数把神剑，将恶鬼的舌头节节砍断，痛得恶鬼"嗷嗷"直叫。转身驾云想逃，道士紧追不放，念动咒语，神剑发出一道电光，直穿入两个恶鬼心脏。恶鬼惨叫了几声倒在地上，原来是两堆白骨。道士收拾些干柴，将两堆白骨烧为灰烬。

道士带上神剑，拜谢过关老爷，到别处降妖除魔。从此这个地方过上了太平生活。庙里的香火比以前更加旺盛。

郑二牛在第二年冬天又得了一个儿子，取名叫郑拴柱，希望能永远留住他。孩子从小就聪明懂事，父母爱如掌上明珠，一家人过上了幸福美满的日子。

讲　　述：王德厚
记　　录：崔艳杰

宝 葫 芦

从前，在一个大山根下，住着一个打柴人，名叫王小，家就娘俩，靠打柴为生。

有一天，王小正在砍柴，突然刮来一阵旋风，带着腥味从他身边刮过。王小用砍柴斧一砍，就把旋风砍出血了。他正在纳闷，从后边吵吵闹闹地撵来一群人。王小问："怎么回事？"他们说："我们家小姐在花园里让旋风给卷跑了，员外非常着急，他答应谁能找回小姐，就把小姐给谁做媳妇。"

王小听后把柴担挑回家，告诉他娘一声，就拿起斧子，顺着血印找去了。走了很长时间，在一个山旮旯的大石板旁发现血印。王小用力掀开石板，一个洞口出现在眼前。他趴在洞口往里一看，洞里很宽敞。他下到洞里，远远看见一个姑娘正抱柴烧水。他悄悄地走过去，姑娘哭着对王小说："这洞里住的是九头妖，它刚被你砍伤，在洞里躺着等我给洗伤呢。你先藏在这别吱声，等它睡着了，看见我一摆手，你就进来，砍它中间的脑袋，那是它真正的脑袋。"

王小藏在那等呀等，就见姑娘对他一摆手，他一步一步地走进去，就听见震耳欲聋的呼噜声。王小按姑娘的说法，举起斧子对准九头妖中间的脑袋猛一砍，就听"咔嚓"一声，九头妖中间的脑袋骨碌碌地滚下来了。

九头妖死后，王小对姑娘说："咱们快走吧。"他们一先一后向洞口走去，姑娘刚出洞口，就听"咣当"一声，大石板又把洞口堵上了，姑娘无论怎么搬也搬不动，只好离开洞口，寻找另外回家的路。路在哪儿？转来转去天已经要黑了。她害怕极了，只见前面不远有一口井，她想：唉！这就是我的家了。于是，她蒙住了脸，就跳下去。

再说王小见洞口关上了，推了半天，洞门丝毫也不动。他看见洞里有一匹白马，在拉着空磨转。王小就问大白马："你拉空磨干

啥呀？让我把你卸下来吧。"大白马在地上打了一个滚，变成一条小白龙。原来小白龙是龙王爷的孙子，喝醉了酒，让九头妖给捉来了。王小问小白龙："我们怎么才能出去呢？"小白龙说："你不用着急，洞门这块大石头是个大蜜桃变的，你要是舔舔这块石头，洞门就会自动开了。"

洞门开了，小白龙说："我背你上龙宫去吧，你骑在我的背上，我带着你飞。你听见什么动静也不要睁开眼。见到我爷爷时，爷爷给你什么也别要，就要我爷爷门后挂着的小葫芦。"小白龙把王小背到龙宫，龙王爷谢过王小的救命之恩，好吃好喝地招待他。过了些天，王小要走了。龙王爷拿了很多珠宝送给王小，王小什么也不要，就要龙王爷门后的小葫芦。龙王爷说："这可是我们龙宫的宝呀。行呀，你救了我的孙子，我就把宝葫芦送给你吧。你要是缺少什么，只要把葫芦嘴一拧，要啥有啥。"王小记住了龙王爷的话，背着宝葫芦走了。

王小背着宝葫芦走了很远很远，天气也越来越热，他觉得很渴，他想：正好试试宝葫芦灵验不灵验。他刚一拧葫芦嘴，一瓢水就来到他跟前，他"咕嘟咕嘟"喝了个够。他又想：再有一匹马多好呀。他一拧葫芦嘴，就跑来一匹大马。他一跨骑到马背上，向前走去。走着走着，就来到了一口井边，看见一条小黑狗围着井沿咬，王小就问屯里人："你们这井里有啥东西，这狗围它直咬？"屯里人说："这井里没有啥，它是一口枯井。"王小说："井里要是有缘故，你就再围井转三圈。"小黑狗听完，就又围着井沿转了三圈，转完了小黑狗就不见了。

屯里人开始打捞，一捞捞上来个大姑娘。王小走近一看，正是员外家的小姐。他用宝葫芦把她救活了，王小把她带回家当媳妇了。老太太一看王小领来个俊俏的大姑娘，乐得嘴都合不拢了。可是老太太一下又犯起愁来了：这可往哪住呀？王小说："娘，不要着急。"说着，他拿出宝葫芦一拧，三个人就都站在一间大屋里了。老太太走出门一看，院子里鸡鸭鹅狗一大群，老太太说："这回日子可好过了。"

　　王小有宝葫芦这事，一传传得很远很远，就传到地主的耳朵里了。老地主偷偷地来到王小家，一看！真是不假。就托人想要花很多银子买王小的宝葫芦，王小说什么也不干。老地主就下了毒手，他派了一大群狗腿子把宝葫芦抢走了。老龙王掐指一算，这宝葫芦落到坏人手了，就把宝葫芦收回去了，地主家也遭了一把天火，烧了个溜溜光。从此，王小娘三个就消停地过日子了。

　　　　　　　　　　　　讲　　述：李洪霞
　　　　　　　　　　　　记　　录：王　淼
　　　　　　　　　　　　采录时间地点：1986 年采录于四平

要饭花子见财起意

过去有两个要饭花子，住在两间小房里。每天二人吃完早饭，就上大街要饭要钱，要来的饭共同吃，要来的钱买香烧。他俩人供着一位财神，一位喜神。供桌上放一个大香炉，两人每天总是忘不了烧香，从不间断。这样，他们感动了财、喜二神。

有一天，喜神对财神说："这两个花子对我们非常敬重，咱俩送给他们一锭银子咋样？"财神听了连晃脑袋带摇头，说："不行，不行，他们有了钱就有性命之忧。"喜神说："我不相信，还有这等事情？"财神挺倔，说道："你不信？试试看。"两个神仙说完从怀里拿出银子，等两个要饭花子要饭回来时，把银子放到桥头上。

太阳落山时，要饭花子回来了，走到桥头时，两个花子说："咱二人今天过桥要闭眼睛，看看是不是能过去。"两个人真就闭上眼睛过桥去了，桥头上放的银子，他们俩没看见。

财神对喜神说："你看看，怎么样，银子放在桥头，他们俩都得不着。"喜神说："我就不信，哪有白给钱不要的。这回把银子放在他们俩的烧香炉里，他们俩烧香时，准能看见。"喜神把桥头放的银子拿起来，走到要饭花子的屋子里，把银子放在烧香炉里。两个花子到供像前去烧香，看见香炉里有一锭银子，可就高兴得了不得，哈！这回发大财了！大花子对二花子说："你快到大街上买酒买肉，有了银子没有别的用，就得吃肉喝酒啊。"这时候大花子见有了银子了，就起了歪心。他心里想：等他上街回来，我在没人地方等他，一棒子把他打死，一块银子就都归我了。二花子也起不良之心，他想：我在街上买点毒药下在酒里。我不喝酒，我去做菜，让大花子自己先喝，把大花子药死，一块银子归我自己。

二花子乐颠地上街里去了，他到街里买完酒肉，又买了点毒药，他把毒药放在酒瓶子里，拎着酒肉往回走。到半路上，路过一个背静地方，大花子藏在这里等候多时了，他见二花子走过来，就手拿大棒子奔二花子后脑海砸下来了，一棒子把二花子去了根。他用手一拨拉二花子，二花子没气了。大花子拎着二花子拿回来的酒肉回来，到家做好菜就喝上了。他哪知道那酒里有毒药，喝完酒也仰歪了。

讲　　述：张　福
记　　录：齐学田
采录时间地点：1986 年采录于铁东区山门镇

哥仨葬父

从前，有个刘老汉，家里一贫如洗，身边只有三个儿子。老大和老二非常懒惰，整天在外嫖赌，回家不是吹胡子瞪眼，就是发牢骚，抱怨爹爹没能耐，一辈子没给他们攒下金银财宝。唯独老三，自小就听父母的话，勤劳肯干，又孝顺老人，从不说咸道淡。

有一天，年过七旬的刘老汉突然得了一场重病，卧床不起，他把三个儿子叫到身边说："你们明天到市上一人买一把扫帚，晚上来到十字路口等着，千万要记住，不管遇见什么东西，就用大扫帚使劲打。"哥仨听了很奇怪，心说，爹爹让我们去打什么呢？也不敢多问，按着爹爹的吩咐，一人买一把大扫帚，晚上来到十字路口等着。左等右等也不见有什么东西来。忽然，从东南方向"呜"地一声，刮来一阵狂风，黄澄澄一团，金光四射。老三操起扫帚就要去打，一下被老大拉住，说："三弟，打不得，这八成是黄毛大仙从此路过，如若惹了黄毛大仙，你我性命难保！"黄风过后，不一会儿，从西南方向又刮来一阵狂风，风里裹着一团刺眼的白光，老三操起扫帚又要去打，又被二哥拉住，说："三弟，打不得，这八成是银蛇大仙从此路过，如若惹了银蛇大仙，你我性命休矣！"银风过后，紧接着，又从西北方向刮来一阵狂风，黑糊糊一团，好似黑煞神降临一般，可把老大和老二吓坏了，再也不敢停留，转身就往回跑。只有老三没走，他记住了爹爹的话，照准黑糊糊的东西就是一扫帚，这一打不要紧，黑风立时消了，原来是一块大铁砣子落了下来。老三乐坏了，赶忙招呼还没跑多远的大哥、二哥，把大铁砣抬了回去。

哥仨回到家中，来到爹爹床前，刘老汉问："你们都打着什么啦？"哥仨就把怎么来，怎么去的事说了一遍。刘老汉听了，生气地对老大和老二说："你们这两个废物，干啥啥不行，还怨我没给你们攒下什么，财宝在你们眼皮底下路过，都让你们给放跑了，那黄澄澄的风是金元宝，那闪着白光的风是银子。"老大和老二听了，后悔得直拍大腿，埋怨爹爹不早些说出来。过了几天，刘老汉的病更重了，临咽气的时候对哥仨说："我不行了，我死后，你们用老三打下的铁砣到铁匠铺打一条铁扁担，用这条扁担抬着我的棺材，直朝东北方向走。要记住，扁担多咱在哪抬折，就在哪里把我埋了。"说完咽了最后一口气儿。

哥三个把爹爹的尸首装进棺材，按着老爷子临死前的嘱咐，用铁砣打了条大扁担，抬起棺材朝东北方向上了路。走了一程又一程，扁担也没折，可把哥几个累坏了，老大和老二说："我们可不抬了，得抬到何年何月扁担能折？老爷子死后还让人活受罪。"说完放下扁担回家了。

老三看两个哥哥都走了，心想：怎能把老爹爹放在这儿不管呢？自己又没法抬，没办法，就操起扁担一点一点地撬着棺材，一步步地往前挪，刚撬了几下，也巧，只听"咔嚓"一声，扁担撬折了。老三一看扁担折了，就在断扁担的地方挖起坑来，好把爹爹埋上。可是挖着挖着，从里面挖出个小石头人儿来，光滑耀眼，特别好看，老三拿在手里一看，感到很稀奇，就顺手把小石头人儿掖在裤腰沿子里，继续挖起来。

太阳落山了，老三才把爹爹埋上，跪在坟前大哭一场，磕了几个响头，站起来转身往回走。天越来越黑，老三走着走着，不知不觉迷了路，就来到一个山神庙里住了下来，想天亮再走。

老三靠着神像刚要入睡，忽听门外有脚步声，他急忙躲到神像后面，悄悄地向外观看动静。只听庙门"嘎吱"一响，进来两个大汉，一个红脸，一个白脸。只听那个白脸的说："听说附近有个石头人儿是个宝贝，谁要得了它，用手一弹它的脑门儿，就从嘴里吐个金豆。"红脸的说："咱们没那个福气，说这啥用？走吧走吧！"两个人拉拉扯扯，说说笑笑地走了。

老三见两个人走了，心想：我何不将石头人拿出来试试，哪知一弹，果然从石头人儿的嘴里吐出一个金豆来。这下可把老三乐得不得了，接连弹了十多下，觉都忘睡了。第二天，顺着往回走的路，连跑带颠地回了家。

到了家中，老大和老二见老三回来了，说爹爹已经死了，吵着要分家。老大和老二争着要这个、要那个。只有老三什么也没要，自己用金豆子买了两间房子，备置了一些家常所用之物，过了起来。老大和老二见了，感到很纳闷。心想：老三在哪弄来的钱呢？来到老三那一问，这才明白，原来老三得了宝贝。这下两个人可红眼了，非要借石头人不可。老三没办法，只好把石头人儿借给了他们。

他们把石头人儿拿回家中，果然一弹一个金豆，就没命地弹了起来，整整弹了半宿，屋里的金豆子堆得像小山一般，金光闪耀，把老大和老二乐得嘴都合不上了。乐着乐着，老大一口气儿没上来，一翻白眼，腿一蹬死了。老二看哥哥乐死了，不但没哭，反倒更加得意起来，心想：这下金豆都归自己了。

他躺在炕上，做着如意美梦。可是，第二天起来一看，老二当时就傻了，原来屋里金光闪闪的金豆子，全都变成了暗淡无光的石头子儿了，这下可把老二气坏了，气得在地上直转圈圈。最后肺子气炸，口吐鲜血也见了阎王。

只有老三，经常用金豆周济一些穷苦人。从那以后，他娶了个贤惠的媳妇，日子过得美满又幸福。

讲　　述：李洪海
记　　录：孙世宏
采录时间地点：1999 年采录于四平

宝葫芦头

一家子，姓王，哥俩，都娶了媳妇，在一起过日子。老大奸老二傻。家里有只大狸猫，还有只大黄狗。

那一年，大哥大嫂要跟傻子分家，大哥要大黄狗，傻子要大狸猫。分完家，大哥想把大狸猫也归自己，他就上弟弟家去了。见到傻子，大哥说："弟弟，大黄狗想大狸猫想坏了，让我把大狸猫抱我那儿几天吧。"傻子答应了，大哥把大狸猫抱回家去。

日子多了，大哥也不把大狸猫给送回去。傻子上大哥家去要大狸猫。大哥没在家，嫂子说："要大狸猫好说，也得先吃点饭呀。"嫂子去做饭，傻子在屋里等着。嫂子做好饭在外边井口上铺上炕席，放上筷子和碗，傻子往上一迈步，"扑通"一声，掉井里去了。大嫂心想：傻子掉井里去了，肯定淹死了，大狸猫归我们了。她把炕席卷巴卷巴拿回屋里铺在炕上。

傻子掉井里没淹死，也没摔死，井底往旁边有个洞，他往洞里走，见里边有个青堂瓦舍的大院，院子里走出一帮人，说要给他一个葫芦头，告诉他："你想要啥就管葫芦头要。"傻子说："能吗？"那帮人说："能！"说完把傻子送上来。

傻子回到家，媳妇问他："取来大狸猫了吗？"傻子说："没有，掉井里去了，又给送上来，还给个葫芦头，要啥出啥。"傻子家只是两间小破土房，傻子媳妇拿着葫芦头站在外边窗户根底下，叫道："葫芦头，出一座青堂瓦舍大院，鸡鸭鹅狗啥都有。"不大一会儿，青堂瓦舍四合大院出来了，鸡鸭鹅狗直叫唤，啥也不缺，啥也不少，这两口子就住在这院里。傻子媳妇精，她怕葫芦头丢了，睡觉都放在被窝里。

大哥听媳妇说，傻子掉井里淹死了，想上傻子家看看去。一上岗，看见弟弟家的房子变了，都是大瓦房、大院墙，他弟弟在院里站着呢。大哥说："你咋从井里出来的？这房子咋来的？"傻子说："往后，我想要啥都能来啥。"大哥问："你管谁要的？"傻子把葫

芦头露出一点儿来，让大哥看，并把掉井里得宝葫芦的事说了一遍。大哥说："借给大哥也要点吧！"傻子晃头不给。大哥没法只得回去了。大哥到家跟大嫂说："老疙瘩这下发了。你把他整进井里，井里有地穴，老疙瘩在那里得个葫芦头，要啥有啥，现在老疙瘩要的是青砖大瓦房四合大院套，鸡鸭鹅狗啥都有。"大嫂说："那好办，咱也上井里取个去。"大嫂又把炕席铺在井口上，上边也放上筷子和碗。大哥往上一走，"扑通"也掉井里了，大嫂在井口这儿等着。

大哥掉到井里，也没摔啥样，他往里走，真有个大院，院里没人，大哥奸，心眼子多，他想这院怕不是有妖精啊？得藏起来。往哪疙瘩藏也不把握，他进屋上了栈梁。这个院里住的真是妖精，正赶这时候，妖精回来了，有好几个。有一个妖精一皱鼻子，说："怎么有生人气味，这屋是不是又来人了？"他一抬头，看见梁上有人，一把给拽下来，挺生气地说："上次给你一个葫芦头，你又来了，你这么贪心，今天非吃你不可。"大哥赶忙跪下央求，好说歹说把妖精说活心了："不吃你就不吃你吧！送你回去。"妖精把老大送到井半当间，离井口不远的地方就不送了，妖精都回去了。大哥卡到那里，上不来也下不去了。他召唤他媳妇，大嫂在上边喊："上来呀！"大哥在下边也喊："上不来了！"大嫂拿根绳子放到井下，套在大哥的脖子上，往井上边拽，一拽把大哥拽疼了，他就叫唤："别拽！别拽！"绳子勒脖子，说话的声音也不清楚，大嫂听的是："快拽！快拽！"她赶紧往上拽。可下把大哥拽上来了，快给拽没气了。缓醒了一阵子，缓醒过来了。他说："多亏是我心眼多，要是老疙瘩，这回把命搭上了。"

葫芦头也没得着，这咋整？大哥大嫂合计合计就上傻子家去了。大嫂对傻子说："你日子过得挺好，你哥哥给你扫当院，我给你做饭，我们俩人给你干活。"傻子说不用。大哥说："不用干活，住在你这也行。"大哥大嫂住在傻子家了。他们俩住在这儿是想把葫芦头偷走，好远走高飞。傻子媳妇看出了大哥、大嫂的用意，她就偷偷做了一个假葫芦头，趁傻子睡觉时把真的给换了，真的搁了

起来，假的放在傻子的被窝里。时间一长，大哥趁傻子睡觉时，把葫芦头偷走了。他跟大嫂说："葫芦头偷来了，咱们快走吧！等傻子知道了，他非和咱们玩命不可。"两个人偷着走出大门。大嫂说："别走，走多累呀，管葫芦头要辆马车，拉着咱们走，多好哇！"大哥把葫芦头拿出来，用手拍三下说："葫芦头，葫芦头，出辆大马车。"拍一回没出马车，连拍三回也没出马车。大嫂说："这不是真葫芦头。"大哥把假葫芦头摔碎了。早晨，傻子穿衣服，一摸被窝，"哎呀"一声：这回坏了，葫芦头丢了。傻子憨了巴腾地对大嫂说："就是你偷去了，就是你偷去了。"大嫂说："那是啥宝哇，摔碎了！"傻子听了，到大门外把摔碎的葫芦头往一起对，一个劲儿呜呜地哭，哭饿了去吃饭，他媳妇偷偷地跟他说："别哭，他们摔碎的是假的，真的还在我这儿呢。咱得远远地走，要不然这真葫芦早晚让大哥、大嫂偷去。"

第二天，吃完早饭，傻子媳妇说："哥哥嫂子你们俩看家，我跟你弟弟上城里买点东西去。"傻子和傻子媳妇换上新衣服就走了，走到大门外，傻子媳妇把葫芦头拿出来，要了一辆马车，两个人上了马车。傻子媳妇说："葫芦头，把院子收回。"说完，就见原来那青砖瓦房和那四合院套都没了。大哥大嫂在傻子原来的小破房的当院坐着呢。

傻子和媳妇走出老远老远，来到了一座城边上，傻子媳妇拿出葫芦头，拍了三下，说："葫芦头，葫芦头，给出房屋和四合大院套，家奴院工都要。"不大会儿，出来许多房子和四合大院套，家奴院工都有。他俩就在这里过日子。

大哥和大嫂左等不见傻子回来，右等也不见回来，房子还没了，就知道傻子不会回来了，一定是怕丢葫芦头，远走高飞了。这两口子合计合计，还得找傻子去，要不也没啥活路呀。他们赶着往前走，赶着打听，架不住工夫长，到底把傻子家找到了。大哥大嫂挺乐，一见面就说："搬到这块咋不告诉一声，这半年可把我们想坏了。"傻子憨声憨气地说："就怕你偷葫芦头，就怕你偷葫芦头。"大哥说："不能，谁跟谁，咱哥俩打手击掌，我再也不偷你的葫芦头了，能在你这呆着就行，有吃有喝就心满意足了。"这哥俩真的打手击掌了。大嫂心里还惦着葫芦头，她跟大哥说："还得偷。"大哥说："我跟老疙瘩打手击掌了，再也不偷葫芦头了。在这呆着就行。"大嫂也死了心，不再惦着那葫芦头了，傻子媳妇又管葫芦头要不少钱，给大哥大嫂用这钱开一处大买卖，正正经经地过日子。

讲　　述：王文德

记　　录：齐学田

采录时间地点：1986 年采录于铁东区山门镇

王 善 人

河东有个王善人，河西有个吴良心。

王善人行善，净做好事，家里的东西净往外给，自己也没得到啥好处。他听说河西有个吴良心，想去看看吴良心啥样，他便骑着一匹马，带着一把水壶到河西去了。走到半路上走渴了，王善人下马把水壶支上烧水，水烧开了，刚想要喝，走过来一个人要水喝。王善人把壶里的水给那人喝，那人喝完了一壶水，还要喝，王善人又给他接着烧。那个人连喝三壶开水，连一句客气话也没说。王善人问他叫啥名？那个人说他叫吴良心。王善人心中说：他就是吴良心哪，怪不得他叫吴良心，连着喝我三壶水都没说啥，真是一个没良心的人。王善人说："咱俩交个朋友吧？"吴良心说："行，把你的这匹马给我吧！"王善人说："行，牵走吧！"吴良心看了看王善人的水壶，他也要去了。王善人身上穿的衣服他也要，王善人把身上穿的衣服给了他。吴良心还不解渴，他说："我还要一样东西。"王善人说："我带来的，身上穿的都给你了，也没啥东西了，还给你啥？"吴良心说："我还要你的眼睛，你行善行到底。"王善人要保持善人的名字，也没说啥，把眼睛挖下来，给了吴良心。吴良心骑上马走了。

王善人没了眼睛，在地上摸个木头棍子，拄着棍子摸着往前走，走着走着，摸到一个庙上。庙门关着，王善人一推门，庙门开了。他走进里边觉着饿了，用手摸着了供桌上边的供品。王善人不白吃别人的东西，可是到这个地步了，不吃就得饿死。王善人摸着把供品吃了，吃完，一摸供桌底下有个布帘，掀起布帘钻进供桌底下睡上觉了。睡到半夜，一阵狂风，来了三个妖精。这三个妖精天天晚上到这庙里吃供果，这里的人们天天都得上供，不然的话，这三个妖精就要进村吃小孩。这天晚上，这三个妖精一看供桌上的供果没了，妖精老大是大熊精，它说："我吃包米吃饱了。"老二是老虎精，它说："我今天吃了一头牛。"老三是豹精，它说："我今

天吃了一头猪，吃得饱。"这三个妖精都在外边吃饱了，供桌上的供果没了，它们也没说什么。老豹精说："有三件事，咱哥三个整着就能得好，金银财宝都能得到，还能得到媳妇。"老虎精问："有这好事？"豹精说："第一件是在这东边有个员外家，他们家有个小姐病了，谁要给治好了，那小姐就给谁当媳妇，还给金银财宝。"大熊精说："咋个治法？"豹精说："员外家后花园的养鱼池有个大鱼精，它吸着小姐，要是用石灰往鱼池里呛，就能呛死大鱼精，小姐的病就能好。把鱼精的心用火焙好，吃了就能得道成仙；第二件是那员外家前面有一棵大柳树，往树上爬上一百个杈，上边有几滴水，没有眼睛的摸上就有眼睛；第三件是员外家打井，在哪打也打不出来水，打了多少个井眼了，都是干井。只有找到他家种的三棵桃树，在第三棵桃树往下挖三丈深，底下有一块大板石，把大板石掀开，那水'咕咚咕咚'往出冒，这水吃不了用不尽的。"豹精还要往下说，老虎精说："三弟，你快别说了，看让旁人听去。"说得真没差，它们的话都让供桌底下的王善人听见了。

天亮了，王善人偷偷溜出去，来到员外家，他告诉把大门的："我是治病的，给小姐治病来了。"把大门的有两个人，一个恶人，一个善人。恶的对王善人说："你会治啥病啊？眼睛都没了，还能治病？快走吧！"善的说："不管他会不会治病，他说他会治，就放他进来，万一会治呢，不让进去的话那不耽误事了？"善的把王善人让进院里，看病的先生可真不少，都在院子里呢，这些人看见一个没眼睛的人也来治病，都瞧不起他，睁眼睛的还没给小姐的病治好呢，没眼睛的能治个屁！王善人说："给我三丈红线绳，我要听诊号脉，红线绳一头拴在小姐的手脖上，那一头留着我用手摸。"小姐的病干治不见好，谁也治不了，到这个时候也豁出去了，死马当活马医。一个家人拿来三丈多长的红线绳，一头扯到小姐的楼上，连这个家人都想：这不扯呢，摸手腕子看病都看不出啥病来呢，还用红绳号脉，真没见过。这个家人没把红线绳拴到小姐手脖上，拴到桌子腿上了，红线绳的另一头顺窗户扯到楼下。王善人拿着线绳的一头，用手这么伸三伸，拽三拽，说："这是拴木头上了。"家人听了，认为这个看病的可真不简单，赶忙跑到楼上，把红线拴到小姐的手腕上。王善人又拽拽红线绳，说："这回是小姐的手腕了。"他用手摸了一会红线绳，说："小姐的病好治，你们的后花园养鱼池里有个大鱼精。你们拉二十车石灰，用二十个小伙子往池里扬，把大鱼精呛死了。把大鱼精捞上来，挖出鱼精的心，烹了给小姐吃，小姐的病就好了。"小姐病好了，员外不能说话不算数，谁治好小姐的病，小姐就得给谁当媳妇。员外要把闺女给王善人当媳妇，王善人百般不干，有家有业的，那就认干爹吧！小姐跪地下磕头，认了干爹。

员外为报王善人的恩德，把王善人留在家里，上顿伺候，下顿伺候。夏天的时候，天气连热带闷，王善人要到东头去溜达溜达，员外爷也陪着。王善人摸到一棵大树，问员外："这是倒栽柳吧？"员外说："是。"王善人就要往树上爬。员外怕他摔着，不让他上，他说："这是为了治好我眼睛。"王善人一边往树上爬，一边数有多少个树杈，上到第一百个树杈时，王善人一摸，真有几滴水，他用手指头蘸着水，往眼睛上一抹，眼睛鼓起来，再一抹，眼睛还原了，什么东西都能看见了。

员外家吃水挺难，房前左右打井就是打不出水来，吃水得上远处用车拉，员外为这事发愁，他跟王善人把这事说了。王善人想起三个妖精说的话，他就告诉员外："你从第三棵桃树旁边往下打井，打到三丈深，下边有块大板石，把大板石掀起来，就能往外冒水，那水使不完用不尽的。"家人就从这往下挖，真就挖出水来了。

王善人要回家，员外留也留不住，员外告诉他，要啥拿啥，要啥给啥。王善人就要了一匹马和一个水壶，这马和水壶也是他自己的，是吴良心管他要的，吴良心路过这时，卖给员外了。这马和这水壶，前两天让他认出来了。王善人也太善了，别的东西啥也没要，他骑上马、带着水壶回河东去了。

王善人走到半路上，又遇见了吴良心，吴良心看见了王善人，"哎呀"一声，说："你的眼睛不是抠下去了吗？怎么又长出了一

双眼睛呢。"王善人说:"这叫善有善报,恶有恶报,只是时机没到,时机一到,一定有报。"王善人把给小姐治病的前后经过说了一遍,还说员外给他金银,他都没要,吴良心说:"那咋不要呢?不要白不要。"

吴良心离开王善人以后,他也把自己的眼睛抠掉,上庙里去了。一摸供桌上有供果,把供果吃了,掀开供桌的布帘也钻了进去。下晚,那三个妖精来庙里吃供果。这三个妖精说:"今天咱哥三个别说闲话了,那天晚上说了闲话,让人听了,好事让人家得去了。"三个妖精说完话,就要吃供果。今天这三个妖精在外边没划拉到什么吃的,也都饿了,一看供桌上的供果没了,说"这又是让谁吃了,找吧,看这个偷东西吃的藏在哪里了?"这三个妖精在犄角旮旯找,在供桌底下把吴良心给找出来了。这三个妖精说:"你把我们的供果吃了,今天,我们哥仁就吃你吧!"三个妖精把吴良心活活吃了,这才是善恶到头终有报。

讲　　述:张素文
记　　录:齐学田
采录时间地点:1985 年采录于铁东区山门镇

大鱼变媳妇

从前，有一家子，娘俩，儿子孝顺。

那一年冬天上大冻的时候，小伙子的妈妈有病想吃鱼。这冷冬数九，河里冻冰了，没地方弄。想买吧，还没钱。小伙子对妈妈说："妈，我高低给你整着鱼。"

小伙子来到河里，把棉袄脱下去，趴在冰面上央求："鱼呀鱼呀！我妈有病想吃鱼，没有大鱼，有小鱼也行，给我妈调点鱼汤吃。"他叨唠叽咕的，趴在冰面上足有半个时辰，把冰趴坏了一个窟窿。有条鱼直蹿他的肚皮，小伙子伸手把这条鱼抓住，用绳系上，穿上棉袄回家了。

小伙子一进屋，他妈正等着吃鱼汤。小伙子把鱼放在板子上，用刀刚要剁，这条鱼"扑棱"滚地下去了，到地上蹿两蹿晃三晃，变成了个大姑娘，跪地下央求："收下我，我给你当媳妇。"姑娘直央求。

小伙子没主意了，好容易抓条鱼，还变个大姑娘。妈还等着吃鱼汤，这可咋办？小伙子正在左右为难，老太太在炕上说话了："儿啊，我宁可不吃鱼汤，也要让你有个媳妇，你好有个家。"小伙子一听妈都这样说，说到自己心里去了，当时就答应了。媳妇知道老太太要吃鱼，从自己兜里拿出银子来，交给小伙子，让他去买鱼。小伙子买来不少鱼给老太太做鱼汤。结婚后媳妇和小伙子都下力干活，媳妇还有点银子，家过得一天比一天富足。

大鱼变媳妇传出去了，传到皇帝耳朵里去了，皇帝派人去抢。

皇帝派来的官兵可真不少，里三层外三层地把小伙子的院子围上了，真叫风雨不透。开始是"梆梆"敲大门，见敲不开大门，官兵从大门跳进来把大门打开，那些官兵"呼啦"闯进院子。这时，媳妇对小伙子说："屋窗板有个铁盒给我拿来。"小伙子进屋把铁盒递给媳妇。媳妇接过来把铁盒盖打开，铁盒"呜呜"往外发水。这水发得大，一院子的官兵都被水淹没脖了。

　　媳妇一看在这不能待了，让小伙子背着老太太，三口人远走高飞，到人找不到的地方去了。

讲　　述：于德水
记　　录：郑长春
采录时间地点：1985 年采录于四平

乌 拉 草

很久很久以前，在长白山脚下住着两户一起从山东搬来的人家：一家姓李，白发老汉领着个皎皎美貌的姑娘；一家姓吴，双目失明的老太太跟着个独生的儿子。那姑娘叫李椿儿，温柔，孝顺。那小子叫吴拉，勤劳、勇敢。这两家人家过来后，便在长白山脚下，松花江旁伐木建屋，把家安顿下来了。两家中间虽然隔堵墙，但却像一家人一样亲热和气。

白天，吴拉和老汉一起上山打猎，李椿儿和吴老太太在家里烧火做饭。晚上，四口人便凑到一块儿，围着油灯闲唠家常，每天都扯到很晚很晚，才各自回家睡觉。转眼间，三年过去了，吴拉和李椿儿都成了棒小伙和大姑娘，不知不觉，两人的关系也发生了变化。两家老人一合计，就在这年秋天给孩子们把婚事办了。

中间的那堵墙一拆，两家真正成了一家人。吴拉通情达理，看李老汉岁数大了，腿脚不便，便不再让他上山。椿儿更是能干，炕上地下的活样样精通。小两口勤勤恳恳，高高兴兴，伺候着两位老人，小日子过得很红火。

转过年来，椿儿生了个白胖胖的大小子，小两口心里甜滋滋的不说，两位老人也乐得没法。这虽然是件喜事，但毕竟是添个人、多张嘴。为了让大伙填饱肚子，吴拉每天不得不起更大的早上山，回来也是一天比一天晚了。这年冬天，天特别冷，雪下得又特别大，山上的野兽很少出来。吴拉有时跑一天，却连一只野兔也打不着，家里眼看着要断粮了。吴拉心里十分着急，倒是椿儿总安慰他，劝他不要犯愁，天暖和了就好了。

这一年冬天像是特别长，日子过了一天又一天，天气不仅没有暖和起来，反倒越来越冷了。一天，吴拉顶着呜呜的北风在山上追赶一头野猪，那野猪非常狡猾，绕着山崖子拼命地跑着。吴拉在后边紧追不放，一不小心，一只脚陷进了雪窠子里，等拔出腿来，野猪早已跑得无影无踪。吴拉的一只掐脸棉鞋却落到了雪窠子里，找

不到了。

晚上，当吴拉借着月光，回到家后，椿儿看见他又红又肿的脚时，心像刀割一样。她赶紧捧起吴拉的脚放到自己怀里，给他捂着，流着泪翻出活计包，连夜给吴拉做鞋。可是，底子衲好了，家里却一点棉花都没有。椿儿背地里把自己的棉袄拆了，从袖口里揪出棉花给吴拉絮到鞋里。吴拉见了，说什么也不让，但又有什么办法呢？一家人都等着他揭锅呢！他看着椿儿那双穿夹鞋片的脚，脚上横七竖八地裂着许多口子，心里别提有多难受了。他有心说：椿儿，你也做双棉鞋吧。可话到嘴边又咽了下去……让她用什么做呢？

"听爹说白头山上长着一种草，用来打鞋倒是非常暖和呢！"椿儿一边给吴拉试着鞋一边顺口说道。

"什么？"吴拉赶紧问李老汉，"爹，是真的吗？"

"真的倒是真的，"李老汉磕了磕旱烟袋，重装上一袋烟，一边抽一边说道，"你听说过天池里有个鲤鱼精吧，这鲤鱼精有个女儿，住在天池边的陆地上，这种草就是在鲤鱼公主后花园里的一种仙草。鲤鱼公主特别喜欢这种水草，把它视为命根儿，每天都派人在花园里看着。单说这花园一般人就很难找到，何况就是找到了那个花园，也是取不来那仙草的。"

"只要它有，俺吴拉就是上刀山、下火海，也能把它弄来！"

椿儿生怕丈夫出事，忙劝说道："为了两双鞋，跑那么远，担那个风险干吗！"

"咱小山沟子里好多猎户都没有棉鞋穿呢。再说如果能弄回点仙草种子，种上，不也解决了以后穿鞋的问题了吗？"

椿儿听吴拉的话在理，也就不吱声了。李老汉知道吴拉的脾气，他要是认准了一条理，就是十挂牛车也休想把他拉回来。但姑爷一人要去他还真有些不放心，忙说："要去，咱爷俩一起去。"

山里人性子急，说走就走。第二天天一亮，椿儿用家里仅有的一点棒子面蒸了几个窝头，给爷俩带上，两人便准备上路了。邻居们听说吴拉和李老汉要上白头山给大家弄仙草，也都纷纷赶来送行。

两人辞别了众乡亲，顶着冒烟雪，直溯松花江源头水，深一脚浅一脚地向白头山爬去。整整走了三天三夜，才爬到了白头山顶。

山脚一尺风，山头十丈雪。只见白头山上，冷风呼啸，大雪漫卷，到处是白茫茫一片，哪里有什么鲤鱼公主的漂亮花园！两人在山上整整找了一天一夜，连一点蛛丝马迹也没有看到，手脚却早已冻得像猫咬一般难受，翁婿俩带来的几个窝头也都吃光了，他们又冷又饿，又累又乏，竟倚在一块石头窝里睡着了。

不知过了多久，吴拉醒来，猛然间，他发现身边的李老汉没有了。他赶紧爬起来，在山上寻找，使足劲大声喊着，可是，除了高山传回一阵阵空旷的回音之外，什么也没有。吴拉有些着急了，只觉得眼睛上像是生了层霭雾，连跟前的东西都有些看不清了。但他仍然不停脚地在山上转着。走了好大一会，吴拉蒙蒙眬眬地看见前面有一只五彩缤纷的大蝴蝶，在翩翩地飞舞着。他感到很奇怪，便寻着那只蝴蝶追了下去。说不上追了有多远，忽然那蝴蝶闪过两个石崖子空隙，悠然不见了。他更加纳闷，凑到石崖子跟前，手触到石崖子刚要看个仔细，那两座石崖子却"哗"地一下子向两边闪开了一条空隙，像两座门桩子一样立到两旁，中间出现了一条宽阔的通道。吴拉想也没来得及想就迈进了"大门"，可是，他后脚刚一进来，只听见身后"哗"的一声，两座石崖子又合到了一起，后路切断了。吴拉不管这些，只顾向前走去，刚拐过一个山脚，便有一股扑鼻的香味迎面而来。这时，他的眼睛似乎亮了许多。放眼望去，这里却是另一番世界：险山上挂着飞瀑，池水里游着水鸳，奇花异草争芳斗艳，万紫千红熠熠生辉。吴拉心里不由得一乐！这怕是鲤鱼公主的大花园了！他顾不得欣赏那些使人眼花缭乱的艳丽大花朵，撒目四处，寻找椿儿说的那种水草。突然，他发现在左边的大花池里，无数朵姹紫嫣红的鲜花簇拥着一池碧绿的花穗，微风拂来轻轻起伏，宛如一池清澈的湖水随波荡漾。吴拉用手轻轻捏了捏那柔软的叶茎，顿觉手上热乎乎的。他高兴极了，刚要用手去拔，忽觉背后有人猛击了一掌，回头看时，两个螃蟹样的怪东西已

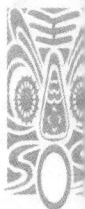

站到他的身后，不由分说，扭住他的胳膊便走。

两个怪物把他押到了一座宫殿上，对着殿上的一个女子报告道："启禀小姐，又抓住了一个偷拔仙草的贼人。"

殿上，那小姐正倚着青丝藤椅，对镜梳妆打扮，听到禀告，生气地问道："今天贼人怎么这么多，给我拉下去砍头！"接着又吩咐虾兵蟹将，"对仙草要严加看管，仙草要丢了一棵，我就要你们的命！"

吴拉听到这，心里明白了八九分，这女人一定是鲤鱼精的女儿——鲤鱼小姐了。看来岳丈是被他们捉来了，只是死活还不知，倘若我再被他们杀了，谁还能往回弄仙草呢？这白头山不是白来了吗！想到这，他冲殿上喊道："小姐，莫要饱汉不知饿汉饥，你们在这花天酒地，可山下的猎户到现在连双棉鞋都没有！"

小姐听到这洪亮的嗓音，不觉一惊，回头一看，殿下站着的竟是一个小伙子！只见他浓眉大眼，虎背熊腰，浑身上下透着一种英勇剽悍的气质，心里不由得有些欢喜。这鲤鱼小姐年已十八，却尚未择偶，今天看见这样美貌英俊的小伙子，不由得暗下思忖：若是我能嫁给他……她真想下殿亲手为小伙子解绑，但她毕竟是个姑娘，怎能失此体面？只见她眉头一皱，向虾兵蟹将吩咐道："慢，这贼子不老实，先把他押到后宫大牢去，明天加重惩治！"

吴拉被押到了后宫的一幢房子，虾兵蟹将给他松了绑，正在这时，打门外走来一位打扮得妖艳的老太婆。见到吴拉后，面带笑容，先自称是小姐的奶娘，接着向吴拉吐露来意：她是给小姐说媒的，并告诉吴拉，只要他同意这桩婚事，小姐便派人把仙草送下山去。吴拉听罢，心里不由得一惊，自己和岳丈一起上山，岳丈至今下落不明，家里有贤妻老母和乡亲们等自己回去，不知多么着急呢，我怎能在这纳妾娶妻！他当下就拒绝了。

老太婆威胁道："你要识些抬举，小姐把仙草看作命根一般，莫说是偷，就是谁摸一摸，也要砍他的头。今天小姐已经吩咐砍了一个老汉的头，如果不是小姐看中你，怕你的脑袋早就像那老汉一样，搬了家了！"

吴拉听到这，心想那被杀的老汉一定是岳丈了，不由得一阵心疼。他火冒三丈，大声骂道："我吴拉就是死到白头山上，也不娶你们这帮鲤鱼王八精！"

老太婆见事难成，赶紧向小姐禀报。小姐听罢，气得紧咬牙齿，脸红一阵白一阵的。她命令重新把吴拉绑起来，明天一早投到天池里去。

这回，吴拉真的被投到大牢里去了，晚上，他更加思念老母、妻子和乡亲们，他决心从这里逃出去。

他把背上的绳子对着墙壁上的石头磨啊，磨啊，一直磨到后半夜，绳子磨断了。他攀着石壁慢慢爬到石窗上，缩紧腰身，钻了出来。

吴拉不敢怠慢，跑到后花园甩掉衣服，拔起了仙草。他拔啊拔，拔了好大一捆，看看天也要亮了，他赶紧用绳子捆好，准备下山。可就在这时，他被鲤鱼小姐发现了。吴拉扛起仙草就跑，鲤鱼小姐命令虾兵蟹将在后边紧追。吴拉跑到石崖子跟前时，前面没有路了。他想把这石崖子推开，却怎么也推不动。就在这时，虾兵蟹将们赶到了，吴拉再一次被捉住了。

鲤鱼小姐望着她那被拔得乱七八糟的仙草池，伤心地大哭大叫，命令虾兵蟹将马上把吴拉砍了，把那些被拔除的仙草重新栽上，并把吴拉的尸体埋到仙草根下……

这仙草很快地又都活了，而且长得特别旺盛，鲤鱼小姐对这仙草池看得更紧了。

几天以后，突然从这个仙草池里飞出了一只小鸟，它在仙草的花穗上跳来跳去，久久不愿离去。第三天头上，它叼着一个花穗开始向山下飞去。它没落到白头山脚下，而是沿着松花江两岸，把花穗撒到最远的地方，然后再飞回山上，这样，一天要飞十几个来回。

冬去春来，秋至夏往，小鸟一直飞了将近一年，松花江两岸几乎撒满了这种仙草的花穗。这年秋天，江两岸长满了绿油油的仙草。小鸟不再往山上飞了，它整天徘徊在白头山脚下，希望能找到

它熟悉的那个家。可是，不知为什么，却怎么也找不到家了，只好沿着松花江两岸寻找，并且不断地叫着："吴拉——吴拉，割了——割了——"意思是告诉母亲、妻子和乡亲们，"我是吴拉，仙草长好了，快割吧！"

乡亲们听到以后，都拿着镰刀到江边去割仙草。这年冬天，长白山脚下的猎人们都穿上了絮着仙草的棉鞋，上山打猎再也不愁没鞋穿了。人们为了纪念吴拉，就把这仙草的名字起名叫"吴拉草"（后来大家写白了，就写成了"乌拉草"），把那小鸟叫做"乌拉鸟"。

讲　　述：包文兴

记　　录：李沫韩冬

采录时间地点：1986 年采录于四平

大 黄 狗

有一家子，哥俩。老大奸，老二傻。老大有媳妇，老二没媳妇。老二傻呀，就得靠着哥哥、嫂子过日子，奴打奴做，捞不着好，这还不说，老大和老大媳妇总和他过不去，要害死他。

老大和老大媳妇总是偷着吃好的，不给老二吃。这一天，老大媳妇可来了"善心"。老二下地干活去了，老大媳妇在家剁馅包饺子，她特意和了两样面，一样白面，一样荞面。她看看屋里没有旁人，只有家里的一只大黄狗趴在地上，她想：这哑巴畜生也不会听人话，就把包饺子的真情实话自己个儿念叨出来了："包这两样饺子，给老二吃白面饺子，白面饺子里下上毒药，药死老二这傻小子。"哪知道哇！这条大黄狗通人气，它都听明白了，站了起来，抖了抖满身黄毛，跑到地里告诉老二："今天回家吃饭，你可别吃白面饺子，白面饺子有毒药，你就说吃白面饺子，肚子疼。你吃荞面饺子。"

老二回家吃饭，老大媳妇离老远把他接到屋子里，那个热乎劲："二弟呀！你可受累了，知道你干活累，特意给你包点白面饺子，我和你哥哥吃荞面饺子。"说着，她把热气腾腾的白面饺子端了上来，老二一见，就说："我不吃白面饺子，吃白面饺子肚子疼，我吃荞面饺子。"老二说完操起荞面饺子吃上了。气得老大媳妇直翻白眼。

第二天，老大媳妇还是包两样饺子，一边包饺子一边叨咕着："老二这个贱骨头，给他包白面饺子，他不吃，偏吃荞面饺子。今天给他包荞面饺子，把荞面饺子下毒药。"老大媳妇无意说的，又让大黄狗听见了，它跑到地里告诉老二："今天回家吃饭，你别吃荞面饺子，荞面饺子有毒药，就说荞面饺子不好吃，白面饺子好吃。"

老二回家吃饭，老大媳妇把荞面饺子端上来，嘴里净说好话："二弟，你看呀，我知道你不愿意吃白面饺子，我也没怕费事，特意给你捏几个荞面饺子，馅里还多搁点油，我跟你哥哥吃白面饺子。"老二一摆手："我不愿意吃荞面饺子，荞面饺子不好吃，我愿意吃白面饺子。"老二说完，拿起白面饺子就吃，老大媳妇气得直翻眼珠子。老大和老大媳妇一合计，这也药不死老二呀！干脆跟他分家，他不会过日子，活活饿死他。这话又让大黄狗听见了。他们俩背着别人，却不背着大黄狗，哪里知道大黄狗能通风报信。大黄狗又到地里对老二说："你大哥、大嫂要跟你分家，问你都要啥东西，你别的东西不要，就要大黄狗和大狸猫，还要一把弯把犁杖。"

老大和老大媳妇对老二说："咱们分家吧，各过各的日子。分家你都要啥呀？"老二说："我要大黄狗、大狸猫和一把弯把犁杖，别的啥也不要。"老大媳妇一听挺乐，心想：他到底是傻呀，要这些东西顶啥用？

老二领着大黄狗和大狸猫，扛着弯把犁杖，自己过日子去了。春天，大黄狗和大狸猫拉犁杖，老二扶犁杖，开荒种地。大黄狗和大狸猫拉起犁杖比几头牛都有劲，一天能开出好多地。大黄狗给出道道，告诉傻子山坡地种啥能得，沟洼地种啥多产，老二都照着做了，老二打了好多粮食，卖了不少钱。大黄狗告诉老二："老大如果要问你咋打这么多粮食，你别说我和大狸猫拉的犁杖。"

老大和老大媳妇一看老二没牛没马的，打了那么多粮食，比自己的粮食打得还多，可就红眼了。把老二叫到家来，问他怎么打这么多粮食？要不怎么说老二傻呢，他心眼直，不会弯转着的，他照直说了："是大黄狗和大狸猫帮我拉的犁杖，我才打那么多粮食。"老大和老大媳妇一听，心中可就有数了。

第二年春天，又到种地的时候了。老大把大黄狗和大狸猫借来拉犁杖，大黄狗和大狸猫不给他拉。他用大棍子把大黄狗和大狸猫打死了，埋在大树底下。老二知道了就絮絮叨叨地哭开了，他哭了好大一阵子，大树上掉下不少树枝。老二捡起树枝编个窝，挂在房檐底下了。这时飞来一帮大雁，到窝就下蛋。窝里蛋下满了，老二拣出来吃雁蛋，天天捡，天天有蛋，这样还是没饿着老二。

老大知道了，就把老二编的窝要去了，也挂在房檐底下，嘴里叨咕着："南边来帮雁，到窝就下蛋；南边来帮雁，到窝就下蛋。"大雁飞来了，来个雁拉泡屎，又来个雁又拉泡屎。气得老大把窝拆巴了。老二知道了，心疼得哭了，坏窝的树枝捡回家烧火，烧完火一扒灰扒出两个金豆粒来，老二捡起来吃了，吃完，坏了！他就感觉肚子里不得劲，接着胀肚，不大会儿，"噗噗"直放屁，一放屁把穿的衣服熏变色了。老二一看这个法真不错，就用这个法给别人去熏衣服。他走到哪家大门口都喊："我熏衣服熏得好，老爷赏我一块大元宝。"老二用屁把衣服熏变色了，衣服颜色好看，穿上也美，人们给他不少钱。老二有钱花，还是没饿着。

老大听说老二吃豆粒能放屁熏衣服，挣了不少钱，回家让他媳妇炒了一大锅豆子，你说他腮帮子一咧，吃开了，吃了一肚子黄豆粒，又喝了点凉水，老大也去给人们熏衣服，他走到财主家就喊："我熏衣服熏得好，老爷赏给我个大元宝。"财主听见了，以为又是老二来熏衣服，就说："熏衣服的那个人又来了，快让他进来熏衣服。"老大被让进屋子里。财主就把他放在衣柜里，又关上了柜门，让他在柜子里熏衣服。哪知道老大吃豆后喝凉水，先是放屁，后来就拉稀了，在衣柜里拉了一堆稀屎。衣服不但没熏变色，还把衣服都弄脏了。财主打开柜门，气得叫打手把老大痛打四十大板。

老大屁股上插着木棍子，忍着痛强走回家去。用手一开大门，大门还闩着呢。他招呼："老伴呀，开门！"老大媳妇听见了，在里面喊："老爷给你多少大元宝？"老大说："挣啥大元宝，快给我拔棍子。"老大媳妇隔门听不大清楚，就说："挣那么多元宝，还得拿囤子？"老大听他媳妇打哑巴缠，屁股上插的木头橛子痛得他直咧嘴，急喽子了，又喊道："快给我拔橛子！"老大媳妇还是隔门听，听不大清楚，就说："囤子还装不下，还要拿穴子？别着急，我就去拿。"

讲   述：张素文
记   录：齐学田
采录时间地点：1986 年采录于铁东区山门镇

亲 哥 俩

很早很早以前，河畔的一间破草屋里，住着亲哥俩。爹妈早已过世，亲哥俩相依为命地生活着。他们养了一头老黄牛，这牛耕地拉车样样行，弟弟稀罕得不得了！每天天不亮便牵着它去河边吃草。

有天早上，弟弟放牛回来，刚把牛缰绳拴好，哥哥就和他说，要分家各自单过。这是咋的了？过得好好的，怎么突然间说起了分开另过这件事呢？

还没等弟弟寻思过味儿，哥哥又"开导"上了，说什么"分家另过也是为弟弟好……"弟弟没有办法，只好同意了。

哥哥见弟弟同意了，就接着对弟弟说："咱家没别的财产，只有这么一头老黄牛。一头牛也不好两下分，等会儿让老黄牛自个儿选它的主人。它跟谁走，就算是谁的牛。不过，我是哥哥，一会儿，我就牵它的鼻子；你是弟弟，就站在牛的后边，扯它的尾巴。看老黄牛愿意往哪边走。"

弟弟心想：对啊！一头牛咋也不能两下分。不是哥哥拉走，就是归自己所有。我俩总得有一个人吃亏，莫不如就归哥哥算了。

这样一来，哥哥没费啥大力气，就把老黄牛牵走了。弟弟只分得了一只小牛虻。从此，弟弟便成了小牛虻的小主人。小主人十分爱护小牛虻，小牛虻也极为顺从自己的小主人。日子过得还算和谐。

谁知有一天，弟弟带着小牛虻到舅舅家去串亲戚，稍一疏忽，小牛虻便被舅舅家的一只公鸡给吃掉了。弟弟很伤心，鼻涕一把泪一把地哭了起来。舅母问他哭什么，他对舅母说："哥哥和我分家，他把老黄牛分走了，我分一只小牛虻，谁承想，又被你家大公鸡给吞了。"

舅母听了，说："我家那只大公鸡就赔给你吧！"

从此，弟弟便又有了一只大公鸡，他跟大公鸡形影不离。

有这么一天，天忽然下起鹅毛大雪来，一下就是三天三夜，活活把弟弟住的草棚子给压塌了。没办法，弟弟只好抱起那只心爱的大公鸡，跑到邻居家的一座石头屋子里避雪去了。谁知道，不幸的事情又发生了，弟弟心爱的大公鸡，又被这家的小黄狗给咬死后偷吃了，弟弟又伤心地哭了起来。这家邻居问他为什么哭？弟弟说："哥哥同我分家，他分得一头老黄牛，我只分得一只小牛虻，小牛虻被舅舅家的大公鸡偷吃了，舅母把大公鸡赔给了我，可这只大公鸡又被你家小黄狗给咬死偷吃了……"

邻居听了他这番话，也笑了，说："就这么办吧：小黄狗偷吃了你家的大公鸡，就把小黄狗赔给你吧！"

就这样，等到天晴雪停后，弟弟又抱着小黄狗回家了。

转眼间，春天来到了。在这大好的时光里，家家户户都忙着，小黄狗看出了弟弟的心事：他是为犁地这件事发愁呢！就开口对他说起话来："小弟弟，不要发愁，地由我来耕。"

弟弟见小黄狗说起话来，心里高兴极了，他亲热地对小黄狗说："好！那咱明天一早就开犁种地。"

第二天一早，弟弟喂饱了小黄狗，带着它一块儿下地干活去了。没用多大会儿工夫，弟弟和小黄狗便耕完好大一片地。

小黄狗会耕地的消息很快传开了，一来二去，哥哥也听说了这件事。他牵着老黄牛来找弟弟，说啥也要用老黄牛换小黄狗，弟弟不答应他！到末了，架不住哥哥磨，弟弟只答应把小黄狗借给哥哥耕一天地。

谁知小黄狗到了哥哥手里，却咋也不听使唤。不管哥哥用皮鞭咋抽打，小黄狗站在地头上，就是纹丝不动。这下子哥哥可恼火了，劈头盖脑就是一顿暴打，活活把小黄狗给打死了。

弟弟看到自己心爱的小黄狗活活地被哥哥给打死了，心里难过极了！他就势在地头的偏坡上，挖了个深坑，把小黄狗埋了。还在埋小黄狗的土堆上边，栽了一棵野石榴儿。隔三差五，弟弟就来给野石榴浇水施肥，没多久，这棵野石榴儿便开花结果。

有这么一天，弟弟又来到野石榴儿树下，给野石榴儿锄草，突

然，一颗通红通红的石榴儿从树上掉了下来，他赶紧用大衣襟兜了起来。可走到家一看，石榴儿早就裂开了，他慢慢地把石榴儿放到炕上，石榴儿立刻变成了一座漂亮的新房子，新房子里样样使的用的全都有。弟弟见了这些，几乎惊呆了，好一会儿才明白过来。他想，这么好的房子应该最先让给那些没房子的穷苦人来住，使的用的东西也该分给大伙来用。谁知，还没等穷苦人往里搬呢，哥哥不知道从哪里先听说了。

这天夜里，哥哥拎着条口袋，偷偷摸摸地溜到野石榴树旁边，也不管石榴是绿是红，全都一股脑儿摘了下来，装进自己的口袋里。心想，这下子我可算来着了！

哥哥深一脚浅一脚地把石榴儿捧回家里，连灯也没来得及点，便伸手去掏袋子里的石榴儿。他用手摸个大个儿的，放到炕上，这石榴儿果然一点点地裂开了。可是，现出的却不是什么漂亮的房子，而是分给弟弟的那只小牛虻。这小牛虻东不飞，西不飞，偏偏飞到哥哥的脖子上，狠狠地叮了他一口，便飞走了。

哥哥心想，说不定漂亮的房子在第二颗石榴里呢！于是，又用手摸出了一个大石榴儿。现出的依然不是漂亮的房子和吃的用的，而是一只小公鸡。这只小公鸡，三跳两跳，跳到哥哥身前，狠狠啄了一口哥哥胸脯上的肉，便飞走了。

贪心的哥哥被小牛虻叮了一口，又被小公鸡啄了一口，但还是不死心，他又摸出了一颗大石榴儿。由于哥哥他心毒手狠，石榴儿刚出口袋，便被他掰碎了，从这颗石榴里，跳出来的竟是被哥哥活活打死的那只小黄狗。小黄狗见了仇人，又哪能不眼红啊！它上去一口，便把哥哥的大脖筋给叼住了，接着便是"汪汪"几口，直到哥哥没气了，小黄狗也没撒口……

讲　　述：冯大爷

记　　录：吴　闻

采录时间地点：1986 年采录于四平

小白龙报恩

有一个员外家，两个小姐拿虱子。大姐拿着一个虱子，用手挤，挤也挤不死，越挤还越大；用锤砸，砸也砸不死，越砸也越大。召唤雇工伙计都来打，打成了大盆一般大，最后打死了，用虱子皮蒙上一个鼓。员外贴出一张告示，说是谁能认出这是啥皮，就把小姐嫁给谁。人们知道了，没有媳妇的都大老远地来认这张皮。有的说是驴皮，有的说是马皮，谁也没认出来，谁也没被选上当女婿。

有一只大狼精算计出来了，变成个人，来到员外家，指着那张皮说："这是一张虱子皮。"有人认出来了，招为女婿吧！领到院里拜堂成亲。喝完喜酒入洞房，老狼精现了原形，姑娘吓得跑出来了，跑到她妈的屋里，说这女婿不是人，是个妖精。她妈说："是个妖精也没法，跑也跑不了，还得回洞房去。"又把小姐送回洞房了。

第二天早晨，大狼精不在这待了，要把小姐领走，员外一家人谁也没敢拦挡。老太太疼闺女，她对小姐说："家里的东西要啥给啥，左右也是这么的了。"小姐啥也不要，就要家里的一匹大白马。因为平时这匹大白马谁也喂不了，见着人不是踢就是咬，谁要喂它也上不去前。可它专让小姐喂，小姐喂它时，不踢也不咬了。小姐要走了，想起这匹大白马来，她牵着这匹大白马跟着狼精走了。

走在半道上，狼精问小姐："跟我走，你想爹妈不？"小姐说想。狼精说："我回去把爹妈接来。"狼精回去了，到员外家把员外和员外夫人都吃了。它撵上小姐，问小姐："你还想谁？"小姐说："还想妹妹。"狼精又回去了，到员外家把小姐的妹妹咬死了，放火把房子烧了，又撵上小姐，往前走。姑娘骑马，狼精步行。狼精说往南走，小姐骑马头走，往西拐去，让狼精截住了。再往前走，狼精说往北拐，小姐骑马在前，往东岔下去了，又让狼精截住。连着岔这么三回，都让狼精截了回来。

到狼精家，小姐一看净是破木头障子，障子上挂的都是脑袋，有狗脑袋，有兔脑袋，还有人脑袋。到了得吃饭，小姐给狼精喝上酒，把狼精灌醉了，她见狼精醉了，把障子点着了，起来就跑。

狼精醒酒撵出去，眼看就要撵上了，小姐喊："救命！"这时前面来个人，这个人叫王大汉。王大汉最有劲，有千斤力量。他看见狼精撵小姐，上去就跟狼精打起来了。狼精没打过王大汉，叫王大汉把它打伤了，狼精边跑边喊："我知道你是王大汉，王大汉，王大汉，等我伤好咱再见！"

王大汉对小姐说："把狼精打跑了，你回家吧！"小姐说："我没家了，跟你走吧！"王大汉寻思半天，说："我妈可厉害，领家个女的，我妈不让。"又一想说："你真没处去，先到我家再说吧！"王大汉领小姐回到家。王大汉的妈见王大汉领家个姑娘回来，当时发了火："你说实话，是不是抢来了民间女，这是最缺德的事。"老太太要打王大汉，小姐赶忙拉住了，把前后事情一说，老太太把小姐留下了。小姐问老太太："你儿子说媳妇没有呢？"老太太回答："还没有呢。"小姐提出要给王大汉当媳妇，老太太乐不得的，选个好日子结了婚。

一来二去，过了好几年。这一年京城招考，王大汉去考状元，一考，还考上了。他到京城上任去了，家里扔下老娘和媳妇。媳妇已经怀了孕，王大汉告诉媳妇，生男生女都要给他去信。一晃过了好几个月，小姐生个小子，往京城写信告诉王大汉。过去通信都是跑信，专有人拿信送。狼精算计到了，在半路上把送信人截住，把小姐给王大汉的那封信拆开一看，上写的是"大喜，生的是男孩"。狼精把信改了，写的是"大喜，生的是个妖精"。

王大汉在京城接着信，打开一看写的是"大喜，生的是个妖精"。看完信又写一封回信，写的是"是妖精也留"。跑信人带走了。狼精又在半路上把跑信人截住，把信改了，写的是"是小子不承认，连娘带崽都杀"。

小姐接到信一看，害怕了。老太太告诉儿媳妇："你走吧！逃命吧！"小姐抱孩子走了。王大汉在京城要回家夸官，也往回来。

狼精一算计，小姐抱孩子出来了，正好去截。把小姐截在半路上，小姐一看不好，赶紧上了大树。狼精在树底下用嘴"吭哧，吭哧"啃树，想把大树啃倒。眼瞅快把大树啃透了，累得狼精呼哧带喘，它心里寻思：树一倒，小姐准没处跑。这时，小姐从娘家骑来的大白马跑来了，照着狼精就是一蹄子，把狼精踢西天边去了。

白马来到小姐身边，对小姐说："我救你来了，趴在我身上，闭眼睛，我带你走。"小姐趴在白马身上，不一会儿到了大海边上。白马说："我顺水下去，顶水上来，皮和肉就分开了，剩下骨头，把骨头架支起来，皮铺上，你在上边睡觉。"白马说完跳下水去，真就是皮和肉分开了，只剩下骨头架。小姐把骨头架支上，皮也铺上，和孩子躺在上面睡觉。睡稀里糊涂的时候，梦见一条小白龙。小白龙说："我是大白马，原是海里的白龙，专来报恩的。你在员外家当小姐时喂过我，这些年我一直没离开过你。"小姐一觉醒来，海边这里添了一座府院，丫环使女都有，都管小姐叫太太。

再说这天，王大汉回家夸官，到家一看媳妇已经走了。他妈把信拿出来说："你这封信，写的是生小子不承认，连娘带崽都杀，我怕你回来要害他们，就叫他们母子逃命去了。"王大汉说："我也没那么写呀，我写的是生妖精也留呀！这可能是有人把信改了。"王大汉下决心要把媳妇找回来。他找啊找啊，找了许久没找到，一连找了好几年。有一天，走到一个海边上，王大汉看见一座府院，有个把大门的不让他进。他问："你们这住的是什么人？"把门的回答："我们这府院的主人是一个太太。"王大汉听说只是一个太太在这儿，有点猜疑，他让把门的把太太叫出来，这府里住的不是别人，正是王大汉要找的媳妇。两个人团圆了，小姐说："幸亏那匹白马救了我，要不然我早就进狼精的肚子里了。"

讲　　述：张素文

记　　录：齐学田

采录时间地点：1986 年采录于铁东区山门镇

捡 金 子

很久很久以前，在我们这儿流传着这样一个故事：在一个山村里，有兄弟二人，老大叫王春，老二叫王俭，哥俩都娶了媳妇，靠父母留下来的土地过日子。

王春和王俭，虽是一母所生，脾气秉性却不大一样。王春是个不务正业游手好闲的人，他的老婆李尖婆，也是出了名的懒婆子。这两口子，每天日头晒屁股才起来，一天到晚，什么活也不干。

王俭和陈氏夫妻二人，除了种地，还挑担，推米磨面，赶集上店。每天放下耙子就是扫帚，一天到晚忙得脚不沾地儿。

这天，王春和李尖婆对王俭两口子说："兄弟，你们能够独立过日子了，咱们还是分家吧。"王俭和陈氏是老实厚道的人，听完大哥的话，就说："哥哥嫂子打算分，那就分吧。"王春两口子一听，可乐坏了，忙说："那就把西院两间房子和西山坡的那块地都归你吧。"王俭夫妻二人一听，三间新瓦房和那块好地都让哥哥嫂子占去了，从心眼里不愿意。但为了不伤兄弟俩的和气，也就答应下来。

分家以后，可把王春两口子乐坏了，他们雇了几个扛活的，当了甩手掌柜的。每日里吃喝玩乐，别的啥也不干。

王俭夫妻俩，自从分家以后，终日勤勤恳恳地干活，日子虽说很困难，但是左邻右舍谁家有了什么困难，他们还是尽力帮忙，村里人都喜欢他们夫妻俩。

有一年起旱灾，到秋后王俭只收了三袋粮食，他留下一袋粮食作种子，剩下的粮食掺些糠菜对付着吃。

好歹过了年，到了春天，王俭和陈氏又开始忙了起来，起早贪黑，总算把地种上了。

你说怪不怪，挺好的种子，竟出了几棵苗。王俭和陈氏感到很奇怪，翻开土地看，里面的种子全烂了。两口子你看我、我看你，伤心地哭了起来，可又没有什么办法，两口子只能精心地莳弄这几棵苗，打算来年多收些种子来种。

这天，陈氏感到头痛，原来，陈氏这两天连累带上火，病了。这一病，就是好几天没起炕。这一天好容易陈氏能起来了，王俭就急忙赶到地里。到地里一看，那几棵苗也不知道哪去了。王俭看到这儿当时就蒙了，好端端的苗怎么全没了？王俭哭了，一直哭到太阳落山。正在这时忽然有人问王俭："小伙子，哭什么呀？"王俭顺着声音，抬头一看，原来是一位很面善的老道。他就把家里的事前前后后一说，老道士说："我看你是个心地善良的人，就帮帮你的忙吧。你让你媳妇给你做个二尺半长的红袋子，明天早上一更天，到这来找我。"说完，老道士就不见了。

王俭回家把事一说，媳妇陈氏就照着王俭所说的，做了一条二尺半长的红袋子。

第二天，一更天，王俭起来去找老道士，一见到老道士，王俭说："师父，给你红袋子。"老道士说道："小伙子，你跟我来。"说完拉起王俭就跑，王俭只觉耳旁的风呼呼的，越跑身上越热，不大一会儿，老道士说："到了。"王俭睁开眼睛，只见四周金光闪闪。老道士说："小伙子，快捡金子吧！""师父，这是什么地方？""这是金山呀，快捡吧，太阳出来就没法捡了。"王俭捡了一会儿，就觉得身上太热，说："师父，我看这些足够我和乡亲们用的了，别再捡了。"这老道士笑着说："小伙子，你觉着够了吗？"说着拿起袋子让王俭看。奇怪，袋子里什么也没有了，没办法，又捡了起来。老道士说："小伙子，你就慢慢捡吧，出太阳还早呢。"王俭又捡起来。捡呀，捡呀，太阳露出头！袋子也捡满了，道士拉起王俭就跑。

王俭背着金子回到家里，妻子陈氏一看，忙问："哪来这么多的金子呀？"王俭就把怎么遇见老道士，怎么上的金山，都向媳妇说了。最后还说："这些金子，我们可不能独吞，平分给乡亲们吧。""好哇！"妻子爽快地答应了。

王春和李尖婆这两口子，自从和王俭分家，整天吃喝玩乐，家里的东西几乎都挥霍没了。

这一天，王春不知道从哪听到王俭捡着了金子的事，就和李尖婆商量，要探明这个秘密。

王春来到王俭家，一进屋，王春便说："兄弟，一年多不见面，兄弟发家了。"王俭一看哥哥来了，急忙让媳妇炒几个菜，招待大哥。酒过三巡，王春问王俭说："兄弟，你是怎么发的家呀?"王俭是个很老实的人，就把怎么遇见老道士，怎么上的金山都一一告诉了大哥！王春听后，还没等把饭吃完，下地就往家跑。

第二天，王春跑到地里哭，虽然说是假哭，但也哭得鼻涕一把、泪一把。忽然有人问王春："小伙子，你哭什么呢?"王春抬头一看，正是王俭所说的那个老道，便把王俭所说的伤心话学着都说了。老道士说道："别伤心了，我看你很老实，就帮你的忙吧，你回去让你媳妇做一条二尺半长的红袋子，明天一更天，到这来找我。"说完，老道士就不见了。

王春回到家，就让媳妇做了一条四尺半的袋子，第二天早晨一更天，便来找老道，见到老道，就急忙要上金山。也不知道是王春捡金子心急，还是老道士走得慢，总之，老半天才到。到这一看，四周金光闪闪，也没等老道士说话，就捡了起来。因为王春做的四尺半的袋子，捡到太阳露出了头，也没有捡满。老道士说道："太阳出来了，我们回家吧，不然会晒死的。"王春看袋子没捡满，就说："再捡点，你要回去就回去好了。"说完又捡了起来，道士看他太贪财很生气，一转身就不见了。再说王春因为袋子太大，捡了半天才捡满了。可他怎么背也背不起来。这时火红的太阳出来了，把他晒死了。

讲　　述：纪桂芹

记　　录：郭三妹

采录时间地点：1986 年采录于铁东区城东乡

爷俩同岁

从前，周员外家有一个公子叫周安，在南学堂读书。一天，他在上学的路上，看见路旁有两间新房，心里十分纳闷，他走近屋前，见屋里十分热闹，像办喜事似的。一连两天，他觉得这事很奇怪，就跟老师说了此事。老师听后，略一思索，说："这是闹妖吧。""啊！那可怎么办呀？"周安很是害怕，老师说："不要怕，我自有办法。"老师告诉了周安要如此这么办，然后老师在他手上写上一个"佛"字。

第二天，周安公子又路过这个小房，屋里还是那样热闹，他遵照老师的话，把写佛字的手从窗伸进屋里，张七下，缩七下，他嘴里念叨："一、二、三……七。"突然，晴天白日电闪雷鸣，再一看眼前小屋不见了。周安公子扭头就跑，他跑一会儿，回头一看，一把小扇子正在追他，他一把抓住小扇子，这是一把隐身宝扇子。

不久，周安家失了一把火，父母被火烧死了，家产也烧光了，周安只好沿街乞讨，不能上学读书了。

一天，周安公子拿着那把小扇在街上闲逛，看见一个小姐长得貌似天仙，顿生爱慕之情。心想：这是谁家闺秀，长得这么漂亮，要是能和我……这时小姐坐上了轿，家人抬着轿回府了，周安也不由自主地跟进了府。原来这是柳员外之女柳晓娇。从这以后，周安就不离小姐，终日和柳小姐在一起，因为他有隐身宝扇，谁也看不着他，一来二去，小姐身怀有孕了。

一天晚上，小姐说："你是人是鬼？"周安说："我是人。""是人我怎么看不见？""我会隐身法。"小姐又说了："咱们虽然没拜天地，但是你我已经成为夫妻了，我又有了孕，你得让我看看你呀！"周安一听这话，收起了小扇，露出了本来面目。柳小姐一看，这位后生是个穷要饭的，心想：我怎能找这样的丈夫，多丢人呀。想到此，她喊了一声："来人哪！"立时从门外闯进几个家人，不容分说就把周安捆起来，狠狠地打了一顿。小姐命人把周安扔进

了地窖里，把那把小扇子也放到周安身上。这一年，周安正好十八岁。

过了几个月，柳小姐生下孩子，是个男孩，起名梦生。梦生从小聪明，又肯苦学，十年寒窗，铁砚磨穿。正赶大比之年，皇帝招考文武状元，梦生考上文状元，这一年梦生也是十八岁。

梦生回乡祭祖，他就问他娘柳小姐："我怎么没爹爹？"柳小姐脸一红，把当年的事讲了一遍。

梦生和几个家人到地窖来收爹爹尸首，好安葬起来。他到地窖一看，周安还活着，还是那样年轻，好像十八九岁。他真不相信这是自己的爹爹，他把周安扶上楼，见了母亲，柳小姐很是吃惊，心想，他是怎么活过来的呢？她哪知道是那把神扇起的作用。

柳小姐向周安道歉，请求恕罪，一家人破镜重圆了。

讲　　述：肖玉珍
记　　录：艾玉环
采录时间地点：2004 年采录于四平

刘闯斗泥鳅精

很久很久以前，在山门这块儿有个只有几户人家的小屯子，人们靠开荒种地，捕鱼捞虾为生。

不知哪一年，屯西的大水泡子里来了个妖精，年年在这作怪，使这块儿不是旱就是涝。

没办法，人们逢年过节，杀猪宰羊供奉它。尽管这样，妖精仍然兴妖作怪，害得人们不敢大声说话。如得罪妖精，轻则下大雨发大水，重则到屯子里祸害禽畜吃人，人们对妖精束手无策。

这一年秋天，人们光顾忙活秋收，忘了给妖精送祭品了。这下子又惹来了麻烦，眼见天头好好的，刚铺上粮食打场，突然从屯西的大水泡子里飘来一块云彩，"咔嚓"一声雷响，接着乌云翻滚，不一会儿下起了瓢泼大雨，把场上的粮食浇了个响透。怎么办？只好铺开晾晒。可下子晒干了，铺上场刚要打，就见泡子里又起来块儿云彩，接着又下上了。就这样，晒了浇，浇了晒，粮食糟蹋了不少。

人们着了急，议论着要给妖精杀猪宰羊，磕头烧香。

屯子里有个小伙子叫刘闯，他不信这一套，要跟妖精斗一斗。就领着乡亲们来到屯西大水泡子跟前，动手挖沟排水。挖呀挖，一连挖了三七二十一天，水沟终于挖通了，水像河套似的往出淌。淌了五六天，泡子里的水淌得剩不多了，也淌不出去了。刘闯又吩咐乡亲们用水桶往出排，用盆子往出舀，淘了三天三夜，眼见快淘干了，就见里面一翻花，又冒出来半坑子水。

人们一见傻眼了，照这样什么时候能淘干呢？刘闯在一旁眨着眼睛想着主意，

突然他灵机一动，有了：赶紧预备白灰，待水快要淘净时，使劲往里呛白灰。这招可真灵，妖精呛得把稀泥搅得一丈多高。人们

拿着长杆钢叉一顿乱扎，工夫不大，里面不动了。人们往里一看，里面躺着个像檩子般粗细的大泥鳅。自从把泥鳅精治住后，这里年年风调雨顺。

讲　　述：张淑贤
记　　录：孔庆宁
采录时间地点：1996 年采录于铁东区山门镇

花　蛋

　　有一家子，母亲领儿子过日子，生活够俭朴的了，拼拼拽拽把儿子拉扯大，就靠儿子打柴卖钱度日子。

　　一年冬天，大雪下满山，真是冰天雪地。为了挣点钱，小伙子就得上山去砍柴。有一天，小伙子到山上砍柴，看见山坡雪地里开着一朵花，他走到这朵花跟前，左看看、右看看，好生奇怪。心里就琢磨开了：这寒冬腊月，花草树木都歇枝了，这棵小草还开花，真是少见，这定有缘故。小伙子不想砍柴了，他要挖出花根，看到底是怎么回事。他一挖花根，周围没有上冻，没费多大事就把花根挖出来了，还从花根下边找出个花蛋来，这个蛋有一斤左右重。小伙子看这个蛋怪有意思的，就把蛋抱回家里。他把这个蛋当成宝贝似的，放这疙瘩不适宜，放那疙瘩也不放心。想来想去，放在钱匣里。钱匣里的钱长多了，长满了，长得装不下了，直从匣子里往外冒，满地是钱。小伙子把花蛋放在米缸里，缸里的粮食往上长，长满缸，淌了一地。从这以后，小伙子发财了，又买地又盖房。村子里穷人来他这里求借钱粮，他都有求必应。

　　穷小子突然发财，传到县里。这一年夏天，县老爷听说了，派差人去问详细情况。小伙子把打柴挖蛋，花蛋放钱匣里钱长，放米缸里米长的事都说了。差人不相信，说："不是这回事，你发的准是些不义之财！"小伙子为了打干证，把花蛋拿出来让差人看。差人不看便罢，一看就知道这是个宝贝，就要拿走。小伙子不给，"呼啦"上来一帮差人就动手抢。小伙子一看也抢不过这些人，被逼没招，干脆放在肚子里吧！他一张嘴，"咕噜"一声，花蛋进肚了。差人傻了，抢了半天，还让他咽肚里去了。差人只好跑回县衙禀报。

　　差人走后，小伙子口渴难忍，嗓子眼直冒烟，跑到河里喝水，他把肚子喝挺大，站在河里不动，扎根在河里了。许多人看他站在河心不动，有人提出拿绳子拴在小伙子的腰上，十多个人在岸上拽

绳子往上拉，也拉不动。这时候，天阴得像黑锅底似的，一声响雷，大雨跟拿家什倒下来一样。雷直拉磨，伞直交叉，电闪雷鸣，天都要翻过来一样。站在河中间的小伙子化作一条龙，腾云飞上天去，让雷雨把他接走了。

雷雨过后，天又晴了。人们看到河里没有了小伙子，只有河水照样流。

讲　　述：张凤来

记　　录：齐学田

采录时间地点：1986 年采录于铁东区山门镇

神　鼓

从前，有一家哥俩在一起生活。老大和媳妇都非常奸狡，老二两口子都忠厚老实。

老大媳妇常在老大耳边嘀咕，要和老二分家。分就分呗，老大和老二一说，家就分了。家里一共十垧地，一家一半。可是，分给老二的不是涝地就是旱地，老二也没有说啥。老二非常能干，春耕、夏锄、铲趟，老二起早爬半夜地莳弄着，到了秋天粮食入仓，不比老大打得少。

老大媳妇见老二家里过得不错，又起奸心了。这一天，跟老大商量："把老二害掉，把老二媳妇一卖，地再收回来，那咱可就发了。"老大心里说：这老娘们可够狠的了，比我道还多，就说："我们是同胞兄弟，我可下不了那个手。""哎！"老大媳妇往老大跟前一凑，诡秘地说，"你全看我的，我不用刀杀，也不用斧砍，我要这么办，老爷们，你看老娘计策怎么样？"老大一听一劲地点头称赞："高，高！"

一天早晨，老大媳妇跟老二说："兄弟呀，你大哥又懒又馋啥也不干，到现在还没有柴火烧呢。"老二忙说："我家有，你只管烧。"老大媳妇说："我上你那抱柴火烧，人家都得笑掉牙。你要是有工夫就帮我们打两天吧，嫂子我也和你去。"老二满口答应，"那行。"

吃罢早饭，叔嫂二人拿着镰刀就上南山打起柴火。老大媳妇打了几捆，见四下无人，就对老二说："兄弟，你看前面那堆蒿子多好。"老二抬头一看，确实不错，就走过去打蒿子。老大媳妇柴火也不打了，看着老二。老二哪里知道，这堆蒿子长在妖精洞口，老大媳妇看老二打得正来劲，上去一个冷不防，就把老二推下了妖精洞。

老二掉进妖精洞，也没摔着，他从地上爬起来一看，有一个小屋，小屋什么都有。他看旁边有个酱斗子，就把自己扣了起来，这时就听一阵狂风刮来，从外进来五个五样脸色的妖精。妖精一进洞，有个妖精说："哎呀，这屋有生人气味！"另一个妖精说："咋能没有生人气味？我们天天都吃人嘛！"又一个妖精说："我今天没吃饱，还有点饿呢。"有一个妖精说："没吃饱，咱们吃点包子馒头。"他顺手从墙上摘下来一个不大的小鼓，嘴里边念叨边敲："小鼓一敲嘣、嘣、嘣，包子馒头热腾腾，五个仙女来侍奉。"老妖刚说完，八仙桌上立即就出现包子馒头，五个仙女轻歌曼舞，几个妖精好不开心。五个老妖吃完饭，又出洞了。

老二在酱斗里扣着，听见外面没有动静了，就把酱斗子掀开钻出来了。他顺手把墙上的小鼓给摘下来，揣在怀里，走出了妖洞。

老二回来到家里就敲门，他媳妇问："谁呀？"老二说："我。"老二媳妇听出是老二的声音，吓得够呛：她听说老二死了，怎么又回来了？老二媳妇在屋里哆哆嗦嗦地说："老二，你是屈死鬼还是冤死鬼？我给你多烧纸也就是了。"老二在门外真是有些急了，"快给我开门吧！"老二媳妇下地开了门，老二进屋就问："饿不饿？"老二媳妇说："自从听说你死了，我就没有吃饭。"老二说："你把桌子放上，咱们好吃饭。"老二媳妇说："光放桌子吃啥呀？咱家这几天又没米了。"老二说："你就放桌子吧。"老二媳妇把桌子放上了，老二从怀里掏出了小鼓，一边敲一边说："小鼓一敲嘣、嘣、嘣，包子馒头热腾腾，五个仙女来侍奉。"这时，桌子上立即出现包子馒头，五个仙女轻歌曼舞。老二媳妇高兴了，两口子上炕吃上了。吃了一会儿，老二忽然想起了什么事，忙对媳妇说："我去请我大哥来吃点。"老二媳妇一听这话很是生气，用眼睛瞪老二一下："大哥大嫂没把你害死！"可是老二还是跑到老大家，请来老大和老大媳妇。

在老二家吃完饭，老二就把妖精洞得鼓之事告诉了老大。老大和媳妇回到家就商量开了，老大媳妇说："这妖精洞宝贝不能少了，明天咱俩打柴去，我把你也推进妖精洞里，你把妖精洞的宝贝多拿几件。"

第二天，老大和媳妇到妖精洞口，老大媳妇一下子把老大推进洞里。他也没摔着，他见这洞里有个小屋，屋里有八仙桌子，他就躲到八仙桌底下。这时外边一阵狂风，五个妖精回到了洞里。有一个妖精进屋说："这屋有生人气味。"另一个妖精说："咱们天天吃人咋能没生人气味？"另几个妖精说："不对，昨天说有生人气味丢了个小鼓，咱们应该看看。"几个妖精一齐动手，其中有个妖精一看大叫一声："桌子底下有人！"几个妖精蜂拥而上，把桌子底下藏着的老大拽出来，拽胳膊拽腿地把老大脖子拽出两尺多长，然后五个妖精一甩手，把老大甩出洞外。

　　不知过了多长时间，老大苏醒了，一点一点地爬到了家。来了家门口，狠劲地敲门，老大媳妇在屋就说了："你是屈死鬼，还是冤死鬼？我多给你烧点纸就是了。"老大气坏了，说："你他妈快给我开门吧！"老大媳妇把门打开一看，吓了一跳，见老大趴在地上，脖子有二尺长。老大媳妇急忙把老大弄到炕上，然后往老二家跑，刚推开老二房门，就号啕大哭，边哭边说："兄弟呀，你快看看你哥这是咋的了。"老二急忙跟着嫂嫂来到老大家，见哥哥这般模样，也很着急，可是着急不管用，老二就问大哥怎么弄成这样的，老大媳妇说："掉进妖精洞里让妖精给拽的。"老大在炕上躺着还骂呢："都他妈是你出的好主意！"老大媳妇眼珠一转又来了道，对老二说："兄弟呀，这病只有你能治了。你那小鼓不是宝贝嘛，用它敲敲看，说不定能把脖子敲回去呢。"老二从怀中掏出小鼓，敲一下说一句："脖缩！"见老大那脖子真往回缩了一点。老大媳妇着急，夺过老二的小鼓，就敲了起来。敲得快，说得快："脖缩，脖缩……"老大媳妇再抬头一看，老大的脑袋都缩到脖子里了，早没气了，她号啕大哭起来。

　　讲　　述：刘天福
　　记　　录：朱　丽
采录时间地点：2004 年采录于四平

宝 磬

从前，有这么哥俩，老大叫王青，老二叫王洪，爹娘早年下世，哥俩靠着开荒种田为生。老大为人很奸诈，能说会道；老二生来憨厚老实，因此，不管干啥事儿，哥俩总说不到一块儿去。

自从老大娶上媳妇后，越来越看不上老二，就分了心眼儿。干脆，两口子一合计，把老二撵出来了，只给了老二一条大黄狗。

从那以后，老二就在离家不远的瓜窝棚住了下来。白天，大黄狗帮忙拉犁种地，晚上，大黄狗就趴在门口给老二看家。这样一来，日子过得倒也舒坦。

一天，老大听说老二的大黄狗挺借力，比一头牲口都强，感到很纳闷儿，就前去老二家打听，老二如实地向老大说了大黄狗帮忙的事儿。老大一听，立刻惊得目瞪口呆，没想到这条狗用处这么大，简直是条宝狗，当初要是自己留下，何苦现在吃哑巴亏。想到这，老大眼珠一转，来了主意，对老二说："兄弟，哥哥的地还没犁完，你把狗借哥哥使几天，等犁完地马上给你送回来。"老二本打算不借，可又一想，虽然哥哥看不上我，可毕竟是哥哥，同胞的兄弟，就答应了。

老大乐颠颠地把狗牵到家中，赶忙套上犁杖。可是，这大黄狗趴到地上就是不起来，怎么打也不动弹。这下可把老大气炸了，一蹦多高，破口大骂老二骗了他，拿他当猴耍。然后找来一根大棒，把大黄狗给打死了，觉得还不解恨，要把大黄狗扒皮吃肉。

老二听说狗被老大打死了，慌忙往老大家里跑，到地方一看，狗肉已经煮熟，进了老大的肚子。他拣起地上的狗皮和骨头，抱在怀里，放声大哭。一直哭了三天三夜，最后，把狗皮和骨头用席子卷了，埋在了田边，每天到坟边大哭一场。这天，突然从坟上长出一棵树来，树上结了很多元宝，这下老二可发了大财。

有一天，老二在家正摆弄元宝时，被老大在窗外看到了。老大心想，老二哪来这么多元宝呢？他眼馋得直流口水，就问老二，老二老实巴交的，就都说了。老大回到家，把老婆孩子都领到狗坟上的树底下，轮番大哭起来。果然，树上也结了许多金元宝，这下老大可是骑毛驴吃豆包——乐颠馅了。哪承想，把元宝拿回家中一看，哪是什么元宝，都是一块一块的臭狗屎。这下差点没把老大气疯了，把树连根刨了，狗坟也掘了个底朝天。心说：好你老二，不宰了你，不知还上你几回当。这天夜里，他把老二骗到附近的一眼深不见底的枯井前，说里面有宝贝，趁老二往下看的时候，一把将老二推进井里。

老二落井后，由于井底多年落满了草枝和树叶，非常松软，老二一点也没伤着。老二坐在井底，想到哥哥这样狠毒，用这样的办法来加害自己，便伤心地痛哭起来。哭哇哭，哭了好长时间，猛然间，发现眼前有光亮，老二站起身向亮的地方走去。原来是一个洞，光是从洞里透过来的。走啊走，越往前越亮堂。等转了一个弯儿，眼前竟是另一番天地，上有星辰日月，下有山川河流。鸟语花香，景色宜人，真是好去处！老二顺着羊肠小道往前走，刚过一片松树林儿，前面出现一座院落，门楼高大，红砖绿瓦，金碧辉煌。老二从来都没见过，就迈步走进院子。一看，嗬！这里摆设俱全，地当央有个八仙桌，四周围用帘子遮着，东墙上挂着一个大磬和一个小磬。老二看屋里没人，正感到奇怪，就在这时，"呜"的一声，外面狂风大作，飞沙走石，老二立刻害怕起来，心想：这里可能是妖精的老窝。想到这儿，浑身上下都起满了鸡皮疙瘩，头发都竖起来，就一头钻进八仙桌底下，躲了起来。

这功夫，外面风停沙住，只听屋门一响，一前一后进来两个怪物，身高丈二，满脸毛乎乎的，青一块紫一块，门牙支出唇外，舌头耷拉着，血淋淋的，两眼放着凶恶的绿光。老二再也不敢看下去了，紧闭双眼，一声也不敢吭，连大气儿都不敢出。

这时，就听前面的怪物说："有生气，有生气，好像有生人来过。"只听后面那个怪物说："唉，咱们在外面刚吃完野味能没生气吗？别生疑了，快把宝贝拿来，要上桌酒菜，美美地吃上一顿。"说着，从墙上把小磬拿下来。只听妖怪一边敲一边念叨道：

"小磬小磬你是宝，酒席宴菜全来了。"眨眼间，一桌丰盛的酒宴摆满了八仙桌，鸡鸭鱼肉应有尽有。俩妖怪吃喝够了，把小磬又挂在墙上，上炕呼呼地睡起觉来。

这时，蹲在八仙桌底下的老二看两个妖精都睡着了，就蹑手蹑脚地爬出来，想离开这是非之地。猛然他看见妖精的宝贝，心想：小磬是个宝，能要啥有啥，莫不如试试宝贝小磬，也许能出去。于是，他就大着胆子，伸手把小磬拿在手里，出了屋来到外面，顺原路回到枯井里。他敲了三声小磬，然后自言自语说："小磬小磬你听清，请你助我出枯井。"话音刚落，"呼"的一阵旋风，把老二卷出井外。老二乐坏了，回到自己的窝棚里，老二摇动小磬，要了三间大瓦房，这回家里什么也不缺了，简直成了富翁。

老大听说老二落井后不但没死，反而真的得了宝贝回来了，就想看个究竟。来到老二家一看，差点认不出了，瓜窝棚变成了大瓦房，家里什么东西都有，整个变了样。就假惺惺地来到老二跟前说："哥哥知道井里有宝贝，我当时怕你不肯去取，就故意把你推了下去，看看果真得到了宝贝不是。"老二听老大这么说很生气，但又不好揭他的底，就把他落井后的事，来龙去脉说了一遍。老大听说里面还有一个大磬，也想冒险去一趟。可是，他想起上两次的教训，就先让老二用用小磬，看到底灵不灵，以免再上当。老二拿出小磬，要了一桌酒菜给老大吃。老大一看果真灵验，心里琢磨：小磬都有这么大魔力，那个大磬就更不用提了，我得把大磬偷来。

他让老婆和孩子偷偷地把他用绳子放进井里，然后，也像老二说的那样来到妖精窝。进屋顾不上看别的，两眼就光撒觅着墙上的大磬了。一看果然在墙上挂着，就急不可待地伸手去拿，可就在这时，"呜"的一声，外面刮起了妖风，确实和老二说得一样，吓得老大哆里哆嗦，便也钻进了八仙桌底下。

门一响，俩妖怪回来了。老大在桌底下一瞧，我的妈呀，当时就拉了一裤裆稀屎，眼睛都吓直了。这时就听妖怪说："有生气，有生气，好哇，那天你把我的宝贝小磬偷去了，哈哈，今天你又来偷我的大磬，看你今天还往哪儿躲，给我找！"找来找去，一掀八仙桌，老大已经吓成一摊泥了。俩妖怪哈哈大笑问："你想死想活？想死，就进我们的大磬；想活，就把你的脖子伸长了，看你还敢不敢偷我的大磬！"老大心想：脖子伸长也比死了强，就结结巴巴地说："我要活。"话音刚落，老大的脖子已被妖精抻有二尺多长，痛得他"嗷嗷"直叫，被老妖一口气吹出井外。

再说老大媳妇，把老大放进井里后，回到家等着，孩子饿得直叫，老大媳妇一边哄着孩子一边说："宝贝儿，别哭，等会儿你爹把大磬偷来。"心里正在着急，忽听外面有人敲门，心想一定是丈夫回来了，乐得够呛，赶紧前去开门。一见老大变成了这个样，差一点吓死，赶紧抱着脑袋往回按，可是怎么也按不回去，反而越按越长，这下两口子可蒙了，赶忙打发孩子去找老二。老二来到一看，急忙拿出宝贝小磬往回收，敲一下收一点，敲一下收一点。老大媳妇看老二慢腾腾的，急了，冲着老二说："你哥哥都变成什么样子了，你还不着急，拿来给我！"说着顺手把小磬夺了过去，"当当当"敲个没完没了，结果一下子没收住，老大的脑袋缩进腔子里，死了。

讲　　述：刘天福

记　　录：朱　丽

采录时间地点：2004 年采录于四平

史事故事

马龙潭拒亲

在东北一带的历史上，马龙潭曾是一个享有盛名的大军阀。1919 年，他任东边道（丹东、凤城一带）镇守使时，就和张作霖结成了把兄弟。传说，马龙潭拒亲的故事就发生在这个时候。

当时，马龙潭坐镇凤城，家中共有三个女儿，大小姐、二小姐、三小姐。这三位小姐，个个像含露的鲜花，水灵灵，知书达理；加上那双会说话的大眼睛，很受家人宠爱，成了马龙潭的掌上明珠。

事也凑巧，张作霖当时也有一个宝贝心肝，就是后来全国闻名的抗日将领张学良。张作霖为张学良选配夫人的时候，偏偏看中马家三小姐。

张作霖想：自己要巩固东北王的势力，正需要马龙潭这样智勇双全的将才。如果张、马两家成了亲家，这不是两全其美的事嘛。想到这，张作霖唤来了大管家，俯耳交待了一番。

这一天，马龙潭正在家中书房养神歇息，忽听家人报："张帅府大管家求见。"

"请！"马龙潭吩咐道。

"远道而来，有何贵干啊？"

"小人奉大帅之命，前来提亲。"这位大管家乐悠悠地说。

"提的是哪桩亲啊，想必是走错门吧？"马龙潭笑了笑问。

"我家少爷学良正值风华，大人的三小姐聪明美貌，他们二人结成千年之好，实乃门当户对。"

"什么？"马龙潭一听这话脸色骤变，拍案而起。

其实，别看马龙潭与张作霖是拜把子兄弟，那只是官场做戏。张作霖是土匪出身，靠打家劫舍发迹。而马龙潭呢，是秀才出身，能文能武，凭本事打天下。所以，马龙潭打内心看不起张作霖，又怎会答应这桩亲事呢！

片刻之后，只见马龙潭取过纸墨，提笔"刷刷刷"写了七个龙飞凤舞的大字。字迹干后，亲自卷好交给了张作霖的大管家。

大管家不敢怠慢，立刻回转交差。

再说这张作霖得到回书后，左瞧右观、横瞅竖看，半天也没看出门道，急得直摸后脑勺。这并不奇怪，张作霖斗大字不识几口袋，马龙潭的书法他怎能看明白呢！一气之下张作霖把回书扔给了大管家，大管家接过一看，顿时目瞪口呆、张口结舌，腿都哆嗦了。

"真他妈废物，几字就把你吓成这样，快念出来。"

"大帅，这上面写了一首诗。"大管家汗珠子都下来了。

"什么诗，这样难认。"

"虎女焉能配犬子。"

"什么意思？"

"意思是说虎的女儿不能嫁给狗崽子。"

张霖一听气得嘴都歪了，破口大骂："好个马龙潭，竟把我同狗相比，咱们等着瞧！"

打这以后，这把兄弟就成了冤家对头。听说，1922年马龙潭被贬职到四平，任四洮铁路督办。那就是张作霖搞的鬼。但是几十年来马龙潭拒亲的事，却被人们当成佳话流传下来了。

讲　　述：汪志民
记　　录：汪天福
采录时间地点：1986 年采录于四平

张作霖选县官

张作霖起事初期，在他吃的各种菜中最喜欢的是炖鱼。常常是上顿鲇鱼炖茄子，下顿清炖大鲤鱼，有时十天半月席席不离鱼。可是自从当了大帅后，山珍海味、燕窝鱼翅一多了，早就把吃鱼的习惯忘得一干二净了。

这年春天，他得了伤风，胃口不好，吃啥也没滋味。这天，他忽然想起了清炖鲤鱼来，就对侍卫人员说："这时节正是开河时候，辽河大鲤鱼炖着吃准挺香，备不住揽胃！"

侍卫官一听，忙令帅府的厨子午间做清炖鲤鱼给大帅吃。一顿忙活后，开饭了，上来一席清炖鲤鱼，每条足有二斤重。大帅甩开腮帮子，可劲喝鱼汤、吃鱼肉，还舔嘴巴舌地不住地夸："这鱼烧得不错，有滋味！"加上又喝了点酒，他心里可痛快了。

吃饱喝足后，还忍不住咂巴嘴里的香味呢。就对侍卫长说："刚才那桌清炖辽河鱼的味道，咋和我刚到军营时吃的那清炖鱼一样味呢？你去问问是谁做的，把他叫来我瞧一瞧！"

不一会儿，侍卫长把个很糟的老头叫到跟前。大帅欠身问："老人家姓什么呀？"老头起身答道："原来姓刘。自从来这跟大帅整编入伍后，我就姓张了。"

大帅吃惊地问："噢，那么一开始就跟着我？"

"是，一点不错。"

"那你现在怎么还在厨房里干呢？看我都当大帅了，你也应该混个官当当呀。"

大帅有点愧疚地说："都是因为队伍不断壮大，他妈的人又多，这人一多就照顾不过来，请你老人家多原谅。"

老厨师垂手站立，连连说："全因我祖上无德，到现在，斗大字也认不了半口袋，没那个做官的红运！""不认识字怕啥，数大洋你会不会？""数大洋倒是会数。""那好，派你当县官，专门给我收大洋。"

就这么着，这个老伙夫不多日子就上任，当了张大帅管辖的一个县的县长。

讲　　述：韩　亮

记　　录：汪天福

采录时间地点：1986 年采录于四平

张作霖巧惩日本兵

"九·一八"事变后，日本兵占领了奉天，在那里无恶不作，横行霸道，白天四处胡闹，晚上串街溜巷查夜。

有这么一天，日本兵在一村町街看见一个中国女学生，这些鬼子离挺远就大吵大喊："花姑娘的有，花姑娘的有。"边叫喊边追赶，把那姑娘截住了。日本兵有的掐女学生的脸蛋，有的还摸人家的胸脯子。更可恶的是有个长满脸胡楂的鬼子，兽性发作，竟在光天化日之下，动手扒那个姑娘的裤子，撕巴得赤皮露肉的。

这时，正好张作霖部队有一位连长，带一个排的士兵路过，一看有伙日本兵在那儿欺侮中国女学生，就赶紧跑上前来制止，高声吆喝道："不许撒野，放手！"

那群日本兵一见中国兵人多势众，自己又理亏，边骂边转身往回跑。连长火冒三丈，喊道："打这些东洋狗！"

中国士兵"呼啦啦"把日本兵团团围在当央，一顿拳打脚踢。

日本兵人少，一看自己要吃亏，就红了眼睛，有个矬巴子队长气得"嗷嗷"怪叫，抽出手枪下达命令："射击！"那几个挎着三八大盖的鬼子兵，就"乒、乓"地放起枪来。眨眼之间，打死了七八个中国士兵。

张作霖知道这事后，格外气愤："他妈个巴子的，小日本鬼子也太霸道啦，敢他妈欺负到我老张头上来。哼，咱骑驴看唱本——走着瞧！"又问侍从："下面的士兵们对这码事咋呛呛的？"

侍从答道："报告大帅，他们要给死去的兄弟们报仇！"

张作霖咬着牙帮骨，说："叫大伙消消火！好饭不怕晚，穿长袍没有会不着亲家的！"

日本鬼子打死中国兵的事，一阵风似的传遍了奉天城，这可激怒了有正义感的千家万户和广大青年学生。老百姓们拉队上街游行示威，学生们把写好的反日标语贴到鬼子驻奉天的领事馆和关东军司令部大墙上。

事情一下闹大了。这可吓坏了日本驻奉天领事馆的头头吉田，他连夜去找日本关东军司令部参谋长斋滕，商量应急措施。

第二天上午，吉田和斋滕驱车直到大帅府，见到张作霖寒暄一阵后，斋滕直截了当地说："日本孩子、中国孩子统统是好孩子！"他哭丧着脸，"我们的士兵被你们的士兵打伤了，他们动用武器自卫，不幸啊，不幸！中国兵八个人死了死了……日本人大大的难过，我和吉田长官特地前来赔礼道歉！"

吉田慢吞吞地说："我们还要赠给那些遇难的士兵家属一些安葬、抚恤金，请大帅看在中日友好的情面上，代替我们二人向死者家属敬礼……"说着，把八十块大洋让随从递过，摆在桌面上。

张作霖气得心里直劲敲鼓，但他忍气吞声没发作，暗暗骂道：好呀，小鬼子们也太阴损啦！每个死人才给十块钱，还他妈安葬、抚恤金，也太阴损啦！也太拿人不识数了——这不和打发要饭花子一样吗，中国士兵都没条日本狗值钱了，还不是看我张某人没能水吗！他心里这么想，脸上不冷不热地应酬着，说："什么钱不钱的，就免了吧。"

吉田摆手道："免的不要，中国孩子们家里都有老人，把这大洋送给他们故乡的父母养老的干活！"

斋滕一看张作霖直喘粗气，就说："我们惭愧，请大帅多多关照！"然后灰溜溜乘车回去。

当天晚上，张作霖把警卫团长找来了。

王团长刚一落座，张大帅就开门见山地说：

"听说部下为叫日本人欺负的事呛呛得很厉害？"张作霖在地上来回走着问。

"大伙异口同声，让我们当官的领着他们为死难战友报仇雪恨！"王团长气得嗓子眼都发紧了。

"大家说得对！"张作霖拳头凌空一砸，"今晚你到警卫营找些精明强干、膀大腰圆，懂武艺会拳脚的弟兄，遇见日本兵就给我往死里整，死多少都没关系，只要你们不开枪就行！"

当天晚上，王团长选拔好弟兄，由特务连长指挥，直奔一村町

街走去。

再说那些日本兵头两天枪杀那么些中国士兵也没受处罚，就更得意忘形了，一到晚上就三一伙两一串，喝得酩酊大醉，唱唱咧咧，里倒外斜地又到一村町街来寻欢作乐，见着女人就拽，连老太太都抓挠。

特务连长看见日本兵越聚越多，这真是仇人见面分外眼红，如晴天打个响雷般的大喊一声："兄弟们，为同胞们报仇的时候到了——给我狠狠揍呀！"

一呼百应："上呀，把这些兔崽子都捶死在这里！"

特务连的人们，个个手疾眼快，像饿虎扑食般一拥而上。不一会儿，就把二十个日本兵放了白条。

王团长带着特务连乘胜而归，回来后把这个消息立时报告给张作霖。

第二天上午，张作霖打扮得利利索索，亲自带人到日本人驻奉天的领事馆去了。进去一瞧，那个吉田和斋藤都在场。原来这两伙正在谋划一同去找张作霖交涉中国士兵打死二十个关东军的事，不想张大帅先到一步。斋藤还没等张作霖把椅子坐热，就气哼哼地说："大帅，我和吉田太君正要前往帅府拜见你哩！"

吉田接过道："不料阁下倒捷足先登了！"

张作霖欠欠身子："吉田长官、斋藤参谋长，中国孩子、日本孩子统统一样，中国士兵前天被你们打死八个，昨天午后你们的士兵，欺侮中国平民，我们的孩子一怒之下，把你们孩子打死了二十个！"他让随从把白花花的大洋全拿出来，也摆在桌面上，接着说："按你们的规矩，每个死者应赔给十块大洋作为抚恤金和安葬费！"张作霖故意提高嗓门："我们中国人向来宽宏大量，地大物博，大洋大大的有。每个被打死的日本兵，我们发给一百块大洋——这里共有大洋二千块，请查点！"

斋藤气急败坏地说："行了，行了！"

吉田连声道："谢谢，谢谢！"

张作霖见对手颏裆尿裤了，就拔拔腰杆、侃侃快快地警告着：

"咱们平房不漏——有檐（言）在先，往后日本人不再制造事端，我们中国军队绝不会无事生非，更不会先动手！"

吉田和斋滕几乎同时应着："明白，明白——大大的明白！"

张作霖步步逼近："明白也好，装糊涂也好，反正你们日本兵往后胆敢到我们划定的地盘上吹毛炸刺，可别怪我老张翻脸不认人，把你们人马赶出奉天城，撵出东三省去！"

讲　　述：席忠芳
记　　录：高　山
采录时间地点：1986 年采录于四平

阚六和邹荟萃

四平铁东区中央路小学院内，有个青砖青瓦的一进二出的四合院，这就是伪满时期四平有名的大户阚六的阚公馆。

阚六原名朝山，是伪满洲国中央银行监事阚朝洗（即阚朝玺）的六弟，家中有钱有势，人称六爷，外号阚六。

阚六在民国时期当旅长时倒卖过军火，但有在热河省任督军的阚朝洗袒护，所以没被查办，只是被革了职，让他回家安度晚年享清福了。在他当令时，手下有个连长叫胡耀贤，对阚六百依百顺唯命是从，深得阚六的赏识，所以阚六丢官后，胡耀贤就做了阚公馆的大管家。

阚六有房大太太，还有个傻儿子，长年住在关里老家不在四平。阚六六十五岁时，背着大太太娶了个十六岁的小老婆。

这小夫人姓邹，花名荟萃，从小生在烟花柳巷之中，年纪虽说不大，可心眼倒不少。

邹荟萃名义上是阚六的小夫人，过门不久，便和大管家胡耀贤眉来眼去地勾搭到一块儿了，两人暗地商量：趁老头子活着，想法把他的金银珠宝弄到手，要不等老头子一死，这万贯家产非得让大太太和傻儿子赚受去不可。他俩这事下人都知道，唯有阚六蒙在鼓里。

这年秋天，关里老家来人了，自称是阚六的内侄，带着大太太的家书要见六爷。可是阚六和小夫人被人请去打牌，下人不敢怠慢，立即通报大管家。胡耀贤接过家书过目一看，大意是说：大太太正在病中，要六爷回去料理家事，需几万银票或现款解急用。否则就携儿前来四平。胡管家琢磨半天，也没想出道道来，只好等小夫人回来再说。他假惺惺地把客人请到上房落座，倒茶递烟置备饭，热情款待这位内侄不提。

晚上阚六回来已是十多点钟，客人早已睡下，大管家也没把这事禀报给六爷，只给小夫人丢个眼神。单等夜深人静，邹荟萃偷偷来到胡耀贤所住的厢房，胡耀贤才把老家来人要钱的事说给她听。两人耳语半天，邹荟萃才回到上房，老头子因多喝了几盅酒竟一点儿不知。第二天起床已九点多钟，如往日一样，同小夫人坐马车上道德会所去听道。胡耀贤给来人拿上点钱打发回去了，然后以老头子的名义给大太太汇去五千元奉票应付了事。

时隔半年，老头子病重，吩咐给亲朋挚友老家发信，临终前要和众人见一面。

没过两天，阚公馆就出出进进地来了不少探望老头子的客人。胡耀贤和邹荟萃表面上虽然里里外外忙活着，但他们心里都明白：平日里老头子花的只是明面上的浮钱，正经玩意儿老头子都锁在个大金柜里给傻儿子留着呢。开金柜的两把钥匙老头子不见大夫人就是不拿出来，弄得胡耀贤和邹荟萃像热锅上的蚂蚁坐卧不是。

老头子虽然已经病得不省人事，可胡耀贤光只是请大夫看却不给药吃，这么折腾了几天，老头子就一命呜呼归了天。

有些族人找邹荟萃和胡耀贤商量怎样发丧老头子，胡耀贤主张给家里上下人等费用开支，四合院的阚公馆留给大儿子，这老头子的丧事就得族人大家出钱出力操办发送啦。

族人听了气得胡子撅起多高：阚家叫你管了这么些年，攒多攒少不说，老头子死了还得大家发送，老头子的积蓄准叫你和邹荟萃给私吞了。老头子尸体在地上没人管，你争我吵四五天也没呛呛个头来，你偷我拿，各房东西差不多都抢光啦。

一天夜里，胡耀贤和邹荟萃提了三大黑提包，里面装满金银首饰银票，坐上去天津的火车溜了。

事也该着，火车一进山海关检查口，被路警给卡住了，怀疑他俩这钱来路不明，仔细盘问后把两人又给送回四平。大太太得到信，领着傻儿子上来了，没收了三个大提包。

发送阚六花费一万大洋，光纸人马车就排了四马路一个街长，前后三九二十七天，才把老头子送到双杨树入葬。丧事一过，就把邹荟萃转卖了人，把胡耀贤告到衙门监押，其余人都打发回家，大太太和傻儿子赡受全部家产。

可就是金柜在什么地方，钥匙在哪儿，谁也不知道。

讲　　述：王一土

记　　录：王济华

采录时间地点：1986 年采录于四平

寸 土 不 让

东北军阀奉天督军张作霖，人们都习惯管他叫张大帅。他年幼时没念几天书，平时好舞枪弄棒，不知什么原因，后来当了土匪，成了胡子头。他不断扩充自己的力量，招兵买马，拉起了一支队伍，势力越来越大，直到后来成了奉天督军，声名大振。别看他是督军，可说话粗俗，稍有不顺就骂人，但他心直性耿，头脑聪明，处事果断，有一颗知恩必报的侠义之心。

有一次，张大帅过生日，邀请了亲朋好友，社会名流人物参加他的生日宴会。场面布置得很隆重，他身穿华丽的寿诞便装，迎接着前来祝寿的宾客。正值宾客蜂拥而至之际，突然他的警卫急忙向大帅报告："大帅，门外来了一辆车，下来三个人，拎着贺礼，自我介绍说是日本人，来给大帅祝寿的，您看是否让他们进来？"张大帅闻听几个日本人前来祝寿，心想：我也没请他们啊。他用手捻着两绺小胡，沉思片刻说："传令，让他们进来！"张大帅眯着眼睛站在大厅门外，两手抱拳表示欢迎。其实张作霖并不欢迎这几位日本人的到来，那是因为日本人在东北的行径，张作霖很气恼，也曾有过几次摩擦。别看张作霖性格粗俗，可他是粗中有细的人，对日本人的野心揣摩一二。这几位日本人也非真心为他祝寿，是想借祝寿之机探测张作霖对日本人在东北的态度，从中分析东北的局势及下步的对策。

众位客人在帅府摆设讲究的宽敞大厅里纷纷落座。正面八仙桌左右坐着张大帅和他的夫人，两旁整齐地排列着他的警卫，正座后面墙壁上挂着一幅红底金字的"寿"字，场面既喜庆又威严。

张大帅见客人已到齐落座，就站起身，两手抱拳，感谢诸位亲朋好友、社会各界知名人士的到来，做了简短的讲话。别看他身材瘦弱、个儿不高，但讲话却有一股威严的精神头，洪亮清脆的嗓音震撼着整个大厅，讲话词语虽然没那么丰富，但却有一种分量，很压众。讲完话后，张大帅举杯向客人答谢。大家也纷纷向大帅说些

"福如东海，寿比南山"之类的祝词。这时，三个日本人当中有一位会讲中国话的像个头头的人，彬彬有礼地也向大帅说了些祝贺的词语，然后提出让大帅赐墨宝于他。其实，这位日本人已掌握一些张大帅的情况，知道张大帅没念几天书，也写不好字。表面上好像很恭敬，实际想借机看大帅的笑话，让大帅在大庭广众前丢丑。

张作霖非常聪明，反应特别快，心里想：东洋鬼子，想玩我，没门！便心生一计，似笑非笑地回应道："既然先生请我赐墨宝，那我就献丑了。"说完"嘿嘿嘿"冷笑几声。

"警卫员，笔墨伺候！"张大帅大声吩咐。

警卫员听到大帅的吩咐，急忙铺纸研墨，这一举动惊动了在座的所有客人，都上前观赏张大帅的手迹。这时张大帅显示出不寻常的镇静，绾了绾袖头，从笔架上摘下一支毛笔，在墨池中把毛笔蘸了一遍又一遍，始终没下笔。大家都为张大帅捏把汗，都知道张大帅官不小，但文化水平不高，这回可难为他了。这三个小日本站在大帅对面，脸上露出一种得意之色。张大帅其实是故作为难，实际上已胸有成竹，知道自己这时应写什么，怎么写。这时，他突然提起了笔，一气呵成，写了"中华锦绣，河山壮美"八个字，虽然字写得不是那么太好，但有一些功底，众人都齐声叫好，称赞大帅"言简意赅"，这三个小日本也不得不随着大家拍手赞扬。

张大帅接着又落款，"张作霖手黑"。大家一看怎么写"手黑"呢？应写"手墨"呀！有的差点笑出声来。可这几个日本人却感到有点害怕，差点冒出冷汗。其实张大帅并不是故意要这么写，恍恍惚惚墨字就这么写，忘了下边还加"土"字。这时他的贴身警卫看在眼里，替张大帅着急，心说，大帅啊，这回可要丢丑了！看样子，大帅好像写完了，没有再加"土"字的意思。警卫着急，便耳语了几句，张大帅听后不失面子，灵机一动，有了。他马上把脸拉下来，瞪着小眼睛，脾气上来了，喊道："妈拉个巴子，给外国人写字，能随便加上'土'字吗？这叫'寸土不让'。"这三个日本人想看笑话，没承想张大帅来这么一招，感到张作霖其人果不虚传，甚是厉害，不敢再小看他。然后便说有事要办而狼狈走开。

讲　　述：田　贵

记　　录：李乃文

采录时间地点： 2002 年采录于铁东区叶赫镇

赵老汉轶事二则

玉 花 牵 红

奉天有个大粮栈叫官银号。

这个粮栈是张作霖开的。有这么一年秋天，张作霖派个外柜到四平街来收大豆。

这位老客到四平后，一心想和大粮栈天益衡的掌柜赵汉臣人称赵老汉的结交上，不想他连去拜访两次，连赵老汉个影也没瞧见，他只好败兴躲在旅店抱蹲起来，心里好不犯难，事没办成，怕回去不好向张大帅交代。

经过两天探风摸底，有人告诉这位老客：道里白宝珍开的"巧顺书馆"里有个叫玉花的妓女和赵汉臣的过往极为密切，他在那包了房间，来不来都留个"牌"。想和赵老汉办事，走走玉花的后门，十有九成。

老客听后，如获至宝，乐颠颠地去妓院里花笔大钱，通过玉花，没几天果然和赵汉臣挂了钩。

赵汉臣结识这位老客以后，一看这块肉挺肥，就亲自把官银号这个外柜接到天益衡，以贵宾亲朋招待，吃住全包下了，不必细讲。

单说那位老客倒也坦率直性，对赵汉臣说："兄弟来到贵宝地，是想借赵老板的名声威望和四平交通发达的良好条件，为张大帅的官银号粮栈收几百火车黄豆，万望多多关照协助。"

赵汉臣是个眼观六路耳听八方的买卖精，看有利可图，忙连连答应："为张大帅效劳，我赵某三生有幸，请不必客气！"

又对老客说："收大豆的事，我全包下了，只是本粮栈在银库的款项全支空了，恐怕措手不及！"

那老客说："这款项之事，待我回奉天和大帅商量后，立即派专人开来支票——交您手上就是了!"

赵汉臣笑道:"好说好说。"

那老客高高兴兴回到奉天和张作霖一说,张大帅立即批下笔巨款,派人速赴四平与赵汉臣接洽,合办购粮一事。

赵汉臣得了这笔数目可观的现大洋,就亲自带人到长春、吉林、哈尔滨、齐齐哈尔和王爷庙等地去采买大豆,并大肆张扬——为张作霖的官银号收购的大豆均是明码实价,随行就价,有多少要多少。

不多日子,成百辆火车的大豆,源源不断地往奉天官银号粮栈运去。

就这么的,赵汉臣用张作霖的旗号,在北满发了笔大财。

当时,赵汉臣正处于经济萧条、粮栈营业不振之际,通过这次贩运大豆,银行存款直线上升。

他的具体办法是:把北面收购进来的一百火车大豆,调拨五十火车直运奉天官银号粮栈去,另外那五十火车大豆,顺路卸到四平天益衡粮栈。

由于他谋划周密,周转洒脱,官银号卸到四平天益衡粮栈的大豆已本利到家了。等下一轮北面各粮栈付新购进大豆的粮款时,自己这五十火车的售粮款早分发到卖粮农民的腰包里去了。

结果是:官银号捞多少大洋,天益衡就赚多少钱。而且,因为四平路途比奉天距离近,还多节省笔火车的运输费!也就是说:张作霖收多少大豆,赵汉臣也同样收多少大豆。

然而赵汉臣比张作霖占便宜的是:张作霖手托大洋,赵汉臣支支嘴就得到同样的油水。

赵汉臣就这么神不知鬼不觉,不显山、不露水地发了家,直到张作霖被日本人炸死在皇姑屯,他也不知道赵汉臣曾用他的白花花的大洋发了大财呢。

后来,赵汉臣为了感谢玉花,把她娶回家做小老婆。不想好景不长,这个玉花又被当时四平的大汉奸、警察署巡捕李奇然给霸占去了。

赵汉臣手眼通天，又买通了日本宪兵，找茬到底把李奇然给鼓捣外地去了。

破 产 之 后

赵汉臣发家史就是买空卖空干起来的。这一年他存粮食太多了，该着倒霉，东北三省粮价都大跌。

赵老汉一看大事不好，心里一算计：就是把自己开的商号义和顺的家底都折腾了来抵欠款，也不够还的。实属无奈，他连夜溜回河北省乐亭唐家河他哥哥那儿去了。

四平街只留下管事的为他支撑门面，这下可就热闹了：到义和顺要账的人是推不开、搡不开的。管事的顶不住了，就左一封信，右一封电报往回催赵老汉，可赵老汉却一动不动，干脆不捋那个胡子。就是来人找到头上他也不给面见。名义上说是帮助哥哥麦收，其实是躲起来了。

一直到了那年秋天，东北粮食大丰收，粮食价更是一天比一天跌得甚。由原来的四角一斗，落到三角五分一斗了。

赵老汉库存那么多的粮卖不出去，眼盯着天天赔下去了。这样的大事要放到别人身上，不愁死也得拿个绳捋死了。

赵老汉可真是个硬汉子，不但没垂头丧气，反而却认为时来运转的机会已到，好几宿乐得连觉都没睡实。他求亲靠友借高利贷弄来一大笔钱，匆忙告别哥哥，乘火车直过山海关，回东北老家了。

赵老汉胆子特别大，并不怕越陷越深，他并没有用带回的这些钱去还债，他要哪里丢哪里找。在铁岭站下了火车，第二天就挂起了收粮牌，大收新粮。把铁岭新粮收光，挨排顺开源、昌图往北收。到四平街他连火车也没敢下，接着到八面城、郑家屯，一直收到齐齐哈尔。

就这样不到两三个月时间，从南满一直购到北满。四洮铁路线上，哪个大站台、大粮栈都存着赵老汉五谷杂粮——这粮多得铺天盖地，那就不用细说了。

常言道：快马追不上干粮行的，这话真不假。没过多久，粮价又气吹似的涨起来，赵老汉像打牌似的，把囤积的粮食"刷刷刷"一溜气地都卖净了，这一下子赚了笔大钱。转过年春天，他的家业就像蝈蝈肚子一样鼓起来了。

这回挣了个冒高，赵汉臣不光一下子还清了全部外债，还用剩下的钱开了几处大买卖，从那以后腰粗气大，更有能耐了。

讲　　述：李良国

记　　录：高　山

采录时间地点：1986 年采录于四平

花子大闹艳春阁

张景惠是伪满洲国务大臣，他平常深居简出，不大露面。这天，他听说著名短打武生小达子来到新京（长春），在新民胡同戏园子演出，他想看戏，于是就身穿便衣，带了一个仆人，雇一辆黄包车，来到戏园子，定了个包厢。

在看戏的过程中，张景惠发现对面的包厢里坐着一男一女，都是四十多岁。他俩身后站着四个姑娘，打扮得花枝招展，妖里妖气。他一看就明白了，这是窑子的掌柜的领着窑姐们来看戏。

中间的戏，尽是些跟头翻打，主角儿还没出来，没啥看头。张景惠就往对面的包厢看。他看见四个窑姐儿里有一个长得出奇的漂亮，看得他眼睛都直了。这时候，正赶上戏园子里送水的码儿来了，他擦汗的工夫，就问："对面三号包厢是哪家包的？"

送水的码儿说："您老咋不知道呢，那不是头道沟艳春阁掌柜的嘛！"

张景惠又问："他身后的那几个，都是他家的姑娘吗？"送水的码儿说："对！"

第二天，天擦黑了，张景惠不穿官服，打扮成一个阔佬，既不坐自己的汽车，也不坐马车，雇了一辆洋车来到艳春阁。

艳春阁的大茶壶见张景惠穿着不一般，赶忙把他迎进屋。张景惠说："我姓张，叫张金贵，是吉林牛马行布缎庄的老板。听说你们这儿挺干净，来坐坐。"

大茶壶一边忙着给张景惠斟茶倒水端瓜子，一边冲后面喊："见客！"

随着他的喊声，从后屋走出几个窑姐儿。大茶壶挨个儿报名，当报到"月红"时，张景惠一看，这个叫月红的姐儿正是昨天看见的那个，就到月红屋里住下了。

张景惠来得晚，早上又走得早，艳春阁的掌柜的和窑姐儿月红根本认不出他是谁。从此，他隔上几天就来艳春阁月红的房里住上

一宿。有一次，他睡着时，月红偷偷翻他的衣兜。以前，张景惠每次在这儿住，月红都偷翻他的兜，抽几张钱，张景惠的钱有得是，少个三张五张的，他也不在乎。这回月红一翻，翻出了他的名片，抽出一张一看，上写：东北大臣，张景惠。等早上张景惠走了，月红把名片交给掌柜的（王八）说："坏了，你看看。"

这艳春阁的掌柜的叫赵文力，在头道沟一带也是个有头有脸的面上人物。他看过名片说："这可是好事。下次他再来，咱们要恭而敬之，你要下力气侍候好他。找这么个后台、靠山不易呀。把他哄乐呵，你这辈子就得好了。我呢，也借你的光了。"

张景惠并不常来艳春阁，有时十天八天来一次，有时半个月二十天来一次。虽然每次来都换了便衣，坐着洋车，晚来早走。可是，他这么大的人物逛窑子的事还是瞒不了人。艳春阁的窑姐儿们之间互相传，就传到了斜对门的饭店五香居了。

过去的窑子，吃饭都在外面的饭店里定。需要时，由饭店的跑堂的往窑子里送。五香居饭店的跑堂的叫王二，他常往艳春阁里送菜送饭，张景惠来窑子的事他就知道了。他有个干兄弟叫王三，是头道沟花子房的花子头。王三呱嗒板子打得好，虽然是个花子，可在头道沟这一带没有人敢小瞧他。王三跟王二处得不错，跟艳春阁的掌柜的赵文力也有点来往。有时缺东少西的，也去找赵文力，赵文力常常接济他。这天，王三来到五香居，找王二要点客人吃剩的饭菜，两人就聊上了。王二说："艳春阁这回可肥了，抱了个大头的，张景惠常到那儿去。兄弟，你今后少往艳春阁出溜，那里可惹不起了。"

这个王三，还有个外号，叫王冒汗。他要饭的时候，能豁出去玩命，大冬天把衣服脱了，光着膀子管人家要钱。你再不给他，他就躺在地上，也不管是雪是冰。一般人也不惹乎他。他呢，在一左一右也不讨人嫌。这几天，王三的运气不好，正要不着钱呢，他听王二这么一说，不觉心里一动，来了主意。

这天晌午，王三看见赵文力从艳春阁出来，就迎过去说："赵爷，你好哇！"

赵文力和王三相互熟悉，虽然两人富贫悬殊，赵文力可从来没太下眼瞧他，就说："冒汗，你干啥来了？"

王三一哈腰，说："赵爷，我给您老请安来了。"

一听这话，赵文力就知道这是王冒汗向他要钱呢。他掏出五毛钱，递过去。要在往常，赵文力给个三毛两毛的，王三也早就接过去了。今天，王三连眼皮都没撩，拿腔作调地说："赵爷发财！"

赵文力心说：这小子是嫌少哇，又掏出五毛来。可是，王三还是不接。他可有点生气了：一块钱不少了，这小子今儿个是犯的哪份邪？王三见赵文力的脸拉拉下来了，说："赵爷，您茌杆硬了，腰粗了，就这么打发我呀？"

赵文力听出王三话里有话，心想：备不住是张景惠来我这儿逛窑子的事让他知道了。张景惠来逛艳春阁，赵文力是求之不得，可他明白，这事不能露出去，一露出去既有失张景惠这么大人物的身份，更主要是他赵文力丢了后台，丢了撑腰的。他正想着，王三直截了当地说："赵爷，您这儿挂上了张景惠……"

真是越怕啥，王三越说啥。这马路上人来人往，王三说话的嗓门又大，可把赵文力吓坏了，他上前一把捂住了王三的嘴。

王三见这阵势，心里更有章程了：你赵文力怕这事张扬出去呀！接着就说："赵爷，您老吃肉也得给咱混碗汤喝呀。"

赵文力心想：我不能让这小子熊住，这要开了头，他隔三差五地冲我要钱，我供得起吗？于是他把脸一黑，骂着："臭要饭的，别给你脸你不要脸！"说着，抡圆了胳膊给王三一个大嘴巴。

王三被打得两眼直冒金星，要搁在别人那儿，他就该脱光衣服撒泼耍赖了，可在赵文力面前，他又有点不敢。他知道赵文力的势力，自己不是人家的对手。好汉不吃眼前亏，他一边往后退，一边骂道："赵文力，你敢打爷爷，爷爷跟你没完！"

王三回到花子房，左思右想咽不下这口气。他打发个小叫花子买来两匣上好的点心，自个儿拎着奔了四马路。

在四马路，住着一个大花子头，叫宋晓亭。这个宋晓亭跟一般的叫花子不同，他有家有口，有房有买卖。平日里他不出去要饭，

全靠小花子头来养活他。但是，他能维护小花子头们的利益。在花子头中分两等，一等是打呱嗒板子的，王三就是这等。最高等的是打哈拉巴的，宋晓亭就是打哈拉巴的。这天，宋晓亭正和老婆坐在炕上喝酒，王三进来了，把两匣点心放在柜盖上，蹲地就哭。

宋晓亭把酒盅一推，问道："冒汗，你这是干啥？像他妈个报丧的。"一连问了三遍，王三才说："大哥，你可得给小弟做主哇！小弟叫人欺负啦！"

宋晓亭说："你起来，有话慢慢说，别他妈的哭天抹泪的。"

王三就把张景惠如何去艳春阁逛窑子，他怎么去找赵文力要钱，赵文力打他一个嘴巴的事说了。

宋晓亭听了，骂道："张景惠这个大汉奸逛窑子，还怕人们知道？好！这事包我身上了，一为你出出气，二要抖落抖落张景惠。"

这天早晨，天刚放亮，张景惠在艳春阁月红的房里起来了，梳洗完毕，大茶壶打开前门，要把他送走。可是，刚迈出屋门，门前"呼啦"一下子围上了十多个要饭花子，为首的正是王三。原来，那天宋晓亭和王三已经合计好了：派了几个小叫花子在艳春阁那儿盯着。昨晚，张景惠来了，宋晓亭他们就做好了准备。

张景惠看见面前出现这么多叫花子，慌了，急忙缩了回去。王三看得真切，举起呱嗒板子，呱嗒、呱嗒打起来，一边打一边唱道：

> 打竹板，上街来，
> 窑子掌柜大发财，
> 我不要吃，不要喝，
> 今天诚心把你捉。

大茶壶见状，以为王三是来要钱，心想：给他俩钱打发走算了。就掏出一块钱，说："冒汗，拿着，弟兄们找个地方吃碗面去。"

王三不接钱，把个呱嗒板子打得山响，喝道：

> 您给钱，我不走，
> 你家掌柜的是条狗，
> 打了老子我不怪，
> 叫他赶快滚出来。
> 磕个头，拿床被，
> 今天我和他妈睡。

门外这么一闹，赵文力起来了，他见张景惠没走出去，知道是王三来找茬儿。他对王三说："冒汗，我姓赵的平时对你不薄，你别他妈的不识相！"

王三今天不怕大话吓唬，他见看热闹的人越来越多，更来劲了，唱道：

> 打竹板，呱嗒嗒，
> 窑子娘们是你妈，
> 供你吃，供你喝，
> 给你安个王八窝，
> 王八你吃得满嘴油，
> 花子也想抽点头。

挨着艳春阁还有一家窑子，掌柜的姓王，王掌柜的看见事情闹大了，忙上前劝。王三不理这个茬儿，把王掌柜的往边上扒拉，唱道：

> 头道沟，窑子多，
> 大伙听我说一说。
> 婊子挣钱王八富，
> 王八都穿连裆裤。

把个王掌柜的气得一甩手躲一边去了。

这个时候，赵文力心里可是着急了。王三软硬不吃，没完没了，把张景惠堵在屋里出不去，这不要他的好瞧嘛！他一着急，冲了过去，要和王三动手。正在这时，就听花子们的身后，一阵哈拉巴响，走过来一个人。赵文力一看，心里"咯噔"一下，心说："坏了，宋晓亭也来了！"

宋晓亭走上前来，敲着哈拉巴就唱：

> 哈拉巴，点对点，
> 今天叫你们翻白眼。
> 我宋晓亭不好惹，
> 今天谁也别想躲。
> 窑姐贪钱拉大官，
> 王八图势找茬杆。
> 艳春阁，有美人，
> 总理大人丢了魂。
> 张景惠，逛窑子，
> 偷偷摸摸还怕人。
> 声张出去不好看，
> 你们二位全难办。
> 你别哭，你别笑，
> 数来宝，莲花落，
> 明天给你撒海报，
> 让老百姓都知道。

宋晓亭这段唱，正捅着赵文力的肺管子。赵文力又急又怕，上前作揖说："宋大哥，您可别弄错了，上我们这儿来的叫张金贵，是吉林牛马行绸缎庄的老板。张景惠是国务大臣，您可不能给人家胡说八道。"

宋晓亭"嘿嘿"一笑，打起哈拉巴又唱开了：

> 赵文力你变戏法，
> 一个荏杆变成俩。
> 张金贵，张景惠，
> 其实都是一个味。
> 你荏杆硬，我晓亭愣，
> 臭叫花子不要命！

赵文力恼羞成怒，大骂道："好你们这群臭要饭的，你们来讹我呀？我叫警察去！"

宋晓亭拦住他，接着唱道：

> 你叫警察我不怕，
> 蹲巴篱子省洋蜡，
> 又有吃，又暖和，
> 冬天不用打哆嗦。

赵文力跳着脚喊："我就不给你们钱，臭要饭的，穷不起啦！"

宋晓亭又唱道：

> 说我穷，看你丑，
> 不给洋钱我不走。
> 今后你敢把我碰，
> 要你全家王八命。

这乱子越闹越大，人也越围越多。宋晓亭的哈拉巴一个劲地敲，王三的呱嗒板子不断捻地打，大小花子连喊带叫，艳春阁门前唱开了大戏。

赵文力心里有鬼，他怕张景惠走不了，更怕这群天不怕、地不怕的叫花子进屋把张景惠给拉出来，让他当众出丑。在五香居老板等人的劝说下，只得咬牙拿出五十块大洋，分给王三和他的花子们，又拿出十块大洋给了宋晓亭，这群花子们才散去。

讲　　述：张秀臣

记　　录：郑长春

采录时间地点：1986 年采录于四平

黑老五截车

故事发生在1937年。在日本鬼子统治的四平机关区里，有个火车司机姓李。因为他在家排行老五，人又长得黑，工友们都叫他黑老五。

说起黑老五，十六岁从关内逃荒到了东北，打过短工，当过脚夫，尝尽了人间辛酸。他为人耿直、讲义气。专和鬼子作对，在几百人的机关区里，是一条响当当的硬汉子。

一天，黑老五出乘归来，路经车库工棚时，看见乱哄哄地围了一帮人，人群中不时地传来"哎哟、哎哟"的痛叫声和鬼子的"哇哇"怪叫。他跑过去一看，不由瞪圆了双眼，浑身的血直往上冲。他看见，人称一只眼的鬼子工头正在毒打一位生病的工友，这个家伙手握一根硬木棒，咧着嘴，边打边骂："叭嘎牙路，中国人——狗的不如，死了死了的没关系。"

工友们也都气得攥紧了拳头要揍鬼子工头。黑老五早就按捺不住了，他"呼"地冲了上去，一拽鬼子工头脖领，就把这家伙提了起来。"狗日的滚吧！"话落拳到，一下子就把这个家伙打个仰面朝天。

"打得好，打得痛快！"工友们喊了起来。

一只眼见大势不好，就连滚带爬地跑了。黑老五打了鬼子工头，虽然为工友们出了气，他却被鬼子以"煽动工人闹事"为名，将他开除了。

黑老五和几个工友一合计，反正也没活路了，不如豁出去和鬼子干上一场，拼个你死我活。七月的一天，一位工友得到消息：有一列鬼子兵车要在深夜开往奉天。黑老五眼睛一亮，一拍大腿，要半路截车。

夜幕降临了，隐藏在城外小站的黑老五和另外两个工友，带着铁锯、撬棍出发了。一路上走小道、过河沟，一气来到了四平南的沙河铁桥下。此时，天色阴暗，大地寂静，护桥的几个鬼子在岗楼

里睡得像猪一样。三个人悄悄爬上了铁桥，拔道钉的拔道钉，锯桥梁的锯桥梁。刚刚准备完毕，远处就传来了火车汽笛的鸣叫声，紧接着一道强烈的光柱由北向桥上射来。说时迟、那时快，"刷、刷、刷"三个人迅速跳下桥去，消失在茫茫黑夜之中。

这时，火车已呼啸着奔上了铁桥，忽听一声惊天动地的巨响，桥梁下落，车轮脱轨，有七八节车厢滚落桥下。顿时，喊声、枪声连成一片。再看车厢里的鬼子官兵，横躺竖卧，折胳膊的，掉腿的，龇牙咧嘴的，各式各样，丑态百出。有的鬼子正在梦中就稀里糊涂地上了西天。听说，有的鬼子从车厢里爬出来时，"哇哇"直叫，吓得话都不会说了。

"鬼子在沙河铁桥上翻车死人了。"的消息一夜就传遍了整个东北。老百姓听了拍手称快，暗暗叫好。

讲　　述：汪志民
记　　录：汪天福
采录时间地点：1986 年采录于铁东区

脱　险

　　这是 1931 年，"九·一八"事变后的一个夜晚，四平北站里的街巷一片寂静。此刻，人们正在熟睡。突然，一阵刺耳的警车叫声传来。人们惊醒了，只见一群日本特务、警察，像恶狼似的闯进了卡子门。

　　"快！包围修振江的家，别让他跑了。"这帮家伙挥着手电筒、乱嗥怪叫着。

　　众位一定会问，修振江是什么人？为什么深更半夜要抓他呢？要想知道这些我们还得从头说起。

　　修振江原名修焕东，山东人，毕业于北平交通大学，1929 年到四平，在四洮铁路当实习生。他一米八多的个头，瘦削的脸上闪着刚毅的目光，打眼一看就知是个精明能干的人。修振江待人和气、善于结交，是工友们的知心朋友。

　　那年月，中国人受日本鬼子欺压，经常挨打受骂，大伙心里都暗暗憋一口气。正值五月的一天，有个工友在车站里又无故被日本警察抓去毒打。事情发生后，工友们愤怒地举行了罢工，要求惩办凶手。抓住这个时机，修振江开始宣传反日救国道理，揭露日本鬼子的罪行。在工棚里，修振江激昂地对大伙讲："工友们，我们再也不能这样忍受了，大家要团结起来，齐心跟日本鬼子斗。"

　　"对，组织起来跟侵略者斗。"工友们一听沸腾了。

　　就这样，铁路工人第一个反日爱国组织成立了，名字叫"同仁协进会"。就是团结友爱，协力前进的意思。不到一个月工夫，同仁协进会组织就发展到郑家屯、太平川、洮南、通辽等地，声势浩大。

　　修振江不顾个人安危，四处奔波，组织工友办夜校，出版《协进》刊物，画漫画，写标语，揭露日本侵略者的野心，打击了亲日派。有这样一幅漫画，画上一个日本鬼子，脚下踩着东北铁路，脖子上被一条粗壮的绳索勒得紧紧的，贴在大街上，引起了很多人观看。

当时，日本鬼子把魔爪伸向了四洮铁路各处，欲加强控制这条国有铁路——这也是由中国人自己掌握的铁路。修振江发动工友们开展请愿斗争，要求减裁日本人，并取得胜利。这一切，使日本鬼子惊慌不已、坐卧不安，派出特务监视修振江的行动，欲寻机下手。

"九·一八"事变后，日本鬼子便迫不及待地要逮捕修振江，妄图把同仁协进会组织一网打尽。可等到特务、警察赶到修振江家时，人已经转移了，只剩下一个空屋。日本鬼子恼怒了，发出告示，要捉拿赤色分子修振江。

情况紧急，东北不能再待下去了。可敌人封锁得紧，怎么才能逃出去呢？工友们一合计，想出了一条妙计。几天后的一个夜晚，修振江打扮成火车司机，在工友们掩护下，躲过一路盘查，冲过道道关卡，安全转移到了关内。虽然，人们再也没有见到修振江回来，但他的爱国精神却留在了工友们心中。他点燃的革命烈火，永远在四平大地上燃烧。

讲　　述：汪志民
记　　录：汪天福
采录时间地点：1986 年采录于铁东区

一个侦察员的故事

1946 年 3 月初的一天，侦察股长廉克荣被叫到民主联军保一旅的驻地老四平街。

在保一旅司令部，旅长马仁兴对他说："廉股长，我这次请你来，是想向你打听一下四平城里敌人的兵力和部署情况。"

"噢!"廉克荣的两眼倏地一亮，"马旅长，是不是要打四平?"

"嗬!你这小伙子真精明，不愧是华北平原上的老侦察员了。"马旅长严肃起来，说："四平街是铁路枢纽，在战略位置上十分重要。上级指示我们，要迅速做好战斗准备，尽早地解放四平街，解救老百姓的苦难。"

"好，太好了!"廉克荣不由得惊喜地喊了起来。

廉克荣是我党第一批进入四平的干部。"八一五"光复后，党组织就把他从冀东调到了东北。在 1945 年 10 月，我军未正式接收四平之前，他已经几次进、出四平街了。我军接收四平后，由魏兆麟、朱国平等同志组建了四平市政府和四平市公安局。廉克荣担任了市公安局的侦察股长。

马仁兴旅长看着面前这个精明强悍、壮壮实实的小伙子，十分深沉地说："这一仗很重要，我们必须打得干脆利落，打出威风来，让国民党反动派知道民主联军的厉害，给四平人民留下一个深刻的印象。"马旅长停了停，接着说："因此，我们首先要把城里敌人的情况弄清楚，然后才能谈到下一步，你说是不是这样呢?"

廉克荣点了点头，表示对马旅长的见解完全赞同，他不再多问，凭着多年的工作经验，他知道，首长马上要布置给他一项新的任务。此刻，在他的心里已经做好了接受任务的思想准备。但马仁兴旅长却盯着他的脸，继续问道："听说，刘翰东的保安队有一万多人，是吧?"

"我听说的，还不止这些。"廉克荣答道。

"这么说，敌人的兵力多我几倍呀。"马旅长站了起来，在屋

内蹚了几步，"可是，他们的虚实究竟如何，兵力数字准吗？"

"这个，我还没有完全弄清。因为，保安队的大部分人散居。"

"要迅速侦察清楚，而且要把敌人的驻防情况和我们的突破口搞准确。克荣，在这件工作上就要依靠你了。"

"是！"马旅长对自己这样信任，廉克荣感到心里热乎乎的。他立正敬了个礼，向马旅长告辞了。

第二天，廉克荣化装成山东老客的模样，绕道三道林子，顺利地通过了北沟卡子门，来到了道东四马路的一户杂货铺门前。

这家杂货铺的主人叫刘机山，是廉克荣的老乡。1945年秋末冬初，在我军接管四平时，他是廉克荣结识的第一个乡亲。廉克荣经常到他这里来，给他讲一些革命道理，讲冀东人民的革命斗争生活。刘机山在廉克荣的引导下，对共产党和八路军有了新的认识，成了廉克荣在四平开展工作的依靠力量。以后，通过他又串联了徐焕文，刘永恩等人。

这些人，大多是蹬三轮的，卖纸烟的，挑水的，掏大粪的。就是依靠这些人的帮助，廉克荣破获了国民党"战地服务团"对我军接收四平的破坏活动。

在我军撤出四平之前，廉克荣很有心计地帮助刘机山开了这个杂货铺，建立我党我军的秘密联络点。有人夸耀说：廉克荣可神了啦，四平街住户哪家灶坑门冲哪面开，他都知道得一清二楚……这话说得虽有些夸张，但廉克荣依靠刘机山等基本群众，捕获了许多特务、奸细、反革命分子是确有其事；他深入四平街的群众中间，扩大我党的政治影响，争取穷苦人民支持革命战争，此话也并非虚传。

刘机山把廉克荣迎进了里屋。廉克荣把要打四平的消息告诉了他，他十分激动，一连声地说："快打吧，四平的老百姓可让'降大杆'糟蹋苦啦！"

正说着，铺面里进来了两个"降大杆"。这两个家伙一胖一瘦，胖的像头猪，瘦的细溜高挑。两个人一进屋，就用贼眼睛四处撒目。刘机山恨恨地小声骂道："这帮货最可恶，天天在各店铺和

老百姓家乱窜，明抢暗夺。"

廉克荣心里一动，向刘机山递了一个眼色，悄声说："肥肥他们的嘴……"

刘机山心领神会地点点头，就迎了出去。

"嗨！二位长官今儿个真赏脸，请，屋里请。"刘机山说着，递上了香烟，端上了热茶。

两个"降大杆"大模大样地抽着烟，喝着茶，四只眼睛却还是不停地觅寻着柜台里的商品。

刘机山端过来一只火盆，堆着笑脸说："二位，这大雪荒天的，还出来巡逻，可真够辛苦的啦。"

"妈的，"高个"降大杆"骂了一句娘，"我们保安队当兵的算是小三辈，巡逻、守城全是他妈的我们的事。"

矮胖子"降大杆"眼睛没离开柜台，嘴里附和着："可不！哎，掌柜的，赊账行不行？俺哥们今儿个没带钱。"

"好说，好说。"刘机山又斟满了茶。

瘦高个发了牢骚："我×他奶奶的，这个月的军饷又没发，都叫长官老爷们拿去住窑子了。"

"你们省保安队一万多人，一个月的军饷也得老鼻子啦！"

"毯！一万多人？你别听刘坛肉瞎咋呼。从司令到连长，哪个长官不吃空饷。"

"可不，"矮胖子接上茬，"这年头，当官的都肥了。咱干这个差事，也不过是混碗饭吃，真要是八路来攻城，我他妈的一枪不放就跑……"

"嘘……"瘦高个儿急忙捅了矮胖子一下，随即向外探了探头。

两个"降大杆"的话，廉克荣在屋里听得清清楚楚。等刘机山包了几样东西，打发了那两个"降大杆"回到了里屋，廉克荣说："看来刘翰东的保安队，是乌合之众。"

刘机山点点头说："全是一帮大狗食。不过，听说为刘翰东保镖的'铁石部队'还能打仗。"

"噢！"廉克荣沉思了一下说，"这样吧，你在天黑后，把徐焕文他们都找来，咱们仔细地分分工，一定要把敌人的情况摸清摸准。"

"好！"

此时，天已经擦黑了。刘机山把杂货铺的门板关上，径自消失在茫茫的大雪中……

廉克荣在城里忙了十来个白天黑夜。直到 3 月 16 日晚上，他带着刘机山、徐焕文等人回到了老四平。

廉克荣把侦察到的情况向马仁兴旅长做了详细的汇报。马仁兴旅长听了非常高兴，就和廉克荣连夜在小油灯下，绘制出四平街军事图，确定了我军进攻四平的路线。首战四平街的部署定下来了。

1946 年 3 月 18 日凌晨，我军冒着凛冽的寒风，在廉克荣、徐焕文等人的引导下，运动到了四平城外。

东方刚一发白，我军同时从北沟和平东两个方向发动了进攻。爆豆般的枪声打破了城市的寂静，惊破了盘踞在四平的匪伪军的贼胆。刘翰东的保安队，真是一群乌合之众，他们无心抵抗，各自卷着自己抢来的财物四散溃逃。我军如同走平道一般，刮风似的攻进了城内。

当部队挺进到伪省府大楼前，果然遇到了敌人的"铁石部队"的顽强抵抗。这支部队是由伪满国军改编的，虽然人数不多，但却是有些实力的。所以，刘翰东才选中他们做看家护院的打手。

这种情况，马旅长早有预料。廉克荣向他汇报时，他就把这里定为进攻的重点，安排了主力部队。

此时，马旅长已将旅指挥部移到了花园北侧的一座小楼里，马旅长为了尽快拿下伪省府，把自己身边的部队也调上去了，两支部队像一把钳子似的夹向了伪省府大楼。

突然，廉克荣在马仁兴旅长身后喊："旅长，你看！"

马仁兴旅长顺着廉克荣的手指方向望去，只见敌人一辆装甲车从伪政府院里钻出来，"突、突"地向南桥洞子方向开去。在南桥洞子被我军阻截后，突然调转方向，直奔我旅指挥部开来，企图夺路逃走。

此时，我旅指挥部里只有马旅长身边的警卫员和一些机要人员，眼看着敌人的装甲车就要开到眼前了，怎么办？决不能让敌人从眼皮底下溜了。廉克荣看了一眼马旅长，冲着几个警卫员一挥手，说："来菜啦！走，截住它！"

几个警卫员呼喊一声，跟着廉克荣冲下楼去。他们蹲在了道旁的树丛中，等装甲车近了，一个小伙子随着手榴弹的爆炸声，"呼"地蹿上了车顶，用手榴弹撞着车顶盖，大声喊："停下，快停下，不然，就往里塞手榴弹！"

里面的敌人吓慌了，乱嚷嚷地喊："我们投降！我们投降……"说着，从舱洞里挑出来一顶白帽子。

车停下来，里面的人一个个爬出来。奇怪，这一车人，除驾驶员外，全是一些穿白衣服的大夫。他们一个个手无寸铁，捧着个大皮包抖抖瑟瑟地站着。

几个警卫员有点傻眼了，廉克荣心里也好生纳闷，他闪着两只雪亮的眼睛，一个个审视着面前的这群"大夫"。这些人被他的眼光刺得一个个直往后躲。

廉克荣发现其中有个大胖子，胖得把身上的白大褂都撑开了线，满脸的肥肉嘟噜着，活像一只刚出锅的红烧肘子。

廉克荣盯着他，冷冷一笑，猛然喊一声："刘坛肉！"

"啊，啊，不，不，我不是刘翰东，我是军医……"

那个胖子吓得直发抖，抖得一身的肥膘乱颤。

在马仁兴旅长和廉克荣的审问下，这个大胖子不得不承认他就是伪省政府主席刘翰东，其余的是伪省政府的厅长和秘书。

首战四平，只用了几个小时，等曙光初透四平街时，四平已经解放了。

四平人，常喜欢给人讲述四战四平的故事，而活捉"刘坛肉"（四平人奉送给刘翰东的"雅号"）这个故事更是脍炙人口。

讲　　述：肖玉山
记　　录：郑长春
采录时间地点：1986 年采录于铁东区

勇夺天桥

天桥位于四平的中央，中长铁路从桥下穿过。

1948年春天，震撼中外的四平解放战争打响了。据守四平的敌人，在天桥上用沙袋垒起大小十几个碉堡，桥上桥下布有密密层层的铁丝网、绊马索。在铁路两侧修了密密层层的地堡群，调来了八十八师一个所谓的"坚强连"来把守。敌人吹嘘说："天桥是四平不可攻克的必胜点。"

天桥上敌人的工事确实是够坚固的了，记得在第五次攻势中，我军在道里的进攻部队曾经派出一个精悍的小分队，力图攻占天桥，向道东方向突击。但是小分队几次攻到天桥的引桥，都被天桥上守敌的强大火力给顶回来了。后来，小分队下了狠心，一齐呐喊着向前冲。可刚到引桥的半当央，桥上的守敌一面向我军猛烈开火，一面向桥上成袋成袋地倒黄豆。小分队头上有敌人呼啸着的子弹，身下有着滚圆溜滑的黄豆，身子一动，不但不能前进，反而出出溜溜地往下滑。这次攻击天桥，小分队伤亡大半，却没能攻上天桥一步。怪不得敌人一再吹嘘："天桥是四平不可攻克的必胜点。"

这天，小风刮得正紧，担任夺取天桥突击任务的某部一连二排排长王家元带着战士王荣会和任升，偷偷地来到了天桥下铁丝网外。

进攻的时候到了，机枪连和兄弟部队一齐向天桥的守敌开火。王家元脱掉了棉袄，抱起炸药包带着王荣会和任升向铁丝网猛扑过去。

敌人发现了他们，桥上的机枪向他们猛扫，只见他们倒地滚了几滚，到了铁丝网下。一声巨响，第一道铁丝网被扯开了一大口子。王家元又抱起一包炸药，从大口子冲过去，王荣会和任升把桥南的一个地堡炸塌了。趁着烟雾，王荣会和任升也各自炸塌了一个地堡。外围的堡垒被扫清了，王家元带着王荣会和任升向桥西头的地堡冲去，他摸到地堡跟前，对准地堡枪眼，塞进去一颗手榴弹。

一声巨响，桥头地堡被炸塌了。

　　天桥上面的守敌见桥头工事都被炸塌了，一下子乱起来。这时，我军部队又调来了六〇炮，一顿轰击炸得敌人从桥东撤了下去，我军乘机猛攻，占领了天桥。突击部队从天桥上冲了过去，加入了解放道东的战斗。

讲　　述：肖玉山

记　　录：郑长春

采录时间地点：1986 年采录于铁东区

进　城

"八月十五云遮月，正月十五雪打灯"。四平，1948 年的灯节正应了这句话。只见地上铺着雪，天上飘着雪，这雪下得大，不说对面不见人也差不多。

别看是灯节，这天夜里，整个四平不但一盏灯看不见，就是想找个人影也难。为啥？因为八路军早把四平围了个水泄不通。此时此地，中央军一个个提心吊胆，怕的是八路军攻城；老百姓家家户户关门闭户，怕的是国民党匪兵趁火打劫，心里盼着八路军快进来，你说谁还有心思过灯节？就在这夜深人静的时候，有两人身披白斗篷，手持短枪，神不知鬼不觉地出现在四平市内的东南角。走，快得像一条线；停，静得像一堆雪；走走停停，停停走走，穿大街越小巷，直向市内挺进。这两人就是我军某团的侦察小组。走在前面的是侦察排长毕士成，跟在后面的是新战士李春峰。为了摸清敌人的重点防御设施，给炮兵提供准确的射击目标，他俩趁夜深雪大，按着城内地下党建立的秘密交通线，顺利通过了敌人设置的明卡暗哨，进入到城市中心，机警地奔向联络点。两人正要穿过大街，进入联络点的小胡同。突然，从胡同里传出来一阵杂乱的脚步声。毕士成一挥手，两人就地隐蔽，拉开枪的扳机，注视着里面的情况。

不大工夫，从胡同里走出三个人，两个大个子兵架着个小矬子。刚到胡同口，"扑"的一声，三个人趴下一对半，两个大个子爬起来，去拉那个矬子，矬子死活不起来，嘴里叨咕着："醉？我……不知啥……叫醉。别拉我，我……就在这睡，这……凉快。谁敢不让……我叫我……儿子……毙了他。我……祖上有德，出了侯……侯三，当了连……连长……"一个刚伸手去拉，"啪"地挨个嘴巴；另一个往前一凑合，"当"地挨了一脚，李春峰透过雪幕看明白了，一捅毕士成，意思是要干掉这三个王八蛋。但没等毕士成表态，突然一个兵叫了起来："不好，八路来了！"小矬子"哎

呀!"一声,把脑袋扎进了雪堆里,另一个趴到了地上,"哗啦"拉开枪栓,李春峰刚要上去来个痛快,被毕士成一把拽住。只听见刚才喊叫的那个兵说了句"孬种",转身对小矬子说:"老爷子,快走吧,碰上八路就麻烦了。"矬子从雪堆里爬出来:"八路?怕……什么,你把……他叫来,我让他……十个八个的。"嘴里说着,却顺从地让那两个兵架走了。看他们走远了,毕士成和李春峰才迅速地走向联络点。

联络点是东市场内的一家肉铺——坐西朝东的三间青砖土平房,窗户周围全上了风板。毕士成观察了一下周围的环境,断定是联络点后,走到北窗根前,轻轻敲了三下,见屋里没动静。"咋回事?"两人心里正纳闷,突然从市场口传来一阵吆喝声,毕士成隐到暗处一看,一队中央军正向他们走来,李春峰见附近没有隐身之处,正急得火上房,毕士成果断地指着房子:"上!"说时迟、那时快,两人双脚点地,"刷"地上了房顶,两支乌黑枪口,对着由远及近的中央军。"到了,这就是那家肉铺。""吵吵啥?""进不进?""侯连长来过了,肉渣都不能剩,进去干啥。""你没看老犊子喝得那德行。""走,明天晚上早点来。"几个人"呼呼啦啦"就走了。毕士成通过下面的对话,断定这伙人没有发现这个联络点,于是小声地说:"下去。"两人重新回到了地面。毕士成在北窗又轻轻敲了三下,这三下刚停,从屋里透出一些昏暗的灯光。不大工夫,门开了,两人迅速进入了屋内。

他们像到了家一样,脱掉斗篷,掸着身上的雪,只见:毕士成二十三四岁,中等身材,眉清目秀,头戴狐狸皮帽,身穿青布棉袄,脚踏千层底掐脸棉布鞋。李春峰十七八岁,虎头虎脑满脸孩子气,便服棉袄扎着腰带,脚穿一双高靿棉花篓。就是神仙也看不出这是一对八路军战士。

开门人关好门,刚一回头,毕士成看此人大高个、微微的水蛇腰,满脸胡子,年纪少说也有四十七八,便亲切地问:"你是张万东大叔?"开门人看了毕士成一眼,不冷不热地说:"不,我姓苏。"说罢既不让座,也不招呼,回到炕边,坐在那抽起烟来。毕士成不免一愣，心想：怎么回事？走错了？没有。联络号不对？不对不能给开门。李春峰一看："坏了！"赶紧拿起手枪，两步蹿到门后，"后院没人。"开门人仍是不冷不热地说着。毕士成示意李春峰收起手枪，走到开门人面前："苏大叔……""别叫我大叔，我比你们大不了几岁。吃不吃饭？"毕士成摇了摇头。"不吃快睡。"说完，自己头朝下躺下了，李春峰还想问什么，毕士成摆摆手，招呼李春峰上炕躺下，闭了灯。李春峰躺在热乎乎的炕上，说啥也睡不着，开门人的神态实在让人犯合计。虽然说他才参军半年多，可没少和老同志一块儿闯敌占区，像今天这种情况，他还是头一次碰到。这，是不是联络点？

这是不是联络点？是！开门人为啥如此淡漠？你别着急，听我慢慢说。

开门人叫苏林，今年还没到三十呢。毕士成为啥叫他大叔呢？问题出在苏林的一脸胡子上，别说晚上天黑灯暗看不准，就是白天，谁见谁都得说四十出头，难怪士成管他叫大叔。

和苏林有交情的人，都知道他有三恨。一恨：父亲死得早，除了孤儿寡母啥也没留下。二恨：自己没能耐，白长个膀大腰圆，凭力气强维持母亲和自己的两张嘴。三恨：是当兵的害得他父母双亡。苏林二十三岁那年，他父亲叫日本兵抓了劳工，一去不返；前年他母亲有病，好不容易凑了点钱给母亲抓药，半路上叫几个中央军给抢去了，药没抓着反被打了个皮开肉绽，为此，母亲一股儿火死了。从此，"兵"就是他心里最大的仇人。本来话语不多的苏林，经过这两次磕碰就更不爱吱声了。

苏林也有不少朋友，最好的得说是张万东大叔。张大叔说话实在，办事厚道，软的不欺、硬的不怕，无论大人小孩都能和他处得来。要是和张大叔来不上的准不是好人。苏林的母亲死后，正好张大叔赁了这家肉铺，苏林就到这儿，和张大叔一块做起了买卖。

年根底下，肉铺买卖正忙的时候，不知为啥，张大叔一趟没来，把苏林急得团团转。直到正月十三天快黑的时候，张大叔才来到肉铺。简单地问了问买卖的情况，凳子还没坐热，就匆匆地走了。临走时对苏林说："你记着，正月十五我有两个朋友到这住几天，晚上他们来时，在北窗户敲三下，如果我来不了，托你照顾他们吃饭、睡觉，别的啥也别问。"

今天傍晚，苏林老早就关上了门，坐在屋里等着张大叔的两个朋友。一袋烟没抽完，北窗户"嘭、嘭、嘭"响了三下，苏林赶忙下地去开门。开门一看，这两人他认识：一个是驻守天主教堂的中央军特务连连长侯三，另一个是他的勤务兵，心想：张大叔咋交了这么两个"朋友"？

这两人进屋后，二话没说，走到肉锅前，把一锅肉装上一多半，拎起来就往外走。苏林追到门口："老总，你还没给钱呢。"侯三回身凑到苏林跟前，冷不防照着苏林的脸上，"啪啪"就是两下子，嘴里不干不净地骂着："他妈的，老子拼命给你们守城，吃点肉还要钱？告诉你，一会儿不够还来取！"苏林两眼直冒火，瞪得溜圆看着侯三，一声没吱。不知是侯三有点害怕了，还是惦记着吃肉，骂骂咧咧和勤务兵走了。

刚才毕士成敲门，苏林以为是侯三又来抢肉，所以在屋里没给开门。听到门口那几个中央军的对话，他知道真的是张大叔的朋友来了，才把门开开让他俩进来，苏林那不爱吱声的脾气加上刚才生点气，全凑在一起了。所以，使李春峰心里犯了合计。

第二天，天刚一放亮，苏林便悄悄下了地，忙活着生火做饭。毕士成、李春峰紧跟着也起来了。苏林点火，毕士成接过来："我点吧。"苏林给了他，又去淘米。李春峰抢过米盆："我淘吧。"苏林把盆给了李春峰，又去切菜。毕士成夺过刀："苏大哥，我切。"反正苏林干什么，他俩都抢着干。李春峰满以为如此一来，就是木头人也得有个表示，不料苏林还是一句话不多说。李春峰心里憋着的劲又加了一圈。

饭做好了，李春峰要熬菜，却找不着油，不得不问道："苏大哥，豆油在哪？"苏林答道："没有豆油，汤油在桶里。"李春峰看锅台两边有两个桶，一时摸不清哪个是汤油桶，本想再问一句，但看苏林那样，就没吱声，心里叨咕：算了，今天来个白水煮白菜。

苏林正在收拾肉，闻着菜不对味，问道："菜里没放油?""嗯哪。""那咋吃?"说着，走到跟前望外淘水，毕士成接过来。苏林交给毕士成说："把水淘干，加上肉汤。桶里有。"毕士成淘完水正要问哪桶是肉汤，李春峰已经拎起一只桶，"咕嘟"倒了进去。苏林忙说："那是油。"李春峰急得伸手去捞，"那能捞出来吗?"毕士成赶忙用勺子撇，苏林说道："算了，添点水就行。"李春峰知道闯了祸，红着脸在一边看着。

饭菜做好后，李春峰放桌子，毕士成盛菜，苏林盛饭，苏林拿起碗刚要盛饭，又把勺子放下，背着毕士成和李春峰，给他俩每人的碗里放了两大块不肥不瘦，五花三层的熟肉，然后用饭盖上，给了他们。吃饭的时候，李春峰发现了肉，正要声张，见毕士成使了个眼色，便不声不响地吃了。

吃完饭，毕士成要给钱，苏林说啥也不要，直到毕士成说："这是纪律。"苏林虽然不知道啥是纪律，看来不要不行了，才把钱接过来。"用不了这些钱。""这里有肉钱，还有赔的汤油钱。"苏林听罢，眼睛突然一亮，眼含泪花，盯着手里的钱……别看苏林仍然没有说一句感动的话，李春峰心里却赞扬道："苏大哥这人实在!"从这以后，尽管苏林话仍不多说，三个人心里都觉得越来越热乎了。

咱今天不说毕士成、李春峰如何克服重重困难，画好了敌人重点防御的标位，准备第二天出城。单说苏林。

年过了，节也过了，肉铺的买卖一天不如一天。苏林正发愁，肉铺的买卖不好干，东海兴饭店来了个伙计，叫他晚六点以前送三十斤熟肉，苏林转愁为喜，把肉做好，六点去东海兴送肉。苏林扛着方盘刚到北市场，见饭店门前里三层外三层围了一群人，一会儿西，一会儿东，不知出了啥事。等到跟前才知道，是侯三连长的爹喝醉了酒，在饭店门口耍狗驮子呢。苏林要往里走，半天没进去，他怕晚了饭店不要，才往人群里挤。快到门口了，一个熟人拉住他："苏大个子，别去了，碰上那老王八蛋就坏了。"苏林心想：饭店不要这三十斤肉就更坏了，一边向熟人表示感谢，一边仍往里

挤。好不容易挤到了饭店门口，刚要进屋，却又被一个人拽住了。苏林回头一看，正是那个醉鬼，侯三他爹晃晃荡荡地说："你扛的啥？是不……是……机关枪？哈哈，是肉！给……给我一块。"老东西伸手抓了一块："这太肥。"扔了，又抓了一块："这太瘦。"又扔了，说话间扔了好几块。苏林急了，老东西又要拿肉，他把手一拦。这一拦不要紧，老东西上去一拳把肉盘打翻了，一盘子肉一块没剩。苏林本来气性就大，此时此刻，就是皇上二大爷他也不怕了，他照着老东西就是一拳。那老东西哼都没哼一声，"噔、噔、噔"倒退几步，仰翻在地上。苏林正发愣，人群里挤出两个中央军。一个去拉醉鬼，另一个掏出手枪对准苏林："好小子！找你八天了，你在这。"大伙一看，这家伙正是醉鬼的儿子——侯三。苏林辩解道："抓我干啥，大伙都看见了，不怪我！"侯三扯着嗓子喊道："你是八路军的探子，走！"然后推推搡搡地要把苏林带走。围观的老百姓议论着："完了，苏大个子没命了。"一个小伙子不服气地说："还能把他毙了？""你不知道，现在有令，八路的探子不审不问，拉出去就毙。侯三那小子手黑，你说能有苏大个子的好？"这小伙子"哎呀！"一声，一面像是在找谁，一面往苏林跟前凑合。你猜这小子是谁，他就是李春峰。

李春峰听说苏林性命难保，正不知所措，突然人群里发出了一声，"不好，真八路来了！"一声炸响，人群顿时乱了营，你挤我，我挤他，一边挤，一边吵吵："八路来了！""八路！"趁侯三吓得回头之时，李春峰见毕士成推了苏林一把，侯三便和苏林分开了，人群立刻把侯三挤到一边，毕士成带着苏林和李春峰飞似的跑了。

原来，毕士成他们完成任务正往回走，见苏林被醉鬼缠住了，正要设法解围，就发生了刚才的事。那时老百姓常用"八路来了"吓唬中央军。毕士成急中生智喊了这一声，还一边喊一边故意把侯三挤到一旁。等侯三明白了没啥事，人也就没影了。

毕士成、苏林、李春峰三人七拐八拐翻墙越院，来到了肉铺的后门。别看李春峰愣，还有点心眼儿。他见毕士成刚要开门进屋，一把把毕士成推开，先进去。他一进门看有两个中央军迎面走来，掏枪来不及了，飞起一脚踢倒一个，举拳朝另一个面部打去。那个中央军把身子一闪，抓住李春峰的腕子轻轻一带，李春峰"扑"地闹个前趴子。李春峰刚一着地，双手一弹站了起来，顺势掏出了手枪，刚要射击，只听"别动!"手被苏林一把抓住："这就是张万东大叔!"

原来张万东大叔中午接到城外给毕士成下达的命令，因为地下党迎接我军进城的任务太重，一时找不到合适的同志通知毕士成，所以便亲自带领小黄来到联络点。怕路上遇到情况影响命令的传达，张大叔便化装成中央军军官，小黄扮成他的勤务兵。

寒暄之后，因为看见毕士成他们三个是从后门进来的，张大叔便问是怎么回事，毕士成简单地介绍了刚才的经过，说道："侯三不会吃这个亏，一会准带人找苏林的麻烦，咱们得撤。"张大叔考虑了一下冷静地说："来得及。侯三把他爹送回去，才能带人找苏林。"他接着说："城外来了命令，叫你们其中一个带着情报马上回去。另一个留在城里，用信号弹指示敌人临时防御设施的目标，用炮火摧毁，减少步兵的伤亡。为了保证把情报送出去，让小黄也出城。留城同志，我也想配上一个人，现在还没确定。意外的是这个点不能用了。"张大叔说完在屋里慢慢踱来踱去，想着办法。毕士成说："张大叔，让小黄和李春峰出城，我留下来，虽然我对市内不熟，但凭我经验，保证完成任务!"李春峰抢着说："排长出城，我留下。"到底留谁好？张大叔有些犹豫，苏林慢腾腾走到张大叔跟前："张大叔，我不是当兵的人，可……可你知道我的为人，让我出点力气吧!"话不多，但诚恳坚决。张大叔打量了苏林一眼说："好，小黄和毕士成出去。苏林配合李春峰完成留城任务。"毕士成刚要说啥，门外已传来了脚步声和吆喝声。张大叔果断地命令着："就这么定了，撤!"五个人从后院走了。

第二天拂晓，炮声隆隆，那炮弹像长了眼睛一样，一颗挨一颗地落在敌人的防御设施上。守城司令吓破了胆，赶紧下命令修筑临时防御设施。一时间，他们抢民房，驱百姓，十来个阴暗碉堡又出现在被摧毁碉堡的周围。守城司令把新修的公事标在阵地图上，得

意忘形地大笑起来："这是坟丘！不，这前面是八路的坟丘，夺我四平，谈何容易……"话没落音，窗外"腾、腾、腾"飞起三颗红色信号弹，吓得他跑进了地下室。不大工夫，炮弹呼啸而来，新修的碉堡真成了坟丘。

从此，敌人白天修，傍晚挨打；夜里修，拂晓被轰，急得敌人团团转。想抓住放信号弹的人，可连个人影也摸不着。苏林熟悉地形，李春峰机灵勇敢，这一军一民互相配合，为解放四平做出了卓越的贡献。正是：

> 军爱民，民拥军，
> 军民团结如一人。
> 摧枯拉朽扫残敌，
> 解放四平建奇勋！

讲　　述：严开远
记　　录：王德福
采录时间地点：1986 年采录于铁东区

廉克荣智破"家里会"

1946年3月末，四平刚刚解放不久，正当我党政人员积极安定市面秩序，照顾人民生活之时，国民党背弃谈判信义，竟派大兵北上，企图乘苏军撤离东北、我军在东北立足未稳之时，抢占四平、长春等主要城市。大喊："不拿下四平，不停止战争；不打到长春，不商谈和平。"我军为了配合和谈，争取东北和平的可能实现和积极建设后方根据地，就必须给敌人以沉重的打击，因此打响了闻名中外的四平街保卫战。

四平街保卫战已经打了十几天了，战斗一天比一天激烈。尽管蒋军全副美械装备的"王牌"精锐部队七十一军和新一军向我前沿阵地倾泻了大量的炮弹，发动了无数次的猛烈进攻，由于我军前沿战士的顽强抵抗，使敌人的进攻像蜗牛一样拔不动步子。

前沿的保卫战打得非常漂亮，可是，城内的情况却很不妙。敌军派遣了特务进到城里，和城里的国民党反动派的特务组织——地下先遣军勾结起来。他们白天黑夜地打冷枪，放信号弹，刺杀我军政干部，破坏群众的支前工作，猖獗一时，扰得城里终日惶惶不安。

这天傍晚，我公安局侦察股长廉克荣带着警卫员小王从司令部出来，他一边走，一边回想着刚才同邓东哲副司令员的谈话："看到了没有？敌人已经钻到我们的心脏里来了，成了我们心上的一个瘤子。"邓副司令员认真而又风趣地说。

廉克荣握着拳头，挥动着说："我一定要剜掉它！"

"破获敌人的特务组织，是迫不及待的工作，不解除这个后顾之忧，整个保卫战就要受到严重的影响。"副司令员看着廉克荣说："坐下，谈谈你们的工作进展情况。"

廉克荣坐下后说："眼下，全市的群众都吃透了这些特务的亏，挨够了敌人的炮弹。一些群众已经在公安局的直接领导下，自动成立了侦察小组，活动在全市的许多地方。不过，敌人很狡猾，就是跟踪上了也很难抓住。前天，徐焕文侦察小组发现光复市场有特务打信号弹，便扑了过去。结果，不但没有抓住放信号弹的，还挨了特务的冷枪。"

"嗯，现在是光听着辘轳把响，不知井在哪儿。"副司令员点着一支烟，在地上慢慢踱着步子。

"不过，"廉克荣接着说，"刘机山侦察小组向我们报告说，发现阚家大院有我们的军队干部出出进进，也有些穿便衣的形迹可疑人。"

"哦，阚家大院？二十四旅三营驻防在那附近。"

"对。我们的侦察员也了解到三营长张绍文经常和本营的连、排长出去喝酒，他们称兄道弟，拉拉扯扯。有个连长昨天喝醉了酒，跑到一个商店抢东西，把商店给砸了。"

副司令员听到这里，停住了脚步，说："你们就从这个营着手调查。据我所知，三营长张绍文是整编过来的。他们可能与地下先遣军有密切的联系。"副司令员拍拍廉克荣的肩膀，严肃地说："战斗打得紧呀，咱们要是行动慢了，有个风吹草动的，这个营摇身一变，可就不是解放军了，那将成为四平街里的一个大炸弹！"廉克荣一边走着，一边回想着刚才同副司令员的谈话，他感到了肩上这副担子的沉重。

廉克荣今年二十五六岁，十六岁时就参加了八路军，在冀东平原上和日本鬼子打了几年的交道，是一个很出色的侦察员。1945年年末，他受冀东军区的命令，随魏兆林、朱国平等同志来到四平，成立了四平市政府和警察局（后改为公安局）。当时，四平刚刚被我军接收，城内的情况非常复杂，日伪军的残部，伪警察仍然贼心不死，勾结土匪流氓兴风作浪，放冷枪，贴反动标语，打家劫舍，制造混乱，妄图推翻刚刚成立的人民政府。摆在警察局面前的任务相当繁重、艰巨，具体的任务就落在了廉克荣的身上了。他在力量单薄、环境生疏的情况下，牢记来四平时冀东党组织对他说的话："要想在四平站住脚，就必须生活在四平的人民中。"他来四平后，首先尽快地熟悉人情地理，抓住了最基本的群众，开展工作。在四平人民的帮助下，他很快地破获了敌人的"战地服务团"，捕获了特务头子赫元黎和马宪林，使四平街的市面得到了安定……

此时，天已经黑下来了。城外的枪炮声渐渐稀落下来。敌人这一整天的进攻又被我军给顽强地阻击住了。可是，这个时间，却是城内最不安定的时间。谁也不知道哪里会有敌特的信号弹突然飞起，随着信号弹的飞起，马上就会有城外敌人的炮弹落下来。为前沿阵地送水送饭的人民群众都不敢在马路上走路，只好把饭桶绑在大竹竿上，一边爬，一边往城外推。他们提心吊胆，生怕突然从天上掉下来一颗炮弹，打碎了这热腾腾的饭菜。廉克荣看到这种景象，恨得牙根咬得生疼。过了一道街拐弯的时候，只听得"当当"两枪，子弹"飕飕"地擦着耳朵飞过，一回头，看见他的警卫员小王应声倒下了。廉克荣急忙抱起小王，小王已经牺牲了。廉克荣托着小王的尸体，两眼像机关枪似的喷出了火，恨恨地骂道："狗特务，不出三天，我一定把你们连窝端！"

通过了解，廉克荣已经掌握了二十四旅三营长张绍文的基本情况。张绍文胡子头出身，原是国民党的一个团长。因为有一手好枪法，所以外号"老三点"。这个人老奸巨猾，凶狠残忍，多年来一直活动在沈阳到长春的铁路沿线一带。他当土匪时，有一次被日本鬼子抓住了，给他上了大刑，他连哼都没哼一声。1945年，他乘军队整编时，拉着一伙人混进了我们的队伍中，骗取了领导的信任，当了营长。两年来，他逐渐地把这个营的连长、排长，甚至班长都换上了他的人。实际上，他完全控制了这个营，把它变成了国民党军队的预备队了。

廉克荣还了解到，张绍文可能与敌人的第五先遣军有联系。第五先遣军的总头子是牛占臣。对于牛占臣，廉克荣早已有耳闻，可就是不知道他在哪儿。面对着眼前的情况，廉克荣经过反复的思考，一个大胆的方案在心中形成了。

第二天下午，在二十四旅旅部，营长以上的干部们正坐在一起闲谈，等候旅长开会。

廉克荣此时变成了从司令部派来的姓李的检查员，他坐在营团长们中间谈笑风生。

"李检查员同志，听说你昨天从司令部来时吃了特务的冷枪了？"一营长这样问了一句，引起了话头。

"别提了，跟了我五六年的警卫员……唉！"廉克荣伤心地说。

"李同志，既然事情发生了，伤感也无济于事。"一个满脸横肉的营长搭腔说："干革命嘛，就是要流血牺牲的。"

廉克荣看了看这个营长，根据长相和口音他已确信，这个人就是"老三点"张绍文。廉克荣故意骂道："咱们公安局那些侦察员都是白吃饱的大草包！"

这时，张绍文凑过来问："李检查员，你从司令部来到二十四旅，必是有什么要紧事吧？"

廉克荣明白张绍文的用意，心中暗想：好哇，你想探探风？于是，他忽地站起来，手卡皮带问道："哪位是三营长？"

"我是，"张绍文一愣，一时显得有些慌乱，但他到底是见过阵势的，立刻稳住了神，换了笑脸问："李检查员，找我有什么事吗？"

"你来一下。"廉克荣把张绍文叫到另一个房间，煞有介事地说，"你手下的一个连长喝酒抢店铺，还打人，老百姓都告到司令部去了！司令员非常生气，派我来调查此事。严重啊，同志，我们革命军队怎可以出这种事情呢？"

廉克荣一边说着，一边暗暗地察看张绍文的神色，发现张绍文对此毫不在意，他也就改换了一副神态说："哼！我最不佩服这种灌了二两酒就兴风闹事的人，那算个屁英雄！说句实在的，烧酒谁没喝过，不过……"

"这个混蛋，我回去一定狠狠批评他！"张绍文听出了廉克荣话里的意思，赔笑说，"兄弟，一会到大哥的营部去，一切好商量。"

到了营部，没唠上三句嗑，张绍文就派人摆上了酒菜。廉克荣眼盯酒杯说："三营长，不瞒你说，这玩意儿我可有几个月没碰过了，在上边可不像在下边这么方便哪！"

三杯酒下肚，前三百年谷子、后三百年糠都拉到了桌面上来了。廉克荣一心想侦察出张绍文与第五先遣军的联系和阴谋；张绍文想利用这个从司令部来的检查员刺探军事机密。

廉克荣一连干了三大杯酒，显示了一下自己的酒量后，就云山雾罩地讲起自己的经历来。他说自己当过国民党的旅部参谋，因为和旅长的姨太太相好，被旅长发现了，他火并了旅长，拉着一伙人当了八路。

"老兄贵庚？"张绍文探过头来问。

"三十有一，怎么样，还能风流一阵子吧？"

"哈哈，你还是小老弟呀！"张绍文喝了一大口酒，大笑起来。

廉克荣也连着喝了几大口，咂吧着嘴说："从打当了八路，我还从来没像今天这样痛快喝酒呢。这真得谢谢你老兄呀！"

"说真话，"张绍文开始了他的攻势，"大哥我倒是常常有酒喝。看起来，还是在外边领一伙人自由自在呀。不瞒你说，我们常在一起喝酒的弟兄，还组织了个'家里会'。"

廉克荣看他上钩了，立刻来了个就高骑驴，一本正经地说："'家里会'？好，好，有意思。"

张绍文盯着廉克荣说："如果老弟看得起，哥哥我情愿做一个引见人。"

"朋友之间，哪里话?！"

廉克荣回到司令部，向副司令员做了汇报，并说："我明天去阚家大院赴宴。张绍文要介绍我加入'家里会'。"

"好，这是消灭这伙特务的绝好机会！"副司令员说到这里，猛然顿了下来，深情地看着廉克荣说，"深入虎穴，一定要沉着、果断。稍有一丝疏忽，后果不堪设想呀……"

廉克荣点了点头，坚定地说："请首长放心，我已经做好了必要的准备。"

副司令紧握着廉克荣的手说："我们一定要在明夜将先遣军一网打尽，铲除'家里会'。前沿的兵力很吃紧，我将从梨树抽调两个连来协助你。"

第二天晚上，廉克荣在张绍文的陪同下，向阚家大院走去。

阚家大院在道东四马路，原是旧军阀阚六的宅院。廉克荣来到阚家大院，放眼瞧看，心说：这阚家大院真是名不虚传的"铁大院"呀。高高的青砖磨缝的大墙上架着铁丝网，大门上钉着一排排酒盅般大小的铁钉。

一进上屋，廉克荣猛地一愣，只见屋里齐刷刷坐着的几乎都是穿着我们军装的人。廉克荣迅速地扫了几眼，还好，没有与自己相识的。心里说：幸亏平常与二十四旅接触少，不然的话，今天这个戏就难唱啦！

张绍文一个个地为廉克荣做着介绍，当介绍到二连长时，廉克荣放声笑了起来，开玩笑地说："二连长，今晚上你得多喝几盅，明天到了司令部，可就没有酒喝啦！"

最后，张绍文把廉克荣领到最上首，只见上首席上坐着一个肥头大耳的胖子。他堆坐在太师椅子里，脸上丝毫表情也没有，大眼皮下闪出一股凶狠的眼光，死死地盯着廉克荣。

"李检查员，"张绍文向廉克荣介绍说，"这是'家里会'的老祖——牛占臣。"

"牛占臣"，廉克荣听到这个名字，心中不免微微一震。暗暗说道：牛占臣，你这个第五先遣军的头子，我今天总算会着你了。

落座以后，张绍文洋洋得意，和廉克荣东拉西扯。牛占臣却死死地盯着廉克荣，观察廉克荣的一举一动。

"老弟，"牛占臣突然逼视着廉克荣叫道，"你这次从司令部来，就是为二连长的事吗？"

廉克荣看着牛占臣，微微一笑说："实不相瞒，敝人还有一件私事。处理二连长的事只不过是个因由罢了。"

牛占臣接着问道："不知老弟的私事指的是……"

"当真人不说假话。如今敌我战事紧张，谁胜谁败，尚难定论。为留条后路，谁不想做些准备。二马路有个买卖，兄弟想要买下来，作为退身之路。这两天正在协商，这也算是公私兼顾吧。"

"哈哈哈！"牛占臣得意忘形地笑起来，他相信了廉克荣说的是心里话。

"哈哈哈!"看见头子笑,特务们也跟着没头没脑地笑起来。

牛占臣站起来,挥手叫道:"来,摆上香案,收这个新兄弟!"

一阵忙乱,香案摆上了,牛占臣手捻一炷香,刚要拉廉克荣拜把子,三营的文书跑了进来,对着张绍文说道:"报告营长,司令部来人,命令李检查员立即回司令部,开紧急军事会议。"

"什么事?"廉克荣摆出一副极不情愿的神色。

"听来人说,好像研究撤离的事……"

牛占臣在一旁听得清清楚楚,高兴得狂笑起来:"哈哈哈,到底不是老蒋的对手吧!"

张绍文也附和着说:"可不!就凭咱这土套筒子,还想和美式装备的七十一军硬顶硬地干?"

廉克荣转过身来,冲着牛占臣一抱拳,说:"实在扫兴,实在扫兴。兄弟公务在身,得马上回去一趟。请诸位老兄先饮一杯,兄弟去去就来。"说完,假装十分留恋地看着满桌子的酒菜,很不情愿地随着来人走了。

半夜时分,廉克荣带着从梨树调来的两个连包围了阚家大院。房顶上和四面墙角上都架好机枪。一切布置好了。廉克荣大摇大摆地走进了阚家大院。

阚家大院里,一百多个"家里会"的特务喝得酩酊大醉,东倒西歪,横躺竖卧。当廉克荣从张绍文的腰中缴下他的手枪时,张绍文还要拉着他拜把子呢!

我军一枪没放,就活捉了第五军先遣头子牛占臣和特务"老三点"张绍文。

讲　　述:肖玉山
记　　录:郑长春
采录时间地点:1986 年采录于铁东区

笑话

傻子买鲜

从前有个傻子，娶了个媳妇。这天，媳妇说："你上我妈家去呀，给我爹买点新鲜玩意儿。"傻子说："好吧。"骑马就走。到了市上看也没啥新鲜的。猛然，看见人家外边有个缸，里头乱翻乱滚的，就说："咦，这玩意儿挺好挺新鲜。"屋里的人看到了说："你老买呀？"他说："买。"他就买了。玩意儿是活的呀，搁哪呢？拴到马尾巴上吧。到了老丈人家一看，那玩意儿丢了。"咳，白瞎这玩意儿了。"吃饭的时候，傻子还是一劲地说："白瞎这玩意了，可好了，可新鲜了。咳，丢了。"老丈人说："孩子呀，你到底给我买了啥新鲜玩意儿呀？""你老。""什么，你老？没听说过。啥样的？""啥样的，我给你比个样吧。"吃完饭，傻子把盘子扣起来说："这是你老的盖。"用一筷子插在盘子底下说："这是你老的脖。"把小酒盅扣到筷子头上说："这是你老的脑袋。"拿了四个调羹一边两个插在盘子底下说："这是你老的爪。"把掉在桌上的一段粉头压在盘子下说："这是你老的尾巴。"老丈人一看："哎呀，这不是王八吗？""不，不，是你老。"

讲　　述：张玉芳

记　　录：李宏伟

采录时间地点：1986 年采录于四平市

傻 子 学 话

老财主的独生子是个傻子。为了让儿子有出息，将来继承家业，就给儿子许多银两，叫他外出学话。

傻子走啊走，碰见一伙人正在上梁。一个人说："大头朝南，多用几年。"这话叫傻子听见了，忙走过去问那人说："大哥、大哥，你说啥？再说一遍，我给你二两银子。"那人说："大头朝南，多用几年。"傻子记住了。又走，碰见了一头毛驴陷在泥坑里，一个拉驴人对另一个拉驴人说："你拽尾巴，我拽腿。"傻子听见了，忙走过去问："大叔大叔，你说啥？再说一遍，我给你二两银子。"拉驴人说："你拽尾巴，我拽腿。"傻子记住了。又走，碰见一个老头逗着孙子玩，孙子打了老头一个嘴巴，老头说："再打爷爷一下，给你买饽饽吃。"傻子听见了，忙走过去说："大爷大爷，你说啥？再说一遍，我给你二两银子。"老头说："再打爷爷一下，给你买饽饽吃。"傻子记住了。又走，碰见一个死了儿子的妇女正在哭："我的儿啊……"傻子听见了，忙走过去问："大嫂大嫂，你说啥？再说一遍，我给你二两银子。"妇女说："我哭我的儿啊……"

傻子在外学了几句话，自觉学得不错，就回到家里。赶上他家正在上大梁，就说："大头朝南，多用几年。"傻子父亲一听，这是我儿子说的话吗？学话钱没白搭，说得多在理！一高兴，便从房上掉了下来，正好摔在泥坑里，傻子招呼人说："你拽尾巴，我拽腿。"他父亲一听气得直打哆嗦，从泥坑里爬起来，朝着傻子就是一个嘴巴。傻子也不知道疼，说："再打爷爷一下，给你买饽饽吃。"父亲一听此话，一口气没出来，气死了。傻子见父亲死了，放声哭道："我的儿啊……"

讲　　述：王德厚

记　　录：孙玉清

傻姑爷学话

从前，有两个磕头弟兄，老大有个儿子叫呆子，老二有个儿子叫慧童。呆子有点缺心眼，慧童从小聪明伶俐。老大十分喜爱慧童。一天老大到老二家串门，轻轻敲了下房门，慧童急忙出来开门，见是伯父，便说："早知伯父你来，孩儿必有招待。"老大进屋，看慧童正在作画，便问："慧童这是什么画？"慧童说："这是水墨丹青画。"老大又问："你父亲干啥夫了？"慧童说："到南山和老和尚下棋去了。"老大又问："什么时候回来？"慧童回答："早则回来，晚则同宿。"老大听了侄儿说的话文绉绉的，更加喜爱，一想到自己孩子那个笨劲，十分生气。老大回到家里就教训自己的呆儿子，并把这几句话都教给了他。

一天，呆子的岳父来接姑娘，刚敲了两下门，呆子就跑了出来，一见是岳父，便说："早知伯父前来，孩儿必有招待。"岳父听了很生气，心想：怎么管岳父叫上伯父了？就说："你这是什么话？"呆子说："水墨丹青画。"岳父更生气了，又问："我姑娘干什么去了？"呆子说："上南山和老和尚下棋去了。"岳父越发生气，又问："什么时候回来？"呆子说："早则归来，晚则同宿。"

讲　　述：崔中林

记　　录：朱　丽

采录时间地点：2004 年采录于四平

傻 子 随 亲

　　从前，在深山老林住着一家姓王的，老两口领着一个傻小子。傻小子虽然傻，可长得非常漂亮，浓眉大眼，相貌端庄。到二十岁那年，老王头领他进城，他被城里的大财主邵成的小姐看中了。小姐看他长得太好了，却不知他缺心眼，只是外表就把小姐迷住了。

　　小姐让丫环把小伙子叫到绣楼，傻小子进了绣楼，东瞅瞅，西看看，就是一言不发。小姐一看，这小伙子还挺稳重，她更加相中了。邵成夫妻一看小姐相中了，也觉得小伙子不错，就答应到了秋后送小姐去王家成婚。一直到婚后，小姐才知道丈夫傻，可也晚了，只得嫁鸡随鸡，嫁狗随狗。

　　第二年，傻子的大舅子结婚，邵成早早就捎信让女儿、姑爷回去。小姐梳洗打扮完毕，告诉傻小子："你也应该打扮打扮，到我家你啥话也别说。"傻小子说："那我穿啥呀？拿啥呀？"小姐告诉他："啥光溜你穿啥，啥重你拿啥。"小姐嘱咐完了，头前走了。傻小子一看啥光溜呢？把衣服左一件右一件挨排试个遍，都不光溜，最后一摸身上，他笑了，自言自语地说："还穿啥呀，光身子多光溜呀！"啥重呢？到外边一看，场院里有一个大石头磙子很重，他就光着身子，扛着石头磙子到岳父家去了。老丈人和老亲少故一看：怎么了？姑爷肩上还扛着一个大石头磙子，身上一丝不挂地来了。他媳妇一看也来气了，说："谁让你光着腚眼子、扛着石头磙子来的？"傻子笑了说："不是你让我什么光溜穿什么，什么重拿什么，我不是照你说的办好了吗？"大伙一听哈哈大笑起来，这才知道他有点傻。邵成赶紧给傻子找两件衣服，让他到菜窖里等着。过了一会儿，打发人给他送去了一些酒菜，傻小子从没喝过酒，他把饭菜猛划拉一气，吃完了，看见一碗酒，他想：老丈人想得挺周到呢，怕我吃渴了还预备一碗水。他捧起碗一饮而尽，当时把他呛得连连咳嗽，不大一会儿就醉了。

　　外边继续吹吹打打，推杯换盏，热闹非凡。等酒席散了，一个小伙子出来要撒尿。他看见这有个地窖，再看看四外没人，就往里尿开了，把傻子刚用过的酒碗都尿满了。傻小子这时刚醒过来，看见眼前的碗又满了，就又捧起碗一饮而尽，"怎么这么臊?"傻小子气得跑上来，张罗人问："你吃好了吗? 喝好了吗?"傻小子说："水辣醋臊，这席真糟，除非是我，别人都挑。"老丈人出来问他吃的咋样，傻子来劲了，说："菜窖吃的杂合菜，喝的辣臊水，你们家是高搭门楼挂纱灯，吹吹打打接姑娘，把个姑爷弄到菜窖里。"老丈人一听，这姑爷也不傻呀，他还挑理呢! 赶紧请到屋里，摆上酒席喝了起来。

讲　　述：王徐氏
记　　录：田福堂
采录时间地点：1985 年采录于铁东区山门镇

傻子报喜

从前有个傻子，媳妇生了个孩子，叫他去向丈母娘报喜。临行时傻子媳妇说："傻子呀，我妈要问你，我生个啥，你就说生了个'锅台转'。""嗯，听着了，记住了。"傻子一边走一边说："'锅台转'，'锅台转'。"走到一个大山沟碰到一条大长虫，"出溜"一下，吓得傻子一哆嗦，媳妇生个啥竟被忘了，怎么也想不起来。想呀想呀："哎呀，想起来了，'出溜溜'。"

他想起长虫爬行时的情形"对。我媳妇生了个'出溜溜'。"到了丈母娘家，丈母娘问："你媳妇生了个啥?"傻子说："生个'出溜溜'。"丈母娘说："这是什么话啊，什么叫'出溜溜'?"转念又一想：咳，生个"出溜溜"就"出溜溜"吧。拿点大米和布给娘俩吧。傻子在回来的路上，见路当间有一条死狗，风吹得狗毛呼扇呼扇的。傻子见了说："这狗趴在这多冷啊，冻得直打哆嗦，得给它盖上点。"就把丈母娘给的那块布盖在死狗身上。盖完，忽然想起丈母娘让他背的口袋，"我得看看，里头装的啥?"打开一看："哎呀！装这老些大蛆!"就拎着口袋把它倒进了河里。到了家，媳妇说："我妈都给你啥了?"傻子说："你妈给的布，我见趴在地上的狗太冷，就给它盖上了。""还有啥?""还有一袋蛆，让我倒了。""哎呀!"媳妇说，"傻子啊，那哪是大蛆，那是大米啊！你去给我取回来。""倒到河里了。""你拿笊篱去给我捞回来。"傻子拿了笊篱就去了，边捞边说："大蛆大蛆你快上笊篱，我老婆还等着要你呢。"

讲　　述：张玉芳

记　　录：李光伟

采录时间地点：1986 年采录于四平

三姑爷拜寿

从前，有这么一家，家里日子过得不错，老头、老太太膝下有三个女儿，都已经出嫁。大女儿许配给一个文学士，二女儿许配给一个武举人，三女儿许配给一个大地主的儿子。大地主家的儿子有点儿傻，可家里有钱。

有这么一年，这家老头过生日，把三个女儿和女婿都请来了。酒宴之前，老岳父说了："今天咱们喝酒要说个酒令。题目是人字起头人字落，要合辙押韵两头人。"就照这个说吧，大姑爷说："人能宏道，宏道非人。"二姑爷想了想，接着说："人能立者，立者能人。"

两个姑爷说完，把大姑娘、二姑娘美得一个抿嘴乐，一个羞羞答答。

老头接着催三姑爷作。三姑爷翻翻眼珠子，没词了。三姑娘本来自尊心挺强的，一看两个姐夫都出口成章说出来了，就剩下自己的丈夫说不出来，又着急，又生气。气得三姑娘照着自己丈夫的大腿，狠狠地拧了一把，这一拧不要紧，把三姑爷拧出词来了，便说："人没拧你，你倒拧人。"

惹得众人哈哈大笑。

讲　　述：尹孟臻
记　　录：张玉林
采录时间地点：1986 年采录于四平

三个女婿行酒令

从前有一对老夫妻，养了三个女儿。大女儿嫁给了文状元，二女儿嫁给了武状元，就是三女儿嫁了个庄稼人。老头子寿诞之日，三个姑爷都来祝寿。

大姑爷坐着轿来的。老岳父迎到大门口，指着李子树说："树上结的李子为啥都是半拉子红，半拉子青？"大姑爷说："阳面红，阴面青。"老岳父说："对，对。请，请！"走到二门口，一群鹅正咕嘎乱叫，岳父说："你说这鹅怎么就咕嘎乱叫呢？"大姑爷说："鹅脖长，音声高，来人去客竖翎毛。"岳父说："对，对。请，请！"到了中门，老岳母出来，岳父说："老岳母这几天眼睛可红了，不知为的啥？"大姑爷说："人要不得饱觉睡，眼睛必得受苦。"岳父说："对，对，请，请！"

二姑爷是骑马来的。老岳父出去迎接，二姑爷说的和大姑爷说的一样。

三姑爷是拄着棍子来的。老岳父迎接到大门口，怕三姑爷不会说话，指着李子树说："树上结的李子半拉红半拉青，你大姐夫、二姐夫都说是'阳面红，阴面青'。"三姑爷说："听他们俩放屁！你看那大萝卜从小都长在地里，咋全是红的呢。"老岳父没说对，也没说不对，只说："请，请！"走到二门口，一群鹅正咕嘎乱叫，岳父说："你大姐夫、二姐夫都说是'鹅脖子长，音声高，来人去客竖翎毛'。"三姑爷说："我说你不要听他俩放屁，你单听，你看那癞蛤蟆一点脖子也没有，还嘎嘎叫呢。"岳父说："请，请！"走到中门，老岳母出来迎接，岳父说："你老岳母这几天眼睛很红，你大姐夫二姐夫都说是'人要不得饱觉睡，眼睛必得受苦'。"三姑爷说："别听他俩放屁了，你看那家鼠生下来眼睛就是红的。"岳父说："请，请！"

吃饭时，三个女婿和老岳父一起喝酒。大姑爷二姑爷看不起三姑爷，想调理他。大姑爷说："今天是老岳父的寿诞之日，咱们喝

酒得有个酒令。""好!"二姑爷说:"可是拿什么作题目呢?"大姑爷说:"就指咱岳父头上的纱帽说吧。"大姑爷先说了:"一抬头看见老岳父头上纱帽两根翅,人人都说夜蝙蝠是耗子吃盐变的,可不知是不是?""是,是。喝酒吃菜,喝酒吃菜。"二姑爷接着说:"一抬头看见老岳父头上纱帽两根翅,人人都说蚂螂(蜻蜓)是水蝎子变的,可不知是不是?""是,是。喝酒吃菜。""三妹夫该你说了。"三姑爷说:"我说可以,不过我有个脾气,行完令,咱可不兴说不是。谁要是说不是,谁就下地伺候客人。""行。"大姑爷、二姑爷说:"原来咱就立的这个规矩嘛。""那好了。"三姑爷说:"一抬头看见老岳父头上纱帽两根翅,人人都说你俩是我儿子,可不知是不是?"

讲　　述:张玉芳
记　　录:李宏伟
采录时间地点:1986 年采录于四平

三个儿子行酒令

从前有个地主，养了三个儿子。大儿子是个做官的，二儿子是做买卖的，三儿子是个种地的。三个儿子都娶妻成了家，这一天老地主过生日，三个儿子都来拜寿。

喝酒时候，老地主高兴了，对三个儿子说："咱喝酒得有个酒令。今天是我的生日，大家团圆，就从圆字起、圆字落行令。"老大先说："八月十五月儿圆，过了十五少半边。"老地主一听，说："这句古语谁都会说。还勉强吧，喝酒吃菜。我二儿子说一个。"正好烙的白面饼上席了，二儿子拿过来吃了两口说："白面烙饼圆又圆，咬了两口少半边。"老地主说："你看做买卖的都馋，两口咬下半拉子。也勉强，喝酒吃菜。我三儿子最会说话，别看他是个庄稼人，比你们都强，三儿子说一个。"三儿子只顾吃菜，也不吭声。"三儿子说一个。"老地主又说。"好吧。"三儿子说，"我说了，爹你可别生气，你要生气我就不说。""说吧，说吧，不生气，不生气。""咱爷四个喝酒圆又圆。""哎呀，你看我小儿子说得多好。"老地主高兴地说，"下一句，下一句。""死了两个少半边。""他妈的，你这说的是什么话！"老地主生气了。"我说不说，你非叫说。"老地主拉拉着脸说："什么不说不说，你还嘴硬呢，给我打！"三儿子见父亲和两个哥哥要动手，拔腿就跑。爷三个就追了出去。

三个伺候饭菜的儿媳妇，老大老二家的很得意，只有老三家的不高兴。老地主追了一圈也没追上，回来看见三个儿媳妇说："老三不会说话，这酒也喝不成了，你们姐三个上炕喝酒也得行个酒令，你们都是女子，就从子字起子字落行令。""行。"大儿媳妇先说："我是木匠家中一女子，过门娘家陪送一把斧子，你老拿块木头，给你打把椅子。""好！"老地主说："二媳妇来一个。"二媳妇说了："我是裁缝家中一女子，过门娘家陪送一把剪子，你老拿块布，给你剪个褂子。""好，好！我三儿媳妇聪明伶俐，肯定说得

最好，三儿媳妇来一个。""不会说，不会说。""三儿子不说人话，三儿媳妇一定说一个。""好吧。"三儿媳妇说："我说了你老可不能生气。""不生气，说吧。""我是兽医家中一女子，过门娘家陪送一把刀子，今后再打你三儿子，我骗了你这个老兔羔子！"

讲　　述：张荣凯
记　　录：郑长春
采录时间地点：1985 年采录于四平

行 酒 令

有个员外，有三个姑爷。大姑爷是个武状元，二姑爷是个文状元，三姑爷是种地的庄稼人。

老员外过生日，姑爷都来祝寿。老员外摆上酒席宴菜就说了："咱今天喝酒，要行酒令，行得上来的才能喝酒吃菜。我出个题，咱得从圆上起，圆上落。"

大姑爷先说了："我拉起弓来圆又圆，我的箭头尖又尖，和师傅学了三年并五载，一考考中个武状元。"

老员外听了，连夸："好，好。喝酒吃菜。"

二姑爷接着说："我的笔头尖又尖，写起字来圆又圆，和师傅学了三年并五载，一考考中个文状元。"

老员外听了，连夸："好，好。喝酒吃菜。"

最后剩下三姑爷了。三姑爷是个庄稼人，没念过书。让他说酒令，那不是硬赶鸭子上架嘛，急得他在地上一个劲地直跳脚。他媳妇在外屋看见了，就进屋跟两个姐夫说："他说不上来，我替他说行不？"大姑爷，二姑爷，一心想瞅三姑爷的笑话，见小姨子要替说，心想：一个庄稼人的老婆会说啥，就说："你替他说也行。"

三姑娘就说了："我的指头尖又尖，我戴的镯子圆又圆，我跟丈夫过了三年并五载，一生生一个武状元和一个文状元。"

讲　　述：孙玉清

记　　录：孔令达

采录时间地点：2005 年采录于铁东区山门镇

作 诗 庆 寿

　　过去有个大财主，有三个姑爷。大姑爷是秀才，二姑爷是武官，三姑爷是农民。老财主过八十大寿时，把姑娘和姑爷都请来庆寿。吃饭的时候老财主说："今天咱们先作诗，然后再喝酒吃菜。"姑爷们说："好。"老财主问："那以什么为题呢？"大家看了看，门口拴着一匹马，大姑爷说："就以'快马'为题如何？"大家说："行。"大姑爷斟满酒先站起来说："斟满酒出门上正西，一去八百里，回来酒没凉。"大家说："好诗，好诗，喝酒吃菜。"二姑爷想了想说："一块石头扔在酒杯里，出门上正西，一去八百里，回来石头没沉底。"大家说："好诗，好诗，喝酒吃菜。"到三姑爷作诗了，三姑爷左看看，右瞧瞧没诗作。这时候不知是谁放个屁，三姑爷站起来说："秀才大人放个屁，出门上正西，一去八百里，回来屁门还没闭。"

　　讲　　述：孙玉清
　　记　　录：孔令达
　　采录时间地点：2004 年采录于铁东区山门镇

庄稼姑爷子

老王头有四个闺女都出阁了。大姑爷子是买卖人；二姑爷子是教书先生；三姑爷子是县里的小官；四姑爷子是庄稼人。

这一年腊月初三，老王头寿辰，四个姑爷都来了。过去祝寿送礼的人挤挤压压的，老头当然喜笑颜开。可又有一事使他不遂心，就是四姑爷是个穷了巴馊的庄稼人，今天来祝寿也穿得破衣褴褛的，在众人面前给老王头臊色。那三个大姑爷子也同老王头一样，都用斜眼看四姑爷子。

别看四姑爷子是庄稼人，什么事一眼就能看透，老王头和那三个姑爷子的举动他都看在眼里，他心里暗想：非让他们认识认识我这个庄稼姑爷子。

到了晚上，老王头把四姑爷子放在磨房里睡觉。东北腊月天气最冷，磨房是个空屋子，晚上更冷，冻得人直打牙帮骨。第二天，老王头起炕就去磨房看看四姑爷昨天晚上冻成啥样子，他心想：准得把他冻个半死。老王头打开磨房门一看，见四姑爷子不但没冻着，还满头大汗。老王头奇怪了，问道："你在这屋里睡觉，屋子这么冷，你怎么冒汗了？"四姑爷说道："丈人，你是不知道哇！我有一件宝物，夏天穿上不热，冬天穿上不冷，这件宝物叫火炼衫。"老王头听后，高兴得脸上开了朵花似的，连声说："四姑爷子，把你那火炼衫借我穿穿。"四姑爷脱下了一件单衣服，交给了老王头。老王头接过衣服，仔细看个遍，说道："今晚上我在磨房里住，试试这火炼衫。"

其实四姑爷子这件单衣服哪里是什么火炼衫！因为冻得实在没办法，他就推起磨来，一推就推了一宿，所以没冻着他，还出了一身汗。他听说老王头今天晚上在磨房里试试火炼衫，心里暗自高兴，让你老王头试试磨房的寒冷。

老王头想要调理四姑爷子，另三个姑爷子也要调理四姑爷子。他们在一起偷偷地合计好，吃晚饭时把四姑爷的饭碗里下些巴豆

（一种泻药），让他一夜别消停，拉一夜箭杆稀。吃晚饭的时候，那三个大姑爷看着四姑爷子直笑。天黑下来的时候，老王头穿上四姑爷子给他的单衣服，去磨房体验火炼衫的作用去了，还让别人把门锁上了。四姑爷子跟那三个姑爷子在一屋住的，一觉没睡到头，四姑爷要出去大便。四姑爷子才知道上了那三个姑爷的当了，他点上油灯，看看睡得像猪的三个大姑爷子，嘴里嘀咕："也让你们三个出出丑。"四姑爷子拉肚拉得不止，大姑爷子的靴子让他拉满了，二姑爷的脸盆让他拉满了，三姑爷子的帽兜也拉满了，八仙桌子上放的装水的茶碗也拉满了。

第二天早晨，大姑爷子起炕去穿靴子，用脚使劲一蹬，溅出稀屎沾满他一身；脸上溅几个屎点，又去找洗脸盆洗脸，也没看洗脸盆里是什么东西，往脸上就洗，结果又抹了一脸稀屎。二姑爷子起炕觉得口渴，就到八仙桌去拿茶碗喝茶，往嘴里一倒，满嘴都是稀屎，顺着嘴角往下淌，再用手擦，满脸都是。三姑爷子起炕端起帽子就往头上戴，稀屎顺着他的头流到脸上，顺着脸上又流到身上。这一下，屋里乱了阵营。

这边的丑戏演得正欢，丈母娘撞进来了，她贼声拉气地怪叫着："哎呀！可不好了，你们快去看看你们的老丈人去吧！他在磨房里都快冻硬了。呜呜……"

冻僵的老王头被人从磨房抬到屋子里。三个姑爷子带着满脸满身的稀屎用手拉老王头的胳膊给老王头叫魂。待了一会儿，老王头慢慢地苏醒过来了，他睁开了眼睛，对那三个姑爷子说："看样子你们三个也吃了不小的亏呀！"

讲　　述：张素文
记　　录：齐学田
采录时间地点：1986 年采录于铁东区山门镇

不 会 说 话

从前有老两口，有三个儿子。大儿子二十有一，已经成家，尚未得子。二儿子正值二九，小儿子十六岁。这年秋天，谷子打完了，父亲要带三个儿子到集上卖谷草。刚要走，老头看小儿子没在家，就紧忙去找。在河边见了小儿子正猫腰往河里瞅着什么，就喊："老三，快回来，爹要领你去赶集呢。"老三理也没理，老头跑过去拉住老三的耳朵说："你在干什么？我叫你半天了，你为啥听见不说话？"老三理直气壮地说："我在捉王八，我要答应，王八不就听见了！""那你怎么不摆摆手？""我摆手王八就看见了！我都等了半天了，才捉住一只，好容易看见这只大的，让你给吓跑了……"老三委屈地说着，老头气得抬手打了老三两巴掌，然后把老三拉了回去。一进家门，老三把捉住的那只王八往地一摔，坐在一旁生起闷气来。老二走过来嚷嚷道："你发什么脾气？咱爹那么大岁数了，是你该摔的？"这时大儿子也走进来劝了一通，总算把他们劝好了。老头带着哥三个赶着车上路了。老头生来就是闲不住的人，一路上拾了不少马粪，堆在路边，打算回来用车拉回去。到了集市，谷草卖了个好价钱，爷四个都很高兴，就去馆子里要了几个小菜，二两烧酒。老头子是个仔细人，舍不得破费，可又不能空着肚子回去。再说儿子们从来没下过馆子呀，老二见父亲舍不得吃，就劝说道："爹，你也吃点吧，今年谷草卖了好价，有一捆谷草够你吃的了。"老头一听就火了："啊？你把我当牲口了！""不！爹，我是说一捆谷草钱就够你吃饭了。""你小兔崽子就瞎花钱，快吃！咱们好往回赶，把我捡的那点马粪还得拉回去呢！"当他们回去时，路边的马粪不知让谁给拉走了。老头生了一肚子气，回家也没吃饭，坐在门槛上捋着胡子生气，大儿子过来劝他说："爹，别生气了，马粪反正也丢了，你捋胡子也捋不出马粪来。"老头一听更火了："好啊！你敢骂老子，我非揍你不可！"这时婆婆和大儿媳妇听见骂声急忙跑出来劝说，大儿子心里有些委屈，正没地儿撒气，见自个的媳妇过来劝他，他也火了，上去打了她一耳光。媳妇也满肚子委屈，哭着，叫着，躲闪着，他还是追着打，老婆婆在中间分开儿子、儿媳，对儿子说："你媳妇都给你怀上儿子了，你可别打了！""哼！他就是怀我爹，我也非打她不可！"老两口听了这句话，都气得翻了白眼。

讲　　述：刘　福
记　　录：刘桂平
采录时间地点：2004 年采录于四平

学　话

从前，有这么一家，不知姓氏名谁，有三个姑爷，惟独第三个姑爷，老实憨厚，傻里傻气的，见面又不会说什么话。眼看老丈人快过六十大寿了，这傻子的媳妇，在临回娘家之前，特地叫他出门学话，媳妇告诉他："都要记住，不然，就别回来。"

这一天，傻子走到一座山前，见一片密密的树林，他就走进去乘凉。进得树林，只听树林里百鸟齐鸣，不停地在树上喳喳乱叫。这时一位行人正好也走进树林，鸟听到有人惊动，立刻停止了叫声。这人随口说一句："一鸟进林，百鸟压音。"傻子听到了，觉得这句话挺好，嘴里不住地念叨起来，暗暗地在心里记下了。

他又接着走，走到一座村庄，看见一家媳妇在锅前忙着烙饼，她一回头，一条狗上了锅台，叼着一张饼就跑。由于饼热，狗叼着烫嘴，就不住地龇牙，那家媳妇顺手操起灶旁的掏灰耙，边追边说："老狗别龇牙，回来给你一掏耙。"傻子见此情景也就又记下了这句话。

在回来的路上，遇一条小河，河上搭着一根独木桥。他看到一位老者很吃力地走到河边，边走边说："双桥好走，独木难行。"傻子也记下了这句话。

回娘家那天，傻子和媳妇一起来到老丈人家。傻子一进屋，大伙一看傻子来了，就都不吱声看着他。

傻子一见这情景，就不慌不忙地说了一句："真是一鸟进林，百鸟压音哪。"这句话把屋里的人都震住了，老丈人和大姑爷、二姑爷等都起身让傻姑爷上桌，喝了起来。

这时，小姨子开玩笑，故意给傻姐夫一根筷子，看他还会说什么，只见傻姐夫说："双桥好走，独木难行。"

老丈人说："都说我这三姑爷傻，我看才不傻呢！"一家人都很高兴。老丈人更是乐得合不上嘴。

　　傻子回过头来说了一句："老狗别龇牙，回来给你一掏耙。"
大家一个个顿时愣住了。

　　　　讲　　述：杜志和
　　　　记　　录：夏开金
　　　　采录时间地点：1988 年采录于铁东区山门镇

哭 穷

过去有一家哥三个，老大是大财主，老二是买卖人，老三是个武官，都有钱又有势。可这哥三个对穷人比蝎子还狠毒，从骨子里往外榨油，平时还总是哭穷。

有一年正月里，哥三个凑在一起去逛庙会，看见香碗底下压着一文钱，都要伸手拿。老大说："这一文钱得我拿，因为我穷。"老二和老三说："你穷啥样？"老大说："家住一间屋，以月光为灯烛，枕着笤帚睡，盖着破麻布。"老二说："你还没我穷：家住半间屋，没月没灯烛，枕着胳膊睡，盖着大胯骨。"老三接着说："你俩都没我穷：家住半天悬，挨饿七八年，媳妇要产孩，就差一文钱。"老大和老二一听没法子了，这一文钱让老三拿去了。

讲　　述：孙玉清
记　　录：孔令达
采录时间地点：2004 年采录于铁东区山门镇

纺线姑娘选婆家

从前，有一家，就父女俩过日子。姑娘很会纺线，纺的线又匀净，又受使，城里人都愿意买她的线，每天她爹就挎着线进城去卖。

有一天，老头进城去卖线，走着走着碰见一个读书人，这读书人就问老头："你这线是谁纺的，怎么这样好呀？"

老头说："是我姑娘纺的。"读书人问："你姑娘有没有婆家呀？""没有。""给我说说中不中呀？""中呀！"这老头把这线卖完就回家了。

第二天，老头又去卖线，走着走着碰见一个和尚，和尚就问老头："你这线是谁纺的，怎么这样好呀？"

老头说："是我姑娘纺的。"

和尚问："你家姑娘有没有婆家呀？"

"没有。"

"给我说说中不中呀？"

"中呀！"这老头把这线卖完就回家了。

第三天，老头又去卖线，走着走着又碰见一个庄稼人，这庄稼人就问老头："这线是谁纺的，怎么这样好呀？"老头说："是我姑娘纺的。"庄稼人问："你姑娘有没有婆家呀？""没有。""给我说说中不中呀？""中呀！"老头卖完线就回家了。

这三个人回到家，就都看好了日子，准备迎娶。正巧这好日子都看到一天了。到了这天，三家都来了，读书人套着马车来了，和尚抬着小轿来了，庄稼人赶着细糜娄子车来了。这老头就犯愁了：我怎么答对他们三个人哪？姑娘说："爹爹你不用犯愁，我来答对他们三个。"这三个人进屋后，姑娘就对他们说："你们三人是干啥的，就给我对一首啥样的诗。"读书人说："我的笔墨两大块，写出字来人人爱，跟着我，绸缎穿不败。"和尚说："我的么了鱼子两大块，念出经来人人爱，跟着我，粗果子细果子吃不败。"庄

稼人说:"我的锄头两大块,铲出地来人人爱,跟着我,粗米细米吃不败。"姑娘说:"我的咂咂两大块,奶出孩子人人爱,先奶出是君子,后奶出是和尚,君子和尚全别恼,一心嫁给庄稼佬。"说完姑娘坐着细糜娄子车跟庄稼人走了。

讲　　述:李洪霞
记　　录:吴艳海
采录时间地点:1986 年采录于四平

李快嘴保媒

有这么个煎饼铺掌柜的，有两个女儿，长得如花似玉。可惜美中不足，姐俩的腿脚都不好，姐姐是个拐腿，妹妹是个瘫巴。眼见妙龄已过，还无人提亲，掌柜的为这事整天愁眉不展。

一天，街市李快嘴来了，说："我给你女儿提门亲，不知你信着信不着？"掌柜的一见上媒人了，很高兴。"既然这样，你暂时先听我摆布。明天相亲时叫大闺女拐磨，二闺女摊煎饼，千万别动地方。""他大叔，这个事就交给你办了，你说咋办就咋办。"

第二天，相亲的来一看，呀！这两个闺女是绝色佳人呀！那好看劲就甭提了。相看半天，李快嘴问道："公子，两个闺女随便挑一个，你是要那个拐的还是要那个瘫的？"

公子一看，还是摊煎饼的那个岁数小，便急忙回答说："我要那个摊的。"

等婆到家一看哪，原来是个瘫巴，公子恼火地问李快嘴："她是个瘫巴，你为什么不早告诉我，还骗我呢？"

李快嘴也不示弱："我怎么骗你了，相亲那天我不是问你了吗，我问你是要那个拐的，还是要那个摊（瘫）的？你说要那个摊（瘫）的嘛！"

讲　　述：张玉田
记　　录：孔庆宁
采录时间地点：1985 年采录于铁东区山门镇

选 婿

从前，城里有一个既有才又骄傲的姑娘，为了选一个才华高过自己的人为婿，便公开传出：有求婚者前来当面答对。为此，招来好多书生来求婚，但都因为和她答对失败没有求成。

城东有一位年近七旬的老人，是出名的学者，听到这个消息后，感到很不服气，他要前去会一会这位"才女"。

一天，姑娘正在卧室，忽然，见进来一位鬓发皆白的老头，她问：

"老人家有事吗？"

"听说小姐选婿，特前来请教。"

姑娘一听，立时火冒三丈，对着老人愤愤地骂道：

"白玉堂前，白发老儿，臭烘烘，呸，你滚出去，今生休想！"

老人被骂得又恨又恼，当即回敬她：

"红绫帐里，红粉佳人，香喷喷，嘿，我搂过来，前世姻缘。"

这一对真出乎她的意料之外，心中暗暗叫绝，弄得目瞪口呆，再无还言。

讲　　述：孙玉清

记　　录：蒋铁夫

采录时间地点：2002 年采录于四平市铁东区

避　雨

有这么一天，下大雨，走路的行人都找地方避雨。在一座小亭子里，有三个男人避雨。其中一个老和尚，一个农民和一个秀才。不一会，雨下得更大了，又跑进来一个人，是个年轻的小媳妇。小媳妇挺大方，先瞅瞅老和尚，又瞅瞅农民和秀才。这时，老和尚贼溜溜地瞅瞅小媳妇，就想撩拨几句，说："别看我那木鱼小，念经快，念出经来人人爱，谁要是能跟我和尚去，格子盒里的素食吃不败。"小媳妇听了，瞅瞅老和尚没吱声。农民在一旁听了，一看小媳妇长得是挺标致，就想，我也逗她几句，看看她啥反应。农民说："别看我的锄头小，耪地快，耪出地来人人爱，谁要是能跟我耪地去，五谷杂粮吃不败。"小媳妇听了，瞅瞅农民，也没言语。秀才听了和尚和农民的撩逗话儿，也早想跟着凑凑份子，就说："别看我的笔头小，写字快，写出字来人人爱，谁要是跟我秀才去，细米白面吃不败。"小媳妇听了，心想：这三个东西，想捡便宜呀！于是就说："别看我的脚小，走道快，走起路来人人爱，我左边挨着个和尚，右边挨着个秀才，抖拉抖拉裤脚掉出个耪地的来。"三个人一听，互相瞅瞅，没等雨停，就灰溜溜地跑了。

讲　　述：尹孟臻
记　　录：张玉林
采录时间地点：1986 年采录于四平

相 亲

从前，有刘、王两户有钱人家。刘家有个姑娘是罗锅，王家有个小子也是罗锅。姑娘愁着嫁不出去，小子愁着找不到媳妇。有一个媒人来到姑娘家，说："我给姑娘找个小伙子，来相亲时，你就坐在炕上，靠着窗户描花。"媒人又到男方家，说："我给小子找了个姑娘，来相亲时，你就拎着大鞭子顺墙根打鸟。"两家听了媒人的话都很高兴，双方定了相亲的日子。两家照着媒人的说法做了，然后相互一看，都很满意。不长时间就披红戴绿地结婚了。结婚那天男的前后披红，女的穿大棉袄，相互间谁也没看出是罗锅。一入洞房，两人都愣住了，他说她骗他，她说他骗了她，后来一细说，才知道是媒人搞的鬼。到了这时女的说："咱俩是：你打鸟来我描花，好比南海那对虾。"

讲　　述：王　福
记　　录：孔令达
采录时间地点：2004 年采录于铁东区山门镇

学 字

过去有个大财主，总想让儿子成名成家，花了好多银子请了先生教儿子识字。可是，不长时间，儿子就把先生赶跑了。他这个儿子说自己什么都学会了，"先生教一就是画一横，先生教二添一横，教三再添横呗。这有什么难的，就是往上画横呗。"大财主听说儿子都学会了，很高兴。心说：自己的儿子就是比穷人的儿子强多了。隔了几口他家宴请村上的一个大名人，大财主为了显示儿子的学识，席间请先生考考儿子，这个先生说："那就请公子把我名字写出来。"公子问："你叫什么名字？"先生说："我叫万柏芊。"公子听完，就握着笔，蘸了墨水就开始画横，嘴里还叨唠着："一、二、三……"画呀画呀，后来累得满头大汗，也没画完，公子喘吁吁地说："'万百千'呀，'万百千'，足足画了大半天，累得腰疼腿也酸，叫啥还不好，偏叫'万百千'，怎么不叫'一二三'。"

讲　　述：王　福
记　　录：孔令达
采录时间地点：2004 年采录于铁东区山门镇

一岔诈出块猪耳朵

有这么个店掌柜的，打发店小二去街里买一块钱的竹竿，店小二也没着耳细听，误以为是让他买猪肝呢，接过钱毛了三光地走了。他来到市场上转了半天，就遇见一个卖猪肝的，还剩下不大一块了。他急忙上前买了下来，卖猪肝的拿秤一称，分量不够，随手割了块猪耳朵凑上了。店小二一琢磨：干脆这块猪耳朵就别往外露了，放衣兜里留着自己晚上喝酒吧。哪知，回去一交差，砸锅了。掌柜的上去给店小二一个嘴巴，大声吼道："蠢货，我让你买竹竿，谁让你买猪肝了，你耳朵呢？""啊！哦，耳朵在我兜里，我忘掏给您了。"店小二说完，慌忙从兜里把猪耳朵掏出来，递给掌柜的，心里暗暗佩服：店掌柜的可真有两下子，我偷着留块猪耳朵他都知道。

讲　　述：张玉田
记　　录：孙喜臣
采录时间地点：1986 年采录于铁东区山门镇

吃 鸡 头

从前，有一个小媳妇，乳名馋丫头，她特别嘴馋。有一天，家中来了一位客人，婆婆想：寒冬腊月，不年不节，也没什么好菜给客人吃，就杀只鸡吧。吩咐说："馋丫，去到鸡窝里抓只鸡杀了，再搁点土豆块，炖上。"婆婆说完，继续陪客人唠嗑。馋丫胆子大，抓来了一只又胖又大的老母鸡，举起菜刀，把鸡脖子往菜板上一按，只听"咔嚓"一声，鸡头就被她请了下来。然后开始烧水煺鸡，点火做饭。

馋丫心想：就这一只鸡，客人吃，婆婆陪，等他们吃完了，我只能捞一些鸡骨头，那不把我馋死！怎么办呢？馋丫头想来想去，最后想出了一个好办法：对，鸡胸脯和鸡大腿我不剁，放在锅里整个煮，等煮熟了，我在厨房吃。她打定主意后，忙活得就更欢了。

别看馋丫嘴馋，干活却很麻利。不一会儿，饭菜就做好了，她开始伺候客人和婆婆吃饭。她一进厨房，就啃一口鸡肉，然后用袖子抹一下嘴，边走边嚼，她前脚迈进里屋，立刻把嘴闭上，待转过来再接着嚼。客人已发现她嘴里很鼓，婆婆也看见了她袖子上的油，可是家丑不可外扬，怎好当着客人的面来教训、羞臊自己的儿媳妇呢？桌子上的菜碗里，一块好肉也没有，菜虽盯着换，但尽是一些鸡膀子、鸡脖子和鸡筋骨，客人憋心地吃，婆婆忍耐地陪，她真恨自己命不好啊，摊上这样的馋媳妇。

可是馋丫满以为别人没发现，她添一次菜，就偷口鸡肉吃，添了几次菜，一个鸡胸脯和两个鸡大腿，就被她吃光了。她回到厨房里想：还吃点什么呢？她拿起勺扒拉：对，鸡头还没吃。接着，就啃起鸡头来，她两口把外面的皮吞下，又一口把下颚的肉吃没，最后，把整个鸡头放在嘴里嗦拉味。偏巧这时客人上茅房，门一响，馋丫吓得一伸脖，就把鸡头吞进嘴里。因鸡头太大，卡在她的嗓子上，想吐吐不出来，要咽咽不下，把她憋得昏倒在地。客人回来时，见馋丫倒在地上，便叫来了她的婆婆。婆婆见她脸色发青，满

头是汗，误以为得了急病，张罗着去求车接大夫。可这时馋丫的手抬了起来，比画了几下，意思是说：不用去了。然后又指着喉咙，不大清楚地说："鸡头，鸡头。"婆婆听完后，立刻明白了，可她气不打一处来：偷吃鸡肉，弄得嘴上、袖子上都是油；偷吃鸡头，竟噎成这个样子，活该噎死才好呢。婆婆想到这，故意打岔说："西头，你要到西头你娘家去啊？"馋丫头摇摇头，指着喉咙说："鸡头，鸡头，我嗓子里面有鸡头。"婆婆见媳妇还叽咕，就转着眼珠，假装分析地随着重复："西头，西头，我死后要埋在地西头？"婆婆重复完，大声对馋丫说："这回我听明白了，你死要埋在地西头。那你就放心吧，我保证把你送到地西头去。"婆婆说完，馋丫闭上眼睛，两腿一蹬就咽了气。

讲　　述：张玉芳

记　　录：李宏伟

采录时间地点：1986 年采录于四平

争 烟 头

早先，一到挂锄时候，农村都搭台唱戏，正当人们在聚精会神听戏看戏的节骨眼上，忽然台下一阵骚乱。恰好，包厢里有位县官大老爷也在看戏，他一听有人在争吵，便吩咐手下人，把闹事者传上来。功夫不大，绑来了三个人，一问姓名，一个叫赵大，一个叫王二，一个叫张老三。又问为什么争吵，原来是为争抢一烟头。县官哈哈大笑说："我当是什么金银财宝，原来是个烟头。"就问赵大："一个烟头也值得抢?"赵大说："我家太穷啊。"县官说："穷，咋个穷法?"赵大说："不怕县官大老爷笑话，我家住半间屋，麻秆当灯烛，枕着砖头睡，盖个破麻布。"王二说："县官大老爷给小的做主：我家没有屋，月亮当灯烛，枕着胳膊睡，盖个半拉胯骨。"张老三说："大老爷要明断啊! 我比他俩更穷：我家住半空悬，挨饿好几年，剩下一口气，就要这半截烟。"县官一听，他们说得都很穷，但又不甘心将烟头判三人，于是，随口说道："赵大、王二、张老三，弄得台下不得安，每人各打四十板，这个烟头得归官。"

讲　　述：岳成武
记　　录：刘桂平
采录时间地点：2005 年采录于四平

虎媳妇包饺子

有一家三口人，老公公、儿子、儿媳妇。儿媳妇有点虎。

有一天，老公公想饺子吃了，让儿媳妇包饺子。儿媳妇说："我不会包饺子。"老公公说："你没吃过肥猪肉，还没见过肥猪走？"老公公说的是比喻话，意思是说你没包过饺子，还没看见别人包饺子？儿媳妇领会错了，她认为饺子跟走着的猪一样，她就照着肥猪的样子包上饺子，猪脑袋，四条腿，还捏个肚脐子。

老公公干活回来一看，儿媳妇把饺子包好了，都是肥猪的样子，也没说啥。儿子回来吃饭，一看肥猪饺子觉得好笑。可是煮好了，也得吃呀！他一边吃饺子一边指着他的媳妇说："你呀，你呀！"还想说什么，话到嘴边又咽下去。儿媳妇认为让她吃呢，就说："不用惦着我，外屋还有呢。"

讲　　述：王亚珍

记　　录：聂嗣燕

采录时间地点：1986 年采录于铁东区山门镇

写 状 子

从前，有一穷秀才，靠给人家写状子卖字维持生活。有一天，这个村的两家富裕户因占地头打了起来，他说他占了他的地头，他说他占了他的地头，谁也不让谁，准备打官司。占地头的是老李家，他先跑到秀才家说："帮我写状子，好打官司。"秀才一听是这么回事，提笔写道："二牛耕地一人扶犁，牛奔青草拱多一犁。"写完递给他，他乐呵呵地走了。不一会儿，被占地头的老张头，也来找秀才写状子，秀才想了想写道："二牛耕地一人扶犁，牛奔青草拱多一犁，不该犁，犁拱齐。"他也乐呵呵地走了。第二天，两人来到县衙门口，递上状纸，县官一看就明白了，对老李说："把你占的地头还给老张家，另罚银十两。"

讲　　述：刘　福
记　　录：孔令达
采录时间地点：2005 年采录于四平

比　慢

　　从前有两个人赛马，两个人骑在马上谁也不动一动，从早上一直到太阳下山。路过的人都觉得奇怪，过来一个老头问："你们这是在干什么呀？"两个说："赛马。"老头说："那你们怎么不走啊？"两人又说："我们赛慢不赛快，赛马不赛人。"老头说："啊，是这么一回事，谁先动一步，谁就输了。"老头想了想，趴在这个耳根说一句，又趴在那个耳根说一句，这两个人听完老头儿的话，下马拽过对方的马缰绳，骑上对方的马就跑，烂泥塘跑得冒起烟，跑了半天俩人都跑不动了，跑在后面的人说："我认输了。"过来一个放牛的小孩说："你们不是比慢吗？你在后面怎么还输了呢。"输的人说："我们的马已经换了，我牵的马是人家的。"小孩说："我说的么。"

讲　　述：邓庆新

记　　录：邓芳园

采录时间地点：2006 年采录于四平

对 诗 风 波

有位农民，养了四个儿子。一天哥四个一齐去铲地。到了地头，老大往天上一瞅说："天上黄澄澄。"老二说："必是要刮风。"老三说："刮风就下雨。"老四说："下雨就停工。"就都扛起锄头回家了。走到门口，看见父亲在扫院子，老大说："当院一个老。"老二说："抢着扫帚扫。"老三说："干净不干净。"老四说："不干净，还直扫呢！"老头一听，这四个儿子骂我，我得告他们去。到了衙门，县官一听，儿子骂老子，这还了得，就派人把哥四个都捉来了。县官问老大，老大说："没骂父亲，出诗作对呢。"县官听了说："我给出个题，要能答上来，就啥事没有；要答不上来，一人打四十大板。"哥四个说："你出吧。"县官说："就指院里那棵杏树说吧。"老大说："当院一棵杏。"老二说："刮风就得动。"老三说："熟的一刮就掉。"老四说："生的刮也刮不动。"县官说："对呀，把原告打四十大板。"老头挨了四十大板，疼痛难忍，回来的路上就哭哭咧咧地骂四个儿子。老大说："头前老者骂。"老二说："挨了竹板四十下。"老三说："痛不痛？"老四说："不痛，还直骂呢！"

讲　　述：王德厚
记　　录：孙玉清
采录时间地点：1986 年采录于四平

兜 肚 样 子

一新结婚媳妇，丈夫要她做一个兜肚。可是她不会做，就去问邻居。邻居家里也没有现成的样子，就用手比画了一下，说："这么大，这么大。"回来时新媳妇不小心掉到了路旁的大沟里。丈夫在家左等右等不见媳妇回来，就出去找，在大沟边看见媳妇，伸手就去拉。新媳妇说："别拉，别拉，看把肚兜样子拉坏了！"

讲　　述：王德厚
记　　录：孙玉清
采录时间地点：1985 年采录于四平

县 官 智 断

从前有一财主，家中有两个儿子，一个是州官，一个是府官。不久老财主死了，两个儿子分家产打了起来，谁也不服谁，一直打到县衙门。县官一看：这怎么整，两个人的官都比自己大。想啊想，想了一宿，想出了个道道来。

第二天升堂，县官说："二人本是同母生，仅此家产何须争。一世能有几年寿，人生能有几弟兄。"俩人一听，是这么回事，别打了，回家自己分家产。

讲　　述：王德厚
记　　录：孙玉清
采录时间地点：1986 年采录于四平

县太爷风趣断案

从前有这么一家子，老少五口人，大姑娘已出嫁，家里只剩公母俩和老姑娘、老儿子四口。这一天，大女儿和女婿前来串门。老太太和老姑娘把里屋打扫干净，让老爷子、老小子和女婿在里屋睡，大姑娘、老姑娘和老太太娘三个在外屋住。

第二天早上，老爷子和老儿子下地干活去了，外屋娘三个已经把饭做好，女婿这时候还没起床，老姑娘开开中间房门，准备到里屋碗架子取碗吃饭。这时候，只见她姐夫在被窝里翻了个身，往上一挺，枕头掉在了地上。老姑娘看姐夫的枕头掉啦，就急忙过去捡枕头，准备给姐夫重新枕上。她正猫腰去捡，她姐夫伸手就在她屁股上捏了一把，当时把老姑娘羞得无地自容。跟他吵吧，自己是个姑娘，难于启口；不吵吧，真是欺人太甚。她想了想，回身到外屋拿起笔墨，在墙上写了首诗，诗是这样写的：

> 好心去扶枕，
> 歹意拉奴衣，
> 不看大姐面，
> 把你打出去。

吃饭的时候，她姐夫很高兴，以为戏弄小姨子得手，不时地用挑逗的眼神偷看老姑娘。忽然，他看见墙上的诗。他从头看了一遍，心里凉了半截，这怎么办？饭后他闷心苦想，想出一个主意，在老姑娘的诗下边也写了一首诗：

> 正在睡梦里，
> 以为是我妻，
> 上前拉一把，
> 原是她老姨。

他写完心想，这一解释可能免去一场大祸。这时候，自己的妻子进来了，一眼就看见墙上的诗，从头一看，直气得火往上蹿。一气之下，在她丈夫的诗下边也写了首：

> 有意去扶枕，
> 含情去拉衣，
> 俩人双有意，
> 不许再扯皮。

这时候，她母亲进屋看大姑娘在墙上写完了诗，气哼哼地把笔往笔架一扔，感到莫名其妙，急忙上前看了看墙上的诗，她看着看着，笑啦，也拿过笔来，在大姑娘诗的下边写了一首诗：

> 姐夫戏小姨，
> 古来老规矩，
> 一把没抓住，
> 跑了是便宜。

老头子干活回来一进屋，一眼就看见墙上乱七八糟的诗句，从头至尾看了一遍，忍不住大笑起来，笑完拿起笔，在老伴的诗下边也填了首诗：

> 一家不懂事，
> 墙上乱写字，
> 都是一家人，
> 哪有那些事。

小弟看了一遍，他不看便罢，这一看真是火从心头起，心说：我姐夫太不仁义啦，自家人怎么干出这种事来，传扬出去叫我怎么做人，以后谁有姑娘能嫁到我家。想到这，他提笔也在下边写了

首诗：

> 不困假装睡，
> 那事谁不会，
> 不管谁是非，
> 拉过就该睡？

这还了得，我告你去。小舅子饭也没吃，到了衙门去击鼓喊冤，县太爷急忙升堂，问清了冤情，速召全家到堂。大堂上，一家人陈述原情，各自把诗背了一遍。县太爷听完，又气又惊。气的是：自家的丑事本能够自解，尽往大堂乱跑；惊的是：平民百姓也能提笔在墙上成诗，我这个县太爷要不作首诗了结此案，务必让他们笑话。想到这，不禁哈哈大笑，然后把惊堂木一拍，高声吟诗一首，道：

> 一家胡乱搞，
> 尽往大堂跑，
> 狗扯羊皮事，
> 老爷管不了。

"退堂！"衙役把他们轰出大堂。就这样，这伙诗人灰溜溜地回家去了。

讲　　述：董允滨
记　　录：郑长春　黄葵
采录时间地点：1986 年采录于四平市铁东区

快嘴李彩云

李家庄有个姑娘叫李彩云，生就一张快嘴，喜联句，遇事出口就是一番吟哦。一天彩云在北楼上绣花，要打喷嚏，打了半天也没打出来，顺口说道："插钢针，盘绒线，等你一天半晌也没见。"

嫂子在楼下听着了，心想：这姑娘起外心了，也不知等谁，一天半晌也没来，我得说两句叫她知道知道。就对着楼上说："一朵鲜花盆里栽，花开盆口外，好花都叫人家采了去，剩下末了花谁还爱。"彩云听了，也不示弱，还口道："一朵鲜花井里栽，花开井口外，末了花她心要是不动，蜜蜂哪个敢来采。"

嫂子听了，心里说：这姑娘嘴还硬呢，我得告诉老太太去。到了内宅，嫂子说："妈呀，你姑娘起外心了，不知说在等谁，一天半晌也不来。"老太太说："是吗？叫她到我这来住吧。我好看着她。"彩云就住到了母亲屋里。

早上，妈妈说："彩云，到你二大娘家去拿个篦子来。""哎，就去。"刚走到大门口，看见从东边来了两个骑马的，是进京赶考的武举，彩云就藏到了大门后边。举子见了，说："一朵鲜花门后栽，上边露出粉红面，下边露出金莲来。"

彩云听到了又气又急，走出来说："扬鞭打马奔前程，虽说万岁爷开考场，不中金榜你射箭难。"彩云妈听见了，生气地说："回来吧，不用去了。今后你多咱见到石人石马时再说话，不见到石人石马别吱声。"姑娘记住了，从此不再说话了。

到了婚嫁的年龄，婆家把她娶走了，这媳妇长得好，又精又灵，就是不会说话。公公婆婆对儿子说："快把她休了吧，咱可不要她，就凭咱这样的人家，啥样的媳妇娶不上，娶个哑巴媳妇干啥？"

彩云的丈夫虽然喜欢自己的妻子，无奈父母之命不可违，只好把彩云休了，用车送她回娘家。半道有个树趟子，树趟子里的鸟唧唧喳喳地叫唤，彩云的丈夫跳下了车子，扬起鞭子抽死了几只小鸟，拿回来搁在媳妇跟前，又回树趟子打鸟去了。彩云看了看跟前的死鸟，又往树趟里看，树趟里原是一片坟甸子，有许多石人石马。"哎……"彩云长长地出了一口气，对小鸟说："你呀，嘴儿尖尖尾巴长，大柳树上去寻凉，你为寻凉把命丧，我为不语休回家。"这时，正巧丈夫回来听到了，说："你会说话呀，咱赶快回家去吧。"

夫妻俩坐车刚走到自家房后时，碰见老公公背了个锄头从地里回来。老公公见儿媳妇又回来了，就有气了，把锄头往地上一扔，摔掉了锄头脑袋。彩云下车说："你老呀，摔坏了锄头不要紧，半面没来半面休，虽说不是啥值钱货，万岁皇爷封它铲草头。""咦！我儿媳妇会说话呀，快回家！这么大热天快回家！"

到了大门口，老婆婆正提着瓦罐去喂猪，一看儿媳妇回来了，把瓦罐摔在地上，冲着儿子说："又拉回来了，叫你休，你不休，又拉回来了！"媳妇说："妈妈呀，踢坏了罐子不要紧，圈里饿死猪八戒，槽圈两头空。""哎呀，我儿媳妇不是哑巴，快进屋！快进屋！"

进屋后，婆婆说要吃喜面，彩云就去和面。这时邻居二大娘听说侄媳妇不是哑巴，就带了只小猫一起过来玩。小猫淘气，一下把喜面叼了一个坑，彩云失手一面杖把小猫打死了。一看小猫死了，彩云急忙向二大娘道歉说："二大娘，原谅我失手，你的小猫叫我打死了。"二大娘说："打细（死）打细（死）吧，啥好玩意儿。"二大娘有点咬舌头。说完，转身就回走了。

二大娘走后不大会儿又回来了，对彩云说："媳妇呀，你二大爷说了，你打死了猫不行！""怎么不行？""我那猫呀，你猜是什么猫，蹲下像头牛，站起像只虎，蹿山跳涧，四蹄都不沾土。"二大娘说完转身要走，彩云连忙起身说："二大娘二大娘你别走，你还短我家俩油篓。""什么好玩意儿咋的，短你俩油篓还你呗。""你知道俺那是啥油篓？""呀，是什么油篓？""柳条编、桐油油，拿到大街卖，卖得银子二两五。"二大娘一拧，彩云说："二大娘二大娘你别拧，你还短我们二十捆陈谷草。""那什么好玩意儿，短你谷草还你呗。""你知道俺那谷草呀，是什么谷草呀？一丈高八叶不退，铡刀不铡自来脆，一捆谷草都够一年喂。"二大娘又一拧，彩云说："二大娘二大娘你别再拧，你还短我们一个饭勺呢。""那什么好玩意儿，短你饭勺还你呗。""你知道俺那饭勺呀，是什么饭勺？檀香木，鲁翁抠，锅里无米搅成粥，搁到锅里蹾三下，疙瘩是疙瘩来肉是肉。"

讲　　述：张玉芝
记　　录：李宏伟
采录时间地点：1985 年采录于四平

妙对因祸得福

从前有个宰相，年已六旬开外，又续弦娶了个小妾名叫玉珠。玉珠不但长得年轻美貌，才华也出众。自进相府以来，那可真是两行翠珠引，行走有人扶，吃的山珍海味，穿得绫罗绸缎，享不尽的荣华富贵。尽管万事如意，可她时常守空房，心中甚是不悦。

一天，玉珠过生日，厨房里的厨子为了露露手艺，做了两盘面鸡，不说手艺有多高，单说做得和真鸡一模一样，活灵活现。玉珠一见满心欢喜，立刻吩咐管事婆子把厨子叫来，倒要见见这厨子什么模样。不见则已，一见芳心乱跳。厨子长得可真标致，年纪和自己相仿，也二十左右岁，眉清目秀，面白如玉，真如仙童下凡一般。厨子见玉珠美貌多娇也看呆了眼。二人互相动情，打那以后，厨子经常以送鸡为名，与玉珠在内宅相会。日久天长，情深意厚，虽然能天天见面，只是无法偷情，玉珠费了好一番琢磨，才想出了一个巧妙的办法来。她附耳对厨子一说，厨子连连称赞："太妙了！太妙了！"原来，相府后面有一棵大树，树上有帮老鸹，每天早上老鸹一叫，正好宰相上朝。有一天早上，宰相正在蒙眬中，忽听后边树上老鸹叫，他急忙穿好衣服去早朝。谁知来到午朝门外一看，朝门紧闭，看了看天头，三星还没落，更鼓才打四更，他一边往回走，一边自言自语地骂道："该死的老鸹，真耽误事，害得老夫白走一趟。"当他走到自己房门外时，忽听屋里男人说话，细一听是厨房里厨子的声音，他止住脚侧耳细听，就听厨子说："我的小粉团，你可真聪明，略施小计就把老干柴棒子支走了，不知日后咱俩啥时候还能到一起？"玉珠笑嘻嘻地说："瞧你真傻，好像你做的小面鸡，一点活络气都没有，你隔三差五地早点儿起来，把树上老鸹一轰，咱俩不就又到一起了吗？"说着两人脱衣解带，交颈而卧。老宰相听完气得差点晕倒，可又不敢声张，怕传出去有辱门庭，只好忍气吞声，佯装不知道，躲到别处去了。一晃半个月过去了，一天晚上，老宰相安排了一桌丰盛的酒席，请厨子和玉珠饮酒对诗，两个人情知不妙，可又不敢不来。酒过三巡，菜过五味，宰相指墙上挂的宝剑说："今天咱们三人对诗，对不上者斩！"接着他捋了捋胡须吟道：

> 月牙弯弯出正东，
> 树上老鸹有人轰。
> 面鸡搂着粉团睡，
> 干柴棒子在外听。

厨子倒挺机灵，知道事情败露，只得硬着头皮应付，"扑通"跪在地上，稍一思索也吟道：

> 月牙弯弯出正南，
> 小人请罪跪桌前。
> 大人不记小人过，
> 宰相肚里能撑船。

宰相听完，连连夸奖道："对得好，对得好！敬你一杯酒，夫人，轮到你了。"玉珠蛮有把握地吟道：

> 月牙弯弯出正西，
> 羞耻二字我也知。
> 老夫别把少妻娶，
> 娶了早晚旁人的。

老宰相听完点点头："既然这样，你们二人去吧，远走高飞不准再让我看见。"二人叩头谢恩，高高兴兴走了。

讲　　述：张玉田
记　　录：孙喜臣
采录时间地点：1986 年采录于铁东区山门镇

吹 牛

从前有两个老哥俩吹牛，哥哥说："我有一棵树十搂粗，愁着没法放。"兄弟说："正好卖给我，我买都没买到。"哥哥说："你干什么用？"兄弟说："做碾拐头用。"哥哥说："那得多大的磨盘？"兄弟说："刚生下的毛驴走半圈就老死了。"哥哥说："这么大的磨盘，得有多少糠？"兄弟说："家中糠囤高北斗。"哥哥说："正好把糠卖给我吧。"兄弟说："你买糠干什么用？"哥哥说："我买糠喂猪，猪肉给我老爷爷吃。"兄弟说："你老爷爷肚子有多大呀？"哥哥说："我老爷爷吃饱了，躺在炕上肚皮打天，钢嘟钢嘟的。"

讲　　述：邓庆新

记　　录：邓芳园

采录时间地点： 2008 年采录于四平

给我磕头我都不给他

无赖牛二一辈子没唠过实嗑，除了吹牛就是拐骗，闹得在街坊邻居心中一点信誉也没有。

一天，家里来了个要好朋友，牛二急忙炒了几个菜，两个人情投意合，你吹我捧，喝得好不热乎。酒趣正浓，酒喝光了。再装一斤吧，兜里没钱，不装吧，不能瞅着空壶喝，只好耍个大脸，打发孩子去赊一斤。孩子去了半晌提着空瓶子回来了。

牛二忙问道："儿呀，你怎么空着回来了呢？""哼！还问呢，人家都说你是个臭无赖，怕你不给钱，都不赊。"

牛二听了脸上像巴掌打了似的，实在有点挂不住劲，便埋怨孩子说："笨蛋！干啥也不中用，想必是你没说明白，给我瓶子，我去！"

他提着瓶子走了好几家买卖，谁也不肯赊给他，心里十分着急：如果装不回去酒，可怎么向朋友解释呢？不行，今个儿宁可舍脸丢丑，非把酒装回去不可。

于是他把心一横，就给一家酒店里的掌柜的跪下了，作揖磕头地哀求。掌柜的没办法，只好赊给他一斤酒。牛二道了好一阵子谢，随后提着酒瓶子乐颠颠地走了。

他哪知道，儿子受了一阵奚落，心里不服，悄悄盯在后面，把他的一举一动看个清清楚楚。一到家就热闹了，牛二装作得意洋洋的样子，把酒瓶往桌子上一蹾说："我就知道孩子办事不行，整整没说明白。"刚说到这，孩子一旁不服气地说："就你行，要不是刚才你给人家跪下，人家才不赊给你呢。"牛二见丑事已露，遮掩着说："别看我给他跪下，等他管我要钱时，给我磕头我都不给他。"

讲　　述：张玉田
记　　录：孙喜臣
采录时间地点：1985 年采录于铁东区山门镇

后 记

  《中国民间故事全书·吉林·铁东卷》一书，经过二年多时间的宣传、普查、搜集整理和案头编辑工作，如今，完成了全书的编辑工作。

  作为建区刚刚只有二十五年的四平市铁东区，在全国首批出齐《民间文学三套集成》三卷册后，人不卸甲，马不卸鞍，又一鼓作气，完成了这卷70余万字的大书，实属不易。在成书期间，深得方方面面的关怀和支持。

  吉林省民间文艺家协会的曹保明、傅胜华同志，多年来，一直关心、支持铁东区的民间文学工作，曾几次亲莅铁东区，和本卷的编辑们一起上山下乡。对铁东区的民间文学工作给予了高度的肯定和热情和支持。

  吉林省文化厅的老厅长吴景春同志，对铁东区的民间文学工作十分关注，曾不顾自己年事已高，亲来铁东区指导工作。

  四平市民间文艺家协会的陈明宏主席，对本书的编辑工作十分关心，并给予了热情的帮助。

  中共铁东区委、区政府对本书的编辑工作高度重视，区委书记、区长，亲自担任本书的编委会主任。区长黄成同志亲笔为本书撰写了前言，并在财政比较紧张的情况下，及时下拨了前期运作经费，保障了本书编辑工作的正常运行。

  铁东区三镇一乡的领导，对本书的编纂工作十分热心。他们不仅为编辑人员深入农村解决了食宿的问题，并且还亲自参与了搜集整理工作。

  本书的主编、副主编，经常亲自上山下乡，在田间地头，在百姓的炕头上，指导普查搜集整理工作。在筛选编辑工作中，认真把关，对每篇稿件，每段文字反复推敲，保证了全书的编辑质量。

正是由于有了来自方方面面的支持和帮助，才保证了本书编纂工作的高质量、高标准地完成。也就是说，保证了"修筑伟大的文化万里长城"在四平铁东区这一地段"没有塌腰和出豁子"。在此，让我们对上述领导、专家和各方人士，敬致谢意。

由于本书的编辑人员水平有限，缺点和错误一定不少，诚请广大读者批评指正！

编　者

二〇一二年四月

责任编辑：孙　昕　　　　　　　　责任出版：卢运霞
特约编辑：关艳如

图书在版编目（CIP）数据

中国民间故事全书·吉林·铁东卷／白庚胜总主编．—北京：知识产权出版社，2013.1
　ISBN 978-7-5130-1734-3

　Ⅰ.①中…　Ⅱ.①白…　Ⅲ.①民间故事－作品集－铁东区
Ⅳ.①I277.3

中国版本图书馆 CIP 数据核字（2012）第 276589 号

中国民间故事全书·吉林·铁东卷（上、下）
总　主　编　白庚胜
本卷主编　李春彦　高志明

出版发行：知识产权出版社
社　　址：北京市海淀区马甸南村1号　　　邮　　编：100088
网　　址：http：//www.ipph.cn　　　　　　邮　　箱：bjb@cnipr.com
发行电话：010-82000860 转 8101/8102　　传　　真：010-82005070/82000893
责编电话：010-82000860 转 8111　　　　　责编邮箱：sunxin@cnipr.com
印　　刷：北京市凯鑫彩色印刷有限公司　　经　　销：新华书店及相关销售网点
开　　本：880mm×1230mm　1/32　　　　　总印张：25.75
版　　次：2013 年 1 月第 1 版　　　　　　　印　　次：2013 年 1 月第 1 次印刷
总字数：692 千字　　　　　　　　　　　　定　　价：89.00 元（上、下）
ISBN 978-7-5130-1734-3/I·251（4572）

《中国民间故事全书》系国家社科基金特别委托项目中国民间文化遗产抢救工程系列成果之一文化部与中国文联共同主办的中国口头文学遗产数字化工程系列成果之一中国文学艺术基金会资助项目成果之一『十一五』期间国家重点图书出版规划书目

总　主　编　　白庚胜

本卷主编　　李春彦　　高志明

中国民间故事全书

吉林·铁东卷(上)

全国百佳图书出版单位

知识产权出版社

2

中国民间故事全书四平市铁东区编委会领导成员

总 顾 问：王　宇　区委书记
　　　　　黄　成　区委副书记、区长
主　　任：于　之　区委宣传部部长
　　　　　刘桂霞　区政府副区长
副 主 任：张国有　城东乡党委书记
　　　　　郑　义　山门镇党委书记
　　　　　刘　宇　叶赫满族镇党委书记
　　　　　霍　宽　石岭镇党委书记
　　　　　韩　冬　区委办公室主任
　　　　　耿　刚　区政府办公室主任
　　　　　李春彦　区文化新闻出版和体育局局长
　　　　　靳朝阳　区财政局局长
　　　　　张　健　区旅游管理服务中心主任
　　　　　杨学力　区委宣传部副部长
　　　　　王书光　区文化新闻出版和体育局副局长
主　　编：李春彦　区文化新闻出版和体育局局长
　　　　　高志明　原区文化新闻出版和体育局局长
副 主 编：郑长春　原铁东区文联常务副主席
　　　　　孔庆宁　铁东区文化馆馆长
　　　　　孙喜臣　铁东区山门镇文联主席

1.叶赫那拉城
2.二郎山庄山门

3. 本卷主编——李春彦
4. 本卷主编——高志明
5. 主编高志明（左）、副主编郑长春审阅稿件
6. 副主编孔庆宁在审阅稿件

7

8

9

7. 副主编郑长春（右）、孙喜臣在农村审阅稿件
8. 叶赫那拉古城
9. 布尔图库边门遗址
10. 半拉山门
11. 叶赫古城城墙
12. 叶赫那拉古城远眺图

10

11

12

13

14

15

17

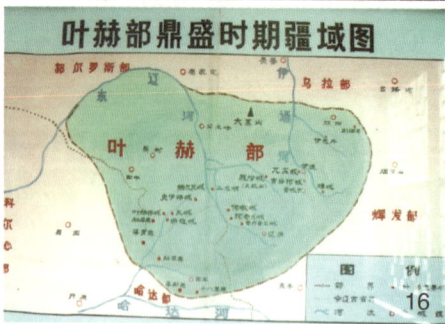

16

明末女真分布图
18

19

20

27

28

29

30

31

32

42. 祖籍叶赫的慈禧太后
43. 叶赫部东城贝勒杨吉努
44. 努儿哈赤塑像
45. 叶赫部东城贝勒金台石
46. 叶赫部西城贝勒清佳努

42

44

45

43

46

春天的故事（代总序）

白庚胜

对于中华民族来说，21世纪是与中国民间文艺保护的春天一起来到神州大地的。

正如20世纪新中国历史开篇注定要从知识界对民间文艺的关注及其从中寻找现代化的资源与动力开启那样，经济全球化背景下的中国精英阶层乃至普通群众，在新纪元伊始之际亦把深沉的目光投向了中华大地上五千年积淀丰厚的民间文艺遗存：几多焦虑，几多审视，几多期待……

辛巳之春，在送走整整一个世纪的痛苦与欢乐、牺牲与胜利之后，随着4月的和风一寸寸染绿京城的街头，中国民间文艺家协会终于完成了新统帅部的组建，并在冯骥才主席的倡导下作出了用10年时间在全中国境内实施"中国民间文化遗产抢救工程"的战略决策。其内容是对960万平方公里土地上56个民族的民间文化作一次"地毯式"的大普查，最终编纂出版县卷本《中国民俗志》（3 000卷）、省卷本《中国民间美术图录》（31卷）、专题集《中国木版年画集成》（20卷）、《中国剪纸集成》（50卷）、《中国唐卡集成》（20卷）、《中国古村落民居集成》（50卷）、《中国服饰集成》（60卷）、《中国彩塑集成》（10卷）、《中国民窑陶瓷集成》（10卷）、《中国皮影集成》（10卷）、《中国民间杰出传承人集成》（100集）、《中国史诗集成》（300卷）、《中国民间叙事长诗集成》（500卷），并命名一大批民间艺术家，建立一系列民间文艺之乡与民间文艺保护基地、传承基地，建设民间文艺数

1

据库。其目的，不外乎是固守中华文明根脉、传承中国文化薪火。

想当初，没有上级的指示，没有企业的支持，没有出版社的承诺，一切都只是一个发生在初春里的梦。于是，多少赞叹如春潮涌起，多少怀疑似涛声依旧，多少讥讽穿行在街巷，多少风险横陈于前路。但是，紧迫感、责任心使我们义无反顾，民间情怀、国家利益令我们坚定前行，中国民间文艺家协会众志成城，誓将梦想化现实。

由于顺应了发展多元文化的时代潮流，也顺应了弘扬民族精神、实现中华复兴的党心、民意，春天的梦想一天天成长：在党的"十六大"报告明确提出要扶持优秀民间文艺及国家级大型文化工程之后，中宣部决定襄助中国民间文艺家协会主持实施的中国民间文化遗产抢救工程。在获得民间文艺界前辈贾芝、冯元蔚诸先生的全力支持后，中国民间文化遗产抢救工程新闻发布会于 2003 年 2 月 18 日在人民大会堂举行，中国民间文化遗产抢救实施工作会议于 2003 年 3 月 25 日至 26 日在北京正式召开，第一批实施省区及专项随之开展行动。

作为主干项目，编纂出版包括《中国民间故事全书》在内的"中国民间文学全书"从中国民间文化遗产抢救工程动议之初就被提到了议事日程。这是因为：作为这项工作重要基础的"中国民间文学三套集成"工作的组织系统仍然存在；其省卷本编纂工作仍在进行；大多数地区都已编定有关县卷本。我们相信，它定能成为中国民间文化遗产抢救工程的第一批收获。

难忘啊，从 1984 年起，中国民间文艺家协会（当时称中国民间文艺研究会）曾先后动员 200 多万名民间文艺工作者从事有史以来规模最大的民间文学普查，先后收集到 40 亿字的文学资料。其中，包括 184 万篇民间故事，302 万首民间歌谣，748 万条谚语，各种专集 4 000 多种。这是一笔多么丰厚的遗产！如今，作为这项工程的最终成果《中国民间故事集成》《中国歌谣

集成》《中国谚语集成》省卷本的编纂出版正在接近尾声，而曾经主持这项工作的钟敬文、马学良、姜彬等领袖人物却长眠大地，再也看不到这赏心悦目的收获，还有许多民间文艺传人早已作古化春泥，许多"三套集成"工作者从"青青子衿"变成了"白发老翁"。面对这一切，除了继续做好"三套集成"省卷本的后续工作之外，我们还有什么理由能够拒绝编纂出版他们苦苦收集到的民间文学原始资料？

怀着如火燃烧的激情以及对民间文艺事业的忠诚，我们经过两年多的准备，于2004年4月正式启动《中国民间故事全书》专项。那时的杭州，正是"江南草长，落英缤纷，群莺乱飞"，一派明媚的春光。

在实施这项工作的过程中，多少感人的故事就发生在我的身边：中国民间文艺家协会主席冯骥才先生以他作家的情怀与文化领袖的睿智，始终坚持将包括《中国民间故事全书》在内的"中国民间文学全书"编纂出版工作纳入中国民间文化遗产抢救工程，并具体过问它的体例设计、出版、文本审定、封面设计，真正做到了事无巨细、精益求精，自己的文学创作却因此被束之高阁；杨亮才先生是中国民间文艺界的老同志、老领导，他不仅参与了中国民间文化遗产抢救工程的全部策划，而且还主动承担了《中国民间故事全书》的整体设计、并不顾七旬高龄奔走于湖北、云南、山东、河南、河北等地摸底游说，直至回老家部署大理白族自治州12卷示范本的编纂工作；赵寅松是白族文化专家，他任所长的大理白族自治州白族文化研究所并不从属于文联系统，但他在得知中国民间文艺家协会正在主持实施中国民间文化遗产抢救工程后主动请缨，不仅承担了《云南甲马集成》大理部分的编纂工作，而且还以极快的速度、较高的质量完成了《中国民间故事全书》大理白族自治州12卷示范本的编纂工作。他说："抢救遗产不分内外，保护文化岂等文件经费！"这是他的心声，也是全中国民间文艺工作者的深愿；与赵寅松先生一道为示范本的编纂作出贡献的还有湖北省民协主席傅广典先生及宜昌市民协主席王作栋先生。在他们的主持下，"当阳卷"示范本的编纂亦高速优质，一锤定音。

随着河南信阳文联主席廖永亮、山东枣庄民协主席王善民、内蒙古民协主席那顺、中国民协副主席兼吉林省民协主席曹保明、江苏省徐州市民协负责人殷召义等先后加入到《中国民间故事全书》的编纂工作中来，早日高水平出版这些成果便成为当务之急。也就在这个时刻，经过不断磋商，我们最终与知识产权出版社喜结良缘。该社有胆有识的社长董铁鹰先生与总编欧剑先生、副总编王润贵先生决定投巨资以圆这套"全书"的出版梦。这使我们感到鼓舞，也更使我们坚信中国尚有出版家，而不仅有追逐名利的出版商！促成这段良缘的是一位名叫孙昕的年轻女士。她曾在2002年与2003年两次采访过我，以报道中国民间文化遗产抢救工程在无"红头文件"、无一分钱的背景下组织实施的壮举。那时，她是一名记者。2004年，她从《中国知识产权报》转调到知识产权出版社后的第一件事，就是给我打电话了解这项工程的进展以及有关成果的出版问题。当她了解到我们虽已获中华书局斥资帮助出版《中国木版年画集成》、黑龙江人民出版社出资帮助出版《中国口头与非物质遗产推介丛书》，但《中国民间故事全书》出版维艰之后，决定向本社领导反映抢救工程面临的困难。对此，我心存疑，而被知识产权出版社的出版家们铁肩担大义，断然允诺。

这，都是发生在21世纪春天里的故事。

在这个春天里，我十分荣幸能成为中国民间文艺家协会最高统帅部的一名成员，并奉调协助冯骥才主席主持协会日常工作及中国民间文化遗产抢救工程的组织领导工作。可以说，这四年里，我是与中国民间文艺的梦想一起不断成长的。尽管衣带渐宽、双鬓初霜，我与我的同仁们却无怨无悔，抱诚守贞，一直执著于为祖国文化遗产的保护、传承、创新、发展而努力。这是因为我时刻听到来自田野的呼唤：暂先放下你的寸管，作民间文化遗产的抢救与保护；我亦不断被冯骥才主席对国家文化命运的关切所震撼：暂先离开你的书斋，走到人民群众中去。是的，暂先放下，是为了永远拿起——学术；一时离开，是为了不朽的存在——人民文化。

在这部洋洋 3 000 卷的《中国民间故事全书》即将问世之际，我觉得有必要对这项工作的缘起与经纬作一些简单的诠释。

关于名称　《中国民间故事全书》名副其实。它之所以以"中国"相冠，表明其中所收作品遍及内地及港、澳、台地区。港、澳、台地区民间故事作品入"全书"是藉台湾中国文化大学教授金荣华先生之力才得以实现的。这在"三套集成"时代是不可能、也是没有做到的；所谓"民间故事"沿用的是《中国民间故事集成》中所使用的广义性概念，它泛指一切散文体民间口头创作，包括神话、故事、传说之属；"全书"之称，因它基本反映了中国民间故事的基本情况而定，它的确在内容、形式、地域、民族、体裁、题材等方面都比较全面、客观。以它的编纂出版为标志，中国民间故事的形象将不再残缺星碎、模糊不清。

关于关系　中国民间文化遗产抢救工程与"中国民间文学三套集成"工作有千丝万缕的联系。我在中国民间文化遗产抢救工程工作会议上的讲话《精心组织实施、全面开拓创新》中即已作过明晰的阐释："'抢救工程'与'中国民间文学三套集成'同是中国民间文艺家协会主持承办的民间文化工程。'抢救工程'是'三套集成'工作的一种继承与延续，也是对'三套集成'工作的一种拓展与深化、发展。两者之间既有联系、又有区别，但其抢救保护民间文化遗产的精神是一致的。在文学意义上，'抢救工程'是对'三套集成'的范围扩充，增加了史

诗、民间叙事长诗；在艺术意义上，'抢救工程'增加了民间工艺美术，为'中国民间文艺十套集成'中缺少的相关部分作了'补天'；在文化意义上，'抢救工程'把'民俗文化'作为重点工作之一，力求一网打尽，理清了民间文学与民间艺术存在基础的关系。在'抢救工程'实施过程中，还将最终完成'三套集成'工作的遗留问题，不仅争取出版《中国民间文学集成》，还将对历时20年的'三套集成'进行总结、评奖，并探讨有关资料的活化与应用问题。"

也就是说，在最初的创意之中，周巍峙主席所主持的"中国民间文艺十套集成"工程之组成部分"中国民间文学三套集成"县卷本是拟在中国民间文化遗产抢救工程中以《中国民间文学全书》的形式加以编纂出版的。后来，由于经费方面的原因，不得不改弦易辙，决定先编纂出版县卷本《中国民间故事全书》，歌谣、谚语、史诗、民间叙事长诗等则留待今后再相机启动编纂出版。显然，《中国民间故事全书》的编纂出版并不是平地起高楼，也不是刻意另起炉灶，它基本属于"三套集成"《中国民间故事集成》县卷本资料的系统编纂出版。

关于原则 在2004年3月26日至28日召开的"中国民间文化遗产抢救工程推动会议"上，我受主席团的委托，作了《用优异的成绩编好〈中国民间故事全书〉》的报告，对编纂出版这部"全书"提出了以下原则：1. 分批实施、推进，用五年左右的时间完成全部编纂出版任务；2. 示范本先行，先编云南大理白族自治州12卷示范本及湖北省当阳卷示范本；3. 对未编过县卷本的地区进行普查并编纂县卷本；4. 对已编纂县卷本但未作过普查的地区进行普查，以补充原有县卷本资料；5. 对已作过普查并编有县卷本的地区进行补充调查，以丰富原有文本；6. 对已有少数民族文字县卷本进行翻译并补充有关资料，以编成汉语文县卷本；7. 制定体例及出版方案，进行统一编纂及集中出版；8. 成立从中央到省、市、县的四级领导小组、工作委员会、专家委员会领导此项工作。虽然进度不一，但一年多来这项工作始终是按此原则实际进行的。

关于动机　我们的最初动机是：1. 中国民间文化遗产抢救当然包括对民间文学的抢救，抢救性保护是一个永恒的话题；2. 大量的信息表明，由于种种原因，从 1984 年起被搜集到的民间文学资料正面临着各种厄运：或佚失无存，或藏诸私家，或变卖造纸，或鼠啮虫蛀，或风雨侵蚀，必须加大对它们的再抢救；3. 通过《中国民间故事全书》的编纂出版，为日后编纂出版《中国歌谣全书》《中国谚语全书》《中国史诗集成》《中国民间叙事长诗集成》等积累经验，并最终完成"中国民间文学三套集成"各层级卷本的全部编纂出版；4. 为方兴未艾的故事学、传说学、神话学及类型学、母题研究等提供最生动的资料，推动这些学科的发展进步；5. 强化民间故事作品的社会应用，使之在人文精神建设、学术建设、道德建设、和谐社会建设、文艺建设、文化产业建设等过程中发挥应有的作用……

亲爱的朋友，《中国民间故事全书》摆放在您的案头并正一天天增高的今天，也正是全中国民间文艺工作者为您祝福、供您享用的盛大节日。为了这一天，我们付出了我们应该付出的一切；为了这一天，我们为自己的正确抉择、坚定信念、审慎工作而感到自豪。

自豪，来自人民群众的伟大创造！

光荣，展示了精神家园守望者的无私与智慧！

我们确信，春天的故事永远没有结束，她只会延伸为一次又一次秋天的收获。

2005 年 8 月 13 日酷热中

于北京潘家园寓所

目　录

上　　卷

神　　话

传　　说

故　事

下　卷

笑 话

龙兴胜地　叶赫传奇（代前言）

　　《中国民间故事全书·吉林·铁东卷》（县卷本）的编纂工作，在中国民间文艺家协会、吉林省民间艺术家协会和四平市民间文艺家协会的领导和支持下，经本区文化部门及民间文艺工作者的共同努力，已如期完成，即将由知识产权出版社出版。这是继"三套集成"之后的又一重大的文化工程。它们的编纂出版，无疑对于我国目前正在进行的抢救、保护民间文化遗产工作，弘扬祖国文化和进行社会主义精神文明建设，都将产生深远的历史影响。

一

　　四平市在吉林省的南部，与辽宁省及内蒙古自治区毗邻。位于东北大平原的中心，三条公铁大动脉，把四平与全国联结为一体，成为天然的中心枢纽。从古至今，都是兵家、商家必争之宝地！

　　四平，地处温带，大陆性气候，农业发达，粮食总产量多年突破年产50亿公斤，位居全国之首，素有"黄金玉米带"、"东北三大粮仓之一"的美誉；白银、硅砂、膨润土、石灰石、硅灰石等自然资源丰富。

　　铁东区位于市内东半部，南与辽宁省相连，东与四平市梨树县为邻，西、北两面与四平市铁西区接壤。幅员面积906平方公里。辖一镇一乡及八个街道办事处，人口37万人，有20个少数民族。铁东区地处长白山系大黑山脉与松辽平原交汇处，风光秀丽，资源丰富。已勘明的矿产资源有镍、金、银、铁等金属和花岗岩、玄武岩、石灰岩、伊利石及沸石等非金属。野生植物资源有二百多种。其中，中草药四十多个品种。目前，铁东区有林地33180公顷，森林覆盖率达39.46%，耕地面积21292公顷。铁东区交通发达，京哈电气化铁路与平齐、四梅铁路环绕而过，国家公路网干线京哈、集锡公路及哈达高速公路贯穿其间。市区、乡、村公路畅通。便利的交通使铁东区成为四平重要的商品物资中转集散地。

铁东区是个诱人的旅游观光胜地，优美的"山门风景区"、"转山湖风景区"、"下三台风景区"和叶赫镇等风景名胜，每年都吸引成千上万国内外游客的光临。

四平山门中生代火山地质公园坐落在铁东区。走进这块神奇的地域，您就会看到绚丽多彩的地质遗迹：一面面由修长石柱密集排列的险峰绝壁，像巨幅雨帘垂天而降；一根根突兀而起的玉柱如欲破青天的长剑，耸入苍穹；一排排轰然横断的黑褐岩阵似喧潮奔涌，巨浪排空；一片片由火山岩球堆积而成的砾滩像班驳花海，滚翠翻红；一条条错落叠褶的深壑岩若天将雕琢，鬼斧神工。这是亿万年前火山喷发生成的流纹岩柱状节理和火山砾、火山豆勾画出的地质图案，这是世界罕见的地质奇观。

在地质公园，您会看到：奇石嶙峋的二郎山、巨石昂翘的龙王山、俯首贴耳的虫王山，群山首尾相连，气势恢宏，天水一色的二龙湖、风景秀丽的山门湖、百曲千回的转山湖，如璀璨明珠，熠熠生辉；滔滔不绝的塔山水、势若腾龙的龙王河，似肠回九曲，蜿蜒多情；园内野生动物园与原始森林景气相融，浑然一体；园内草茂鹰飞、深山牧笛、渔唱晚霞，是宇宙万物竞展生机的广袤乐园；园内有亚洲第二大银矿；有喀斯特地貌的钟乳溶洞，有药王孙思邈采药提汁的悬洞陡崖。

在地质公园，有见证汉民族最早开发东北的二龙山春秋时代燕国边城；有明代海西女真的发祥地叶赫古城；有清初孝慈高皇后、清末慈禧太后、隆裕太后的远祖遗迹；有省内唯一保存完好的清朝布尔图库边门；有香火缭绕、游客如云的青云寺、龙王古庙、净业莲寺，二郎山庄；有遍布于峰顶沟壑、石缝泉涧的；有被毛泽东称为"东方马德里"的"四战四平"战役遗址。

二

据考古证明：大约七千年前的新石器时代，四平地区就有了先人，开始有了人类活动。这个时期的远古先人，大体属于晚期智人，处于母系社会的初级阶段。但已学会手制打磨石器工具，主要从事狩猎活动，它标志着人类文明的曙光，已出现在四平大地上！

这一时期出土的遗物可分为早、晚两期。早期以细石器和沙质纹饰陶片为代表。石器主要有压制圆盘刮削器，长条边刃，三角形凹底石镞。陶器以褐陶居多。纹饰有压印和刻划弧线"之"字纹，刻划"人"字纹。晚期以磨制石器和夹砂素面陶片为代表。石器主要有磨制桂叶形石镞、长条石刀、舌形石犁和棒状石磨棒等。陶器以夹砂红褐陶居多，可辨器型有筒腹鬲、鼓腹罐、斜颈壶等。分析认为，新石器时代，这里的先民们以渔猎经济为主；青铜时代以农业为主兼营渔猎和采集。

在大约五千多年前的青铜器时代，在四平地区先人遗址上，已发现了锄、刀、斧、凿等生产工具，说明四平的先人们，已开始了种植、养殖为主的农业生产，并兼营渔猎和采集。这一时期发现的主要遗物为石器和陶片。石器有斧、刀、凿、锄、砺石和石球等，多为磨制而成，少量为打制。陶器有豆、罐、壶、鬲、鼎、碗、钵等。文化特征明显，其时代为青铜时代晚期，相当中原的战国至汉初。

青铜器时代，四平市区及周边，已有先人室居，有了相对稳定的农业经济，同时辅之以捕捞、狩猎。目前，在四平市铁东区发现的青铜器时代遗址有"山门水库遗址"、"半拉山门遗址"等处。

这说明，在五千多年前，原始人就在四平铁东区一带生息繁衍了。

大约在四千年前，祖国的华夏民族，已在中原创立了虞、夏、商、周王朝。

就在这个奴隶社会时代，包括四平地区在内的东北，逐渐形成了秽貊、肃慎、女真三大族系，并开始建立王国。这些王国，实际上都属于中原王朝的属国，并建立了紧密的臣服关系和文化交流，属华夏民族的一员。

四千多年前，以四平地区为一部分的东北小国"肃慎国"建立。几乎与中原第一个王朝"虞"同时建立。肃慎国一直延续于虞、夏、商、周四代王朝时期。

"扶余国"建立于公元前200年。当时的秽貊族首领东明，以四平市铁东区的一面城为王城，建立了扶余国。从春秋战国一直延续到秦、汉，历时一百四十七年。

713年，靺鞨族首领大祚荣大将军，被唐朝封为渤海郡王，称"渤海国"。以四平市铁东区一面城为王城。

纵观历史，四平市铁东区之一面古城，从346年建立扶余国王城，又历经渤海国王城，距今已有一千六百余年，可谓历史名城。

1534年，女真人叶赫首领楚孔革，建立叶赫国。王城即今铁东区叶赫古城。是当年的政治、军事中心。强盛时，地广兵强称大国。有15部、12大姓、28座城寨。王城有东西二城和商简府城。

1575年，叶赫国首领扬吉努之女孟古格格出生。这就是努尔哈赤的妻子，孝慈高皇后。孟古为努尔哈赤生一子，名皇太极。后袭父位，为清太宗皇帝。

1603年，努尔哈赤妻子孟古因母家与夫家连年交兵，母女难见，忧郁而死，终年29岁。努尔哈赤爱不能舍，以女真人最隆重的葬礼悼念亡妻。

之后，努尔哈赤先后四次出兵，大战叶赫国。1619年，后金国主努尔哈赤率四大贝勒八大臣，倾全国之兵，推盾车架云梯，兵分两路围攻东西两城，叶赫国终因寡不敌众，叶赫国城破，东城贝勒金台石，西城贝勒布扬古均被戮，叶赫国灭，结束八十五年的历史。

辽金时代，四平地区是两国三朝相争的古战场。是辽、金属地，曾多处设州置治。铁东山门镇"英城子"遗址，为辽金时代遗存。

1898 年，沙俄修筑东清铁路的南部支线，从四平经过，并在四平建火车站。从长春站排来，四平车站称为"五站"。1901 年"五站"改为四平街站。1937 年，伪满政府决定设置四平街市。

四平市及铁东的历史变迁沿革大致如此。

三

铁东区东部的半山区，山青水秀，是一个美丽神奇的地方。这里被誉为"龙兴之地"，这里的山山水水被清皇室封为"龙兴禁地"。

在铁东区这块美丽富饶的土地上，流传着许许多多美丽动人的故事和神秘迷人的传说。有开天辟地的传说，有山水洞穴的传说，有狩猎、放山的故事，有歌颂劳动人民勤劳、智慧、大公无私、舍己救人，团结互助，反对封建压迫、反对贪赃枉法的故事，还有抗日战争、解放战争的传说和故事。特别是有关满族和清王朝的建立与兴衰的传说故事，像老罕王的故事，孝慈高皇后的故事等更是撼天动地，脍炙人口。

这些传说和故事，是铁东区人民经年累月口传下来的精神食粮，是人们千百年来生活、抗争的写照，是人们爱与恨、理想和希冀、痛苦和欢乐的语言表达。古往今来，这些口头文学在群众中世代相传，长久不衰。它是劳动人民在生活中所创造的十分珍贵的精神财富。是我们中华民族宝贵的非物质文化遗产。

民间文化遗产是一个民族情感的重要载体，是民俗风情的结晶，是普通百姓代代相传的财富。为了保护这些不可再生的文化遗产，中国民间文艺家协会发起了抢救收集、编辑整理出版《中国

民间故事全书》这一功在当代、泽被深远的文化工程。铁东区民间文化工作者无不欢欣鼓舞。将这些精神财富加以搜集整理，可使这份文化财富得以保存，使民族文化传统得以继承和发扬。

中共铁东区委、区政府对民间文学搜集整理工作十分重视。早在民间文学三集成工作时，就抽调了长期从事民间文学的得力干部组成编委会。编委会的同志们牢牢把握民间文学的"三性"原则，发动群众，广泛宣传，走遍了全区二镇一乡和 38 个社区。重点搜集了在民间口头流传的故事、民谣和谚语，并在全国首批全部出齐三卷套的县卷本。之后，班子未散、牌子未摘，编委会的同志们依然奔走在城乡之间，继续民间文学的搜集整理工作。在原有基础上，我们又搜集民间文学近百万字，经认真筛选，精选出这套七十余万字的大书。

值得说明的是，对这项工作，铁东区的文化新闻出版和体育局、文联积极组织，认真负责，投入很大精力。尤其是直接参与这项工作的民间文学工作者更是筚路蓝缕，查资料，下基层，调查收集，编辑整理，付出了艰辛的劳动。他们中有长期耕耘在民间文学园地的老民间文学工作者郑长春、孙喜臣、刘明、齐学田等，也有热爱民间文学的新秀如孔庆宁、柴运鸿、刘春丽、崔艳杰等。大家不计报酬，乐于奉献，从而保证了铁东区卷的顺利完稿。

在此，我们向所有支持、参与这一文化工程的人们表示衷心的感谢。同时，也向倡导这一文化工程，并自始至终指导这一工程的顺利实施的中国民间文艺家协会主席冯骥才先生、副主席白庚胜先生，也向多次亲莅铁东区指导工作的中国民间文艺家协会副主席、吉林省民间文艺家协会主席曹保明先生，吉林《民间故事》副主编傅胜华女士致以崇高的敬意和衷心的感谢！

2012 年 4 月

神
话

杨二郎赶山

很久以前，那时大地上没有平原，大山和巨石到处都有，影响了人们开荒种地。百姓们在闲唠嗑时幻想能把这些山和大石头都变成平原，好种庄稼多打粮食。谁知这闲唠嗑的话被一位神仙听见了。这神仙名叫杨二郎，头上长着三只眼睛，手使方天画戟，武艺十分高强，还学就一手劈山的本领，他曾劈过山救过母亲。后来又得一宝物，叫"赶山鞭"，用这把鞭可把山赶走，就像赶绵羊一样，让山到哪儿就到哪儿。老百姓的话，说者无心，听者有意。杨二郎听后三只眼紧锁，口中念道："赶山鞭哪，赶山鞭，你不能为人间做点好事，还称什么神鞭、宝鞭。赶山鞭哪，赶山鞭！用你的时候到了。"说完，杨二郎就挥起了赶山鞭赶起山来。他要把地上的山集中在一起，倒出土地来。杨二郎把东北一带的山全往东赶起来，他不分昼夜地赶山，一连赶了七七四十九天，他实在太累了，就在山脚下睡着了。

在杨二郎睡觉的地方，有个山中怪，他恨透了杨二郎，因为山都被集中到了一起，山中怪的地盘小了，兴妖作怪施展不开。就趁着杨二郎睡觉的时候，他把赶山鞭给偷来了，拿到一个深涧里，用斧子把赶山鞭剁碎，这把宝物被损坏了。杨二郎一觉醒来，已日出三竿了，他揉揉眼睛起来又要去赶山时，一摸，身边的赶山鞭不见了，他左找右找都没有，悔恨自己不该三只眼睛同时睡觉，要是三只眼睛轮流睡就好了。他找了一天，在深涧里找到了被损坏的赶山鞭，气得他把巨石拍碎好几块。他想：还有许多山没有集中过来，怎么办呢？干什么都要干到底，他厉声喊道："没有赶山鞭，那只有用身体背吧。"于是他便用力地背起山来。开始时，杨二郎背山背一座，能把整座山背走，后来背得多了，也就累了，他便使出劈山的本领，用方天戟把山劈成两半，分成两次背，轻便多了。先把一半放在一个地方，再来背另一半，合在一起，一座山还是好好的。背半个山，尽管是轻，可是背得多了，也是累的。平原上只剩

下最后一座山了，这座山坚硬无比，杨二郎干劈劈不动，只好用方天戟去拉。山被拉开了，又合上，合上又拉开，一次又一次，不知拉了多少次，最后这座山也服气了，乖乖地让杨二郎把山的一半背到了山门的东边，放在了那里，就是现在的山门东边的那个半拉山。杨二郎又去背剩下的半拉山，他背山走着走着，累得有点支持不住了。由于日夜不停搬山，再加这山又重，距先背来的半拉山还有一里路之遥，他放下那半拉山准备歇一会儿。这一歇不要紧，杨二郎在山脚下睡着了，睡得时间长了点儿，山都扎了根，他一晃睡了五千年，还没有醒呢。这半拉山就是山门北面的半拉山，杨二郎什么时候能睡醒呢？那就不知道了。他要是醒了，两个半拉山就会合在一起的。

讲　　述：齐学云（满族）
记　　录：齐学田（满族）
采录时间地点：1986 年采录于铁东区山门镇

杨二郎鞭打二王

很早很早以前，半拉山门这块地方的风景就很美，是一个山清水秀，土地肥沃的好地方，这里年年风调雨顺，五谷丰登，平民百姓安居乐业。

可是好景不长，有一天夜里突然狂风大作，雷雨交加，天就好像塌下来一样，倾盆大雨一连下了七天七夜。大雨之后，只见房倒屋塌，良田被淹，遍地成河，一片凄惨景象。有不少人看出这是一条龙在作怪。原来是龙王来到人间不干好事，可是人们只能眼巴巴地看着没有办法。大雨过后，天气渐渐晴朗，平地水也渐渐地没了，但大片良田被冲毁，只剩下点山坡地也是七零八碎。眼望着这情景人们心里十分难受，只把希望寄托在那点山坡地了。人们精心耕种，小心莳候。哪知祸不单行，有一天清晨，醒来一看，地里的庄稼苗被虫子吃得只剩下光杆了，这里又闹起了虫灾。打那以后，这里不是闹虫灾，就是闹水灾，人们无法生活下去了。有的妻离子散，家破人亡，人们只好吃草根树皮过活了，因为一闹灾庄稼颗粒无收。当地的几家财主更是发愁，地打不出粮来，租子也收不上来呀。于是财主们想出一个坏主意，强迫人们修庙，在山门镇的东南沟修了一座虫王庙，在东沟修了一座龙王庙。现在的龙王屯和虫王屯就由此而得名的。两座庙修完后，人们经常到庙里降香磕头，请求二王发发慈悲，别给百姓降灾了，保佑安安稳稳过几天好日子吧。可是人们香火钱花了不少，水灾和虫灾照样发生，龙王、虫王仍在这一带兴风作浪，不干好事。

不料，二王在人间干的坏事让天上的玉皇大帝知道了，便派杨二郎来到人间。以为能够顺利地把二王抓住，可是二王不听邪，一同和杨二郎打了起来。只打得天昏地暗，也分不出个胜负，因龙王和虫王也不是一般的小辈。这样一打就打了七七四十九天，二王终究不是杨二郎的对手，被打得东奔西窜，最后躲到了各自的庙宇中去了。把杨二郎气得"啪啪"就是两鞭子，这两鞭子不要紧，把

二王打成了肉酱。兴妖作怪的二王就这样被打死了。杨二郎这两鞭打出了两条河，一条是龙王河，一条就是虫王河。现在的山门水库就是这两条河汇集而成的。

讲　　述：张景春
记　　录：王忠和
采录时间地点：1986 年采录于铁东区山门镇

男人为啥比女人高

相传，起初天底下只有两个人。这两个人长得一样高，力气一样大，不分男女，不知有爱，整天打架斗殴，谁也不服气谁。

一天，他俩遇见一个白胡子老头，这老头是上天神仙。因为上天看到自己创造的这两个人，不能相亲相爱，繁衍人类，很不安，就派神仙下凡点化他俩来了。白胡子老头的手里拿着两根棒，右手拿着的棒短，左手拿的棒长。白胡子老头说："今后你们俩不要再打架斗殴了，拿着棒回去过日子吧。"于是，他俩每个人拿了一根。顷刻间，棒融化了。拿短棒的成了女人，性情温柔，力气小，个子也变矮了；拿长棒的成了男人，性格粗放，力气大且身材高。

从此，他们俩因个头力气悬殊，不再打架斗殴。他们两人之间分出了男女，学会了相亲相爱，终于结成了夫妻。因为母亲是短棒的化身，生下的女儿就矮；父亲是长棒的化身，生下的儿子就高。世代相传，一直传到今天，还是男的比女的高。

讲　　述：李福莲
记　　录：李宏伟
采录时间地点：1986 年采录于四平

男人为啥比女人多

相传，很古很古的时候，一个男人和一个女人结合后，先生了一个男孩，本应再生个女孩，男女方才一样多。可是，当妻子生下第一个孩子后，一天男人骑马外出，被一阵旋风刮到了一个老山老岳里。被一个母兽救了，母兽对他很好，他就和母兽产生了爱情。过了一年，母兽生下一个小男孩，这个孩子身多毛发，生长快，力气大，脾气暴躁，禀性勇猛。由于父亲经常给孩子讲述人间的事，这孩子也非常想回到自己的故乡去。一天，母兽又出去采集食物去了，这个男孩就打开了母兽堵在洞口的大磐石，背起父亲逃走了。母兽回来，见孩子和丈夫没有了，就顺着父子俩走路时留下的气味追去。追呀，追呀，不知追了多远，最后追到了一家人家的门前，它看到屋里烧着火，烟囱冒着烟，又急又怕，知道再也追不回孩子和丈夫了。头一歪，向一块石头上撞去，脑浆都流出来了，死了。

世上的男人和女人本来是一样多的，可是，母兽留下的男孩多占了人间一个女人的指标，从此，男人就比女人多了。

讲　　述：李福莲
记　　录：李宏伟
采录时间地点：1986 年采录于四平

人为什么一天吃三顿饭

传说上古时代，人类遭遇了一场大灾难，山崩海啸，洪水滔天，使得万物灭绝。经过女娲重新用泥造人，人口又迅速多了起来。人口一多，粮食就不够吃了，人们天天挨饿。那时，人们吃饭、睡觉一点也没有规律，困了就睡，饿了就吃，一天得吃好几顿，粮食就越发不够吃。

天宫的玉皇大帝知道了这一情况，很着急上火，经过冥思苦想，终于想出一个高招，让人间的老百姓一天睡三次觉，吃一顿饭，这样粮食就够吃了。

当时人间没有牛，牛是玉皇大帝专门传达圣旨的传令官。这天，玉皇大帝让侍童把牛叫来，命令它到人间去传达圣旨。牛虽然忠诚老实，但有个坏毛病，就是好喝酒。接旨时，它刚好喝完酒，有点醉意，圣旨上明明写着让老百姓一日三睡一餐。可牛来到人间传达时，还没有完全醒酒，就把一日三睡一餐，愣是念成了一日一睡三餐。从此人们遵照牛的传达，一天吃三顿饭，睡一次觉。因为吃饭的次数多，费粮食，所以人们还是照样挨饿。

过了一段时间，玉皇大帝想知道人间百姓是不是还在挨饿？就把土地佬召上天庭汇报情况，土地佬不敢隐瞒，就如实汇报了。玉皇大帝一听，不对呀，我已经颁旨让人间百姓一天只吃一顿饭，睡三次觉，这样就能节省很多粮食，怎么还能挨饿呢？于是，他就向土地佬详细盘问情况，这才知道原来是牛把圣旨传达错了。玉皇大帝不禁勃然大怒，就派侍童把牛叫来，斥责它说："因为你贪酒，把这等重要的大事都传达错了，看来你不配在天庭做官，今日朕就把你免职，罚你到人间帮百姓拉犁种地去吧！并且罚你永世不得喝酒。"

牛有点留恋天庭生活，不愿到人间受苦，就跪下哀求玉帝把它留下。玉皇大帝更加来气，用力一推，把牛推到人间，这一跤摔得很重，把牛的上牙都磕掉了。从此，人间有了牛，但牛却没了

上牙。

牛到人间之后，任劳任怨地帮人们干活，很受人们的喜爱。可它还是有点馋酒，但又没有资格喝酒，实在馋得没法，看到人间酿酒剩下的酒糟还有点酒味，就偷着吃点酒糟，过点酒瘾。后来人们发现牛爱吃酒糟，干脆就用酒糟喂牛了。

讲　　述：李大爷
记　　录：刘　明
采录时间地点：2000 年采录于铁东区叶赫镇

凌晨公鸡叫三遍的由来

很早以前，在深山上和大海里，生活着很多很多的野兽。那时，它们没有一个统一的头领。因此，为了一丁点小事儿，就争吵起来，有时还打斗，甚至还有伤亡。总之，没有一天安宁的日子。

这天，有一个野兽提议说："咱们总这样打打斗斗很不好，何时才是个头呢？我看应该选一个头领，让头领管理大家，大家都听它的，也就不打仗了。"这个提议得到了全体野兽们的赞成，于是开始选头领，可是怎么选也选不出来，因为谁都想当头领，谁也不肯相让。争得最凶的、也是最有希望的是山上的老虎和海里的龙。为了当上野兽的头领，老虎和龙成了死对头，见面就打，打了好多天也没有分出高低上下。

传说天上的太阳是龙的岳父。太阳是神，说话具有一定的威力。有一天，它来到天下，对老虎和龙说："你俩谁也别打了，总这样打下去，何时是个头呢？我看都随我上天庭去见玉皇大帝，让玉皇大帝决定，说让谁当谁就当。"

老虎和龙一听也都同意，都说："行啊，但我们得准备准备。"于是太阳先回到天上。在临上天庭之前，为了在玉皇大帝面前有个好形象，老虎就开始打扮起来：在脑门儿上画了一个"王"字，觉得很美，心想，看来这百兽之王肯定就是我了。可是龙也没闲着，它觉得自己的脑袋光秃秃的一点也不好看，就想包装一下。这时一个大公鸡走过来了，龙看见大公鸡头上长着一对犄角，很好看。心想，如果把大公鸡头上的一对犄角借过来，我不就好看了吗？于是，龙就向公鸡借犄角。可是，公鸡不肯借，公鸡说："不是我不借，因为我的犄角是取暖的，借给你，我就会很冷。"龙好话说了不少，可公鸡说什么也不借。

龙一看自己借不来，就飞到天上去找岳父，龙对太阳说："岳父，老虎的身上有厚厚的绒毛，又红又黄，色彩非常鲜艳，本来就漂亮。如今又在脑门儿上画了一个王字，不光漂亮，还显得威风和

体面。如果我俩去见玉皇大帝，玉皇大帝也得器重它而轻视我。这太不公平。我想在我的脑门儿上安对犄角，就能显出我的威风来。这样去见玉皇大帝，再和老虎一比，就公平了。但公鸡不借给我，所以我才来找你，想请你帮个忙向公鸡借犄角。你是神，公鸡一定会给你面子。"

太阳一听，龙说得也有一定道理，就跟龙一起来到大地，找到了公鸡，商量借犄角。公鸡还是说怕冷，但它主要是怕龙借了不还，所以不愿意借。太阳就说，你的担心不是没有道理，但你要相信我，我以神的名誉担保，万一龙借了你的犄角不还，你冷的时候就高声鸣叫三遍，我一定出来为你取暖。公鸡看在太阳神的面子上，只好把犄角借给了龙。

龙有了犄角，确实威风了不少，显得特别勇猛。于是太阳就领着它俩去见玉皇大帝。

老虎和龙上了天庭，叩见了玉皇大帝。玉皇大帝见老虎和龙都很威武，究竟让谁来当这个头领呢？一时也拿不定主意。不过，玉皇大帝马上就有了办法。他说："我不能光凭长相来决定谁当头领，我还要看看你俩的武艺：你俩就在天兵天将的练武场上比武，谁胜谁当头领。"

于是老虎和龙就在练武场上比起武来，老虎和龙各显神通，一个会扑跳撕咬，咆哮长空；一个会腾云驾雾，张牙舞爪。两个都拼尽全力进行打斗，武功不分上下。玉皇大帝看花了眼，见它俩打了半天，也没个结果，就命令它俩停战。说："你们两个各有各的本领，如果再打下去，难免会有伤亡。我给你们来个公断，现在就颁旨：封老虎为山中之王，统辖山中百兽。封龙为水中之王，统辖水中百族。今后各司其职，管好自己的部下，和睦相处，永保天下太平。"老虎和龙都很高兴，当下叩头谢恩。就这样，老虎做了山中之王，龙做了水中之王。

龙回到深山向百兽辞别，准备去海里上任。这时公鸡走上前来，向龙索要犄角，可龙却有点舍不得了。任凭公鸡百般索要，龙也不给。公鸡说："当时是太阳神作保，咱俩去找太阳神，让它评理，你不给不行。"

龙一听要去找太阳神评理，很害怕，就把头高高一昂，大尾巴凛凛一摆，飞腾而去，进了大海。公鸡身小力单，又飞不多远，怎么也撵不上龙，只好眼巴巴地望着龙飞远。

从此，公鸡没了犄角，每到夜里，就浑身冷得发抖。每天的凌晨时天气最冷的时候，公鸡就冷得受不了。公鸡想起了太阳的担保，于是就高声鸣叫，希望太阳出来为它取暖。

太阳神觉得虽然是龙欺骗了公鸡，但自己也对不起人家。太阳就想去找龙，帮助公鸡要回犄角，但又一想，龙已经受了皇封，做了水中之王，如果没了犄角，也就失去了威严，还是不要为好。既然我已经答应过公鸡，在它鸣叫三遍的时候会为它取暖，那我也就遵守诺言吧。于是，每当凌晨公鸡高声鸣叫三遍的时候，太阳就会准时冉冉升起，给大地送来温暖的阳光，公鸡也就不冷了。久而久之，便形成了习惯。但公鸡的冠子却冻肿了，而且越来越大了。

讲　　述：刘云方

记　　录：刘　明

采录时间地点：2000 年采录于铁东区叶赫镇

传

说

地方传说

大清国国号的来历

大清国的开国皇帝努尔哈赤，小时候叫小罕，是明朝关东总兵李成梁的勤务兵。白天侍候总兵，晚上就睡在喂马的马棚子里。

马棚里还住着一个马夫，这个马夫叫旺皋，小罕就是和他天天住在一起。旺皋过去在汉人居住的地方闯荡过，见多识广，会讲《三国》、《水浒》和《西游记》。旺皋很喜欢他，晚上，旺皋不是教小罕识字，就是给他讲故事。旺皋还会武艺，十八般武艺样样精通，小罕就跟着他学武艺，十八般武艺样样皆通。

有一次，李成梁进京，向皇上汇报东北民情，完后本想在京城玩乐几天。不想，有一个大臣当廷启奏，说他昨晚夜观天象，发现天上紫微星下凡，脚踩北斗落在关东。他的灵魂寄附在一个奇人身上，如果此人不除，必将成为一代天子，大明江山就有亡国之危。这个大臣的官职叫钦天鉴，专门为皇上观察天象。根据天象变化可预测地震、旱涝、冰雹等天灾，还可预测国家局势和命运。皇上一听害了怕，命李成梁火速返回关东，捉拿这个奇人，并亲自押送京城，到时方可加官晋爵。如果放跑此人，就满门抄斩。

李成梁不敢怠慢，马不停蹄回了关东，累得要死。一到辽阳总兵府，急忙命令小罕打水，伺候他洗脚。李成梁有个习惯，洗完脚，身体就舒服。

也许命里该着小罕遭遇劫难，小罕给李成梁搓脚时，忽然发现他的脚心长着两个大瘊痣，就说："总兵大人，你脚心怎么长了两个瘊痣？"真是怪事，往日小罕也总给李成梁洗脚，可从来没有发现他脚心长瘊痣。

李成梁骄傲地说：“小孩牙子，你懂什么，这是贵痣，没这两个痦痣，我能当上总兵吗？”小罕虽然聪明，但毕竟是个孩子，就天真地问：“你看，我脚心也长个痦痣，将来能当多大的官呀？”当下还脱下靴子让李成梁看，李成梁一看，小罕的左脚心果然有七个大痦痣，形状还是北斗七星排列。李成梁先是吃了一惊，随后就乐了，心想，这也太巧了，真是该着让我立功啊。

他本想当场抓捕小罕，可又一想，还是明天一早再抓吧，总兵府深宅大院，又有精兵把守，他一个小孩，难道还能长个翅膀飞了不成？于是就哄着小罕说：“你将来肯定当大官，比我还大的官，到时可别忘了我呀。”小罕一听很高兴，帮他穿上袜子提上鞋，看没事了就回马棚休息去了。李成梁心里更高兴，就到小妾四喜的房里喝酒去了。

小罕回到马房，乐呵呵地和旺皋唠起了闲嗑，他把脚心长了七个痦痣和李成梁夸奖他将来能当大官的事，有滋有味地向旺皋叙说了一遍。

旺皋说：“小罕呀，我早就看出你不是一个凡人了。你是一个有大富大贵之命的人，将来必成一代明君。现在大明的江山已到了寿限，非亡不可。也许是上天让你承担改朝换代的使命，才让你下凡的。等你造反那天，哥在总兵府等你，给你作个内应，保你事业成功。”

旺皋和小罕刚刚睡下，四喜就来了。四喜是李成梁强行霸占来的小妾，李成梁很喜欢她，但她却一点也不喜欢李成梁。这天晚上李成梁到她房里喝酒，为了讨好四喜，把皇帝命他捉拿小罕的机密，就信口开河说了出来。四喜一听吓了一跳。平日她见小罕乖巧伶俐，对他很关心，小罕也叫她四喜妈妈，两人很有感情。四喜害怕小罕遭遇不幸，决心要救小罕，就假装欢笑哄李成梁多喝，李成梁难得见到四喜有笑脸，很快就喝得烂醉如泥。四喜趁机偷了李成梁的令牌，到马房告诉小罕赶紧跑。

小罕谢过四喜妈妈，就要逃跑。旺皋说：“小罕，还是骑马跑吧，跑得快。”马棚里有一匹大青马，日行千里，是李成梁最喜爱

的宝马。旺皋就把大青马牵出来，小罕接过缰绳飞身上马。就在小罕上马之际，马棚里的二青马却自己走了出来，在旺皋的身旁屈腿趴下。这二青马日行八百，也是李成梁喜爱的宝马。旺皋多年和马在一起，知道了马的心思，心说：这二青马，是让我和小罕一起跑呢。也对，明天一早李成梁发现没了小罕，我也逃不了干系。真不如一同逃跑。一路上还能保护小罕呢。于是，他也骑上了二青马，和小罕一同逃跑。二人来到总兵府的大门，小罕掏出令牌，对看守总兵府大门的兵丁说："我俩奉总兵大人之命，出外办个紧急公务，快把大门打开。"这令牌非同一般之物，紧要关头，可以代表李成梁调动兵马，发兵打仗，就是取个人头也不是难事，出个大门更是轻而易举了。

把门的兵丁一看是李总兵的勤务兵，赶紧打开大门。就这样，小罕和旺皋连夜逃出了总兵府。

李成梁一觉醒来发现没了令牌，惊出一身冷汗，心想：小罕可能已经逃跑。来到马棚一看，果然，不但没了小罕，就连旺皋也不见了。他赶紧调集上千人马，兵分四路火速追捕小罕。李成梁自己也带着一队人马，天大亮时，才朦胧发现前面有两个骑马的人影。李成梁大喜，狂喊一声："前面就是，谁能抓住重重有赏。快追呀！"追兵一听，拼命打马，渐渐靠近了小罕和旺皋。大青、二青两匹宝马，为了保护小罕脱险，大半宿时间，没命地奔跑，累得是大汗淋漓。旺皋想：我还不如自己引开追兵，让小罕安全逃命。于是，他向小罕喊道："小罕兄弟，哥哥不能陪你了，你快跑吧，逃过此劫，保你坐天下！"然后，旺皋打马就向另一个方向跑去，可是二青马太累了，一个马失前蹄，就把旺皋从马上摔了下来。路旁有块大石头，旺皋头部着地，正好撞死在石头上。二青也被活活累死，躺倒在旺皋身旁。后来，人们把这块石头起名叫旺皋石。小罕当皇帝后，就向天下颁旨，文武百官路过此地时，文官下轿、武官下马，都要向这块石头跪拜。

大青马驮着小罕继续向前奔跑，无意中把小罕驮到一个山崖上面，山崖底下是万丈深渊。山崖对面有一座山，距离足有五丈多

远。李成梁追到跟前，哈哈大笑："小罕，看你还往哪里跑！"他命令士兵下马，要抓活的。在这紧要关头，大青马后脚一蹬、前脚一跃，驮着小罕奋力向对面山头一跳，"腾"地一下，从这山崖就跳到了那座山头。

李成梁的追兵再快，也无论如何追不到小罕。小罕是脱险了，可大青马因奔跑过力，飞到那个山头后就摔死了。马脑袋和四条腿都和身子离了骨了，真可怜哪！小罕顿生感叹，摸摸马头说："大青马呀，你是为我而死，我一辈子也忘不了你，将来我要是得了天下，一定好好纪念你。"说完，小罕就向长白山逃去，到了长白山，小罕挖了老多老多的棒槌（人参），卖了老多老多的钱，招兵买马，反了大明。

后来小罕果真在沈阳坐殿当了皇帝，为了纪念大青、二青两匹宝马的功勋，把国名就叫大青，只是在青字旁边加了三滴水，就叫"大清"了。为啥非加三滴水呢？这里有个说道，因为明朝的明字带有火的意思，明朝皇帝姓朱也有火的意思，根据五行相克的原理，水能灭火。这样把国号一改，果真没几年，大清就把大明推翻了。大清国的国号就是这么来的。

这还不算，他还把清朝军队服装的袖子，都做成马蹄形状，俗称马蹄袖。一是纪念大青、二青；二也是希望他的军队要像大青、二青一样忠诚于自己。

讲　　述：马大爷
记　　录：刘　明

中国民间
文化遗产
抢救工程
SOS

满洲的由来

满族原名满洲族，起源于长白山东北布库里山下的布勒瑚哩湖，其始祖叫布库里雍顺。

这是一个美丽的神话。九重天外的天庭里，有三位仙女，长仙女恩古伦、次仙女正古伦、三仙女佛库伦，皆美貌绝伦，天生尤物。三姐妹久居天庭，心情烦闷，愁眉不展，为有一个好心情，永葆仙颜，青春永驻，她们要到下界去寻找人间仙境，消遣解闷，寻求快乐，长生不老。

三位仙女走出天庭，变成三只美丽洁白的天鹅，翩然飞舞，排着整齐的队形，向人间飞去。当她们飞翔在长白山上空时，发现长白雪峰晶莹明亮，宛如一块巨大的美玉，熠熠闪光。山下是色彩斑斓的花海和茂密的森林，鲜花绿树环抱着那块琼脂，那景致美极了。再看，山间的布勒瑚哩湖像王母娘娘手中的宝镜一样，在绿色的群山里闪闪发光，湖水清澈平静，山光云影倒映水里，这才是朝思暮想的人间仙苑。三只天鹅一字排开，绕湖盘旋一周，落在湖边，恢复了仙女模样，瞬时间万籁俱寂，栖息在林中的鸟儿羞得无地自容，远走高飞，投憩在湖边的万兽惊恐万分，退避三舍。

大姐恩古伦来到湖边，伸手在水中轻轻搅动，流玉一般细腻滑润的湖水在指间流过，那感觉惬意极了。她们见湖滨四周寂静，脱去仙衣，下湖沐浴，凝脂一般的仙体浸在水里，顿觉神清气爽，舒适之感从体表深入到五脏六腑。仙女们享受着在天庭从未有过的畅快，心花怒放，无拘无束，在水中尽情地嬉戏，欢快地笑着，那燕语莺声在山间回荡着，进入物我两忘的境地，仿佛与那山那水融在一起了。

这时从遥远的天际飞来一只神鹊，在湖面上空飞着，羞得三姐妹止住了喧闹，将身子藏在水中。神鹊像有意要窥探她们一样，盘旋着飞来飞去，竟越飞越低，越飞越近。姐妹们看清了它的模样，连它口中叼着的朱果都看得真真的。它落在仙女的彩衣上，跳来跳

去，把那枚朱果放在三仙女佛库伦的仙衣上，"喳喳喳"地叫了几声，展开双翅飞向天空，眨眼的工夫就不见了踪影。

四周恢复了宁静，恩古伦和俩妹妹又在水中纵情玩耍起来，再也没人去理会那神鹊和朱果，笑够了，闹累了，才上岸穿衣。佛库伦拿起那枚朱果，仔细地看着，果儿鲜红发亮，晶莹剔透，散发着诱人的果香，她小心地捏在手指尖，翻来覆去，爱不释手。恩古伦、正古伦穿好彩衣围拢过来，佛库伦对着俩姐姐说起朱果的别致之处："二位仙姐，我在天庭未曾见过此果，通体透香，那香气沁人心脾，从未尝过……"正古伦、恩古伦凑到近前，聚精会神地审视着，那朱果如小妹所言，不仅外表漂亮且香气扑鼻。正古伦说："真是神奇的朱果，天庭里不曾见过，人间岂能会有，定是天上的圣物！"恩古伦说："这天上圣物，既已送给小妹，就由你来处置吧！"

佛库伦早就被朱果的香气诱惑得不能自已，听了大姐的话后，轻轻把它放入口中，腾出手来想穿衣服，还未及咀嚼，已满口清香，就在她低头拎起衣裳直起身子之际，口中的朱果轻轻一滑，"倏"地进入腹中。恩古伦、正古伦忙着给小妹穿衣，佛库伦口吐清香，含羞地笑着，跟两个姐妹没完没了地嬉闹着。突然，佛库伦的腹中有异样的感觉，腹重下坠，好像得了重病。羞得她粉面通红，忐忑不安地告诉两仙姐："吾忽觉腹重千斤，似有重疾，不能同姐姐一同飞回天庭，恐怕会中毒而死！"正古伦安慰她说："小妹，不要惊慌，我们曾服过仙药，谅无中毒而死之理。"恩古伦说："待你体轻时再回天庭不迟，天意留你在人间停留片刻，少安毋躁。"姊妹俩话音刚落，变成天鹅，轻展双翅向天庭飞去。

佛库伦腹中感觉明显，顷刻之间，果生一男婴，相貌俊俏，面皮白净，招人爱怜。她心生欢喜，用手轻轻一点儿子微翘的小鼻子，那男婴天真地笑了，竟能说话。一股清风徐来之际，他借风生长，瞬间长成了英俊的小伙儿，气宇轩昂，风度翩翩。

佛库伦心里暗自思索：我儿果为天人所生，不曾有人间的十月怀胎，竟会落地能言，随风长大，必能秉承天意成就一番大业。我儿为人间第一奇人，应有金刚之身，必为人杰，岂能出身无门？想到这儿，她望着眼前的布库里山，深情地对儿子说："你就叫布库里雍顺吧！姓爱新觉罗（金），天让我佛库伦生你，是让你成为人间雄主，平息战乱，遏制杀戮，让人们过上太平日子啊！你应顺着布勒瑚哩湖出口的水漂到战乱纷争之地，大显身手去吧！"说完，在湖边找来几根木头，用树皮绑成木筏，让儿子安坐其上，顺水从湖口漂流而去。佛库伦望着木筏慢慢地移动着，如释重负，忽觉身轻如燕，变成天鹅，振翅高飞。布库里雍顺在木筏上感慨万千，无限眷恋自己的出生地布勒瑚哩湖和仙女娘亲，正回头凝望之际，见娘亲变成了一只天鹅在头上飞旋着，不停地叫着。他不禁泪流满面，向空中挥着手儿，高声地喊着："鹅娘，鹅娘，我不要你离开我……"这声亲切的呼唤在天地间回荡着。

自此以后，满族人称母亲为"鹅娘"（额娘，讷讷）了。

再说布库里雍顺驾着木筏随水漂流进入江中，顺流而下。此时此刻，长白山东南端谟珲一带的三姓地界正在为争夺氏族酋长之位进行着一场由来已久的混战，三大姓氏都要称王，各不相让，你争我夺，终日械斗，从未停息，各有伤亡。

这一天，布库里雍顺来到这里，见到了人烟，将木筏靠向岸边，来到林中，折了几根河边柳树，编成座椅坐上歇息。恰巧一个当地人来江边担水，忽见一生人坐在江边，长相甚是奇异，细观此人相貌奇伟，天庭饱满，地阁方圆，绝非等闲之辈，在三姓人中绝无此等出类拔萃之人。担水人心里暗忖：若推举此人为头领，定会让三姓人慑服，也会平息厮杀，还人们一个清净的日子。想到这儿，他担着水桶直接来到三姓打斗之处，高声喝道："暂且休战，我有一言相告！"这一声果真奏效，众人停止了械斗，拿着兵刃围拢过来，人群里有一人质问道："不让争斗为何，让我为头领？"担水人见其貌不出众，语不惊人，有何德何能来约束部众呢？看了他几眼，没有做声。见众人都围到近前，担水人才说出自己的想法："你们不要争，听我一言，若为争头衔三姓互斗，死伤众多，部众日减，若无一部众，头领何干？因三姓互相怀疑，失信于人，

才干戈不休，死伤与日俱增……"有人不爱听他的话，指责起来："自古以强为霸，我不争头领，何人为之？莫非你们欲为之？"担水人说："不如请一位天人来担此大任！""天人？在何处可寻？笑谈，梦呓！"人群里发出一阵哄笑，担水人认真地说："我在担水之处，见一奇异男子，长相非凡，举止不同我辈，必是天人，天不虚生此人矣……"人群里又发出了一阵怪笑，这明显是不相信他的话。担水人急了："你们和我同去一见便知分晓，争吵何济于事？"说完带着众人向江边走来，果见布库里雍顺端坐在柳椅之上，表情庄严，举止优雅，气质不凡。众人见状，备感新奇，多年的征战，三姓人口渐少，青壮年所剩无几，忽见一英武少年来到此处，实感意外，众人纷纷上前看着他，问起他的身世。布库里雍顺如实相告，众人一听欢欣鼓舞，群情激昂。其实人们早已厌倦了血腥争斗，多么向往能有一开明君主，平息战争，让人们过上好日子啊。

布库里雍顺的出现让三姓人看到了希望，真是喜从天降，既是天赐之人，何不把他请到三姓住处。于是，众人手搭手儿组成了坐舆，请他上座，拥回住处。布库里雍顺对三姓人动之以情，晓之以利害，使他们消除了前怨，停止了仇杀，重归于好，使族众摆脱了战事的苦难，人们逐渐过上了好日子。

三姓部众共推布库里雍顺为王，布库里雍顺吸纳三姓族人组成一个新的共同体——部落国，国王布库里雍顺率部定居在长白山东鄂多里一带。

国中有一女子，人称百里姑娘，窈窕可爱，品貌无双，如出水芙蓉一般亭亭玉立，果如她的名字一样，是"百里挑一"的奇才。百里姑娘虽属巾帼，却颇具治国兴邦之才，与布库里雍顺情投意合，婚嫁妙龄二人喜结良缘。她经常为丈夫团结族众、管理部落助一臂之力，还亲自上阵搬石挑土修造鄂多里城，成为国主的贤良内助。百里生儿育女后，又把理国爱民的本领传给孩子们，布库里雍顺的儿孙后代世袭罔替，传承着国王之位。

布库里雍顺在鄂多里城定国号为满洲，成为这一部族的创始人，也就是爱新觉罗氏的始祖。

讲　　述：邱　春
记　　录：柴运鸿
采录时间地点： 2000 年采录于铁东区叶赫镇

火燎山的传说

从半拉山门往前走二十多里路，有个屯叫小张家屯，在屯西有座大山，叫做火燎山。

为啥叫它火燎山呢？原来，小张家屯里住着一个远近闻名的大地主叫伍万祥，他家有钱万贯，有地几百垧，有山十几座。他为人奸猾，对穷苦人非常刻薄，绞尽脑汁地盘算着盘剥农民的道道，大家送他外号叫"阴算计"。

当时这座山林木茂密，各种各样的树都有，山下七沟八岔柴草遍地。到了春天，山上野菜鲜嫩茂盛，这一带穷苦人家都上山来采野菜糊口度日。

阴算计霸占了这座山后，就不许人们进山打柴采菜。他言讲："此山是我开，此树是我栽，此菜是我种，要想进山来，必须拿来进山钱。"

附近的人们谁也不敢进山打柴采菜。穷苦人家愁眉不展，靠山无柴烧，守山山菜吃不着。百姓们实逼无奈，聚到一起，想出一个计谋：他们在每年下雪之前，偷偷上山放一把火，熊熊的烈火烧得满山通红，穷苦百姓谁也不去救火，把山上的树烧得多半成了站杆树。到了来年春天，阴算计只得让穷人进山砍干树。经过火烧之后地还有劲了，年年春天的野菜，长得满山遍野，又肥又绿。打那以后，人们再也不愁没柴烧，吃不着山菜了。人们还到处传说："阴算计得罪火神爷，火神爷年年吐火烧山。"阴算计一想：咋办呢？他雇了两个艺人，在山上立了一个庙，里边为火神爷立了神位，时时烧香上供。

但是年年秋天草木干时，仍然一把火，烧得柴草树木哗哗作响，烧得阴算计心惊肉跳。有一年阴算计带一群狗腿子上山救火，由于草干风大，火苗蹿起一丈多高，狗腿子们上不去前，阴算计一着急自己冲上去，但不慎摔了一跤，扑进了火堆里，烧得他焦头烂额。回到家里，毒火攻心，不久死去了。

这里的人们有一首山歌，山歌唱道："火燎山，救命山，穷苦人家靠此山；烧此山，为此山，一把山火送阴算计上西天。"

讲　　述：陆长林
记　　录：田富堂
采录时间地点：1986 年采录于铁东区山门镇

二龙湖的传说

早先年，二龙湖畔住着一位勇敢善良的小伙子，名叫田七。他从小丧去父母，孤身一人，以打鱼为生。

有年秋天，一连七七四十九天，老天爷一滴眼泪疙瘩也没掉。田七每天起五更，爬半夜，还是十网八网也捞不上半碗鱼虾。

这天清早，天还没亮，田七就起了床，胡乱吃了几口剩馍馍，收拾好渔网，准备到很远的湖心去捕鱼，盼望能捕几条大鱼，换些粮米油盐。

田七荡起小船，如箭脱弦，穿过柳条通，飞过荷花塘，直奔湖心驶去。船至湖心，田七刚要撒网，忽听远处传来几声凄厉的呼救声，他赶紧收网，摇桨循声前去。才行不远，隔着晨雾，见几只水鸟在水面上盘旋惊叫，原来是一条大蛇，衔着一只洁白的天鹅，正要吞咽。天鹅一见渔郎，双眼泪下，连连点头，似在求救。田七见了，心里实在可怜，于是便操起渔叉直奔大蛇而去。

大蛇丢掉天鹅，眼放凶光，张开血盆大口，向田七的小船扑来。霎时，蛇飞叉舞，一阵激战之后，田七终于把渔叉刺进蛇的脖颈。刚要喘口气，谁知大蛇身子一曲，来了个雕龙盘柱，把田七从头到脚团团缠住。田七早已筋疲力尽，用力挣扎了几下，依然脱身不得，但他还是紧握渔叉不放。慢慢地大蛇回过头来，张开血口钩牙，凶狠地朝田七的脑袋伸来。突然一声尖叫，大蛇的身子渐渐地松开了。它那被啄烂的头，"扑通"一声，落入水中。田七抬起头望去，只见天鹅回首叫了三声，展翅飞入云端……

田七爬了起来，荡起小船，向湖边驶去。划着划着，只觉船身猛一晃，一片金光从后边射来。他回头一看，船上铺了一块红绫，上面堆满金银珠宝，还有一张墨绿色的荷叶，上面写着十个大字："舍身救湖神，相酬百锭银。"

田七看罢，心想：自己也不过出了点力气，怎能受此赏赐？今日若无天鹅相助，自己怕也生命难保。他提起包裹，面对苍天说道："多谢仙神泰山恩，渔郎不是爱财人。"说罢，把金银珠宝抛进湖中，摇起小船，便离开了湖心。

当天夜里，田七孤灯倦体，在破渔棚里睡下。蒙眬中，忽觉一道白光闪进屋内，睁眼一看，只见一白衣红妆的少女站在床前，他不由一惊，慌忙爬起身来问道："你，你是何人？"那姑娘长袖掩面，羞羞答答地躬身一礼，说："我是二龙湖中天鹅公主，只因王母离开天庭，到二龙湖宫中炼丹，需要一百种草木露水配制。今天早晨，我姐妹们四方采撷，谁知我刚出湖面，就被隐藏在草中的蛇精擒着，亏你赶到，舍身相救，才得脱险。我怜你贫寒，赠你银两，你却不要，我知你渔郎哥是善良人，愿以身相许，不知你意下如何？"

田七听了这番话，不知如何是好。他想：我这么贫寒，怎能讨得金枝玉叶的公主呢！因此连连摇头，说："公主，你看我这破烂渔棚，怎容得公主千金贵体？"

天鹅公主满脸绯红地说："既为夫妻，本当同甘共苦。"

"你此话当真？"

"终身之事，岂能戏言！"

说罢，二人明月之下，拜了天地，携手走进渔棚，成了亲事。

次日清晨，公主起床，梳妆完毕，坐在床上，低头沉思不语，田七不安地问道："公主有何心事？"

公主叹了口气说："自古以来仙凡结缘，有如春露，都难以久长。"

"难道公主还要回天宫？"

公主道："我孤身一人来到你这儿，还没有告知宫中，恐王母怪罪下来，难以收场。不过，我倒有一办法，不知渔郎哥有无勇气来办？"

"只要能与公主永为夫妻，我敢上刀山，敢下火海！"

公主便从头上摘下一枚宝钗，交给田七说："你若能凭此钗进入二龙湖宫中，向王母索取仙丹一粒，让我吞服，丢去外形，你我将白头偕老！"

公主说罢挥泪抽身而去，等田七追到门外，公主已变做一只天鹅，飞得无影无踪了。

田七回身看看宝钗，想起公主的嘱咐，提起渔叉，便冲出门去。

到了湖心，宝钗突然脱身而飞，平静的湖水冷丁打起旋儿，旋涡中心形成一个穴洞。田七一看，心中明白了几分，便纵身跳进洞中。

忽然眼前一亮，宝钗又落入田七手里。抬头一看，原来是一座殿阁宫院，上写"二龙湖宫"四个大字。走到庭前，只见数十名戎装女童，威武列队，站立两旁。田七昂首而入，众女士横戈相阻，田七只得亮出宝钗说明来意，这才由一个青衣女童带路，向宫内走去。

走了一阵，引路女用手一指，便含笑回身离去。

田七抬头望去，已到"百火海殿"。院子粉墙高叠，包金镶珠，十分豪华。大门虚掩，里边传出火爆声、水沸声。他想找个人进去通报一声，但四周连个人影都没有，无奈只好近前推门。

谁知，门刚开条缝，只听"忽"的一声，紫蓝色的火苗便喷了出来，他急忙后退几步。原来院中尽是几尺高的火苗，好像城中的铁匠炉，火焰熊熊，热浪滚滚。在火海中，矗立一个凉亭，上面端坐着一个老妇。田七断定那妇人就是王母。

田七看看刚烧焦的衣袖，又用手摸了摸怀中的宝钗，生怕烈火烧坏了信物，不免有些踌躇。

半天，他想出了个主意，把宝钗含进嘴里，又用破衣护住头颈，看看万无一失，便咬紧牙关，拼出全力，"呼"地一下冲进火海殿。

田七浑身每个地方都像刀割锥剜，疼痛难忍。他终于爬上了亭子，摸摸周身，怪！竟没有一点伤痕。环顾四周院子里，全是黄金、白银、绿翡、红玛瑙等各色珠宝。

亭子中有一尊大炉，青烟缭绕，白雾翻腾。王母合掌闭目，席地而坐。田七整衣施礼，高声道：

"王母娘娘，渔郎田七前来拜见！"

王母猛睁双眼，惊奇地问："你不在湖面捕鱼，来这做什么？"

田七急把宝钗呈上，并将在湖中搭救公主以及二人相爱之事叙说一遍。王母听罢，哈哈大笑："异想天开！渔郎，你救公主，老身愿以金银珠宝相酬，你自可置买田园，另娶妻室。"

田七又气又急："我不为钱财，求娘娘大发慈悲，成全成全我们的姻缘！"

王母听了，说："公主是仙界玉叶，你乃世间草木，岂能婚配？"

田七说："娘娘，你若能给我一粒仙丹，让公主吞服，公主就会脱去仙体，我们二人便可以结成婚姻。"

"仙丹？"王母不由心里一愣，渔郎怎么知道仙丹的事？想必是公主有心，把秘密泄露了，她只好说道："好吧！"

田七急忙上前磕头。"只是——"王母却又把话题一转，"取一粒仙丹，需要用凡人头上鲜血百滴，你能忍心献血？"

"就是死了也无憾，但不知这血是如何取法？"

王母笑而不语，用手一指，两个侍女便推了一个七尺高的玉雕天鹅来到亭上。说："以头相撞，溅血为凭。"

田七暗自加以思忖，这老妇真狠，以头撞玉，九死一生，怎么能取仙丹？但再看见天鹅时，天鹅的眼睛竟动了起来，盯着他。渔郎觉得那天鹅竟像公主一般，不由得想起公主的恩爱。于是，他整衣向前，双眼一闭，猛地向玉雕天鹅撞去。

"当——哗啦啦！"随着响声，亭子的玉石天鹅被撞得粉碎。田七睁眼一看，自己竟已躺在天鹅公主的怀里。公主轻轻推了他一把，急扯衣袖，同两个侍女一起跨进后宫。

"好！果真是个忠勇儿男！"王母高兴地取出一粒仙丹，赠给田七，说，"小伙子，你用头击碎了公主身上的枷锁，她可以到人间去了。你们俩要相亲相爱，地久天长，白头到老。"

傍晚，二龙湖宫中张灯结彩，锣鼓齐鸣。渔郎和天鹅公主离开二龙湖宫，来到了人间。

讲　　述：于德水

记　　录：李　沫

磨盘沟的传说

很早以前，在一个小山沟里住着几户人家。这天，山外来了一个南方商人，是个走江湖的。他来到离村子不远的一座山前，站下了，对着山看了又看，然后又绕着山转了一圈，直到快天黑了，才向村子里走去。怎么回事呢？原来是他看出这座山是座宝山，山下藏有一个聚宝盆。可是，要取出聚宝盆，必须得有一头三条腿的毛驴，才能把山拉开。

他来到村口，就听有人在说话："哎，老哥，你知道不？村东头老王家的驴下了一头三条腿的驴驹，你说怪不怪？""谁不说呢！这样的事，我活了这么大岁数还没听过，真是太怪了。"南方人一听，乐坏了，有了三条腿毛驴就不愁取不出聚宝盆了。他来到老王头家一看，真的，有一头三条腿的毛驴，看样子才生下来一两天。这时老王头出来喂驴，看到了那个南方商人，和他唠起嗑来。唠了一会儿，南方人提出要买老王头的小毛驴。开始老王头不同意，后来南方人给了他很大的价钱，就答应了。南方人告诉老王头把毛驴养到一百天，然后再来取。

很快就到了九十九天，这天一早，南方人就来了。他找到王老头，知道小毛驴丢了，就是半夜的时候跑了。南方人一听，说声："这下可完了。"然后，就向村外跑了。来到山前一看，那条小毛驴正绕着山跑，像拉磨一样，小山底已拉出了一道深沟，就像大碾盘周围被牲口踩出的深沟一样。可是那头小毛驴已经累坏了，只见它又跑了一会儿就倒下不动了，小毛驴已经累死了。就这样，南方人也就没有取出聚宝盆。到底山里有没有聚宝盆？人们也就不知道了。从那以后，人们就把这地方改名叫"磨盘沟"，一直到现在。

讲　　述：曹国齐
记　　录：耿　烈

塔山的传说

很久很久以前，在现在的塔山下，住着很多人家。不过，那时这山不叫塔山，为什么后来改名叫塔山呢？这还得从一个风水先生说起。

这个风水先生姓白，他很有本事，他上知天文，下知地理，精通阴阳八卦，是一位奇士。这年他发现塔山有一片龙形彩云盘旋不散，他一连看了几天，知道这里要出皇帝了，只不过现在还没投胎。他就把这个消息告诉了村里人，村里人都乐坏了。可是有一天，一个南方人领着一队官兵进了村子，他要在那山上修一座塔来压住龙，不让他投胎。老百姓一听，这下可完了，人家是官，咱惹不起呀！就这样，官兵在山上修了一座塔，还给这山起了名叫"塔山"。你们要是不信，就到塔山上去看一看，就在那山顶上现在还有塔基呢。

这塔修好以后又过了很多年，有一天下起了大雨，打着响雷，人们都躲在屋子里。不知什么时候，就听塔山上"轰隆"一声巨响，过了一会儿雨就停了。人们出来一看，塔倒了。再跑到山上，看见在塔基那儿有一个石头槽子，槽子里面有几粒高粱，人们把高粱粒拿起来一看，原来是金子。大伙谁也不知道是怎么回事。据说，这塔倒了以后，跳出一个金马驹，它在那个石槽里吃了几粒高粱，就跑到村里去了，它来到一家姓付的人家，这家的媳妇正在烧火做饭，一回头，看见一个马驹正在吃她烧的草，她举起烧火棍就向马驹打去，可是，烧火棍却打在水缸上，把水缸打掉了一块，马驹跑了。她拿起打掉的那块缸碴，一看是一块金子，才知道她打的是金马驹。从那以后，没几年，她的家就越过越穷了，那个金马驹也就不知道跑到哪儿去了。

讲　述：曹国齐

记　录：耿　烈

杏花山

很早很早以前，围里山下住着一个叫黄刚的小伙子。他父母下世早，家里无田无地，只靠打柴维持生活。

一天，黄刚正在山上打柴，忽然从远处传来"救命，救命啊！"的呼喊声。黄刚一惊，不顾一切地向呼救的地方奔去。只见一条几丈长的大蛇，死死地缠住一个姑娘。黄刚见那姑娘危险，早把自己的生死置之度外，挥动手中的砍柴刀冲上去，照准蛇颈猛力砍下，一下子将蛇头砍落在地，那条大蛇在地上猛烈地扭动一阵，死去了。

黄刚见大蛇已死，就要离去，那个被救的姑娘急忙上前拉住他说："多谢大哥救命之恩，请把这棵杏苗收下吧，好生莳养，不久我们还会见面的。"姑娘说着，从头顶摘下一棵小杏树苗递给了黄刚，又拜了二拜就不见了。

打那以后，黄刚除了上山打柴，剩下的工夫都用在莳弄那棵杏树上了。一来二去四年过去了，这棵杏树开花结果了。可是，偏赶上这一年天大旱，过了五月初五，老天爷一滴雨也不下，直旱得土地干裂，禾苗枯死。为了保全这棵杏树，黄刚每天都要到很远很远的山沟里去挑水。黄刚已经挑了七七四十九天水，这天当黄刚挑完最后一担水时，他"哇"的一声吐出一大口鲜血，昏死过去。

当黄刚从昏迷中醒来时，只见一个美貌的姑娘俯在身旁，正往他嘴里塞杏呢。说也奇怪，杏一咽到肚里，身子顿时轻松了，浑身也不痛了。

"可把你盼醒了！"那个姑娘边说边把黄刚扶起来。

"你是谁？"黄刚问道。

"你救过我两次命，还不认识我是谁吗？"姑娘见黄刚丈二和尚摸不着头脑，就笑盈盈地对黄刚说，"我是杏花仙子，四年前，我到凡间游玩，不小心被老蛇精遇见，因那时我还没有修炼成，才被蛇精死死缠住，要不是你将蛇精砍死，我命早已休矣。再有，今

年大旱，要不是你每日百余里挑来山泉浇灌我，我也难修炼成仙。为感激你的救命之恩，我愿意与你结成夫妻，同甘共苦，把这一带的山野全栽上杏树，为乡亲们造福，不知你意下如何？"

黄刚一听这话，满心欢喜，便和杏花姑娘下山回家了。

从此黄刚和杏花姑娘早出晚归，上山栽杏树。几年的工夫，围里的几座山上就全是杏树了。

在山边有一个大水泡子，泡子里有一只几百年的老龟。这只老龟凶恶残忍，它已经吃了九十九个人了，要是再吃上一个人，它就成精了。这天，老龟来到水边，一眼就看见了在山上种树的黄刚和杏花姑娘。它想，我要是把这个小伙子吃了，我的道行就成了，再把这个俊俏女子抢作夫人，嘿……想到此，它爬上岸来，冲着黄刚说道："该我龟爷爷有福气，又有口福又有艳福，哈哈……"说着就向黄刚扑来。杏花姑娘一看不好，忙念咒语，霎时间满山的杏树变成了无数的杏兵杏将，将老龟团团围住，直打得龟盖裂了缝。那老龟也不含糊，一个把式拔上天，霎时间，那龟盖长得有场院那么大，一下下地从天上往下砸，把杏兵杏将砸得血肉横飞。杏花姑娘一看杏兵杏将不是老龟的对手，她急忙上前交战。双方足足打了三天三夜，直打得飞沙走石，天昏地暗，终于把老龟打死。而此时，杏花姑娘和黄刚也是遍身是血，遍体是伤。

杏花姑娘看到满山的杏树都倒下了，心疼得流下了热泪。她扶起黄刚说："我们这一仗可苦了乡亲们了，这里的花草树木被老龟一砸要过百年后才能重新发芽。要想让万物生灵复苏，只有把我们俩的心血都吐出来。"

黄刚听了这话，毫不犹豫地说："为了乡亲们，我们死了也行！"

说着，俩人相互挽扶着，一起大口地吐起血来。

第一口血吐出来，大地复苏了；第二口血吐出来，满山又开满了杏花；当最后一口血吐来，山下竟出现了一片湖泊。而这时，黄刚和杏花姑娘的身躯变成了座大山，山上长满了杏树，开着鲜艳的花朵。

那老龟死后也变成了一座山，它挡住了围里围外的通道。后来，杨二郎赶山路过这里，看见老龟死了还危害人间，一气之下，用赶山鞭将此山劈成两半，一半就是现在的半拉山，另一半则是神树山。

讲　　述：汪　才
记　　录：杜志和　王　晶
采录时间地点：1986 年采录于铁东区山门镇

半拉山门的传说

四平市南郊有个小镇叫山门，山门原叫"半拉山门"。相传很久以前，这里尽是高山密林，山连山，岭挨岭，围成一个大半圆圈，只有南岭边有一条通道。山的里边有个不太大的平地，住着几户人家。他们日出而作，日没而息，长年累月地在这里耕地，生活还可以维持。可就是向北无路，要是走亲串友，买卖经商，就翻山无路，绕道太远，这可难坏了居住在这里的百姓。

时间一年一年地过去了，有一年端午节，正当午时，晴朗的天空突然狂风骤起，满天飞沙走石，只见一道金光闪过，随后就是一声巨响。过了一会儿，风停了，天也晴了。当人们跑上山顶看时，北边的那座大山变成了两半，中间出现了一条道。当地老百姓附和说：是二郎神拿着赶山鞭劈开的通道，这座山的一半被赶到南边，另一半赶到北边，这北边的就叫做半拉山。从此本地人为酬谢二郎神开路之恩，每逢端午节时在上午去南山，下午去北山，坐在山顶上喝着酒唱着歌谈论着这一神奇的传说。

年月又过去了很久，在康熙年间（1664年），清王朝为了保护"龙兴之地"，强迫劳动人民挖了一条边壕，将山门以里的地方封作禁区，禁止边外各族人民入内狩猎、采伐，在总长约四百华里，沿壕设有边台和边门，派兵丁把守。在半拉山的脚下，修建了座"布尔图库边门"，是柳条新边的四座门户之一，因其在半拉山下，故又把它叫做"半拉山门"。

讲　　述：孙玉清
记　　录：高　智
采录时间地点：2004年采录于铁东区山门镇

山门龟地的传说

半拉山为啥叫"龟地",说起来还有一段传说呢。

相传很久以前,半拉山门山水相依,风景如画,土地肥沃,是一个棒打狍子瓢舀鱼的鱼米之乡。

不知是哪一年,半拉山这来了一条乌龙,乌龙刚来时这里年年风调雨顺,岁岁五谷丰登。后来渐渐地有些懒惰,再加上贪杯,甚至有几个月不行雨,天气旱得直起尘土。

一天乌龙变成一个秀才,又去了半拉山集镇上喝酒,就听人们议论纷纷,有的说:"这年头算完了。"还有的说:"这不怨年头,怨这该死的龙不行雨。这条孽龙早晚遭天惩。"乌龙一听,气得五脏六腑冒火,七窍生烟,心中暗想,好啊,这回我给你们下个够。酒杯一放,抹身就走。出门腾空而起,在空中作起法来,喷云吐雾,雷鸣电闪,瓢泼大雨,下起没完没了。连下了三七二十一天,半拉山江洋一片。人们正在危急之时,水中漂来一大一小两只乌龟,像两只船一样,直奔人群而来。人们看到这儿,心想这下可得救了,纷纷上了大龟背。乌龙在天上一看,心想:老龟,你倒做了好人,哪有这等便宜的事,干脆我先把你这两个老家伙干掉。然后再发大水把人类冲没,自己独霸一方,免得人类再说三道四。想到这儿,一头俯冲下去,小龟见势不妙,急忙腾空迎战,打了数十个回合,小龟气力不佳,一个没注意,被乌龙咬死,落在地上,化作一石丘,至今这石丘叫王八盖子。

乌龙咬死了小龟又奔大龟,大龟上驮着无数受害的难民,不得施展。正在这危急关头,正赶上杨二郎赶山打这路过,见乌龙非常猖狂,放出哮天犬,直奔乌龙。没几个回合,被哮天犬一口咬住脖子,一使劲把乌龙脖子咬断了,乌龙翻滚好一阵,弯曲着身体死去了,后来变成了五顶山(现在山门南山),大龟漂了好几天,水消了,人们得救了,大龟负重过累而死了。它的头化作一座小山(山门街的馒头山),它的身子化作陆地,成为山门街。

从此以后半拉山门俗称"龟地"。

讲　　述：张淑兰

记　　录：关丽梅

采录时间地点：2003 年采录于铁东区山门镇

二龟守湖的传说

叶赫河的上游有两座乌龟形的孤山头，犹如天外飞来一般，两座龟山恰巧坐落在一泓碧水的两畔，像两只长相厮守的爱龟，遥遥相望，守候在那里。那它们究竟是从哪里来的呢？

说起这话可长了，那是好多年前的事儿了。那天，时值正月十五，叶赫国一带依然白雪皑皑，春寒料峭，人们都在为过好元宵节忙碌着，家家都在房前竖起高高的灯笼杆儿，挂上通红通红的大灯笼，灯笼上金光闪耀，贴着"福"字。

天傍黑的时候，姑娘小伙儿都身着彩衣，腰间系着鲜红的绸缎彩带，手持五颜六色、各式造型的彩灯，走出家门。从十里八村走来，涌向古镇叶赫举办彩灯会，共度元宵节。

古镇的大街小巷里，人头攒动，鼓乐震天，彩灯涌动，色彩斑斓，流光溢彩，好似银河落地一般，小镇成了欢乐的海洋。热闹喜庆的元宵盛会吸引着大人孩子走出家门，也惊动了天神阿布卡恩都里。天神不知人间发生了什么事情，急忙传令给叶赫河底龟王府的大王，让他速去人间察看，探明究竟后上天庭回话。龟大王不敢怠慢，亲自出马去人间走一遭。

龟大王回到后府，取出护身宝囊，带好兵器就要上路。迎面走来了外出玩耍的小女儿龟精灵和侍女，主仆二人忙不迭地给龟大王施礼请安。龟大王最疼爱、最放心不下的就是自己的小女儿。今日外出，免不了要叮嘱女儿几句："我的闺女啊，平日里要多学本事，多懂得一些礼数，紧要关头才好一显身手啊！"龟精灵听出了弦外之音，说道："父王，女儿记下了，您这是要去哪儿呀？"龟大王说："我的女儿啊！我有事要去人间察访。"龟精灵说："父王单枪匹马去人间多有不便，不如让女儿和侍女陪您一同前去，遇事也好有个相互照应，再说也好让女儿长长见识，见见人间的大世面啊！"龟大王见甩不掉女儿，只好同意了她的请求，他们很快来到了叶赫，摇身一变，成为父女三人，融入欢乐的人群之中。

　　此时，人们陶醉在喜庆之中，踩高跷、跑旱船、闹秧歌、演灯官戏，兴高采烈，尽情地表达对团圆、幸福、平安、丰收的期盼。久居龟府的龟大王父女也沉浸在人间的喜悦之中。

　　龟大王带着女儿和侍女钻进人群之中，去看"平地跑旱船"，看"老汉推车"，看"老妪抢烟袋"，看"小媳妇赶驴"。他们驻足在一户人家的大门前，那里的人们正在跳着叫做"笊篱姑姑"的集体舞。一位婀娜多姿的姑娘，在场地正中高举柳枝贴彩像的"笊篱姑姑"，翩翩起舞，人们围在她的周围拍手跳跃、唱歌起舞。在热闹的歌舞中不时有唱和问答，生动有趣。只听众人合唱："笊篱姑姑下山来，扭扭搭搭招人爱，十五、十六看灯来。"领唱者问："梳的什么头？"众人唱答："梳的四散头，头上抹的桂花油，龙凤簪，左右插，珠花翠花金银花。"领唱者又问："穿的什么衣？"众人唱道："红裤缎上衣花披肩，绿裤缎的裙子走金边，上绣鸳鸯双戏水，金翅鲤鱼卧粉莲。"龟精灵和侍女看得浮想联翩，听得津津有味，但她们并不知道"笊篱姑姑"是谁，龟精灵忙问身边的一位大姐："姐姐呀，这笊篱姑姑是谁家的呀？"大姐上一眼下一眼地打量着龟精灵主仆，见她俩衣着华贵，举止不俗，想必这两位是大家闺秀，不知笊篱姑姑也是情理中的事，大姐笑着告诉她们说："小姐，看样子你们是富贵人家的，难怪你们不知道笊篱姑姑啊！我告诉你呀，据老人讲闲话时说呀，早些年，有一个小山村里，生活着一位年轻貌美的姑娘。这个美人儿勤快、孝顺、心灵手巧，她能用细细的柳条编织笊篱，把它送给穷人，教穷人用笊篱洗菜、淘米、捞饭，干了恁多的好事。可大家伙儿不知她姓啥叫啥呀，都管她叫笊篱姑姑，也有人啊，叫她笊篱姑娘。"龟精灵恍然大悟道："啊，是这么回事啊！"大姐惋惜地说："这么好的姑娘哪能没人惦记呢！让好人惦记着还行，被坏人惦记上就坏了。当地有个挨千刀的恶棍，早就对笊篱姑娘的美貌垂涎三尺了。那天这个坏蛋带着一群爪牙来抢亲逼婚，笊篱姑娘假意答应，在洞房里杀死了恶人，为民除了一大害，笊篱姑娘躲进深山修行去了，后来她得道成仙了，人们都叫她姑仙。"龟精灵听得入了神，两眼发亮，天真地说："笊篱姑姑可真厉害呀！大姐，那她现在住哪儿呀？"大姐呵呵地笑着说："哎呀，小姐，你可难为我了，我上哪儿知道这事啊！"龟精灵不好意思地说："大姐，我俩是路过这儿的外乡人，您别见怪，你们这儿明儿还有啥热闹可看呢？"大姐屈指数着说："今儿十五，明儿十六，大姑娘小伙儿都去河道滚冰，可热闹了，你们去看吧！""谢谢大姐，太好了！太好了！"侍女拉着龟精灵的衣襟，低声地提醒她："公主，时候不早了，该回去了。"龟精灵执拗地说："不，我还没玩够呢！人间真好，咱俩要是长留在这里多好啊！"龟精灵喃喃地说着，一点儿没有回去的意思。"公主，这话可别乱说，咱俩不能久留，该回去了，回去晚了老大王会怪罪的！"听了侍女的话，龟精灵这才想起已经和父王走失多时了，她心中暗想，让我上哪儿去找父王啊！这会儿他早去天庭向天神复命去了。想到这她依然不慌不忙地在街上逛着，通宵达旦。天亮时，龟精灵主仆隐身遁形，去龙王庙中歇息去了。

正月十六夜间，皎洁的明月升上了中天，大地亮如白昼，当地人在房前屋后、屋里屋外点亮了灯火，把胡同旮旯照得通亮，这个习俗在当地被称为"照贼"。自古有十六纵偷的习俗，这天无论偷了什么，官府都不会怪罪的。龟精灵主仆随着滚冰的人群向叶赫河走来。"七九河开，八九雁来"，叶赫河冰面积雪消融，沿河流水渐长，河面两边流水不断，入夜河冰洁白，冰面宽阔，平坦如砥。年轻人不约而同相聚在这里，在白玉般的冰面上纵情滚来滚去，脱去旧日的晦气，迎来新一年的好运气。滚冰令人神清气爽，热血沸腾，从冰上爬起来，疾跑几步浑身充满了力量，顺着助跑的惯性滑出很远，当地人谓之打滑跳溜。也有的人站立不稳，趔趔趄趄，没走几步就摔倒在地，在冰面上滑出很远，惹得众人捧腹大笑。有的人蹲在小冰车儿上，手撑冰钎，在冰面上像燕子一样掠来掠去，往来穿梭。有的人脚上绑着冰滑板，在冰面上滑来滑去。人们玩累了，又在冰面上滚来滚去，心有灵犀的青年男女，借机放开胆量，尽情地说着平日里想说又不好意思说的情话。龟精灵和侍女混迹在人群之中，早已按捺不住内心的激动，也跃跃欲试。侍女见人们虔诚地滚冰祈福迎祥，她情不自禁地鼓动着龟精灵说："公主，咱们也滚冰吧！兴许能滚出好运气，或许天神能赐你一位额驸，赐给我一位如意郎君呢！"龟公主羞得粉面通红，悄声制止道："这话也好说出口，还不住嘴。"侍女却不以为意，诱惑地说："您要不相信我的话，我可就要抢先了。"龟公主经不起侍女的诱惑，带着对未来的美好憧憬，紧随侍女在冰上滚动起来。她忘记了怀中护身宝囊里的宝物，随着龟公主飞快地滚动，忽然"霍"的一声，两颗宝珠从龟公主的怀中飞了出来，带着啸音，拖着长长的亮光飞出老远，消失得无影无踪。

宝珠发出的光亮惊动了天庭，被天神和龟大王看得真真的。原来龟大王与女儿走失后，他并没有急于寻找女儿，深知女儿本领高强，不要说在人间，就是在龟府、龙宫也不会有任何闪失，她的身上还有护身宝囊护佑，只要女儿不惹祸就算万无一失了。龟大王在查明元宵节节庆活动真相后，赶忙回天庭交令去了。龟大王正在向天神禀报叶赫元宵节祈福迎祥的盛况呢，天神听得正入神时，忽见两道亮光像火龙一样划过天空，落在叶赫地界。他们知道这是宝物发出的亮光，不待天神发问，龟大王已是局促不安了。只好把带着龟公主和侍女去叶赫查访的事，如实向天神交代："启禀天神，小王有罪，我带小女和侍女同去叶赫，她们贪恋人间美景，此刻还未回龟府，刚才那两道亮光，准是她们玩耍时弄丢了我的两颗如意金银宝珠。小王知罪，请天神发落。"天神听罢，微微一笑，并没有责怪龟大王，反而安慰他说："龟大王，你带女儿微服查访，体察民情，何罪之有？""贵千金弄丢了两颗宝珠，虽不算好事，但你可以把坏事变成好事，将功补过，岂不是件好事！"龟大王一听万分感激，连忙说："小王愚钝，请天神明示，小王奉旨照办就是了。"天神哈哈大笑起来，不紧不慢地说："龟大王啊！你府中的宝物堆积如山，赋闲府中又有何用，你就不要吝啬了，留给叶赫两颗有何不妥呢！"龟大王当即答应："小王不再收回宝珠了，就让它留在叶赫！"天神大悦，赞许道："好，既是如意金银宝珠，那就让它守住叶赫的风水，让叶赫山青水秀，风调雨顺，物阜民丰，

岂不更好。让它庇佑那里的黎民苍生无灾无难，平安如意，人寿年丰，这岂不成全了你我顺应民意的好事。"龟大王听后连连说道："天神圣明，不愧为圣明之神，天下苍生有福啊！"天神又说："龟公主干了一件好事，无过有功，我要重重有赏，赐她一位如意郎君。"龟大王十分感激，躬身施礼："多谢天神玉成小女的终身大事！小王即刻找来小女，上天庭面见天神，当面谢恩。"龟大王站在天庭门口，轻声呼唤。瞬间，提心吊胆的龟公主便来到天神住处。她知道自己闯了大祸，吓得面无血色，进门便不住地叩头求饶，天神令龟公主平身说话，龟公主才敢抬起头来。她见天神和父王面带喜色，有些丈二和尚摸不着头脑了。龟大王把天神对女儿的宽恕和赐婚的美意如实相告，龟公主感激涕零，磕头谢恩。天神见龟公主貌美如花，如与英俊倜傥的龟状元相配定是郎才女貌，天上难找、地上难寻的一对儿。天神传来龟状元，当场赐婚，还语重心长地对龟状元说："龟公主心地善良，她喜欢叶赫那块宝地，喜爱人间的良辰美景，我就成全了她的美意。我要你随龟公主即刻去叶赫，在那里修炼一些时日，共同看管好如意金银宝珠，让它为叶赫一带的苍生造福，让叶赫地界土沃田肥，流金淌银，让那里的人们安居乐业，人心向善，世世代代永享天福。龟状元你可愿意？"龟状元施礼谢恩道："小生遵旨，多谢天神恩赐。"龟公主交还了父王的护身宝囊，携夫下界去往叶赫。

龟公主因祸得福，万分感谢天神的恩德，她带着龟状元来到叶赫。为避开人们好奇的眼光，他们化作一对逃难的夫妻，在宝珠跌落的地带选了一处背山面水的宝地，垒起三间泥草房，围了一个篱笆院，悄悄地住了下来，过着人间的日子，日出而作，日落而息，辛勤劳作。龟公主的法力与日俱增，他们很快就发现了两颗失落的宝珠。

龟公主夫妇像看护自己的眼睛一样，守护着两颗宝珠。从此，叶赫地界风调雨顺，无灾无难，人们的日子也越来越好了。龟公主夫妇不忘天神的教诲，日夜不忘为人们造福，在叶赫河两岸挖田垒堤，引水灌溉，栽植麦稻，在泡泽沟岔里放养鱼虾河蟹，人们纷纷

效仿，叶赫河两岸变成了鱼米之乡。

不知过了多少年，这年秋天，天神邀龟王同去叶赫看一看龟公主夫妇。他们来到叶赫地界，只见两颗如意宝珠已经深深地嵌入叶赫宝地。再看叶赫河沿岸阡陌纵横，金色的稻浪随风翻滚，丰收在望。人们在叶赫河水域撒网捕捞，网中虾满蟹肥，银鱼跳跃。"渔得渔，樵得樵"，人们的脸上洋溢着丰收的喜悦神情，他们快乐地生活在安静恬淡富裕的家园里。天神和龟王一眼就认出了龟精灵和龟状元，他俩依然那样年轻，在叶赫河北岸一处院落里正忙碌着。看到这里，天神满意地告诉龟大王："叶赫物阜民丰，人们安居乐业，这才是你我赐给人间的福分呢！看来贵府的公主和额驸还真有些神通，为人间做了很多的善事，让他俩先回天庭领赏受封吧！再派往他处高就。"

龟公主接到天神的圣旨，做着回天庭的准备，她施展法力搬来两座大山，把两颗宝珠覆盖起来。

后来，人们惊奇地发现那对儿教大伙种田养鱼"永远不见老的神仙夫妻"不见了，神仙夫妻居住了几十年的院落也没有了，可叶赫河南岸却出现了两座乌龟一样的大山，两座孤山还越长越大，两座山头使叶赫河水潴留下来，形成了一处"S"形湖泊。湖泊南北两端有两座山头隔湖相望，酷似一对恩爱的乌龟，日夜守望着，形成了"二龟守湖"的自然奇观。

可今天的人们不禁会问，这两座孤山不依不靠，如同飞来的一般，咋就长成了龟形呢？人们哪里知道，两座山下的宝珠，来自龟王府啊！当年的龟公主怕后人遗忘了这段往事，才在这做了龟家特有的记号。

讲　　述：曹桂兰

记　　录：柴运鸿

采录时间地点：2000 年采录于铁东区叶赫镇

大架山蛇仙洞的传说

在叶赫的张家村高家店沟里有一座大山叫大架山。山势雄伟，呈三角形。大架山下有一个蛇仙洞，关于它还有段古老而又迷人的传说呢。

大架山脚下，住着一户善良的人家。哥哥叫李发田，嫂子小芹，妹妹兰花。父母虽然早逝，但三人相依为命，日子过得挺和美的。

春天到了，山坡的树绿了，花开了，布谷鸟"布谷、布谷"地叫着。兰花挎着篮子去采菜，突然看见一只老鹰在叼受伤的白蛇。兰花不觉生起怜悯之心，捡起一块小石头向老鹰打去，老鹰飞走了。兰花一看白蛇浑身都是伤口，鲜血流了很多，兰花用嘴吸干伤口上的血水，顺手将衣襟撕下，用布一道一道地缠好，然后放回草地离开。打这以后每逢上山发现身后总有一条小白蛇跟着。

一天晚上她怎么也睡不着，就拿着小镜子照照自己，圆圆的脸蛋白里透红，樱桃小口大眼睛，姑娘荡起春心，心想啥时候能有个白马王子。

这时突然听见有人敲窗户，兰花用舌尖舔破窗纸，借月光一看，有一位英俊少年，身穿白衣，美得可以说世上无双。兰花问道："你是谁？从哪里来？"小伙子说："别害怕，我是特意来向你道谢的。你对我有救命之恩，我终生难忘。"姑娘更加奇怪了！白衣少年说："我不是人类，是在大架山上修炼千年的白蛇。那天我受伤了，是你用石头把老鹰打走，不然我早已成为老鹰的美食了。姑娘大恩大德我感激不尽。"

从此以后，俩人每晚上都出来谈心。在一个月光皎洁的夜晚，白蛇和兰花坐在草地上，彼此相望，兰花的脸红了，羞答答地低下头，白蛇顺势抓住了兰花的手，两人相爱了，沉浸在无限的甜蜜之中。微风送来了祝福，月光也送来温柔，这时山也柔情 水也柔情，白蛇和兰花双双跪在地上，让月亮作证："我们俩永结同心，

白头偕老，直到地老天荒。"兰花说："只要我们生活在一起，天当被，地当床，我织布，你开荒种地，我采药，你给乡亲看病，我们一定相爱百年。"

有一天嫂子小芹来到窗前，听到从屋里传出的动静，嫂子破门而入，伸手打了兰花一个嘴巴，破口大骂贱人不要脸，又指向小伙子："你是谁？从哪里来？"兰花和白蛇双双跪在地上，小伙子说："我不是人，是在大架山修炼一千年的白蛇，我已经深深爱上兰花。"哥嫂不容再说，一棍子将小伙子打倒，推出门外。从此以后对兰花严加看管，不得出去。

兰花在屋里被锁了七天七夜，茶不饮，饭不思，身体渐渐地消瘦。相思之苦让兰花寸断肝肠，哥嫂心疼兰花，勉强答应了兰花和白蛇的婚事。兰花一听病好了。白蛇和兰花相见痛哭，各诉离别之苦。哥嫂请了村里的乡亲，为兰花和白蛇选了良辰吉日，给他俩成婚。兰花和白蛇结婚后，兰花帮助乡邻纺线织布，裁缝衣裳。白蛇为远近的乡亲免费治病。

春去冬来，兰花临产了，生下个大肉蛋子。由于失血过多，兰花死了。哥嫂悲痛欲绝，拿刀向肉蛋扎去，爬出七条小白蛇，白蛇突然现出原形，领着七条小蛇围成一圈，不吃不喝守了七天七夜。从此以后，不知道去了哪里。

从此以后，人们就管大架山下的蛇洞叫"蛇仙洞"了。

讲　　述：宋桂芝
记　　录：禹　梅

金 马 驹

在四平东南二十多里的地方有座山，叫塔子山。原先有座大塔，不知什么时候塔倒了，现在仅剩下塔基的遗址。关于塔倒的事，还有段传说呢。

据说，这塔是唐朝时修建的，塔高八丈，塔尖修得像个榔头，中间有孔。这塔可不是一般的塔，塔里面住着一头金马驹。这头金马驹经常在夜深人静的时候出来找水喝。在塔山脚下住着一户姓甄的人家，金马驹每天都到甄家的水缸旁边儿去喝水。甄家每晚将水缸打满，第二天早上，缸水总是剩下多半缸。老甄家的寻思这缸底可能有渗水的地方，也没在意，金马驹就天天夜里出来，白天住在塔里。

有一天，一个南方人路过塔子山。这南方人走南闯北，很会看风水，他围着塔子山转了转，看出塔里面有宝物。南方人就施展魔法，想把塔推倒。南方人在塔周围设了九缸十八锅，烧了三天三夜，塔内金马驹渴得要命，可就是不出来。到了第四天，南方人的魔法生了效，大塔"轰隆"一声倒了，倒出去有二里多地，塔尖也摔掉了，滚到现在城子庙的大道上（早些时，这塔尖还能看到，后来修路就给埋在地下了）。这塔一倒，金马驹从里头跳出来，撒欢儿朝老甄家跑去，南方人一看，赶紧去追。金马驹跑到老甄家的水缸旁，伸头就喝水。这时老甄家的媳妇在做饭，拿着瓢上水缸这来舀水，一眼看见一头金光锃亮的小马驹，就急忙去抓。金马驹看见有人掉头就跑，甄家媳妇只抓下了三根马毛，抓到手一看，原来是三根金条。

因此呀，后来人们都说："塔倒二里半，真龙发了现，跑了金马驹，富了甄家院。"再说那金马驹，它从老甄家跑出来，正碰着在后面追它的南方人，金马驹见前后都有人，转身就往小塔子山方向跑去。南方人又追到小塔子山，在小塔子山折腾了好几天，金马驹又跑到南哈了把山，金马驹围着山跑了七天七夜，南方人在后面

追了七天七夜。第八天，山中间开了一条缝，金马驹从开缝的地方跑进山里，南方人累死在山脚下了。

讲　　述：杜显荣

记　　录：张艳平

采录时间地点：1986 年采录于铁东城东乡

二郎山庄的传说

半拉山门的半拉山，山势雄伟，如刀劈斧剁。

据传说，半拉山并非是大自然所形成，是杨二郎赶山时用赶山鞭打的。要想知道半拉山的来龙去脉，还得从头说起。

自从盘古开天辟地以来，大自然不断变迁，地壳上除了山就是水，没有平地，人们以狩猎，采野果子为生。后来人们又学会了开荒种地，以粮食为食。但山多水多，造田十分不便，人们为此很是发愁。

后来，这事惊动了玉皇大帝，他急忙派他的外甥杨二郎下凡，把山挑到海里去。杨二郎不敢怠慢，带上扁担斧子下凡去挑山。

杨二郎先是用扁担挑，也不知挑了多少趟，实在挑不动了，就用开山大斧将山劈成两半，一半一半地搬。当搬到山门这块时，怎么搬也搬不动了，又累又困，躺在山坡上就睡着了，一睡睡了一百多年。他睁开眼睛一看，糟了，怎么睡了这么久，舅舅玉皇大帝知道会怪罪的。

于是他站起身就要接着挑，刚操起扁担，就听山后"啪""啪""啪"地直响，接着就觉得山在向前走动。他急忙顺着声音找去，找了好半天，终于找到了。原来在山脚下蹲着两只大蛤蟆，奇怪的是，蛤蟆轻轻地甩了一下尾巴，山就向前走几步。

杨二郎心里一琢磨，蛤蟆尾巴倒挺厉害，能不能做把鞭子把山赶走呢？如果能赶走，岂不更省劲了吗？于是，他抢上前伸手去抓蛤蟆，不料蛤蟆用尾巴轻轻一扫，将杨二郎扫了个跟斗，摔了个仰面朝天。杨二郎爬起来一看，蛤蟆瞅他气鼓，当时怒从心头起，抢起大斧，照着蛤蟆屁股就是一斧，蛤蟆往旁一闪，躲过斧头，然后甩着尾巴和杨二郎厮打在一起，从日出打到日落，从日落又打到日出，只打得天昏地暗，日月无光，一连打了七七四十九天，蛤蟆气力不支，终于被杨二郎抓获。杨二郎举起开山大斧，"乒乓"两下子将两个蛤蟆尾巴剁了下来，蛤蟆疼得直蹦蹬。打那以后，蛤蟆就

蹦着走路了。

如果有人不相信，你就看蛤蟆小时候的蝌蚪，蝌蚪是长尾巴的，就知道蛤蟆没尾巴的原因了。

杨二郎将两根蛤蟆尾巴拧成一把鞭子，这么一试，还真挺灵。于是他把山门以北的山都赶走了。当他赶山门这座大山时，怎么也赶不走。杨二郎一生气，照着这座大山狠狠地抽了一鞭子，只听"咔嚓"一声巨响，大山立刻分为两半，那半不知飞到哪里去了，这半就是现在的半拉山。杨二郎为啥没把这半拉山赶走呢，因为杨二郎在这半拉山山坡上睡了一百年，半拉山已经生根了，所以赶不走。半拉山的"二郎山庄"就是这么来的。

讲　　述：张徐氏
记　　录：孙喜臣
采录时间地点：2004 年采录于铁东区山门镇

叶赫的传说

说起叶赫城，还有一段古老的传说呢。

那是很久很久以前，现在叶赫西城土山，还是一块车轱湖，湖旁有一片草地。在它南边常岭子住着一家姓郎的大地主，外号叫"西霸天"。他抢男霸女，无恶不作。

这天，"西霸天"来到地里看庄稼，看见田里有马蹄印儿，还有许多庄稼被吃掉。"西霸天"很纳闷，附近没有住户，哪里来的马吃庄稼呢？第二天，他偷偷地蹲在庄稼地里，要查看个究竟。不大一会儿，从山上飞奔下来一匹黄骠马，这马到谷地里连捋着谷穗带咆哮着，正吃得起劲儿时，"西霸天"大吼一声："哪里来的野马！"伸手去抓，咋抓也抓不住，小黄马一溜烟似的跑没了。"西霸天"拼命地追赶到山坡时，发现马蹄印走到一座似马的大石头时没有了。"西霸天"一想原来这是个宝石。打那以后，"西霸天"吃不好，睡不安，一心想把石马弄到家里。正在着急时，从关里来了一个南方人叫郑儒宾，能憋宝。"西霸天"忙把此人引进家中。

第二天，"西霸天"和郑儒宾俩人拿着锤子等用具来到石马前。只见郑儒宾在石马身上刻了"三八蛋子"四个字，然后用锤子叮当一阵乱打，把石马脑袋给打得粉碎。只听"呼隆"一声巨响，从石马脖腔里跳出一匹小黄马，迎风一抖，刹那间长出了三尺多高，八尺多长。郑儒宾立即用自己的裤腰带把小黄马拴上，牵到了"西霸天"的家里。

郑儒宾对"西霸天"说："在这北边有车轱湖，湖边有一个聚宝盆，上面也站着一匹大黄马，有一架金葡萄，须用这匹金马驹子才能拉动聚宝盆，就能引出那个大金马、金葡萄。现在用你家的金马拉还不行，因为这金马没长成。要找一个美丽漂亮的小姑娘，让她把你家的金马喂上三年。三年后，马长成了，你就可以得到无价之宝了。"第二天，"西霸天"亲自带人到屯子中寻找没成年的小

女孩，终于找到一个不满八岁的名叫"叶赫"的小姑娘。

叶赫姑娘整日牵着小黄马到车轱湖旁低洼的草地放马，小黄马吃饱了才肯回去。眨眼间到了秋天，草黄叶枯了，叶赫姑娘发愁了：小黄马要是吃不饱，我非挨打不可。这天，她牵马来到草地，坐在地上越想越伤心，哭了起来，她猛一抬头，发现眼前有一片翠绿的青草，叶赫姑娘高兴极了。一天又一天，来到这片青草地放马，就是吃不光。"西霸天"感到奇怪，草都叫霜打黄叶了，这小黄马咋吃得这么饱呢？有一天，"西霸天"悄悄地跟在叶赫姑娘的身后。小黄马又在那片青草上吃了起来。叶赫姑娘发现了"西霸天"，她忙说："别的草都黄了，这儿的蝈蝈还在叫，我是来抓蝈蝈的。"

第二天一大早，"西霸天"就扛着锄头来到那片青草甸子上，将青草都铲掉了。可等叶赫姑娘来到时，这片青草又长了出来。第三天，"西霸天"又趁天蒙蒙亮之时，来到了这片青草甸子上，用锹挨排地挖起来，边挖边叨咕："我把根给你断了，看你还长不长！"突然，他挖出来一个黄泥盆。"西霸天"又惊又喜，心想：这不就是郑儒宾说的那个聚宝盆吗？"西霸天"抱着聚宝盆就往家里走，正好叶赫姑娘牵着小黄马走过来。叶赫姑娘一看，明白过来。她上前从"西霸天"的手中夺过聚宝盆，一手牵着小黄马，撒腿就跑。"西霸天"随后就追，眼看就要追上来。叶赫姑娘头顶聚宝盆，手牵小黄马，纵身跳进了车轱湖中。"西霸天"站在湖边大喊起来："叶赫姑娘，叶赫姑娘！"霎时间，只听"轰隆"一声巨响，好像山崩地裂一样，平稳的湖面翻腾起来，满天乌云，狂风四起，倾盆大雨，下了两个时辰。雨停了，太阳出来了，可车轱湖却不见了。原来叶赫姑娘和金马驹、聚宝盆来到湖底，金马驹不见了。叶赫姑娘为了不让金马驹挨淹，坐在聚宝盆上，化成了一座平坦的山，这就是现在的叶赫西城。人们为了纪念叶赫姑娘，就把此山叫做"叶赫城"，久而久之，叶赫这个地名叫开了。而那金马驹从湖中出来后，又化成了一匹石马，至今还在板昌子村的蒿子沟山上站着呢。

当时"西霸天"吓得目瞪口呆，他跑回家中，找到郑儒宾和一帮人，让大家挖叶赫城。昼夜不停地挖了两个月，只挖了东、西两个豁口，什么也没挖到。这两个豁口后来变成了女真人城池的东、西两门。接着"西霸天"又让大伙把城的中间挖开，一直挖了半年之久，挖了三十多丈深大坑。一天晌午，从里面涌出了一股清泉，泉水冲天，把"西霸天"等一伙人都卷进泉里。这泉水又从东山口流出，绕西山顺流而下，后来成了叶赫城的护城河。这坑里的泉水流了七天七夜，后来干了，成了一眼望不到底的大井。有人当年曾在这眼大井里捞起过大铁锁链子，可就是捞不到头，再就是捞不动了。传说，叶赫姑娘和金马驹分手时，她手里紧紧攥着缰绳，那铁链子就是这缰绳变的。

讲　　述：柴常兴
记　　录：李　欣
采录时间地点：2001 年采录于铁东区叶赫镇

王驾背的故事

叶赫碰子沟村西面，有一座大山，这座山叫"王驾背"。传说，清朝的开国皇帝努尔哈赤，满族人都叫他老罕王，曾经在这里摔成重伤，又曾在山下的小葛珊❶里避过难，留下了一段十分感人的故事。

满族的族名叫女真，当时，罕王是女真建州部的一个首领。他武艺过人、智慧超人，又有雄心壮志。他看女真各个部落总闹矛盾，不是今天我打你，就是明天你打我，没有安宁的日子。罕王下决心要把分散的女真各部统一起来，成为强大的一体，好和明朝抗争，继而夺取天下。罕王心里明白，要想统一女真各部，就必须首先消灭叶赫部，因为叶赫兵多将广，势力最大，号称叶赫国。罕王多次率兵攻打叶赫国，但都惨遭失败，有一次几乎全军覆没，部队纷纷逃散。在逃跑中，罕王和保护自己的亲兵都失去了联络，只好孤身一人，一直向东边的山里跑去。他的身后，追兵不舍，呐喊不断。罕王不知翻了几座高山，爬了几道大岭，拼命地奔跑，才逃脱了危险。当他来到碰子山对面的山顶时，已经累得一点力气也没有了。他刚想坐下休息一会儿，却突然身子一软，脚下一滑，顺着山坡就滚了下来，山坡很陡，把罕王摔得不省人事，昏迷过去了。

不知过了多少时间，天空下起了小雨，淅淅沥沥下个不停，凉爽的雨水把罕王浇醒了。他睁眼一看，原来他卡在一棵老柞树上，才没滚下山崖，保住了一条性命。罕王在逃跑中，被密林的树枝、荆棘，把他的军衣、战袍全刮破了，一洞洞一条条，露出了皮肉，浑身是伤，鲜血伴着雨水，从衣服的破洞里流淌出来，把他身边的绿草都染红了。罕王咬紧牙关，运足了力气，想站起来，继续前行。他知道，这里还是叶赫的国界，必须尽快脱离，才能彻底摆脱危险。但他伤势过重，硬挺了几挺，还是没能站立起来，又躺倒在

---

❶葛珊：满族语，村落的意思。

山坡上。罕王绝望地想：在这高山荒野，有谁能前来救我呢，看来我只有等死了。不知不觉，罕王又昏迷过去。

不一会儿，雨过天晴，山脚下走来一位老额娘❶，她是上山采蕨菜来了，因为雨后的蕨菜特别鲜嫩。老额娘采着采着，采到了罕王的身旁。老额娘以为是个死人，把她吓了一跳。俗话说：人不该死总是有救。恰巧这时罕王被雨后的凉风一吹，又苏醒过来，睁开眼睛，看见了老额娘。老额娘一看他没死，就问："孩子，你是哪里人？干什么到这里来？身上咋受了这么多的伤？"罕王一看老额娘面容慈善，说话和气，就撒谎说："我是采参的，遇见一群野狼，这群狼要吃我，我就拼命地跑，一不小心，摔倒了，滚下山坡，要不是这棵树挡住了我，我早就没命了。"罕王的衣服剐得不成形状，头盔战靴也跑掉了，散发赤足，全身又沾满了雨血和泥，没有了一点军人的样子。老额娘信以为真，"哎"地叹口气："可怜的孩子，你算命大，我背你回家吧。"说着老额娘一铆劲，背起了罕王，趔趔趄趄把罕王背回了家。

老额娘的家就在山下的一个小葛珊里，那里只有五六户人家。谁也没有想到老额娘救的是罕王，更没有人想到告密。罕王住在老额娘家里很安全。那时女真人都懂一些偏方，知道用草药可以治病疗伤。老额娘为了治好罕王的病，又上山采来了止血藤和山苞米❷，熬药给他喝。老额娘还想方设法地给他调剂伙食，让他增加营养。在老额娘的精心照料下，罕王的伤口愈合了，身体也恢复得精力十足了。恢复健康的罕王，威武堂堂，一副英雄气概，很是招人喜爱。老额娘本想让罕王再多住些日子，但罕王一想到统一大业还没有完成，就谢绝了老额娘的挽留，依依不舍地和老额娘告别。分手时，罕王感激地说："老额娘，谢谢你救我一条性命。将来我得天下后，一定会厚厚地报答你。"这句话听得老额娘一愣：这人

---

❶满族语：妈妈、母亲的意思。
❷山苞米，学名黄精。具有生精养血、大补元气，使人身体健壮的特效。叶赫物产。

怎么说出这样的大话来，莫不是他就是罕王？罕王因为感谢老额娘的救命之恩，才激动得说出这么一句失言的话来，很是后悔。立即改口说："老额娘，我是说我挖参，将来发了大财，一定好好报答你。"说完急忙转身，大步流星地向远处走去。一路餐风饮露，几天之后回到赫图阿拉❶，重整旗鼓，伺机再和叶赫决一死战。

几年之后，罕王把队伍训练得兵强马壮、军威大振，终于打败了叶赫国，统一了女真各部。然后一鼓作气又把明朝军队赶进了山海关，在沈阳登基坐殿，建立了大清国，罕王当上皇帝。虽然国务繁忙，但罕王没忘老额娘的救命之恩，就派人去接老额娘来京城享福。但她清贫的日子过惯了，不愿进宫享福，就谢绝了罕王的好意，她想，救人本来是人人该做的善事，是不应该图报的，何况她救的又是一代明君。罕王于心不忍，又派钦差，拿上厚礼金银，送给老额娘。老额娘淡薄钱财，高低不收。她清心寡欲，甘心过着平民的日子，很是受人尊重。据说老额娘活了一百多岁才无疾而终。

罕王见老额娘拒不收礼，更加于心不忍，为了纪念老额娘和他避难的葛珊，也为了纪念当年他滚下山坡被树挡住，幸免一死的那座山，又派一名钦差，来这里颁发圣旨，把这座山命名叫"王驾避难山"，把老额娘居住的小葛珊也命名为"王驾避难"。

这个故事传了一代又一代，这个地方虽小，但名声很大。后来因为当地的口语，"背"和"避"字音念法相同，还因"王驾避难"四字绕嘴，就省了一个字，久而久之，就叫"王驾背"了。

现在"王驾背"这个小村庄已归并到砬子沟村，不过地名仍然保留下来。

讲　　述：宁海林
记　　录：刘　明
采录时间地点：1998 年采录于铁东区叶赫镇

---

❶赫图阿拉：辽宁省新宾县，当时建州部首府。满族语，兴京的意思。

东西石湖的来历

在人们靠渔猎为生的年月，大架山一带山势陡峭，峰峰高崇，山挂瀑布，溪流湍急。山林深处古树参天，奇花异草，红绿相映。珍禽异兽，古灵精怪，栖息其间。

星移斗转，岁月更迭，大架山的地貌几经变迁，山势多有变化，原始地貌面目皆非，山间湖泡几欲干涸变成平地，只留有两个小湖泊，东石湖和西石湖，还有一段石虎除妖的故事。

那时大架山外有一村子，女真小伙石虎的家就在村里。石虎，长得虎头虎脑，浑身上下像一块石头蛋子一样结实，身手敏捷，拳脚利落，膂力过人，箭法精湛，百发百中，是当地有名的好猎手。

大架山的秋天来得特别早，一场秋霜过后漫山红叶，红透的野果缀满枝头，成群结队的梅花鹿在树林里飞奔，肥硕的野猪懒洋洋地到树干上蹭着痒痒，一群野鸡鸣叫着飞来飞去，膘肥毛亮的獐狍出没在村头。

那一天清晨，石虎进山打猎。他骑着大青马，背弓挎刀，肩上架着凶猛的猎鹰海东青，出了家门向大架山走来，走进密林深处。

本来是轻车熟路的进山路线，石虎竟鬼使神差地在山里走迷路了，来到从未到过的深山沟里。说来也怪，在这里他没看见任何猎物，天空中连一只飞鸟都没有。他只得牵着大青马，带着猎鹰、猎犬顺着山坡向山顶爬去。站在山脊向山后望去，眼前却出现了一处好景致：一条宽阔的山涧，溪流奔腾，咆哮而下，声震山谷，泻入明镜般的湖中。湖面四周高山环绕，湖光山色交相辉映，湖水清澈明亮，一股秋风徐来，平静的湖面顿时荡起层层涟漪。石虎索性放马山顶，让它尽情吃草。石虎一屁股坐在一块青石上，不慌不忙地抽着旱烟袋，期待着猎物的出现。

在他烟袋锅灰烬掉在青石上的瞬间，身下的青石猛地动了起来，吓得他慌忙站起身来，身子一跃蹦出很远，全神贯注地看着那块青石。原来那是一只筐箩大小的哈什蚂，一跃而起，从土中露出

头和四条腿来。石虎瞪大惊恐的眼睛，他没听说过，更没见过这么大的哈什蚂。心想，莫非这是蛤蟆精？准是自己烟袋的灰烬烫着它了。石虎慌忙跪倒在地磕头求饶，战战兢兢地说："对不住，我不是故意要烫伤你的，我没看出来是你……"

那哈什蚂眨了眨大眼睛，对石虎说："小伙子，你是第一个到这里的人，听我一句劝吧，千万不要到湖边去，那里有妖怪。"石虎惊奇地问："你是何方精灵，咋会说话？"蛤蟆精说："我是湖里的蛤蟆大王，在深山里修炼多年，能听懂人言会说人话。亲眼看见那怪物在这儿兴风作浪。它打个喷嚏湖中就会风雨交加，打个哈欠山里就会狂风大作。它霸占我的湖泡，赶走了我的儿孙，在这独霸一方，吞噬湖边的动物，照这样下去，这儿就会变成穷山了。"石虎直截了当地问："大王，那该咋办？"蛤蟆精无可奈何地说："凭你我的本事，都不是它的对手。"听了这话，年轻气盛的石虎并没有知难而退，他要会一会那个妖怪。石虎带上兵器来到湖边，藏在一棵老柞树后面，目不转睛地盯着湖面，湖心深处果然露出一条大鱼脊背一样的东西，看不出它的真面目，也叫不出它到底是个啥。它在水中回旋着身子，小小的湖泡掀起大浪来，浑浊的水漾了出来，那怪物一声怪叫，山里雾气弥漫，霎时刮起冷飕飕的小风。它对着石虎藏身的方向吹了一口气，一股旋风裹着尘埃、落叶、沙土把石虎围在正中。石虎就势倒地，来一个就地十八滚，躲到旋风之外，一个鲤鱼打挺，站起身来，拉弓放箭，"嗖嗖嗖"，三支雕翎箭射向怪物，深深地嵌在怪物的头部。那怪物一声大叫，没入水中，不敢再出来。过了好一会儿，怪物刚在湖泡的东北汊浮出水面，被青马和蛤蟆精看见了，青马前蹄刨后蹄蹬，弄得山顶的石块滚下陡坡砸向怪物。蛤蟆精也来了勇气，爬到一块巨石边上，用两只前爪掀动巨石，两条粗大健壮的后腿用力蹬地，那块巨石带着惯力，呼啸着砸向怪物。已经受了箭伤的怪物，经不起这致命一击，身子一歪沉入水底，不见踪迹。猎犬大黑围着泡子转来转去，密切监视着妖怪的一举一动。突然，大黑狂吠起来，向湖泡的西南汊跑去，妖怪在那里浮出水面，露出受伤的头来。跟在猎犬后面的猎鹰海东青，俯冲下去猛啄妖怪的双眼，疼得它在水中乱冲乱撞，"嗷嗷嗷"地乱叫，天空雾气蒙蒙，狂风大作，石虎赶紧跑了过去。

山下的猎人们也发现山里有异常情况，带上猎具赶了过来。石虎跑到西南汊，这时怪物又沉入水底，他吆喝着让猎犬大黑和猎鹰海东青守住西南汊，让青马和哈什蚂守住东北汊。他料定怪物必会逃向西北汊，便到那里去守候。过了好一阵子，怪物果然出现在石虎的眼前，它似乎嗅到了人的气味，转身又要逃回深水处。石虎怕失去斩妖的最佳时机，抽出腰刀纵身跃入水中，在水中展开一场人妖大战。打得难解难分之际，猎人们终于找到了这个神秘的所在，认出了石虎的青马、大黑和海东青，奔向水边，想助石虎一臂之力，可惜他们来得太晚了。就在怪物沉入水底之际，石虎也筋疲力尽了，再也不能回到岸上了。

人们为石虎不畏强敌、舍己除妖的精神感动了，做了一口上好的棺椁，把石虎安葬在西北汊的山坡上。青马和哈什蚂依旧守在东北汊的山顶陪伴着石虎，大黑和海东青一前一后蹲在西南汊的山坡上不肯离去。后来人们就把石虎大战妖怪的山间湖泽叫做"石湖"了，再后来石湖一分为二，成为"东石湖"和"西石湖"了。

时光飞逝，不知过了多少年，哈什蚂、青马、石虎的棺椁还有猎犬、猎鹰都变成了石蛤蟆、石马、石棺、石狗、石鹰，寸步不离地守着东、西石湖。

山下的人们过着衣食无忧、无灾无难的日子，都记不得这里曾经发生过石虎除妖怪的事了，只知这里叫"东石湖"、"西石湖"，进山采集、打柴时，总要去寻觅已变成石头的哈什蚂、青马，还有石虎的鹰犬和棺椁，驻足观看，尽情想象着这里曾经发生过的一切。

讲　　述：田桂兰
记　　录：柴运鸿
采录时间地点：2000 年采录于铁东区叶赫镇

杏花山的传说

山门有座杏花山，每到春天，满山杏花开得粉嘟嘟的，芳香扑鼻。说起这座杏花山，还流传着一段催人泪下，令人心酸的故事。

从前，在杏花山的南面有个十几户人家的小屯子，屯子里有个后生叫邱生。邱生长得浓眉大眼，五大三粗，为人处世憨厚老实。家里独身一个，靠祖上留下的几亩薄地维持生活。

一天，他正在地里铲地，突然从头上掉下一只鸟来，看样子鸟的膀子已经受伤了。他把受伤的鸟揣在怀里，回家用布条缠好，精心喂养。没多久，小鸟的伤已经痊愈，羽毛丰满。邱生几次放它飞走，可它就是不走，夜间陪他做伴，白天陪他下地干活。邱生每天下地干活时，鸟儿不是落在他肩膀上，就是在附近树枝上鸣叫。有一天，突然发现鸟没了，他急忙四处寻找，找了半天也没找着。心里正着急，从树林里走出一位少女来，长得比天仙还美，邱生顿时看傻了眼。只见那女孩子，口吐清香，娇滴滴地说："邱生哥，我来帮你铲地好吗？"邱生不解地问："你是谁？""哎哟，咱哥俩在一起吃住了这么些天，你还不知道我是谁！"邱生猛然想起来了："原来你是那只鸟变的？""不错，我就是那只鸟儿变的，为了报答你的救命之恩，我愿意嫁给你。"说着话从怀里掏出个一寸多长的小锄头，用嘴一吹，突然变大，这把锄头与众不同，金光四射。姑娘说："我是王母娘娘瑶池前的杏花仙子，因贪恋凡尘变成一只小鸟玩耍，不料被一只老鹰啄伤，幸亏邱生哥救了我，不然我性命难保。我将这把锄头送给你，锄头就是我的心，如果把它丢了，就等于失去了我。"邱生简直不相信眼前发生的事是真的。他拿起锄头往地上试了试，蒿草立刻枯死，地上的土马上松软，干起活来又轻又快。从打那日起，邱生与妻子杏花仙子形影不离。一来二去，杏花仙子怀了孕，邱生心疼妻子，不让她出来干活，让她在家里烧火做饭。小两口你恩我爱，倒也幸福。

一天，本屯财主王胡子从邱生家地边路过，发现邱生家的庄稼比别人家的庄稼高出一截，觉得奇怪。他顿时留了心，仔细观察邱生的行动，他发现邱生使的锄头金光闪亮，认定是件宝贝。王胡子来到邱生近前说："邱生爷们，咱爷俩在一个屯住了这么些年了，我只求你一件事，把你的锄头借我用几天！""王大叔，你老用我啥都行，就是这把锄头不能赏脸！""咱爷们这些年没借过你的东西，今天借你的锄头使使是瞧着你了，瞧你心眼多死……"

说着话向狗腿子们一使眼色，狗腿子们一拥而上，夺过锄头抹身就走。邱生连吵带骂往回抢，怎奈人家人多撕扒不过，气得五脏冒火，忿忿不平地回家了。

到家一头栽倒在炕上，再也没起来，妻子杏花过来问："邱生哥，今天你是咋了，为啥不高兴？"邱生就把发生的事说了一遍，杏花大吃一惊说："邱生哥，这回可糟了，咱俩缘分已满，我是定死无疑了。邱生哥，如果我死了你就把我埋在东山上，以后我与你天天见面！"邱生心想：虽然锄被王胡子抢去了，可是妻子不是好好的吗？只要好好的，我什么都不怕，也许王胡子使完会送回来的。邱生等了一两日也不见王胡子来送锄头，邱生很着急，急忙找王胡子。到王胡子家一瞧，王胡子笼着一堆火，把锄头扔在火里正烧呢，烧得锄头吱吱直叫。不一会儿，锄头变成一根杏木，也着了起来。邱生急忙上前去抢，可是已经晚了，他抓住王胡子的衣襟就要拼命。王胡子一声令下："来人哪！你们狠狠地给我揍这小子一顿解解恨，你弄那把破锄头害得我不浅，铲了好几垧地，今早一看，草活了，苗全死了，真坑死人了！"狗腿子们忽拉上前，拳打脚踢，把邱生打了一顿，推出门外。邱生想再次回来拼命，王胡子放出两条恶狗，邱生闯了几次没闯进去。忽然想起妻子不知在家怎样了，他急匆匆回到家里一看，妻子直挺挺地躺在地上，早已死去多时了。邱生抱住尸体放声大哭，哭得眼睛出了血。买了口棺材，把妻子葬在东山坡上，邱生在妻子坟旁搭了个窝铺，每日守在坟旁。

光阴似箭，一晃一年过去了。第二年春天，山上开满了杏花，

粉嘟嘟的。从此人们就管这座山叫杏花山。后来王胡子家的地光长草不长苗，没几年就家败人散了。

讲　　述：张云田

记　　录：张立华

采录时间地点：2001 年采录于铁东区山门镇

大坝山的传说

位于山门水库东南大约五里的地方，有一座山，叫做大坝山。

在过去，半拉山门曾是个怪草丛生，乱石林立，古树参天的荒凉地带。在这里住着一位贫穷、善良的老猎人。一天老猎人家断了吃的，老人就拿起布口袋准备出去打猎。他爬过高山，越过大岭，也没有打到一只猎物，只采了点野果。回家的路上，路过一座石山，他看到一只山鸡掉进陷阱里，他非常高兴。但他走近陷阱边，只见山鸡眼里流出泪珠，他觉得非常惊奇。这时山鸡说："善良的老猎人，求求你救救我吧，我快要不行了！"

老猎人很同情山鸡，就把它救出陷阱，撕下自己腰带上的布条，包扎好山鸡的伤口，并把采来的野果嚼碎给山鸡吃。山鸡"扑通、扑通"地跳了几下，变成一个美丽的小姑娘。小姑娘说道："老爷爷您有一颗多么善良的心啊！我的父王将会重重奖赏您的。"老猎人亲切地问，"孩子，告诉我，你的家住在哪儿？你父亲是谁？你为什么独自跑到荒山野岭上来？"小姑娘答道："我是山神王的小女儿，名叫翠娇。我的家住在山神宫，我在宫里待得发闷，就出来玩耍，没想到呀，掉进陷阱里。"老猎人长叹了一声："啊，多险呀！"他抚摸着翠娇蓬松的头发，爱怜地说："孩子，走，我送你回家。"小女孩跟着老猎人，一边走一边说："老爷爷，我们的王宫里有好多好多宝贝，如果您喜欢什么，您就拿什么，我的父王一定会非常感谢您的。"老猎人笑了起来，说："不，我什么都不要。"小女孩有些失望地说："不，老爷爷，如果您不答应我要件东西，我就跪在您面前永不起来。"说完，她就要跪下，老猎人一见只得答应道："好孩子，你快别跪下，我答应你，你说吧，我该要什么呢？"小女孩这才高兴地起来。她告诉老猎人："老爷爷，我知道您不是贪财的人，您心眼好，有件东西更能帮助您为许多人解除灾难。但是，这种东西随时都会使您自己大难临头，真不忍心把它送给您。"老猎人说："孩子，你快告诉爷爷，这是什么东西？它要真能帮助我为许多人解除灾难，我就是死也甘心了。"小女孩说："我父王嘴里含着一颗绿宝石，含上它，就能听懂各种鸟兽的语言，能够预测出天灾地祸。不过您可千万不能把绿宝石的事告诉给任何人，不然您就会变成一座山的。"老人听后高兴地说："孩子，你的话我都记下了，咱们走吧。"

翠娇将老猎人领进宫，她把自己的遭遇以及老猎人怎样搭救她如实地讲给了父王。父王非常感谢老猎人，他对老猎人说："老人家，您救了我心爱的小女儿，您要是有什么心愿，就请讲出来吧，我一定让您如愿以偿的。"老猎人说："您这金银财宝是不少，但这些我什么也不要，我只要您口中含的绿宝石。"山神王听后有些不高兴，但一想自己向人家许下诺言，也就很勉强地答应了。

老猎人在回家的路上，他听见一对蝴蝶说："我们从这座山飞过去，就会看到好多好多的鲜花和我们的伙伴。"老猎人跟着它们越过一座高山，眼前果然出现了一个五彩缤纷，万紫千红的花的世界，老猎人非常高兴。他又继续向前走啊走啊，发现高空中有一群大雁正在穿云钻雾，疾速飞翔。它们边飞边说："伙伴们，加快速度吧，在天黑以前，这块儿就会被洪水吞没了。"老猎人心里很纳闷，不知道它们具体说了些什么。忽然听见脚下的蚂蚁说："今晚将要发生山崩地裂，洪水泛滥，这里就要变成一片汪洋大海，多么可怜的家园呀！"老猎人听后预感到大难临头，心想：在天黑以前，我必须得通知全村的人，不然人们都活不成了。他想着便由走变成跑，由跑变成飞跑，终于在天黑以前跑回了村庄。他举起铁锤："当当当"地敲起钟来。急促的钟声把全村的大人小孩全都召集到场院里。乡亲们都疑惑不解，他们问老人究竟发生了什么事情，老猎人见天就要黑了，他一想不把具体情况告诉大家，他们是不会离开这儿的。他只得把如何搭救小女孩，如何获宝的情况告诉了乡亲们。大家惊呆了。突然，狂风大作，电闪雷鸣，山崩地裂，一股洪水滚滚而来，眼看整个村庄就要被一片汪洋吞没。

这时，老猎人不见了，乡亲们都安然地站在一座高高的山峰上。这座山峰就像一个坚固的大坝拦住了洪水，人们为了纪念老猎人，把这座山起名"大坝山"。

讲　　述：齐焕林
记　　录：齐锐雄
采录时间地点：1985 年采录于铁东城东乡

神仙洞的传说

在四平城郊，山门镇的南山脚下，有个神仙洞。据说，在很久很久以前，神仙洞周围是一条大河，水深河宽。当时，光有山并没有洞，附近人烟稀少，只有河的北岸有一个小村庄，住着几十户人家。

有一年，河里不知打哪儿来了一个妖怪，身子大得惊人，像座小山包一般，浑身上下直冒绿光。它整天在河里兴风作浪，本来清清亮亮的河水被它搅得浑浑浆浆。这还不算，一有出去打鱼的，要是被这妖怪碰上，不是船翻就是人死。更可恨的是，那妖怪经常三更半夜到庄上去作妖，把庄上的牛羊差不多全吃光了。庄上的人们吓得白天黑夜不敢出门儿。日子一久，人们无法在这儿过了，不少人家只得逃荒去了。本来挺热闹的小村庄，如今却变得冷冷清清，每天只能听到老鸹叫和哭泣声。

有这么一天，庄上不知打哪来了个老和尚，声称自己能除掉河里的妖精。庄上的人听了，就像见了活佛，一齐跪下给老和尚磕头，求老和尚开恩，施展法力，为民除害。老和尚当时满口答应。

晚上，老和尚左手握着一把明晃晃的斩妖剑，右手托着一个金灿灿的乾坤瓶，来到河边，口中念念有词，一连念了三遍。霎时间，天昏地暗，飞沙走石，原来平平静静的河水，突然翻腾起来，掀起层层恶浪。就在这时，那个妖怪从河里蹿了出来，两手握着一对大锤，张牙舞爪地向老和尚杀过来。老和尚不敢怠慢，施展神功，脚踩水皮几步跳入河心，与那妖精战到一处。他们从黑夜打到白天，又从白天打到黑夜，人们都为老和尚捏着一把汗。打着打着，那妖怪施开了妖术，两个大锤往空中一晃，周围山摇地动；两锤一碰，就像打了个霹雷，把附近的山崖和两岸河堤，纷纷震塌了，河水立刻猛涨，漫过河堤向村庄淹去，眼看人们就要遭殃。老和尚一看不好，赶忙把他手中的乾坤瓶扔进河里，眨眼工夫，满河的水全被吸进瓶里，原来那乾坤瓶是个宝贝。再说那妖精一看水干

了，自己的老窝被端了，立刻慌了手脚，转身就逃。还没等它逃出多远，老和尚随手飞出斩妖剑，向妖怪刺去。没承想，妖怪一闪身躲了过去，宝剑直向山崖射去，正好穿进山崖里。只听得"轰隆隆"一阵响声过后，山石纷纷落下。人们再看山崖，山崖当中竟被那宝剑穿出了一个挺大挺大的窟窿。老和尚一看宝剑没刺中妖怪，又甩出了手中的乾坤瓶，打在妖怪的脑袋上，一下子把妖怪脑袋打了下来。它现了原形，原来那妖怪竟是像大筢箩那么大个的老乌龟。

老和尚见妖怪已死，取回宝瓶，转身顺着山崖向出现的窟窿走了进去。人们当时认为老和尚是去寻找宝剑，可是，等了好多天也不见和尚出来，就派几个后生点上火把到里面去找，哪承想三根火把用完了，也没找到洞底，连和尚的影子也没看见。

后来，人们都猜想，这和尚八成是神仙从此路过，见人们遭难才来帮忙，人们都非常感激他。为了让子孙后代不忘这老和尚的恩情，就特地给这洞起了名，叫"神仙洞"。

被老和尚打死的那个乌龟精，脑袋落在了洞的东面的山坡上，逐渐变成了一个大土包，这土包越长越大，形状和馒头差不多，因此人们管它叫"馒头山"。它的身子呢，也就变成了现在山底下的"王八盖子"。打那以后，不知过了多少年，也不知啥时候，神仙洞的洞口不知不觉地封死了，只剩下两间房大小的空窑。

讲　　述：孙玉清
记　　录：孙雪松
采录时间地点：2004 年采录于铁东区山门镇

杀神庙的传说

四平东南有一个村庄，在村庄的东南角有个杀神庙。村子里住着百户人家，这个村庄是个非常富裕的村子，关于村里的杀神庙却有段来历呢。

早些年，有一天，半夜时分，一家姓付的媳妇突然被外面的哭声惊醒，哭声惊天动地，好像在院外的道上。当时她还以为是邻居家打架，就披衣起来，准备劝架，可一开门哭声便没了，她感到奇怪，也没多想就回屋睡觉了。

第二天，到昨晚那个时候，她又被哭声惊醒。她把丈夫叫了起来，丈夫左听右听没听见什么动静。到了第三天，仍然是半夜时分，还是哭声不停，再次出去看看，可还是啥也没有，连一点动静都听不到了，两口子这才有些害怕了。

第四天，刚刚亮天，她就在村子里打听有没有人听到这哭声，无论问谁，谁都说不知道，这下子，两口子可着急了。可正巧村子里来了一个算命先生。她赶忙把先生请到了屋，把事情向先生讲了。先生捏指一算说："这下子可坏了，你们村要死人了。哭几天，就死几个，别人谁也听不见，只有会跳大神的才能听得见这哭声，还要发大水，淹了你们村子。"一位老头子插嘴说："这可是真的！付家的媳妇可不真会跳大神咋的。""那可怎么办呢？先生你可得给我们辟邪除灾呀。"人们一齐哀求着。算命先生说："行！今晚上你们赶快杀个猪先上供，然后再修一座杀神庙，就会安然无事了。"

村子里有的人害怕，就搬走了好几户，姑娘吓得也着急往外面嫁。可大多数人，不愿意离开住了几辈子的村子，就齐心合力修起了这座杀神庙。庙修成以后，人心也安定了，每天都有许多人烧香上供。从此，村子里也听不到半夜哭声了，也没有发生大水灾。

讲　　述：李明清

记　　录：张淑兰

神 鱼 庙

从前，有个秀才去京城赶考，途经山门地界的一座小山。忽然发现草丛中有一只被猎人套住的野鸡，红翅绿尾特别好看，秀才喜欢极了。要吧，猎人不在跟前儿；偷偷拿走吧，君子又不能做小人之事。因此，就想了个两全其美的办法：用自己带着路上吃的两条干鱼，换了这只野鸡。

过不多久，猎人来了。他发现自己套的并不是野鸡而是两条鱼干，顿时大惊失色。心想：这荒山野岭哪来的干鱼？八成是神鱼降临了，觉得这是不祥之兆。回去和村子里的人一说，人们立刻就哄扬开了，说这里要有灾难降临了，要发大水了，说得神乎其神，闹得人们惶恐不安。这时有人出了个主意，说只有给神鱼修个庙，才能免除灾祸。就这样人们凑了许多钱，在套鱼的地方修了一座神鱼庙。每当初一、十五之日，大伙就杀猪宰羊来供奉"神鱼"。

这一日，正巧原来进京赶考的那个秀才回来，又路过这里，发现山坡上筑起来一座庙，心中感觉奇怪，当年从此路过时，怎么没见过此庙，不知是供奉什么的？近前一看，原来是一座神鱼庙。心中顿觉好笑，没想到自己放那儿的两条干鱼却被当成了神鱼来供奉，就顺手在门上题了一首打油诗：

> 临去野鸡套，
> 回来神鱼庙。
> 世上无鬼神，
> 都是凡人造。

讲　　述：孙玉清
记　　录：孙雪松
采录时间地点：2003 年采录于铁东区山门镇

叶赫北大河的传说

叶赫镇的北大河像条玉带，它灌溉了万亩稻田，也哺育着世世代代勤劳朴实的叶赫人民。关于这条大河还有段美丽动人的传说。

很早很早以前，在叶赫镇里有个年青猎人叫于波。独身一人，十八九岁，人缘好，有求必应，镇子里的人们都很喜欢他。

一天，于波和往常一样上山打猎，远远地看见前面有只受伤的小兔子，白得可爱，不忍心把它杀掉，便带回家养了起来。白兔伤好后，于波又把白兔放回林子。

接连好几年，这一带闹旱灾，庄稼颗粒不收，有很多人都饿死了。于波看见乡亲们受苦，心里非常难过，他下决心帮助乡亲们去找水源。

这天晚上，于波做了个梦，梦见一个姑娘对他说："你只要往正东方一直走，就能找到水源。找到后再开通河道，把水引到这里来，保证这里年年风调雨顺，岁岁五谷丰登。"于波听罢问道："你是谁，为什么要告诉我这些？"那姑娘说："我就是你救回来的那只白兔。其实我是天上月宫里的白兔，是玉皇大帝派我到人间寻找一个勇敢善良的人，帮助乡亲们去找水源。我这有一把神弓和三支神箭，你带上它以后能用得上。"说完玉兔姑娘走了。于波醒来后已是第二天早上了，他准备好干粮，带上弓箭，告别了乡亲们上路了。

五六月的天气，太阳火辣辣的。翻过这座山，爬过那道岭，来到一座高山脚下。山上树木繁茂，怪石嶙峋，山风一吹，发出可怕的声音，令人毛骨悚然。这时于波已经走得精疲力竭，他坐在大树下想休息一会儿再走，不知不觉地睡着了。于波又梦见玉兔姑娘，玉兔姑娘对他说："你现在后悔，回去还来得及，如果你一定要去找水源，还得历尽千难万险，甚至付出生命。"于波说："我不怕，为了乡亲们，前边就是刀山火海我也要闯过去。只求你告诉我水源究竟在哪儿？"玉兔姑娘说："只要你翻过东边九座大山，你就可以找到水源。"说完玉兔姑娘就不见了。

于波醒后便向山顶爬去，他刚爬到山顶，突然刮起一阵大风，风中还掺夹着一种难闻的气味，于波心想，可能遇到老虎了。果不出所料，从不远处树林里，蹿出一只斑斓猛虎，张开血盆大口向于波猛扑过来。于波纵身跳到旁边一棵大树上，老虎扑了个空，又猛地转过身来用尾巴向大树横扫过去，只听"咔嚓"一声，将树扫断了。于波翻身跳上虎背，举起铁锤似的拳头，狠狠地向老虎头上砸去。经过一阵生死搏斗，老虎终于被打死了，可于波身上却留下道道血痕。

于波来到第八座大山时，天就快要黑了，他又渴又饿，四下望了望，发现了不远处跑来一只猴子，手里捧着鲜桃。猴子把鲜桃递给于波，于波接过仙桃，狼吞虎咽地吃了下去，顿时感到浑身充满了力量。当他正要向下一座山峰走去的时候，突然听见身后有声音，于波回过头一看，只见草丛中蹿出一条巨蟒，正向他扑来，于波急忙闪在一旁，拿起弓箭正要射巨蟒，巨蟒用尾巴把他甩到空中去了。于波摔下后，不顾全身疼痛，又一次拿起弓箭向巨蟒射去，只听一声巨响，巨蟒折腾了半天不动了。

当于波爬到第九座山顶时，天已经大亮了。就在这时，猛然听见头上一声尖利的鹰叫，抬头一看，原来是只恶鹰，正向他扑来。于波急忙躲到石头下面，恶鹰扑了个空，返身又飞了回来，于波张弓搭箭向恶鹰射去，只听一声惨叫，恶鹰掉在地上不动了。

于波终于翻过第九座大山，他看见山坳里有个很大很大的水潭，于波高兴得流下了眼泪，朝着家乡的方向大声喊道："我终于找到水源了！"

于波拿出最后一支神箭，向群山射去，只听得惊天动地一声巨响，群山闪在两旁，潭水涌出，汇成河流，向叶赫小镇流去。

讲　　述：刘姜氏
记　　录：刘春丽
采录地点：铁东区叶赫镇

神树山的传说

山门街南面有座神树山，虽然它没有别的山头那样高大，可它的名气却不小。据老年人讲，这座山还有点说道呢。

从前，在半拉山门这儿住着一家姓周的小两口儿，小伙子叫周青，常年卖柴为生；媳妇叫小凤，是个很贤慧的女人。小夫妻俩非常勤劳，日子过得倒也不错。一天，周青和街坊王二上南山去砍柴火，他俩刚走到山顶上，连累带热就冒汗了。这时是五六月的天气，火辣辣的太阳一烤，简直热得喘不上气来。两个人打算凉快凉快。他俩来到两棵元宝树下歇了一会儿，王二说："周哥，天这么热不往别处去了，咱俩就把这两棵元宝树砍倒扛家去得了。"周青摇了摇头说："兄弟，不能砍，留着以后再到这里好歇凉啊。"王二一听可也在理儿，随着周青到别处去了。天快晌午了，周青扛着柴火回家吃晌饭。到家后，他放下柴火进灶房去喝水，一进屋愣住了，水缸里突然出现了南山顶上那两棵元宝树的影子。喝了几口缸里的水，可真甜啊。尤其是这缸水沏出的茶水，味道更加香甜。夫妻俩觉得很蹊跷，小两口一合计，干脆开个茶馆吧。周青就把下屋三间仓房腾了出来，找木匠修饰一下门面，买了些应用的东西，小茶馆非常简单地开张了。开张那天，街坊邻居都来捧场喝茶，喝到茶水的人，都夸这茶水清香可口。事也凑巧，神树茶水的底被王二知道了，往外一宣扬，十里八村的人们都听说了，喝茶的人越来越多，来来往往络绎不绝，小茶馆兴隆起来了。不料，这事被财主姜大赖知道了，他眨巴着三角眼，心里不停地打着鬼主意，恨不得立时把茶馆霸到自己手里才好呢。

一天，周青正忙活招待客人，姜大赖的管家来了，一进屋就嬉皮笑脸地对周青说："掌柜的，恭喜你呀。我家老爷看中你这块地方了，要拿漂亮的房子和你换。要不愿意的话，卖也行，保准给你个大价钱。"听了管家的话，周青说："回去告诉你家老爷，叫他死了这个心吧。"周青说完转身料理生意去了。管家讨了个没趣，

只得回去向主子交差。傍黑天时，周青发现有伙子人提着灯笼上南山了。他生怕有人在神树上搞鬼，就悄悄地跟了上去。到地方一看，不出所料，姜大赖几个狗腿子正砍元宝树呢。周青急忙上前拦住他说："老爷，砍不得，这是两棵神树。你们要是缺柴火的话，我给你们送几捆怎样？"姜大赖把三角眼一瞪说："我不管他娘的什么神树佛树的，这是我的山，砍不砍我自己说了算，谁也管不着。要想留这两棵树，除非换房子，要不，没门！"周青心疼树，只好答应了。

自从姜大赖搬到茶馆后，水也不甜了，沏出来的茶又苦又涩。他越想越恼火，一赌气又带着斧子领着狗腿子上南山了。来到元宝树下，姜大赖非要亲自砍树才能解恨。他砍了半天，连皮都没砍破，反倒把手震得够呛。他又叫狗腿子们砍，几个家伙轮班砍到天黑也没砍多深。第二天接着又来砍，到地方一看，头天砍的茬早就长平了，连点痕迹都没有了。姜大赖气得心都要蹦出来了，急忙命狗腿子们把树烧掉。工夫不大，狗腿子们七手八脚搬来不少柴草，点火这么一烧不要紧，就像点硫黄一样，火苗子一蹿多高。突然刮来一阵大风，刮得烟火到处乱飞，飞哪儿哪儿着。姜大赖见事不好转身想跑，不料被树根绊了个跟斗，大火随后伸着火舌向他烧来。等狗腿子们把他救起来时，早已烧得焦头烂额。也活该姜大赖倒霉，到家没多久，伤口恶化，毒火归心，嘴一撇就见阎王了。自从姜大赖死后，人们再到山上看时，元宝树不但没烧死，反倒长得更加郁郁葱葱。后来人们在元宝树下修了座神树庙，又把这座山改叫"神树山"。据上年纪的老人说："中华民国时，这两棵元宝树还在呢。"如果现在有人好信的话，还能找到那个庙台呢。

讲　　述：张玉田
记　　录：孙喜臣
采录时间地点：1985 年采录于铁东区山门镇

龙王庙的由来

从半拉山门往东走二十多里路，紧挨着叶赫乡，有个屯子叫湾龙屯，屯东有座庙叫"龙王庙"。

在慈禧太后掌握朝廷大权的那些年，这个屯子东头住着一家姓李的老夫妻，男的叫李志，是十里八村出名的石匠；女的叫辛诚，也是南北二屯出名的剪纸能手。这老两口为人处世可好了，啥说道没有。虽然日子过得挺紧巴，还经常周济穷苦的乡亲们。只是老两口都五十多岁了，还是无儿无女。

有一天李志做工回来，老伴把饭菜端上来，李志边吃饭边自言自语地说："唉，咱们要是有个儿子该多好啊！一来可以帮我干点活，二来也可以把手艺传给他，好为乡亲们多办点好事。"真是说者无意，听者有心，老伴听完，心像针扎一样痛，"刷刷"地流下了热泪："唉，这都怨我啊，一辈子没开怀。"李志见自己无意中勾起了老伴的伤心事，连忙劝慰她说："这怎么能怪你呢，这都是命里注定的呀。"

这天晚上，李志躺在炕上不大工夫，只见一位鹤发童颜的老人出现在他的面前，说："我是天上的太白金星，今奉玉皇大帝旨意，特来降福于你。你们家后山有块三七二十一丈长，三四一十二丈宽的大石头，那是条石龙。因它触犯了天条，被玉皇大帝降罚此地。只要你心诚志坚，将石头刻成龙形，然后再浇上水，到那时你就会得到儿子，你的儿子将来也一定会造福于人们的，此乃天命。"李志醒来一看是个梦。心想：这都是我想儿子心切罢了，也没当回事。但一连几天他做的都是这个梦。李志怪纳闷的，就把梦中的事当老伴学了，老伴听了高兴地说："老头子，还兴许该着我们晚年得子呢，你还是去试试吧。"李志认为老伴说得在理儿，就带些吃的，收拾家什第二天就上山了。

李志到后山一撒目，可不是咋的，有块老大老大的大石头，还真像龙形呢。心想：梦里的事兴许是真的。他连忙操起家什干了起来。饿了吃口干粮，渴了喝口山泉水，困了用草铺巴就睡一会儿。钎子使秃了，磨磨再使。就这样，李志顶酷暑冒严寒足足干了九九八百一十天，把石龙刻得简直就像腾空飞起一样。李志越看越高兴，越干越来劲，足足挑了七七四千九百担水，一担一担浇在石龙的身上，等浇完最后一担水，李志也累得不行了，一下子躺在地上，嘴里吐出了鲜血。正在这时，一个年青英俊的小伙子跪在李志的面前呼唤着："爹！爹！"那小伙子又掏出一包药让李志吃了，说也奇怪，李志吃完了药立时精神了，忙问："小伙子，你是谁？从哪里来呀？""爹爹，我是您的龙儿啊！"说着就给李志磕了好几个响头。当时可把李志乐坏了，爷俩收拾收拾就下山回家了。

乡亲们得知李志刻石龙得龙儿的事后，都纷纷到李志家来祝贺，李志夫妻俩那高兴劲就甭提了。

龙儿到李家后，对老人是百依百顺，孝顺得没法比了，天天跟李志学手艺。要是屯里谁家有个大事小情，危难遭灾的事，龙儿都主动去帮忙。夫妻俩见龙儿这样通情达理，自然喜欢得了不得。这龙儿长得英俊无比，膀大腰圆，力大无穷。摆弄石头像弄个鸡蛋那样容易，什么活儿只要一教就会，一点就懂，李志也就把浑身的本领都传给了龙儿。乡亲们自然也都非常喜欢龙儿。龙儿到这个屯以后，不知咋的，这个屯就兴旺起来了，养猪猪肥，养牛牛壮，年年风调雨顺、五谷丰登，就连外地那些逃荒避难的人们也都纷纷到这里安家落户度荒年。

就这样李志得龙儿的事，一传俩，俩传仨，越传越远，最后竟传到京城去了。慈禧听到这个事后，真是王八钻灶炕连憋气带窝火，整天是坐立不安睡不稳，心里想：我才是真龙天子呢，这要是再有个真龙天子出现，我的江山不就完了吗？慈禧越想越生气，越想越害怕，恨得牙根都疼，一心想除掉龙儿，就下一道圣旨："召集天下能人降妖除魔，只要把石龙除掉，保我龙体圣安，要官得官，要钱给钱。"圣旨下后，不几天的工夫，天下各路游方道士都跑到了京城，想借此机会升官发财。慈禧亲自选了几个本领大的道士，派出一名贴身太监，带领五百御林军，出京城而来。

乡亲们听说慈禧派人马来捉拿龙儿，真是又气又恼，又为龙儿生命担心，纷纷劝李志领着龙儿躲藏，免遭杀身之祸。龙儿却说："我怎么能躲呢，我走了岂不是让父老乡亲们遭殃吗？有我在就有乡亲们在，我生要给你们造福，我死也要死在这里，永远保护着你们。"龙儿说完，拜别了父母和乡亲们，化作一条青龙，就和道士御林军厮杀去了。

只见那些道士手使七星宝剑，脚踏八卦图，口念咒语，呼风唤雨。五百御林军是里三层外三层把龙儿围得水泄不通。双方直杀得天昏地暗，飞沙走石。这个道士战死了那个道士又上来，死死地缠住龙儿。龙儿也使出浑身招数，摇龙头摆龙尾，直打得御林军哭爹喊娘。这样足足打了三四一十二天，从高山打到平地，从平地又打到高山，五百御林军和那几个道士都命归西天了。而龙儿最后也累死在山梁上，死后变成一座大山脉，将这个屯子团团围住保护起来，以感谢父母养育之恩和乡亲们的盛情。

从此，这个屯子还是年年风调雨顺，当地人为了纪念龙儿，在龙儿战死的山梁下面修了座庙，年年供奉香火，人们叫它龙儿庙，以后叫白了管它叫"龙王庙"。这个屯子因此也得名叫"湾龙屯"了。

讲　　述：汪　才
记　　录：杜志和
采录时间地点：1985 年采录于铁东区山门镇

虫王庙的由来

四平城南三十里的山门水库，是由虫王河、龙王河两条支流汇聚而成的。顺虫王河往南二里地，有一个虫王庙屯。

据说在光绪年间，这一年的六月，天气大旱，旱得地上七裂八瓣，满地的庄稼都打蔫了，有的已经枯黄死掉了。正在这时节，响晴的天下起了毛毛细雨，这小雨下得淅淅沥沥，一连下了半个多月。这雨下得不要紧，庄稼起了蝗虫。满地都是黑压压的蝗虫，庄稼棵子上叫缕子都是。没用几天，满地的庄稼都被蝗虫吃了。可怜人们春耕夏锄的一片心血白费了，人们望着光秃秃的庄稼棵子，掉下了眼泪。

这屯子有个大财主，名叫王胡子。几天来，王胡子看到了满地的庄稼已被虫子吃光，也很闹心，他整夜难睡，坐在屋子里一个劲发呆。一天，王胡子正在屋里坐着犯愁呢，这时门帘一挑，走进来一个人。只见这个人长了一对小母狗眼，尖嘴猴腮，他就是管家，外号王麻子。王麻子走到王胡子近前，弓着腰，尖声尖气地说："老爷，我看你这几天，茶不思饭不想，整天闷在屋里，是不是有什么发愁的事呀？"王麻子一边问话，一边察言观色。王胡子听管家一问，长长地叹了一声："咳……"王麻子说："老爷，是不是您见虫灾严重，到秋后难收租子呀？"王麻子这话可说到点子上了，王胡子愁眉不展地说："是又怎么样？"王麻子小脑袋一晃说："既然为此事发愁，我想太不必要啦。"王胡子一听这话，气得骂了王麻子一句："你懂个屁！我的地都租出去了，到秋后不打粮能收回租子吗？"王麻子挨一顿骂并没有生气，他还往王胡子跟前凑了凑，在王胡子耳边嘀咕了几句，王胡子一听伸出大拇指，连声叫好："好！就这么办，事成了有你的好处。"然后，吩咐家人摆上酒菜，王胡子亲自给王麻子斟上了一杯，两个人举起酒杯喝了起来。

这一天，从北大道走来一个和尚，只见这和尚左手拿着佛珠，右手拿着拐杖，一边走一边念叨，离得远，人们听不见念的是什

么。和尚走到人们近前，人们听清了，那和尚嘴里念道："天灵灵，地灵灵，虫王爷显了圣，要想避灾难，就得修庙宇，塑金身。"这个和尚一边走一边念叨，人们半信半疑。

事后，王胡子召集村民，对人们说："蝗虫成灾，我很痛心。为了乡亲们过年有饭吃，我想在此修个虫王庙，大家有钱出钱，没钱出人，各村民看怎么样？"王胡子一顿白话，人们没有一个搭言，都半信半疑地散去了。

王胡子回到家里，大发雷霆："王麻子！你瞅你出的主意，不但没起效，给我也晒了台。你找个秃和尚说几句话，白拿了我十两银子，顶个屁用！"王麻子连忙说；"老爷息怒，奴才知罪，奴才早就料到了。但是，孙猴子什么时候也跳不出如来佛的手掌，老爷你附耳过来，咱们如此这么办。"王胡子一听，转怒为喜，哈哈大笑起来。

一天深更半夜，人们被奇怪的喊声惊醒了。只听西山上喊："天灵灵，地灵灵，虫王爷显了圣，要想避灾难，修庙宇，塑金身！"全屯的人们听见了，有的好奇地把窗户纸捅个洞往西山看，见西山顶上有一条火龙，亮得很，像个大虫子趴在山顶上，一眨眼不见了。到这时人们才相信老和尚说的虫王爷显了圣的话。

第二天，大租地户都去找王胡子，自愿拿钱修庙。穷人拿不起钱，也愿意家有啥拿啥。有一家姓刘的媳妇刚生小孩，家里只有一升小米了，王胡子派人也给抢了去，结果孩子没奶吃，活活饿死了。穷人家养的猪、鸡、狗也被逼捐去修庙。这个庙宇终于修成了，起名"虫王庙"。从此这个屯也就改名"虫王庙屯"了。

据老年人讲，在修这个庙宇的过程中，王胡子剩彩缎百匹，粮食百石，银千两。第二年，庄稼刚长起来的时候，又起了蝗虫，幸好被一场瓢泼大雨给浇掉了，从此，人们更加相信虫王庙有灵了。在每年六月六都开庙会，送祭品，整猪整羊的，庙里总是香火缭绕。

讲　　述：王喜林

记　　录：李春彦

黑老爷坟的传说

板仓村的北面，有一个石树沟，四周是巍峨的高山，山上是茂密的森林，沟塘里土质肥沃，野草萋萋，鲜花艳丽，是一个窝风向阳、景色宜人的地方。

早先年，沟里有一座大坟茔，坟四周砌着高高的围墙，墙门竖着两根大石柱，石柱顶上搪着一个像大钟一样的马铃铛，大风天铃铛摇晃起来，叮当叮当直响。为啥这座坟茔有这么大的排场呀？听老年人讲，原来坟里埋着一位黑老爷。黑老爷姓苏，名德，是叶赫驿站的老爷。那里的驿道，不在叶赫河南，而在北山根下。这条驿道，南至北京，北至九台，足有两千多里的路。中途五十里设一大站，十五里设一小站。每个大站配有四十五个站丁，四十五匹骏马。驿站的头头就叫老爷。站丁除维持治安外，最主要的任务就是传递皇上的圣旨和政府的公文。一般公文一站一换人马，紧急公文换马不换人。当初苏德是个跑报的站丁，他性情豪爽耿直又忠于职守，凡经他手传递的圣旨公文从没出过差错，所以深得上司的信任。那时，叶赫这地界很不太平，常有土匪作乱。有一年土匪闹得挺凶，苏德三次进京，向朝廷告急，朝廷及时派来了兵马，制服了土匪。人们都说这是苏德的功劳，很快，苏德就被提拔为老爷。因为他生得身材高大，膀阔腰圆，青须浓眉，面色黑紫，人们都管他叫"黑老爷"。

当老爷了，按理说该吃喝享受了吧，可他一生颠簸惯了，冷不丁让他轻闲，他却有点受不了。闲来无事，还是骑马送信传递公文。有一天，他经过石树沟这个地方，侧目一看，这地方太美了。青山叠翠，绿草红花，叶赫河水悠悠从沟前流过，山水相依，好风水。不知为什么，他忽然想到了死，心里说：我死了，埋到这里可不错。这条驿道，我奔波了一生，死了也要守着它。

黑老爷一辈子没有娶妻，孤身一人。这天送信回来，他把自己的想法对手下的人说了。手下的人看他身强体壮，早早地就虑论后

事，都以为他是说着玩的，谁也没有当真。谁知过不多久，他又去跨马传递公文，当路过这里的时候突然马失前蹄，一个跟头折下来，真的摔死了。人们按照他的遗愿，就把他埋在这里。这座坟就叫"黑老爷坟"。过了不知多少年，坟的围墙塌了，只剩墙门的两根石柱子，人们就把这条沟叫做"石柱沟"。后来，叫来叫去叫白了，就叫"石树沟"了。

讲　　述：张宝玉

记　　录：刘　明

采录时间地点：1986 年采录于铁东区叶赫镇

鹰狗不见的传说

英额卜屯原来叫做"鹰狗不见"，为什么起了个这么古怪的名字呢？这里有个古老的传说。

早先年，这里居住着个满族小部落，它的两侧是绵延起伏的山脉。山上生长着茂密的森林，里面飞奔着獐狍麋鹿、熊瞎子和野猪。山的中间是一片平坦宽阔的草原，草原里，有成帮成群的羚羊和野兔。部落里的人们都以打猎为生。这个部落的首领叫葛尔丹，三十多岁，体格彪壮，能骑善射，心地也很善良。人们都为有一个这么好的首领而自豪。

离部落二百多里处，有一个哈达部落，首领叫盟格里。他养着很多经过特殊训练的猎犬和一种名叫海东青的猎鹰，经常带领它们去欺负临近的弱小部落，人们都恨死了他。有一天葛尔丹突然得一个消息，说盟格里带领三千人马、二千猎犬和一千海东青要来这里打猎。

葛尔丹想到，一场灾难就要来临了。哈达部落何止是前来打猎呢，打完猎后，必然要把自己抢劫一空。葛尔丹马上召开部落会议，商量对策。人们听到这个消息，都很气愤。有一个名叫兀克木的青年猎人说："兵来将挡，水来土屯。他们看我们是个小部落，就想来欺负我们，这回得给他点厉害看看，叫他知道，我们也不是好惹的。"葛尔丹看着人们这样同仇敌忾，心里十分高兴，坚定了必胜的信心。他让老年人和小孩都上山隐藏起来，凡是青壮年男女，各操刀枪弓箭，备好战马，埋伏在各个险要之处，等待盟格里到来。他又对人们说："哈达部落的人马到来后，假如我们被发现，大家要听我的指挥，以响箭为号，与他们拼杀到底。假如他们直奔我们的葛珊，我想他们一定先放出猎犬和海东青到山上猎取野物，这样的话，我们就可以先把他的海东青全部歼灭。然后，我们的人马再一同扑向他们的营盘，打他个措手不及！"

盟格里真就没把葛尔丹放在眼里，大摇大摆地带领人马开进了

葛珊，一看，葛珊里空无一人，不禁开怀大笑，以为葛尔丹害怕他，带领人马逃跑了。盟格里扎下营盘，放出二千猎犬和一千海东青到山上寻捕猎物。然后他却带领人马挨家挨户地去抢劫了，凡是值钱的和容易带的东西全部抢走。盟格里十分高兴，因为不费力气就在村子里得到了很多东西。猎犬和海东青也会给他带回来很多飞禽走兽。可是天已经黑了，猎犬和海东青一个也没有回来，他很纳闷：二千只猎犬和一千只海东青都上哪里去了呢？怎么一个也不见了？它们可都是经过专门训练的呀！他马上命令号手吹起角号，往回叫他的猎犬和海东青。

号手们刚刚吹响角号，突然听到四周喊声震天，原来是葛尔丹率领部众向他们营盘杀来。盟格里这才知道自己上当了，现在人马还在葛珊里分散着，毫无迎战准备。盟格里知道自己已经完了，逃跑是唯一的出路，只得带领一部分人马落荒而逃。

一场灾难免除了，葛尔丹命令人们杀猪宰羊，欢庆胜利。

后来，人们越传越神奇了，说葛尔丹会一种法术，不管多么强大的部落，想要带领鹰和狗侵入他的地界，他就会施展这种法术，叫你的鹰和狗马上消失在这里。

从此，人们就把这里叫做"鹰狗不见"，四周的部落再也不敢侵犯这里了。这里的人们过上了和平、安宁的生活。

讲　　述：于洛江
记　　录：齐振波　聂清霄　崔玉祥
采录时间地点：1986 年采录于铁东区叶赫镇

二姐楼的传说

在叶赫兴龙村，有两座清秀挺拔的山峰。两峰山底相连，顶尖一般高，形状极其相似。当地的人们都把这两座山峰叫做二姐楼。为什么不叫山而叫楼呢？这里流传着这样一段传说。

从前，有一个古老的王国——扈伦国，它管辖着好几个大部落。

这些大部落又管辖着很多小村落。在叶赫部内的一个村落里有一对同胞姐妹。姐姐叫天珍，年方十八。妹妹叫山珍，比姐姐小一岁。姐妹俩的容貌非常美丽，美丽得像是最鲜艳最水灵的鞑子香。跟着老实巴交的阿玛过生活。她们的家是伊尔根❶，很清贫，只有十几只牛羊。但由于一家人的俭朴勤劳，日子还过得下去。

姐妹俩都有了情人，正在暗暗地相恋着。她们的情人是同胞兄弟，生在阿哈❷的家庭里。虽然，姐妹俩明知她们的爱情不能顺利，但却非常痴心地爱着那两个同胞兄弟，因为他们不光漂亮英俊，而且心地纯洁正直。

正如她们所担心的那样，不幸的事情发生了。

村落里的发恩搭❸尼也尔，心黑手狠，是个色徒。虽然他已经有了五房福晋❹，并且老得掉了牙，但见了年轻貌美的格格❺却垂涎三尺，总想弄到手。他早就看中了天珍、山珍姐妹。

一天，他打发媒婆前去说媒。能说善讲的媒婆，来到了天珍和山珍的家。一进门就说明了来意，对两姐妹夸耀起发恩搭的财富：发恩搭老爷拥有上千只牛羊，五百匹牧马，三十多个阿哈，数不尽的金银珠宝，绫罗绸缎。她说着又转向天珍、山珍的阿玛："要是

❶伊尔根：穷苦的平民。
❷阿哈：奴隶。
❸发恩搭：村落长。
❹福晋：妻子。
❺格格：姑娘、小姐。

结了这门亲事，不光两个格格享不尽的荣华富贵，就是你也跟着沾光啊。到那时你也会像发恩搭一样，盖上像汉家那样青堂瓦舍的大房子，家里还会有阿哈，美死了，多少人家想巴结这门亲，还巴结不上呢。"

媒婆的话骗不了天珍和山珍。

天珍说："发恩搭再富，不是好来的，我们不图希那个。我们爱的是勤劳和正直，要靠自己的劳动生活。"

山珍讽刺地对媒婆说："谢谢你吧，为了别人的好事，你总是用最美的谎言来打动人心。你把地狱说成天堂，把痛苦说成幸福。可我们知道媒婆就是靠说谎过日子。"

媒婆灰溜溜地走了。

发恩搭碰了钉子，怎能善罢甘休。过后，他不知从谁的嘴里听说天珍、山珍和两个阿哈相爱，而这两个阿哈恰好是他家的奴隶，就偷偷地把他们卖到很远的地方去。他想砍断这根情线，好使姐妹俩顺从他。

心爱的情人走了，天珍、山珍无限忧伤，她们爬上了山顶，向远处眺望，可是群山挡住了视线，哪里还能见到爱人的影子。她们向过路人打听情人的去向，可是谁也不知道。再说，就是有人知道，尼也尔已经下了话，又有谁敢告诉她们呢？

姐妹俩的泪水滴湿了衣襟，俊美的脸上布满了愁容。慈祥的阿玛无论怎样也安慰不了女儿的心。就在这时，尼也尔又派媒婆带着厚礼来说媒。当媒婆刚把财礼放在小土炕上，还没等张嘴说话，愤怒的天珍、山珍，就把东西扔了出去，撵走了媒婆，大骂尼也尔是深山里最狠毒的野兽。

尼也尔听了媒婆子的报告，勃然大怒。他想出一条最阴险的毒计，要把姐妹俩送给国王。因为，老国王是个昏庸残忍的君主，他目空自大、喜怒无常。国王最喜欢和别国打仗，但是几乎每次都被人家打败。为了求和，他就会向敌国赠送美女，即使是最宠爱的妃子，也逃脱不了这样的厄运。所以，扈伦国里无论是王公贵族和平民，都惧怕自己的女儿纳选入宫。

尼也尔骑着最快的马跑到叶赫城，向部落长描述了天珍、山珍姐妹俩的美貌，要求部落长把这两个美女献给国王。部落长正想巴结国王，心中大喜，当即派了城中最高明的画师，去画天珍、山珍的画像，然后好送进宫中让国王过目。只要国王中意，那么，部落长就会用毡车把姐妹俩给国王送去。

画师装扮成一个过路的艺人，来到天珍、山珍的家。阿玛到山上放牧去了，只有姐妹俩留在家里。画师装成亲切的样子说："美丽的格格，我是一个画师，我愿意给你们画一张肖像，留做纪念。等你们到晚年的时候，只要打开这张画像，就会感到万分的惊异，哎哟，我们年轻的时候，原来是这样的美丽。"

姐妹俩正在怀念远去的恋人，哪还有什么心情让人画像。狡猾的画师可不理会这些，他不容姐妹俩搭话，就展开了画纸，紧紧地盯住了姐妹俩最有特征的地方，迅速地画了起来。姐妹俩不好拒绝了，羞答答地把头偏在一旁。肖像画完了，画师借口要到一个朋友家里做客，就卷起画纸溜走了。

晚上，阿玛回来了，姐妹俩向他讲了画像的事情。阿玛的心猛地颤抖了一下。他听人说过，每当部落长或发恩搭要向国王奉献美女的时候，都是首先画好肖像给国王过目的。

第二天，经过探听，得到证实，尼也尔家里确实来过一个画师。

姐妹俩恨死了发恩搭，发誓宁死也不去服侍国王。可是，又怎能办到呢？唯一的办法就是逃走，去找那被卖到远方的情人，即使是白了头发，也要找下去。

阿玛虽然舍不得两个心爱的女儿，可是，又怎能忍心让发恩搭把她们送给国王呢？他给女儿打点一些衣物，含着眼泪说："阿玛老了，不能和你们一起逃走。"他指着远方说，"山的那边，有一个美好、幸福的国家，那个国家，没有额真❶和阿哈，人人都是快乐的鸟儿，没有忧愁，没有苦闷，没有穷困。你们要是找到你们的

---

❶额真：家主、主人的意思。

情人，就一同逃到那个国家去。"这些，阿玛是听老一辈人说的，谁也没有见过。不过，一辈传一辈，当真事一样传了下来。那些穷苦的人们每当谈起这个国家，就会感到一种极大的安慰。

姐妹俩难舍难分地告别了阿玛，连夜逃出了村落。她们不顾山林的呼啸，不顾野兽的嚎叫，向前奔走，一步也不敢停歇。渴了喝一口山中的泉水，饿了吃一口林中的野果。不知跑了多少路，不知爬了多少山，不知涉了多少河。

姐妹俩迷失了方向，跑了好些天，也没有跑出叶赫部落的管辖地。她们来到两座山峰下面，累得实在跑不动了，就坐下来歇息。

忽然，她们发现了追兵，沿着她们跑来的路向前搜索。原来，国王一看肖像，就相中了她俩。部落长马上派了一辆崭新的毡车，去接天珍、山珍。可是。毡车还没有赶到村落，就碰上了气喘吁吁的尼也尔，他是去叶赫城报告的。

部落长听说天珍、山珍跑了，气得打了尼也尔两个嘴巴，大骂他是废物。然后，派出了亲兵去追捕，又传令所有的村落组织人力进行搜查。

这一伙追兵就是部落长的亲兵。

姐妹俩怕落入追兵的手中。谁也不知道她俩是怎么商量的，总之她俩分散开来，各自朝着一个小山峰攀登。追兵的威胁，增添了向上攀登的勇气，终于攀到了峰顶，各自找了一个隐蔽的地方藏了起来。

但慌忙中她们竟把携带的包裹丢在坐过的地方，追兵发现了包裹，更加断定她俩就在附近。于是，又调来两伙人马，加在一起足有三百多人，在这两峰的上下左右，前后周围，整整搜寻了三天，虽然他们连野鸡下蛋的地方都找到了，却始终没有发现天珍和山珍。

没有找到天珍、山珍，尼也尔气急败坏，把天珍、山珍的阿玛撵出了家门，逼着他去找他的女儿。还说如找不回来，就要强占他的牛羊，并把他送给部落长治罪。

天珍、山珍的阿玛知道没捉到女儿，心里很高兴。自从女儿走后，把他快想疯了，非常后悔没有跟女儿一同逃走。现在，不用发恩搭来逼，他也要去找女儿的，然后好跟她们共同到那个美好的国家里去。他奔着自己心中想象的方向，走了很多日子，也是没有找到。他有些失望了。

也许是女儿灵魂的召唤，一天，他也来到追兵搜过的两座山峰跟前。这是一个多么神秘的地方，追兵明明发现了女儿的足迹，可为什么偏偏就没有看到？他猜疑地向峰顶瞭望，思念的泪水模糊了他的眼睛。

他决定向上攀登，因为他的脑海里忽然闪出一个凶多吉少的念头。果然，在第一座山峰上，他找到了天珍；在另一座山峰上，他又找到了山珍，姐妹俩都已经死了。原来，天珍、山珍怕被追兵捉走，不敢下山，由于过度劳累，又没有食物，竟被活活饿死在山峰上。后来，人们为了纪念这两个坚贞不屈的姑娘，就把这两座山峰取名"二姐楼"。

讲　　述：宋振云
记　　录：刘　明
采录时间地点： 1986 年采录于铁东区叶赫镇

泉 眼 山

在四平半拉山门东南约十五里的地方，有一座山，山脚下，有一口锅那么大的一个泉眼，人们管这座山叫做"泉眼山"。

传说，大禹治水时，曾在这山根底下休息过，并顺手把块天河宝底神针铁插在地下。待他拔出走后不久，便有一股泉水"咕嘟咕嘟"地往外冒。这个泉眼究竟有多深，谁也不知道。

不知过了多少年，在这泉眼山下住着几户人家。其中有一个叫张三儿的，为人奸狡，滑头滑脑，他想独霸这个泉眼，不让屯子里的人们来挑水。屯子里还有一个叫王大倔子的，这个王大倔子偏不听邪，"咋的，这个泉眼就成他家的了？我偏上那儿去挑水！"

有一天，他正在那儿哈腰打水呢，张三儿来了，一个冷不防就把王大倔子给推下泉眼去了。这个泉眼直通到东海水晶宫，在水晶宫有一架金葡萄，龙王派了一个童子看护这架葡萄，这个童子就叫葡萄童子。这天，葡萄童子看见掉进个人来，被水淹得不省人事，就给他吃了几粒葡萄，不一会儿，大倔子就苏醒过来了。大倔子说是被张三儿给推进来的，葡萄童子给大倔子几串葡萄，把他送出了泉眼。

大倔子到家以后，就把葡萄分给乡邻大伙吃，就是没有张三儿的份儿。张三儿听说王大倔子没有淹死，是吃泉眼里的金葡萄回生过来的。于是，他就拿着一条大麻袋，准备装它一袋子葡萄回来。他一头钻进了泉眼，结果被无底的泉水淹死了。

张三儿淹死了，人们可高兴透了。可是，从此泉眼水脉搬家了，在原来那股水脉旁边，有一股大的水流"咕嘟咕嘟"地往外冒，像泥汤似的，根本不能吃。

于是，大家齐心合力抬块大青石把泉眼盖上，结果也没盖住。又用一口大锅扣上，水往外冒得劲头小了。从此，泉水从锅的周围往出冒，有七八个水涡翻着花儿，打着旋儿，变清亮了，无论怎样旱的天头，它都不干，泉水总是"哗哗"地往外流着。王大倔子

他们喝着这水，嘴里感到甜丝丝的，这是葡萄水流到泉眼的缘故。

讲　　述：王瑞淑

记　　录：周　莱

采录时间地点：1985 年采录于铁东区山门镇

龙王庙的传说

很久以前，在山门东南三十来里的山沟里，有一个叫东山沟的小屯子。屯子里只有几十户人家，都是一些贫苦农民。

在屯子的东沟里，有一座不知是啥时修建的小庙。小庙已经破旧不堪了。可是，门前的那一对石狮子还甚是威武。

有一年夏天，屯子里来了一个化缘的和尚。他在屯子里转了几圈，突然对人们说："不好，你们屯子将有大灾来临！"

人们不相信，以为和尚故意危言耸听，骗取斋饭，就打算把和尚赶出屯子。和尚也不计较，领着全屯的人来到屯东沟的小庙，手指庙前的那对石狮子说："你们来看看石狮子的眼睛。"人们围过去一看，个个都惊呆了。只见那石狮子的眼睛红了，红得像要流出血来。再看小庙，小庙里透出一股瘆人的气氛。人们不安起来，询问和尚："师父，这是何等原因？"

和尚说："这是不祥之兆啊！石狮子的眼睛红了，预示着今年夏天，你们这里要发大水淹没你们的屯子，冲毁你们的田地呀！"

人们一听这话，可吓坏了，便哀求和尚帮忙，给指出一条路。和尚想了想说："要想避免山洪暴发，洪水成灾，只有在你们的屯子下面，再修一座龙王庙。只是，此庙要修得大些，塑上龙王爷神像，还要把这对石狮子移过去。耗费人力资财可不少哇。"

人们听了说："只要是能不遭受水旱灾害，保住家园，我们愿意有钱的出钱，有力的出力。"

从此，东山沟的乡亲便行动起来，经过几个月的工夫，一座龙王庙建成了。人们又依照老和尚的嘱咐，把那对石狮子移到了龙王庙前。

一切操办完毕，正逢五月初三，人们杀猪宰羊，成群结队地到庙前给龙王爷祭供。求龙王爷保佑这里风调雨顺，并把村名"东山沟"改为"龙王庙"。

从此"龙王庙"这个地名相传下来，直至今日。

讲　　述：聂义干
记　　录：聂嗣燕
采录时间地点： 1984 年采录于山门镇龙王村

塔倒二里半的传说

很早以前，山门的半拉山是一座完整的山，山势雄伟，古树参天。走兽成群，雀鸟乱飞，是一处人间仙境。

有一年，山下来了两个南方人，围绕着山转了两圈，一看山里有个金马驹，两个南方人红了眼，非要把金马驹憋出来不可，可是折腾了两个多月，也没找到憋宝办法。想走吧，又怕金马驹自己跑出来别人得去。在这守着吧，啥时是个头？费了好一番琢磨，想出个好办法来：只要在山顶上修个塔，就能压住金马驹。于是俩人就在附近村屯大造谣言，说山里有个黄毛怪兽，已修炼好几年了，眼见就要修成精怪，成了精就跑出来吃人，如不修塔压住它，后果不堪设想。人们听了心里惶惶不安的，都愿出钱出物修塔，两个南方人也趁机大捞一把。没隔多久，一座雄伟壮观的大塔修成了，高耸入云，紫雾缭绕，两个南方人这才放心地走了。

光阴似箭，一晃十几年过去了，两个南方人仍然不死心。又转了回来，他俩整天围绕着这座山附近转悠，突然发现一家姓田的人家，养了一头五条腿的毛驴，这可找到憋宝办法了。

于是两个南方人就向老田家买这头毛驴。本来这头驴不好使，老田家巴不得把这头驴卖掉，老田头一开口就要了五两银子，两个南方人也不还价，又给加了五两，总共花了十两银子买了下来。老田头乐得合不拢嘴。两个南方人嘱咐老田头说："这头毛驴要再放你家养四十九天，从即日起，务必加草加料精心喂养，到四十九天的时候我来牵驴时，我再多给你草料钱。"

两个南方人走后，老田头喂驴喂得可精心了，天天瞅着喂，眼看着毛驴见胖，一直喂到四十八天头上，老田头去地里割草回来，晚了一步，毛驴连蹬带刨一下子把缰绳挣断了，撒腿就奔有金马驹这座山跑。到了山前，围着山就开始跑，一连跑了七七四十九圈。只听这座山"咔嚓"一声分成了两半，那一半跑到神仙洞那边去了，这一半成了半拉山随后，山上的塔"轰隆隆"的一声巨响也倒下去了，一下子塔倒二里半那么远，"二里半"就是现在的山门村一社。接着毛驴也累死了，山里的金马驹也跑了出来。金马驹跑啊跑，跑到了老关头家，跑进院就到水缸跟前喝水。老关头看来了个黄马驹挺招人喜欢的，上前一抓，没抓住，扯下来几根马尾巴毛，回屋一看金光闪闪的，原来是几根金条，这才知道那个是金马驹。据说金马驹没跑远，还在山门附近的山里呢。

讲　　述：孙淑兰
记　　录：关丽梅
采录时间地点：2001 年采录于铁东区山门镇

二 龙 戏 珠

有一条叶赫河，河的北岸有一座山，山头圆圆的，像个大馒头。早些年，山上光光的，草木不生，人们都叫它北光山。北光山的对面是一条大沟，沟的两侧是两座矮趴趴的漫岗子山。别看它们不起眼，这里还有段与慈禧太后有关的传说呢。

听老年人讲，这北光山是皇帝的玉玺，两座漫岗子山是两条没出世的龙：一条是石龙，一条是土龙。当时这两条龙岁数还小，就天天、月月伸着脖子，抻着腰，往前长，都想先够着北光山。人们都说，这是二龙戏珠。谁的龙头先越过叶赫河，够上北光山，谁就能转世投胎，成为真龙天子。可没等龙头搭到叶赫河河沿呢，就被慈禧太后派来的阴阳先生把风水给破了，所以这两条龙至今也没有够着北光山。

叶赫这地方古称叶赫国，叶赫国的人都姓那拉，所以人们都说这里是慈禧太后叶赫那拉氏的老家。自打她嫁给皇上，就忙着争权夺势，总也没空回老家看看，也怪想的。她当上太后垂帘听政后，就更忙了，虽说大权在握，但也成天提心吊胆，怕有人推翻她。那些巡边的大臣，一回到京城，都向她夸赞叶赫是多么多么的美丽、如何如何的富饶，更加激起她的思乡之情，可就是脱不开身。想来想去，就把她妹妹派了回去。慈禧的妹妹乘着描金绣凤的轻纱小轿，顺着北京至吉林（市）的大御道，一路上游山玩水，风风光光地来到叶赫。到了叶赫一看，果然名不虚传，清清的叶赫河水滋润着两岸的肥田沃土，五谷丰盛，山花烂漫，绿野芬芳。山山岭岭连绵起伏，覆盖着莽莽森林，雉鸟啼鸣，野兽成群。山坡上、沟塘里生长着人参、百草、榛子、白蘑。慈禧的妹妹在叶赫一连住了五六天，才恋恋不舍地返回京城。她向姐姐献上了叶赫的特产：榛子、白蘑、人参、鹿茸、熊掌……慈禧很高兴，就向妹妹打听家乡的风土人情。她妹妹说："咱家乡太美了，有山有水，物产富饶，风景也好，就跟画上似的，要多美有多美。就是河的北面有一座北

光山，不长树，也不长草，光秃秃的，老乡们都说它是皇上的玉玺。对面还有两条像龙的山脉，天天往前长，谁要是先够着北光山，谁就能成为真龙天子。"

慈禧的妹妹，本来是当笑话说的，可是万万没想到，慈禧却害怕了。因为当时各地都闹义和团，砍洋人、杀贪官、攻州夺县，天天都有告急文书报到朝廷，弄得慈禧整天坐卧不安。听妹妹这么一说，心里怎么经受得了：怪不得这些年天下总是不太平，原来是这两条孽龙作妖。我一个人坐天下还江山不稳呢，再有两个天子与我争夺，那还有好！哼，老娘非平了你不可！于是她在京城找来一个手艺最高的阴阳先生，命他去叶赫镇住那两条孽龙。

阴阳先生来到叶赫，先在东边的石龙半腰挖了四眼大井，断了龙的血脉。又在西边土龙的半当腰盖了一座"虫王庙"，万虫压身，让它不再伸长。阴阳先生镇住了两条没成气候的幼龙，回去向慈禧禀报。慈禧听后，心情总算安稳了一些。二龙戏珠的故事流传到现在，两条龙腰上的四眼大井和虫王庙的遗迹至今还在。

讲　　述：付金山
记　　录：刘　明
采录时间地点：1998 年采录于铁东区叶赫镇

小 孤 山

从前，有这么一家人，大儿子娶了一个团圆媳妇名叫善娘，她能吃苦受累，成天手脚不闲地干活，可还受婆婆的气。

一天，吃完午饭，婆婆把团圆媳妇叫到跟前说："善娘呀，你今天做饭怎么把白白的米饭喂给狗呢？挣一点粮食多不容易呀！"善娘觉得委屈，可也不愿意顶撞婆婆，就说："我下次小心点就是了。"

一连几天，盆茬里总有一些白米饭，婆婆开始大喊起来："这几天盆茬里面咋总有白米饭呢？你这个败家的东西。"说着拿着烧火棍向善娘打去。一边打，一边骂着："看你还祸害粮食不，打死你！"善娘哀求说："婆婆你先别打，让我讲清楚，您再打也不迟。"婆婆放下手中的火棍。善娘说："我每天都把米汤澄清了，喂狗吃了，盆子都整干净了，这里的白米饭，我不知道从哪里来的。"可是不管善娘怎么说，婆婆就是不信。幸亏老公公拉着，善娘才免了一顿打。

这天，老头拿了一瓢米汤倒进盆茬里，不一会儿，狗吃完了。盆茬里面出现了一碗米饭，老头一惊，叫着："老婆子，你快来呀！你看我盛到里面几个饭粒，现在出现了一碗米饭。"老头急忙把盆茬刷干净放在柜子里面，往里放了几两银子，锁上柜门，去干活了。

晚上，老头把柜打开一看，盆茬里长出许多银子，老婆捧着银子高兴地哭了起来，说："善娘呀，婆婆错怪了你。"婆媳抱头哭了起来。

善娘家的日子一天天地富裕起来了，他们把银子分给穷苦百姓们一些，屯里的人们都很感激她家。可是这件事很快传到县官耳朵里，县官就派人去抢盆茬。老头急忙和老婆商量："咱家门前不是有个大水泡子吗，宁可把盆茬扔水泡里去，也不让贪官抢去。"老夫妻来到大水泡子跟前，老头扣着把盆茬扔进水泡里去了。

县官没得着盆茬，将老头毒打了一顿，派人下水泡子去捞。人一下去，就见那扣着的盆茬一点一点往大长，转眼间成一座小山。因为这附近几十里没有一座山，这山孤零零地坐落在我们孙家屯这一带，人们就把这座山叫"小孤山"。

讲　　述：曹国齐
记　　录：霍艳双
采录时间地点：1985 年采录于铁东城东乡

英额卜的传说

在叶赫镇西南，有个英额卜村，听老年人讲，英额卜这个地名跟清太祖努尔哈赤有关。

这事得从清朝开国帝王努尔哈赤说起。努尔哈赤原名罕王，他靠武力征服了中国北方各个民族，统一了辉发、乌拉、哈达、叶赫四大部落。叶赫部落首领杨吉砮，惧怕努尔哈赤的势力，将小女儿孟古许配罕王为妻，努尔哈赤与叶赫国联姻，结成了盟约，消除了北方战乱，招兵买马，积草屯粮，准备和明朝开战。

没多久，杨吉砮被叛军所杀，儿子纳林布录继位，背叛努尔哈赤，也想称王称霸，努尔哈赤一气之下，兵洗叶赫。努尔哈赤声威大振，锐不可当，又将地域范围扩大到奉天以南，并在奉天建都，定名为盛京。努尔哈赤登基坐殿后，便将吉林亮子山到开原威远堡全长六百九十多里地，划为狩猎范围，每当战事平和时，便带文臣武将行围打猎。每次出猎，都带着那只猎犬和猎鹰，鹰犬非常通人气，凡是遇见飞禽走兽，十拿九稳捉住，还能传递书信。罕王非常宠爱他的鹰犬。

一天，罕王狩猎路过此地，突然天空飞来一群天鹅，罕王急忙张弓搭箭，"嗖"的一声射去，不料天鹅叼着箭向远处飞去。罕王急忙放出猎鹰，追赶天鹅，随后猎犬也随着方向追去。罕王在马上等了半个时辰，却不见鹰犬归还，急得心如火焚。罕王吩咐人马四处寻找，毫无踪迹。

两样宠物失踪，再加天鹅也无踪影，罕王心疼地叫着鹰鹅犬，后来叫白了，管鹰叫成"英"，管天鹅叫"额"，管猎犬叫成"卜"，至今这个地名也叫了四百多年了。

讲　　述：崔立元
记　　录：范洪旭

天降云龙山

叶赫河上游北岸有一处直角大河湾，河湾两岸山势陡峭，河道水流湍急，上下往来的船只十有八九会触礁翻船，人们深受其害，避而远之。久而久之，这河湾便荒凉了，人迹罕至。冷酷无情的冰雪神趁机霸占了这里，赖着不走，大发淫威，生活在这一带的人和动物被冰雪神折磨得苦不堪言。天神知道了，非要管一管这件不平事。那是个淫雨霏霏的季节，天阴得像黑夜一般，空中电闪雷鸣，瓢泼大雨倾盆而下，随着一声巨雷般的响声，"轰隆隆"，巨石相撞的声音夹杂着巨大的泼水声相继传来。一天一宿的大雨过后，叶赫河两岸沟满壕平，平地上的水都淹没了脚脖儿。雨变得淅淅沥沥越来越小了，一直阴沉沉的天渐渐地露亮了，浓雾慢慢地飘散着，奇迹出现在人们的眼前：云雾中现出巨龙般的一堵墙，填平了河湾，取直了河道。随着云雾的慢慢升腾，人们这才看清是一条蜿蜒曲折的大山脉横亘在叶赫河的北岸。天晴了，好奇的人们不时向山上看去，整条山脉都光秃秃的，活脱脱一条巨龙。从此，大伙儿把这座从云中飞来的大山形象的称为"云龙山"。

在风和日丽的吉日，天神派来了树神，驾着花朵一样的五彩云，来到云龙山的上空，抛下了一棵柞树苗，为云龙山种下了第一棵柞树，给云龙山派来了柞树神。树神大把大把地撒着花籽和珍珠一样的橡子，五彩云所过之处，立时花木繁茂，林木葱茏，林中万物衍生。柞树神带着儿孙们在云龙山生根发芽，顽强地生长着。一棵棵高大的柞树拔地而起，那郁郁葱葱根深叶茂的参天柞树，已成为云龙山的守护神。

多年以后，云龙山如人间仙境一般，宛如天神的花园落到叶赫，民间传扬说：登上云龙山凡人能成仙，女人看了那里的花儿，会花容永驻，永远年轻貌美；男人喝了那里的水，会身强力壮，才智过人；孩子吃了那里的果儿，会无灾无害，聪明伶俐；老人看了那里的景儿，会百病不生，延年益寿。尽管人们都向往到云龙山寻

求荣华富贵，长生不老，可他们却不敢走进这个仙境。那里的柞树已遮天盖地了，粗大坚硬的树干，比巴掌还大的叶子，在风儿的吹拂下"呜呜"作响，林中最粗、最高的柞树神最有灵气，谁也不敢冒犯它，怕遭到报应。狼虫虎豹也不敢出没林中，很怕触怒柞树神，只能敬而远之，躲在云龙山边缘的树林里，守护着神秘的云龙山。

"人恶人怕天不怕"，不知打哪儿来了一伙外敌，为首的家伙叫"万人烦"，带着一群喽啰干尽了坏事，听到了云龙山的传闻，一路追踪，来到云龙山下，趁人不备钻进了山边的丛林里，不想撞在树杈的蜂巢上。一窝马蜂围着他们"嗡嗡"乱叫，蜇得万人烦一伙鼻青脸肿，狼狈不堪，连滚带爬溜了回来。万人烦的伤痛还没退去，他急不可待地带着喽啰又来到云龙山下，戴着头套，"全副武装"，换了个地方，钻进了云龙山边缘的树林里，鬼使神差般地来到狼窝跟前，随着一声瘆人的狼嚎声，一群饿狼围了上来，连撕带咬，在鬼哭狼嚎声中，坏蛋们败下阵来，逃回山下。万人烦捡了一条命，喽啰们可遭罪了，没死的算命大，不是缺胳膊少腿的，就是抓破肚子撕破脸的，哭天喊地乱作一团。万人烦大骂："一群废物，你们手里的家伙是烧火棍啊？一大帮人对付不过一群狼，真他妈的丢人。"一个胆大的喽啰辩解道："好虎还怕群狼呢，还不是你第一个先跑的，你比谁跑得都快，还说俺们呢。"这下万人烦不做声了，低着头想着对策。没过几天，万人烦带着残兵败将们举着火把，打着锣锣，大喊大叫着要闯进云龙山。这招吓跑了狼群，却惊醒了一群老虎的美梦，一声声虎啸、一股股腥风接踵而来。万人烦一伙吓得屁滚尿流，恨自己少生了两条腿，溃退下来，为捡回一条小命而庆幸。打这以后，喽啰们说啥再也不愿跟万人烦进云龙山了，偷偷地开了小差，把他老哥一个晾在了这里。万人烦不甘心就此罢手，一个人不下十次来到云龙山，跃跃欲试，可每回都没有底气。

这天，万人烦又来到云龙山下，想起往事依然心有余悸，坐在河滩上，仰着头望着山上的花草树木，看得他浮想联翩，不知不觉间他好像走进了云龙山深处。那里有很多奇花异草、仙树奇葩；那里的人都穿着绫罗绸缎，喝着玉液琼浆，把玩着珍珠翡翠。一群身着霓裳、翩翩起舞的仙女把他围在正中，他看看这个倾国倾城，瞅瞅那个羞花闭月，看得万人烦春风得意，不由自主地扑向一位沉鱼落雁的仙女，伸着脖子凑近她的粉腮正要亲热，忽觉仙女浑身冰凉，吓得他大叫一声，从梦中醒来。睁眼一看一条大蛇吐着芯子，在他的脸上噗来噗去，吓得万人烦魂飞魄散，抬腿就跑。多次历险，并没有把万人烦从贪欲中唤醒，他却认定几次进山遇到蜂、狼、虎、蛇的经历，是神仙在考验自己的诚心，他认定云龙山是虎踞龙盘的风水宝地。他要把那个美梦变成现实，做人间的天神。

万人烦终于走进了云龙山里，来到一棵最粗的老柞树下，拍着几搂粗的树干，呼喊起来："都说你是这里的大王，今儿我来了，这里的一切都是我的，我要做这里的大王。"话音刚落，一阵山风过后，万人烦不见了踪迹。

不可一世的万人烦在云龙山里销声匿迹了，这事情被人们传得沸沸扬扬，大伙都说万人烦冒犯了柞树神，遭到了报应。

在北天云游多年的冰雪神，在这年冬天回来了，给叶赫带来少有的严寒，吓得人们大气都不敢喘，躲在屋子里不敢出来。冰雪神见自己的河湾被大山填埋，心里明镜似的，这不是人力所为，定是天庭里淘气的孩子干的，气得他暴跳如雷，指天破口大骂："谁家的讨厌孩子，放着好好的天庭不待，到我的家里淘气？"冰雪神咆哮了半天，见没人搭茬儿，侧耳细听，静悄悄的四野里回荡着他的喊声，憋气带窝火的冰雪神难以咽下这口气，一声令下，派出了他的冰雪将士到处打探消息，当他知道是天神的旨意时，"杀猪不吹——蔫退（褪）了"。他不甘心把自己的家园拱手让给柞树神，向云龙山撒起了怨气，一时风雪交加，昏天暗地，冰冻三尺，冻得云龙山上的万物都昏昏欲睡，无精打采了。过了九九八十一天，得意忘形的冰雪神带着部下大呼小叫，在云龙山大发雷霆时，南去的太阳回来了。看到这里发生的一切，气得火冒三丈，两眼喷火，烤得冰雪神一伙瘫软在地，纷纷隐身遁形，偷偷地钻进土里，成了柞

树解渴的甘露。柞树神号令部下敞开肚子，一顿饱饮把它们喝得几乎一点不剩了，极少数的残雪余冰像"漏网之鱼"般流进叶赫河里躲避起来。

冰雪神没有除掉柞树神，"九九天"的严寒除祛了森林里的病虫害，使柞树神和他的儿孙们更健壮了。

"人善人欺天不欺"，柞树神惩治了万人烦，战胜了冰雪神的事越传越远，人们对他越发敬重。柞树神打开博大的胸襟接纳了善良的人们，给他们更多的恩惠。春天孕育了柞树鲜嫩翠绿的新芽苞，长出了新鲜的柞树叶儿，养蚕人把柞蚕的卵放在叶儿上面，柞树用自己的血液供养着蚕儿，看着它从幼虫长成成虫，从成虫变成蚕茧，蚕茧把自己的全部贡献给了人类，人间才有"春蚕到死丝方尽，蜡炬成灰泪始干"的佳句。勤劳聪明的女人在夏天采下柞树的叶儿，用它来做"玻叶饼"的包皮儿，上屉蒸熟后，柞树叶的香气沁入饼里，当地人就爱吃这口儿美味儿。秋天的柞树结满了金黄发亮的橡子，果仁落得满地都是，那是野猪和家猪的上好美食，遇有灾荒年头，人们用橡子面窝窝头还能充饥救急。秋后，辛勤的养鹿人收起柞树的绿叶，放阴凉处晾干，那可是梅花鹿上好的冬粮啊。云龙山柞树干枯的枝干、树杈是冬季上好的烧柴，柞木炭火火力旺盛，放热时间长，是寒冬御寒战胜冰雪神的上等兵器。

云龙山柞树给人们带来福祉，备受喜爱和珍视。不甘心失败的冰雪神扮成当地人的样子，四处打听柞树神的下落，走进云龙山，见柞树下有一放蚕的姑娘，便问："这树叫啥啊？"姑娘随口答道："玻璃蕨子。"冰雪神在林子里转了一春带半夏，见一老翁在捡橡子，凑上去又问："这树叫啥名儿啊？"老人轻蔑地说："橡子树都不认识，哪来的人啊？"冰雪神被问得哑口无言，灰溜溜地走了。太阳动身要去南方了，冰雪神觉得时机成熟了，带着兵将卷土重来，化作一个樵夫，带着板斧和锯子钻进了云龙山，要单枪匹马会一会柞树神。见树下有一拾柴的汉子在忙碌，就问："哎，这树叫啥呀？"那人没好气地说："青干柳，这都不认识，还打柴？装模作样的，别耽误我干活。"冰雪神满不在乎；在林子里转来转去，见两个少年在最粗的树下剪嫩枝，笑嘻嘻地问："小兄弟，这是啥树啊？"两个半大小子没好气地说："老柞树都不认识，白活这么大岁数了。"

冰雪神终于找到柞树神了，眼露凶光，抢起板斧就砍，板斧被柞树神坚硬的身躯崩掉了一个大豁牙，弹了出去，飞出好远。气得冰雪神操起锯子，在柞树神的身上使劲地锯来锯去，锯子被树汁滞得寸步难行，"嘎巴"一声，锯条断了，差一点儿崩坏了冰雪神的双眼。束手无策的冰雪神猛然间想起一句话来，"人怕见面，树怕扒皮"，他伸出十指在柞树神光溜溜的身躯上挠来挠去，起初柞树神还很舒服，气得冰雪神咬牙切齿，用力抓挠起来，弄得柞树神伤痕累累。冰雪神还不解气，用力向深处抓挠，坚硬的树干弄断了他的指甲，也碰到柞树神的痒痒肉，柞树神哈哈大笑起来，一瞬间云龙山笑声如雷，涛声阵阵，吓得冰雪神连滚带爬溜出了云龙山。几个回合的较量过后，冰雪神发现了柞树神造福于人的优良品质，改变了看法，对柞树神佩服得五体投地，从此"井水不犯河水"，不再为难柞树神了。

云龙山下的人们，摸透了冰雪神的脾气，在严冬来临时，大人们拉着爬犁上山捡干柴，周身上下活动得热乎乎的，回家后把火炕烧得暖暖的，驱走了屋里的寒气。孩子们到河道的冰面上划冰车、蹬脚滑子，追逐嬉戏，像山上的柞树一样，傲霜斗雪。云龙山给人们无尽的恩惠，惠及万代，山下的人们用顽强的生命力守护着神圣的云龙山。

讲　　述：曹桂兰
记　　录：柴运鸿
采录时间地点：2000 年采录于铁东区叶赫镇

动植物传说

马莲花仙子的传说

叶赫河畔有个叫头道沟的地儿，屯东刺槐山下，有一片绿草甸，人称马莲甸。春夏时节，泉水潺潺，碧草青翠，野花摇曳，色彩缤纷，彩蝶纷飞，美不胜收，生机无限，至今这里还流传着马莲仙子的传说呢。

在好多年以前，这跟前儿住着十几户满族人家。有这么一户四口人家，家里有一个伊尔根（满族语，小伙儿），名叫柱儿，这柱儿十八岁了，出落得相貌堂堂，浑身上下充满了英气。柱儿心地善良，乐于助人。家境虽贫，可他不灰心，不气馁，凭着自己的聪明勤快，跑山采集山货，换来银两。

时值农闲时节，这天早饭后，柱儿肘间挎着一只大长腰筐，拿着一根桦曲柳的棍子，只身一人进山采蕨菜去了。

柱儿头顶烈日，在山坡、沟底的草丛里、榛杆丛中采收粗壮、鲜嫩的蕨菜，接近晌午时，鲜嫩青翠的蕨菜装满了那只大筐。

屯里的老人常说："三岁的牤牛，十八岁的汉子正值好时候。"柱儿爬山上岗忙了一头晌，又渴又饿，肚子"咕咕"地响了起来，一屁股坐在路边的草丛上，顺手折下身边一朵蓝色的马莲花，折成一只哨儿，含在嘴里吹出"啾啾"的响声来。他撒目向岗下望去，只见一片湿地里，三口泉眼像三面铜镜一样闪闪发光，三股泉水汇成一条小河，流向远方。柱儿摸出别在腰间的烟袋，装上一袋旱烟，"吧嗒、吧嗒"地抽了起来，这旱烟提神又解乏，他打算抽了这袋烟，再紧走一会儿就能到家了，不会耽误一家人的晌饭。

这时，从远处隐隐约约传来了呼救声，"救命啊，救命啊！"

那声音似从岗下的洼地里传来的。他收起烟袋拎着桦曲柳的棍子，顺着声音向岗下的草甸子跑去，只见一条胳膊粗细的大蛇正缠在一位姑娘的身上，姑娘被大蛇捆得面无血色，在草地上滚来滚去，上气不接下气，呼救的声音越来越弱。柱儿见此情景，毫无惧色，大骂一声："你这畜生，还不放手！"那蛇根本不听话，还伸着长长的脖子，吐着鲜红的芯子，向柱儿喫来。柱儿被气得牙关紧咬，额头青筋暴起，举起手中的棍子欲打向大蛇，可举在手中的家什却停在了空中，他怕误伤了姑娘。柱儿麻利地后退几步，向腰间摸去，摸出烟袋去掉烟袋锅、烟袋嘴儿，折根草棍捅出烟袋杆中的焦油，把油汪汪的烟袋油全都滴在棍子尖上，瞧准时机，把棍尖捅入大蛇嘴里。蛇最怕烟袋油子了，只见那条大蛇放开了姑娘，在草地上翻来滚去，不一会儿，大蛇就奄奄一息了。

柱儿见状，赶紧来到姑娘身边，轻轻地呼唤着："嫩，嫩（满族语，妹妹）醒来，嫩醒醒。"过了好一会儿，姑娘醒来了，她慢慢地睁开了眼睛，俊俏的脸上渐渐地有了血色，柱儿赶紧问道："嫩，你伤了没有？"姑娘摇了摇头，哽咽着说不出话来。柱儿安慰着姑娘说："嫩不怕，大蛇让阿格的烟袋油子制得服服帖帖的了。"姑娘慢慢地站起身来，深施一礼，感激地说："多谢恩人，阿格（满族语，哥哥）的救命之恩，我日后定要报答。"姑娘的话倒让柱儿有些不好意思了，"路见不平，理应出手相助，嫩言重了，不必言谢，还说啥报答呀！"柱儿轻松地说着，随口问了一句："嫩，你家住哪里，姓甚名谁，只身一人到这儿干啥？"姑娘哽咽着说："我家住布咸山，姓马，叫马莲儿。今儿采药打这儿路过，追赶一对花溜溜的大马雁，不想碰到了大蛇，被它逼进这草甸子里的。"柱儿埋怨道："这有多悬啊！你家大人真是大意，哪能让你一个人进山啊！"

"嫩啊，这儿不是说话的地儿，不能久留，我在前面给你领道儿，你跟在后面，赶紧走出去！"

柱儿捡起丢在地上的烟袋锅、烟袋杆儿、烟袋嘴儿，重新安装在一起，双手递给马姑娘："嫩，你拿着它，烟袋油子可以避蛇

的。"马莲儿接过烟袋感激地说:"多谢阿格!"

柱儿拿着棍子走在前边儿,边走边用棍子扒拉着杂草,打草惊蛇。马莲儿一步不离地跟在后面,俩人一前一后踏着草墩很快走出了湿地。正走着,马姑娘悄无声息无影无踪了。

柱儿好生奇怪,环顾四周,空无一人。他在心里还生着气呢:这马莲儿不吱声不言语就走了,路上再遇到野兽啥的可咋办啊!这会儿,柱儿饿得实在难受,容不得他再想别的事了,扛起菜筐回家吃饭去了。

这天夜里,柱儿躺在炕上,在胡思乱想中进入了梦乡。睡梦里见到了白天的那位马姑娘,只见她头顶梳着疙瘩鬏,别着一朵鲜艳的马莲花儿,眼含秋水,笑盈盈地看着自己呢!她坐在炕沿上和柱儿亲亲热热地唠起嗑来。马莲儿告诉柱儿:"我久住布咸山,很想到山下看看人间的美景,今天以采药为由走出仙山,一路上边采药边游玩,不料被大蛇纠缠,幸亏阿格搭救。我家父母很是感激,让我来答谢恩人。我给恩人留下一件宝物,它就在我俩相见的草甸里面,请阿格随我去取吧。""嫩,果真不是凡间人?"柱儿并不害怕,身不由己随着马莲儿来到了草甸里。他们找到了第三个泉眼,只见那泉水清澈见底,水面像镜子一样照着两个人的影子。柱儿的脸一阵阵地发热,马莲儿姑娘面含羞涩,她红着脸说:"阿格的救命之恩,我永生不忘,本应以身相许,怎奈我今儿功不成,名未就,如与恩公成亲,多年的修行将前功尽弃,一旦天神怪罪下来,会连累你的。阿格,你可别忌恨我无情无义呀!"柱儿无奈地点了点头说:"我不怪你。"马姑娘从怀中取出了柱儿的烟袋,给他装了一袋旱烟,递给柱儿,柱儿对马莲儿说:"我是穷苦人,享受不了大富大贵,不要你报答,也不要你的宝物,只求一家人能过上吃穿不愁、太太平平的好日子。""好吧!阿格啊,你心善,不贪钱财,不贪宝物,品行高洁,必有好报。""我帮你实现一个愿望,其实我的兵士们就在你的身边,当你为难遭灾时,他们就会帮你渡过难关的。"柱儿惊恐地望着马姑娘,不解地问:"嫩,你是带兵的头啊!你手下还有兵啊,他们啥模样啊?"马莲儿笑了,说:"我手

下的兵们和我的穿戴一样的，他们清一色的一个模样，都是：

> 一身绿装扮，头顶蓝花瓣。
> 手持多棱棒，籽儿里面藏。
> 根儿土里藏，用它能洗脏，
> 叶儿朝上长，叶尖分两旁。
> 晒干叶儿黄，当线把菜绑。

阿格，你可记住他们的模样啊！"柱儿听得半信半疑，又问了一句："我咋没见过他们呢？他们平时都在哪儿啊？"马莲儿笑了，她告诉柱儿说："你天天都能见到他们，无论你走到哪儿，他们都跟在你的身边。

> 房前屋后地夹格，车道沟旁山脚下。
> 任人割来任人砍，不怕马踏车轮轧。
> 棒棒炸开籽儿撒，春天一来就发芽。"

　　柱儿听到这里，开心地笑了，自言自语地说，这兵是啥呢！柱儿向腰间去摸火镰，想点烟，可摸来摸去，两手空空，原来他并没带火镰，马姑娘说："我这儿有火镰。"只见她伸手向泉中摸去，摸出一面金光闪闪的铜镜，马莲儿告诉柱儿说："这就是我要留给你的宝物，你想要啥，只要对它一说，它就会给你想要的东西。"柱儿说："马莲儿，我是命薄福浅的俗人，这样的宝物我咋能承受得起呀！还是由你来保管它吧！"马姑娘说："阿格，你不要宝物，又修来你我见一面的缘分。阿格，让我给你点一回烟吧！"马姑娘说着，拿起铜镜说了一句："火镰点烟"，把铜镜对着烟袋锅儿一晃，就把烟点着了。柱儿甜甜地吸着烟袋嘴儿，马莲儿轻轻地说了一句"阿格保重，后会有期"。这时，从烟袋锅里升起一缕烟儿，随着烟雾的升腾，马莲儿又不见了。
　　"马、马莲儿，你去哪儿啊！"柱儿大声地喊着，一场梦醒了，

他回忆着梦境中的一切，不由得有些好笑，当他惊奇地发现自己的烟袋还在自个的手里时，确信这一切都是真的。

这天，柱儿又去了那片草甸子，来到了第三个泉眼跟前。他绕着泉眼转了一圈又一圈，情不自禁地探头向泉眼里望去，只见水面上清晰地映出了马姑娘的影子，柱儿的心跳得更厉害了，马姑娘对着柱儿说："阿格，你有难事吧？""我没有难事儿，就是心里有点无着无落的……"柱儿有些不好意思了，马姑娘说："阿格，我是异类，不能和你婚配，真要像你想的那样，我会耗尽你的阳气，落个恩将仇报的骂名。"柱儿满面通红，低下了头，只听马姑娘动情地说："阿格啊，你心地善良，必有好报。有一位和我一样的好姑娘会同你结成连理的。我犯了规矩，再也不能出山了，你我再也不能见面了，你有难处时，我的兵就会帮你的，恩公保重！""马莲儿，我想你……"柱儿终于说出憋在心里的实话儿，可不待柱儿说完，那原本清静的泉水浑浊起来，再也不见马姑娘的影子了，柱儿伤心极了。打那以后柱儿就像丢了魂儿一样，整日无精打采，心不在焉，好像得了一场大病，人也消瘦了。

秋后的一天，柱儿上山去采摘五味子，在一条深山沟的谷底，发现一棵枯死的老柞树，树上爬满了五味子藤，枝头上一串串鲜红的果实格外诱人。柱儿仰面朝天地看着，忽觉脚下被绊了一下，低头一看，地上躺着一位采药人，头上的伤口鲜血直流，人已昏迷过去。柱儿二话没说，背起采药人忙不迭地向家中跑去。阿玛清洗掉那人伤口的血污，额娘找来刀口药撒在采药人的伤口上，敷上洁白的苣荬菜花，包扎了起来。阿玛骑上毛驴请来了郎中，又掐人中又针灸，忙了好一会儿，采药人才清醒过来。阿玛问明了他的家乡居处，让柱儿去给他的家人送信儿，被采药人给叫住了。他说："这点伤不算啥，采药的人经常遇到磕磕碰碰的事儿，这样的伤我受过的太多了，不碍事，过几天就好了。让家人知道他们会着急上火的，要让我女儿知道了，她会整天为我担惊受怕。"阿玛说："好兄弟，你别见外，你就在我家多住些日子，养好伤再说。"采药人感激地说："大哥，给你们一家人添麻烦了，容我日后报答吧！"

柱儿一家人为采药人煎汤熬药，炒菜做饭，精心护理，采药人的伤渐渐地好了起来。

柱儿见采药人已无大碍，便放心地上山去了。这天，柱儿跑山回来，阿玛告诉他，采药人回家去了，柱儿有些不放心，竟埋怨起阿玛来："大叔的伤刚好，咋能让他自个儿回家呢？"阿玛说："我和你额娘留也留不住，他说回家有急事，非走不可。"额娘好生安慰着："儿啊！你放心吧，那是大难不死的人，必有后福，他不会有一丁点儿事的！"一天清晨，柱儿家房前屋后的树上落满了喜鹊，喜鹊"喳喳"地叫着，阿玛半开玩笑地说："柱儿他娘，要有喜事临门！"额娘诙谐地说："老头子，你可不是皇上啊！你要是金口玉言就好了，我就想给我儿子娶上媳妇啊！"过了晌午，采药人和一位漂亮姑娘带着厚礼进院了。柱儿一家人能再次见到采药人，真是喜出望外。他们把采药人和姑娘迎进堂屋，采药人把女儿玉兰介绍给柱儿一家，柱儿仔细地打量着玉兰姑娘，惊奇地发现眼前这位玉兰姑娘似曾相识，在哪里见过呢？柱儿想起来了，啊！这不是自己救过的马姑娘吗？柱儿差点儿叫出声来。玉兰姑娘眼含秋波，含情脉脉正注视着柱儿，二人的目光碰到一起很快又移开了，两个人都羞涩地低下了头。

玉兰爹请柱儿父母到外面去说话，合计起柱儿和玉兰的婚事，事情简单得像一层窗户纸，一捅即破。三位老人回到屋里，玉兰爹把女儿叫到外屋悄悄地说："玉兰啊！爹就你这一个女儿，你娘下世得早，咱父女相依为命。男大当婚，女大当嫁，爹早就想为你选个如意郎君，你俩成亲也就了却我的一桩心事了。柱儿这小伙儿相貌堂堂，心眼好，人勤快，是个好小伙！这个家你也看到了，老人和善，孩子孝顺，和睦幸福，算不上富贵之家，也称得上不愁吃穿。"玉兰爹又说："这是一个正经过日子的好人家，爹的眼光不会错的，你嫁给柱儿受不了委屈，爹老了也有安身的地方了。"玉兰红着脸说："女儿的终身大事，爹就做主吧。"玉兰爹高兴地说道："好！爹就等你这句话呢。"

柱儿一家人在堂屋里也在合计这件事，阿玛、额娘正在追问柱

儿："儿啊！玉兰姑娘品貌双全，根带正、人孝顺，多么好的姑娘啊！咱两家也算门当户对，姑娘的爹呀，早就看上你了，更看好咱这个家了。难得人家父女的诚意，再说你和玉兰也真是天生的一对……"小妹也在一旁劝说着："哥哥呀！玉兰姐多好看啊！你就让她给我当嫂子吧！"柱儿面红耳赤地对父母说："我的婚事没有媒妁之言，那就依父母之命吧！阿玛、额娘掂量着办吧。我乐意！"额娘笑逐颜开，高兴地说："你这个臭小子，早就有蔫吧主意了！"两家老人又聚在一起，当面把柱儿和玉兰的婚事定了下来。

选良辰，择吉日，柱儿与玉兰喜结良缘，一家人沉浸在喜悦之中。玉兰姑娘勤快聪明、孝顺贤惠，她帮助婆婆把家中的大事小情处理得十分得当，婆媳姑嫂相处和睦。晚上吹灯睡觉时，柱儿把上山采集的趣事说给玉兰听。玉兰"咯咯"地笑着，柱儿悄悄地把巧遇马莲儿的事儿讲给爱妻听，玉兰一拍脑门，恍然大悟，她附在柱儿的耳畔说："傻子啊，你救的是马莲仙子啊！"柱儿惊讶地问："你咋知道她是马莲仙子呢？"

"我额娘在世时，多次给我说起马莲仙子的事儿，我咋能不知道呢！"

"那马莲仙子的兵是啥呀？"

"她的兵当然就是马莲啦，仙子分明在告诉你一件事儿，用马莲根须能做洗刷物件的家什，马莲长长的叶子能用来捆绑青菜啥的。"

柱儿愈加佩服玉兰的聪明劲儿了，喃喃自语："你说我咋就没想到呢！"玉兰温柔地说："柱儿啊！那遍地都是的马莲是咱多暂都取不完的财宝啊！"柱儿把玉兰紧紧地抱在怀中，深情地说："你长得和马莲仙子一模一样，天仙一样的俊俏。"玉兰一把捂住了丈夫的嘴，悄声地说："我可不敢和仙子相比，往后可不要乱说，天机不可泄露，可不要冒犯仙子，她可是咱的贵人啊，那也是咱的恩人啊！"柱儿爽快地答应着："嗯哪，我记住了！"

马莲花花开花谢，马莲籽成熟的时节，柱儿和玉兰忙碌在房前屋后，林边地头，荒郊古道。他俩手拿镰刀收割着马莲叶儿，就地

晾晒，叶儿泛白时，捆扎成均匀的小捆儿，担回家中，码成小山似的一垛儿。集贸之日，柱儿用担子担着马莲来到市上，把马莲卖给菜园的把头、肉铺的掌柜、小铺的老板，有人来买青菜、鲜肉、果子、糕点……用马莲捆扎后，拎着就走，十分方便。柱儿和玉兰还到马莲密集的地方，用镐头刨出了马莲根须，洗净晾干后，捆扎在木柄上，制成马莲刷帚，把马莲根须缝在带孔的木板上，做成洗刷衣帽、鞋子、炕席等物件的马莲刷子。

柱儿、玉兰富裕起来了，时常接济屯邻，经常周济有难处的乡亲。街毗邻右的乡亲见柱儿一家靠加工、制作马莲制品发家致富了，都来取经，柱儿、玉兰毫不吝啬，把收割马莲叶儿，加工马莲叶儿、制作刷帚刷子的技法传授给他们，为乡亲们开辟了一条新的生财之道。

说来也怪，那遍地生长的马莲经过人们定期的收割，合理的采挖，竟越长越好，越来越多，马莲制品花样翻新，销路也越来越广，马莲使人们受益无穷，泽被后人，直至今日。

时光荏苒，不知过了多少年，叶赫一带仍在流传着马莲仙子的传说，人们不会忘记美丽、善良的马莲仙子，还把柱儿与马莲儿相遇的地方叫"马莲甸子"。那三眼清泉依然在流淌，泉下的溪水终年不竭，"哗啦哗啦"，溪水流淌的天籁之音终日不绝，仿佛在向人们讲述着当年发生在这里的事儿。

讲　　述：曹桂兰
记　　录：柴运鸿
采录时间地点：2000 年采录于铁东区叶赫镇

葡萄的传说

从前，在老山里有个小村落，在北面山坡上，有两间小茅草房，住着母子俩。小伙子叫王成，以狩猎挖药材为生。

这一年，母亲得了伤寒卧床不起，眼睛也突然失明了。王成很孝顺，很懂事，找郎中给开了药方，他按着药方去采药材，药材采全了，天天煎汤熬药，喂母亲，一连吃了好几天不见好转，他急得时常偷偷地流眼泪。

一天，他做了一个梦，梦见自己带着绳索，背着药篓到一座很高很高的山上去采药，山势陡峻，悬崖峭壁如刀劈斧剁一般，他顺着青藤艰难地往上爬，忽然脚下一滑，跌下山崖。也不知过了多久，醒过来时，发现自己躺在一张石床上，有位如花似玉的大姑娘，在给他喂水。姑娘说："小哥哥，你为了给母亲治病，不顾自己的生命，世间罕见，是你的孝心感动了奴家，奴家就送给你一株秧苗，你回去后把它栽在院子里，每天用眼泪浇灌它，直到它结果成熟，让你娘吃下这个果子，吐出里面的粒，病很快就会好，快点回去吧！"姑娘说完推了王成一把。王成觉得自己又从半山腰掉了下去，"啊呀"一声，王成猛然惊醒，原来是个梦，可是手里拿着那根秧苗是真的呀！

他按着姑娘的指点，精心地把这棵秧苗栽到院子里，他天天蹲在秧苗近前痛哭，眼泪滴在秧苗上眼瞅着见长，没到三天，秧苗爬蔓了，刚到五天，就结出了一嘟噜一嘟噜绿色圆圆的小果。王成的眼泪也哭干了，从眼睛里淌出来的是殷红殷红的血，血泪滴在小圆果上，慢慢地变成了紫色，等到果子成熟时候，个个紫里透红。王成把小圆果摘下给娘吃，老娘吃了后，病情一天比一天好了起来。打那以后，这种果子被人们称为葡萄。

讲　　述：刘凤英
记　　录：师桂忱

益母草的传说

从前，有个书生叫李清，家里就娘俩，母亲给本村财主当佣人。母亲为了供儿子念书，舍不得吃舍不得穿，一文钱也得花到儿子身上。寒门出贵子，他深知母亲不易，努力学习，刻苦攻读。"四书五经"倒背如流，出口成章，双手能写梅花篆字。亲朋故友，街坊邻居都夸他是个好孩子，将来有出息。就在他要进京赶考时，母亲突然病倒了，李清急得到处寻医问药。有个老郎中给他娘把脉说："要想治好你娘的病，得往正南走，翻过七七四十九座山，趟过三七二十一条河，才能挖到治好你母亲病的药。"老郎中给他拿了个图样，他把老娘托给邻居照顾，按照老郎中指点的方向上路了。

一连走了半个月，来到了一条大河边上，连累带饿，昏在地上。蒙眬中觉得口中湿润，非常清爽，他醒来睁眼一看，原来是位俊俏的姑娘，用嘴喂自己水，李清心里有说不出的感激。姑娘问道："小哥哥，因何昏倒在此地？"李清流着眼泪就把母亲病重的事说了一遍。姑娘见他忠厚老实，又非常孝敬母亲，立时起了怜悯之心，说道："小哥哥，只要你答应我一件事，你说的那种药，马上就能找到！"李清为早日治好母亲的病，毫不犹豫地回答说："为了治好母亲的病，就是上刀山，下油锅义不容辞，只要姑娘提出来，一定照办！"

姑娘听后，心里可高兴了，可张了几次口没说出来。憋了半天便羞羞答答地说："我想……我想……和你成亲！"李清摇了摇头说："使不得，使不得！我是个穷汉，你跟我结为夫妻，会遭罪的，我不能连累你的。"李清拗不过姑娘，只好答应了她，姑娘果真帮他找到图上的药材。

李清和姑娘为母亲煎汤熬药，端屎端尿。没几天母亲的病好了，方圆几十里的人们听说李清家娶了个贤惠的媳妇，很多家里有老人生病的乡亲们都来打听这草药的名字，在什么地方挖的。李清

为了让更多人解除疾病的痛苦，便领着乡亲们去挖这种草药，并给草药起名叫"益母草"，这种草药治好了不少病人。

讲　　述：刘凤英
记　　录：赵红梅
采录时间地点：2007 年采录于铁东区山门镇

倒垂柳的传说

大柳树屯西有两棵大垂柳，有四个人合抱那么粗，能有四五丈高，形状像两把大伞。

相传很早以前，在这大柳树屯有户姓柳的老两口，四十多岁，才得了一对双胞胎，虽说都是女孩，夫妻俩仍然爱如掌上明珠。

这两个女孩一个叫柳春、一个叫柳青，天资聪明，让人感到出奇的是：三个月会走，六个月啥话都会说。跑道学舌，刷碗扫地不用大人支使，两岁时就能刺绣纺织，不但针线活做得好，还能揽些活计，为家挣些钱。方圆几十里的人们都感到稀奇，前来捧场送活儿的、看热闹的，络绎不绝。

姐俩六岁时，就像两个十七八的大姑娘，苗条身段，长得柳叶弯眉，杏核大眼，唇红齿白，粉面桃花，比画上的嫦娥还美。人见人夸，年轻小伙子见了，迈不动步。

就在这年秋天，有个恶霸叫刘二龙的路过柳家，看见柳春柳青在院子里洗衣服，干杂活，便看呆了，狗头军师胡久说："大爷，喜欢上这两个姑娘了吧？"回头吩咐众恶奴们说："去！把这两个漂亮妞弄回去！"众恶奴们如狼似虎往上一闯，就见两个姑娘捡起两根柳树条子，上下飞舞，抽得众恶奴们滚的滚、爬的爬。刘二龙抽出短刀冲上前去，与两个姑娘打斗在一起。柳春柳青不慌不忙，几树条子将刘二龙的脸抽得像血葫芦似的。只好败下阵来，领着恶奴们逃之夭夭。

刘二龙回到家里心里窝火憋气，不是打这个，就是骂那个，再就摔东西。胡久上前劝道："大爷，不必动怒，我倒有个好主意，既能捞着实惠，又能洗刷前耻。"接着胡久附在刘二龙的耳边嘀咕了几句，刘二龙点了点了头说："好主意，难怪管你叫狗头军师，出的主意也够狗的。"

到了夜里三更天，刘二龙领着三四十人，将柳家围了起来，刘二龙把熏香迷药点着，在窗户纸上捅了个窟窿，顺着窟窿往里吹

烟。约摸半个时辰过去了，悄悄弄开门窗摸了进去，打着火把一看，屋里人睡成烂泥。刘二龙把姐俩衣服扒掉，防备有变，又用绳子把姐俩的双手捆往，然后进行强暴。刘二龙满足自己的愿望后，带着手下众恶奴们走了。

第二天早上，一家人醒来，发现两个女儿赤身裸体双手被捆，不知发生了什么事。把姐俩用凉水喷醒后，这才知道身子被污辱，羞臊难当，自尽身亡。柳家把女儿埋在房西道旁，没多久在坟上长出两棵大柳树，郁郁葱葱，奇怪的是柳树枝往下奔拉，像害羞的样子。以后倒垂柳都奔拉了树枝。

刘二龙回去后，得了一种怪病，身上青紫，部分地方出脓出水，没多久便死去了。

后来有很多人要伐这两棵树，用锯一拉就出血，用斧子砍，怎么也砍不动。

讲　　述：白红莲
记　　录：崔红来
采录时间地点：2007 年采录于铁东区山门镇

韭菜、葱、大蒜的来历

有这么磕头三兄弟，三个人臭味相投，横行乡里，无恶不作。

一天，哥仨在一条僻静的山路上进行抢劫，潜伏了一个时辰不见人影。天气炎热，又渴又闷，焦灼不安，正在按捺不住时，从南往北过来个老头，穿着一身青衣裤，斜挎着个包袱，吃力地走着。

老大第一个蹿到老头近前，手起刀落，老头人头落地，死尸栽倒。摘下包袱打开一看，里面黄澄澄金元宝，仨人三一三十一分掉。出了人命，赶紧逃离现场，走出三四里地，就听背后有人大喊："站住，还我命来，留下我的金元宝！"哥仨回头一看，正是刚才被砍头的那个老头，三个人觉得毛骨悚然，不知是人是鬼。老头上前揪住老大说："还我的金元宝！"老大心里有鬼，拼力往后挣。

老二见了举刀剁，将老头剁成碎块，打了忽哨，哥仨又跑了，一溜儿跑出十多里。路旁有座庙，哥仨到庙里打算歇口气，哪料喘息方定，就听门外有人敲门。打开庙门一看，我的妈呀，被剁成肉块的老头又来了。老头大呼道："还我命来，留下我的金元宝！"三个人吓得东躲西藏，四处乱窜。

老三见自己躲在一个死角里，无路可逃，回手一刀将老头砍倒，接着抓住脖领子拽到庙后，用刀把老头活剥了皮。

哥仨继续往前跑，来到一片菜园子里，老头又追来了。老头绕到前面，拦住去路，点指喝道："三个恶人，屡次杀害老朽，作孽多端，要不惩罚你们三个一下，还会危害百姓。"说着指着老大鼻子叫道："你割了我的头，我让你变成韭菜，每年让人们用刀割你几茬儿，切了炒了吃，剁了包馅吃。"眨眼间老大变成一片韭菜。

接着又指着老二说："你把我剁成了肉块，我让你变成大葱，人们做菜时，将你切成碎块放到菜里调味。"话音未落，老二变成一片大葱。

老三见势不妙要溜，老头抓住衣领说："你小子更狠，剥了我

的皮，又砍了我好几刀，我让你变成大蒜，人们吃你时，先扒你的皮，再吃你的肉。"瞬间，老三变成大蒜。

老头一阵大笑，脑袋一晃，化作一股清风走了。

讲　　述：崔立元
记　　录：崔继英
采录时间地点：2007 年采录于铁东区山门镇

五月节房檐插艾蒿的来历

早年前，有一个陈家庄，住的都是姓陈的，而且都是一家子。有一个叫王铁的卖艺人，和陈家庄人有别扭，总想找机会报复一下。

五月节的头一天，王铁弄了一大包毒药，打算撒到陈家庄各家的井里，把全庄人都毒死。不过王铁和庄内的陈成柱挺要好的，他不想把陈成柱毒死，就让人偷偷地把陈成柱找来，对他说："明天，我要调理调理你们陈家庄人，可不知哪屋是你家？明天早晨，你在你家房檐上插上几棵艾蒿，到时候我就不会把药错撒到你家井里了。回去后照我说的办，可千万不能走漏了消息。"可陈成柱这人心肠特别软，回去就把这事全都告诉了庄里人。

等到了五月节那天，早晨王铁进庄一看，家家户户的房檐上都插满了艾蒿，根本分不出哪家的。王铁念他和陈成柱以往的交情，只好打消了下毒药害人的念头。就这样，因为几棵艾蒿保住了全庄人的性命，从此陈家庄人就把艾蒿作为消灾避难之物。每年五月节，家家房檐上都要插上艾蒿。这样，一传十，十传百，传遍了庄庄寨寨，而且一直流传至今。

讲　　述：宋焕江
记　　录：宋桂贤
采录时间地点：1985 年采录于铁东区山门镇

黏豆包为啥用苏子做垫底

在很久以前，有这么一对小夫妻。丈夫叫玉柱，妻子叫翠莲，靠开荒种田为生，夫妻俩很恩爱和睦，勤俭度日，日子过得虽说不算宽裕，但比上不足，比下有余。可是，天有不测风云，人有旦夕祸福。有一年玉柱突然得了一种奇怪的病，整天馋得要命。顿顿饭都要吃香喝辣，如果有一顿不吃好的，肚子就像刀剜一样疼。请了多少郎中也没看好。没办法，翠莲心疼丈夫，只好把家里值钱的东西卖掉了，来给丈夫换些好东西吃。可哪承想，越吃越糟糕，眼见玉柱一天比一天见瘦，脸色也一天比一天难看，眼看就要不行了，家中的好东西也快吃尽了。

这一日，玉柱躺在炕上睡着了。快到晌午时，翠莲把家里仅有的一只老母鸡杀了，炖得香喷喷的，盛了满满的一大碗，放到丈夫身边，眼望丈夫，心中难过。当她转身到外屋背着丈夫偷偷地抹眼泪时，突然听到里屋有窸窸窣窣吃饭的声音。她以为是丈夫醒了，推门来到里屋一看，只见一条大虫子从玉柱的嘴里爬出来，另一半还在肚子里，全身金翅金鳞的，头上长着通红通红的鸡冠子。这大虫正在吃碗里的鸡肉呢。翠莲"妈呀"一声吓退了好几步，那大虫听到喊声，"哧溜"一下又缩回玉柱的肚子里。就在这时，玉柱被吓醒了，翠莲就把刚才看到的情形跟丈夫学说了一遍，玉柱听了当时就傻了，心想：原来是肚子里的虫子成精来折磨我，这下算完了，想到自己已活不了多久了，就要离开恩爱的妻子，不禁伤心地痛哭起来。翠莲好说歹说算把丈夫劝住。玉柱一想：事到如今，光知道哭也不管用，哎！不如在有生之年我看一眼邻里乡亲和自己耕种的田园。想到这儿，他趔趔趄趄朝外屋走去。走着走着，他来到一块高粱地，看着红彤彤的高粱向他直点头，玉柱触景伤情，眼泪又掉了下来，自言自语地说："哎！这些高粱啊，我今后再也吃不着了！"语音还没落，就听肚子里的虫子精哼哼了两声。他来到包米地，眼望着包米说："这些黄澄澄的包米呀，我今后再也吃不着了。"肚子里的虫子精又哼哼了两声。最后，玉柱来到了一块苏子地，绿油油的苏子长得一人多高，开着成串的小花，非常好看。玉柱又说："哎！这些香喷喷的苏子叶啊，我今生今世再也吃不着了！"这下肚子里的虫子精不吱声了。玉柱感到特别奇怪，接着又念叨了几遍，还是没有动静。玉柱心想：八成这虫子精怕苏子？我不妨试一试，想到这儿，就动手大把大把揪起了苏子叶，狼吞虎咽地吃了起来，结果真的把大虫子精治死了。打那以后，玉柱再也不馋了，一天天好起来，小两口从此又过上了幸福的生活。

从此，苏子叶治虫子精的故事就在人们中间传开了。后来，由于蒸黏豆包需要垫叶，人们就把苏子叶用上了。因为苏子叶不但能治病，而且还能使豆包的味道更加清香可口。

讲　　述：刘王珍
记　　录：许明浩
采录时间地点：1985 年采录于铁东区山门镇

白狗的传说

现在，在一些农村，一般很少有人养白色皮毛的狗。原来，这里有这样的一个传说。

有一个大户人家，老婆婆对待儿媳妇不是打就是骂，总是看儿媳妇不顺眼。家里有什么好吃的，儿媳妇从来捞不到一点儿，每次剩下的，老婆婆就用小筐装起来，放在外屋的高高的磨盘上。每天拿下来放上去，都被他们家养的大白狗看在眼里。有一天老婆婆发现筐里的东西少了，就怀疑是儿媳妇偷吃了，把儿媳妇大骂了一顿。儿媳妇也不敢辩解，否则又引来一顿痛打。后来一连几天，筐里的东西天天见少，儿媳妇也不知挨了多少打骂。

一天，在他家干活的一个木匠看见：当家里人都不在时，大白狗便偷偷爬上磨盘，两条后腿着地，立起身来偷吃筐里的东西。当晚上老婆婆正因为东西少了而痛打儿媳时，木匠把白天看到的说了："其实呀，偷吃东西的是你家养的那条大白狗……"他刚说到这儿，就看见大白狗转身走了。晚上，木匠干完一天的活儿要赶回邻村的家中去，当他走到一片谷地时，听到里面有响动，心中害怕，想是遇到坏人了。没走几步，听到身后有声音，猛回头一看，发现一条大白狗正从他身后悄悄赶上来，他转过身，大白狗正站在他前面，眼睛放着蓝光。木匠明白了，这是那条大白狗报复他来了，多亏有准备，就拿出防身的小锤子，与大白狗厮打起来了。大白狗咬着他的裤子就往地里拽，人与狗一直打到地里，大白狗被打得几次起不来。木匠在谷地里发现大白狗已经在地上扒了个大坑，一定是准备埋他的了。最后，大白狗被木匠打死了。

后来的人们都说白狗通人气，心最坏，所以，很少有人家养活白狗。

讲　　述：杨永吉

，　记　　录：杨远波

癞蛤蟆的由来

很早的时候，有一对老夫妻，自打成亲，老伴也没开怀儿。他们为了求得一双儿女，整日里烧香念佛，希望感化神灵，赐给他们一男半女的。可哪承想，大半辈子过去了，香灰都攒了满满一大口袋，还是无济于事。没办法，老两口一合计，干脆背上香灰前往西天去拜见佛祖，一来让佛祖看看他们是不是真心，二来问问自己是不是命中注定就该绝后。就这样，老两口把家里的东西收拾收拾，带了点盘缠，就直奔西天上了路。

这时候，正值盛夏，一路上山高林密。老两口正往前走着，突然从草丛里蹿出两个大汉，手握刀枪挡住了去路，恶狠狠地说："老东西，快把袋子放下，饶你们不死；说个不字，当心你们的脑袋！"老两口一看，坏了，这是遇到劫道了，当时吓得浑身直哆嗦，赶忙哀求道："二位好汉饶命，我们老两口是去西天见佛祖的，路途遥远，别的什么也没带，只有一袋子香灰，望好汉高抬贵手，放我们过去吧！"

两个劫道的一听，这老两口是去西天见佛祖的，半信半疑。就上前打开了口袋，一看确实是香灰，这才信以为真。就听其中一个说："哎，大哥，听人说到了西天，要是见了佛祖，就能成仙了，我看不如我们也和他们一同去西天，见识见识，到时候要闹个仙人之体，那该多好哇！"另一个一听，当时乐得不得了，连连点头说："对！去试试，何必在这深山老林里钻来钻去地活受罪，有时还吃不饱，反正是腿肚子贴灶王爷，人走家搬。"就这样，两个劫道的把刀枪一扔，又给老两口赔了不是，帮着老两口背着香灰口袋，四个人一块儿上了路。

他们走啊走啊，翻山越岭，穿林过涧。这一天，他们来到一处村子，正想前去找吃的，偏巧遇上了一个杀大牛的，这杀大牛的听说他们是要去西天见佛祖的，赶忙把大伙领到家里，做了些饭菜给大伙吃。等吃完了饭，杀大牛的才说："我也想和大伙结伴上西天，不图别的，这些年我净杀大牛了，听人说杀大牛作孽，好在我现在不干了，因此，想去佛祖面前赎罪，省着死后给后人留下骂名。"几个人一听杀大牛的也要去西天见佛祖，都很高兴，因为越往西走人烟越稀少，万一碰上狼虫虎豹什么的，多一个人也好应付。这样，杀大牛的也收拾点东西，和大伙往西天走去。

一晃半个月过去了，五个人贪黑起早地往前走，越往西走越不好走，把两个劫道的累得直劲"嘿哟"，想回去吧，又走出了这么远，后悔当初不该来这儿穷受罪。

一日，他们走进了一片深山老林，天渐渐黑了下来，几个人走得又困又乏，想找个地方歇会儿吧，这里又前不着村后不着店，没办法，只好挺着架子往前走。

等转过一座小山，忽然发现前面有灯光，这下可把几个人乐坏了。大伙急忙奔过去，到了跟前才看清，原是两间小山仓子，等叫开门进屋一看，是个猎户家，这猎户家有三口人，一个老头领着两个姑娘。这两个姑娘别提长得多漂亮了，就像两个下了凡的仙女，小脸蛋像刚开的花儿，水灵灵的。当时就把两个劫道的看直眼了，哈拉子淌出来挺长都不知道。

几个人在这住了一宿。第二天一大早，几个人吃了饭刚要动身，就听那个打猎的老头说："我看你们都是好人，想和你们商量点事儿：你们别看我是打猎的，其实我也打算和你们一同去西天，可有一事使我放心不下，就是我的两个丫头没人照顾。唉，她们也都老大不小了，到现在还没有个家。我想，你们谁能留下做我的两个女婿，也好去了我的一桩心事了，我也就无牵无挂，一心归纳佛门了，不知几位意下如何？"

还没等老头把话说完，两个劫道的乐得差点儿没蹦起来，心想：这是打灯笼也难找的好事儿，赶忙乐颠颠地应承下来，生怕别人把这美事抢了去。只有杀大牛的就像没有听见一样，连理都没理，背起香灰口袋，头也没回的领头走了。

估计走了有两袋烟的工夫，突然，打猎老头惊讶地说："哎哟！你看我这记性，怎么把祖上传的佛串给忘带了，这可咋办？"

说着转身要回取，杀大牛的见了，说："老爷子，不用着急，我年轻腿快，你们头走，我回去给你取来。"老头感激地说："那好吧，你快去快回。"杀大牛的答应一声，撒丫子就往回跑，等来到仓子前，推门进去一看，我的妈呀！只见两只斑斓猛虎张着血盆大口正在啃两个劫道的呢。佛串就在一只猛虎的脖子上挂着呢。杀大牛的心想，这下算完了，佛串没拿到，反倒做了老虎的菜，唉，死就死吧，反正早晚也得死，想到这儿，他把眼一闭，心一横，这就等着老虎来啃。可是等了半天，老虎也不来，杀大牛的急了，竟一头倒在老虎跟前。可是奇怪得很，老虎连理都没理他，继续啃着两个劫道的。这下杀大牛的可来了胆子，伸手就把佛串从虎脖子上摘下来，转身出了山仓子，撒开两腿就往回跑。可等他追上老两口，打猎老头却没了，老头不会回来了，因为小山仓子里的打猎老头和两个小姑娘都是佛祖点化的，在这里试探他们。两个劫道的没安好心，两个姑娘变成老虎把他们两个吃了，只有杀大牛的对人诚心诚意，没有邪念，老虎才没有吃他。

再说几个人等不着老头，只好继续往前走。走着走着，几个人觉得脚下像生了风似的，越走越快了。浑身上下也轻飘飘的。

这一天，他们老远就看见前面有一条河，只见这河水平平静静，好像镜子一般，一点波纹都没有。水黑咕隆咚的，也不知这条河有多深。这时，老太太手一拉老头的衣襟，悄悄地说："哎，老头子，咱先别过，先让杀大牛的过去，万一水深他上不来，我们就不过了。"说着老两口就放慢了脚步。只见杀大牛的几步走到河边，抬腿就下了河，这一下去不要紧，"扑通"一声就没了影，好长时间也没上来，这时，老太太得意地一拍大腿，说："老头子，看看多亏我留个心眼儿，要不我们俩不也得淹死喽！"

话音刚落，没想到杀大牛的乘坐着莲花往对岸上去了。老两口一看，杀大牛的没被淹死，赶忙都下了河，可是，他俩这一下去，就再也没有上来。到头来，变了两个癞蛤蟆浮出水面，他俩之间相互埋怨着："咕呱、咕呱、咕呱、咕呱、咕咕呱呱，咕咕呱呱……"那意思是说："你呀，我呀，烧香，拨火，行善不终，求

儿不得，到了最后，结果缺德。"

讲　　述：刘玉珍

记　　录：许明浩

采录时间地点：1985 年采录于铁东区山门镇

公鸡、母鸡鸣叫的传说

古代朝廷御膳房厨师荣禄的妻子宝华第一个学会了养鸡。那时，天下的公鸡、母鸡除了受到惊吓时会"呱呱"叫之外，就没有别的叫法了。

一个春暖花开的季节，荣禄家的一只大母鸡连续下了三十多个蛋。这只大母鸡每次下蛋后都在宝华面前走来走去，希望能得到主人的赏赐，但宝华并不理会它。

一天上午，这只大母鸡又下了个蛋，这个蛋特别大，它想：为了产下这个蛋，今天费了很多时间，如果不把这消息告诉主人，还得到野外去找吃的。于是，它就站在窝边，第一次拉开嗓子试着叫起来："咯咯哒——咯咯哒——"宝华只是感到十分奇怪，并没有听出叫声的意思。母鸡急了，便更加大声地叫着，宝华一遍又一遍地琢磨着它的叫声，终于悟出了母鸡的意思，个个大——个个大，对！一定是说它生的蛋个个大。宝华跑到鸡窝边一看：好一窝大鸡蛋！为了奖励这只母鸡，宝华倒了一大碗稻谷让它饱餐。别的母鸡见了，心里特别羡慕。从此以后，所有母鸡下蛋后都夸自己下的蛋"个个大"，以此来获取奖赏。

由于母鸡会下蛋，所以宝华总是将它们留着，而将那些公鸡杀了吃肉。宝华家有一只公鸡特别机灵，它一见主人磨刀，就跑得远远的，所以它的兄弟们先后都被杀了，它还仍然活着。

腊月二十九晚上，荣禄和妻子宝华商量，把这只公鸡杀了过年。公鸡听了非常悲伤。逃吗？夜已经深了，外面又有黄鼠狼，再说门已经锁得死死的，也出不去。它只好蹲在地上独自伤心流泪，久久无法入睡。半夜它终于睡着了，睡梦中，它看见荣禄拿着一把亮晃晃的菜刀，端着一个盛着盐水的大碗向它走来，它想跑，脚被捆住了；它想飞，翅膀也被捆住了。它绝望地大叫一声，惊醒过来，瞪眼一看，周围全是母鸡，就它一只等死的公鸡。这时，它感到了从未有过的孤独和恐惧，于是悲伤地叫起来："孤孤——

哇——孤孤——哇"叫声十分凄惨悲凉，所有鸡都流下泪来。荣禄被这叫声惊醒，好像听到什么在诉说："孤（我）孤独哇——孤（我）孤独哇——"他起身向着声音传来的方向寻去，原来是那只准备杀掉的公鸡。荣禄听了，怜悯之心油然而生，突然，荣禄想起个事来：啊，今天是皇上的生日，必须在五更前做好早饭。否则将会被杀头的！这时，街上传来更夫报更的声音，正好四更。荣禄心想：如果不是公鸡鸣叫，我今天可就误了大事了。于是，他对公鸡说：念你今天有功，饶你不死。但你必须每天早上到这时准时鸣叫，提醒我早起。

为了感谢主人的不杀之恩，从此，公鸡每天早上四更准时鸣叫"咕—咕—哇—咕—咕—哇"。从此以后，所有的公鸡都这样叫了。

讲　　述：刘少俊
记　　录：吴庆福
采录时间地点：2007 年采录于铁东区山门镇

金鹿的传说

相传，碇子山上有一只金鹿。金鹿身上的每一根毛都是一根金条，可金鹿的毛是不容易得到的。金鹿隐藏在一个山洞里，有很多人都上山去找这个洞，始终没有找到。

山脚下的葛珊（村落）里，有一对亲兄弟，都以打猎为生，老大为人憨厚，老二奸诈。因为性格合不来，哥俩分居单过。老大明明知道老二的为人，可遇事总是让着他，不和他计较。这一天，老人和老二又去上山打猎了。正行走间，突然，眼神尖的老二叫开了："大哥，你看，金鹿！"老大顺着他手指的方向望去，果然有一只美丽的金鹿在前方，隐约可见。金鹿浑身放着耀眼的光芒，正悠闲地在树林中蹿来绕去。

"大哥，我们快去抓吧！"老二急切地说。

"不行，急切去抓，它会跑的。我们不如借着树木的掩护，一点一点地摸到它身边，那就差不多能抓到。"

老二觉得老大说得有理，于是哥俩便一前一后地向金鹿摸去。老二一边向前摸一边想：这样去抓，得着也是俩人的，要是我自己抓着，不就是我自己的了吗！老二这样想着，贪财心切，没等摸到金鹿的跟前，就扑了过去，可是金鹿跑了，自己也重重地摔了一跤。老大赶紧上前扶起老二问："摔坏了没有？"

老二像根本没有听见似的，又从老大的怀里挣了出来，向金鹿没命地追去。

"老二，别撵了，咱们是撵不上的！"老大在后面喊着，老二心想：累死也得撵上它。老大无奈也追了上去。

就这样，哥俩追呀，撵呀，足足跑了一夜，不知道翻了几座山，过了几道梁，追到了碇子山的山后，只见金鹿变成一道金光不见了。

老大和老二一想：那个洞一定是在这一带。于是，哥俩就在这里找开了。他俩找啊，找啊，终于在一块大石壁后面找到了一个

131

洞。老二一琢磨，没有亲眼看见金鹿跑进这个洞里，里面说不上有啥玩意呢，里面要不是金鹿而是别的野物，那不就送命了么？老二不敢进洞，可又怕这里真有金鹿，于是对老大说："大哥，我实在是不行了，我坐在洞口守着，你先进去看看，要是能抓到那只金鹿，多分你一份。"

老大看老二也真是没劲了，就自己弯下腰爬进了洞里。起初老二还耳贴石壁听着，可什么声音也没有。后来，他就躺在洞口边养神等着。一个时辰过去了，洞里发出了响动。又过了一会儿，老二听见老大在里面喊："老二，抓到了，是金鹿，快来吧，太沉了!"

老二一听抓到了金鹿，顿时喜出望外，来了精神头，从地上爬起来，一头钻进了洞里……

老大和老二把金鹿带回到家里，老二早已把多分老大一份的话忘了，可也知道自己没有理由独吞，于是就对老大说："大哥，金鹿单放在谁家也不好，我看就你十天我十天地轮流饲养吧!"老大答应了。

第一个十天过去，老大精心地饲养金鹿，就是最后的一天，金鹿突然一抖动身子，落下了一根长毛，长毛很快变成了金条。老大得到了。

该轮到老二饲养了，可十天过去了，连根毛都没得着。老二去找老大说这件事，老大一听，没加思索就把自己得到的那一根分给他一半。一晃好几个十天过去了，每轮到老大饲养的时候，金鹿就给掉下一根金条。而反过来轮到老二那时候，就什么也不掉。这么一来，老大照样将自己的分给老二一半。天长日久，奸诈的老二总觉得这样不解渴，倒不如将老大杀了，金鹿就归为己有。这天晚上，老二带着刀来到老大家，在门外假装叫老大说："大哥，金鹿掉金子了，快出来呀!"

"就捡屋来得了呗!"老大在屋里说。

"不行，这回多。快出来吧!"

老大一听就从屋里出来了，他刚迈出门槛，早已藏在门后的老二举刀就砍。就在这危难的时候，只听金鹿一声长鸣挣脱了缰绳，冲过去，撞倒了老二，两只后蹄弹在了老二的脑袋上，老二受伤很重，没过几天就死了。

老大发现了弟弟手里的尖刀，明白了是怎么回事，可还是很伤痛地埋葬了他。

从此，金鹿变成了一只可爱的梅花鹿，一年四季陪伴着老大，一块到田里劳动，一块儿到山里打猎，生活过得平安快乐。

讲　　述：于洛江
记　　录：崔玉祥　聂涛雷　齐振波
采录时间地点：1986 年采录于铁东区叶赫镇

马蝈蝈名称的来历

传说，清朝的康熙皇帝东巡时，从京城沿着御道一路赏景打猎和体察民情。有一天，经叶赫来到石岭的东边克尔苏河一带。由于天气很热，走了很远的路，部下都非常疲劳饥渴，一个个东倒西歪地往前走，队伍前进的速度越来越慢。

这时，有一位大臣说："陛下，咱们歇一会儿再走吧。"康熙听到大臣的请求，勒住马，看看后边的兵将也确实走不动了，便传令让队伍停止前进，就地休息。于是大队人马正行至克尔苏河的南岸便停下来，部下立即在原地找个阴凉之处歇息，渴的就到河边喝口水。

康熙也下马，想找个树阴凉快凉快，这时，看见自己的马鞍皮已经被汗水湿透了，便叫人卸下马鞍，送到阳光下晒一晒。自己便在树阴下歇着。不知不觉也睡着了，渐渐进入梦乡。康熙刚睡得正香，便被叫声惊扰，稀里糊涂地问道："什么东西在叫？"侍卫见皇上自言自语地发问，听听是皇上的马和草棵里的蝈蝈在叫，便回答道："是马、蝈蝈在叫。"康熙顺口说道："叫马蝈蝈别在我跟前叫，让它远点儿，上那边叫去！"侍卫走到马叫的地方，一看，马把鞍皮吃了。因马鞍皮湿了，太阳一晒，碱性出来了，马遇到碱性东西最爱吃。侍卫把马拴到树上，马吃不到马鞍皮就不叫了。可是蝈蝈还在叫，侍卫生气地说："皇上说了，封你叫马蝈蝈，不让你在这边叫，那你就到河北边去叫，省得把皇上吵醒。"顺手捡了块石头，打到蝈蝈叫的地方，蝈蝈真的不叫了。

从此，克尔苏的南岸没有蝈蝈，而河的北岸却有蝈蝈。"马蝈蝈"的名字也就一直保留到现在。

讲　　述：田文汉

记　　录：李乃文

采录地点：铁东区叶赫镇

马猴子为啥吃小孩

相传隋炀帝杨广欺兄霸妹害父奸母，过着荒淫无耻的生活。当年他穷奢极欲，搜刮人民的金银，强派劳役，把大运河从北京一直挖到扬州，以供自己乘船千里迢迢观赏江南的青山秀水和美丽风光。

他手下有个专事挖运河的领工总头目，名叫马虎。这人长得猴嘴蚌腮，驴脸呱嗒，一双豆鼠子眼睛，叽里咕噜乱转悠，要多坏有多坏，要多狠有多狠。大家根据他的长相和做派，送个外号叫"大马猴子"。

大马猴子每天吃猪、羊、牛、鸡肉，吃腻味了。也不知听谁告诉他猫肉最香最好吃，他就让他手下的一个当差的天天四处弄猫来解馋。

单说事有该着，这天那个当差的临出门前多贪了几杯，途中醉倒在大道旁。一觉醒来，已是日头偏西，这个家伙可着了急：怕弄不到猫，马猴子发了火重打他三十大板。就赶紧跑进林子里去划拉猫，偏赶上当地养猫的人家特别少，一直忙到天黑了还两手空空。他正走到前不着屯、后不挨村的地方，不想在道边的草棵里碰到个不知道谁刚扔下的没满月科的死孩子，这当差的灵机一动，就把这个死小孩背了回去。

这当差的回到驻处，把那个死小孩送到厨房，对大师傅说："咱马总领工今天要尝个新鲜，你亲自把这做好。多加些作料！"然后吩咐道：无论是谁问，也不准说实话。

开饭时，厨师把小孩肉端上了桌子，满屋子立时香味四溢，马猴子吃得满嘴流油，一劲称赞："哈哈，今个儿这猫肉，味道咋这么美呢？真是又白又嫩又香又细发呀，太爱吃了。"从那以后，那个当差的每天都设法买一个小孩回来，给马猴子做下酒菜。人们谁肯舍得把自己亲生骨肉给马猴子享用，躲不过挺不起，只好把自家的小孩们送到外地亲属家，或在屋找个地方掩藏起来。

马猴子一连几天没吃到这特香的"猫肉",就要杀死那个当差的。那个当差的为了保住自己的狗命,就带领他的手下忙三火四地去各处抓小孩、抢小孩、偷小孩。天天弄得六村不安、八乡不宁,黎民百姓吓得男人哭老婆叫,那些家伙在村里翻得鸡飞狗跳,当差的找小孩都找红了眼。大人怕躲在屋里的小孩有动静被当差的听见,就说:"别吵,别闹,马猴子抓你来了!"小孩们眼见大人乌脸嚎风,横眉立目,惊惶万状,就立刻憋气吞声,死也不敢挪动一下了。

大人们一看,这一句话挺灵验,从那时起每当小孩们一喊一闹一哭一叫,爹妈老人就用"马猴子来了,看马猴子不抓你们下酒吃呢!"这一类话来吓唬那些不听话、不安分的小孩子。那些顽童听长辈们这么一吓唬,就果然闭口哑言直勾眼,个个老实起来。

大人们从那年月起把"马猴子"当做整治小孩子的法宝了。有些地方至今沿用着这句吓唬小孩的话。

讲　　述:张兴亚
记　　录:高　山
采录时间地点:1985 年采录于铁东区叶赫镇

虎头上"王"字的来历

　　从前，有这么娘俩，老太太在家纺线织布，儿子拴虎常年以砍柴卖柴为生，日子过得撑吃撑穿。

　　一天，拴虎照常上山砍柴，突然刮来一股狂风，狂风过后，有一只斑斓猛虎向他扑来。他急忙闪在树后，老虎扑了个空，不巧脑袋卡在树丫巴上。拴虎心善，砍倒大树把老虎救了出来。老虎也不那么凶猛了，向他点了点头走了。

　　打那以后，老虎天天在山上等着他，和他做伴，日子一久，老虎叼些山猫野兔送给他。老太太见儿子拿回来的猎物蹊跷，问道："儿啊，你天天拿回来的猎物是怎么整回来的啊？"拴虎就把救老虎和老虎成为朋友的经过告诉了母亲。老太太说："既然老虎和你交了朋友，改日把它领回家来让老娘看看。"

　　第二天，拴虎来到山上，见那只老虎老早等在那里。砍完柴火，对老虎说："虎大哥，咱娘要见你，你能赏脸吗？"老虎点了点头走了。

　　到了晚上，刚上灯，就听："咔哧、咔哧"挠门声。拴虎说："娘，我虎大哥来了。"说着娘俩端着油灯来到外面一看，老虎叼来一只狍子。拴虎说："娘，你看我虎大哥给你叼来的礼物。"老太太高兴得嘴都合不上了。急忙把老虎让到屋里，便把狍子剥了皮，炖熟了给老虎吃，又认老虎做干儿子。

　　一天夜里，老虎又来了，叼来一只鹿，娘俩把鹿肉炖熟，老太太边吃边叨咕说："以后有剩肉就得拿集市上卖了，攒点钱好给你老弟娶媳妇。"说者无心，听者有意，老虎听完走了。

　　第二天早上一开门，看见老虎叼着床棉被，被里包着个大姑娘。昨天老虎走后，抢来一个要出嫁的姑娘，乘着天没亮给娘俩送来了。老太太把姑娘救醒后，煎汤熬药，扶持姑娘，姑娘见娘俩挺善良的，跪在地上说："大娘，既然老虎有意做媒，你们母子诚心待我，我就不回去了，就给你儿子做媳妇吧。"

转过年来，新媳妇生了个大胖小子，取名小宝，小宝长大后，经常骑着虎大伯玩。小宝长到十二岁那年，跟父亲上山砍柴，无意中捡到一个夜明珠，据说谁能捡到这件宝贝就能考上状元。于是父亲陪着儿子小宝进京赶考去了。

进了京城，来到考场上，一看考题，一道也答不上。憋得实在难受了，就把那夜明珠拿出来摆弄，监考官一看，这穷小子怎么会有价值连城的宝物，十分可疑，就把他抓起来了，交给皇上，皇上把他打入大牢。

老虎听说小宝被抓的消息，聚来成千上万只老虎，把京城给围上了。每到晚上，无数只老虎跃过城墙，到处吃人，很快逼进皇宫，可把皇帝吓坏了，立刻贴出皇榜：谁把老虎退了，头名状元归谁。小宝听到这个消息，知道老虎来救他，便告诉狱官，他能退掉老虎。狱官禀告皇上，皇上准旨，让他出去，小宝找到了那只老虎一说，老虎领着群虎退到城外。

小宝被皇帝封为头名状元，他上奏皇上说："老虎围城够辛苦的了，赏给它们些肉吃吧！"皇上马上下旨，赏给一只老虎一只羊或一头猪吃。这成千上万只老虎也弄不清给谁没给谁呀，小宝一想有了，得到猪羊的老虎，在脑门上写下一个"王"字。

打那以后，老虎头上的"王"字就这么留下来了。

讲　述：王　义
记　录：王　华
采录时间地点： 2007 年采录于铁东区山门镇

古城里的金马驹

叶赫境内，有两座古老城堡。传说东城里有一眼井，曾锁过一匹金马驹儿。关于它，还有一段颇为神奇动人的故事哩。

很早以前，在天宫里，阿布卡恩都力❶设置了一处万兽园，专供诸神欣赏游玩。万兽园里的动物，全是金铸的，有金马、金牛、金羊、金虎、金豹、金鹿、金狐等好多好多动物。这些动物，金光闪烁，千姿百态。其中一匹金马驹儿，更是栩栩如生，活灵活现，深得诸神喜爱。每逢阿布卡恩都力和诸神来游玩，总爱在金马驹儿身旁多站几刻或抚摸一阵。天长日久，日久天长，也不知过了多少年，这匹金马传上了神气，有了真魂。忽然有这么一天，它眼珠子一转，眼皮一眨，前腿一跃，后腿一蹬，腾空而起，跳出了万兽园，踏着一片白云，来到了人间。一阵阵野草鲜花的芳香，沁入了它的脾胃，山川、河流，万千气象，金马驹儿欢畅极了。

在人间，它与牛羊相伴，和麂鹿为伍。金马驹儿奔驰过的草原，长得格外丰美；金马驹穿越过的山林，长得格外茂密；金马驹饮吸过的河水，水势格外旺盛、味道格外清甜。

一天，天宫里的阿布卡恩都力和诸神又到万兽园游玩，发现平素他们最喜爱的金马驹儿不见了，大吃一惊：难道有人竟敢偷盗天宫里的宝物，还是它成了气候私自跑到人间？阿布卡恩都力大怒，立即派了他斯哈恩都力❷带领天兵，到人间寻找。

他斯哈恩都力腾云驾雾，拨动云头，日行万里，夜走八千，找遍了奇峰异洞，名山大川，河谷平原，忽见在一片草地上，一匹金光闪闪的骏马，正在和一群牛羊安闲地吃草。他斯哈恩都力定睛一看，正是万兽园里的金马驹。他一个跟头，折了下来，恰好落在金马驹儿身旁，伸手就要捉拿。金马驹机灵地躲过，放开四蹄，箭似

---

❶阿布卡恩都力：天神。
❷他斯哈恩都力：虎神。

地逃开了。他斯哈恩都力仗着人多势众，撒上包围圈，终于把金马驹儿逮住，带回了天宫。阿布卡恩都力下令，把金马驹儿鞭打五百，以儆效尤。之后，仍锁在万兽园里，磨炼野性。却说这金马驹儿已成精灵，又在人间自由惯了，怎能受得了这般囚禁，心中烦躁，虽铁锁在身，却终日跳跃奔突，一心要挣脱出去回到人间。

一天，阿布卡恩都力和诸神品足了美宴，饮够了仙酒，来到万兽园里闲游，看见金马驹儿正卧地歇息，以为被驯服了，便凑到跟前伸手抚摸。冷不防金马驹儿一跃而起，怒冲冲地向阿布卡恩都力撞去，幸亏一位嘎什哈❶手快，把他护住，才没被撞倒。阿布卡恩都力气得咬牙切齿，恶狠狠地吼道："来人！这个孽畜，放着天庭之福不愿享受，那就把它打入人间地狱，让它永生不见天日！"

这趟官差派在勒富恩都力❷的身上，他带领天兵，押着金马驹，一路风驰电掣，穿云破雾，翻落云头，恰好落在叶赫国地界。忽听城里鼓乐喧天，歌声嘹亮，不知何故。勒富恩都力派一员天兵化做凡人，进去打探。原来这是叶赫国的都城，因城筑于丘顶，吃水十分困难，得到城外两里多路的河里去挑。新近打了一眼十五丈深的大井，刚刚竣工，国王一时高兴，下令全城歌舞庆贺。

勒富恩都力正愁没有地方处置金马驹儿，听报大喜。心想正好把它葬入井底。待到夜深人静，他带领天兵，飞越城墙，来到井边，用一根百丈长的铁链锁在金马驹儿脖子上，又坠上一块三千斤重的大石，并在井沿上钉了一根一丈长的铁橛子，拴住铁链的上端。然后，猛劲一推，金马驹儿"哐当"一声，便掉进了井底。

不料，这件事被一个经常在夜间修炼法术的巫答有❸看见。

她想：这匹金马驹儿一定是触犯了天规的神物，我若是把它弄到手，那可是一辈子也享受不完的富贵，何苦再干这个人不人、鬼不鬼的勾当。

---

❶嘎什哈：亲兵、亲随。
❷勒富恩都力：熊神。
❸巫答有：女巫。

等勒富恩都力走后，巫答有像兔子一样快地跑到井边，只见井里通亮闪光。她握住铁链，一把连一把往上使劲地拽着，手麻了，腰酸了，出汗了，累得她筋疲力尽，也没有拽上两丈长。凭手的力量是永远也拽不上来的，最好是报告国王，他兵多将广，只要能拽出金马驹儿，对我一定会有重赏。

这时天刚放亮，她不顾一夜的疲劳，急忙跑到古龙德音❶，守门的嘎什哈领她见了刚从睡梦中醒来的国王。巫答有编造说："尊贵的陛下，昨夜，阿布卡恩都力给我托梦说，他赐给陛下一匹金马驹儿，为了考验陛下的国力，把马驹锁在深井里面，望陛下派人前去打捞。金马驹儿是世上罕见之宝，价不可估，陛下要是得到它，那将成为世上最富有的国王。"国王大喜，当即派了二百名士兵，并亲自跟随，去打捞金马驹儿。打捞开始后，国王站在井沿，贪婪地望着井里。士兵们轮班拽着铁链，一个个累得呼哧带喘，如有人稍一松劲，铁链就会滑到井里。这样反复多次，足足拽了三天三夜，也没能拽上金马驹儿。国王不死心，对巫答有说："既然你的法术通天，那么你就施展法术，把金马驹儿弄上来，否则我就把你杀掉！"

巫答有吓得魂不附体，她明白自己的法术全是骗人的，毫无半点用途。可是王意如山，怎敢违抗，没办法，她只好在井边搭起了法坛，披头散发，手执腰鼓，口中念着咒语，连扭带舞，装模作样地折腾了一天，也不见金马驹儿上来。国王一气之下，以谣言惑众之罪，真的砍了她的脑袋。

后来，又有许多痴心人，抱着发财的美梦，来拽金马驹儿，可都连影子也没有见到。不过井水更加甘甜，不管你多么疲劳，只要喝上口井水，就觉得身体特别的清爽惬意，疲劳就会立刻消失。

时间一年年地过去了。有一年，叶赫城里有一个穷苦的猎人，他一连生了九个儿子，他很高兴，心想按照传说再生一个儿子，就可以打捞金马驹儿了。但可惜，第十个孩子却是个女儿。猎人并没

❶古龙德音：宫殿。

有失望，他严格训练着他的孩子，从小就教他们骑马射箭，长大了个个身强体壮，力气十足，并且勇敢、善良，可美中不足的是都不会水。猎人决定要找一个水性好的姑爷，当做他的儿子。猎人选姑爷选了九十九个都不如意，到了第一百个才可了他的心。又择了一个吉祥的日子，带着九个儿子一个姑爷来到井旁，姑爷听从老丈人的吩咐，顺着铁链溜到井里，然后又一头扎进井底，他睁开眼睛，费了好大的劲，才解开了三千斤重的大石头。金马驹儿摆脱了沉重的石头，好不轻松，"腾"地一跃，出了水面。井上，爷十个齐心合力，加劲地拽着，终于把金马驹儿拽到井上，只见金马驹儿用头亲昵地蹭了蹭猎人的手背，又舔了舔猎人的手心说："善良的救命恩人，我是个神奇的宝物，我奔驰过的草原会长得格外丰美；我穿越过的山林，会长得格外茂密；我饮吸过的河水，水势会更旺盛，味道会格外清甜；我行走过的土地，会更加肥沃。你们得到我，只能富了你们一家，如果把我放掉，我会使你们整个王国的山川更加美丽，物产更加富饶，生活在这块国土上的人民，都将得到利益。善良的救命恩人，两条路，你任选其一吧。"猎人听后，和他的儿子、姑爷一起商议了一下，然后对金马驹说："如果真像你说的那样，为了黎民百姓的利益，我们愿意放掉你。"

金马驹儿一连点了三下头，表示谢意，然后一撒欢就跑远了。多少年来，金马驹儿的足迹踏遍叶赫的山山水水。

从此，叶赫的山川更加美丽，物产更加富饶，被人称誉为百宝山。

讲　述：宋秀云
记　录：刘　明
采录时间地点：1986 年采录于铁东区叶赫镇

金鸡的传说

碰子山❶，传说过去叫平顶山。没有现在这么高，更没有这些奇形怪状的石头。为啥平顶山改叫碰子山呢，这里有一段动人的传说。

从前的平顶山，林深叶茂，鸟兽繁多。山脚下有一个葛珊（村落），葛珊里大多数都是猎人。

听玛法（爷爷）讲，平顶山上有一个金母鸡和四只金鸡崽。金鸡能下出金子来，很多人都想得到它。可是要想得到它可不容易，必须是一个心地特别善良的人。

葛珊有一个名叫关荣的青年猎人，他心地善良，为人忠厚。关荣欠下了葛珊达（村落首领）的债，葛珊达是一个非常凶狠的残暴的家伙，他非叫关荣在十天内还清他的债，如果还不清，那就叫关荣给他当奴隶。老实的关荣没办法，只得没白天黑夜地在山上打猎，一连几天仍然没有打回多少野物，关荣很着急。

这一天，关荣带好弓箭又上山了，可是他找啊，找啊，足足走了一天也没看见一个野物。他有点泄气了，身子很疲乏，他就在山坡上躺下，睡着了。

关荣做了一个梦，他梦见一只闪闪放光的金鸡领着四只小金鸡崽来到他的面前。那只大金鸡对关荣说："老实的人啊！你不必着急了，就是累死你，十天之内你也还不清葛珊达的债呀，我是金鸡，今晚你回家就在你的家里搭好一个鸡窝，我会去给你下一块金子的。可有一样，不准你晚上出来偷看，也不要和别人说这件事。"关荣醒来，回忆了一下刚才的梦境，觉得很奇怪，心想：我是一个贫穷的人，能有谁来救济我呢？

他出于好奇，当晚，就把鸡窝搭好了。精心地在里边铺上了草，四周也修得不透风不漏雨。

---

❶碰子山在碰子沟村西南。

夜里，关荣相信了金鸡的话，只是躺在炕上睡觉，听见什么动静也不出来看。第二天早晨，他来到鸡窝前一看，果然里边有一块金子。关荣乐坏了，捧着金子竟说不出话来，到了第三天又是如此。关荣心想：一块金子就够还葛珊达的债了，剩下的一块给葛珊里的穷人们买点粮吧，眼下正是青黄不接的时候，许多人家都有好几天揭不开锅了。

关荣拿着金子去还葛珊达的债，葛珊达乐得不得了。他知道，关荣欠的债，哪有这块金子多呀。可葛珊达心想：这个穷小子哪来的这块金子呢？得打听打听，莫非是偷来的吧。于是葛珊达就问："关荣，你这块金子是哪里得来的呀？"憨厚的关荣害怕葛珊达说他是偷的，就把金鸡的事说了。

葛珊达听了关荣的话，更加高兴起来，心里立刻来了坏主意，他想：金鸡要是能弄到自己手，那自己不就发财了么。

当天夜里，葛珊达就偷偷地来到关荣家，藏在暗处，准备在金鸡来的时候把它捉住。可是他等了小半夜，金鸡还是没来，他实在坚持不住了，两眼一闭睡着了。就在这时金鸡来了，在鸡窝里下了一块金子飞走了。葛珊达一觉睡到天明，睁眼一看，还是没有金鸡。他来到鸡窝跟前一看，发现窝里有一块金子，葛珊达简直乐疯了，拿起金子就偷偷地跑回家。等关荣出来看时，窝里没有金子，可他没有说什么。心想：一定是我没有听金鸡的话，把这件事告诉了葛珊达，金鸡生气了。

就这样，葛珊达一连来了好几天晚上，得到了好几块金子。关荣好几天没有得着金子，觉得这里有点问题。他马上想起了葛珊达，他想在今天晚上偷偷地看着点儿，可又一想，金鸡不让我夜晚偷看，我可不能不守信用啊，关荣就又躺在炕上睡了。

葛珊达一连得了几块金子还觉得不够劲，觉得整天晚上出来怪不自在的，还是把金鸡拿回家里好。这天夜里，葛珊达把家里的人都带到关荣家，埋伏在四周，并且命令人们一夜不准眨一下眼睛，自己也下了决心。

快半夜的时候，金鸡飞来了，落在了关荣的鸡窝里。还没等金

鸡趴稳，葛珊达就拼命似的扑上来，金鸡发觉了，等葛珊达快到跟前的时候，猛地飞了起来，叼瞎了葛珊达一只眼睛。

天亮时，人们发现平顶山不平了，突兀而起了五座山峰，一大四小。人们说：大的就是那只金母鸡；小的，就是那四只金鸡崽。以后，人们就把平顶山叫碴子山了。

讲　　述：于洛江
记　　录：聂清霄　崔玉祥　齐振波
采录时间地点：1986 年采录于铁东区叶赫镇

额娘的由来

满族人称母亲叫额娘。传说那是清始祖爱新觉罗·库布里雍顺留下来的。

这是一个古老的传说。那时天上住着三位美丽的仙女，她们是同胞姐妹。有一天，三仙女对两位姐姐说："咱们整天住在这里，看着那些玉帝、王母呀一帮老头老太太们，他们整天没个笑模样。"二姐说："可不是咋的，还有那些天兵天将，总是盯着咱们。"大姐也觉得在天上的生活真是又腻味又无聊。于是姐儿三个就悄悄合计寻个好地方去散散心。可上哪去好呢？三仙女说："天上除了云彩和宫殿，有啥好玩的？听说下面有个果勒敏珊延阿林山，山上有个天池，咱们到那玩玩去。"两个姐姐也同意了。是呀，谁不想到下面看看呢，可怎样去呢，还是聪明的三仙女想出了办法。

她们全身披上洁白的羽毛，两只细长的手臂变成了翅膀，一会儿工夫就变成了三只美丽的天鹅。她们冲开了层层云雾，飞出了天宫。三人用力地扇着翅膀，飞着飞着，来到了果勒敏珊延阿林山。只见那地方四面全是陡峭的高山。有的山尖上蒙盖着一层白雪，有的像宝剑直插云天，有的像洁白的玉柱，有的又像两只老虎蹲在峰顶。更美的是在那群峰中间的天池，水清亮亮，平静得像一面宝镜。三位仙女都被这美丽的景色迷住了。

她们一路上飞得太累了，见到这样清澈的池水，就赶忙落到了天池边上，立时又变成了三位美丽的姑娘。她们脱掉了衣服，到天池里去洗澡。

正当她们快活地在天池里游来游去的时候，不知从哪里飞来一只金色的小鸟，嘴里叼着一颗闪闪发光的红果。这小鸟也怪，三位仙女游到东，它就飞到东；游到西，它跟到西，总在她们头顶上飞。三仙女也太喜欢这只小鸟了，她仰着笑脸儿看着它，看着看着，就听"吧嗒"一声，红果一下落进了三仙女的嘴里，她一下就咽了下去。她从来没有吃过这样香甜的果子，它比天上的仙桃甜，比琼浆玉液香。

三仙女洗完澡，也玩够了，要往回飞的时候，觉得身子又沉又重，两只胳膊再也举不起来了。两个姐姐知道她是误食红果怀了孕，就安慰她，等生下了孩子，再来接她，两个姐姐飞走了。

三仙女就这样留在了果勒敏珊延阿林山。她饿了就采山果吃，渴了就喝天池水。这里的天气变化无常，有时是亮瓦晴天，可一霎时又阴云密布，雷雨交加，刮起大风，山上的浮石横飞。三仙女怀胎十二个月，生下了又白又胖的小子。这孩子一落地就会说话。三仙女就对他说："生你的地方是果勒敏珊延阿林，你的姓名是爱新觉罗·库布里雍顺。"

三仙女用了三天三夜的工夫，做了一只小桦皮船，样子和小孩的悠车一模一样。她把孩子放到小船里，用树枝铺床，采鲜花做被，再把小船轻轻地放到天池里，然后流着眼泪说："亲爱的孩子，愿上天保佑你，平安地长大吧！"说完就用头上的簪子把天池划个豁口，水哗哗地顺着这豁口淌下去，三仙女把小船用手轻轻一推，小船儿打个旋儿，就像射出的箭一般顺着瀑布冲了下去。

这时，三仙女变成一只洁白的天鹅，飞到天上。孩子是妈妈的宝贝疙瘩，是自己的心头肉啊。她在天上盘旋不走，后来又跟着小船儿飞，一直到小船让远方的树枝遮住，她才飞走了。

孩子也离不开娘啊，看着妈妈变成了天鹅，就扎撒小手，不住嘴地喊："鹅娘，鹅娘！"从那以后，凡是满族人，就都称自己的母亲为鹅娘了，一辈传一辈，时间久了，就叫成了"额娘"了。

果勒敏珊延阿林山，即长白山。

讲　　述：宋秀云
记　　录：佟　丹
采录时间地点：1986年采录于铁东区叶赫镇

长虫（蛇）原先是有翅膀的

长虫早先并不是如今这个样子。它本属于鸟类，长有一对很大的翅膀的。那么，如今我们见到的长虫咋没翅膀呢？它的翅膀子哪去了呢？

传说，开天辟地，女娲造了人。当时，地球上有一棵很高很高的树，上面结满了果子。女娲就派长虫看守这棵树，不让人吃树上的果子，说要是人吃了这种果子就会永远赤身裸体，没有遮身之物了。

可是，长虫这家伙生来就有一副坏下水。有一天，它趁女娲出远门，就摘下了这树的果子给人吃了。当女娲回来时，见人一个个都躲到树林里不肯出来，女娲就猜出了八九分。她就把长虫故意害人的事告诉了人，人听后很生气，就要把长虫杀死。女娲就说："与其杀死它，不如把它的膀子剁掉，让它永远不能飞。"于是，人们就砍掉长虫的翅膀。

这样，长虫没了膀子，只能在地上爬。它见自己这副模样，实在没脸见人，就逃到深山里躲起来。可是，由于人吃了那树的果子，上了长虫的当。（那时候还没有布匹）为了遮身，只得穿树叶了。

讲　　述：宋焕江
记　　录：宋桂贤
采录时间地点：1986 年采录于铁东区山门镇

龙搅水的传说

有一户人家，就母子俩，儿子才九岁，叫小宝，他们就住在河边的一座龙王庙附近。由于离庙很近，小宝常到庙中玩耍。

有一天，小宝的母亲到田里干活去了，就把小宝搁到家。小宝是个很淘气的孩子，在家里待不住，就跑到庙中去了。他看见庙里的香碗感到很好玩：人都是两条腿，猪呀，马呀都是四条腿，为什么这碗是三条腿呢？小宝好奇心强，所以他就登上供桌，把碗拿回家去玩了。他也学着大人的样子，用树杆做香，磕起头作起揖来了。母亲回来后，小宝怕母亲看见挨打，就把香碗放在怀里了。晚上睡觉时，母亲见孩子怀里揣了个东西，拿出来一看，吓傻了。她赶忙把香碗送回了庙里，又是烧香，又是磕头，请求龙王的原谅。

第二天一早起来，小宝想起了那只碗，便问母亲，不料母亲骂了他一顿。但是孩子小没记性，等母亲下地时又到庙里去找那只碗。这回没玩多大一会儿把香碗的腿给弄断了，母亲干完活回来见儿子打断了碗腿，就把儿子狠狠打了一顿。小宝挨了打，就跑到东头的破房子里躲了起来。他想：把香碗腿弄断了，可闯了大祸。天也渐渐地黑了下来，小宝害怕也不敢动，只知道呜呜地哭。这时只听见一阵风吹过，从天下飘来一个白发老头，这老头手拿一把蝇甩子来到了小宝跟前，对小宝说道："孩子，你不要哭了，跟我走吧。"说着就让小宝坐到自己的手心上，把小宝带到了天宫。原来，小宝把香碗弄坏了，激怒了龙王，龙便到天庭告状，所以玉皇大帝就派太白金星抓小宝，决定惩罚一下这个不懂事的孩子。

小宝的母亲见儿子真的没了，可把她吓坏了。她拖着有病的身体到庙里去烧香，龙王张着大口，把小宝的母亲吞到了腹中。

再说，小宝在天宫被圈着，怎么待得住呢，他想母亲呀，所以就天天哭，天天闹，幸好有一个太子常来跟他玩。时间一长，太子要求玉皇大帝把小宝给放了出来，同太子一起玩耍。这天太白金星来到小宝近前说："你母亲已被龙王所害，你快回去救你的母亲

吧。"说完送给小宝一把剪刀,嘱咐他只要把龙王的心肝挖掉就能救出母亲。

小宝来到人间,就在龙王庙一带寻找龙王。一天他找到龙王后,真是气不打一处来,没容分说就同龙王战在一起。虽然小宝不是龙王的对手,但龙王怕他手中的剪刀,只听"扑"的一声,剪刀插入龙王的肚里。这龙王一痛就打起滚来,在天上、地上、河里滚来滚去。这一滚不要紧,把小宝就给搅入肚里,小宝在龙王肚里乘机挖掉龙王的心肝,救出了母亲。没有了心肝的龙王痛得在天上河里乱窜,把河里的水也都搅到天上去了。听人说龙搅水就是这样来的。

讲　　述:王　林
记　　录:王忠和
采录时间地点:1985 年采录于铁东山门镇

民俗传说

门神爷的来历

据说，唐二主李世民（唐太宗）的时候，有一天，上方太白金星李长庚为访查善人，变做一个卖卦先生，下界来到京城长安西门街上，摆下一个卦摊，招牌上写着"上知天文，下知地理，中知人的生死休咎"十六个大字。这天，东海老龙王的儿子小白龙打扮成一个白面书生，也来到长安街上，看见这个卖卦老头的招牌上写的言语，不禁冷笑了一声。卖卦先生闻声抬头一看，看见招牌下面站着一个白面书生。老先生又仔细一看，看出这个书生是东海龙王的儿子小白龙变的，老头手捋着长长的白胡子微笑着说道："小伙子，看了招牌笑什么？"书生回身说道："老头，你招牌上写的话，口气太大了！"卖卦先生又微笑着说道："小伙子，你不相信吗？那咱俩可以打个赌吗？"书生说："打赌就打赌，你说你上知天文，你可知明天？"卖卦先生寻思了一会儿，说道："明天下雨。"书生接着说道："你说明天下雨，那么你再说说明天什么时辰布云，什么时辰行雨，什么时辰雨止，下的是什么样的雨？你要算得准，我送你锞金白银十两作谢；要算得不准，我就砸碎你的招牌。"卖卦先生说："好！依我算，明天辰时布云，巳时行雨，午时雨止，下的是牛毛细雨。"书生听了，说："好，明天见！"一转身就走了。

第二天清晨，上方降旨下来。老龙王便让小白龙按上方旨意行雨。小白龙看玉帝圣旨上写的跟卖卦先生说的一点儿也不差，这下可把小白龙吓坏了！这时，在一旁有个老鱼精，它问："怎么回事？"小白龙便把昨天跟卖卦先生打赌的事说了一遍。老鱼精想了

想，说道："那好办，你今把布云，行雨，收雨，都给它往后错一个时辰，下的是瓢泼大雨，这样不就赢了吗？"小白龙一听，说："好，就这样办！"他等到了卯时才布云，午时行的雨，未时收住雨，下的是瓢泼大雨，下得个沟满壕平。雨过天晴后，小白龙又变成白面书生，得意洋洋地来到卖卦摊上，见了卖卦先生说："老头，怎么样？"卖卦先生说："我输了。"小白龙伸手摘下招牌摔在地上，卖卦的先生看他摔了自己的招牌也没生气，说："小伙子，你砸了我的招牌不要紧，而你违犯了天条，恐怕你的头要保不住了！"小白龙一听，打了一个冷战，猛然醒悟，呀，这个卖卦先生一定不是凡人！便哀求卖卦先生救他一命。太白金星看此情景便说道："我知道你是小白龙，而今你违犯天条，非得砍头不可！执行的人是当朝太宗皇帝驾下大臣魏徵。救你命的唯一办法是——你去哀求太宗皇帝，明天午时让魏徵不要离开皇帝，这样，他也就杀不了你了！"小白龙听了，向卖卦先生道一声谢，走了。

晚上，小白龙给太宗皇帝托了个梦，说明了原委，要求太宗皇帝救他，太宗皇帝答应了他。

第二天临近午时，太宗皇帝让魏徵和他下棋。下了一会儿，魏徵说困了，要求伏案打个盹。太宗想：只要你不离开这里，就没关系，就说："可以。"魏徵利用打盹的这一刻工夫，灵魂出窍，挥慧剑砍下了小白龙的脑袋。魏徵醒来后，又和太宗皇帝下了一会儿棋。太宗还满以为这下自己救了小白龙的命了呢。可哪知道到了晚上，小白龙的冤魂就来到午朝门外哭喊着闹了起来，抱怨太宗欺骗了他。太宗听了，感到莫名其妙，找来魏徵问情况，魏徵回奏说："是我打盹时用慧剑将小白龙的头砍下的。"太宗听了，又忧又喜。忧的是小白龙冤魂不散，来宫里闹事。喜的是自己有了这样一个贤能的大臣。太宗又问魏徵："小白龙冤魂来宫里闹事怎么办？"魏徵奏道："可令秦琼、尉迟敬德二位将军守卫宫门。"当天晚上，秦、尉迟二人奉命在皇宫前门守卫，小白龙的冤魂果然不敢来前门闹事了。可是第二天晚上，小白龙冤魂又来到皇宫后门闹事。魏徵奏道："请让臣去守卫后门！"晚间魏徵便去后门守卫，皇宫后门也安静了。就这样，每天晚上必得让他们三个人分别守卫皇宫前后门，方得安静。可这样他们三个人也太辛苦了！魏徵便想出了一个办法：让画工把他们三个人的像画下来，贴在了门上。画像还真管用，小白龙的冤魂也不敢来闹事了。

从此，民间每逢过年，为驱除鬼邪，也分别在自家的前后门贴上秦琼、尉迟敬德、魏徵他们三人的画像，把他们叫做门神爷。这一风俗从唐朝一直沿传到今天。

讲　　述：周　正
记　　录：周　菜
采录时间地点：1985 年采录于铁东区山门镇

接神的传说

有这么一句俗话：有福不用忙，无福跑断肠。这句话是怎么来的呢？

相传，从前有个张员外，人送号张大善人。老员外虽然家业很大，可他从不爱财，凡是租种他家地的佃户，凭心思交租子，愿交多少就交多少，从不计较。

这一年，年头大旱，大地裂得像龟背似的，庄稼颗粒不收。老员外不但不收租子，还打开粮仓给饥民放粮，当地人们把老员外敬为活佛。

时至大年三十夜里，家家张灯结彩，鞭炮齐鸣。这时，财神爷和喜神爷下界，推着车子挨家逐户撒财送喜。他俩来到这个地方一看，大吃一惊，今年这一带颗粒不收，人们还照常过年，怎么回事呢？两位神仙一打听，才知道，原来是张老员外放的赈，很受感动。财神爷对喜神爷说："老兄，既然张员外这么善良，我先去给他多送些财宝，去去就来。"谁知，到了张员外门前等了一个时辰，没人出来接神，无奈只好上前敲门，大声喊道："张员外在家吗？我是财神爷，给你家送金银财宝来了。"老员外听了，不以为然，慢悠悠回答说："你走吧，我不要。"财神爷做梦也没有想到，财主会不爱财，大为扫兴，摇头叹息地走了。

喜神见了财神快快不乐而回，疑惑不解地说道："老兄为何烦恼？莫不是张员外慢待了你？"财神爷摇了摇头说："老弟，别提了，我说这事你都不相信，古往今来哪有财主不爱财的，可这个张员外不但不欢迎我，反把我赶走，这可真是天下少有。""老兄，不要错怪了张员外，依我看他也许有什么不顺心的事，或是家业大财宝多，不缺钱财了。待我走一遭，看看究竟是怎么回事，我琢磨着给他送喜他不能不要……"喜神爷说完来到张员外家，一叫门，"张员外在家吗？我是喜神爷，给你送喜来了。"张员外听了还是那句话："我不要，你走吧。"

　　财神爷见喜神爷匆匆而回，急忙问道："老弟给员外送喜一定很受欢迎了？""咳，不怪你说，这个老财可真怪，财喜他都不要，究竟想要啥呢？"

　　两个人正在猜疑，福神爷赶来了，他听罢此事哈哈大笑："我倒要见识见识这位善人。"说罢转身奔张员外家去了。财神爷和喜神爷悄悄一合计，刚才的事他不相信，咱俩跟他去，看看他的笑话。

　　三位神仙来到了张员外的门前，一叫门："张员外在家吗？我是福神爷，给你送福来了。"张员外一听，心中大喜，慌忙吩咐老婆孩子赶紧排摆香案，烧香摆供放鞭炮迎接。忙了好一阵子，才把三位神仙接到了内宅，各自归位。福神爷问道："方才二位神仙来你家送财送喜，你们不理不睬，为啥我来了你又这样恭敬？""三位神仙莫怪，小老儿怕是没福，保不住财也留不住喜，这不是你福神来了，财神爷和喜神爷自然也就都来了。"

　　　　讲　　　述：万青敏
　　　　记　　　录：孔庆宁
　　　　采录时间地点：1985 年采录于铁东区山门镇

"财洞"的来历

如果走进东北农家的房舍，就会发现在炕屋和灶屋的间壁上，正对炕头和锅台的上方，有一个拱形的类似旧时城门那样的小窗户，俗称"财洞"。提起它的由来，还有一段传说呢。

从前在长白山下，有一户人家，婆婆很刁，媳妇很贤淑。一天，婆婆正在炕上闲坐，忽然听到在灶屋里做饭的媳妇和外人谈话的声音，心想：我儿下地干活去了，家里又没有别的人，媳妇在和谁说话？就怀疑媳妇起了外心。到了晚上，儿子回来了，婆婆对儿子说："在炕头间壁的墙上给我扒个窟窿。"儿子就照着母亲的话做了。天亮以后，儿子下地干活去了，婆婆仍在炕上闲坐，媳妇忙着做饭。不一会儿，婆婆又听见媳妇和别人的谈话声，眼睛顺着新扒的窟窿往灶屋里一看，见和媳妇说话的是一个长得十分漂亮的小女孩，那小女孩身穿红衣红裤，头上用绿绫子扎着两个小羊角辫，帮助媳妇干活呢。媳妇抱来柴火，小姑娘就往灶坑里放，还乐滋滋地和媳妇唠着嗑。婆婆想：这长白山下，十里八里也摊不上一户人家，哪里会有小孩到我家里来玩？一定是山上的人参娃娃。小姑娘走后，婆婆对媳妇说：我这里有个红线团，待明个儿小姑娘再来时，你就用针把红线别在她的身上。第二天，小姑娘又来帮助媳妇干活，媳妇就偷偷地把红线别在小姑娘的身上。事后，这家人就顺着红线，在一个山崖旁找到了这个人参娃娃，挖回家中，从此发了大财，过上了好日子。

十里八村的乡邻们知道了这样事后，也在自家的炕头和锅台的间壁上打一个洞，起名财洞，总想有一天家里也会来一个人参娃娃，好发大财，过上好日子。从那时候起，在炕头和锅台的间壁上留"财洞"的习俗就流传至今。

讲　　述：李福莲
记　　录：郑长春

迎亲放鞭炮的由来

古往今来，人们娶亲办喜事时，一等花轿进门，迎亲的人们就要点燃鞭炮，噼噼啪啪放一气。迎亲放鞭炮这个习俗是怎么来的呢？

从前某村的一个小伙子和某庄的一个姑娘结婚，花轿落地后，轿里竟走出两个一模一样的新娘。这个说她是真的，那个说她是真的，争着同一个小伙拜天地，入洞房，这下可把小伙子难住了。小伙子自己认不出来，哪个是真，哪个是假，又请其他的人来认，也无法弄清楚，无奈，只好把丈母娘叫来认女儿。这位老妈妈是个聪明人，就叫两个姑娘去爬树，并吩咐家人，准备了一枚土炮，一切看她的眼色行事。到了树下，她对两个姑娘说："我的女儿最会爬树，爬得又快又高，谁要能爬上树，谁就是我的亲女儿。"真的一听，在地上大哭起来："娘呀，你的女儿生下来就不会爬树，这么粗这么高的树，叫女儿来爬，不是坑害女儿吗？"假的一听，高兴得跳起来，说："还是娘最了解女儿，娘，你看着，女儿爬树了！"说完"噌噌"几下就爬到了树上。正当树上的女儿得意的当儿，丈母娘向炮手使了个眼色，只听一声炮响，树杈上的新娘掉下地来，变成了一只白狐狸，死了。老妈妈把地上的新娘扶起来，交给了小伙子说："这是我的亲女儿。"小伙子谢了丈母娘，高兴地同自己的心上人拜了天地，结成了"百年之好"。

后来，人们为了避免结婚时遇到麻烦，图个吉利顺当，渐渐地形成了结婚看好的习俗。打死假新娘的土炮也渐渐演化成结婚放鞭炮的习惯，意为"炸邪"。

讲　　述：李福莲
记　　录：李宏伟

财神爷为啥打光棍

财神奶奶对财神爷的做法早就不满意，她认为财神老是把钱财送给富人而不送给穷人，很不公平。一天从桥南来了一群推独轮车的穷汉子，财神奶奶对财神爷说："你为啥不把钱送给他们一些，也叫他们过上好日子呢？"财神爷说："他们没有那个命。""我不信！"财神奶奶愤愤地说，"那是你的眼睛只认富不认穷罢了。"财神爷似乎感到委屈，解释道："爱妻差也，我是认命不认人，不信你看着。"财神爷把一个元宝放在桥中间。这时，那几个穷汉子刚好走到桥头，其中一个说："咱们往常都是睁着眼睛过桥的，今天咱们玩个新花样，闭着眼睛过桥怎么样？""好！"大家都赞成，就都闭着眼睛推着独轮车过了桥。桥上的元宝仍原封未动地放在那里。财神爷说："爱妻，钱在鼻子底下，他们都看不见，是他们没有发财的命呀！""穷人没有那个命，难道富人都有那个命？"说话间，财神爷看见桥北来了一个骑着高头大马的阔公子，就对财神奶奶说："不信，你再看看。"这回财神爷把元宝放在路边的一棵马莲草下面。那阔公子正要过桥，突然觉得肠子里"咕噜咕噜"响，急急忙忙从马背上跳下来去拉屎。可是马没地方拴，眼睛四下里一瞅，发现旁边有棵马莲草，心想：干脆把马拴到马莲草上吧。到眼前一看，发现了一个大元宝，怀里一揣，屎尿全无，翻身上马，过桥去了。为啥富人都有这个命，穷人没有？财神奶奶以为是财神爷捣的鬼。她非常可怜穷人，可是她无权送钱给他们，所以每当财神爷送钱给他所说的有财命的人（实际是富人）时，财神奶奶就非常生气。日子久了，他俩感情破裂，财神爷就把财神奶奶休了。所以，旧时人们供的财神，只是个独身的老爷子。

讲　　述：孙万英
记　　录：李宏伟

倒贴"福"字的来历

咱们汉族在过大年的时候，家家都要贴"福"字，有的正贴，有的倒贴。为啥有倒贴"福"字的习俗呢？

相传有这么个故事。从前某庄有个读书人，一到过年，为了庆祝丰收，他写了许多"福"字，分给各家张贴。这庄的东北角有一家，几辈子没有一个识字的人，结果把"福"字给贴颠倒了。年三十的晚上，恰逢财神下凡界视察民情。因为财神比干没有心，从天上下来时，有时头朝下，有时头朝上。这次财神是头朝下从天上下来的，他从庄西头向庄东头挨家挨户地看。比干还有个毛病，他看字必须正着看，要是颠倒看，他就不认识了。正的"福"字，财神看了都是颠倒的，不认识。只有庄东北角的那一家，财神看了大笑道："哈哈，这家的'福'到了。"于是送给了这家许多钱财。这家因贴倒"福"字发财的事，被庄上的人知道了，第二年过年的时候，把"福"字都倒着贴。庄东北角这一家今年把"福"字贴正了。哪知道财神改变了去年的做法，头朝上下的凡界，又送给了这家许多钱财。第三年庄上的人学聪明了，贴"福"字时，有的正贴，有的倒贴，结果每家都得到了财神送的钱财。

讲　　述：李福莲

记　　录：李宏伟

采录时间地点：1986 年采录于四平铁东区

盲人算卦的来历

说这话可有年头了，那是汉朝的事。

一天，汉臣张良散朝回府，当他路过一家豆腐坊时，忽然里面传出叫骂声，听声音好像吆喝牲口，又像骂人，张良听了好生奇怪。信步进了豆腐坊，到屋里一看，见两个盲人正换着推磨呢，累得满头大汗，主人手里拿着鞭子，一边抽打一边骂："瞎驴子，真慢，磨磨蹭蹭地啥时能推完？"张良见盲人累得可怜，便吩咐手下随从把他们带到府里去。随从不由分说，拖起这三个人就走。到了府里，豆腐坊主人吓得抖成一团，跪在地上哀求道："大老爷，我可没做什么坏事，您饶了我吧。"

张良把桌子一拍责问道："大胆刁民，你何不用牲畜拉磨，却折腾这两个残疾之人呢？""大老爷容禀，事情是这样，盲人别的活干不了，只能推磨，他们是自愿来给我们白吃白干的。"张良听了点点头，从衣兜里掏出五两银子，递给了豆腐坊的主人说："这银子是给你买毛驴拉磨的，再不许使用盲人推磨。"豆腐坊主人接过银子连声地说："再也不敢了，再也不敢了。"

张良对盲人说："不要怕，本官为你们盲人做点好事，给你们找点谋生之路，教你们学一学卜卦好吗？"盲人听了感激得跪在地上直磕响头。张良就把自己所学的天干地支、五行八卦、十二属相、卜卦歌等一一都教给了盲人。转眼两年过去了，张良见盲人也都学通了，他就对盲人说："本官见你们学得也差不多了，不能久待在府里，还是到民间去谋生吧！我有三个诀窍你们要谨记，一是算卦时先顺藤摸瓜；二是出了漏洞两头堵；三是给富人算卦要多算点灾星来，给穷人算卦多算些好事。"盲人听完千恩万谢地走了。打那以后盲人算卦就开始流行了。

讲　　述：徐王氏
记　　录：孙喜臣

祭灶的由来

早先年，每到腊月二十三祭灶的时候，人们就念叨着："灶王爷，本姓张，骑着马，挎着枪，上上方，见玉皇，好话多说，赖话少说。"提起这几句话来，还有一段故事哩。

传说在很久很久以前，在一个大屯子里，住着一户姓王的木匠，家有三口人。王木匠老实巴交的，手艺还不错，前村后屯、左邻右舍需要做点什么，都愿意找他。他的独苗儿子金龙，长得眉清目秀，聪明勤快。王木匠的老婆刁氏事多，总是打东邻，骂西舍，今天一阵风，明天一阵雨。大伙都离得她远远的，恐怕叫她撞见惹出是非来。虽说这样，人们也都看王木匠的面子，没人和她一般见识。一家人凭着木匠手艺，日子过得倒也不错。两口子对金龙，如掌上明珠，真是含在嘴里怕化了，顶在头上怕吓着。光阴似箭，一晃金龙七岁了，到了上学的年龄，于是爹娘就把他送到学堂去念书。从金龙家到学堂有三里多地，途经一座山神庙，每逢刮风下雨，他就到庙里避一避。冬去春来，转眼金龙已经十四岁了，先生教给他的书背得滚瓜烂熟，出口能成章，提笔能写梅花篆字，有过目不忘之才，把个老先生乐得胡子翘起老高。有一天，金龙刚放学，天就阴了，正走到山神庙附近，就掉起了雨点。金龙一看要挨浇，急忙躲进了山神庙。刚进庙门，雨就像瓢泼似的从天而落。他一屁股坐在山神爷的神像旁边，想靠着神像坐一会儿。忽然觉得神像移动，靠近不得，金龙感到挺蹊跷，定了定神，奇怪地问道："山神爷，你为什么老躲我？"话音刚落，只见神像的嘴角动了几下，随后就听神像说："金龙，小神本不该泄露天机，皆因你是真龙天子，以后必坐天下，因此小神不敢和你平起平坐。"说完便恢复了原状。这时外面的风也停了，雨也住了，金龙半信半疑地跑回了家，到家就把山神庙里发生的事向爹娘说了一遍。刁氏听后，乐得眉开眼笑，嘴里不住地说："这回可好了，我儿子要当皇帝了，天下归咱家啦！"并且对金龙说，"等你当上了皇帝，对以前和咱

家闹别扭的，欺负咱的人，有仇报仇，有冤报冤。"王木匠在一旁听老婆说的话很不在理，就劝说了几句，可这哪管用呢！从此以后，刁氏对这件事逢人就说，遇人就讲，闹得人们心里很不安宁。

时光一晃进了腊月门，人们都在准备过年。就在腊月二十三祭灶王爷的那天，刁氏边升灶王爷边叨咕以前说的话，还说："灶王爷上天，要保我儿子早点当皇帝。"说完磕了三个头进了内房。事情也真巧，灶王爷上天后把人间的事向玉皇大帝一一奏上，玉帝听了刁氏在人间的所作所为，非常生气，对灶王爷说道："金龙虽是龙体，但尚未成器，本应归天治罪。但念此事并非本人所为，待来年盛夏时，抽回龙筋，免得日后百姓遭殃。"然后，命两员天官下凡，访察金龙一家的行为。

在第二年夏季的一天夜里，狂风大作，雷雨交加。金龙睡得正香，突然感到周身疼痛。他翻身打滚，哭天喊地，汗珠子像黄豆粒似的往下滚。半个时辰过去了，左邻右舍也被惊动起来，进屋一看，王木匠和刁氏都哭成泪人一样，金龙躺在炕上已昏死过去了，但谁也不知道发生了什么事情。自金龙的龙筋被抽走后，整天无精打采的，在家足足养了七七四十九天，身体好了很多，又能念书了。可是他觉得这场病来得突然，总感觉有一场大祸要临头似的，心里十五个吊桶打水——七上八下。一天，他在放学回家的途中，心想：我何不到庙里问问山神爷去？于是，他来到庙里，恭恭敬敬地给山神爷像施了个礼，问道："山神爷，前些天，我害了场大病，险些死了，这场病有些蹊跷，望山神爷指点。"只见神像慢慢睁开了眼睛，瘆声瘆气地说："你得的并非是病，是被玉皇大帝把你的龙筋抽走了。皆因你母亲不行善，道破了天机，灶王爷见怪，腊月二十三告到了玉皇大帝那里，玉皇大帝十分恼怒，派值日神将抽了你的龙筋。来年的今日，玉皇大帝要派雷公将你全家人五雷殛顶。"金龙急得哭了起来，一边磕头，一边哀求说："山神爷，求求您给我想个办法，救救我一家吧。"山神爷说："这件事我办不了哇，还是去求灶王爷吧。腊月二十三祭灶那天，你给灶王爷烧几炷香，供几个大馒头，磕几个头，然后你就念叨说：'灶王爷，本姓张，骑着马，挎着枪，上上方，见玉皇，好话多说，赖话少说。'念上两遍，方可免去祸灾。"山神爷说完闭上眼睛，又恢复了原状。金龙又给山神爷磕了几个头，千恩万谢地走了。到家和爹娘一说，一家人吓得不得了。

自打那日后，刁氏再也不敢作恶了，金龙和爹爹经常为屯里的人做好事。一晃又到了腊月二十三，金龙按着山神爷说的话，一样一样都做了，果然一家人四季平安。后来，金龙把这事告诉给村里人，打那以后，一传十十传百，人们每逢腊月二十三祭灶时，就给灶王爷烧香、上供、磕头，口中念叨着："灶王爷，本姓张……"

讲　　述：孙忠田
记　　录：孙喜臣
采录时间地点：1986 年采录于铁东区山门镇

酸菜关东一怪

古往今来，生活在关东的人家，无论家境穷富，在秋天都要腌酸菜。看似普通的习俗，在民间还有一段感人的故事呢。

相传女真"前金"政权首领完颜阿骨打起兵反辽时，曾被辽军围困在山里。当时正是秋天，白天秋阳照耀着大地，在林子里并不觉得冷，可到了夜间寒气袭人。将士们衣衫单薄，风餐露宿，坚守在山林里，里无粮草外无救兵，山中能吃的野菜和野兽也快吃完了，野草也被战马啃得快露地皮了，仅有的军粮只够用几天的。

当时，金、辽双方兵力悬殊，金军处于劣势地位。完颜阿骨打内心无比焦急，怕寒冬突袭军心不稳，不战自溃。他的大妃为替首领分忧解愁，稳定军心，主动请缨，要下山闯敌营去搬救兵、筹集军粮饲草。这一举动令将士们敬佩，备受鼓舞。完颜阿骨打为自己的女人能有如此胆量和勇气而高兴，更为她的安危牵肠挂肚。

那天的后半夜，万籁俱寂，大妃扮成辽军，带上宝剑，只身一人悄悄地下山了。潜入辽营，小心翼翼地躲过了巡逻哨兵，在帐篷中间辗转穿行着，终于赶在天亮前走出了辽军大营。天光渐亮，大妃走到一块平地跟前，定睛一看，这是一块白菜地，弯下身来，蹲在菜畦之中，眼前一片绿色，越看越清晰，她仿佛看到了胜利的希望，有这片大白菜，足以解金军燃眉之急。她高兴地搬倒一棵大白菜，望着翠绿的菜叶、紧紧包裹在一起的白玉般的菜帮、饱满充实的白菜心儿，心生欢喜，抱在怀里沉甸甸的，她陶醉在喜悦之中。天光大亮，辽兵发现了大妃，还以为她是开小差儿的士兵呢，哨兵大声地喊着："开小差的，站住！再往前走就开弓放箭了！"大妃一听不好，不由得站起身来，加快脚步想冲出白菜地。这时辽兵开弓放箭，箭如飞蝗，在耳畔嗡嗡作响，一只流矢正中大妃后心，她踉踉跄跄地跑了几步，扑倒在几棵白菜上面。

一晃几天过去了，一直坚守林中的完颜阿骨打左等右盼，仍不见大妃回来，也没有她的消息，不由得有一种不祥之感。大妃的成败与全体将士的存亡命悬一线，又过了几天，大妃还是音讯皆无。那一夜突起大风，天特别冷，冻得将士们浑身发抖，完颜阿骨打觉得有利的时机来了，作出了最后决定：乘后半夜辽军困守疲惫之机，择防守疏漏之处杀出重围，破釜沉舟，拼死一战。

首领下令：三更造饭、五更行动。将士们把仅有的粮食全部吃光后，五更天，一支精悍的小分队轻装下山潜入辽营，在各处放起火来，风助火势，瞬间辽营大火熊熊。一片混乱之时，另一队人马乘乱下山，穿过辽营后回过头来，从外围猛攻辽军，把辽军打得措手不及，形成了与山上金军内外夹攻之势。辽军将领误认为金军援兵来了，且战且退。完颜阿骨打率军杀入敌营与辽兵大战一处，拼死冲杀，辽军损失惨重，不敢恋战，围山防线彻底崩溃。

天光大亮，金军追杀溃退辽兵，路过这片白菜地，意外发现死去的大妃，在场的金军将士无比悲痛。完颜阿骨打翻身下马，俯身抱起心爱的大妃，无意间发现她身下的白菜变成了酸菜，散发着酸甜的气味，香气扑鼻。见此情形，完颜阿骨打强忍悲痛，借题发挥，对身边的将士说："大金有粮食了，大妃虽死，可她分明在说，用白菜腌渍酸菜，不腐不坏，能吃一冬带一春，酸菜是咱用不完的军粮！有了军粮咱就不怕辽兵了！"将士们听有了军粮，顿时振作起来，以一当十，奋力杀敌，大败辽军，缴获了大量粮草、马匹、衣服等军需品，消灭了敌人，装备了自己。

自此以后，女真人普遍用白菜腌渍酸菜，用这种方法保存多余的白菜，因酸菜具有解腻开胃的作用，聪明的女真人又开发了很多以酸菜为主要原料的菜肴，加工方法有炒、炖、煮等，尤其用于火锅佐食效果更佳，"大缸小缸腌酸菜"也就成了关东一怪了。

讲　　述：柴连恩
记　　录：柴运鸿
采录时间地点：2000 年采录于铁东区叶赫镇

打饭包的由来

"打饭包"也叫"饭包"、"包儿饭",满语叫"乏克"。"打饭包"既是满族人民很喜欢的一种传统小吃,又是日常生活中的家常便饭。它的吃法很特别,材料也很普通。主要是在夏季和秋季,土豆和茄子成熟的时候,先烀上一锅土豆和茄子,同时蒸上一盆鸡蛋辣椒酱,先把土豆和茄子用筷子捣碎,放上鸡蛋辣椒酱,再放上香菜和小葱,再放上米饭,过去是高粱米饭和小米饭,现在也有用大米饭和二米饭(大米和小米一起做)的,然后将菜和米饭拌在一起,越均匀越好。准备好大一点的嫩白菜叶,也有用生菜叶的,平整地铺在二大碗里或盘子里。这时就可以把拌好的饭菜放在菜叶上,再用菜叶把饭菜卷起,用双手捧起来吃。这种饭乡土气息十分浓厚又特别美味可口,不但深受满族人民的喜爱,生活在东北地区的汉族人家也都喜欢这种独特的吃法。现在更是流行全国,在许多上档次的大饭店里也有打饭包这种美味小吃,还在菜里加上了肉丝和高档菜肴,备受广大顾客的青睐,使打饭包更加好吃。

那么,吃打饭包的习俗是怎么来的呢?

传说是老罕王努尔哈赤发明的。那时候,东北有好多个部落小国,老罕王有个远大的志向,他要把这些个分散的小国统一起来,建成一个强大的国家。说是有一年的七月份,老罕王一连收复了好几个部落小国,然后又率领人马来攻打叶赫国。可叶赫国也很强大,在国王的带领下,全国将士们进行了顽强的抵抗。两国交兵,直杀得天昏地暗,最后,老罕王的兵马反被叶赫国打败了。老罕王被迫退到叶赫的南面焦家屯一带的大山沟子里。

四野无声,山谷苍茫,老罕王的人马打了半天仗,累得是又饥又渴、又困又乏,都东倒西歪地躺在荒地上了。那时候的焦家屯一带还没有几户人家,更没有多少粮食,要想把老罕王的人马吃饱,那是不可能的。老罕王身材高大,更是饿得没法,他盘腿坐在一块白菜地头上,仰天长叹:"难道这是天意,想要绝我于此地吗?"

忽然，一只大鸟张着巨大的翅膀从远方飞来，飞到老罕王头上时，叫了两声"布姐，布姐"，又飞远了。老罕王按着声音辨别意思，这"布姐，布姐"有"不绝"的意思呀，难道是老天来帮助我吗？于是老罕王冲着大鸟就喊了一声："若有不绝之意，就请赐我一桶干饭吧！我的兵还要打仗，饿坏了可不行！"

说话间，天空果然卷来一股旋风，顶天接地，不大会儿工夫就刮到了老罕王的头上，"呼"的一声，一桶干饭稳稳当当地落在他的脚旁。老罕王站了起来，绕着桶走了一圈儿，心想：果真是天无绝意。心里好一阵高兴，可又后悔了，怎么和老天说话时，忘了要碗和筷子呢！可再张嘴要吧，那只大鸟早已飞得不知去向了。不要吧，这饭又怎么吃呢？一个受伤的士兵艰难地爬过来了，他的两眼流着血，全瞎了。他抱住老罕王的腿说："老罕王啊，我虽然看不见，但我知道，我们的兵马让叶赫已经包围起来了，很快就被吃掉了呀！我不想饿着肚子下黄泉，我闻到饭香啦！快赏我一口吃的吧！"

老罕王听了这个士兵说的"包围"起来的话，受了启发，心头一亮，对！包起来吃。于是，他就伸手掰了一片白菜叶子，动手打了有史以来的第一个饭包，递给了受伤的士兵。然后，他把所有的人都叫过来，用白菜叶打起饭包吃起来。吃得津津有味，都觉得比满族人常吃的黏火勺还好吃。

可也真的是奇怪，这天上掉下来的一桶饭，怎么吃也不没，直到千军万马都吃饱了，才见底儿。一顿打饭包吃好了，老罕王告诉了饭的来处，说："看来是天无绝我之意，我们肯定要胜利的，我们不如趁此良机，一鼓作气攻打叶赫。"听了老罕王的话，千军万马群情激奋。他们高声呐喊，又来到叶赫城下。这次他用吃饭包的方法，给叶赫国也来了一个打饭包，从四面包围了叶赫王城，结果一举全歼，大获全胜。叶赫国虽然被征服了，但老罕王对叶赫国的人并没有大加杀戮，而是和叶赫国的人共同吃了一顿打包饭，意思很明显，今后叶赫的人和建州（老罕王是建州国的首领）的人要团结起来。

后来，叶赫国的人大都参加了老罕王的军队，和建州国的人一起战斗，打败了明朝，建立了清朝。从此，叶赫的家家户户开始有吃打饭包的习俗。

为了不忘祖先创业的艰难，清代的皇宫里每年七月初三就要吃这道饭。御膳房年年在这一天都要准备好菜叶，让皇上和三宫六院七十二妃们吃打饭包。据说慈禧太后一生少不了的两样吃食，一个是打饭包，一个是小窝窝头。慈禧太后吃打饭包更是讲究一些，有金饭包和银饭包之分。金饭包的主料是小米和炒好切成的鸡蛋丝儿，银饭包是大米饭和粉条及干豆腐丝儿。

满族人入关后，把吃打饭包的习俗也传到了南方。至今，在一些大城市有名饭店里，仍有一道美味的地方小吃——打饭包。

讲　　述：宁忠华

记　　录：刘　明

采录时间地点：2000 年采录于铁东区叶赫镇

人物传说

华佗出世

从前，有一个叫华佗的人，他很勤劳，每天早出晚归靠打柴过日子，养活老母亲。有一天他困了，就躺在山坡上睡着了。在他的身边的石堆里有个石头人，他刚睡着，石头人就给他托了个梦，对他说："华佗呀，你何必整天上山打柴呢？我让你当个郎中吧。"华佗一下子醒了，他睁眼一看，眼前什么也没有，就躺下又睡过去了。石头人又来给他托了同样的梦，并对他说："我的肚子里有三本天书，你的砍柴斧子能打开我的肚子，要是能得到这书，你就能当一辈子好郎中，再也不用砍柴了。"华佗醒过来一想，我还不如试一下。他在身边找着了小石人，刚拿起砍柴斧子一比画，石人的肚子就开了，里面露出三本书，他拿起这三本书，就走了。

华佗走着走着，一天来到一个员外家的门口，就听院里人声吵吵嚷嚷，还有叮当拿刀弄棍的声音，他就问门上的人："院里是怎么回事？"家人说："你不知道，是员外的独生女儿病了，病得很重，也不知是什么病，谁也治不好。这不是，这伙人正在给她驱邪呢。员外说了，要是谁能治好姑娘的病，就把姑娘嫁给谁。"华佗说："那还不好办，我就能给治好。"员外马上备了饭菜让他吃，吃完请他到上屋给姑娘治病。他说："不用去上屋了，只用一根线拴在姑娘的中指上，就行了。"员外照办了，华佗手捏着这头品了一会儿说："你们的后花园里有一枯井，里面有一个妖魔，妖魔在缠着姑娘呢！"华佗又说："准备一个竹筐和两只鸽子，我坐在筐里，你们一点一点把我放下井去，等到了底我把鸽子放上来一只，等再放上来一只时，你们就把我拉上来。"华佗坐在筐里，慢慢地

到了井下，他用眼睛一看，有一个蛤蟆样的妖魔，妖魔说："华佗啊！我知道你是来杀我的，你别杀我了，我保证让这姑娘做你的媳妇。"华佗说："那好吧！我放了你。不过，我回去后，如果姑娘的病再不好我还来。"说完他就把另一只鸽子放上来了，大伙把华佗给拽上来。他回到屋里一看，只见姑娘好好地坐在炕上。老员外非常高兴，对华佗说："你别走了，我就把姑娘嫁给你了。"从此，华佗就给人治病，无论病重轻，只要他一看，立刻就好了。

一天，走到一个村子上，只见从南边走来了一个送殡的，就听大伙说："这媳妇死得太白瞎了，平日里，她对公婆是百里挑一的孝顺，要不是难产哪能死？她这一死，那老两口也够戗了。"华佗一听，就急忙走到棺材跟前说："你们把棺材打开，我能把她治活。"人们一听都将信将疑的，人死了怎么能活？华佗说："好人有好报，你们快把棺材打开吧。"棺材打开后，华佗拿起一根针在她肚子上扎了一下，只见她慢慢缓过一口气来，好像睡醒了似的睁开眼睛。又过了一会儿，生下个大胖小子，把老头儿、老太太乐得嘴都合不上了，千恩万谢地说："你真是神医啊！"

讲　　述：李红霞

记　　录：孔庆宁

采录时间地点：1986 年采录于铁东区

华 佗 收 徒

传说三国时候，有位神医名叫华佗。华佗老了的时候，很想招收一名称心的徒弟，好把医道传给后世，等过世以后，能继续为穷人治病。

消息传开后，远近青年人都纷纷前来投师。

这一天，来了一位姓张的青年人，华佗说："好吧，你先留下试试吧！"第二天一大早，华佗便背起药箱，带他出门行医。走哇走，迎面碰见一位老农民，喉咙堵得慌，都快要憋死了。华佗救人心切，赶紧上前搭脉，并立即用针刺疗法治疗，但不见效。华佗只好嘴对嘴往外吮。不一会儿，痰便吸到华佗嘴里，吐了出来。老农民这才死里逃生。华佗用清水漱过口回过头一看，青年人早已躲出多远，还用袖子捂鼻子呢！华佗心里十分不快，回到家里之后，便冷冷地对这位投师的青年人说："你没有救苦救难的精神，医道学得再好，也没有半点用处，你回去吧！"就这样，这位姓张的青年被打发走了。

几天之后，又来了一位姓王的青年人。华佗说："好吧，你先留下试试吧！"华佗照例把他带出门去行医。走哇走，迎面正好碰见一位老汉，腿上破皮烂肉，脓水直淌。华佗赶紧上前看了看，便吩咐青年人替老汉洗腿。青年人三下五除二，很快便把老汉的病腿洗净了。华佗替他敷上药，一眨眼的工夫，老汉的病腿好得利利索索。华佗心想：这青年人医德不错，但不知他才情咋样？于是便把他领到大山旁。这山立陡石崖，既没有石缝可登，又没有树可攀，华佗给他一把锄头，一只药篓，嘱咐他说："你从南山采药，我到北山采药，过一会儿，我们就在山顶会合。"说完便分手了。

过了一会儿，华佗回到南山，那青年人还在山脚下发愣呢！华佗问他怎么不往上攀，他为难地回答说："山太高，实在没有路哇！"

华佗笑了笑说："你不敢上山采药，那就替我做点小事吧！"

说着，便把他领回院子里，把一块脓布交给他，让他洗干净，又把一堆混在一起的黑白芝麻交给他，让他分开。说完，便走了。

过了一会儿，华佗回到院子里一看，好家伙，青年人坐在院子里愁得发呆呢！见华佗走来，便苦愁着脸说："师傅，旧脓布斑太厚，难洗极了，黑白芝麻密密麻麻，也不好分开。"华佗低头一看，可不是！脓布还是脓布，那堆芝麻还是原封不动。于是便对他说："你有为穷人看病的精神，但不善于动脑子，是学不会什么的，你回去吧。"

第四天头上，又来了一个拜师的小伙子，华佗说："好，先留下试试吧！"接着，华佗照例带这位小伙子出门行医。走哇走，迎面碰见一个满脑袋生疥疮的人。还没等华佗伸手，这个小伙子便急忙用药水把患者的头部洗个一干二净，并帮助师傅替患者敷了药。见此情景，华佗心里十分高兴。华佗又把这位小伙子领到大山旁，交给他一把山锄，一只药篓，叮嘱一番后就走了。

过了一会儿，华佗前来一看，这小伙子早已采满草药，从山上的小路走了回来。华佗心中极为欢喜，说："聪明的小伙子，你再替我做点小事吧！"于是，就把小事一五一十地说给这青年人。

太阳落山时分，华佗到院子里一看，这个小伙子正在树阴下滚铜钱呢！华佗问他："小事做得咋样啦？"他回答说："早就做完了。"华佗留神一看，哎呀！不但脓布没有洗净，黑白芝麻也分得含混不清。华佗摇了摇头，叹口气说："你人是聪明的，但一边做事，一边贪玩，是学不会什么的。你回去吧！"就这样，这位小伙子也被打发走了。

没过几天，又来了一位小伙子，华佗一搭眼，见这小伙子中等个，身板硬朗，衣着打扮洁净朴素，一双明亮的眼睛显得聪明能干，华佗把他留下来。第二天早上，便带着他出门行医。走哇走，迎面碰见几个人抬着一口棺材，后边还跟着一个男人哭哭啼啼。华佗发现棺材缝里不时地有血滴出来，不禁大吃一惊，他想，人死血必凝固，此人没死。救人心切，华佗忙不迭地上前打听情况。跟在棺材后的那位男人，哭着述说原委：棺材里装着的是自己的妻子，

半夜里生孩子难产，不到天明就咽气了。华佗对他说："从血的颜色看，不像死人的血，你把棺材停下来，让我看看！或许能把人救活。"当地有个风俗，棺材出门，不准再开棺材盖。那位男人十分为难，乡邻们也赶来阻拦。这时，那个小伙子抢先一步，拍着胸脯说："各位乡亲，要是我师傅救不活他，我情愿代师抵命。"这一说不要紧，死者的丈夫赶紧说服大家把棺材停下来。开棺一看，那妇女面如黄纸，一搭脉，果然不出所料，是难产昏迷。华佗拿出银针，找准穴位，连扎几针，不一会儿，那妇女便"哎呀"一声，婴儿落地，她也苏醒过来。人们见了，惊奇万分。回到家里，华佗照例吩咐这小伙子上山采药，洗脓布，分芝麻。这小伙子想了想，先用山锄开路把草药采回家；又把脓布浸在碱水盆里，泡好后，拿到河边洗干净；接着他又找来把筛子，把芝麻筛过再挑。

过一会儿，华佗来到院里一看，嘴都笑歪了，他赶紧对这小伙子说："好极了！好极了！我就需要为穷人救苦救难、肯担风险、不偷懒、能认真做事的年轻人，你就留下来吧！"据说，这位小伙子后来果真成了第二代神医华佗哩！

讲　　述：石　财
记　　录：吴　闻
采录时间地点：1985 年采录于铁东区

王尔烈童年对诗

据说王尔烈在七八岁的时候，在孩童之间就出类拔萃，能写字，会作诗，聪明伶俐，目诵十行。

这一天正当五月初五——端阳节，王尔烈拿五个粽子，到他三嫂这屋来了。他三嫂识文断字，能读书作诗。平常她和小叔子们作对联，今个又来了兴趣，对王尔烈说："五弟呀，我给你出副对联，看看你能不能对上。"

"好呀，嫂子你出吧。"

"五月五日，五弟怀抱五粽。"三嫂张口作完。

王尔烈说："嫂子你听吧：三更三点，三嫂怀抱三兄。"

"这个狼崽呀。"他三嫂起身从后面就追，半天没追上。

过了两天，王尔烈又找他三嫂来了："嫂子，我又来了。"

三嫂说："来了好，我再给你出个对联，对不上可不行！"

"保证对得上，你说吧。"

三嫂说："拳头，巴掌，手！"

"嫂子，我对上你可别生气呀！不兴动手打我。"王尔烈先告过，高声吟道："三哥，三嫂，狗。"

王尔烈说完，转身就跑。嫂子一听，气得随后就追。

正好王尔烈老爹迎面走来，拉住了五儿子问："你在这儿干啥，又在欺侮你三嫂了？"

王尔烈不敢动弹了，也不敢说话了。

"快说，怎么回事？"老爷子问。

"嫂子给我出副对联。"王尔烈回答。

"什么对联？"

"拳头，巴掌，手！"

"你对的什么呀？"

王尔烈随机应变说："莲蓬，荷叶，藕。"

"好，好孩子！"爹爹夸道。

他嫂子抿嘴笑，王尔烈乘机溜走了。

讲　　述：李桐森

记　　录：高　山

采录时间地点：1985 年采录于四平铁东区

姜子牙封神

不少庙宇顶上都塑个狗，你知道这个狗是咋来的吗？

相传姜子牙兴兵灭纣之后，辅佐文王坐天下，普天下万民乐业，五谷丰登，一派太平景象。

忽一日，姜子牙想起伐纣阵亡将士未受人间爵禄和香火，于是命人搭起一座祭坛，为阵亡和有功将领一一封神立位。眼见快封完了，突然小舅子马守仁气喘吁吁地跑过来，说："姐夫，姐夫，你可千万别忘了给我封个好位置，最好封我个神上神。"本来一阵忙活，早把姜子牙忙得心烦意乱，这会儿小舅子又来捣乱，无奈只好先封马守仁，姜子牙用手一指前边的庙宇说："既然兄弟要封神上神，前面的庙里即是神，你就在庙顶上看庙吧！"马守仁一听，这可是个好差使，就往庙顶上爬。刚一上去，他变成了一条狗。打那以后，庙上塑狗的规矩留下来了。姜子牙被小舅子这一岔忘了封自己了，最后，他没处去了，只好蹲在灯笼杆下，成了灯笼神。

讲　　述：王徐氏
记　　录：孙喜臣
采录时间地点：1985 年采录于铁东区山门镇

李时珍行医

李时珍年轻的时候，有一阵子非常倒霉，他出去给人治病，治一个死一个，这样，人们谁也不找他看病了。他很犯愁，就找了一个算卦的瞎子，瞎子说："你不用犯愁，也不用着急，多咱你媳妇的脚长到八斤半，你才能看一个好一个。"听了这话，李时珍傻眼了，我媳妇的脚能长那么重吗？行医不成，他只得带着媳妇南跑北颠地做点小买卖维持日子。

这一天他正和媳妇往前走着，天上忽然下了大雨，地上非常泥泞，他媳妇跟在他身后，一步一滑地走着，两只脚踩满了大泥，他媳妇说："我嫁给你算倒老霉了，这么大的雨还得跟你走。"

李时珍说："你对付着走吧，不走没饭吃。"

他媳妇说："还走啥呀，你看我的脚都有八斤半沉了。"

李时珍一听这话，高兴了，哎呀！我媳妇的脚真长到八斤半了。他一哈腰，催促他媳妇："太好了，来！我背你走。"

说也怪，从这天起，李时珍再给人看病，是看一个好一个，多么重的病，他都能手到病除，真是妙手回春。十里八村的人都来请他看病，一时间，神医李时珍的大名就传开了。

一天，李时珍的母亲病了，病得很重，吃了许多药也不见好，李时珍的弟弟想：人们都传说哥哥的医道高明，我不如套车把我妈妈送到哥哥那儿，看我哥哥能不能治好。他套了一挂车，拉着老母亲走了三天来到镇上。

李时珍对弟弟说："你把母亲拉回去吧，母亲的病治不了。"

他弟弟来火了，说："你给别人看病，看一个好一个，我好几百里把母亲拉来了，你都不细看，就说没治了，你一点药也不能给下？"李时珍说："我让你把母亲拉回去，你就拉回去，你先走，过三天我也回去。"他弟弟问："你回去干啥？"李时珍说："我回去给母亲发丧。"他弟弟更来气了，一甩手说："母亲现在还好好的，你当儿子的怎么说话呢？行了，不用你看了，你也别回去

了!"他弟弟赶着车拉着母亲往前走,走到天黑,遇到一户人家,想借个宿,正赶上这家媳妇要生孩子。这家人挺好,说:"快小半夜了,你们就住下吧,老太太这么大岁数了,就在里屋吧。"

半夜时这家媳妇生了个胖小子,一家人都很高兴,吃饭时,还给老太太端来一碗面汤,里面打了两个荷包蛋,老太太都吃了。

天亮了,李时珍的弟弟拉着他妈继续走,走到晌午,前不着村,后不着店。三伏天,日头毒,渴得老太太嗓子直冒烟。实在受不了,老太太说:"儿呀,你想法给妈找点水吧,不管啥水都行,你要是孝顺,给我尿一泡尿,让我喝吧。"李时珍的弟弟说:"妈,你坐下歇歇,我去找找看。"他四下找开了,哪儿也找不到水。最后,他来到一个坟茔地,看见一个死人脑瓜瓢里有半下水,水里还有两只蛐蛇,他实在没有别的办法了,就把脑瓜瓢里的蛐蛇拿出去,把水端给他妈喝了,等到回到家,他妈妈的病就好了。

过了两天,李时珍回来了,他刚进大门就号啕大哭起来,他弟弟冲出去喊:"大哥,你堵着门号啥呀!"李时珍边哭边说:"母亲过世了,我能不哭吗?"他弟弟火冒三丈,说:"你还是母亲的儿子吗,你咋总恨母亲不死呢?"李时珍问:"母亲过世了吗?""你进屋看看,母亲不是好好的嘛。"一进屋,见母亲果然好好地坐在炕上,看气色母亲病已经全好了。弟弟这时不让了,说:"哥哥你说母亲的病没治了,回家得死,你看看母亲死了吗?不但没死,病还全好了,你就这样给人家看病呀?还都说你是什么神医呢!"

李时珍说:"母亲的病能治,但是药是不好淘弄。他非得喝二龙戏珠的水,还得喝一碗状元汤,除了这两味药,别的什么也不好使。"他弟弟一听,说:"大哥,半路上,我和母亲借宿在一户人家,那家半夜生了个胖小子,他们给母亲一碗面汤,面里放两个鸡蛋。昨天,在路上母亲口渴,我在一个死人脑瓜瓢里找到点水,那水里有两条蛐蛇,这就是二龙戏珠的水吧。你这病还真没看错。"从此,李时珍的名声就更大了。

李时珍有个同窗好友,也是个行医治病的。论医道,与李时珍不相上下,他们曾在一起看过几个病人。开的方,下的药,一模一样。他的母亲病了，自己怎么看，也看不好，没办法，去找李时珍，求李时珍给看看。李时珍看了病人，又看了同学的药方，就笑了，说："你开的药方和我开的药方不但药味一样，连分量都一样。"他的同学说："那有什么用呢？"李时珍说："可是，你用药的时机不对，同样的药，我用就能治好你母亲的病，你得一切都听我的。你在外屋熬药，我在屋里和你母亲说话，不管我说啥，也不管你母亲咋样，你都不许动，也不许吱声。我让人把药拿进来，你就拿进来，咱们同学一回，你要能按我说的办，我就能把你母亲的病治好。"李时珍的同学将信将疑，没别的办法，只好依着到外屋熬药去了。李时珍走到屋里，跟老太太唠上了："伯母，我大爷死几年了？"老太太说："你大爷死十多年了。"李时珍故作惊讶地说："哎呀，你老咋还怀孕了呢？"老太太听了这话，差点儿蹦了起来："你这是什么话？我六十多岁，还上哪怀孕去！你不是骂我吗！"李时珍："伯母，你别喊也别叫，这叫别人见了多丢人。"老太太说："我才不怕呢！"李时珍一本正经地说："伯母，怀孕也没关系，我刚才给你开了个方子，等一会儿药熬了，你吃了就会打下来了。"老太太更来气了，气得直哆嗦，抖着手，指着李时珍喊道："你要是打不下来怎么办？你说！"李时珍不慌不忙地说："要是打不下来，我说把脑袋砍下那是假的，如果打不下来，我就把手砍下来，从今以后再也不行医了。""行，打不下来，我给你砍！"老太太脸都紫了。"一言为定，打不下来，我跪下让你砍。"李时珍说完冲外屋喊："把药端来！"老太太把药喝下去后，就觉得肚子"咕咕"直响。李时珍问："伯母，你觉得怎么样？"老太太也不吱声，肚子里响得越发厉害。过了片刻，老太太要拉肚，拉完了就觉得浑身舒服了，喘气也匀乎了。李时珍问："伯母，你觉得怎么样了？"老太太说："你不用跟我说，你说吧，还得等多大工夫让我剁你的手？"李时珍说："伯母，别剁我手了，你儿子医道虽高，却治不好你的病，你这病是肺道和食道全堵了，用什么药也下不去，我刚才所说的，全是为了气你，把你气炸了，药才能顺下去。你看看，你现在的病好了吧。"老太太说："嗯，是好了。"

"那你还剁我手不了?"老太太笑了,说:"你这不是把我唬了吗?"

从此,李时珍的名声就更大了。

讲　　述：张荣凯

记　　录：郑长春

采录时间地点：1985 年采录于铁西区条子河乡

见 刘 邦

汉高祖刘邦打天下，做了皇帝，有两个从小跟他一起长大的老乡，一个外号叫"直不愣"，一个外号叫"绕弯弯"。咋叫这么个外号呢？"直不愣"不论办啥事，都直来直去；"绕弯弯"不论办啥事，都能绕弯。刘邦打天下那阵，这两个人没跟去。这些年他俩的日子过不上溜来了，吃了上顿没下顿，干的吃不上，稀的还断顿，穿衣服穿坏了这件没那件，破破烂烂连又连，补又补，那个日子简直是马尾儿穿豆腐提不起来。听说小时在一起玩的刘邦当皇帝了！直不愣和绕弯弯到一起合计："这回可好了，刘邦当皇帝了！破烂日子过到头了，上京城找刘邦，无论如何也能给找个差事干，大事干不来，扫个院子浇浇花也行，哪怕淘大粪也将就，反正给俸禄就行。"

直不愣和绕弯弯上路了，走了个把月就进了京城，在一个小店住下了。他们俩问店主皇帝啥时办事，店主说："皇帝有早朝。"好，明天早晨进朝。直不愣一宿也没睡好觉，第二天早晨天还没亮，直不愣就起来了，由他先去见皇帝，绕弯弯在店里等着听信。

直不愣来到朝廷的大门外，大铁门还关着，待了好一会儿，大门才开开，就大模大样没人管似的往里走。"站住！"门兵一声断喝。"咳呦"直不愣脊梁沟都冒凉气了，他后退两步。门兵又叫道："来人也不通报一声，随便乱进，知道这是什么地方吗？"直不愣心里没了底，后来一想刘邦当皇帝，那怕啥。就上前对门兵说："我是找刘邦的，我们从小在一起长大的。从小在一起给人家放过猪。有一次，骑在猪身上玩，看见一只豆鼠绕弯子，我们就去抓，撵到大墙根底下，才把豆鼠子抓住。不信，你问刘邦，他都知道。长大，我们在一起给人家铲过地，还要过饭呢。我的外号叫直不愣。一提我的外号他更知道。"门兵一听是皇帝的老乡来了，赶紧进去回报。门兵对皇帝说："大门外来个你的同乡，外号叫直不愣。"他把直不愣说的话都说了。刘邦一听，这不降低自己身份

吗，让人耻笑我出身贫贱，这也太丢人了。刘邦气炸了心肝，大牙咬得嘎嘣响，脸都不是色了，一跺脚喊道："大胆刁民！我哪有这样的同乡，给我轰出去！"门兵回来赶走了直不愣。

直不愣回到店里，绕弯弯问："你去这一趟怎么样啊？"直不愣说："别提了，人家当皇帝了，还能认咱这乡巴佬吗？连面都没让见，门兵就把我轰出去了！我看干脆回去吧！人要有出息了，就不认人了。"绕弯弯又问："你咋跟门兵说的？"直不愣说了一遍见门兵所讲过那些话，绕弯弯一听，说："明天你看我的。"

第二天早晨，绕弯弯不急不慌地起来了，从店主那借来一套好衣服穿上，就往朝廷去了。见到门兵说道："我是皇上的同乡。想当年我和皇上骑着青龙马，手拿钩镰枪，打到丰都城，捉住窦将军。"门兵一听皇上这个同乡不简单，比昨天来的那个强百套，就乐呵呵地进去见皇上，说大门外有你的同乡，穿戴不错，外号叫绕弯弯的，他说，你和他在当年骑着青龙马，手使钩镰枪，打到丰都城，捉住窦将军。刘邦一听可乐了，大嘴咧到腮帮子，说："哈哈！有，有！有这样的同乡。快让他进来，我要面见。"

从此，直不愣和绕弯弯都被刘邦封点差事干了。

讲　　述：刘　礼
记　　录：齐学田
采录时间地点：1985 年采录于铁东区山门镇

清代孝慈高皇后

在叶赫满族镇，流传着许多帝王和后妃的故事，其中清朝开国皇帝努尔哈赤的皇后——孟古姐姐的故事最为感人。

讲起孟古的故事，还得从叶赫部落说起。明朝时，叶赫是海西女真（满族先人）的一个部落，史称叶赫国。国王杨吉努是一个能征善战、智勇双全的人。他用武力征服了乌拉、哈达、辉发三小国，还结成了四国联盟，自然杨吉努成了公认的盟主。有了三个小国的朝贡，他的国力更加强大。杨吉努素怀雄心大志，一心想要统一整个女真，进而好和明朝对抗。要想达到这个目的，也不是件简单的事，因为叶赫国南面，有一个强大的对手建州部，酋长努尔哈赤更是非凡了得。

努尔哈赤领导的建州部，当时还没有叶赫强大，尤其是他的领地紧挨着明朝的地界，总受明朝的欺侮。为此，努尔哈赤要联合女真各部，共同反对明朝。

于是他带领弟弟舒尔哈齐来到了叶赫国。叶赫国王杨吉努早就闻听努尔哈赤英雄盖世，如今一见果真相貌堂堂、气宇不凡。如果能拉拢过来，听从自己的指挥，那么统一整个女真也就唾手可得，夺取大明江山也就更加有了希望。他思来想去，决定把女儿许配给努尔哈赤。杨吉努有两个女儿，大女儿年方十六，但长相一般，努尔哈赤恐怕不能中意。小女儿孟古长相端庄秀美，可惜年岁太小，只有九岁，也不合适。杨吉努竟一时拿不定主意。

再说孟古，虽然年幼，但却十分聪明乖巧，小小年纪已经崭露出国色天姿的韵味，举止神态非常成熟。这天傍晚，她来到阿玛议事的殿堂陪伴阿玛。杨吉努对这个小女儿十分疼爱，视为掌上明珠。他把孟古拉到跟前，双手捧着她的脸蛋，仔细地端详起来。小孟古看出了阿玛的心事，说："阿玛，你有话就说吧，也许我能替你分担一点忧愁呢。"

杨吉努叹了口气说："孩子，阿玛真有一事，想与你商量，只

可惜你太小了。"接着杨吉努说出了想与建州联合，壮大国力，要把她许配给努尔哈赤的打算。小孟古眨了眨眼睛，用一种大人的口气说："阿玛不必太过劳神，当女儿的为阿玛分忧是应该的，如果能使国家强大，我愿意嫁给努尔哈赤。"

第二天，杨吉努以议事为由，把努尔哈赤请到自己的殿堂，说要把小女儿许配给他的打算。努尔哈赤自然十分高兴，但他还是有些疑惑，说："我听说大王有两个女儿，既然大王同我缔结姻盟，那么，为什么不把大女儿嫁给我呢？是不是大王还有别的意图呢？"

杨吉努说："不是我舍不得大女儿，你不是一般的人，恐怕我的大女儿配不上你，小女儿姿色端丽，风度高雅，虽然年幼，但见识超人，她才是你的佳偶啊！"

努尔哈赤听了虽然高兴，但他急于和叶赫国结成联盟，就说："若大王真的有心和我联盟，还是把大女儿嫁给我吧。"杨吉努说："我说我的小女儿是天下无双的美女，你可能不信，那我就把她叫出来，与你见上一面，你就能相信了。如果我的小女儿配不上你，那我就把大女儿嫁你。你看如何？"

于是杨吉努派人叫来了孟古。努尔哈赤一见，眼睛顿时闪亮了许多，这个小女儿孟古果然是天上的小仙女下凡哪，瞧那个小脸蛋，面如桃花，风姿艳美，除了个子像小孩，一举一动，全是大人的样子。努尔哈赤问："你真的愿意嫁给我吗？"孟古说："久闻大王英雄盖世，伺候大王是我的福分。再有大王姓氏爱新觉罗，乃金子之意，我叫孟古是银子的意思，金银合璧，我想乃是上天之意。大王如不嫌弃，就请等我几年，我一定做你的妻子，和你共图大业。"

孟古小小年纪，竟出语不凡，令努尔哈赤万万没有想到，心中更加喜欢，尤其是她说爱新觉罗是金，孟古是银的话，更是让他震惊，恐怕真的是天意撮合。于是努尔哈赤爽快答应下来。从此两个部落王国相互照应，关系日益密切。

努尔哈赤和叶赫缔结了盟约，没有了北方的威胁，用全部精力收复了建州各个部落，国力强大起来，连明朝也不敢小瞧。努尔哈赤开始招兵买马，打造兵器，囤积粮草，准备和明朝一夺天下。

叶赫部也不例外，自从和努尔哈赤订了盟约，没有了南部的威胁，国力更加强大起来。但早已被他降服的哈达部落，仗恃有明朝的援助，不久就背叛了叶赫。这让叶赫国王杨吉努分外恼怒，亲率兵去攻打哈达。哈达部国王孟格布录和明朝串通一气，设计以误判为由，诱惑杨吉努进了开原城，杨吉努连同随从人员三百多人全部被杀。这还不算，明朝的开原总兵马林，害怕叶赫和建州联合起来，共同与明朝开战，危及明朝江山，于是率领三千人马攻打叶赫，叶赫国危在旦夕。

接任叶赫国王的是杨吉努的儿子、孟古的哥哥纳林布录。纳林布录赶紧派人去给努尔哈赤送信，希望能得到他的援助，然而不知何故，努尔哈赤并没有派来援兵。这时孟古挺身而出，她对纳林布录说："哥哥，我今年已经十四岁，应该为国分担忧愁了。你赶紧把我送到建州首府赫图阿拉，嫁给努尔哈赤，我有办法劝他出兵援助叶赫。"纳林布录无计可施，只好亲自率领人马，把妹妹送到赫图阿拉，去和努尔哈赤完婚。

努尔哈赤大喜，以女真族最隆重的结婚仪式举行了婚礼，大宴三天。努尔哈赤非常喜欢这位美如天仙的妻子孟古。孟古享受了努尔哈赤的百般宠爱，但她想念的还是自己的国家。她忧心忡忡地对努尔哈赤说："大王，我嫁给你，是我一生的幸福，也是叶赫、建州两国和好的结果。现在叶赫国正处在明朝兵马的包围中，即将亡国。我想哈达已经归顺了明朝，叶赫国再一灭亡，那么明朝就可专心对付建州了。如今我已经嫁给了你，就是建州的人了，我不想看到叶赫灭亡，更不想看到叶赫灭亡之后，明朝转过身来又攻打建州。大王，你要三思，你现在还没有能力与明朝单独作战哪，如果叶赫国不灭，建州还有军事上的伙伴，它可以在北方牵制明朝的力量。等到大王国力强大的时候，我可以劝说哥哥归顺建州，助你夺取明朝天下。"孟古一席话，终于打动努尔哈赤，他决定出兵去援助叶赫。

努尔哈赤派出兵马三千，首先去攻打哈达，哈达城很快被建州拿下。明朝总兵马林见努尔哈赤断了自己的后路，感觉大事不妙，赶紧从叶赫撤兵，回了哈达。这时努尔哈赤完成了援救叶赫的任务，在马林到来之前，就把兵马撤回了赫图阿拉，未损一兵一卒。

叶赫得救了，叶赫国暂时出现了和平的局面。可是叶赫国王纳林布录是一个不讲信用的人，他见到明朝不敢对叶赫用兵，就继续扩大自己的实力，他把东边的长白山女真、蒙古的释尔沁部等好几个部落收复过来，叶赫国又强大起来。纳林布录忘了建州部援助叶赫的恩德，竟然召集了九部人马共三万多人，去攻打建州，他要打下建州，一统东北整个女真部落，然后再和明朝争夺天下。

消息传到赫图阿拉，努尔哈赤怒气冲冲地对孟古说："自从咱俩结婚，我哪点对不住你？哪点对不住你们的国家？如今你的哥哥还要打我们建州。当时你能把我劝通，派兵去叶赫援助，那么今天你能不能想法去劝你的哥哥退兵呢？我不想两国刀兵相见，你说应该怎么办？"

孟古心里很是怨恨哥哥忘恩负义，她也知道叶赫发兵三万，这对努尔哈赤是个很大的威胁，弄不好，建州就会战败亡国。结婚五年了，她又为努尔哈赤生了个儿子，取名皇太极（这个皇太极后来做了大清国第二个皇帝），母以子贵，努尔哈赤非常喜欢这个孩子，也就更加宠爱孟古。

努尔哈赤有众多的妻妾，孟古的到来，使她们几乎都被冷落，于是她们就在努尔哈赤面前，说孟古的坏话，可努尔哈赤总是充耳不闻，仍然宠爱着孟古，这令孟古十分感动，如今该是她报答丈夫的时候了。她说："大王，你的难处，就是我的难处，我虽然生在叶赫，但建州现在是我的国家。我不能看着两国刀兵相见，互相厮杀，更不想看到我们的国家毁于叶赫。大王请给我一匹马，让我去劝说我的哥哥退兵，两国重新和好。"

努尔哈赤答应了她，一直把她送出城外。就在孟古来到叶赫阵地前沿的时候，突然来了一匹快马，把她召了回去。孟古虽然没有达到去说服哥哥退兵的目的，但她的勇敢，深深受到努尔哈赤的佩服。也许天意不让努尔哈赤的建州灭亡，就在叶赫部三万兵马在先锋大将布斋的带领下，一路急奔，直逼建州阵地，即将攻破第一道防线的时候，突然，布斋的坐骑马失前蹄，布斋摔倒在地，被建州兵士迅速捆绑捉拿。叶赫部兵马没有了领头人，立刻军心大乱，望风而逃。

叶赫国所辖九部再也不听调遣，国力从此衰退。

此次战役，建州部军心大振，努尔哈赤一鼓作气，接连攻下了原先归顺叶赫的哈达、辉发、乌拉三个部落，只剩下叶赫一部。

叶赫部上次战斗失败后，转向投靠明朝。在这个时期，也是孟古最难过的日子。她一方面受着努尔哈赤的宠爱，一方面又不断受到努尔哈赤部下的非议。说她里通外国，早晚是建州的祸害。她无时无刻不在承受着心灵痛苦的折磨，终于病倒了。弥留之际，她想见一见亲爱的母亲。努尔哈赤为了满足爱妻的愿望，连忙派出一班人马去接岳母。可是狠心的哥哥纳林布录就是不允，只派了一个女佣前去探视，这让孟古很伤心。努尔哈赤恨不得立刻发兵去攻打叶赫，但被孟古制止了，她说："大王，我是为了叶赫、建州两国永远和好，而来到大王身边，但大王是个帝王之才，将来必平天下。大王，我即将入土归天了。我不想在我生前，看到两国交兵，屠杀人命了，还是不要去攻打叶赫吧。但我想我死亡后，叶赫、建州迟早是要血战一场，拼个你死我活的。我向大王提个要求，真有那么一天，大王若是取胜，请你不要滥杀无辜，不要杀害我的亲人。你要把他们都收留在建州的部下，也可壮大咱们实力。你能答应我这个要求吗？"努尔哈赤流着眼泪说："我答应，我答应！我一定按照你说的去做，不杀你的亲人！"

孟古听了丈夫的话，安详地闭上了眼睛（时年二十九岁）。努尔哈赤悲痛万分，把孟古的灵柩停在自己居住的院子里达三年之久，才把她安葬在叶赫国阿拉的尼亚满山冈上。

后来，努尔哈赤随着国力的日益强大，先后收复了原先归顺叶赫的哈达、辉发、乌拉三个部落小国。时机一到，又去攻打叶赫国。攻下叶赫国之后，努尔哈赤果然按照孟古的遗言，没有滥杀

无辜。

　　再后来，大清国建立，努尔哈赤当上皇帝，定都辽阳，又把她的灵柩迁到辽阳东京陵。又过五年，天聪三年（1629年）大清国定都沈阳，又把孟古灵柩迁到沈阳石嘴头山，就是福陵。孟古先是被初谥为"孝慈皇后"，后改谥为"孝慈高皇后"。再后来，又多次加谥为"孝慈昭宪敬顺仁徽懿德应显承天辅圣高皇后"。享受了清代二百七十多年的供妃香火。努尔哈赤有众多爱妃，但享受皇后殊荣的只有孟古一人。

　　　　　讲　　述：宋振云
　　　　　记　　录：刘　明
　　　　　采录时间地点：1986 年采录于铁东区叶赫镇

慈禧的传说

慈禧太后，小名兰儿，她的阿玛惠征，在安徽芜湖为官，是个道员。传说她从小习文练字，聪明伶俐，稍大一些便会填词作赋，笔墨精通，又长相艳丽，韵美风流。多少个官宦子弟，钦羡垂涎，托媒求婚，都被拒绝。原来她心怀远志，想要成为嫔妃，那才叫至上的荣耀、无比的富贵。

慈禧十七岁那年，咸丰皇帝南巡，来到芜湖。她从阿玛嘴里听到这个消息，心中甚是欢喜，暗想：我正愁没机会晋见皇上，这可是天赐良缘。我得豁出这张小脸来，上街候驾，凭我这腰身、脸蛋，只要被皇上看见一眼，准能中意，选入皇宫。进宫后再凭我这才华学问，略略施些手段，骗得皇上欢心，还兴闹个娘娘当当。

慈禧越想越美，身子发酥，心都醉了。于是，她赶紧换上了华丽衣衫，对着镜子搽胭抹粉地精心打扮一番。然后，什么家规诫训，全然不顾，也不带丫环使女，只身一人，偷偷地溜出后门，上了大街。

再说咸丰皇帝坐着龙车，亲兵守护，百官跟随，行走在大街中心。看到沿街百姓，拥拥挤挤，排列两旁，等候观驾，咸丰皇帝心中好不威风得意。突然，他觉得眼前一亮，发现有一个风骚艳丽的绝色佳人，站在人群最前面，十分显眼。此刻，这个女子也正在用那秋波俊眼紧紧盯望着咸丰。咸丰皇帝不禁春心荡漾，嘴角连连抽搐了几下，哈喇子都滴落在龙袍上。他本想停车打问，又觉得有失龙尊，便暂时心中记下。

原来，这个女子就是慈禧。她来到大街，丝毫不顾千金小姐、大家闺秀的羞臊廉耻，生拉硬挤地钻到人群前面。这番苦心还真没白费，果真被皇帝看中。

咸丰皇帝来到寓邸，心中不忘街上见到的那个女子，便把惠征叫到跟前，向他讲了那个女子的身着相貌，命他火速派人查找，送到御前。

　　惠征领旨回府，立即派了自己属下全部兵卒衙役，分赴全城。除了惠征自家外，几乎找遍了全城所有住宅，也没有下落。惠征不免心中着急，郁闷不乐，回到后院，长吁短叹，不知如何回报皇上。慈禧见阿玛面带愁容，上前发问，惠征唉了一声，说："不知哪家女子，上街卖弄风流，被皇上看中，命我查找，可苦坏我了，这么大城市，这么多人口，让我上哪里去找？如找不到，就是违了圣命，我怎么回报是好呢？"

　　慈禧听了，抿嘴一乐，喜声悦色地说："阿玛不必担忧，皇上见到的那个女子正是孩儿。阿玛赶紧备个轿子，把孩儿送献皇上，日后有个前途，阿玛也好借光。"惠征一听，转忧为喜，马上备轿把女儿送到咸丰皇帝那里。咸丰皇帝一见，正是在街上见到的那个风流女子，龙颜大悦，当即留下慈禧，随驾南巡。

　　就这样，慈禧便进了皇宫。

　　慈禧进宫后，起先只是宫女，皆因她会献媚取宠，又识文断字，有点才气，真就得到了皇帝喜爱。过了两年又给咸丰生了个龙种，把个正愁没儿子的咸丰乐坏了，一高兴，马上把慈禧封为贵妃。从前，慈禧在宫里，还装出一副老实样。打这以后，她就格外地骄横起来，对那些宫娥彩女，动不动就吆三喝四，轻者辱骂，重者毒打，在后宫俨然是一家之主，就连正宫娘娘慈安也不放在眼里。

　　咸丰皇帝寿短，活了三十几岁就归了西天。咸丰患病期间，慈禧表面上悲悲啼啼，背地里却春风得意，暗含杀机，恨不得咸丰早死，她好抱子入朝，垂帘听政。这些自有太监密报咸丰，咸丰猛然醒悟，联想起慈禧平日所作所为，这才感到慈禧阴险奸诈、野心勃勃，有谋权篡政之心。暗想：我死后，慈禧一定要闹事，老实厚道的慈安是驾驭不了她的。经过再三思虑，咸丰临死之前留下一道密旨，上写："吾去后，幼主年少，朝中之事，均听慈安主见，慈禧不得多言，并不准封为太后。"让慈安好好保存，必要时拿出来制约慈禧。

　　咸丰死后，慈禧的亲生儿子继位，她满以为自己可以诏封太后，大权到手，好逞威作福。没想到正宫娘娘慈安对她总保持一定的警惕，不疏远，也不亲近，朝中事都是她亲自料理，不让慈禧沾边，封太后的事更是牙口不欠，连提都不提。慈禧大为恼火，可咸丰一死没人给她撑腰，自己又没有实权，想闹也闹不起来，只得压下火气，在慈安面前赔着笑脸，加着小心，等待时机。

老话说：没有不透风的墙。慈禧终于听到咸丰留下密旨的消息，心中盘算：只有把密旨弄到手里毁掉它，大权才能到手。可怎么能把密旨弄到手里呢？慈禧昼思夜想，费了很多脑筋，总也没有想到好办法。

事有凑巧，有一天慈安得了重病，卧床不起，吃什么东西也不香，皇宫里的御厨给她做遍了花样，她连闻都不闻。慈禧想：她吃什么也不香，我用什么做点东西，让她吃着香甜呢？对了，都说世上人肉最香，我给她做碗人肉汤，向她表表忠心，看她日后还对我咋样？想到这，慈禧命宫女找来一把快刀，割下一块肉来，鲜血淋淋。旁边的宫女吓得捂上了眼睛，慈禧疼得也直咧嘴，眼泪噼里啪啦地掉下来。宫女赶紧找块绸子布，给她包扎。慈禧忍着疼痛，到了厨房，谁也不用，自己动手给慈安做了碗人肉汤，里面放了各种作料，离老远就能闻着香味，然后亲自给慈安送去。慈安本想不吃，可又一想，人家也是个太妃，何况又是亲手而做，不吃不对劲儿，显得太小瞧人家了。想到这，她接过汤匙喝了一小口，这一口不打紧，喝出香味来了。接着又喝了第二口，第三口，真是越喝越香，不大工夫，一碗汤喝溜光。之后她蒙上被子，发了一身透汗。等她起来，病好得利利索索，不由得心中感谢慈禧。第二天慈禧前来探病，慈安对慈禧可就近乎多了。她拉着慈禧的手说："好妹妹，多亏你送来这碗汤，太香了，喝下去我的病就好了。听说还是你亲手做的，放了什么作料，这么香呢？真是气死厨师啊！"

慈禧说是用人肉做的。慈安大吃一惊，问："怎么，你杀人了？"

慈禧笑了，挽起袖子，露出带伤的胳膊，说："哪呢！这不，是用我自己身上的肉。"

慈安一听更加感动，说："好妹妹，那该多疼啊！"

慈禧说："疼是疼点，可为了姐姐的病，就是割我的心肝下药，我也舍得，姐姐一病，朝中大事都耽搁了，我恨不得姐姐一时痊愈，好料理朝政。"

慈安说："好妹妹，难得你这片孝心哪，姐姐我过去错怪你了，往后朝中大事，咱俩要共同料理，我心眼笨，你可要多给我分心。"

慈禧乐坏了，赶紧谢恩。俩人越唠越近乎，慈禧借此机会便套问密旨的事："听说先皇驾崩前留下一道密旨，与我有关，是真的吗？"

此时，慈安一点戒心也没有了，真就把密旨拿出来，递给慈禧说："这不，先皇也是听了谗言，真是多余。"

慈禧忙伸手接过来，说："既是多余，那就烧掉吧。"说着，用火点着，密旨就化成灰烬。慈安也没有阻拦。

第二天，慈禧征得慈安同意，在朝中找了一个奸党，撰写了一道皇帝圣旨，封慈禧为太后，和慈安平坐，共掌天下。

后来，慈禧私自扶植党羽，奸雄满朝，竟把老实厚道的慈安用毒药毒死，自己独揽大权了。

讲　　述：宋振云

记　　录：李沫　刘明

采录时间地点：1986 年采录于铁东区叶赫镇

慈 禧 卖 荒

传说光绪年间，慈禧太后垂帘听政，她不顾国家空虚，终日吃喝玩乐，恣意寻欢，花钱像流水一般。几年工夫，国家让她败坏得更加穷困。有时，连她本人的花销也常常断捻。怎么办呢？慈禧愁得直皱眉，整天琢磨来钱道。

她琢磨来琢磨去，想到了东北的大皇围。这个大皇围，东起西丰，连着西安❶、伊通；西至双阳，横跨四个县界，十万多垧土地。围里，高山密林，野兽成群，可以围猎；平川谷地，土地肥沃，可以耕田。什么人参、鹿茸、紫貂、银狐，以及白菇、猴头等山珍特产，应有尽有，要多富饶有多富饶。因它出产的物品全部进贡朝廷，所以老百姓又把它叫做皇帝的口味山。

慈禧心想：要是把这皇围卖掉，那可是老鼻子钱了。又转念一想，还有点犯难，为啥呢？因为这个皇围是皇族的公共财产，出产的贡品每个王公皇族都有份儿。明着卖，皇族里面非有人反对不可。就是没人反对，卖了钱，自己也不敢独吞。偷着卖呢？还是不行，人家也长耳朵，一旦露兜，早晚也是麻烦事。

慈禧愁思苦想，终于想出一个两全其美的妙计。她下了一道密旨，把驻守奉天将军召到北京。奉天将军是个满肚子坏水的奸官，平常欺老凌弱，贪占勒索，干了不少坏事。一听慈禧叫他，登时害了怕，以为被人揭发，此行定是凶多吉少。想不去吧，又不敢，只得硬着头皮前去。

到了北京，慈禧把他召到后宫，奉天将军更是心惊胆战，身子直筛糠，见了慈禧，两腿一软，"扑通"跪下。慈禧见他那副熊样子，心中好笑，对他说："爱卿不必惊慌，一旁坐下，有要事相商。"

奉天将军胆突突地抬头看了慈禧一眼，见慈禧面含笑容，并无

---

❶即现在的辽源市。

恶意，这才放心。

慈禧说："将军，现在朝廷银钱短缺，我想把东北皇围卖掉，我看你为人可靠，特命你来担当此任，不知意下如何？"

奉天将军一听乐坏了，心想：这可是个美差，正好捞他一把。刚要谢主隆恩，慈禧又说："不过，这里有个奥秘。"

奉天将军一听，心中纳闷。慈禧说："你可要知道，这个皇围，我并不打算真卖，你只要把银子弄到手里，交给朝廷，就算大功告成。"

奉天将军一听，心凉了，闹半天是让我当替罪羊，慈禧往自己腰包划拉钱呢。他挠着脑袋，想要拒绝。

慈禧见状，一边打气，一边威胁说："此事关系重大，不许走漏风声，办妥之后，我保你官升三品。哪个胆大闹事，我为你做主，定斩不留。你要不遵旨照办，可要知道我的厉害！"

慈禧心毒手狠，骄横霸道，文武百官个个惧怕。听她这么一吓唬，奉天将军身子都酥了。心想：看来得应了，不应非得掉脑袋不可。将来真有人闹了事，有老佛爷❶撑腰，我怕个啥。做得巧，老佛爷满意，还真能官升三品呢。

想到这，他胆子也就大了，还帮着慈禧出了不少馊巴主意。

奉天将军回到奉天，马上派了几个得力心腹，任命放荒经办，分赴边外❷各州府县，张贴布告，说皇上恩准放围开荒，作价低廉，八十两白银就可买地一垧。

边外百姓，早就知道皇围富饶，一听放荒，都争着要买。钱多的多买，钱少的少买，没钱的穷人家，为了奔个好日子，也砸锅卖铁东摘西借，凑几个钱买一块地。放荒经办还领着买主，煞有介事地来到皇围地块，钉标桩。等买主一份一份交足了银子，赇等着搬家时，突然，奉天将军传令，要等皇帝钦差验收才准进围占地。这些买主一听个个傻了眼，只好耐心等待。

❶老佛爷：清朝时满族人对慈禧的称呼。
❷边外：柳条边以北的地方。

　　再说奉天将军见老百姓上了当，心中暗喜，亲自押解骗来的八百万两白银，做着升官的美梦，乐颠颠地上了北京。

　　慈禧见了这么多白花花的银子，乐得眉开眼笑，一个劲地夸奖奉天将军能干。奉天将军一听更乐了，两眼眯成一条缝，美滋滋地直打溜须，心想这回十拿九稳准升官了。

　　可是，也不知是慈禧忘了，还是有别的原因，压根就没提升官的事。奉天将军想问又不敢，只好讪不搭地回到奉天。

　　奉天将军干了这件做损的事，又没升上官，在将军府里，大门不出，二门不迈，终日蔫头蔫脑，闷闷不乐。有一天，忽听府外吵吵嚷嚷，呼声喊叫。他打发家丁一看，原来是有些买荒的人家左等钦差不来，右等钦差不到，就来将军府找他打官司。奉天将军正没好气，见这情景，更是火冒三丈，忙派军丁手抢棍棒，向人群劈头盖脑乱打一顿。买荒户告状不赢，还挨揍，更不甘心，觉得里面有鬼，一定是奉天将军假造圣旨，私吞了银子。大伙一串联，决定上京城告御状。有几户有钱有势的人家，还共同筹款，买通了几个王公大臣。几个受了贿的王公大臣不明真相，一听说奉天将军竟敢假造圣旨，私卖皇围，个个都气炸了肺，也都齐乎劲地告他。

　　慈禧万没想到事情闹得这么大发，也慌了神，生怕露馅。不过她毕竟老奸巨猾，很快就沉着下来，也装作咬牙切齿的样子，大发雷霆："这还了得！大胆奸贼，竟敢假造圣旨，私卖皇围，我非杀了他不可！"于是，慈禧火速派了钦差，到奉天秘密处置奉天将军。

　　奉天将军听说钦差驾到，还以为是升官的圣旨下来，赶紧整衣出迎。可是，连一句话都没说出来就被砍了脑袋。他的家财全部没收，明是说上缴朝廷，实际是入了慈禧的腰包。

　　那些买荒的人家，见太后杀了奉天将军，觉得给他们申了冤，火气也就消了一半，可也有几个心疼银子的，上京去要，却都被安了个谋反的罪名，投监下狱。从此以后再也没人敢提这件事了。

讲　　述：刘锦春　王贵清　田德生
记　　录：刘　明

罕王巧计破叶赫

传说老罕王攻打叶赫两次战败后，就把人马撤到离叶赫十五里地远的东北方向的一条大山沟子里，扎下大营。这条大沟，两侧是高山，山上古树参天，沟里树木丛生，十分隐蔽。老罕王布下暗哨，命令对来往行人，只准放进，不准放出，严密封锁驻营消息。然后他把几员大将叫到自己帐里，连夜商讨破城之计。罕王暗想：知己知彼，百战百胜。最好是到叶赫探探军情。可派谁去呢？想来想去，还是感到自己去最为妥当。

这天一早，天刚放亮，老罕王就化好了妆。他脚穿靰鞡，身背药篓，脸上乌气麻黑，就像钻了多少天深山老林一般。一路很是顺利，没有碰见一个行人，村落里空空如也，既没炊烟，也没有犬叫。人都到城中避难去了。

他顺着山根先来到西城，绕城走了一圈。这座山城，三面是峭壁悬崖，居高临下，易守难攻。只有一处山门设在北面，虽然坡度较缓，但守兵如林，只要城门一闭，就是鸟儿也飞不进去。要想偷袭，万万不能。

老罕王穿过茂密的柳林，蹚水过河，又来到东城。虽然他前两天打过此城，但因战事紧急，并没有仔细观察。老罕王离城百步开外，隐隐穿行在没人深的蒿草通子里，围城观望。这座城池平地突起，视野开阔，无论何方进兵，都能发现。城墙陡立，是夯土筑成的，高约四丈，只有一处城门设在东北。城上守兵，密密层层，个个荷枪持弩，精壮强悍，更是易守难攻。罕王心想：如果硬性强攻，不论是单打一城，还是兵分两路，都不能取胜。唯一的办法是巧使离间计，让两城失盟，不能互相援救，然后先破一城，才能取胜。最好能混进城去，豁出点金银，收买一个那庆王身边的亲信，里应外合，这条计策才可实现。可是，现在城门紧闭，内外隔绝，插翅难飞。即使进去了，城中没有一个熟人，找谁联系呢？谁又可以收买呢？想到这，他眉头紧锁。忽然他想起了来时路过的一座寺院，不妨到那里碰碰运气，也许和尚没去城中躲避。

老罕王来到寺院，庙门虚掩，他叩门叫问，也不见回音，于是便推门而进。院中有株垂柳，院外古树环绕，很是幽静。罕王挨个屋子寻找，也不见和尚影踪。此时将近晌午，天气十分闷热，他也感到肚子很饿，便坐到树下，从药篓里拿出一只狍子大腿，吃了起来。不想连日劳累，困得难受，吃着吃着，打了两个呵欠，一栽歪，竟枕着镐把，呼呼睡了起来。

不一会儿，和尚从西城回来。推开庙门，发现有个大汉躺在树下，很是奇怪。心想：兵火连天之日，难道还有人来烧香还愿？他走到近前观看，原来是个采药的。又一细看，不像！这大汉虽然衣着褴褛，面容污秽，但身材魁伟，相貌堂堂，天庭饱满，地阁方圆，一副英雄气概。更使他奇怪的是，大汉躺在树西，时日过晌，树影早该移到东面，可是树影仍在西面给大汉遮凉。和尚心想：这大汉不得了，连日头爷都为他谋福呢！再一细看，不觉惊讶地喊起来："哎呀！这不是老罕王吗？"

这和尚怎么认得老罕王呢？原来老罕王睡觉时把靰鞡脱了下来，把一条腿搭在另一条腿上，脚心冲外，被和尚看见他脚心上的七个痣子了。当时人们都传说老罕王是紫薇星下凡，两个脚心都有七个红痣，排列成七斗形状，整个女真人人皆知，和尚当然也早就有耳闻。

老罕王听见和尚一喊，蒙眬中以为有人抓他，急忙摸起镐把，翻身站了起来，摆出一副格斗架势。

和尚急忙后退两步，双手一合，施了一礼，说："阿弥陀佛，我们出家人，慈善为本，王爷不必多疑。"

老罕王见眼前站着一个和尚，这才放下心来。心想：这和尚怎么知道我是罕王呢？真怪！他这时也猜不出和尚是好心还是歹意，于是说："师父，你认错了，我是个采药的，进来歇歇脚。"

和尚顿时哈哈大笑："好一个采药的！要真是采药的，刚才哪来的那股机灵劲儿！分明是久战疆场，行动敏捷的军人。"

老罕王见和尚面带慈善，又猜得在理，只好承认了。和尚一听，越发亲热，说："罕王爷身为全军主帅，孤身一人，冒险身临敌境，打探军情，着实令人钦佩。"原来这和尚是个深明大义之人，虽然身入法门，修身养性，但对天下大事，动荡时局，无所不知，各帮诸国，谁是圣贤，都一目了然。他早知罕王贤明仁厚，深得民心，终究必成大业。而那庆王残暴专横，不得民心，早晚必然灭亡。前两天听说老罕王来打叶赫，和尚心中十分高兴，恨不能助上一臂之力，早日灭了叶赫，好从此天下太平。

几句话，两人言投意顺。老罕王消除了顾虑，便大胆把来叶赫的目的和准备智取的打算，全都说给了和尚。和尚也把两城的矛盾和他所知的全部情况，统统讲给了罕王。

老罕王见和尚提供这些情报，又能接近那庆王，心中大喜。他深思了一下，想出一条妙计，说："师父，看来只有你去施个离间之计才为恰当。破城之后，定以一千两黄金酬谢，不知师父意下如何？"

和尚听完后，顿时把脸一沉，说："一千两黄金，买一个王国，太便宜了！不知哪里还有，我也买一个，也好当当国王。你呀！也太看不起贫僧了，出家人是不贪财的。"

老罕王见和尚如此重义气，轻钱财，又爽快，又明智，心中更是喜欢。两人又周密地计议一番，和尚这才离开寺院，去往东城。

和尚来到东城，由亲兵引领进了王宫，见了那庆王。那庆王见和尚十分亲热。别看他对别人心毒手狠，但对和尚却从不怠慢。虽说他不行善，但却崇敬佛爷。他认为这些年连连顺利，都是佛爷保佑的结果。

客套过后，和尚装有机密相告的样子，凑近跟前，说："王爷，贫僧听到一个不祥的消息，这对我们叶赫国来说，简直又是一场大灾大难，所以，冒死前来相告。"

那庆王大吃了一惊，忙问："什么消息？"

"那林要造反了，听说不久就要自立为王，与你作对。他那些大将，全跟他一个心眼儿。听说他们还要杀进东城，活擒王爷。这真是外敌刚退，内祸又起呀！"

狡猾的那庆王，眨了眨眼睛，忙问道："你是听谁说的？"

和尚不慌不忙地说："前日庆功，王爷拿出了上等的美酒，金银帛缎，奖赏他们。可是这些没心肝的家伙，不但不领情谢恩，反而还怨王爷奖赏不公，心怀不满。那林为了收买人心，一回到西城，就拿出自己的钱财，重新颁赏，大摆酒宴，还把我请去念了喜经。那林喝醉了酒，把什么话都告诉我了。还说老罕王再来攻城，西城再也不发兵援救了。要眼看着王爷掉了脑袋，他们才解恨呢！我亲耳听，亲眼见，王爷不信，可派人前去访听访听，这些话如有一点不实，贫僧就输了脑袋。我知道你和那林是亲生骨肉，但为了国家的命运，王爷的安全，我思虑再三，还是冒死前来相告。"

和尚一席话，说得比月亮还圆。那庆王完全信以为真，气得胡子直撅打，大肚子一鼓一鼓的。一气之下，就要发兵前去攻打西城。可又转念一想：不妥，硬打非得吃亏。不如点起烽火，把他们调来。要是那林不来，正好说明他有了反心。如他领兵前来，就此机会，捉拿问罪，当场砍头。有和尚在此作证，还怕他抵赖！想到此，那庆王问："我要调西城人马对质，你敢不敢给我凭证？"

和尚毫不含糊地回答说："敢！"

于是，那庆王便下令点起了烽火。

西城那林见了烽火，以为又发生了战事，急忙带领人马前来援救。眼看离东城越来越近，但听不到半点厮杀之声。那林心中犯了疑，勒住马头，派出探子。不多会儿，探子回报，根本没发生战事。那林猜想：也许哥哥叫我有什么事情？有事就派个人呗，怎能拿军令当儿戏呢！那几员大将也是怒气冲冲，七嘴八舌，说啥的都有，要求收兵回城。那林好说歹说，大伙才算住声，勉强跟随前进。

西城人马来城下，只见城门半开，城上戒备森严。那庆王传下话来，只准那林一人进城，其余全部城外待命。那林手下有几个心灵的，知道出事了，劝那林千万不要进城。于是那林把人马撤离城外一箭之地，然后派人进城，去质问哥哥，到底为何，竟然如此。

那庆王此时也正在气头上。一看弟弟果然不敢进城，便派大将

长三木前去捉拿。

西城人马一看大事不好，慌忙护着那林，掉头就往回跑。大将扈不弩箭法最好，他扭回头，对准长三木"嗖"地就是一箭，不偏不斜，正中心窝，倒下马来。

那庆王一看这还了得，干脆一不做二不休，立即带领全城人马紧紧追赶，捉拿那林。

那林跑回西城，刚刚关了城门，便望见东城人马已经赶到。那林忙令兵士撒下滚木檑石，乱箭齐发。东城人马死的死伤的伤。那庆王急眼了，挥舞长枪，在后督战，东城人马摇旗呐喊，死命攻城。一场内战，直打到天黑日落。那庆王见一时攻打不下，方才罢阵收兵，一检点人马，损伤一半。他咬牙切齿，决心明天再来攻打。

再说趁这混乱时候，和尚早就溜回寺院，向罕王报告了详情，并立即和罕王一同返回大营。

第二天拂晓，老罕王便率领大队人马前来攻打东城。

那庆王不敢迎战，急令点起烽火向西城求救。可是狼烟冒有天高，足足烧了一天，也不见西城来一人支援。

就这样，老罕王便很快攻克了东城，那庆王也做了俘虏。当那庆王看见和尚和老罕王并肩骑马，有说有笑，他才发现自己上了大当，但后悔已经晚了。

接着，老罕王又一鼓作气，攻克了西城。后来传说和尚留发还俗，当了罕王手下一员大将。

讲　　述：宫学昌

记　　录：刘　明

采录时间地点：1985 年采录于铁东区叶赫镇

康熙射猎营盘沟

　　大清皇帝皇太极生母孝慈高皇后和清末慈禧太后及隆裕皇后的故乡——叶赫满族镇，有个营盘村，村内有两个屯，分别叫营盘屯和卧龙屯，两屯相距五里。

　　相传，清朝开国皇帝皇太极之孙玄烨，八岁继承皇位，年号康熙。一生中曾三次东巡，其中两次到过叶赫。

　　康熙十年（1671 年），金秋九月，艳阳高照、晴空万里，十七岁的"少年天子"康熙皇帝率领着东巡的队伍出京师，经山海关、锦州、盛京、抚顺、永陵，一路浩浩荡荡向吉林进发。

　　这一天，队伍行至叶赫地界内，康熙皇帝有生以来第一次踏上这块充满神奇色彩的"风水宝地"。当队伍缓缓来到叶赫东城废墟下，他突然命队伍暂时停止前进，骑在马上举目仰望这座仍不失雄伟壮观的"叶赫国"王城的残垣断垒。凝视片刻，随即又打马登上地势险要的城台之上，环视着城内与城外的一切，然后又遥望五里之外的叶赫西城（亦称老城）及商简府城。

　　想当年，海西女真之盟主叶赫部，统领扈伦四部，人强马壮，疆域辽阔，城郭险要，势力强大。后来叶赫部又与建州联姻，年仅十四岁的叶赫东城贝勒杨吉努之女孟古格格嫁给太祖。事隔十五年，建州又以告天"七大恨"，多次与叶赫部相互刀光剑影进行残酷激烈的战争。谁是谁非，康熙皇帝自己也说不清。不过，太祖能统一女真各部，为推翻明朝，建立清朝，奠定了基础，也确实了不起。

　　这时不知是哪位大臣见皇帝表情严肃，立马沉思，为不扫东巡之兴，便忙叫乐班奏起欢快的乐曲。善于赋诗作画、文武全才的康熙，此时此刻，触景生情，于马上吟诗一首："断垒生新草，空城尚野花，翠华今口幸，谷口动鸣笳。"

　　皇帝吟诗，文武群臣们争相赞颂。后来这首诗被一等侍卫纳兰性德记录下来，而流传至今。

这时康熙发现前面不远儿有几只狍子正在林间草地吃草，便摘弓催马赶去。狍子听到异常声响，警惕地抬起头，注视着声音来处，忽然惊恐窜入柳毛通子，朝山口里面奔去。

康熙骑马在后紧紧追赶，后边的人马也随之前行。当追赶足有七八里远时，康熙皇帝抽箭上弦。不愧是马上皇帝，别看年少，箭法很准。"嗖"的一声，只见一只狍子翻倒在地。

他一看射中了，兴致倍增，接连又抽出雕翎御箭，相继又射中两只。后边赶上来的文武群臣等齐声赞贺。

康熙此时甭提多高兴了，高声说道："传朕口谕，队伍停止前进，就地歇息，然后射猎！"

这时有位太监突然跑到康熙面前，说这趟沟里有零散居住的几户人家，康熙听后感到很惊讶。心想：这里已经五十多年没有人烟，哪来的住户，忙叫太监前去仔细查问。不多时太监回来禀报："万岁爷，这几户人家有姓李的、有姓刘的，是前两年从奉天府盖州等地迁到此处，家中男主人在外地当差，只是家属在这里自给自足维持生活。"

"不要打扰他们！"康熙听太监禀报后，吩咐说，"安营扎寨，生火造饭。"

御膳房的老师傅们听到"安营扎寨、生火造饭"的旨意后，忙碌着为皇上和后妃们做御膳，将所猎各种野物做成不同风味的各种佳肴。

其中有一位老师傅面带悦色，正忙着做一道特殊的上等野味菜肴。他边做边想：这道菜如果皇上真要是吃高兴了，说不定还兴许能赏赐点什么……

什么好东西让这位老师傅如此高兴，说来是一件巧事。

原来有位小太监在观赏美景时，突然发现他前面的蒿草中有许多圆圈状的青蒿长得非常特殊，比其他蒿草浓绿，而且长势旺盛，高出一头。这个太监感到奇怪，用手一拨拉，发现青蒿下，长着一丛丛白色伞状植物。他小心地用树棍抠下一块，拿到手中，顿时一股特有的清香扑鼻而来。这东西胖乎乎的，而且又白又嫩，惹人喜

欢。他抠下这丛，又看见那堆，沿着圆圈状青蒿，一连气抠了几十块，然后他小心地装入布袋。心想：我得问问老师傅。他急忙找到御膳房的这位老师傅，打开布袋拿出几块捧在手上。

"老师傅！这是什么东西？闻着特别清香，不知能不能吃？"小太监心急地问道。

御膳房老师傅接到手中，一眼就认出这不是一般的蘑菇，它质地细嫩，洁白如玉，香味独特。如能食用的话，　定是稀有山珍。

"我也叫不出名，先放这里吧！"

康熙在搭好的大帐内，洗完脸，刚歇息一会儿，宫女们一个接一个端来了晚膳，摆了一大桌子。此时年少的康熙皇帝确实也真饿了，立刻与后妃们高兴地享受着今天射猎的野味，吃得格外高兴。

这时御膳房的老师傅小心翼翼地端来香味四溢、热气腾腾的一大青花碗菜肴，交给宫女放在桌中间。

"请万岁爷品尝！"老师傅侧立一旁说道。

康熙见老师傅亲自端来一道菜，心想，一定与其他菜不同，探头闻了闻，香味的确特殊。便拿起汤匙先喝了一口汤，这一喝不要紧，皇上咂咂嘴说道："太鲜美了！"忙叫后妃们品尝，大家都感到从未吃过这样鲜美的佳肴。

"你端来的这道菜叫什么菜？"康熙见老师傅仍侧立一旁，问道。

"回万岁爷，奴才做的这道菜叫'凤凰戏白玉'。"老师傅见皇上问话，急忙上前回禀。

"怎么讲？"

"回万岁，这道菜是今天射猎的野鸡，羽毛非常美丽，形同凤凰；其次的'白玉'，是当地的一种上等山珍野菇，颜色白嫩，气味奇香，下锅后透明如玉，所以起名'凤凰戏白玉'。这种山珍野菇只知好吃，但不知叫什么蘑菇，请皇上赐教。"老师傅胆怯地答道。

"你说它像白玉，那朕就赐名叫'白蘑'！"康熙皇帝对老师傅说道。

"谢万岁！谢万岁！"老师傅见皇上没怪罪，急忙连连叩头。

康熙一摆手，示意下去吧。

后来叶赫这地方的白蘑、榛子、野鸡、蕨菜等山珍一直成为向清朝宫廷进贡的贡品。

当晚这趟大沟从山口处往里，帐篷一片连一片，灯火通明。燃起堆堆篝火。

十年后，康熙帝对这里的山山水水仍不忘怀，特别是对当年那道"凤凰戏白玉"更是情有独钟。为了能再次来到这里，他下旨修建从京师通盛京达吉林的御路，这条御路穿越今叶赫满族镇全境。御路修完的第二年，康熙帝二次东巡途经这里。

事隔数年后，这趟沟不知是谁起名为营盘沟，临近康熙皇帝大帐的住户人家，后来逐渐变成了屯，起名叫"卧龙屯"。靠近兵士们驻地的住户，后来逐渐增加户数，形成一个屯，名叫"营盘屯"。其屯名保留至今，传奇的故事也流传到现在。

讲　　述：刘锦春

记　　录：刘久彦　李乃文

采录时间地点：1990 年采录于铁东区叶赫镇

韩信他爹是猴子

韩财主用一只大马猴子把大门。猴子这东西贼奸百怪，通人气。这大马猴没事就摆弄棋子玩，在棋盘上下象棋。韩小姐在绣楼上纳闷，心想：这猴子还会下象棋？

有一天，韩小姐下楼看见猴子正在玩棋子，就说："你也会下象棋？"猴子点三下头。韩小姐又说："咱俩下一盘棋吧。我输了给你当媳妇。你输了，给我点儿啥？"猴子又点点头，把棋盘拿了过来，跟小姐下上象棋了。一连三盘韩小姐真输给了猴子。她寻思让人看见该多臊得慌，心里很不乐呵，就回楼了。小姐跟丫环啥话都说，把跟猴子下象棋的事说了。丫环说："猴子最奸，它成天摆弄象棋，你能下过它吗？"

大马猴子赢了象棋，心中就想：韩小姐输了，就该给我当媳妇。到了晚间，大马猴子还真就上楼了。韩小姐一看是猴子，又惊又悔，不答应猴子吧，话已经说了。没过多久，韩小姐怀孕了，老太太跟员外把这事说了。韩员外一怒，就把猴子整死了。老更倌问韩员外："把死猴子扔哪去？"员外说："埋猪圈坑下。"

韩小姐怀孕，一来二去生个小孩。小孩一天天长大，贼奸百灵，姓他姥家姓，起名叫韩信。上学念书念得好，长大参军当将军。他善于吹箫，箫吹得像说话一样，能把敌军吹得旗倒兵散。敌兵听见箫声仗也不打了，当官的也不干了。

韩信回家祭祖，带官兵回来了。韩将军有一杆大旗，把大旗往坟上一插，要是他爹的坟，大旗就能站住。不是，大旗就倒。韩信问他妈："我爹坟在哪里？"老太太可没法说了，就说韩信没爹，那韩信可有道眼子，他说："是人哪能没父？你要说我没爹，我就不活了，投井死去。"韩信说完往外跑，老太太一看毛了丫子，下地就撵。韩信到外边奔井跑去，到井跟前搬起一块大石头往井里一扔，井里边"咕咚"一声，韩信就猫在大树后边。老太太耳听井里边"咕咚"一声，就知儿子跳井里去了，她跑到井边上，趴井口往下看，井里连影都没了，她寻思儿子是淹死了，沉底了。老太太没别的能耐，就知道哭，一边哭一边数叨着，连哭带说自己命苦，把怎么跟猴子下棋，怎么生韩信，盼着韩信长大成人养老送终的事都说了。老太太絮絮叨叨地把前后事情都说了一遍，韩信在树后边听得真真桩桩，他走出来哈哈一笑。老太太没脸了，她想跳井，让韩信一把给拦住了。韩信祭祖，把大旗往猪圈上一插，大旗站住了。

讲　　述：王文德
记　　录：齐学田
采录时间地点： 1985 年采录于铁东区山门镇

金兀术苦学本领

关东的冬天寒冷又漫长，人们都在猫冬。大人们有自己的营生，那孩子们干啥呢？左邻右舍的孩子们聚在一起，坐在热乎乎的炕上玩起"抓嘎拉哈"的游戏，这就是孩子们的乐趣。嘎拉哈是猪牛羊獐狍鹿等动物膝关节上的一块小骨头，关东人把嘎拉哈两个侧面的凸、凹，正、反两面的仰、俯，分别命名为"枝儿"、"轮儿"、"坑儿"、"肚儿"。把玩时抓起嘎拉哈抛起，待其落下后，以呈现的不同状态计分，分出胜败，玩得花样翻新。可有谁人能相信，这游戏竟与女真前金元帅金兀术小时候学艺的事儿有渊源呢？

金兀术是"前金"首领完颜阿骨打十分娇宠的儿子，从小生性顽劣，不爱学习。阿玛请人教他和兄弟们学文习武，想把孩子们从小就培养成能文能武的女真英雄。兄弟们都非常用心，冬练三九，夏练三伏，不怕苦不嫌累，苦练骑射本领，马上步下的功夫样样娴熟，还起早贪黑读书习字，学问大有长进。惟独金兀术既不习武又不学文，终日玩耍，不思进取，像一块不可雕琢的朽木，被阿玛一顿暴打后，性格暴躁的他竟离家出走。阿玛也想让他出去吃点苦头，磨炼意志，没加阻拦，就放手让他出城去了。

金兀术走出城外，心情格外愉快，玩着闹着，来到了河边，站在岸上看着渔人在水中捕鱼。"哗啦"、"哗啦"，水面掀起了浪花，一条大鱼打着水漂儿跃出水面，瞬间又钻入水中，渔人飞出渔叉，撑船过去，一把抓住被大鱼拖走的叉柄，用力一挑，一条大鱼被丢入舱里。渔人手疾眼快，飞叉精准，命中猎物，这一连串的动作让金兀术大开眼界，兴奋不已。渔船远去了，金兀术还站在岸边发呆呢。喃喃地说："我啥时能有这两下子呢。"

离开河岸，金兀术继续前行，来到山脚下，见猎人们正在打围，不敢上前，好奇地站在一边远远地看着热闹。草丛中的两只雉鸡被赶了出来，惊叫着飞向空中。一位老猎人弯弓搭箭，侧耳细听，看也不看，对着野鸡飞走的方向，"嗖嗖"射出两箭，猎物应

声落地。"好箭法，真厉害呀！"金兀术高兴得拍着手儿喊了起来，向猎人跑去，老猎人示意他别出声。这时一只大狍子从山上跑了出来，一个少年手持一把钢叉，奔跑如飞，紧紧地跟了上去，人和狍子的距离越来越近，少年飞出了钢叉，不偏不倚，正中目标。金兀术这下可看傻眼了，情不自禁地喊了一句："哎呀妈呀！真尿性（方言，这里指有本事的意思）啊！"猎人们没人理他，带着猎物向围场里走去。看着猎人们远去的背影，金兀术直挠脑袋，若有所思：我要有这两手可就好了，我咋能练成这样呢，想必那猎人一定有绝招。

金兀术抱着（方言，顺着、沿着）道儿继续向前方走去。见一位老妈妈坐在河里的一块石头上，双脚浸在河水里，在一块白布上绣着花儿。金兀术到了近前才发现她手中的白布竟没有图样，灵巧的手儿舞动着绣花针，在白布上穿来穿去，不一会儿，一只登梅的喜鹊就像真的一般，呼之欲出。金兀术赞叹道："老额娘真行！这喜鹊绣得真是没治了。"老妈妈说着："这孩子，看你说的，这呀，都是皮毛的活儿，没啥了不起的！我婆婆在世时那手艺可精了，人家绣那花儿都能把蝴蝶引来。这叫人上有人、天外有天啊！我成天在这河边洗衣、洗菜，看着花儿、鸟儿、鱼儿、虾儿的，它们的模样都印在脑子里，吃到心里了，还用图样干啥。"老妈妈说着，抬头向河岸的柳树梢望去，用手一指说："孩子你看，那不是现成的图样吗！"金兀术一看，一只喜鹊落在柳梢上，喳喳地叫着，树枝晃动着，鹊儿在柳叶间忽隐忽现。只听老妈妈说："你看住它的一举一动，一个眼神，张嘴儿一叫……都记住了，心里就有谱了，过后啊，画画、绣花儿，用心一想，它就在眼前，心里就有图样了。"

金兀术好像突然明白了什么，缠着老妈妈要学绝招，老妈妈觉得奇怪，奚落起金兀术来："这是谁家的孩子啊？这绣花儿、描龙绣凤都是姑娘们该会的手艺，你小子家家的该骑马射箭、打猎捕鱼，长大了能混口饭吃。要学会带兵打仗、排兵布阵，那你就是当头领的料儿，将来会有更大的出息。"听了这话，金兀术伤心地哭

了。在老妈妈的一再追问下，金兀术不好意思地说出了实情，还提出了要求，要学渔人、猎人、老妈妈的绝技。老妈妈笑了，不停地夸奖他是有骨气的好孩子。还耐心地告诉他："孩子啊！渔人、猎人的功夫都是从小练成的，不算啥绝技绝活，为了生存，人人都有那么一两手儿看家的本领，你正当学艺的好时光，只要肯下工夫学，不怕吃苦，一学准会。"金兀术天真地问："老额娘！我能行吗？"老妈妈趁热打铁鼓励他说："孩子！你能行。要学会渔人、猎人的本领，我告诉你一个最简单的招儿，一准就灵，到那时你的本事绝不比哥哥、弟弟差一分一毫。"金兀术急不可待地说："老额娘，快告诉我吧！我现在就学。"老人爽快地答应了："好！你可不能怕苦怕累、偷懒耍滑，你能做到吗？"

金兀术一拍胸脯，像小大人似的，坚定地说："我能做到，老妈妈你快告诉我绝招吧！"老妈妈说："其实很简单，只要在同一天，你亲手取下狍子、熊、野猪三种动物的嘎拉哈，到那时你的本事就大了。""我这就去找它们，取下它们的嘎拉哈！"看着金兀术认真的样子，老妈妈又说："还是急性呀，你眼下还小，自个儿进山还不行，万一有啥闪失，我老婆子就成罪人了，不如你跟我老伴儿和儿子大山一起打猎去吧，他爷俩会教会你的。""那太好了，多谢老人家！"金兀术高高兴兴跪地，给老妈妈磕头。

金兀术见到了老妈妈的老伴和儿子大山，父子俩一看乐了，这不是在围场看热闹的那个孩子吗？老妈妈把金兀术的事儿一说，父子俩会心地一笑，当即答应收他为徒。金兀术见到了自己羡慕的猎人，赶紧跪地磕头，拜见师傅。猎人的艰辛生活磨炼了他坚强的意志，练就了他强健的体魄，起初他举不起钢叉，几年的打猎生活使他的飞叉技艺大有长进。经过几年的磨炼，少年时期的金兀术，身手利落，手疾眼快，身强体壮，力大无穷，膂力过人。弯弓骑射，百步穿杨；登山爬树，健似狸猫；逐鹿射雁，身手矫健。

老妈妈一家人看着金兀术日渐成熟，技艺越来越精，心里无比地宽慰，他们仿佛看到一个英武的少年正在成长为骁勇善战的女真巴图鲁（满族语，勇士）。

　　终于有一天，金兀术果然亲手捕获了狍子、熊、野猪三兽，并取下了嘎拉哈，交给了师傅和师娘，师娘流着泪说："孩子啊！你用汗水换来了真本领，可以回家同兄弟们一比高低了，可你要记住'人外有人，天外有天'，不可自高自大，活到老学到老啊！"金兀术感激地说："师娘，我记住了！"他与师傅一家人洒泪分别，回到王府，终于成为一位文武双全、文韬武略兼备的女真元帅。

　　后来，大名鼎鼎的金兀术在闲暇时还到师傅、师娘的家中去串门儿，同贫贱之交的师兄推杯把盏，共叙儿时渔猎的美好时光。师娘还拿出金兀术亲手取下来的狍子、熊、野猪的嘎拉哈，提醒他精于勤奋，不可懈怠。金兀术明白师娘的良苦用心，用心把玩着嘎拉哈，若有所思，后来他创造出一套玩嘎拉哈的游戏，把它传给了女真的孩子们，激励他们从小立志成才、不畏艰难、苦练本领，光大女真民族能骑善射的优良传统。

讲　　述：邸　春
记　　录：柴运鸿

叶赫部的最后一战

深秋的夜晚，叶赫东城隐没在茫茫的雾中。年过五十的金台石贝勒，一觉醒来，想起那些烦心事，就再也不能入睡了。

多年来，叶赫部在和建州的多次争战中一损再损，而它的对手却越战越强。几年内，建州女真先后灭了哈达部、辉发部、乌拉部，今年三月，萨尔浒一战，努尔哈赤挫败明军，并乘胜占领了开原、铁岭。从此，叶赫成了孤立无援的弹丸之地，那么攻打叶赫也就是迟早的事了。

几个月来，叶赫也一直做着战争准备，修补寨墙，操练兵马，筹措粮草。可金台石深知，军事上，叶赫部远远处于劣势。

奇怪的是，建州方面近来异常的平静，虽多次派人打探，均无结果，他有一种不祥的预感。

再也不愿想下去了，金台石打个哈欠，闭上了眼睛。这时就听梆梆梆，有人把房门敲得山响。平时夜间有事禀报，都要经过值夜的侍卫，不是十万火急的事谁敢造次？金台石心里一惊，喝问："何人？"

"贝勒爷，我是瞭望台上的哨兵，有紧急军情禀报！"

金台石急忙穿衣开门。一个哨兵闯进来，惊恐地报告："贝勒爷，城西有无数军马在向城下运动。"

金台石跟随哨兵，三步并做两步，登上了瞭望台。这时雾已渐退，他揉揉眼睛，向西一望，不由倒吸一口凉气，建州军马，像水般地涌来。

见来势凶猛，金台石立即传令，吹响螺号，同时放弃外城的木栅栏，被螺号声惊醒的军民倾城而动，紧急应战。

建州军捣毁了外城的木栅栏，手持盾牌攻城，呐喊声中，城上箭如雨下。努尔哈赤令军士在重甲之上，再披绵甲，从四面架云梯登城，纷纷被石头滚木打落。这边一拨刚刚杀退，那边一拨又冲了上来，喊杀声不绝于耳，死尸堆满城下。守城的将士，也伤亡惨

重。就在双方血战的时候，闪现一道火光，然后"轰隆隆"一声巨响，整个城堡都震动了，东北角处炸开了几米宽的一个大洞。金台石忙调集军兵封锁城门，守住缺口，然而无济于事，杀红了眼的建州兵蜂拥而入。城内顿时乱了阵脚，经过一段巷战，叶赫兵大部分束手就擒。

金台石见大势已去，领着家小和少数亲兵登上了高高的八角明楼。楼下高喊："金台石，投降吧，不然没命了！"金台石早已把生死置之度外。然而当他看到身边的妻子儿女，看到城内的老弱部民，看到受伤的兵丁，他大声地回答："且慢，等见了我的外甥皇太极，才能投降。"

努尔哈赤派人把正在指挥攻打西城的皇太极找来了，金台石见了，问他的外甥："你能保证不杀我叶赫的一兵一卒吗？"

"我建州向来不杀降卒！"皇太极答道。

金台石进一步逼问："你能收留吗？"

皇太极有些生气了，厉声说："舅舅，还是下来吧，死活由我父亲定夺，如果他不杀你，我当然可以收养。"

接着，皇太极让金台石的儿子，受伤被俘的德尔格勒来劝降。

德尔格勒跪在地上说："父亲，下来吧，我们的战斗力不足，你在楼上怎么办呢？下来吧，死活随他们的便。"

金台石依然未动，皇太极见劝降无效，令人捆绑德尔格勒。德尔格勒是个硬汉子，他大喊大叫："我活了三十六岁，今天死期到了，杀就杀吧，何必捆绑！"

努尔哈赤见状，对皇太极说："儿子劝父亲，不听是父亲的罪过，不能杀他，今后要善待你的兄长。"

八角明楼上出现了短暂的平静，金台石回到室内，看了看正在瑟瑟发抖的儿女们，撩起战袍，擦了擦手，逐一抚摸孩子们的头，此时，贝勒爷的心快要碎了，他眼里噙着泪花。楼下喊杀声又响了起来。金台石低沉而又深情地对妻子说："下去吧，为了咱们的儿女。"一向以温顺而著称的妻子不从。

"下去，快！"金台石变脸了，像一头发怒的狮子。儿女们哭

泣着，给父亲叩了头，然后随着母亲一步一回头地走下了八角明楼。金台石对身边的亲兵说："都下去吧，我的巴图鲁。"兵丁高喊："我等跟随贝勒爷，死而无憾！"

金台石面对祠堂的方向跪下，拜了一拜，站起来后，一阵仰天长叹，他走进了后室，点燃了一堆柴草，霎时间，浓烟滚滚，火光冲天。这位戎马一生的贝勒纵身跃入火中，楼上的亲兵全部拔剑自刎了。建州兵冲上楼去，从火海中拽出了金台石，金台石已被烧得面目全非，努尔哈赤说："还是成全了他吧。"按着努尔哈赤的旨意，金台石贝勒被绞死了。

西城的布杨古和弟弟布尔杭古见东城攻破，知败局已定，开城投降。布杨古见了努尔哈赤，仇恨在心，立而不拜，努尔哈赤考虑再三后，把布杨古也送上了绞架。

讲　　述：刘锦春
记　　录：李俊荣
采录时间地点：1989 年采录于铁东区叶赫镇

朱元璋放牛

传说，历史上的明太祖朱元璋小时候家住在濠州，后迁徙到泗州太平乡。有一年泗州闹瘟疫，他的父母兄弟都死了，只剩下他一人，无法生活，他就去给一个姓马的员外家放牛，白天放牛，晚间就睡在牛棚里。

有一天，朱元璋和其他几个小牛倌在山上放牛，他出了一个主意，把一头牛杀了，用火烤牛肉吃。吃完，把牛脑袋插在山前，把牛尾巴插在山后。晚上放牛回来，马员外发现少了一头，便问朱元璋："那头牛哪去了?"朱元璋说："钻山了。"马员外听了，很生气地说："你竟敢胡说八道! 牛怎么能钻山呢?"朱元璋说："老员外你不信，就到山上看看去!"马员外随着朱元璋他们几个小牛倌到山上一看，可不真的! 那山前插着的牛脑袋竟长在山上了，拿不下来了; 山后插的牛尾巴也长上了，并且一拽那牛尾巴，牛头还叫了一声，这样，马员外才信了朱元璋的话。

这个马员外有一位小姐，她住在楼上，这楼的窗户正对着朱元璋的牛棚。有一天，下了一天大雪，朱元璋穿得很单薄，冻得浑身哆嗦。晚上，马小姐站在窗前，向外看，看见牛棚里好像失火了，但又不像失火。她便好奇地走下楼去。到了牛棚一看，并没有失火。可是牛棚却是红堂堂的。只见小牛倌朱元璋在那里睡着了，借着红光看见小牛倌鼻孔里有条小蛇在爬来爬去，她忽然想起人们说的"真龙出窍"的话来，料想这个小牛倌将来可不是个等闲之人，她把小牛倌叫醒了。朱元璋醒来一看，原来站在自己面前的是马小姐，朱元璋吓了一跳。马小姐说："你不用害怕! 我看你将来能够大富大贵，能做皇帝，现在请你封我!"朱元璋听了很高兴，便说："牛棚好比金銮殿，牛槽好比绣龙墩，牛羊好比文武官，草节好比百万兵，我要登基坐了殿，封你昭阳坐正宫。"马小姐听朱元璋封了她，才转身回楼去了。

第二天晚上，马小姐让丫环给小牛倌朱元璋送来了一件棉袄，

以后常常让丫环给朱元璋送去一些日用的东西。时间一长，这事就泄露了出去。马员外知道这事，气坏了，把朱元璋赶出去了。

朱元璋被马员外赶出去以后，又无法生活了，他便到皇觉寺当和尚去了。不久，他就参加了郭子兴领导的元末农民起义队伍。郭子兴死后，朱元璋统率了这支起义军，后来当了吴国公，就把马小姐接去了。以后朱元璋当了皇帝，成为明太祖，马小姐就当了正宫娘娘。

讲　　述：王瑞淑
记　　录：周　荣
采录时间地点：1985 年采录于铁东区山门镇

故

事

生活故事

捡　爹

相传很早以前，在深山老林住着个老爷爷，常年以打猎为生。他已经八十多岁了，身体还那么硬实，身边又没什么亲人，自己单独生活，觉得太寂寞了，老爷爷想到城里溜达溜达，看看戏逛逛商铺，开开眼界，于是他背了件破棉袄下山了。进城刚住上店就病倒了，店主见老爷爷穿得破烂不堪的样子，知道没啥油水，也就不理睬他。老爷爷呼水水不应，呼饭饭不来，实在没办法，就向店客们商量说："谁愿意做我儿子，谁就给我弄口水喝。"连问数声无人答话。事也凑巧，有个书生，叫孙三，到外地求学，学业已满赶路回家，走得人困马乏的，也在店里住下来了。一进客房就听隔壁有人呻吟着要水喝，孙三顺手舀了一瓢水端了过去，到隔壁一看，原来炕上躺着个有病的老爷爷。孙三立刻把水递给老爷爷，又从兜里掏出几两银子递过去。老爷爷喝完水把瓢放到一边，既没接银子，也没道谢，伸手把孙三的袖子抓住说："刚才我说得明白，谁愿意做我儿子，谁就给我弄口水喝，今天你就是我儿子，我就跟你去。"孙三心里琢磨：我可怜他，他却把我给赖上了，我这不是糊涂地捡个爹？又一想：也罢，自己没个老人帮助料理家务也不行，这个老头也挺可怜的，就认他当爹吧。想到这里，孙三跪在地上磕了三个头，叫了声爹，把老爷爷乐得嘴都闭不上了，病立刻就好了一半。他激动地对店客们说："这是老天送给我的儿子呀！"接着又对孙三说："儿呀，这店太贵，咱们就别住了，快去把店钱算了，咱爷俩慢慢往家溜达。"孙三算了店钱后，像接喜神似的把马牵到店房门口，刚要进屋去背老爷爷，老爷爷背着棉袄自己走出屋

门。他把棉袄递给孙三说："儿啊，先把棉袄给我拴在马身上，结实点拴着。"孙三一看，这件棉袄又脏又破，要是扔到道上都不一定有人捡。他摇了摇头说："爹，咱家有的是棉单衣服，您要穿啥样的都有，这破棉袄就扔了吧。"老爷爷生气地说："说得真好听啊，保管不好，我都不答应你。"孙三心里暗想：捡的这个爹脾气还挺倔，只好依着他吧。到家以后，老爷爷争着要当这个家，孙三也依了他。他一当家，可就热闹了，凡是租种他家土地的佃户们，年成好了租子交多交少都行，年成不好不交也行。事也凑巧，那几年这个地方不是旱就是涝，老爷爷索性就不收租子了。这么一来，家里立即就穷了下来，老爷爷突然又病倒了，孙三又卖房子又卖地，给老爷爷治病，家产快折腾光了，病也没治好。老爷爷临死时，把孙三和他媳妇叫到床前说："儿啊，我虽不是你亲爹，可你们俩待我比亲爹还亲，我没给你们积攒下什么家产，只有这件破棉袄留给你们日后用吧。可千万把它保存好，这样我死了也瞑目了。"老爷爷没等嘱咐完就咽气了。孙三把老爷爷安葬后，漫不经心地把棉袄扔到下屋去了。日子一久，仅有的一点家产也都耗费光了，实在揭不开锅了，两口子一合计，干脆把衣服和破被褥卖掉买粮。夏天好过冬天难捱，别的都好办，没有棉衣服穿是最要命的事。正没着落的时候，孙三忽然想起空屋里的那件破棉袄来，忙对媳妇说："孩子他娘，咱爹留下的那件破棉袄在下屋里面放着呢，你把它拆洗拆洗我穿。"孙三说完到下屋把破棉袄取来交给媳妇。媳妇拆开一看，只见金光四射，原来里面尽是夺人眼目的奇珠异宝。孙三激动地掉下了眼泪，抚摸着儿子的头说："儿啊，没有你爷爷留下来的这件破棉袄，咱们都得冻死饿死。"

打那以后，他们的日子又过得好起来了。

讲　　述：张玉田

记　　录：孔庆宁

采录时间地点：1985 年采录于铁东区山门镇

卖 爹

　　老杜头早年丧妻，妻子去世后，扔下一个儿子名叫杜春。老杜头又当爹又当娘，含辛茹苦把儿子拉扯大，娶了个天仙似的媳妇。

　　新媳妇叫石妹，哪样都好，就是掐半拉眼珠看不上老公爹，嫌老公爹埋汰，怀疑公爹有什么不好的病，怕传染上，不敢沾边。儿子倒可怜父亲，对媳妇的行为大为不满。

　　一天杜春赶集回来，对媳妇说："今天我在集市上看见有人卖老头，专要肥的，能卖老鼻子钱了。我想能不能把咱们爹养肥了，准能卖个好价钱，你看怎样?"石妹一听，心里乐坏了，便说："夫君，这真是一箭双雕的好事，一则老爷子有个享福地方，另则咱们还能得些钱。"

　　"贤妻，虽是这么说，咱爹瘦得像竹竿，不把咱爹养肥也卖不了啊!""夫君，你看着办吧!""妻呀，你要相信我，就依我三件事，你能做到吗?""哪三件事?""第一件，晚上咱爹睡觉前，先把被褥铺好，炕烧得热乎的。第二件事，三顿饭菜必须做得应时应晌，顿顿做些好吃的，要不咋能养肥啊。第三件，早晚必须向爹问安，老人心情好了长膘就快。不过得一天不落，你能做到吗?"石妹心里虽不愿意，为了公爹能卖个好价钱，也就答应了。

　　打那以后，三餐六饭伺候得应应当当，晚上炕头烧得暖暖呼呼，早晚都来问安。公爹心中暗想：这太阳咋从西边出来了，媳妇是发烧了还是得邪病了，心里反倒不安起来。每天早上媳妇过来到公爹近前，伸手往褥子底下摸一摸，问公爹夜间冷不冷。一天三顿端上来饭菜，问公爹可不可口，捏肩捶背照顾无微不至。

　　石妹天天不落做这三件事，日子一久，公爹见胖了，身体也结实了。老杜头心想：哪能老让儿媳伺候自己呢，力所能及的活得帮儿媳妇干点，就帮着儿媳妇烧火，劈柴，喂猪，扫院子，反正总也不闲着。儿媳妇思想也慢慢转变过来了，感到公爹挺好的，公爹也常在街坊邻居面前夸儿媳妇好，贤孝。

老公爹吃得好，睡得好，心情也好，身体渐渐地壮起来，儿媳妇越瞅越顺眼了，把卖公爹的茬早忘九霄云外去了。

街坊邻居都说杜家媳妇是屯里最孝顺媳妇，都夸老杜头有福啊！"老了老了身体还健壮起来了！""都是儿媳妇心眼好使孝顺的呗！"听到乡亲们的夸奖，石妹觉得很惭愧，悔恨自己以前没能好好地孝顺公爹，还动心思要把老人卖了，回想起来对不住老人哪。

一天，杜春玩笑地说："媳妇，咱参现在胖得可以了，咱俩上集市上把他卖了吧，能值不少钱。"石妹低下头红着脸说："哎，别挖苦我了，我错了还不行，你还不如揍我一顿算了。"杜春听了哈哈大笑起来。

打那以后，石妹特别孝顺，老杜头幸福度过晚年，一家人过上了幸福美满的生活。

講　　述：崔立元
記　　录：范洪旭
采录时间地点：2000 年采录于铁东区叶赫镇

童养媳的奇遇

从前，有这么一个童养媳叫春妮，进了婆家门后，受到婆婆百般刁难和凌辱。整天缝缝补补，洗衣做饭，挖菜喂猪，支使个脚不沾地，身上时常被婆婆打得青一块紫一块，折磨得死去活来。

一天，春妮做完早饭不小心掉锅台上一块锅巴，心想扫扔了怪可惜的，捡盆里还粘上灰上了，她吹了吹上就塞到嘴里吃了。不料被婆婆看见了，不问青红皂白，操起棍子就打，一边打一边骂："你这偷嘴的畜生，穷鬼贱货，我非打死你不可。"打了好一阵子，婆婆也打累了，从仓库里拿出一条头号大口袋往春泥眼前一扔，恶狠狠地说："今个头晌不挖满这口袋菜，你就给我死到外边别回来见我。"春妮哭哭啼啼夹起口袋提着筐刚要走，丈夫怕妻子出点儿啥差错，急忙跑过来拦住春妮悄悄地劝道："妮，别难过，再忍几年吧，咱娘那么大岁数了，再活能活几年。"丈夫说完掏出两块饭团塞进春妮口袋里，转身下地干活去了。春泥一想：也倒是，虽然婆婆狠毒，丈夫倒是好心人，看在丈夫的分上只好忍耐。她来到地里一看，野菜倒挺多，也顾不得吃饭团了，把口袋和饭团往地头上一放，提着竹筐进地就挖。挖呀挖，眼见小半晌了，她觉得又累又饿，准备吃几口饭团再挖，哪知回头一看，一帮老鸹在地头上正啄自己的饭团。她急忙跑到地头，饭团已被老鸹吃个精光。老鸹不甘心地飞走，落在旁边的大树上"呱、呱"地叫。饥累难挨，身上的伤痕阵阵疼痛，她越想越伤悲，越琢磨越没路，坐在地头上放声大哭："天哪，我的命咋这样苦呢？婆婆刁难给我气受，狠心肠的老鸹也欺负我。"哭到伤心处，两脚使劲连蹬带踹。一个时辰过去了，地头上蹬出很深很深一个大坑，突然坑里面露出一块光滑滑一尺见方的石板，她一看挺奇怪，立刻不哭了，伸手揭开石板一看，底下有个坛子，坛子里装满了黄澄澄一坛金砖。她立时转悲为喜，急忙伸手去拽坛子，刚摸到坛子边手又缩回来了，心中暗自琢磨：这样拿回去若被旁人看见，恐怕惹出是非，莫不如夜间来取，安全

一些。她按原样把坛子又埋上了，又挖了一阵子菜，总算把口袋挖满了。回到家里已经过晌了，婆婆早把剩饭藏了起来，春妮饿得头迷眼花直闪脚，就这样婆婆还逼她干杂活。可下挨到了晚上，丈夫给她偷了点剩饭，春妮吃完了，就把白天挖菜遇见金子的事跟丈夫说了，丈夫问道："妮，你记准地方了吗？""记准了，就在北大洼子地头，旁边还有棵大杨树。"春妮刚说到这，不料被婆婆在窗外听见了，婆婆心中暗想：亏得我好听声，不然怎能得到这坛金砖呢。等我把金砖取回来，非把你这个贱货休了不可，给我儿子说个有钱有势人家的姑娘，日后跟着能沾点光享点福。想到这，她找了把锹，到地里一挖，果然有个坛子，她乐颠颠地捧回家去，进屋往炕上一倒，哪里是什么金砖，明明是一炕黄乎乎的癞蛤蟆，四处乱蹦恶心坏了。她顾不得许多，紧忙把癞蛤蟆又装回了坛子里，心里暗暗骂道："小婊子，尽谎话，这坛金砖干脆留给你自己用吧。"她捧着坛子来到下屋一看，上扇窗户没关，顺窗户就把一坛癞蛤蟆倒进屋里去了。小两口正唠嗑呢，突然看见有人往屋里扔东西，点着灯一看，是金砖，春妮高兴得蹦起来："我说的那坛金砖自己跑来了，就是这样的金砖……"丈夫开玩笑地说："金砖瞧你心眼好，可怜你，它就奔你这来了。"春妮得了财宝再也不受婆婆的气了，从此过上了幸福美好的生活。

讲　　述：张玉田

记　　录：孙喜臣

采录时间地点：1986 年采录于铁东区山门镇

哥俩打官司

有这么哥俩，老二觉得老人分家时分得不公平，给老大分得多，给自己分得少，吃了亏。老人活着的时候，有老人压着，老二没敢太计较；老人一死，老二可就不干了，非要和哥哥上堂打官司，重新分家产不可。

这天，哥俩上了大堂向大老爷申诉陈状，县大老爷命他们先回去，听候处置。回家的路上，老二看见一个卖龟的，买了一个，准备下晚儿炖着吃。回到了家，他用根绳子把龟尾巴拴上，倒着吊在梁坨上。然后就出去了。

哥哥从大堂回到家，干了一会儿活儿，就到弟弟家去。到了老二家窗前，吓了一大跳，只见屋里吊着一个龟，这个龟的脖子伸出来了，有二四尺长，像长虫似的，它吊在梁坨上，头朝下一圈圈地旋着，口里还滴着白沫子。哥哥一看，这是只叠龟，有剧毒。他在窗外故意咳嗽一声，那个龟的脖子"刷"一下子就回去了。哥哥在窗外又躲一会儿，那个龟听了没动静，脖子又出来了，还在一圈一圈地旋转。

老二回来了，哥哥说："你弄这玩意儿干啥？"

"吃呗！"老二白了哥哥一眼。

"这可吃不得，"哥哥急忙说，"你听我说……"

还没等哥哥说完，老二拉着脸抢过来说："去你的吧，咱俩都上堂打官司了，我还听你的吗？行了，行了，你回你的家，过你的日子吧。"硬是把哥哥推出了大门。然后，把那个龟剁了炖上了。

龟肉炖好了，他盛了一碗，刚要吃，忽然哥哥从外面冲了进来，一把抢下肉碗，说："你可不能吃呀！"

老二火了，"咱俩都要上堂打官司了，成了冤家对头，你还管我干啥？"

哥哥也不说话，从碗里捡出一块龟肉，扔给老二家的大黄狗，大黄狗一口吞进肚子，不大一会儿，倒在地上死了。

老二可傻眼了，愣愣地看着大黄狗，半晌才说："哥哥，咱俩的官司别打了。"

哥哥问："堂还没过呢，咋就别打了呢？"

老二眼含热泪说："别打了，不管咋地，咱俩是一奶同胞哇！"

讲　　述：张玉芳

记　　录：郑长春

采录时间地点：1984 年采录于四平市

大 脚 有 福

从前，有一个姓王的姑娘，因为脚大，总也没找到婆家，后来，她好不容易嫁给了李家屯的一个李公子。

因为姑娘脚大，李公子看不上她，对她不是打，就是骂。公公、婆婆、小姑子也都看不上她，家里所有的活儿都叫她一个人干。

终十有这么一天，婆婆把她赶出了家门。

王姑娘走呀，走呀，足足走了一整天。天黑时，她来到了一个屯子，这个小屯子只有十来户人家，她叫开东头第一户人家的门，这户人姓刘，就让她住下来。

一晃，半年过去了。王姑娘是个勤快人，老刘家一家对她很好，也很喜欢她。

有这么一天，夜里下了一场雨。第二天一早，王姑娘像往常一样去后院抱柴火，准备烧火做饭。她来到柴火垛前一看，柴火都被雨浇湿了。她想围着柴垛转一圈，看看从哪能找到点干柴火。她刚走半圈，冷不丁地一只脚陷进了一个坑里，随着，半个身子都陷了进去，她好不容易才爬出来。当她抖落身上的泥时，忽然发现右脚的鞋上挂着两根金条。她顾不得身上的泥，急忙跑回屋里，把发现金条的事告诉了刘家老两口了。他们来到柴火垛旁，用铁锹挖，挖了好大一个坑，发现了一个大坛子，里面装满金子，有大的，有小的，还有金条。他们把金子拿回了家。他们用些金子买了地，盖上了新房，老刘头的儿子和王姑娘结了婚，日子过得可好了。

王姑娘发财的消息传到了李公子家，他们一家人商量后，李家公子来到刘家，要把王姑娘拉回去。他尽说好的，但也不顶用，王姑娘说啥也不回去，她说："泼出去的水是收不回来的。"李公子碰了一鼻子灰，灰溜溜地走了。

讲　　　述：张李氏
记　　　录：赵春树

李 桂 香

李桂香十六岁那年，她妈死了，她爹又娶了一个后老婆刘氏。没过半年，桂香爹也不行了，临死前，对刘氏说："你要照顾一下桂香，我一死，桂香就没爹没妈了，一个姑娘家，好可怜哪。"

刘氏说："放心吧，我不能错待她。"说是这么说，刘氏心里掐半拉眼珠也看不上桂香。刘氏带来个小子，十八岁，叫丁会，这小子又懒又滑，吃喝嫖赌啥事都干。桂香爹一死，家里没柴烧了，刘氏就喊："丁会呀，你过来。"

丁会进屋问："干啥呀，你叫我？"

刘氏说："你上山打柴火去吧，没烧的了。"

丁会说："我上哪打柴去呀？他妈的，咱家那闲人你不支使，你支使我，我才不干呢！"

刘氏说："哪还有闲人呢？"

丁会说："后屋的那个丫头她不是大闲人呀？她成天坐着，你别支使我，我不去打柴火，你去找她去。"

刘氏说："桂香是个姑娘，能上山吗？"

丁会说："她不能上山，她都骂你呢！"

刘氏忙问："她都骂我啥呢？"

丁会一看妈上道了就说："她骂你是后老婆，什么后老婆长，后老婆短的。"刘氏来气说："你去把她给我叫来，叫她去打柴火。"

桂香在后屋炕上扎钢针、盘绒绒、正绣花呢，听见丁会叫她，就跟着丁会来到前屋，见了后娘，深施一礼说："我娘安好！"

丁会凑到他妈耳旁说："妈，你听，她骂你呢！"

刘氏问："她骂我啥呢？"

"她让你坐蜡台。"

"咋个坐蜡台？"

丁会叽咕叽咕眼睛说："让你安好，不是让你坐蜡台嘛！"

刘氏听儿子这么一说，更生气了，对桂香吼道："你给我打柴去！"

桂香犯愁了，"妈呀，你老是让我去打柴呀？"

刘氏说："你别的不用说，你就给我去打柴得了！"

桂香没办法，找了根扁担拿了两根绳子，出得门来，一边走，一边哭，心想：我可上哪打柴火呀？丁会在后面暗暗高兴，心说：我跟我妈都嫁了八处了，人家都管我叫带犊子，到如今我不折腾她，折腾谁呀？

桂香走了一天，赶天黑可算打了两捆柴火。回到家，丁会还使坏，说她打得少，不让他妈给她饭吃。这样，一连好几天，天天逼桂香上山打柴，天天嫌桂香打得少，不给她饱饭吃。

这天，桂香又出去打柴，路过老秦家门口，她忍不住哭起来。这老秦家哥俩，老大叫秦克礼，老二叫秦克让。秦克礼早年丧母，他爹续弦王氏，王氏带来一子，就是秦克让。不久，秦克礼的父亲也没了，王氏就领着秦克礼、秦克让过日子。王氏看见桂香边走边哭，就出来说："桂香，你这姑娘家，咋还去整柴火呢？进屋歇一会儿吧。"桂香跟王氏进了屋，忍不住哭了起来，在王氏的一再追问下，她才把她后妈怎么逼她打柴火的事说了。

晚上，打完柴火回家，丁会就跟他妈说："妈呀，桂香在老秦家骂你呢，骂得那才不好听呢！"刘氏把桂香叫进屋，问："你咋跑老秦家骂我呢？"

桂香急忙说："哎呀妈呀，我哪敢骂你呢。"

丁会在旁说："妈，她骂你了，我都听着了，你就不会揍她呀？"

刘氏下地把桂香狠狠地打了一顿，又拽过桂香的手，在她的十个手指头上都扎一根针，疼得桂香死去活来。晚上，桂香一寻思，也没活路了，就偷偷出了屋，想要投井。

这时，秦克礼正在看书，听见外面狗一个劲地叫，出门一看，见一女子正在井沿上，就忙去母亲屋里，说："妈呀，井台上有个人。常言道：自打河边站，就有望海心，半夜三更上井台，怕是要投井吧？"

他妈出去一看，是桂香，赶忙上前拉住，说："你这是干啥呢？"

桂香看见秦大娘，就倒在她怀里哭上了，王氏把桂香拉进屋里，劝说着："姑娘，不要紧，今晚上就在我这儿住一宿，明早，我把你送回去，我跟她唠唠，劝劝她，你可别寻死了。"

桂香在王氏家住一宿。天刚亮，丁会路过看见桂香在老秦家，就抄起大棒子，堵在老秦家门口骂上了："秦克礼，你是个什么东西，你把我妹妹给拐来当媳妇，我非得把你家杀绝了！"他骂个没完没了，秦克礼实在忍不下去了，就出去跟他说理。丁会也不讲理，秦克礼不得不还手，一下子就把丁会打死了。

出了人命，丁会他妈哭喊着上大堂告了状，县太爷派衙役下来抓人。王氏就对秦克让说："克让啊，你替你大哥吃官司吧，你大哥没爹没娘，你好歹还有我这个妈呀。"秦克让说声"行"，就跟着衙役走了。

秦克礼知道了，跑到衙门喊冤，县太爷把他传到大堂上，问道："什么冤哪？"

秦克礼说："回禀老爷，不是我冤。"

"不是你的冤，你喊什么冤？"

"回禀老爷，是我弟弟冤，那个丁会是我打死的，不是我弟弟打死的。该偿命的是我，请老爷把我弟弟放回去吧。"

县太爷觉得这案子很蹊跷，就下到村子里访查。一打听，满村子的人都证实秦家兄弟是好人，都说丁会和他妈不咋的。县太爷查访完毕，把秦、李两家都带到大堂上，县太爷升堂，一拍惊堂木，对刘氏吼道："你怎么不照着老秦家学呢？你和王氏都是后到人家的，王氏对前夫之子，百般疼爱，胜过自己的亲生子。你可倒好，你对前夫的姑娘非打即骂，百般折磨，你儿子不做好事，死了活该，你还替他喊冤叫屈呢，去你的吧！"县太爷对桂香说："本大人有心为你做媒，把你嫁给秦克礼，你可愿意？"

桂香早就爱慕秦克礼，听县太爷这么一说，脸"腾"地红了，低下了头。从此桂香嫁到了秦家，一家人过得和和睦睦。

讲　　述：张玉芳

记　　录：郑长春

认　爹

　　一家子两个儿子，这两个儿子长大翅膀硬了，因为没说上媳妇，说啥也不养活老爹。老爹一赌气走了，走到一座山上，他蹲在地上哭起来了。有两个上山打柴的人，这两个人专以打柴为生，攒下点钱。打柴人问明了原因，就说："老大爷，你别伤心，上我家去，我养活你。"老头摇头，百般不干。打柴人拿出钱来给老头，说："用这钱给你儿子说媳妇去吧！说上媳妇了就会养你了。"老头先是不肯接，后来一看打柴人诚心诚意，就把钱接了过来。

　　老头深一脚浅一脚往家走，走到一棵大树下，把老头吓得脸色大变，连连倒退好几步。怎么了？树上有个上吊的人，是一个年轻人，直挺挺地挂在树上，嘴里还有一丝气儿。老头上前抱下吊着的人，缓醒了一阵子，上吊人慢慢睁开眼睛，明白过来了。老头问他为啥上吊，上吊人说："我上京城赶考，从家走到这，带来的银子都被强盗抢了。京城离这还远，回家又没盘费，进退两难，实在没招了，就寻死上吊。"老头一想，自己身上带着打柴人给他的钱，是让他儿子说媳妇的。也罢，救人救个活，把这钱给这个上吊人，让他上京赶考去吧！想到这，老头把钱掏出来，交给那个小伙子。小伙子感恩不尽，"梆梆梆"头都磕出动静来了。上吊的小伙子问清了老头子的家乡住所，辞别老头赶考去了。

　　老头回到家，还是没钱给儿子说媳妇，儿子还是不要他。老头又走了，去找打柴的给出主意。打柴的问老头："你儿子要没要你啊？"老头就把遇到上吊人的事说了一遍，打柴的听后，就把老头留在家里，认老头当爹。

　　上京城赶考的那个小伙子，到京城一考，就考上了状元。状元上了任，就要回来谢老头的救命之恩。他坐着八抬大轿，来到老头家里，一打听，老头不在家。状元把老头怎样救他，怎样给他钱，怎样上京城考中状元的事，当着老头的两个儿子说了一遍。又说，来到这里是为报恩的。老头的儿子一听，想：这回老头有用了，状元都来找老头报恩来了，他们也要沾光了。

老头在打柴人家待着呢，状元上前磕头认干爹。两个不孝儿见状元都管他爹叫爹，赶忙也跟着叫爹。老头说："我不是你们爹，我是这两个打柴人和状元的爹。"老头的儿子一合计："让两个打柴的认了爹，肯定他们得沾状元的光，咱们哥俩不是白挠毛吗？干脆找县官告那个打柴的。"

老头两个亲儿子到县官那里把打柴的告了，说他们看老头有用，把老头抢去当爹了。县官升堂问案，这些人都来了。状元管老头叫爹，县官也管老头叫爹。为啥？状元比县官权力大，县官是在溜须状元。县官审案，老头把事情经过一说，县官冲老头的亲儿子大喊道："不孝之子，重打四十大板！"老头的两个亲儿子挨了四十大板，灰溜溜地回家了。老头跟状元进京城去了。还把两个打柴人也带去当了差。

讲　　述：张素文
记　　录：齐学田
采录时间地点：1985 年采录于铁东区山门镇

黑 心 儿 子

从前，有这么老两口，半辈子才得一子，这可把老两口乐坏了，把孩子看成是宝贝疙瘩。没想到，等到孩子长到了五岁，老头子得了一场重病死了，老太太就更疼她的儿子了，把儿子看成是心头肉，儿子要啥，老太太就给买啥。有时左邻右舍给送点好吃的，老太太从来不舍得吃一口，都可这孩子吃，这么一来，却把孩子惯坏了。儿子一天天长大，整日喝酒赌钱，不务正业，心眼也越来越坏。

有一天，儿子不在家，邻居给老太太送来一碗热气腾腾的饺子，老太太馋得慌，就尝了一个，这一尝不要紧，一下把馋瘾勾了出来，吃了这个，又想那个，最后把一碗饺子吃了个精光。

可哪曾想，等儿子回来，一听说饺子没给他留，当时就炸了，大声骂道："你个老不死的东西，我今天晚上非杀了你不可！"

这时，天渐渐黑了下来，老太太听到外屋的磨刀声，吓得浑身直哆嗦，她知道儿子是说得出就干得出来的，怎么办呢？想躲起来吧，也不行，儿子非找到不可。老太太猛然想出一个办法，她屋里有个装水的葫芦头儿，就把它放在枕头上，把被盖在上面，又把被窝塞了些东西，就悄悄地钻进八仙桌下藏了起来。

再说儿子磨好了刀，来到屋里，以为他妈睡下了，照着蒙着的"脑袋"就是一刀，只听"扑哧""哗啦"一声。这小子黑灯瞎火地看不清楚，也顾不上细看，扔了刀，转身出了房门，撒开两腿，跑了。

这小子逃出很远很远，整天靠坑蒙拐骗混日子，过了四五年，骗来了媳妇，家里要啥有啥，平日里，这小子是喝酒耍钱，游赖逛蛋儿。

后来，这小子不知打哪儿听说他妈没死，还在邻居家住着，这小子眼珠一转，来了鬼主意。这一日，他骑着大马回家接他妈来了，见着他妈，赶忙跪下求饶道："妈呀，以前我对不起你，我错了，现在我改好了，已经有了家，还是跟我回家吧，这回保证好好养您老！"老太太当时信以为真，认为儿子大了，也许真的改好了，再说住在邻居家也不是长久之计，就收拾收拾，和儿子上路。这小子假惺惺地把他妈扶上马，等出了屯子，走了一程，这小子看看前后没人，脸色立刻变了，大声喝道："你这个老不死的东西，快给我滚下来，当初我没把你杀了，算便宜了你，从现在起，你就是我的老奴才，听见没？以后对谁也不许说我是你的儿子，如果说出去，我就宰了你！"

从那以后，老太太可遭开罪了，白天养鸡喂狗、哄猪赶鸭，晚上还得洗衣服、倒尿盆。还天天如数地给儿了牵马坠镫。一天，老太太在屋里洗衣服，一个老母猪正领着一窝猪羔拱灰堆儿，老太太看小猪和母猪的亲近劲，触景生情，心中难过，就自言自语地念叨："老母猪啊老母猪，你养了十个儿拱灰堆，我养一儿让我当老奴才。"里屋的媳妇一听，就问："老奴才，你说什么？"老太太当时吓了一哆嗦，赶忙回答："我没说什么呀！"媳妇吓唬道："你说清楚，如果不说，等我当家的回来，看我不告诉他打死你！"老太太赶忙哀求说："我说我说，你千万别告诉他，如果告诉了他，我就没命了。"然后，老太太就把刚才那些话跟媳妇说了一遍，媳妇一听："啊，原来我丈夫是你儿子啊！婆母，儿媳妇对不起您了，让您吃了这些苦，衣服您别洗了，快上炕歇着，我给您做碗汤喝。"

老太太吓得浑身直抖，脸像白纸似的，哪敢上炕，说她儿子回来要打死她，媳妇说："婆母，不用怕，有我呢，等他回来，我就说你病了。"

这时，他儿子回来，在外喊道："老奴才，牵马来！"媳妇答应了一声，麻溜出去了。她丈夫问："老奴才怎么不过来牵马？"媳妇忙说："唉！老奴才今天病了，看样是发疟疾，浑身上下直哆嗦。我给她做了碗汤喝，我寻思万一老奴才死了，谁来侍候我们哪！"

这小子来到屋里，揭开被一看，老太太真的直哆嗦，脸色煞

白，顺脸淌汗，看样子是真病了。

这功夫，媳妇炒了几样菜，热了两壶酒，两人推杯换盏地喝了起来，媳妇左一杯，右一杯地为丈夫斟酒，不多一会儿，这小子就被灌醉了，躺在炕上呼呼睡着了。媳妇一看这小子睡着了，赶忙来到县衙，报了案，县老爷当时派人就把这不孝的儿子抓了起来。后来，这小子判了死刑，开膛破肚一看，原来这小子的心已经黑了大半截。

到如今，一些老人把不孝的儿子都看成是黑心肝的人。

讲　　述：孙玉清
记　　录：呼　岩
采录时间地点：2000 年采录于四平市

丁 香 孝 母

丁香的婆母有病了，病得卧床不起。丁香的丈夫就来到母亲的床前问："母亲你不想吃点啥吗？"

丁香的婆婆说："我想的那玩意儿也没有哇。我就想喝人肉汤呀，要是没有人肉汤，我就一命呜呼见阎王。"

丁香的丈夫回到自个儿房中就头朝下倒下了。丁香问："你今天怎么不去上学呀？"丁香越问他越不吱声，问急了他呜呜地哭上了。

丁香说："你看你挺大个男子汉大丈夫，有啥事你就说吧，还哭上了。"

丁香丈夫说："咱老娘病得不行了，她说要是有人肉汤喝，她的病就能好哇。要是没有人肉汤，她就一命呜呼见阎王啦。"

丁香想了想说："你快点背书包上学去吧，我一定让咱娘喝上人肉汤。"

丁香丈夫走后，她就烧了一炷香，给灶王爷跪下了，说："灶王爷呀，我娘想喝人肉汤，我要在身上割下肉来，你可别让我刀伤变了疮。"说完她拿起刀来，大腿上的肉多，怕婆母娘嫌肮脏；割奶子吧？也不行，将来咋奶孩子呢？对，就割胸脯吧。她在心坎上割下一块肉，放在菜板上切上了，大块切的色子块，小块切的柳叶长。她切完，一阵迷糊，就疼昏过去了。

这时候，丁香的大嫂、二嫂来了，看见丁香把肉切好了，就说："咱俩把肉熬上吧。"她俩一个烧火，一个熬汤。不一会儿，肉汤就熬好了，那味可香了，怪不得老婆婆要人肉汤喝呢，这人肉汤真香！把人肉汤盛出来，大嫂吃块肉，二嫂喝口汤。灶王爷看见了，生气了，一人给她俩一个大嘴巴，撩得她俩满脸是黄皮疮。

闻着人肉味，老婆婆站起来，问："这是谁的人肉哇？"她俩就说："这是大嫂的肉，二嫂的汤，就是不见小丁香。"老婆婆又问："那小丁香呢？"

她俩说:"丁香蒙红绫被睡觉呢!"

老婆婆生气了。她喝了人肉汤,病好了,精神起来了,就说:"你俩去把丁香拽起来,给我揍!"

大嫂、二嫂把丁香拽起来,老婆婆说:"小丁香,我有病,你为什么不来看我?"

丁香说:"娘啊,你老吃的谁的肉,喝的谁的汤呀?"

老婆婆说:"我吃你大嫂的肉,喝你二嫂的汤,就是没看见你小丁香。"

丁香说:"娘啊,你要打我,你尽管打,你可别碰了我身上的刀伤。"

老婆婆说:"你还有刀伤?刀伤在哪呢?我看看!"

丁香把大襟解开,老婆婆一看,吓了个倒仰,心想:还是丁香孝顺,那两个瞎扯呀!

她哭着说:"丁香啊,丁香,从此为娘再打你巴掌,让我十指长疔疮;我要是再骂你一句,让我的嗓子眼起卡簧,我十二把钥匙交给你。"老婆婆说完,搬着梯子上了房,冲着四方喊:"说贤良,道贤良,要问贤良出哪方,你们都到我家看贤良。"

讲　　述:张玉芳
记　　录:郑长春
采录时间地点:1984 年采录于四平市

碗 划 买 老

宋朝年间，有一个渔夫的儿子叫碗划，由于父母下世得早，就他一个人靠打鱼为生，孤苦伶仃地过日子。

一天，碗划上京城去卖鱼，看见大人小孩蜂拥般地向城里奔去。碗划上前一打听，才知道京城里王宰相的三姑娘要在今天抛彩球招女婿。碗划把鱼卖完后，也挤进人群里看热闹。正当碗划往前挤的时候，彩球一下子落到他的篓里，碗划吓了一大跳，撒开腿就往家里跑。彩台上的亲兵一看中彩的人跑了，那还得了，就在后面紧追不放，一直追赶到碗划家。一个亲兵说："算你小子有福气，别巴了狗不吃大米饭——贱奔搂。我家小姐可是京城里数一数二的人啊，她不但容貌出众，而且琴棋书画样样精通。"碗划说："只是我家穷，怕……"亲兵说："怕什么啊？我家小姐说了，嫁鸡随鸡，嫁狗随狗。"亲兵说完就走了。

第二天，碗划正要出去打鱼，门口来了几个亲兵，护着小姐给送上门来了。碗划一看生米做成熟饭，也不好再推辞了，拜了天地就算成亲了。洞房之夜，小姐向碗划说出了抛彩球招女婿的全部经过："我已经将终身许配给了八贤王的儿子，只是八贤王的儿子镇守边关，没有回来完婚。潘仁美老贼和我父亲结成死党，陷害忠良。我父亲为了加强自己的势力，私下许下了诺言，将我许给潘家。我死活不嫁，我几次想死，怎奈丫环们日夜看护我。我父亲一看扳不过脖梗，才容许我抛彩球，凭命由天选女婿。"小姐说完痛哭起来，碗划听完事情的经过，更加敬佩小姐的为人了，激动地对小姐说："既然你我姻缘一场，我们夫妻恩恩爱爱，会幸福的。"

从此以后，碗划出去打鱼，小姐就在家中纺线织布。一晃几年过去了，小姐生下一男一女，男的叫金童，女的叫玉女。一家四口人，虽然日子清淡些，但也过得舒心快活。

一天，碗划又去京城卖鱼。卖完鱼，正要往回走的时候，见前边围着一帮人。碗划上前一看，原来是个老头，头插黄芏草，自卖

自身。围着看热闹的人都议论说："有卖儿卖女的，没听说有卖老头的，这老头是赔钱货，谁买呀。"碗划看老头怪可怜的，忙上前问老头要多少身价钱。只见那老头开口说道："一不要银，二不要金，但谁买我得有两个条件：一是每日用餐得吃一，看二，眼观三；二是只有叫碗划的人前来买，我才能跟随他去。"碗划一看忙说："吃一看二眼观三我不懂，但我叫碗划是真的。"老头听了点点头，跟着碗划就走了。快到家时，老头说："划儿快拿绣龙墩来；我歇一会儿。你回去告诉你媳妇一声，要红毡铺地大闪二门，将我迎请到家。"这碗划哪里懂得什么绣龙墩啊，赶忙找个木头墩子，让老爹坐在上面休息。然后跑进房内，把在街上买个老头的事一五一十跟小姐讲了。小姐也没说啥，赶紧收拾收拾就把老头迎请到家。打那以后碗划两口子尽心地奉养老人，每顿都是好酒好饭好相待。一转眼几个月过去了，碗划的家比以前更困难了。没有办法，小姐只好把秀发剪掉卖了，换回些钱供老头吃喝。最后实在揭不开锅了，又商量把金童玉女卖掉。老头知道后，对碗划两口子说："我自从到你家，你们尽了孝心侍奉我，我都明白。要把自己的亲骨肉卖掉，难得一片孝心啊。既然要卖儿女我也不阻挡，但也不能让我的孙儿们遭罪，我不妨写几个字，让碗划领着金童玉女按着地点卖到心善人家，也免得我挂念。"说完全家依依不舍地送走了金童玉女，换回了不少银子。又过些日子，碗划夫妻俩又当卖了所有家产，继续供老人吃喝。一天碗划出去了，小姐也出去借米去了，回来后，老爹不见了，只见炕上放着一张黄纸，纸上写着：

我是大宋八贤王，

乔装改扮来私访。

碗划买老心良善，

小姐心地不寻常。

金童玉女卖我府，

长大为国定安邦。

潘美老贼心太毒，

陷害忠良谋朝纲。

明朝接你进我府，

同心协力除奸党。

　　碗划和小姐看信后，才知道事情的真相。看到八贤王这样贤明，深受感动。一夜无话，次日清晨，只见远处一队人马直奔碗划家来了，夫妻二人赶紧迎出去，正是八贤王接他们了。

　　从此以后，他们协助八贤王为民办事，尽心尽力地教育金童玉女。

　　　讲　　述：王　成
　　　记　　录：杜志和
　　　采录时间地点：1986 年采录于铁东区山门镇

元宝变成癞蛤蟆

早先年，一个屯里有这么张、李两户人家，邻居住了几十年。张家老两口勤俭度日，安分守己，老太太五十多岁，老头不到六十岁，虽然膝下无子，可老夫老妻靠自己劳动过日子，也还算过得不错。一天张家老太太挎着篮子挖野菜，不知不觉走到一个山坡上，她见满地都是苣麻菜就挖呀挖，不一会儿挖了一大筐。眼看大阳快落山了，忽然听见"咯噔"一声，刀子被什么东西硌了一下。她使劲一扒拉，钩出一块元宝来。老太太挺纳闷：这是谁埋的呢，还是谁丢的呢？这么想着就又用刀耪了几下，一块和先前同样大的元宝露了出来。老太太来了好心劲儿，连三撇四抠巴起来，不大工夫挖出一个坛子来，扒开一看，里面满满一坛子大元宝。老张太太真有些不相信自己的眼睛，心想：我哪有那么大的福分呢。虽是这么想着，又往一边挖了两下，没想到又有两坛子元宝藏在那里。老张太太有些为难了，天色已晚，老头又不在跟前，怎么办呢？干脆，先埋在这里等回去商量一下再说。老张太太忙三火四地埋完元宝，小跑着往家赶。

再说老头干活回来，见天都这么黑了，还不见老伴的影子，心里不落体，迎出老远才把老伴接回来。他问老伴为什么回来这么晚，老伴边往院子里走，边一五一十地学起挖菜时怎么碰到了几坛银元宝的经过，说："我寻思回来和你商量商量该要不该要。要呢？咱就去弄回来，不要就拉倒。"老张头听了老伴的话，满不在乎地说："是咱的福，上咱来，不是咱的财，给咱也不要。"俗话说：路旁说话草棵听，真是不假，张家老两口说的话全让隔壁李家老两口听去了。这老公母俩可美坏了，心想：有福不用忙，无福跑断肠。趁这事还没张扬出去，赶快把那几坛银子搬回家归为己有。回到家里拿了两件应手的家什趁着月黑，摸到老张太太讲的那个山坡地里去，东挖西抠足足找了小半宿，终于挖出三坛元宝来。老两口乐得真不知说啥好了，连抬带扛就把那些元宝搬动到里屋，连气

都没来得及喘匀，就往炕上倒元宝。哎呀妈呀，万万没想到，倒出来的全是些活蹦乱跳的大癞蛤蟆，没一块元宝。这可把老两口气冒了眼睛，骂天骂地，骂完山爷绝地神。李老太太乌脸嚎风地指着西院老张家说："没良心的，还阴损呢，竟使出邪门歪道来坑害到我们头上来了。"老头压服说："嘿，怪不了人家，在地里打开坛子盖那会儿，我看还是满满一坛子元宝，回来咋就变成这玩意儿了呢？这事有些蹊跷，算了，外财不富穷命人，扔到外边去算了。"老太太头晃得像个拨浪鼓似的说："没那么便宜，让他们白瞅笑话呀！"说完把那些可炕乱蹦的癞蛤蟆装回坛子，让老头帮着抬到院子里。自己打开坛子盖，拎着癞蛤蟆，连三撇四地往西院扔。一边扔一边想：让他们幸灾乐祸，这回该我们乐了！

天刚蒙蒙亮，老张头起来收拾院子，一开门见满地是白光闪闪的元宝，忙喊出老伴，把元宝收拾起来。

从此，老张家老两口越过越富，老李家就穷得叮当响了。

讲　　述：卢传军
记　　录：赵星芳
采录时间地点：1986 年采录于四平市

休　妻

叶赫站唱戏，一唱三天，看戏的人那个多，都是四面八方来的。

有这么一个小伙子，屋里有个俊俏能干的媳妇，家里有四五十垧地，牛成群羊成帮，他也看戏来了。一个南方人用眼睛盯上他了，小伙子被瞅得不好意思，就动了肝火："干啥！你老是瞅我干啥？"南方人说："我看，你这个人得借媳妇光。"小伙听了这句话，一肚子的火由南方人转到自己媳妇身上，大声喊道："一个妇道人家，我借她的光？呸！胡扯。我家要地有地要房有房，啥都不缺，我还能借我媳妇什么光。她是个穷人家的人，嫁给我，她还借我光呢。"小伙子说完只顾看戏，不再理南方人的茬儿。

第二天看戏，南方人又碰上那个小伙子，他还说那番话，小伙子的火更大了："我借她的光？回家我休了她，看我还借她什么光？"小伙子戏没看完，带气回家了。

小伙子回到家，真的就把媳妇休了，他对媳妇说："你走吧，银子可劲让你包，还有好马可劲让你挑，只要你离开我就行。"这媳妇也不哭，也不闹，也不在这泡，包了一大包袱东西，到马棚里又牵了一匹最好的马。那包袱可沉了，跟老更倌强抬到马身上，这媳妇骑上马，晃晃悠悠地头也不回，顺着大道往南走了。

那马走了两天，大路走断了，走到一个小沟里，那马说啥也不往前走了。不走就不走吧！反正天也要黑了，这媳妇跳下马来，正好前边有个小趴趴房，找个宿吧。这媳妇把马拴在院子的一棵柳树下，走进小房。屋子里的炕上坐着一个老太太，老太太看见屋子里走进来一个媳妇，就说："姑娘，你是不是走错门了？"这媳妇说："大娘，我是过路的，走到这饿了，有剩饭剩菜给我吃点，我就感谢不尽了。"老太太听了说："谢啥，出门谁背锅走？外屋地的锅里热着两碗饭，一碗菜，那是给我儿子留的，你都吃了吧，等我儿子回来再给他做。"这媳妇答应一声，端出饭菜来，就大口地吃

上了。

老太太有个儿子，在财主家做活，人都叫他"半拉子"。半拉子天天干活到天黑才回家吃饭。干活人爱饿，要不怎么说庄稼人嘴急呢。半拉子进屋就要吃饭，一掀锅盖，锅里没有饭，走进屋里，看见一个媳妇把饭菜吃光了。老太太说："儿子啊！这是你姑舅姐姐，你没见过她的面。今天她路过这儿，天黑了，要住下。家没地方，你上财主家住一宿去吧。"这媳妇一看半拉子还没有吃饭，就来到外地又做好了饭，半拉子吃完饭到财主家睡觉去了。

这媳妇要认老太太当干妈，老太太答应了。这媳妇又问老太太："你儿子有媳妇没有？"不提这个倒好，一提这个，老太太长长打了一个"唉"声："家里穷，哪有钱说媳妇呀！再说也没有人给咱穷人当媳妇。"这媳妇说："半拉子没媳妇，我给他当媳妇，你说行不行？"老太太一听，这个乐呀！忙不迭地答应着："行，行，那太好了。"

半拉子有媳妇了，老太太乐，半拉子更乐。结婚吧，小屋太小，只能住两个人，只好去找财主，借间房子结婚。这媳妇和半拉子去找财主借房子，没用多说话，财主一口答应："西院没人住，一个院子都借给你们。"这媳妇一听挺高兴，半拉子可拿愁了。有房结婚还愁啥？你是不知道哇，那西院闹妖精，那财主是要让妖精吃咱吧，剩下大包袱，他好要。这媳妇说："不怕，多准备二齿钩、小镐子，我有法对付。"

半拉子和这媳妇就在财主的西院结了婚，到了晚上半夜时，狂风大作，妖精来了。半拉子和媳妇拿着二齿钩、小镐子耍了一阵子，妖精"扑通"落地了。第二天早晨，这媳妇就挖房子的四个墙角。每个墙角挖出一缸银子，一共四缸银子，这媳妇说："别吵吵，用这银子买芡子，买高粱，熬大锅粥，让那些要饭的，赶路的，吃不上溜的都来白吃。"

这媳妇原来的当家的，就是看戏那个小伙子，自从休了这媳妇以后，他吃喝嫖赌，啥事都干，不到三年，家业造个溜光，最后连一碗米也没有了；这媳妇走时扔下了的小孩，饿得直叫唤。那小伙

子简直是寸招没有；听说离这几十里远的一个地方开大锅粥，专门救济穷人，就领着他的儿子奔去了。

这天，有人告诉这媳妇说："大门外有个要饭的，小脸瘦得焦黄，头发长得老长，领着小孩直叫唤，是来吃大锅粥的。"这媳妇和那小伙子一见面，那小伙子惊讶了："开大锅粥的原来是你呀！"他害羞了，那脸都没地方搁，地上没有地缝，要有地缝都能钻进去，知道是她，都不来了。那媳妇也是一愣，怎么，原来的当家的，怎么落到这个地步？那身衣服都成了开花缎，小孩的衣服都露肉了。这媳妇给小孩拿出一套衣服来，换上了。那小伙子对小孩说："这是你妈，让我给撵出来了，那时你还小，咱爷俩走到这地步，都怨我呀！"

那小伙子在这里住下了。那媳妇对他说："我原来是你媳妇，可现在，半拉子是我男人，我拿钱再给你说个媳妇吧。"这媳妇给小伙子又说个媳妇。两家在一个院子里过日子，这媳妇还是照常开大粥，给缺吃少穿的人吃饱肚子。

讲　　述：王希山
记　　录：齐学田
采录时间地点：1985 年采录铁东区山门镇

是财自己来

从前，有个叫赵三的人，两口子领着四五个孩子，日子过得死穷死穷的。

一天，他上山打柴，回来时跟他媳妇说："我今天可捡着了。"

他媳妇问："捡着啥啦？"

赵三说："我捡着一大茶壶的银子。"

"在哪儿呢？"

"我没往回拿。"

他媳妇来气了："你说你有多懒，见着财都不往回拿。"

赵三说："是财自己来，不是财呀，捡着了也没有用。"

两个人说到这儿就拉倒了，上炕睡了觉。约莫到了半夜的时候，来了一个贼。做贼的在外面听听没动静，就端他们家的窗户。窗户端开了，就着月亮一看，见炕上躺着两个大人，四五个孩子，都溜光溜光的。

做贼的端窗户，赵三就听见了，坐起来说："哎，朋友，你别在我这儿端窗户啦，你端我窗户干啥？你看看，我们家穷得溜光，啥也没有，就这几个都像红虫似的。你在这儿端窗户，不是白费劲吗，你能在我这儿拿去啥呀？你呀，要是没钱花了，就去西北岗子，东西坨的树趟子里有一茶壶银子，全是些小马蹄宝。"

这个做贼的寻思寻思，真的假的？我去看看。再说，他们家也真没啥，他就走了。

他到了树趟子一看，可不，这儿真有个茶壶。他把茶壶盖一掀，"呼啦"地一下子，飞出了一帮马蜂子，马蜂子把他围上了，把他蜇得满脸是大包。他一边跑，一边划拉，划拉完，他想：这小子真调理我呀！对，我先在一边躲着，等马蜂子回茶壶了，我把茶壶盖上，把茶壶给他家送去。

不大一会儿，那些马蜂子一个一个地都飞回茶壶了。他就悄悄地走过去，到跟前，猛地一捂，把壶盖盖上了。他端起茶壶回到屯

子里。他心里说：我这回把这一茶壶的马蜂子给他倒在炕上，让他们大人带孩子都蜇得直叫唤。他到了赵三家，轻轻地端起窗户，他把茶壶"哗啦"一下子倒在炕上，转身就跑了。

这"哗啦"一响，把赵三惊醒了。就着月亮地一看，炕上白花花的，他一摸，这不是我白天看见的茶壶和小马蹄宝嘛！他捅咕他媳妇："你看看，是财不是财，是财自己来。"他媳妇连眼睛都没睁，说："你睡觉吧，要不睏，你就上外头去。"

他说："你快溜儿起来看看吧。"

他媳妇起来一看，真是一炕的银子。

这才是：是财不是财，是财自己来。

讲　　述：张玉芳

记　　录：郑长春

采录时间地点：1984 年采录于四平市

好心得好报

从前，有一家庄稼人，有房子有地，虽算不上大富，家产倒也殷实。老婆子一辈子没开怀，早几年抱养了个姑娘。

当姑娘长到十二岁那年，老两口给姑娘选了一个婆家，订下了亲事。女婿是本屯子的小伙子，姓郝，叫郝新。郝新比姑娘大几岁，家里啥人没有，指着爹娘扔下的几亩地过日子。两家对这门亲事都挺满意，就等着姑娘长大拜堂成亲。

一晃，又过了五年，姑娘十七了，老两口忙活开了，一面张罗嫁妆，一面请先生选日子。可就在这个当儿，出岔了：女婿没言一声就走了，闯关东去了。

姑娘知道了，可上火了，整天整夜地哭，一顿把式把眼睛哭瞎了。姑娘她爹也是着急，一面顾着姑娘，一面求人到处打听女婿的去处，一连打听了十年，也没得着女婿的下落。

突然有一天，郝新回来了。进了屯子就奔老丈人家来了，老丈人一看姑爷回来了，他不但没有乐呵，反倒孬糟起来了。

吃饭时爷俩对面坐在炕上，姑爷就说了："我一走十年，把你姑娘扔家了，多亏您老人家照看着哇。"

老丈人说："你可把我们坑得够戗。嗐，不说这个了，你回来了，咱们合计合计吧。"

姑爷说："我走了十来年，在外面也没混出息，没成人。到现在我也没攒下啥，一个光人儿回来了。我都不想来见您老了。我请您老人家再给您女儿另选一个吧，我也就不要了。"

老丈人一听，长长地打了一个唉声："唉，你要是不要她呀，她就得臭在家了。"

姑爷一听，急忙问："那是为啥呀？"

老丈人说："从你走后哇，她就天天哭，哭成了双眼不见，看不着啥了。你说说，一个瞎姑娘，都二十七八了，谁还能要她呀？"

姑爷听了这话，急忙站起来说："冲这么说，那我就得要，从小给我那时候，她不是没瞎嘛！到这个时候了，我再不要她，我不是丧尽天良吗？管她好孬的，我也得要。"

老丈人有乐模样了，说："那好吧，我这儿有仓院屋子，两大间，给你们吧，你们就在仓院屋子里住，也不用你们买房了。"

姑爷说："怎么都行，反正我得要她，我不能不要她。"

老丈人把仓院屋子拾掇好了，挑了个日子，让他俩成了亲。

姑娘虽然不是亲生亲养的，可老两口待姑娘确实是不薄，把家里惟一的一支金钗陪送给姑娘了。

成亲这天夜里，姑娘睡不着了。她就好像看见屋地下黄乎乎的。使劲地眨巴着两只瞎眼睛往地上瞅，就瞅着这仓院屋地上黄澄澄的，乱马莹花的，可地的黄水，一个劲儿地淌过来淌过去的。她觉着奇怪，就下了地，从头上拔下金钗往地上一扎，那黄水不动了。上炕再往地上瞅，地上还是黄乎乎。她就用手捅了捅郝新："你起来看看，地上不知道是什么玩意儿，黄乎乎的，直晃眼睛。"

郝新没动窝，心说：你两眼都瞎透了，还能看见地下黄乎乎的？就说："你睡觉得了！"

姑娘不敢再说啥，她知道自个儿是个瞎子呀。可又过了一会儿，她又瞅着地下黄乎乎的，就说："哎，你快睁开眼睛看看呗。"

郝新没办法，只得睁开眼往地上看。这一看不要紧，吓了他一大跳：可不是咋的，满屋地黄橙橙的。他急忙点上油灯，就看见满地都是金子。那一地金子，被那支金钗别在了地上了。他心说：幸亏媳妇用金钗别住了，要不，这金子就都跑了。

说也奇怪，从这以后，姑娘的眼睛也好了。两人有了金子，买了房子置了地，把老丈人两口接了过来，日子过得挺美。

讲　　述：张玉芳

记　　录：郑长春

采录时间地点：1984 年采录于四平市

小心眼拉金屎

从前有个叫刘大的，他们夫妇都非常小心眼，他们不但对自己的兄弟亲朋小心眼，就是两口子之间也是这样，如果有谁家办事请客，妻子就提前一天不给丈夫刘大饭吃，让他留着肚子去多吃点儿。妻子要是回娘家，刘大也要把妻子饿上两顿，好让她回娘家去多装点儿回来。

有一天，邻村有个亲戚家孩子结婚，刘大当然又要去喝喜酒，妻子照样饿了丈夫一天。第二天早上，刘大的弟弟刘二来找他一同去外村喝喜酒，两人一起上路了。哥哥饿得浑身发软没劲，走路就挺慢，上气不接下气，非常吃力。刘二不知其中原因，对他哥说："哥，你身体不好，咱们慢慢走，别忙。"哥俩走了半天，刘二说："哥，我上前面茅房去一趟，你慢慢先走，我一会就赶上了。"刘二一进茅房就看见墙根放着一个大罐子，他掀开盖子一看，里面装满金子，刘二忙跑出去，把刘大领了进来，哥俩商量怎么办好。刘大说："先把它藏起来，等回来拿。"他们把这罐金子藏在一个山洞里去了，又继续赶路。

偏说到亲戚家喝喜酒时，刘大看看刘二心里啥也不想，光知道吃喝，他自己倒说什么也吃不下东西了，心里老盘算那罐子金子的事。过了会，刘大趁刘二一眼没照到，赶忙悄悄溜了出来，咬紧牙根，向藏金子的地方猛跑。他本来就身体虚弱，又加上走得急，这回可把他累坏了。又渴又饿，强挺着跑到那里，急忙打开罐子盖儿一看，金子都不见了，罐子里却装着满满一下子清水。刘大正渴得嗓子冒烟，啥也不顾了，抱起罐子"咕嘟咕嘟"喝个一干二净。他刚一迈步，就觉得浑身沉甸甸的，肚子堕得实在难受，他只好一步一挪走回家来。

刘二到了家，看见哥哥肚子正疼得翻身打把式的，在炕上嗷嗷直叫唤，浑身汗如水浇一样，弟弟也没问金子的事。赶忙回到家对媳妇说："你咋没过去看看大哥呢？"媳妇说："我刚想过去，一听

大嫂正站在地上不住声骂咱大哥，就没敢过去。"

刘大肚子一直疼到深夜，连哭带叫，直踹炕墙子。后半夜了，他要出去解手，只听他媳妇骂道："给我远点去拉，死臭的。"刘大怕媳妇唠叨，只好强挺着走到刘二门前的园子里去大便。

第二天大清早刘二媳妇早早起来做饭，到园子里去抱柴火，她一哈腰就见柴火堆旁边地上有一堆金子。

这是怎么回事呢？原来刘大喝下那罐子里的水是金子化成的，才把他折腾了那么厉害。等他便到地上后，又重新变成了金子。从此，一直到今天还流传着"小心眼拉金屎"的故事。

讲　　述：李福莲
记　　录：高山　远波
采录时间地点：1986 年采录于四平市

笑破不笑补

从前，有个小姑娘，叫王丫，爹娘都死了，和哥哥嫂嫂一起过日子。哥哥常年在外做工，嫂嫂在家待她很不好，给她穿破衣破裤，吃剩汤剩饭，还经常打她骂她，让她每天干重活儿，让她和猫、狗睡在一个草窝里。时间长了，王丫有话就和小猫说，有苦就和小狗诉。

一次，王丫又挨了嫂嫂的打，晚上王丫就抱着小猫，抚摸着小狗诉说挨打的事。嫂嫂路过这儿，正好偷听见了，恨得自言自语地说："哼，王丫呀王丫，我让你连说话的动物都没有。"过了几天，小猫、小狗都被嫂嫂整死了。尸体被扔在路上，王丫看见了，搂起小猫、抱起小狗就哭。嫂嫂听见了说："嚎什么，快扔远点。"王丫抱起猫、狗来到村外，挖了一个坑，把猫、狗埋上了，还堆出一个小坟包。过些日子顶上钻出一棵小柳树苗，王丫非常喜欢这棵小柳树苗，天天来浇水、松土，有话就和柳树苗说，有苦就和柳树苗诉，柳树总像理解王丫的话语似的点点头。一年后，小树苗长高了，又生出许多柔嫩的枝条，王丫多高兴啊！可这件事被嫂嫂知道了，嫂嫂就偷偷地到坟上把柳树砍了。王丫难过得又哭了起来，捡起地上的柳条说："小柳枝，小狗小猫都是我的乖宝宝，用你编个小柳筐吧。"边叨咕边编了一个漂亮的小筐。这回王丫把小筐放在一个背人的地方，每天早晨去看一遍。真怪呀，小筐里每天早晨都装满了好吃的东西，王丫非常高兴，每天活儿再累，王丫也是乐呵呵的。有时高兴了还哼上一段小曲。王丫的嫂子很纳闷，心想：这小丫崽子，啥事这么高兴？我非得弄个明白，嫂嫂就开始留心观察王丫了，终于发现了王丫的秘密，就趁王丫不在家时，把小筐扔进炉子里烧掉了。王丫早晨又去看小筐，哎呀！不好，小筐不见了，急着去问嫂嫂。嫂嫂说："一个小破筐，还值得你天天看，耽误了我多少活？让我烧了。"王丫伤心地哭起来，边哭边来到灶前，往炉膛里看，哪里有筐的影呢，早烧成灰了。王丫多不甘心哪，突

然，王丫发现炉灰里有一颗黄亮亮的豆粒，王丫捡起来放在嘴里含着。哟！豆粒放出奇异的香味，然后就化了。王丫只觉得迷迷糊糊，脑袋里好像小狗叫：汪汪汪，补衣裳；好像小猫叫：妙妙妙，绣花样。王丫只觉脑袋昏昏沉沉，就回草窝里睡着了。第二天一早，王丫感到头脑清醒，浑身轻松。不知为什么，她就想补自己的破衣裳，就想绣点什么，王丫找来针，拿来线，开始一针一线地补起衣裳来。她觉得头脑从没像今天这样聪明，手从没像今天这样灵巧，补的衣服真好看。缝缀上的补丁就像一朵朵美丽的花，看不出是补上去的。补裤子时，她会用灵巧的手在洞洞上补上一只小花猫，再补上一只小花狗。那小猫，小狗就像活的一样。从此，乡邻们都来找她帮忙，都来向她学习缝补技艺。王丫边向人们传授缝补技艺，边琢磨刺绣技巧。后来她不但会补，而且会绣。能在新衣服上用灵巧的双手绣出各种花、鸟、草、虫，越绣越美。到后来能绣山，绣水，绣大自然的一切，绣得像真的一样。据说，今天人们往儿童衣裤上绣缀上美丽的小动物图案，往枕头上、门帘上绣花等等刺绣工艺，还是从王丫那里学来的呢。再说王丫的嫂嫂知道了这件事，问王丫和谁学的，王丫就一五一十地告诉了嫂嫂。嫂嫂乐坏了，也去灶坑拨拉灰，也希望捡颗豆，吃嘴里，变得像王丫一样聪明手巧。哎，别说，嫂嫂真拨拉出来了一个豆粒，和王丫拨了出来的豆一模一样。嫂嫂忙放到嘴里，哟！豆子放出了奇异的香味，然后豆粒就化了。嫂嫂只觉得迷迷糊糊，好像小狗叫：汪汪汪，衣透亮。好像小猫叫：妙妙妙，裤透亮。嫂嫂错听为和王丫一样是：汪汪汪，补衣裳，妙妙妙，绣花样。心想：我也会补了，会绣了，是把王丫赶出家门的时候了，要不然王丫和我抢活干，谁还能找我补啊绣啊。我能挣来钱吗？想到这，嫂嫂就把王丫赶出去了。王丫走了，她用自己的勤劳双手为穷人补衣裳绣花样去了，日子过得一天比一天好。再说嫂嫂在赶走王丫的第二天，一早起来头晕脑涨，浑身难受。不知为什么就想剪衣服，挺好的布料找出来剪成碎片片，挺好的衣裤拿出来剪出一个大口子。从此嫂嫂穿的衣裤都有破了的地方，露肉的地方。每当她走到街上，人们都围着她，把她怎样待王丫的事讲给大家听。人人都嘲笑她"衣透亮，裤透亮"。人人都指点她，当人们手指指向她时，她的衣裤又会坏出洞洞的。时间长了，人们只要看到谁穿破衣破裤就会想到王丫的嫂嫂。只要看到谁的衣裤补好了，就会想到王丫，直到现在人们还爱说"笑破不笑补"。

讲　　述：赵玉芝
记　　录：李春彦
采录时间地点：1985 年采录于四平市

两个儿媳妇

从前一户人家有两个儿媳妇，大儿媳妇出身名门之家，伶牙俐齿，整天哄得婆婆喜欢；而二儿媳妇出身贫穷人家，不会说不会道，只知道干活，老婆婆待二儿媳妇就像牛马一般。

二媳妇每天默默地干活，像头驴一样，一天天一年年围着磨盘转悠。有一天她正在"吱嘎吱嘎"地拉磨，无意中发现从磨盘底下出来一只黄色老母鸡，领着两只小鸡崽。一连几天它们都出来，二儿媳妇就对大媳妇说："嫂子，这两天总从磨盘子底下出来三只黄色的鸡，也不像咱家的鸡呀。"大媳妇听了眼珠子转了半天，就对二媳妇说："好妹妹，你够累的，从明天起嫂子替你干几天。"

第二天，大媳妇对婆婆说："妈，您咋老让弟妹拉磨呢？明天我去拉吧。"老婆婆一听可乐坏了："看我大儿媳妇多贤惠，好吧，明天你去拉吧，可别累着。"大媳妇来到磨房也像老二那样拉，果真出来一只老母鸡和两只小鸡崽。她乐得扔下磨杆就去抓小鸡崽，老母鸡一看有人抓它孩子，上去就在她手上叼掉一块肉。她一疼忙撒了手，三只鸡转身往回走，可是它们走得却很慢很慢。大媳妇紧忙忘了手疼，紧忙扑上去抓住那只老母鸡，老母鸡立时变成了一块金子。她抱着金子就回去了。

得到了一块金子当然是好事，可是大媳妇的手却一天天地溃烂，满手背没一块好地方，只好赶快请来位大夫，给治手。药吃了不少，咋治也不见好，疼得大儿媳妇日夜爹呀妈呀地直叫唤。这只生了疮的手溃烂了一年多才见强，药费花了不少，到后来一计算，光治手的费用，正是卖那金子的价钱，老大家的除了白遭一场罪，啥也没捞着。

讲　　述：孙玉清
记　　录：孙雪松

小姐与花子

从前，有一个员外，他的家规很严。有一天，小打去井沿给小姐挑水，被狗舔了桶沿，这事恰巧被员外看见了，就把小打叫去给他过堂，他厉声呵斥小打："你说，以什么为净？"小打战战兢兢地说："以水为净？"员外说："不对！"小打答不上来，没有让他回去吃午饭。第二天，员外又传小打上堂。呵斥道："好你个小打，挑水竟让狗舔了水桶，你说，到底以啥为净？"小打还是说："以水为净。"员外厉声说："不对！"小打答不上来，又没让他回去吃午饭。小姐见小打一连两天回来得晚，很奇怪，就问小打："这两天，你干什么去了，怎么连响午饭都不吃？"小打见小姐追问，就哭了，他把事情的经过一五一十对小姐诉说一遍。小姐一听是这事，就安慰小打说："你别怕！明儿个他再给你过堂，你就说眼不见为净。"小打记住了小姐的话。第三天，员外又传小打上堂。他厉声问道："你说，到底以什么为净？"小打说："眼不见为净。"员外一听，忽地起来："上两天我问你，你咋答不上，这回是谁告诉你的？你说！"小打岁数小，被逼无奈，只好说出是小姐告诉的。员外一听，火冒三丈："好哇，堂堂的小姐竟帮着这下贱之人！把小姐传上来！"小姐来到堂上，员外怒气冲冲地说："你本富贵之身，竟护着这下贱之辈！你说，你为啥告诉小打？"小姐说："小打还是个孩子，懂什么，我见您给他过堂，怪可怜的，就告诉他了。"老员外听小姐这么说，更是火上浇油："好哇，你倒可怜起这贱人来了。那么我问你：是由人还是由命？"小姐回答道："半点不由人，万般皆由命，由命不由人。"员外说："由人不由命。"小姐说："由命不由人。"爷俩越争越激烈，谁也不服谁，员外见女儿如此嘴硬，气得七窍生烟，他指着小姐的鼻子说："你说由命？好吧。来人，到街上把要饭花子叫来！"仆人赶紧上街找要饭花子。这花子，头上流脓，身上淌水，一脑袋秃疮。他一听是员外叫他，吓得"扑通"一声跪在地上说："老爷，我一没偷，二

没摸，可从来没做过坏事！"员外"嘿嘿"一声冷笑，对小姐说："你就跟他过吧！从此，不许再登家门！"小姐毫不犹豫地拉起花子就走了。再说，花子无家无业，无钱无粮，到哪儿去呢！当妈的可怜女儿，就悄悄地把柴火栏子倒出来，让他俩住。日子虽然苦，但两人挺和气，过得挺顺心。

不多日子，员外消气了。他后悔自己，当初怎么把个如花似玉的小姐许配给一个穷要饭的！这不是一朵鲜花插在牛屎上！他越寻思越不是滋味。怎么办呢？让小姐离开他？怕小姐不答应。他苦思苦想，最后终于想出一条妙计来。他打发仆人叫来花子说："岳父我病了，你去长白山，给我取两瓶子天河水来，好给我治病。明天早上去，明天晚上就得回来，不准有误！"花子拿过瓶子，给岳父请了安，就闷闷不乐地回家。小姐见花子呆呆发愣，就问道："我爹叫你干啥？"花子打了一个唉声说："叫我去长白山取天河水，给他治病。"小姐一听，眼泪就下来了："你到哪儿去找长白山哪！就是找到了，一天哪能回得来，还不得叫狼虫虎豹把你吃了！这分明是我爹要加害于你，你去了，凶多吉少哇！"花子安慰小姐说："你不要难过，岳父有病，我怎能不管呢？你等着吧，我一定能回来。"说着说着两人都哭了。

第二天早上天还没亮，小姐就给花子做好了早饭。花子一边吃，小姐一边嘱咐他："出门不像在家里，遇事都得注意点，早去早回。"吃罢饭，小姐亲自把花子送到大门外，两人难舍难分互相嘱咐了一番话，花子拎起瓶子就走了。

花子一边走一边想：长白山在哪呢？是东是西？是南是北？他毫无目标地走哇走哇，走到小北门，见一个白发苍苍的老人来到他跟前，和他搭讪说："小伙子，你去哪儿啊？"花子说："我去长白山。"老人问："你去长白山干啥？"花子答："去给岳父取天河水治病。"老人说："你知道长白山在哪儿吗？"花子："不知道，只好慢慢找了。"老人捋着胡子笑着说："你的心眼还挺好，这样吧，我知道长白山在哪儿，我背着你去吧！"花子一听，急忙说："那可不行！您老偌大年纪，我年纪轻轻的怎忍心让您背着呢？我背您吧!"老人一听,哈哈大笑说:"不必!你别看我年纪大,可我身板结实得很!背你不算事。不过,得讲个条件:不论遇到什么,听到什么,都不许睁开眼睛看。"花子见老人诚心诚意,就跪下给老人磕了个响头,连连谢老人搭救之恩。

花子趴在老人背上,闭着眼睛什么也看不见,耳边只听得"呼呼"的风声、雷声、狼嗥声、虎啸声。不大一会儿,就听老人说:"年轻人,睁开眼睛吧,到了!"花子睁开眼睛,一下子惊呆了,这是什么地方?真是比画上画的还美!老人见花子神魂颠倒,提醒说:"年轻人,你灌水吧,一会儿我回来接你。"说着老人已经不知去向了。花子望着平如镜面的大圆池,心想:这就是天河吧。于是他俯下身子,小心地灌满了两瓶水。就坐在河边等老人,老人还没来,他想:我趁机喝点水吧。他用双手捧水喝,越喝越凉快。喝完水,老人还没来,他想:我洗洗头,洗洗脸。他又洗脸又洗头,越洗越舒服,一边洗一边听头上"嘎巴嘎巴"直响,洗完脸和头,老人仍然没有来。他想:趁机洗个澡吧!他跳到水里洗起来,越洗越痛快,浑身轻松极了。洗完澡洗起衣服。都洗完了,衣服穿上了,老人才回来。他问花子:"水灌完了吗?"花子说:"灌完了。""那么咱们回去吧!"老人又背起花子就走了。到了北门,老人说:"小伙子,睁开眼睛吧,到家了!"花子睁开眼睛,老人已经不见。

且说小姐从花子离开家门,她就一直眼泪没干,想起父亲心毒手狠,想着花子凶多吉少,愁得她一天牙口没沾,天黑了,她也没顾上点灯,一个人坐在炕上暗自伤心。花子回到家,敲门说:"开门哪,我回来了!"小姐一听是花子的声音,赶紧地开门,一开门,吓得她一个劲儿往回退,花子感到很奇怪。问:"你怎么不认识我了?我才走了一天哪!"小姐惊恐不安地问:"你是谁,大黑天来干啥?"花子想,小姐怎么了,难道变了心?就说:"我不是你男人吗?不是去天河取天河水吗?你看,水都灌满回来了。"小姐一看是父亲给花子的两个瓶子,就对花子说:"照你这么说,你是我男人。可怎么才走一天就变了呢?"花子问:"我咋变了?"小

姐拿来镜子让他照。这一照不要紧，花子自己也惊呆了。镜子里的人哪是自己？黑黑的头发白白的脸，高高的鼻梁大大的眼睛，身着绫罗绸缎，好像一个秀才，难怪小姐不认识自己了。为了解除小姐的疑惑，他就把如何去长白山，如何洗头洗脸详细地向小姐述说了一遍。小姐一听，乐得嘴都合不拢了。

小姐让花子吃完饭，就带着花子高高兴兴地去见父亲。员外见花子仪表不凡，谈吐大方，非常高兴。他把小姐与花子都接回家中。员外见花子聪明好学，就让他读书，花子勤奋攻读，贪黑起早不辞辛苦。第二年赴京赶考，金榜题名，考个头名状元。小姐呢，还生了一个又白又胖的胖小子。

讲　　述：张玉芳
记　　录：姜维芳
采录时间地点：1984 年采录于四平市

小 姐 私 奔

从前，有位刘员外，五十岁得一子。为了庆贺这一大喜事，就请来了戏班子在家唱了三天戏。刘员外家里有一千金小姐，爱上了戏班子的武生，两个人一见钟情，就在后花园私订终身。刘小姐怕父亲阻拦这门亲事，就和武生商量，准备在当天晚上三更天，让那武生用梯子把小姐接下楼来，一起逃走。两个人商量好了，就分手了。

常言说得好：屋里说话，窗外有人听；道上说话，草棵有人听。刘小姐和武生私订终身逃跑这件事，被刘员外家的小羊倌一字不漏地听到了。小羊倌也没有声张，悄悄地回到了自己的房里，收拾好了破布包就和衣躺下了。

再说刘小姐回到楼上紧忙乎，把该拿的银子，用的衣服包好了，站在窗前，等武生来接她。这时楼下有人说话了，下面说："小姐，梯子准备好了，下来吧，我们好走。"

刘小姐又是高兴，又是害怕，高兴的是能和自己的情人在一起了，怕的是这事要是被自己的老爹知道，不得剥我的皮呀！她打开窗子，顺着梯子下了楼，和楼下那人一前一后地就出了家门。两个人也没敢言语，直往前走。

一晃走到天亮，小姐回头一看，差点把鼻子气歪了。那个人哪是自个儿找的俊俏的武生呀，是家里的长满脑袋疮的羊倌！平时小姐就看不上他，可是，今天自己却跟羊倌跑出来了。回去吧，怕人家笑话。不回去吧，这不明摆着一朵鲜花插在了牛粪上了？弄得小姐真是骑虎难下，没办法，只好硬着头皮跟羊倌往前走了。眼看天要黑了，他们来到一家员外的门前，羊倌敲了几下门，走出一个老头，羊倌跟老头说："我们是过路人，想在此找个宿不知行不行？"那老头点头说："可以住，就在这门旁的小仓房住吧，屋子小点。"羊倌和刘小姐一前一后走进了小仓房。这小仓房有一铺炕，羊倌铺铺就躺下睡着了，可是刘小姐咋寻思咋窝火，一直也睡不着了。她

闲得无聊，就拔下了头上的金钗撬羊倌头上的秃疮。突然在屋的东北墙角钻出一个红脸大汉，他眼赛灯笼，嘴似火盆，把小姐吓得一哆嗦，一着急，右手就把金钗撒向那个大汉，谁知那大汉突然不见了。小姐把羊倌叫起来，让羊倌到外屋找把铁锹。羊倌脑袋往起一抬，头上的秃疮全都掉了，长满了黑头发。两个人挖东北角儿，没挖上几锹，从里头挖出一个小坛，小姐拿过小坛一看，里面全是金子。

第二天，打更的老头走了进来，他一边走，一边寻思：昨晚来的两个人八成早被妖精吃了，进屋一看，羊倌和刘小姐不但没被妖精吃了，反而还睡得挺香，忙回去和员外一说，员外心想：这两个人是命大的人，就给羊倌和刘小姐他们点地种吧。从此，羊倌和刘小姐就留在这里过上了日子。

讲　　述：于德水
记　　录：朱　丽
采录时间地点：2000 年采录于四平市

会 亲 家

有这么个说书先生，进城去会亲家。亲家见他穿得挺土，觉得脸上无光，有心想把他赶走，话到嘴边上又说不出口，只好白眼相待，巴不得让他快点走。说书先生遭到冷淡，心里自然明白，有心想走，正中亲家之意。转念一想，不能便宜他，好好折腾他一番再说。想到这，他对亲家说："老亲家，我来一趟很不容易，能不能领我到街里去溜达溜达？"亲家一听，这可不得了，和这老土包子上街走一趟，那该多丢人了，急忙说："亲家，这些日子我实在太忙，您自己去吧！"说书先生满不在乎地说："既然亲家很忙，你就先忙着，我在这多住几天，等你忙完再说。"亲家心里一琢磨：他要是不走，那就更烦死人了。干脆，领他到背旮旯儿子街走一趟，让他觉得没趣，自然就滚蛋了。两人一出门，旁边就是监狱大墙，说书先生指着大墙故作不知地问道："亲家，这墙咋修这么高呢？"亲家一听，心中甚是不悦，本不愿意和他吱声，可他还什么都打听，干脆，随便蒙他一下子得了，便不耐烦地说："你可真蠢，连官家修的长寿墙都不认识，说出去也不怕人家笑话？"说书先生听了点点头，两个人又信步往前走。没走上十步远，迎面过来一个当差的，押着两个越狱被抓回来的逃犯。早先年，凡是蹲监坐狱的犯人，都不给刮胡子。说书先生指着两个犯人问道："亲家，刚才那两个人是什么人？""啊，那是长毛老主。"两个人一问一答继续往前走，走到一个妓院门前，见两个妓女争请一个客人，这个说："李大哥，我等你多时了！"那个说："李大哥，咱俩不是订好了到我房里去的吗？"说书先生往前赶紧走了两步问道："亲家，那两个女子是姑娘还是媳妇？""瞧你那二五眼吧！连姑娘媳妇都辨不出来，那不是小红娘嘛！"亲家说完便轻蔑地瞥了说书先生一眼，又继续往前走。走着走着，看见一个大法师孝佛，说书先生又问："亲家，这是干啥呢？""铛铛会！"两个人话音刚落，就见庙里火光冲天，人们顿时乱了套，有的躲得老远看热闹，有的拿家伙帮助去救火。说书先生一把拉住亲家说："亲家，咱们也去救救火吧！""你这个人怎么大惊小怪的呢，那不是失

火，是佛放光。"说完一甩袖子转身走了，说书先生在后面一步不落，紧紧相随。走到一个大墙边上，见两个小孩子淘气，往墙上掴牛粪，说书先生捅了一下亲家说："亲家你看，这两个小孩子干什么呢？""往墙上烙饼呢！"亲家心中暗想，屯二迷糊懂个屁，糊弄糊弄他，领他抄近道回去算了。于是两个人拐个胡同往回走，没走多远，旁边过来一个挑大粪汤的，手里拿着一张大饼，边吃边走。"亲家，刚才过去的那个人挑的什么东西？""唉，你可真没见过啥，那是回龙汤。"说书先生满以为亲家能领他再多逛一会儿，一抬头到家了，心里生气。喝完酒吃完饭，亲家心想：这回溜达完看你还说啥，该走了吧！哪知，说书先生一抹嘴巴说："亲家，你在百忙当中领我到街里去溜达，真不易也，我没别的感谢你，给你说段评书好吗？"说书先生清了清嗓子唱道：

> 亲家短来亲家长，
> 亲家家住长寿墙。
> 亲家好比长毛老主，
> 亲家母好比小红娘。
> 亲家家里常办锚锚会，
> 亲家家里三天两头佛放光，
> 亲家常吃墙上烙饼，
> 亲家喝的本是回龙汤。

亲家一听，喊道："哎呀，气死我也！"
说书先生接着唱：

> 气死亲家喂大狗，
> 气死亲家母扔到荒郊喂野狼。

说书先生唱完一看，亲家已经翻白眼了。

讲　　述：张玉田
记　　录：孙喜臣

打　赌

　　从前，有个大地主，雇了一帮扛活的。其中有个打头的，媳妇长得十分漂亮，大地主相中了，黑天白天地老琢磨着她。等打头的领伙计们干活一走，这个大地主就上打头的家里去串门，有事没事地在人家屋里一坐就啥时候。

　　这天，打头的媳妇跟打头的说："这些日子，你领人干活一走哇，东家就上咱家来。他是没安好心哪！"

　　打头的说："你真不懂事，他是给咱们送钱来了。"

　　媳妇一听，把脸拉下来，说："你真是个浑蛋，咱们人穷不假，可不能干那叫人戳后脊梁骨的事儿。"

　　打头的说："你别来气，你没听明白我的意思。我要和他打个赌，要是输了，我就把你给他；要是赢了，咱们管他要一千两银子。这个赌我保证能赢。"

　　他媳妇听他这么一说，也不好再说啥了。

　　第二天，刚吃过早饭，大地主又来了。打头的就说："东家，咱俩打个赌吧。"

　　大地主问："打什么赌呢？"

　　打头的说："我给你出个谜儿。"

　　大地主说："那有啥意思！"

　　打头的说："有意思。这个谜儿你要是猜着的话，我就把我媳妇给你了。"

　　大地主一听这话，可乐坏了，忙问："那行，我要是猜不着呢？"

　　打头的说："你要是猜不着，你得给我一千两银子。"

　　"你给我多长工夫呢？"

　　"给你三天的工夫。"

　　大地主一想，给我三天工夫，这三天，我就是花点钱请先生给猜也猜着了。再说，他一脑袋高粱花子，会出个什么了不起的谜儿

呀？就答应说："行，你说吧。"

打头的说："你听清了：哩哩啦啦，重重叠叠，两头尖尖。就这么个玩意儿，你猜吧。"

两个人立了字据，按了手印，大地主就回家了。他回家就想，想呀想的，头一天就过去了。

就在这天晚上，打头的媳妇自个儿想：我跟打头的过好几年了，他穷得叮当三响，我也跟他穷够了。不如把那个谜儿问出来，我偷偷告诉东家，让打头的把我输给东家，也能享几天福。这样想完，她就问打头的："你给东家破的是啥谜儿呀？"

打头的说："我给他破的是屁屁谜儿。哩哩啦啦是羊屁屁；重重叠叠是牛巴巴；两头尖尖是耗子巴巴。"

媳妇说："就这些个屁屁谜儿。"嘴上这么说，心里却把这些谜儿暗暗记住了。

第二天，打头的领人干活走了，媳妇就去找大地主，一见面就说："东家，我告诉你，那死打头的说的哩哩啦啦是羊屁屁；重重叠叠是牛屁屁；两头尖尖是耗子屁屁。"

大地主一听，说："对呀！我咋没往这上想呢？"他知道后也没声张，等到第二天，就打发人："去找打头的来。"

打头的来了，大地主说："你出的谜儿我猜着了。哩哩啦啦是羊屁屁；重重叠叠是牛屁屁；两头尖尖是耗子屁屁。对不对？"

打头的听了，心里立刻划了个魂儿，忙说："不对，不对。"

大地主说："咋不对！你不信，把羊牵来，你看看羊拉屁屁是不是哩哩啦啦"。

打头的说："老东家，咱们可别说笑话呀。你想想，我跟你打的是多大的赌哇。我输了，我就得把媳妇给你；你输了，你得给我一千两银子。这么大的事，我能出个屁屁谜儿吗？你要赖可不行。"

大地主一听急了，两人三说两说，就去县衙门打官司。

到了大堂，县老爷把惊堂木一拍，说："你们俩为的是什么事呀？"

大地主说："我们两个打赌，他给出了个谜儿，这个谜儿我要是猜着了，他把媳妇给我；我要是猜不着，我给他一千两银子。我们两个立下了字据。"说着，他把字据拿出来，交给了县大老爷。

县大老爷看了字据问："那么，你猜着没有哇？"

大地主说："我猜着了。可是，他要赖，不给我。"

县大老爷一听，惊堂木一拍，说："你这个刁民，说话不算数，那能行吗？"

打头的不慌不忙地说："县大老爷，他说他猜着了，你知道他是怎么猜的吗？"

县大老爷点点头，说："对呀！我还把这事给忘了。那么，你是怎么出的谜儿，他又是怎么猜的呢？"

打头的说："我出的谜儿是：哩哩啦啦，重重叠叠，两头尖尖。"

县大老爷问大地主："那你是怎么猜的呢？"

大地主说："哩哩啦啦是羊屄屄；重重叠叠是牛屄屄；两头尖尖是耗子屄屄。"

县大老爷一听，拍着手说："对，对对。打头的，赶紧回家，把你媳妇给人家送去！"

打头的说："县大老爷，您先别忙呀。您想想，我们两个这么大的赌，我就能出这么一个屄屄谜儿呀？"

县大老爷一想，说："可也对，那么，你出的谜底是什么呢？"

打头的说："哩哩啦啦是满天星。"

"对，那重重叠叠呢？"

"重重叠叠是一本经。"

"那两头尖尖呢？"

"两头尖尖是梭子星。大老爷您要是不信，我晚上领您去看看。"

县大老爷说："我作为一县之父母，还不懂日月星辰吗？你都说对了。"他转过脸来，对大地主说："你猜得不对！一上堂你就羊屄屄，牛屄屄的，差点让你把大堂都说臭了。你赶快回家取一千

两银子给人家！"

大地主没法，只得回家取来一千两银子，交给了打头的。

打头的把一千两银子装进一个铜盆里，捧着往家走，到了家门口，一边往屋里走一边嘴念叨着：

> 两手抱银盆，
> 进屋问小佳人，
> 多亏没跟你说真心话，
> 要是说了真心话，
> 你就是人家的人啦！

讲　　述：张荣凯

记　　录：郑长春

采录时间地点：1985 年采录于四平市

二十八头牛和二十八斤油

清朝康熙年间，在关东边里住着一个姓马的老财，人送外号"抠搜鬼"，抠搜鬼不但抠得要命，为人也非常奸诈，左右四方没有不知道他的。尤其到农忙季节，人们谁也不愿意给他做工夫，没办法，工钱加倍，伙食加厚。尽管这样，仍然没人来给他做工夫。真别说，四门贴告示——还有不识字的。有个光棍汉叫陈四，年纪二十上下，为人憨厚老实。他一琢磨：给谁干不是干呢，给钱就行呗。和抠搜鬼一讲价，抠搜鬼倒挺大方，对陈四说："老四，如果你愿意长年在我这干，我决不亏你，干一年给你一头牛怎么样？"陈四一听，喜出望外，这样的便宜事，打着灯笼都找不着。他高兴得也不问清楚，立刻就把这事定了下来。日复一日，年复一年，一连干了二十八年。陈四心里一合计，干脆，不干了，挣这二十八头牛够过了，讨个老婆，后半辈子也算有个着落。哪知，那抠搜鬼不承认，把眼一瞪说："老四，我说你没睡觉咋说开梦话了呢，怎么个二十八头牛？凭证在哪？保人在哪？空嘴白牙，我可要告你诬陷良民罪！"陈四一听气得浑身发抖，理直气壮地说："我来那年你牙对牙口对口地对我说，亏不了你，干一年给你一头牛，可现在你瞪眼不认账，却放出这个屁来，要凭证，要保人，依我说你还是要要良心吧……"抠搜鬼把三角眼眨了眨，嬉皮笑脸地说："老四，当初你是听错了，我说是一年给你一斤油，根本没提牛。你已干了二十八年，我一斤不少你的，给你二十八斤油。"抠搜鬼说完一甩袖子转身走了。陈四像万丈高楼上失脚一样，心里一点着落也没有了，告状吧，衙门口朝南开，何况自己又没立下字据，非吃官司不可。没办法，只好挑着二十八斤油，懊丧地走了。走啊走，一直走到天黑，他见前面有座破庙，心中暗自寻思，这二十八斤油又卖不了多少钱，挑着又是个累赘，还不如就施舍给庙里算了，也算积了份德。他把油挑到庙里和方丈一说，老方丈摇了摇头说："施主，贫僧见你衣衫褴褛，一不烧香，二不还愿，这种施舍

其中必有缘故，如不说出这事情原委，贫僧一概不受。"陈四就把被抠搜鬼诈骗的事说了一遍，老方丈说："既然这样，你先在我这住上几日，待贫僧想办法为你讨回二十八头牛就是了。"陈四听了半信半疑，只好凭命由天了。哪知，待了两三天，老方丈一字不提讨牛的事，只讲怎么修好能做官为臣，行善能当大官。一天，陈四做了梦，梦见了一个县官，坐在大堂上，正拷问一个囚犯，不料刚一用刑，囚犯急忙招供了："大老爷，我该死，我不该骗人家二十八头牛……"陈四一高兴笑醒了。第二天早上，他把梦里的事和方丈一说，老方丈笑了："施主，皆因你施舍了二十八斤油，感动了神佛，保佑你来世做了县官，夜间梦见的那个县官就是你，囚犯就是抠搜鬼。据贫僧算来，你这辈子给抠搜鬼家做工夫是命中注定的……"陈四听了半信半疑，左思右想拿不定主意，只好信天由命。于是他无精打采地回到抠搜鬼家。

哪知，回到抠搜鬼家一进门，抠搜鬼可捡着话把了，他得意地撇着嘴说："老四，怎么走了一溜十三遭又走回来了呢？是不是走差门了？"陈四说："东家，你不要太得意了，我这辈子给你做工是命中注定的。等来世我当县官时，你就成了我手下的犯人。"抠搜鬼听完疑惑不解地回道："老四，今个怎么想起说这话来了呢？"陈四得意地把给庙舍油，老方丈圆梦的事说了一遍。抠搜鬼暗想：他舍了二十八斤油来世能当官，我把赖他的二十八头牛施舍到庙里去，说不定能当丞相呢。想到这，他就带着人将那二十八头牛都舍到庙上去了。满以为能讨个喜信，可住了几日什么也没梦见，便迫不及待地向方丈问后事，方丈掐指头算了半天，一语不发，只是摇头叹息，抠搜鬼一看更加莫名其妙，便惶恐不安追问道："老法师，如有啥不吉利的事，但说无妨。"方丈这才慢吞吞地打了个唉声："施主，据贫僧算来，你来世有牢狱之灾，要不是你舍了这么多头牛，难免一刀之苦。依贫僧良言相劝，多行好事，以修来世。"抠搜鬼一听，如霜打的茄子，蔫了，只好垂头丧气地往回走。到家越想越不对劲，就急忙去找陈四问个清楚，一找陈四，陈四早被庙里的和尚找走了。抠搜鬼这才醒过来，知道上当了，急忙领着手下人找和尚算账。到庙里一看，连个人影都没看见。怎么回事呢？

原来自抠搜鬼从庙里走后，老方丈赶忙派小和尚把陈四找了回来，将二十八头牛和二十八斤油如数地交给了陈四，说："施主，贫僧把牛和油讨还给你，赶紧挑着油赶着牛远走高飞吧。"老方丈念了声"阿弥陀佛"，也弃庙走了。

讲　　述：张玉田
记　　录：孙喜臣
采录时间地点：1985 年采录于铁东区山门镇

271

张 三 捎 信

从前，关东围里有个王财主，家中虽有良田千顷，房屋百间，可他还不知足，对人非常刻薄，人们都恨透了他，可又没办法治他。

王财主家有个长工叫张三，此人足智多谋。他一心想要整治一下王财主，始终不得机会。

这一年秋天到了，王财主要到离家二百多里的地方去收租子，让张三同去，王财主骑马，张三步行，走了两三天才到地方。

王财主收租子用斗量，斗上有个找平的刮板，把刮板做成凹形的，这样他就能多收很多粮食。王财主让张三量斗，他出外要粮去了。张三向王财主报收粮数时是收五斗报十斗。收完租子一看，收的粮食堆没有往年堆大，就知道张三把他唬了。王财主眼珠子一转，就要害张三。

王财主拿来笔墨，在纸上写了几个字，问张三："这几个字你认得吗？"他是想试试张三是不是识字。张三摇头："不就是白纸黑道嘛。"王财主确信张三不认字，就说："我得在这里多待些日子，你先回去，顺便给我捎封信，让家里人照信中说的办。"接着王财主把信交给了张三，张三接过信看也没看，塞进口袋往回走。

半路上，张三打开信来看，只见信上写："杀张三，剐张三，绝不能留张三。"张三看后吓了一跳，心想多亏自己还认识斗大两口袋字，不然我的命就完了。他从一家饭店里借来笔墨另写一封信，写好又封上了。

三天后张三回到家中，他把写的那封信交给财主夫人。王夫人打开信一看，乐了，便说："这老头子可真会办事，在外边就把闺女的婚事定了。"她闺女不知什么意思，问："为谁定的婚事？"王夫人手拿着信念道："张三好，好张三，两垧好地给张三，砖瓦新房给三间，咱家闺女嫁张三，成婚之日要在接信第二天，千万不能等，千万别拖延。"王夫人念完信又说："老爷有信在此，只好照着办。管家来呀！量出两垧地给张三，打扫新房三间，明天我闺女跟张三结婚。"

张三跟王财主闺女结了婚，地也有了，房也有了。

王财主在外待了二十多天，回家来了，进大门就看见了张三，他大吃一惊，急忙来到内宅，又急又气地问道："夫人，张三的事你怎么办的？"王夫人答道："照张三捎回的信办的。"王财主一听不对劲，又追问一句："捎信不是杀张三吗，他怎么还活着？"王夫人听后把张三捎回的信拿给王财主看，王财主一看火冒三丈，原本是要害张三，反吃了张三的亏，占去好地好房屋，娶去闺女当媳妇。正在这时，张三和张三媳妇走进屋里，跪倒叩头拜见岳父大人。王财主看看闺女，又看看张三，他不见便罢，一见，火上加油，"哎哟"一声，身子向后一仰，气得昏了过去。

讲　　述：张淑文
记　　录：齐学田
采录时间地点：1985 年采录于铁东区山门镇

巧戏吝啬鬼

有一个吝啬的老财，抠得不得了，就连自己吃饭也舍不得吃，整天算计让长工少吃点、多干点，长工们对他是敢怒不敢言。他家有个小半活，别看人小个小，心眼却不少，他总想戏弄老财一番，开开心。

一天，小半活在路上捡了个草帽，一边晃动草帽一边吆喝道："谁丢草帽了？"老财一见红了眼，几步赶了过去，一把夺过草帽，悄声地埋怨道："傻家伙，捡东西都不知道要，下次再捡东西不要，别声张，回来交给我。"

有一天，老财领着小半活去种高粱，半路上犁耙芯子掉了也不知道，小半活捡起犁耙芯子，也没吱声，顺手塞进种子口袋里。到地方老财一看犁耙芯子没了，找了半天没找着，想回家再取一个吧，离着八九里地，回去回来可也晌午了，没办法只好空跑一趟。

到家刚卸犁杖，小半活从种子口袋里掏出芯子交给老财说："东家，去时半路上我捡个犁耙芯子，就交给你吧！"

老财一见火了，骂道："我在地里那么找，你咋不放屁呢？""东家，那天你不说，再捡东西不要，别声张，回来交给你吗？"老财听了答不上腔了。

又一天，小半活跟财主去地里干活，刚干不一会儿，就要去解手，附近满地是人干活，哪也没有背眼的地方，小半活串了半天没找着解手的地方，

老财在一旁着急地说："小兔崽子，往哪瞎跑，有屎在跟前挡挡眼就拉呗。"小半活听了，表面没言声，却把老财的话暗暗记在心上。

赶到吃中午饭时，小半活突然将草帽往眼前一扣，蹲饭桌旁拉了一大摊屎，老财气得下地打了小半活一个耳光子，骂道："你他妈的真填合人，在外边走够了上屋里来拉屎。"

小半活捂着脸，理直气壮地说："东家你不是说'有屎在跟前

挡挡眼就拉呗'咋还怪我来了呢?"老财气得两眼通红,说不出话来。

讲　　述：张玉田

记　　录：孔庆宁

采录时间地点：1985 年采录于铁东区山门镇

金 鸡 满 架

叶赫满族人在过大年时，总要在窗户纸上粘贴横额和挂笺，来表达企盼风调雨顺、幸福吉祥的心情，向往太平祥和的美好愿望。既烘托了节日的喜庆氛围也表达了过年的喜悦心情。那横额的措辞可好了，有"春回大地"、"风调雨顺"、"雨水调和"、"欢庆新年"、"新春大吉"、"四季平安"、"人寿年丰"、"金玉满堂"、"恭喜发财"、"幸福万年"等。那挂笺用五颜六色的彩纸剪刻而成，构图精巧，寓意深刻，有"喜鹊登梅（喜上眉梢）"、"鲤鱼卧莲（连年有余）"、"荷花螃蟹（和谐美好）"……五花八门，应有尽有。有人在大红纸块上写上大大的"丰"字，粘贴在粮囤上。还有人在鸡舍、猪舍的门上贴有"金鸡满架"、"天天连蛋"、"肥猪满圈"、"膘肥体壮"的横额，其寓意为"六畜兴旺"。

这本是当地人寄托美好希望的年俗，可偏偏有人马虎大意，忙中出错，留下了笑柄，这个人叫"二毛愣"。

那年大年三十的上半晌，阿玛让二毛愣把求人写好的对联、横额，还有买来的挂笺贴在门窗上。二毛愣痛痛快快地答应着，做好了一碗半生不熟的糨糊，放好桌子，把糨糊刷在对联的背面，趁着糨糊还没上冻，赶紧把对联粘在门框上。上下两联，一个横批，样样齐全，在门板中间倒粘着大红的"福"字，意在"福到家门"。

这时，邻居二丫姑娘隔着障子叫他去玩纸牌。二毛愣心里着急，手上生风，把几张挂笺和横额胡乱地搭配在一起，抹上糨糊就贴在窗户纸上，把剩下的横额粘到鸡架和猪圈门的顶上，捡去桌子，跑到二丫家玩去了。

"三十晚上闹一宿，初一早上走一走"。大年初一，左邻右舍相互拜年，串门祝福。邻居二丫乐乐呵呵地来到二毛愣的院里，一家人高高兴兴地迎出屋外，二丫一看窗户纸的横额不禁笑了起来。二毛愣一看心里别提多美了，大年初一，二丫就冲自己乐，莫非是对俺有意吧！毛毛愣愣地说："二丫呀！贵人上门，端着聚宝盆！

额娘快请二丫进屋上炕!"二丫听出了二毛愣在变着法儿占自己的便宜:当地人娶媳妇时,新娘端着的脸盆叫聚宝盆,清朝皇帝的老婆就有贵人这一等级。若在平时,二丫早就拽他耳朵了,可今天是过年了,说点离奇的话也不算过分。二丫捂嘴不住地乐着,她来到窗前,认真地说:"二毛愣哥哥,你想娶我呀,还早呢!你啥时能生出一窝小猪羔,下出一筐红皮鸡蛋,我就嫁给你!"一家人听了都乐了。二毛愣有点纳闷,暗想,这二丫也不傻呀,今儿咋冒开傻气了,还说些着头不着尾的话,乐起来没够啊,这咋回事儿?二毛愣不好意思了,连忙赔礼说:"二丫,哥跟你说句笑话,你别往心里去呀!""二毛愣哥哥,这都是你教我这么说的呀!"二丫边说边笑,二毛愣更蒙了,穷追不舍地问:"那咋见得呢?"二丫一指窗上的挂笺和横额说:"都写在上面了!"一家人这才仔细去看,只见窗上贴着"金鸡满架"、"肥猪满圈"的横额,再看猪舍门上贴着"人丁兴旺"、鸡舍门上贴着"合家欢乐"的横额。看到这儿,二毛愣一家人忍俊不禁,不由自主地乐了,额娘乐得拍手打掌,妹妹笑得直不起腰来,不苟言笑的阿玛也忍不住笑了起来。

二毛愣脸红得像巴掌打的一样,自己的粗心大意闹出了笑话,在二丫面前丢足了面子。二毛愣意识到马虎大意的危害,慢慢地改掉了坏毛病,变得成熟稳重了。认真做事用心干活,家里的日子也越过越有,"金鸡满架"、"肥猪满圈"的愿望真的变成了现实。

二丫见二毛愣改掉了坏毛病,竟喜欢上了他。二毛愣遇到了求之不得的好事,喜出望外。两人的感情处得可好了,刚进腊月门儿,俩人就拜堂成亲了。屯邻们都说,二毛愣和二丫在大年初一那天,一句玩笑定了终身。

讲　　述:邱　春
记　　录:柴运鸿
采录时间地点:2000 年采录于铁东区叶赫镇

过年的吉利话

　　叶赫满族人过大年的讲究很多，最常见的是说吉利话。无论大人和孩子都说好听顺耳的话，尤其是在大年三十晚上煮饺子、吃饺子的时候，更要说好听吉利的过年嗑儿。

　　有这么一家子，老妇人特别讲求这些细节，告诉儿子和媳妇："今天是大年三十，年夜饭包饺子剩皮儿，就说咱家有粮吃，剩馅儿就说咱今后有钱花，会发财！"两个孩子一一记在心里。包饺子时，老妇人在饺子里包了一块糖块，对孩子说："谁吃到了糖块心里就会比蜜甜，这个饺子叫甜蜜。"在饺子里包了一枚铜钱，老妇人说："这也有讲究，谁吃到了铜钱就会发大财，这个饺子也有名儿，叫发财！""好啊！额娘你忙了一大年了，先歇一会儿吧，我俩来包饺子！"儿媳妇说着，抢过婆婆手中的筷子，包起饺子来。她包的饺子馅大皮薄，饱满均匀，外形美观，有的像元宝儿，有的像麦穗儿……不一会儿饺子包好了，皮儿和馅儿不多不少一点不缺，一点没剩。儿媳妇心里高兴，对婆婆说："额娘啊！你说咋恁正好呢，皮儿和馅儿都没……啊，那啥，没剩粮食也没剩钱。"气得婆婆狠狠地瞪了她一眼，媳妇一吐舌头，脸一红不吱声了，忙去外屋烧水准备煮饺子。儿子在屋里收拾桌子，额娘又说："煮饺子时，要小心，煮破了也不能说破，要说挣了！"儿子记在心里。锅里的水烧开了，媳妇让丈夫去煮饺子，丈夫小心翼翼地煮着，还真不错，煮熟的饺子个个完好，丈夫乐了，把功劳推给了媳妇，为哄额娘开心就喊了起来："额娘啊！这饺子让我媳妇煮得可好了！"老太太一听很高兴，心想：还是我儿子会说话儿，知道用个"好"字。就故意问："儿啊！咋个好法啊？"儿子脱口而出："一个都没挣！"一句话气得老太太哑口无言，大过年的，孩子不会说吉利话，当娘的也不好说啥。

　　一家人围着桌子吃着年夜饭，儿子和媳妇都想吃到包了铜钱和糖块的饺子，挑来找去也没吃到，一家人互相"猜疑"。接过财神

坐在炕上守岁，媳妇逗丈夫："当家的，你说发财和甜蜜在哪儿?""媳妇，我对天发誓，发财和甜蜜都离我大老远的，我一点都没沾边，撒谎都是小狗!"丈夫极力表明自己的清白，他又问媳妇："那你没发财也没甜蜜?"媳妇说："发财没在我这，甜蜜也不知和谁甜哥蜜姐去了!"不想这话被坐在南炕的婆婆听见了，心里更生气了：这两个孩子没有一个会说吉利话的，就这么一句话咋就说不好呢!想到这儿，她说："孩子啊，别问了，发财和甜蜜还在咱家呢!你阿玛发财，正和我甜哥蜜姐呢!"俩孩子一听服了：姜还是老的辣，听听人家说的那吉利话多好听!

讲　　述：柴连恩
记　　录：柴运鸿
采录时间地点：2000 年采录于铁东区叶赫镇

皮冻丢了

闯关东那前儿，叶赫来了一户关里家，两口子带着几个小孩，挺可怜的。当地一家满族人很热情，倒出自家的一头厢房，让他们住了下来。两家人住在一个院子里，处得很好。来到了腊月，主人家淘米做豆腐，杀猪宰羊，准备过年。关里家初来乍到啥也没有，几个孩子眼巴巴地看着。主人家很大方，不管做啥好吃的，都给他们一半儿。

关里家头一抹过这么好的新年，有吃有喝，孩子高兴，大人乐呵，打内心里感激主人家。那天关里家带着孩子上山捡柴，回来很晚，主人家给送来一盆豆包、一盆烩菜还有一盆皮冻。饿了一天了，肚子"咕咕"直响，赶快点火烧炕，顺手把烩菜倒入锅里，把豆包和皮冻放在帘（屉）上一锅蒸上了。炕热了，屋子暖了，锅里的香味飘了出来。一家人放好桌子，端出豆包，盛出烩菜，可装在盆里的皮冻却不见了，只剩半盆汤。一家人顾不上太多，饱餐一顿，吃光了烩菜和豆包，把半盆汤喝得精光。第二天，关里家的女人去上屋唠闲嗑，无意中说了一句："昨晚你给我家的焖子（方言，皮冻。）不见了，只剩半盆汤，那味道可好了！"

主人家一听就明白了，忙问："是不是和黏豆包一锅馏了？""是的，是的。"关里女人点着头说。满屋里的无不哈哈大笑，原来关里家不知皮冻只能凉吃，不能加热的道理。

讲　　述：柴绍先
记　　录：柴运鸿
采录时间地点：2000 年采录于铁东区叶赫镇

馅饼好吃皮难咽

一户闯关东的，借住在一户满族人家。那年夏天，主人家用泡过的碎米磨出水面，用山里的青菜和咸肉做馅，把水面抹在柞树叶上，包上馅，就成了满族人的菠叶饼（柞树叶又叫菠叶）。上锅蒸熟，饼味清香，吃在口中滑嫩爽口，是当地的美味。主人家把第一锅菠叶饼蒸熟，直接送给了关里家，请邻居品尝。邻居一家人可从没见过这玩意儿，见这菠叶饼热气腾腾，香味扑鼻，主人家大嫂刚一出屋，关里家的孩子们就伸手吃上了。大嫂只顾忙着蒸下一锅，忘了一句话，结果，关里家孩子大人没剥去菠叶就吃，尽管那山菜馅儿好吃，水面饼皮细腻，可那菠叶儿在口中发涩直刮嗓子，实在难以下咽。想不吃吧，又觉得对不住房东大嫂，人家自己一口没吃，好心好意给咱先端来了，关里家孩子大人总算不声不响地都吃光了。

房东大嫂换了饼馅，又蒸了一锅，还是给下屋的邻居端来一帘。关里女人操着家乡话开腔了："我说大嫂子啊，谢谢你咧，你可饶了俺吧！你家的饼啊，真是好啊，一点不假，馅饼好吃，皮儿实在难咽啊！"房东大嫂一听，恍然大悟，哭笑不得地说："哎呀妈呀，我就落下一句话，这一家子就把菠叶给吃了，得剥了皮再吃！"关里女人拍着脑门，"哎呀，哎呀，原来是这么一回事啊！"

这个笑话在村里就传开了，以后无论做什么事，房东大嫂和乡亲们总不忘把一些细节告诉关里家，这一家人也很聪明，很快就和当地人一样了。后来，住在这一个院的两家人处得可亲了，还结了儿女亲家，在这一带生活了好多辈子。

讲　　述：柴绍先
记　　录：柴运鸿
采录时间地点：2000 年采录于铁东区叶赫镇

勒、勒我手了

叶赫满族人的房前屋后都有用木杆围成的篱笆墙，也就有了"土坯房子篱笆寨"的说法，在当地，人们把篱笆墙叫障子。

这障子是立在地上的，先在地上刨出一条笔直的小沟，把一根根木杆立在沟里，两面培土踩实，这叫夹障子。为了使障子更加牢固，用细长木杆在障子两面夹紧，每隔三尺用拧软的树条（当地人叫树要子）把细木杆（当地人称之为障子罗扣）捆扎结实，这样障子就坚固了。

当地人把捆扎障子罗扣的劳动过程叫勒障子，这么一个简单的劳作方式，却留下了一个有趣的小故事。

有这么爷俩，阿玛性子很慢，火上房都不急的人，说话干活儿都慢腾腾的。

那天，父子俩勒障子，阿玛在障子外面，儿子在障子里面，把一根要子缠绕在障子罗扣上，两人隔着障子站着，都用一只脚用力蹬着障子罗扣，两手拽紧要子使劲地勒着，最后儿子把要子打上结儿别在障子罗扣上。障子罗扣把一根根木杆夹在中间，排成整齐的一行，形成了一面笔直结实的障子。阿玛看了很满意，对儿子说："好，就，就照这样勒。"儿子一学就会，越干越熟练了，一脚蹬地一脚蹬着障子罗扣，两只手紧忙乎，两袋烟的工夫，勒好了长长一面障子。这时阿玛又慢吞吞地说："勒，勒……"儿子以为阿玛催促自己用劲儿呢，使劲地蹬着罗扣，晃着双臂拽着要子，阿玛憋得满脸通红，说出一句最要紧的话："勒、勒我手了！"

儿子立马放开要子，阿玛这才把裹在要子里的手指抽了出来，手指都勒得发紫了，痛得他直咧嘴，连声"噗噗噗"地吹着手指，还埋怨着儿子："干活就知道使蛮劲，也，也不看着点。"儿子觉

得委屈，也抱怨起来："只知道说勒、勒、勒，你快说勒手了，我
不就知道了吗？"

讲　　述：田秀兰

记　　录：柴运鸿

采录时间地点：2000 年采录于铁东区叶赫镇

孙师傅巧治小脑瓜

从前，在边里这块儿有个姓李的老财，外号叫"吝啬鬼"，也叫"小脑瓜"。他对长工非常刻薄，远近的人们谁也不愿给他做工夫。

一年，小脑瓜图阔气，想盖一套四合院，砖瓦木料都备齐了，可就是找不着手艺人，无奈花大价钱雇了两个木匠师傅。两个师傅一个姓高，一个姓孙。他俩的活计都挺棒，脾气也挺倔，不论给谁家干活，从不窝工。尽管这样，小脑瓜还是不满足。临上梁那天，按老规矩，浇梁头东家必须得给点赏，小脑瓜就害怕往出拿钱，眨巴着三角眼，心里打着鬼主意，想找便宜不给赏钱。他皮笑肉不笑、连真带假地对高师傅说："高师傅，今个浇梁头，一定挑个吉利的喜歌念，如果我听了不中意，那就不给赏钱了。"高师傅端起酒碗，一边往梁上泼酒，一边念道：

> 浇梁头，浇梁头，
> 祖祖辈辈做王侯。
> 浇梁腰，浇梁腰，
> 世世代代做阁老。
> 浇梁尾，浇梁尾，
> 辈辈做官清似水。

小脑瓜听完，摇了摇头说："高师傅，你念的这个喜歌太平常了，连小孩都会，不好，不新鲜！今个的赏钱就免了。"孙师傅在一旁，又好气又好笑，把袖子一挽，端起酒碗对小脑瓜说："东家，我给念个新的，不要赏钱，不过，对不对的你可别怪我。"小脑瓜喜滋滋地拍着孙师傅肩膀说："孙师傅，看你说哪去了，为我干活我怎么能怪你呢，你念我没听见过的就行，越新鲜的越好。"孙师傅点点头，随后把酒往梁上一泼，念道：

浇梁头，浇梁头，
住上房子就发愁。
浇梁腰，浇梁腰，
今年盖上过年烧。
亲戚朋友来救火，
人人挑个没底筲。
浇梁尾，浇梁尾，
大梁折了砸断腿。

小脑瓜听完了气了个倒仰。

讲　　述：张玉田
记　　录：孙喜臣
采录时间地点：1985 年采录于铁东区山门镇

调 理 先 生

过去，有一个教私塾的先生，他特别狠，规矩还多，学生稍不如意，或是没按他的规矩做，他就打学生的手板子。

有个学生叫王二，他挺淘气，挨先生的扳子是他的家常便饭。有一天，他在路上遇见了先生，忘了给先生行鞠躬礼。到了学馆，先生拉过他的手就打板子。先生这个狠哪，打得王二都睁不开眼睛，疼得爹一声、妈一声地嚎。

放学回家，王二一边揉着肿得像小馒头的手心，一边寻思治先生的道道。快到家门口了，他看见自家的毛驴在大柳树下拴着，他心里一亮来道了。他走到毛驴跟前，给毛驴深深地行了一个鞠躬礼，正当毛驴一愣神的工夫，王二扯下一把柳树条子，劈头盖脑地向毛驴打去，直打得毛驴一个劲地尥蹶子。

从这以后，王二是天天下学先给毛驴行一个鞠躬礼，然后就给毛驴一顿胖揍。

一天，先生要去县城里办事，王二跟先生说："上县二十多里路，你骑我们家的毛驴去吧。"

先生挺乐，心说：这学生到底是让我给打出来了，懂事多了，就说："那好。"

王二回家把毛驴牵来，先生骑上毛驴顺着大路奔了县城。

王二等先生走了，回家包了一个小包，背在身上，急忙抄小道追了过去。他一口气跑到一条河边，知道先生骑着毛驴过来了，当先生骑着毛骑走到河当心的时候，王二从树毛子里钻出来，几步跳下河，迎着先生使劲地行了一个鞠躬礼，口里说："先生好！"先生一见，挺乐，心说：看看这学生真出息了。刚想张口回答，没承想，胯下的毛驴猛然间尥起蹶子，把他扔进了河里。

那毛驴原本是让王二打怕了的，王二每次打它，都是先向它行个鞠躬礼，这回见王二向它行鞠躬礼，以为王二又要打它，吓得它在河里尥开了蹶子，把先生扔进河里了。先生浑身的衣服湿得呱呱透，老秋的天气，冷得他一个劲地哆嗦。

王二问："先生，还去县城吗？"

先生说："还去个屁！快扶我上驴，回屯子。"

王二说："先生，你的衣裳都湿透了，可别冻出病来。"

先生哆哆嗦嗦地说："那也没啥换的呀。"

王二把身上的小包打开，说："先生，我妈让我给我嫂子送衣裳，你赶紧先换上吧。"

先生一看，小包里全是大红的女人衣服，这可咋穿哪？可是，不换上身子又冷得受不了。没办法，只得穿上了王二嫂子的衣服，骑上毛驴，由王二牵着回屯子。

一进屯子，人们看见先生骑着毛驴，穿一身大红大红的女人衣服，像耍猴似的，都憋不住笑了。

讲　　述：卢传军

记　　录：郑长春

采录时间地点：1984 年采录于四平市

孝 顺 媳 妇

从前，一户姓齐的人家，只有一个瞎婆婆和一个儿媳妇过活，家里很穷，日子过得更艰难。

媳妇叫梅玉娘，是山外人。嫁到老齐家不久，丈夫就得暴病死了。瞎婆婆就劝玉娘改嫁，瞎婆婆说："我儿已死，你就别守着我这瞎婆婆了，另找个主享几天福吧。自从你过了门，没享一天福，连一顿饱饭都没吃上，娘对不起你呀。"玉娘听了这话，鼻子一酸，眼泪掉下来了，扑到老人的怀里说："妈，我怎么能扔下您不管，我要侍候您一辈子。"瞎婆婆哭着说："我这苦命的媳妇哇。"

这一年，老天闹起了灾荒，庄稼颗粒不收，这可苦了穷苦百姓，人们纷纷出外逃荒。玉娘整天沿街乞讨，可是跑了一天，也讨不上一碗饭，她把这多半碗饭送到婆婆面前，让婆婆吃了。婆婆两天没吃上饭了，饿得婆婆前腔搭后腔，玉娘心里十分难过。

一天，玉娘手里拿着打狗棍，挎着小筐出外要饭。走到大财主家门口，不注意，玉娘踩上了一泡刚拉出来的狗屎。她低头一看，狗屎里有米粒，她急忙把狗屎捧在手里，拿到小河边冲洗，洗了好多遍，洗出一手心米粒，急忙跑回家，用这点米给婆婆煮点粥，婆婆吃着她做的粥直叫香："真香，媳妇你也喝点吧。"

一天午后，突然天的东北角乌云翻滚，一个雷一个闪，瓢泼大雨下了起来。玉娘听着这滚滚的雷声，看着利剑一样的闪电，好像雷就在头顶上，心里想：有可能我做损了，给婆婆吃狗拉下来的米粒，要遭雷劈呀。劈就劈吧，早死晚不死，活着也是受罪。可是转念一想：我死了瞎婆婆还能活得了吗？想到这，她把一只胳膊从窗户伸到了外头，嘴里念叨："雷公爷，雷公爷，你把我这只胳膊劈下去，作为对我的惩罚吧，留我一条命，我还要侍候老婆婆。"这时"咔嚓"一个雷，玉娘闭上了眼睛，等雷劈呢。等了半天，天晴了，她睁开眼睛一看，胳膊没劈掉，手里还拿着四根金条，玉娘跪倒在地，说："多谢老天爷！"

原来，这是上方神仙被玉娘的孝心感动，才派雷公送来四根金条。

从这以后，婆媳的生活一天一天地好起来了。

讲　　述：孙玉清

记　　录：孙雪松

采录时间地点：2000 年采录于铁东区

当 铺 掌 柜

从前，有个当铺掌柜的，总琢磨邻居家媳妇长得好看，总想找机会调戏那媳妇。那媳妇看出了当铺掌柜的意思来啦，就和自己丈夫说："当铺掌柜的不怀好意，咱俩这般这般如此如此……设个圈套教训教训当铺掌柜的。"

这天快黑天时，当铺掌柜的又从邻居媳妇家门前过。媳妇叫道："当铺掌柜，请家中坐坐有话说！"

找机会找不着，媳妇约他屋里说话，掌柜眉开眼笑地跟媳妇进屋坐下，媳妇点烟倒茶好不热情，可把掌柜的乐坏啦，忙问："什么事啊？"

媳妇红着脸说："我知道你眉来眼去地对我有意，今儿个我老爷们不在家，你就住在我家吧！"

当铺掌柜更觉心里美滋滋的，等不及，拉着媳妇要上炕睡觉，正在他俩拉拉扯扯的工夫，"梆梆梆"一阵敲门声，媳妇连说：

"坏了，我当家的回来啦！"

掌柜的吓出一身冷汗，忙说："那怎么办？"

"我这儿有口木箱空着呢，我老爷们总也不看这箱子，你钻进去，我给你锁上，等有空我一定放你出来！"

老爷们进屋啥话也没说，吹灯和媳妇上炕睡觉。当铺掌柜的在箱子里足足憋了一宿，也没敢出动静。

第二天早晨起来，老爷们找来四五个邻居帮忙，用绳子把箱子捆上抬起就走，当铺掌柜的在箱子里直忽扇也不敢吱一声。一伙人就把箱子抬到当铺里，使劲往地一墩，老爷们说："管账先生，我这箱子要当！"

先生说："箱中何物？"

"里边啥也没有，就这几块板！"

"啥也没有就一个箱子，破破烂烂的不值钱，就给两吊钱吧。"

"两吊钱可不当，不给三两银子我都不当！"

"这破玩意儿哪值三两银子，不当就抬回去吧!"

老爷们说:"不值三两银子，我抬回去也没用，拿斧子我把它劈了得啦!"

箱子里当铺掌柜一听害怕了，急忙说:

"别劈别劈，他要三两你就给他三两吧!"

讲　　述:张秀臣
记　　录:高　山　王济华
采录时间地点:1985 年采录于四平市

家有贤妻男人不做横事

从前，有个叫丁昆的商人，到外地去经商，路过一片高粱地，觉得内急，干脆到高粱地方便一下。高粱苗半人深，蹲下只露个脑袋。解完手刚要出高粱地，地主常贵来了，领着几个狗腿子，手里拿着棍棒刀枪，不容分说，就是一顿痛打。

常贵一脸大麻子，眼露凶光，厉声喝道："哪里来的野牲口跑到我家地里拉屎，立马给我吃了！""这位大哥，你们已经打我一顿了，那也就出气了，还想咋的？""今天你要是不吃就要你的命，给我打！"狗腿子们举起棍棒又要打。丁昆说："慢，弟兄们，我兜里有一百两银子，都分给你们，放我一马行吗？"几个家伙互相一挤眼说："行倒行，得把屎捧出地去！"丁昆无奈，只得把一百两银子递给了常贵，又用手将屎捧出地去，常贵这才放丁昆离去，丁昆回到家里念念不忘这平生耻辱。

时隔十几年，冤家路窄，常贵上表姐家走亲戚来到这个屯。丁昆一看报仇的机会来了，上街买了把牛耳尖刀，回到家里"咔嚓咔嚓"地磨刀，妻子杨玉盈问道："孩子他爹，磨刀做啥？"丁昆怒气冲冲地说："当年侮辱我的恶霸常贵来了，我非杀了他不可，以解我心头之恨！"妻子心平气和地问道："杀完人不偿命吗？""反正我豁出去了。""那我们娘俩咋办呢？为妻倒有一良策，既不用动刀，也不用动武。把事给你扳平！"妻子附耳低言嘀咕了一阵，丁昆点了点头，一竖大拇指夸道："妙！"

丁昆摆了几桌子席，把常贵表姐和街坊邻居都请来喝酒，并且把常贵请到家里让到上首，常贵心里纳闷：看来我的人性还没缺德到家，还有人请我喝酒，是谁这么看得起我呢？莫非是表姐家的亲戚？酒过三巡，菜过五味，丁昆介绍说："我身旁这位是我斗金不换的朋友名叫常贵。"接着就把当年侮辱自己的经过叙说一遍，常贵听来听去想起当年逼人吃屎的事来，犹如当头一棒，撤身离席想溜，丁昆两个把兄弟二瓜、三娃子拦住去路说："老常别急，吃好喝好再走不迟，我大哥吩咐了，不打你也不骂你，不能像你那么恶。快坐下喝酒！"这时在座的亲朋好友都放下筷子，有的说："这样恶人不往死里揍他不是手懒吗？"有的说："一会儿弄泡狗屎给他灌下去！"表姐脸上也挂不住劲了，走到近前给常贵两个大嘴巴，又气又恨地骂道："你这个畜生，以后我不认你这个缺德表弟，我也不是你表姐，有你这样的表弟，我感到耻辱。"丁昆见火候到了，摆了摆手说："乡亲们静一静，常贵不仁，我不能不义，他逼我吃屎，我请他吃肉，总该够朋友了吧。常大哥，实在见外我就不留了，以后有空来喝酒。"

常贵只觉得脸上滚烫滚烫的，天旋地转，栽了两栽，差点晕倒。悔恨交加，羞臊难当。自觉无颜面再活在世上，走进一片树林里自缢身亡。

讲　　述：于香云
记　　录：张立军
采录时间地点：2004 年采录于铁东区山门镇

贪 小 失 大

从前，有这么哥俩，老大叫王富，是个有钱有势的财主；老二叫王贵，是个腿肚子贴灶王爷的光棍汉。哥俩虽然住得近，可相互间从不来往。王富压根儿就看不起王贵，王贵穷有穷志气，宁可没粮吃也不向哥哥借一粒米。

一天，王贵到山上去砍柴，砍了一会儿觉得脑袋迷糊，身上冒虚汗，他有气无力地坐在一棵树下叹息："唉，什么时候能穷出头呢？"话音未了，就听身后有人干咳了一声，说："现在就穷出头了！"王贵回头一看，是一个须发皆白的老头。老头左手拿着个泥人儿，右手拍着王贵的肩膀，笑呵呵地说："老朽看你小伙子老实厚道，又勤快，我特意给你捏个小泥人儿，取名小利，你把它拿回家去，想要什么，小利就会给你出什么，从今往后再也不会受穷了！"老头说完把泥人儿交给了王贵。王贵接过泥人，给老头磕了好几个头，拿着泥人千恩万谢地下山去了。

回家后，果然冲小利要什么就有什么。这下老二可阔了，家里的财产应有尽有，还娶了个又漂亮又贤惠的媳妇。

不料，这事被王富知道了。王富是个见别人发财就眼红的人，他急忙来到老二家，追问王贵是怎么得的宝贝。王贵心眼实，就把上山砍柴老头给泥人儿的事一五一十地讲了一遍，王富一听，心里立刻有了主意。第二天，王富也装扮成贫穷的样子，手拿柴刀到山上砍柴，可他一根柴也没砍，上山就坐在那棵杨树下唉声叹气起来，连连念叨："我什么时候能穷出头呢？"说着还硬挤出几滴眼泪。工夫不大，老头真的来了，问他为何叹气，王富愁眉苦脸地编了一套瞎话，说："我家中有一老母今年八十有余，昨天突然病了，家里无钱抓药看病，眼看老母就不行了，没办法只好到山上砍柴。可是两天肚中无食，我早已筋疲力尽，在此歇息歇息，不想碰上您老，唉，老爹你说我可怎么办哪！"说着又掉了几滴眼泪，老头笑呵呵地说："年轻人，不要愁，我刚捏了个泥人叫大事，就送给你吧，你冲大事要什么它就出什么。"王富巴不得能得到这个泥人，赶忙接过泥人，假惺惺地磕了几个头，转身就下山了。

走着走着，正迎着王贵往山上去，王富乐颠颠地问道："兄弟，你去干啥?""我冲小利要够了东西，去还给老头。""兄弟这就是你的不对了。你要够了东西，也不想着哥哥点儿，把小利给哥哥吧!"不等王贵答话，劈手上去就抢，王贵急忙躲闪，他用右手攮住泥人儿，用左手使劲一推王富，王富躲闪不及，一下摔倒在地。趁这工夫王贵早跑远了。王富呢，爬起来一看，由于手中泥人没干，一下子变成了一摊烂泥。

这才是图小利不成毁了大事。

讲　　述：孙玉清
记　　录：朱　丽
采录时间地点：2004 年采录于四平市

张大绝活和财主

有个赶车老板，姓张，大伙都叫他张绝户（指无儿女）。其实，他儿女双全，并不绝户，不叫"绝户"，叫"绝活"，人们叫白了就叫成了张绝户。张绝活最拿手的是车赶得好，不论啥样有脾气的牲口，到他手里，都能摆弄得服服帖帖，好使唤。

在东屯有个有钱人家，这家财主为人刁钻刻薄，心毒手狠，要雇张绝活去赶车，张绝活说："我赶车可有个规矩，扛活有打头的，赶车也得有头车，我得赶头车！"财主知道他车赶得好，就答应他赶头车。把炮蹶子的骡子，横踢马槽的儿马，都换到张绝活的头车上。

没承想，张绝活也不生气，不慌不忙地拿出烟袋，点着叼在嘴里抽着，甩开鞭子，"啪！啪！啪！"三鞭子，说也怪，那骡子、儿马就老实听使唤啦，跳上车一晃鞭子，车装得又多跑得又快，干完一天活，财主一看顶数张绝活干得多，难怪叫张绝活。这张绝活可真厉害，一传出去这名声就更大啦，财主也把张绝活高看一眼。

一天，财主把张绝活找来，说："张大绝活，我有头牲口，想卖也卖不出去，因为这牲口太蹩，谁也赶不了，有个好�套毛病，卸车的时候，往下一摘套包，它就往外一�，把老板子带个跟头，摔不死也摔个半死不活的，杀了又可惜，你看咋样才能治好？"

张绝活说："那我治治它！"

财主说："你能治好？"

张绝活说："咱俩打赌，找个保人，再蹩套，我大头冲下见你！"财主听了，心想：治好还不好吗！治不好我得叫他白赶三年大车。张绝活看出财主是不怀好意，心里也有了数，非叫财主不死也得残废。于是，找来保人，张大绝活套好车，赶出大门洞，"啪！啪！啪！"三鞭子甩响，门洞子里打响鞭格外响。

张绝活跳上车赶起就跑。张绝活使劲让牲口跑，这牲口累得浑身是汗，回来啦，见了财主说：

"老东家你站住，我卸车，你看看它还蹿不蹿套！我非把它治好不可。"

院里围住不少人看热闹，保人、伙计都有，看张大绝活把牲口治得如何。

张大绝活把车卸啦，摘完套包，"啪！"一鞭子，这牲口本来就蹿套，这一鞭子，蹿得更凶，正好直冲财主就蹿出去，劲那个大呀，把财主撞墙上撞死了，牲口也摔死了。

保人见不但牲口蹿套没治好，还把财主给撞死了，这还了得，拉张大绝活到县衙打官司，张大绝活说：

"保人心眼得放正，我治好没有？它再不蹿套了吧！它再蹿套我认输，它撞死谁我不管，咱讲的是治蹿套！"

说得保人一时也无话说。

讲　　述：张秀臣
记　　录：高　山　王济华
采录时间地点：1985 年采录于四平市

十 块 金 砖

有这么个叫李七的庄稼汉，他低价买了个闹妖的房子。曾有人见过妖怪，身高丈二，眼似铜铃，嘴赛火盆，十指如钢钩，每天夜里三更天就在房前屋后转悠，后来妖怪没了，夜里安静了。

一天，李七准备给院子夹一圈障子，刨障沟子时刨出块金砖，他简直不相信自己的眼睛，乐得直蹦高，感谢祖宗上有德，好事竟落到我这辈上来了。他把金砖送回屋去，藏到箱子里，接着又刨，一连又刨出六块。把李七激动得都哭了，高兴得手舞足蹈，一夜没睡觉。翻来覆去合计：这儿离奉天近，到奉天买处门市房，开个大买卖，岂不成了大富翁了嘛。

他打好主意，第二天一早上路了。

李七推着独轮车，车上装着粮食和铺盖，还有些炊事用具。晓行夜住，饥餐渴饮，不到三天工夫到了奉天。到街上一瞅，好一派繁华景象，车水马龙，人来人往，叫买叫卖此起彼伏。他选了一家大客栈住了下来。打了一壶酒，要了二斤熟牛肉，自斟自饮喝上了。吃喝完一瞅，天还挺早，不如到街上走走，打探一下有没有卖房和租房的人家。逛了好几趟街也没找着合适的房子。

天渐渐地黑了，他打算回客栈睡觉，可走来走去转了向，怎么也找不到这家客栈了，后悔没记住客栈的名号，急得直跺脚。一直找到深夜，仍然没有眉目，只好露宿街头了。

李七连找了好几天，翻遍整个奉天城，毫无线索。他反复一合计，找不着也不找了，回去接着刨障沟子，也许还能刨出金砖来。他一路上讨着吃，总算回到了家。第二天，李七接着刨障沟子，没刨多远，真的又刨出两块金砖，乐得他躺在地上直打滚。心想：这两块金砖说啥也不离身，看来这个宅院买着了。地里肯定还有，这回挨排翻，翻到第三天头上，前后院翻遍了，终于又刨出一块金砖，上面有字，李七不认得。找了个教书先生一看，上面写道：金砖十块，奉天七块，你姐夫两块，你一块。李七挠头说："折腾半拉月，就一块金砖的命。"教书先生说："要不是你给奉天送那七块有功，你连一块也捞不着。这房子闹妖的原因就是这十块金砖闹的，赶快给你姐夫那两块金砖送去吧，免得再出岔。"

讲　　述：王淑芳
记　　录：刘　洋
采录时间地点：2005 年采录于铁东区山门镇

猜　姓

有两个公子进京赶考，这天傍黑，走到一家山村小店。

开店的是一个年轻的女人，女店主问："二位公子贵姓？"

这两个公子想逗试女店主，同时也显示自己的文才，一个公子说："在下走遍天下第一家。"

另一个公子说："果木园中开白花。"

女店主听了，连个奔儿都没打："原来是赵、李二公子。"

这两个公子心说：这个女店主行呀！别看她是个山村的女子，还真有两下子呢。他俩寻思一会儿问："女店主贵姓呀？"

女店主见这两个公子酸渍溜的，就从灶炕旁拽出一根柴桦子往地上一扔，说："我就姓这个。"

两个公子眨巴眼睛，你瞅瞅我，我看看你，谁也说不出她姓啥，回到房里赵公子说："李兄，咱俩别进京科考了，咱俩都不如一个山村女子。"

李公子说："不管咋的，咱们已经走到这儿了，还是进京试试吧。"

·两个人来到京城，三场下来，赵公子考中了榜眼，李公子考中了探花，在回家夸官的路上，又路过了那个山村小店。

女店主见他们都当上了官，很热情地招待他们。酒席上，他们俩说："女店主，我们兄弟二人有一事相求。"

女店主说："二位大人请讲。"

俩人说："我们上京时，问你贵姓，你把木头往地一扔，我们俩没猜出你姓啥，为这事，我们俩差点没去京城科考。虽然我们都考上个官当，可论学问，我们实在是不如你呀。"

女店主说："二位大人太谦虚了，我是山村一野人，哪能跟大人相比呢！"两个公子说："女店主你究竟姓啥呀？"

女店主轻轻一笑说："我烧的那个是木头，扔在地上挨了点土……"

她说到这儿，两个公子"啊"了一声，说："哎呀，女店主你姓杜哇！让你这个杜字搅得我们俩好长时间不得安宁呀！"老板娘嘴一撇说："我是山野村妇，我这个肚子（杜字）里空空如也，怎敢让二位大人伤心劳神哪！"

讲　　述：张荣凯
记　　录：郑长春
采录时间地点：1985 年采录于四平市

聪 明 媳 妇

老财主家有三个儿子，老大和老二都成了家，老三在学堂里念书。一天，老财主想考一考小儿子的学业，就对儿子说："今天你不用上学了，到咱的羊圈里挑一只最大的羊，赶到集上卖了，买二斗粮食，剩下的钱有多少你下馆子。回来的时候，再用那只羊把粮食驮回来。"老三拉着羊边走边犯起愁来，哭哭啼啼的。走到半道碰着一个在地里剜野菜的姑娘。姑娘问："你哭啥？"老三说："我爹叫我把羊卖了，买二斗粮，剩下的钱有多少叫我下馆子，这我都能办到，可是回来的时候，还要叫我把买来的二斗粮用那只羊驮回来。你说说看，羊都卖了，又买粮，又下馆子，钱都花了，哪还有钱把羊买回来。"姑娘听了笑着说："你到集上借把剪刀，把羊毛剪了，卖了，羊不就可以驮着粮食回来了吗？"老三一听恍然大悟。到了集市上，老三照着姑娘说的办了。回到家里，老财主见儿子赶着羊驮着粮回来了，就问："这个方法是谁替你想出来的？"起初，老三不愿意说，父母逼急了，才说是剜野菜的姑娘告诉他的。老财主听了，心想：这个姑娘可不一般，要她做我的儿媳妇，不愁将来我这个家业没人管。于是，就请媒说合，把姑娘娶回家来，做了他的三儿媳妇。

喜事办过没几天，老财主爷四个都下田铲地去了。临走时，老财主想考验一下三个儿媳妇到底哪个聪明，就交待大儿媳妇说："今天我们在鬼王庙铲地，上午要吃漂汤饭，脆汤菜。"眼看晌午要到了，老大媳妇急得火烧火燎的，鬼王庙在哪？啥叫漂汤饭，脆汤菜？问老二媳妇，老二媳妇也不知道，怎么办呢？问老三媳妇吧。老三媳妇说："鬼王庙是咱的祖坟地呗，漂汤饭是饺子，脆汤菜是黄瓜菜。"老财主知道了，连声称赞说："还是我三儿媳妇聪明！"

老财主也是个聪明人，他还想知道老三媳妇到底有多大本事，就请村里最善于说话的人去比试比试。老财主说了来意后，那人说："哼！一个女人家能有多大见识，我粘上半个嘴也能说过她。"
到了财主家，一进老三的门，那人就说："小三呢?"三儿媳妇迎
出来说："上锅台放羊去了。""不怕往锅台上拉屄屄吗?""把屁眼
子糊上了。"

讲　　述：于德水
记　　录：蒋铁夫
采录时间地点：2000 年采录于四平市

买　话

传说，很久以前，山门这儿住着一个放牛倌，叫孙二小。二小八九岁上就没爹娘，在后婶家长大。每天给地主放牛，干了五六年活，辛辛苦苦攒了四十吊钱。后婶对二小说："你好好干，等把钱攒多了，就给你说个媳妇成个家。"

有一天，二小听见门外有人喊卖"画"。跑出去一看，原来是个老道。便问道："你卖的画在哪?"老道说："我卖的不是看的画，是听的话，你要想买，得先给话钱。"二小一琢磨，老道卖的话想必是贵重，于是又问道："多少钱?"老道说："我的话共有四句，一句十吊钱。"二小就把攒下的四十吊钱拿出来，买下了这样四句话：不染朋友妻；外财不图惜；听话听到底；害人害自己。

回到家后婶听说后，气得破口大骂："你这个败家子，有钱买什么不好，你却买几句臭话，能当饭吃? 你不想待，就滚!"接着，就把二小撵出了家门。

二小无处安身，信马由缰，翻过一山又一山，趟过一河又一河，不知走了多远。

这一日，天像下火似的，烤得二小喘不过气来，就直奔松树林子里走去。可是，脚却被路边的一个什么东西绊了一下，低头一看，原来是一个装满了银子的钱褡子。

这下可把二小乐坏了，真是老天爷饿不死瞎家雀。他拾起银子刚要走，忽然想起买的那四句话里"外财不图惜"的一句。对呀! 我把银子捡走了，丢银子的人不定多着急呢，怎能见便宜就贪呢! 于是，二小斜靠着一块大石头坐了下来，等着丢钱的人。

等了半日，也不见有人来找钱。刚迷糊着，忽听附近有人哭。顺哭声一找，见前面树下有个人一边哭，一边往树上搭绳子。二小赶忙跑过去，对那人说："这位大哥，有啥为难之事，要寻短见呢?"那人回答说："我叫李才，家住前岭，是给人家跑外柜的，今天要账回来，不小心把东家的银子丢了。我没法交账，只好上吊算啦，唉！"说着又流出泪来。

二小听了，顺手把褡子交给李才。李才见到银子，转悲为喜，感激得不得了。他看二小老实巴交，又没爹没娘，孤身一人，就让二小到家中去，两人结为兄弟，一块过日子。

每天李才都出去给人家要账，有时十几天不上家。二小除了上山砍柴、捡粪，一有闲空就帮嫂子干些零活。光阴似箭，一晃二小在李家住了四五年，个子比以前高了，模样也俊了。

这阵子，嫂子看二小越来越顺眼，人又聪明能干、勤快，便起奸心，天天引逗二小。起初二小真有点动心，猛然间想起了四句话中有一句是"不染朋友妻"，就打消了自己的邪念，不再理睬嫂子的调情了。

嫂子使尽了花招，想法加害二小。等李才回来，就在当家的面前说二小趁他不在家时调戏她，半夜三更敲她的门。李才开始不相信，可是后来，架不住老婆的枕边风，也就信了。

有一天晌午，二小砍柴回来，就听哥哥和嫂子在屋里嘀咕什么，隐隐约约听哥哥说："他救过我的命，我不好下手……"嫂子说："他不仁，咱不义，你下不了手，我想办法。"本来二小不想听下去，但马上想起自己买的话中，其中一句是"听话听到底"，就仔细地听起来。原来，李才和老婆花钱买通了两个烧炭的炭黑子，想趁二小今晚上送饭的时候把二小送进炭窑烧死。

到了晚上，二小和往常一样，装着又给炭窑的伙计去送饭，路过土地庙时，就悄悄地躲了起来。

李才和老婆等了好长时间也不见有人来送信，贼人胆虚，很怕害不死二小，就让老婆穿上自己的衣服，戴上自己的帽子，装成男人的模样，到炭窑看个究竟。

两个炭黑子按着事先的约定，左等右等也不见二小到来，早就等得不耐烦了，正在着急，忽见有一个人影向这边走来，以为就是二小，上去一个人卡住脖子，另一个抱住腿。不容分说，顺手把李才的老婆扔进了红红的炭窑。

这真是应了二小买的四句话中的最后一句，"害人害自己"。

讲　　述：刘玉珍

记　　录：王春生

采录时间地点：1985 年采录于铁东区山门镇

活　宝

早先年，有这么一个人家，在城里开了个当铺，除了开买卖外，还有很多房子，租给外地来那里干活的人住，一个月交一回房钱，到时候不给房租就扣行李。有一天，从外地来了一个鞋匠，把媳妇也带来了，就租了这个当铺家一间房子住下了。鞋匠白天出去干活，媳妇在家干些家务活。鞋匠的媳妇长得好看，房东一看动了心，起了坏主意，想勾引这个小媳妇。有这么一天，鞋匠又去干活了，房东趁机来到鞋匠家，对他媳妇说："你们两口子搬来二三个月了，一分房钱也没交。"小媳妇说："我当家的一天也挣不上多少钱，对付着过日子，再过些日子，我们想办法给你房钱。"房东说："如果你们真的交不起房钱，你男人回来你告诉他一声，明天就搬家吧。"鞋匠媳妇一着急，哭了起来。房东一看，就凑到她跟前说："你要是跟我睡觉，我就……"这老东西当鞋匠媳妇的面把话挑明了，鞋匠媳妇一听，急忙说："那可不行，我们穷是穷，可不能那么下贱！"房东立刻翻了脸，大声叫着："你们明天交不上房租就搬家，今天我说话就算数。"气得老脸像紫茄子，一转身就走了。等到晚上鞋匠回来，媳妇就哭了，边哭边说了房东的事。鞋匠差点没把眼睛气冒了，想了半天，来了个好主意。

第二天鞋匠又上工去了，房东一看这两口子干脆没提交房租的事，又过来对鞋匠的媳妇说："昨晚你当家的回来，你没和他说交房租的事呀？什么时候搬家哪？"鞋匠媳妇说："今天我当家的有点紧活等着做，白天干不完，晚上接着干，一宿不能回来了，你过来住吧。"房东听了那个高兴劲就别提了。吃晚饭的时候他就来了，鞋匠的媳妇给他炒了两个菜，又端上一壶酒，放上桌子，对面坐下就喝上了。你一盅，我一盅，喝完了天也不早了，鞋匠还真的没回来，房东打算在这睡下。小媳妇说："我给你准备被褥你先去睡，我收拾一下碗筷就来睡。"房东这下可乐得忘了东南西北了，像在自己家一样，赶忙脱了衣裤躺下了。刚躺下就听外面传来

"梆梆梆"敲门的声音。鞋匠媳妇问:"谁呀,这么晚还来敲门?"门外回答:"快开门,是我。"这可把房东吓破了胆,急忙坐起来问鞋匠媳妇:"你不是说你当家的不回来了吗?"那媳妇也假装惊慌地说:"我哪知道哇!也许活干完了呗。"房东说:"那我往哪藏呀?"那媳妇急得直打唉声,不住叨叨:"这可往哪猫呢?"那东家吓一身冷汗,腿都抽了筋。他忽然看见了地下墙根有个木头箱子,就让鞋匠媳妇把自己藏在箱子里头。鞋匠一进屋,就故意大声说:"怎么的,咱家来人了,摆这么多酒菜?"媳妇说:"我一个人在家没啥意思,炒两个菜喝两口沉醉酒。"鞋匠说:"喝就喝点吧!你再给我弄点菜,我也喝点。"两口子对桌高高兴兴地喝起来了。吃饱喝足了,两口子上炕睡觉了。箱子里的房东可遭罪了,里面喘不过气来,有屎有尿又不敢吱声,伸不开腿,伸不直腰,大气不敢出。天亮了,吃完早饭鞋匠找来一个木匠说:"我这个木箱子打算不要了,想当两个钱好交东家房租。"接着,鞋匠和木匠把那个大木箱抬到当铺的柜台前面放下。鞋匠上前对收货的掌柜的说:"我们想当点东西。"掌柜的说:"当什么东西?"鞋匠说:"当一个木头箱子。"掌柜的说:"就一个木头箱子不能当,真想当,你得先打开,看看里面装的什么东西。"鞋匠说:"不能打,就这一个整箱子。"掌柜的说:"你们不打开,我们看不到里边,咋给你们评价钱呢?"鞋匠说:"我们就要五百两白银,你给我们写个单子。""什么宝贝那么值钱?"鞋匠说:"你收不收,我们这东西就是不能打开,打开一看就破了。你如果不写单子不收,我先管朋友借点钱花,就把这个箱子扔到河里去了,你可别后悔——我这个人脾气暴。"外边鞋匠和掌柜的说这些话,房东在箱子里边全听清了,当铺若不给鞋匠五百两银子,鞋匠会真的把箱子扔河里去,我的命不也就完了吗。一着急他在里边就喊上了:"掌柜的,五百两就五百两吧,快填写单据吧——你就快点写吧!"掌柜一听,这木头箱子里有人,话语是本当东家说的,就不讲价还价了,忙答应:"写就写吧——可是当单物品名咋个填法呢?"鞋匠说:"就写木头箱子呗。"掌柜说:"哪有木头箱子能值五百两白银的?"鞋匠说:"就

写木头箱子里头装一个老活宝吧!"掌柜刚迟疑,鞋匠又说:"不写活宝就不当了,我把它扔河里就省事了!"说着就喊:"往河里抬呀!"房东在箱子里"嗷嗷"一劲喊:"掌柜的呀,活宝就活宝吧,我在这里头都要憋死了。"掌柜的一听,就写下了"活宝一个,价值五百两纹银"。把票子给了鞋匠,鞋匠就把箱子放在当铺,拿钱回家了。

讲　　述:席忠芳

记　　录:赵雪艳

采录时间地点:1985 年采录于四平市

秃女婿

有这么一家，新娶的媳妇，媳妇一过门儿，就发现她女婿老戴着帽子不摘。媳妇纳闷，心里想：他白天戴着不摘，晚上睡觉戴着还不摘，怎么回事呢？等哪天晚上他睡着啦，我给他摘下来看看，到底是怎么回事儿！

有一天晚上，熄灯后，她男人睡着啦，媳妇就轻轻地把她男人的帽子从头上摘下来，一看：原来是个一根头发没有的秃子！不用点灯就像月亮光似的。媳妇一句话没说，把帽子藏起来钻进被窝，蒙上头，哭了。

第二天，太阳已经老高了，她男人也不起来干活。他老娘在屋外操着山东口音喊他："咯叽咯叽叫哇，起来戴上帽哇，下地去干活呀，莫在炕上泡哇。"儿子听了，躺被窝里喊着答："不是不干活呀，头上没有帽哇。找也找不着呀，急得干发躁哇。"他娘在外边又喊了："屋里没别人，跟你媳妇要哇。"媳妇在外屋地听了说："俺是新来的，俺可不知道！"

秃女婿露馅后，新媳妇就跟人说："你们看，可惜我这个人呀，摊上这么个一根头发没有的秃子，早晚我得跑，我不能违心地跟个秃子过。"这话刚好叫蹲在树茅子里的秃子听见了，起身撒腿就跑，回家告诉他妈去了。到家见着他妈就喊着说："妈呀，不好啦！俺媳妇要跑哇，嫌我秃啊，你说咋办吧！"他娘听了，想了想说："这么办吧。你趁你媳妇下地干活时，把她箱子里的包袱偷出来。一天偷一个，放到我的屋里，偷光了，她拿不走东西咋跑哇？拿不走东西，她乐意跑就跑吧。"娘俩把计订好后，秃子就天天偷媳妇柜里的包袱，一天偷一个，一天偷一个，没几天就把柜里的东西偷光了。于是秃子就告诉他娘说："娘啊，柜子里光了，你说咋办吧？"他娘说："你告诉你媳妇，说你有事，帮别人干活去，得走几天才回来。你先假装走，等你媳妇下地干活去啦，你再回来，然后我再告诉你怎么办。"秃子一听，说："好吧。"到了晚上，媳妇从地里干活回来了，秃子就跟媳妇说："我要帮别人家干活去，得走几天不回家。"媳妇听了说："去吧，家里不用惦记着。"一宿无话，第二天早起来秃子就出门走了。约莫媳妇已经吃完饭，收拾完，下地去了，他又偷偷地溜回来了。见了他娘问："怎么办？"他娘说："你拿钥匙把柜子开开，藏进去，然后我把柜子锁上，再把钥匙从柜缝给你，你就猫在里边。今晚我也走，看看她跑不跑。"秃子说："行。"说着就钻进柜子，叫他娘把柜子锁上了。秃子他娘等媳妇下地回来，娘俩吃完饭，收拾完，老太太就说："媳妇呀，我告诉你点事儿，屯东头老张家要走亲戚家去，今晚叫我去给他们家的孩子做伴儿。"说着就撂下碗筷，抹抹嘴，抬屁股就走了。媳妇高兴了：这回娘俩都不在家，我不跑还等啥时候啊？！想着想着，就急忙收拾碗筷。她知道柜子早就叫秃子给锁上了，包袱拿不出来了，于是就找了一根大粗绳子，把柜子捆了两道，像背柴火似的，两只胳臂往绳子里一伸，背起柜子，连夜就逃出村子。她一口气跑到东方发白，才把柜子放下，长吁了一口气，一抬身坐到柜子上，一边擦汗，一边叨咕：

"天哪，我可离开了那小秃的眼啦！"

秃子在柜里听了，说："地呀，你背着俺小秃往哪里去呀！"媳妇听见了，回头四下一找，惊异地自语："谁说话呢？"

秃子说："我说话呢！"

媳妇说："你在哪里呀？"

秃子说："俺在柜里呐！"

秃子叫媳妇把柜子开开，钻出来说："你跑就跑呗，还背着俺干啥？"

媳妇没的说了，也不吱声了。

秃子说："回家吧，跑啥呀？！"

媳妇没办法了，就只好认命跟着秃子回家了。

讲　　述：尹孟臻
记　　录：张玉林

金葫芦与馋媳妇

从前有一家，一个五十多岁的老爹爹和一个刚满十五岁的小女儿。他家姓金，老爹爹名叫金来易，女儿名叫金香。这父女俩相依为命。来易老爹爹勤劳能干，天天早起晚睡，自己耕种着几亩山坡地。爷俩省吃俭用，但生活仍是十分贫寒。

这一年春天，金香家的屋檐下，住进了一对燕子。不久从窝里传来了小燕崽的喳喳叫声。这下可把金香乐坏了。她看见了燕子，便想起了妈妈在世时常说的："燕子是庄稼人的好朋友，它不吃粮食，只吃害虫。燕子这种鸟，通人性，讲恩德。小燕崽从壳里出来十八天就能飞。它们自己能捉食之后，要让它们的爸爸妈妈也在窝里住上十八天，它们出去捉食给爸爸妈妈吃，用以报恩。"因此，金香对燕子早就产生了敬意。

有一天，老爹爹又到田里干活去了，金香坐炕上给爹爹做鞋子。忽然从外面传来两声小燕崽的尖叫声，她急忙到外面一看，原来是一只还不会飞的小燕崽从窝里掉在了地上，她小心地捡起来一看，小燕崽的一条腿出血了，还向下耷拉着。她想：这条腿可能是断了。她把燕崽拿到屋里，找来了父亲用野草配制的伤口药，在出血的地方厚厚地涂了一层，然后用布把小燕腿给包好，并且在小燕崽的翅膀上，系了一条红毛绳，这才小心翼翼地登上窗台，把它送回了燕窝里。

十几天以后，小燕子腿好了，出飞了，它翅膀上的红绳，在蓝天里显得格外鲜艳好看。

日月如梭，光阴似箭。转眼间，新的一年又开始了。

一天，金香正坐在炕上给爹爹补褂子，忽然听到了"唧唧喳喳"的燕子叫。抬头看，一只小燕子已经飞进了她的屋里。这正是去年她所救过的那只燕子，翅膀上的红毛绳，一点颜色都没褪。金香望着小燕子高兴极了，小燕子在屋里转了好几圈，便把它嘴里的一个葫芦籽扔在了炕上，"唧唧喳喳"地叫了几声便飞了出去。

金香捡起了葫芦籽，可乐坏了。正巧，老爹爹也回来了，她便把葫芦籽递给了爹爹，说："这是我救过的那只燕子从南方给衔来的呀！"老爹爹说："一晃，几年没瓢使了，我这就去把它种上，只要能结一个成葫芦，我就知足哇。"老爹爹把葫芦籽种上后，金香经常松土、浇水和锄草。正像老爹爹预料的那样，葫芦蔓上只开了一朵小白花，结了一个端端正正的小葫芦。一转眼，秋天来到了，金香摘下大葫芦，乐得合不拢嘴。老爹爹说："咱爷俩把它锯开。"爷俩便一边一个拉起锯来。他们拉呀拉，拉呀拉，葫芦两半了，从里面淌出了很多很多的金子，父女俩望着闪闪发光、耀人眼目的金子都呆住了。好一会儿，金香醒悟起来。说："爹！快去取口袋，把金子装起来，别让财主们知道了抢去。"老爹爹忙找来了布袋子，把金子装了起来，放进了柜子里。从此以后，金香家的日子便一天天地富裕起来。

在金老汉家的东院，住着一户中年夫妇，丈夫勤劳又能干，忠诚老实。可他的老婆，却是一个不贤之妻。这个媳妇对丈夫无情无义，嘴馋心狠。她整天穿得花枝招展，而丈夫却是衣衫褴褛；她顿顿得有酒有肉，可是丈夫回来净吃残汤剩饭。丈夫在外面用汗水换来的钱，她在家里都偷偷买吃了。有一次，她偷吃鸡蛋，她把煮熟的鸡蛋剥完皮后，刚咬一口，房门却"吱"的一声开了，进来一位老大娘，她一着急，竟把鸡蛋一口吞下，不料正卡在嗓子眼处，把她卡得直翻白眼，脸都青了，多亏老大娘给她舀来了半碗水，才算顺了下去。邻居们都知道她是个馋媳妇。这馋媳妇，不单嘴馋，而且手毒心狠。

一天，馋媳妇没事到金香家闲坐。她刚一进门，就发现金香家和从前不一样了。她奇怪地问金香："香妹子，你告诉嫂子，你家在哪弄来那么多的钱？"金香见问，便把自己如何为燕子包腿，一直到从葫芦里拉出金子来的事告诉她。馋媳妇听后，灵机一动，她在金香家坐不住了，急忙回家了。她把梯子立在屋檐下，爬上梯子，从窝里掏出来一只小燕子来，她先用手将小燕子的腿折断，然后又用刀把折断的地方割出血来。用事先准备好的伤口药和布条，给小燕子包扎好。馋媳妇看着小燕子的挣扎和惨叫，她假惺惺地说："小燕子，别叫，我给你上点药，包上就好了，可你千万不要忘记我这救命之恩哪！"小燕崽就像听明白了馋媳妇的话似的，点了点头。这下可把馋媳妇乐坏了。她也在燕翅膀上系一条红绳，便把小燕子送回了窝里。

转眼间，又一个春天来到了，燕子们又从南方飞到了北方。馋媳妇天天想，夜夜盼的时刻终于来到了，被她折断腿的那只燕子，真没忘记她的"救命之恩"，也给她送来了一个葫芦籽。小燕子把葫芦籽扔在炕上，也"唧唧喳喳"地叫了几声，便飞走了。

馋媳妇把葫芦籽也种到了地里，她也让丈夫经常松土、浇水和锄草。葫芦苗出了，爬蔓了，开花了，也结了一个小葫芦。馋媳妇这下可有了盼头了，就只等着秋后往出拉金子。这个懒惰好吃的馋媳妇，离开了钱就活不了，她东挪西借，到谁家都说："你们把钱借给我吧，等我的金葫芦长成就好了，到那时我多给你们点利钱。"有一些爱图便宜的人便把钱借给了她。馋媳妇还和从前一样，吃、喝、玩、乐，好事不做。

秋天到了，馋媳妇家的葫芦也长成了，她着急地催着丈夫快把葫芦摘下来，好往外拉金子。丈夫见她着急，又知她因好吃欠了很多债，就把葫芦摘了下来。馋媳妇和她的丈夫，一面一个地锯着葫芦。他们锯着锯着，突然两半了，里面根本没有金子，而从中走出来一个老头儿，他先看了看馋媳妇的丈夫，然后瞅着馋媳妇说："你东也欠着葫芦头，西也赊着葫芦头，拉下这么多饥荒，看你愁不愁。"老头说完就不见了。馋媳妇开始时目瞪口呆，后来竟号啕大哭起来。

讲　　述：聂义千

记　　录：聂嗣燕

采录时间地点：1985 年采录于铁东区龙王村

王 花 子

从前，有个姑娘，叫郭家女，长得非常好看，村里人都叫她"一枝花"。

一天，来了一个老媒婆，就是村里有名的三刀嘴，她走进屋拉过一枝花她爸："我说郭老大，男大当婚，女大当嫁，也该给你闺女找个人家了。有个人家托我当媒人啦，这人家有钱，吃的是白米饭，穿的是绫罗绸缎。到了他家累不着，饿不着，到时候你也该享福了。"

郭老大想了想，心说：是呀！家女从小就失去了娘，长大还跟我受苦，真对不起她死去的娘呀！

"好，她大婶，我去跟家女说说看，你等着。"三刀嘴一听心里这个乐，这桩婚事要提成了，她能得到二十两银子呢！这时，家女房里传出了声音，三刀嘴顺声听去，"爹，俺才不嫁给那花花公子呢！""家女，你就听爹的吧，你也不小了，你看三七二十一个都没相中。爹把你从小屎一把，尿一把，把你养大，今天这婚事你也替爹爹想想呀，我做主了。"家女生气地说："爹，俺由命不由人，找啥婆家算啥婆家，就是叫花子也给，明天我扔绣球。"

第二天，消息传开了，十几里外的人们都来到墙下等着。这时有人问一个姓王的叫王花子的："前边有扔绣球的，你咋不去呀？"王花子挎个破饭桶，听了这话，也不往前挤，站在了最后边看热闹。家女开始扔绣球了，只听"啪"的一声，谁承想绣球不偏不斜掉在了王花子的破饭桶里。王花子接着绣球了，家女就许配给王花子了。

他们离开岳父家，走了半天，来到一个大宅院门前，大门"吱嘎"一声，走出来一个五十多岁的老头，老头戴着一顶黑帽子，一身洁白的褂子穿在身上，王花子说："我们是要饭的。"老头说："要到我的家，就算你运气好，我这有二十多头牛没人管，就让你来放吧！"王花子见这个大财主不是坏人，就答应了，从此

他们夫妻在大财主家干活了。

一天，王花子正在山上放牛，看见许多饿得面黄肌瘦的孩子，王花子就拿起大棒子，打死一头大黄牛，把牛肉和在泥土里烧熟，分给孩子们吃。

大财主发现少了一头牛，发起脾气来，大怒道："好哇，王花子，你竟敢放丢我的牛，今天非打死你！"可王花子却不慌不忙地说："老爷别发火，大牛尾巴在两山中间夹着呢！"老财主说："你放丢了牛还敢在这胡说八道！"王花子说："你先去看看吧，回来再打也不迟呀！"大财主和佣人们跟着王花子来到山上一看，大牛尾巴果真在山中夹着呢，惊得大家目瞪口呆。

回到家里，大财主很纳闷，心想：王花子这小子真能耐。

第二天早晨起来，东找西找没找着王花子，来到马圈，看见王花子在马槽里睡觉，一条蛇从他的鼻子爬进去，从嘴里钻出来。大财主惊叫起来，惊醒王花子。大财主想了想说："从现在起不用你放牛了。"王花子急忙说："老爷，不给我放牛，我就得讨饭了。"大财主说："你念书吧，好去考状元。到时候，考上状元别忘了回来看我就行了。"

从此，王花子在财主家里读起书来。科考的时候快到了，大财主和家女把王花子送到村外，家女说："你考上状元，别忘了回来接我。"王花子说："我王花子要是考上状元，一定为穷苦百姓办事，到时候，我一定来接你。"

这天，大财主在集市上闲逛，听一群人说："王花子考上状元了，就要回家夸官了。"大财主转身回家，心里别提多么高兴了，他把消息刚告诉家女，只听院外鞭炮齐鸣，鼓声震天，王花子被人拥进院。

王花子考上状元以后，为官清正廉明，人们都说，他左手拿一个大钱，右手拿一根红头绳穿在大钱上，扔进大海，要啥有啥，要来许多马、牛、羊、房屋、农具，专门给穷苦百姓使用，让穷苦人们安居乐业。

一天，王花子得了一种病，到处求医都没治好，临终说："家

女，我不能好了，等我死了要化作一条条河流，让它流遍天下，给穷苦百姓造福。"王花子死后不久，他的坟突然裂开，化作一条大河。

老百姓听说王花子死了，哭得惊天动地，眼泪汇成了一条长河，为了让子孙后代纪念他，各家都在院子里挖了井。

讲　　述：王　钱

记　　录：霍艳双

采录时间地点：1985 年采录于铁东区城东乡

请 穷 神

从前，有一家五口人，丈夫和媳妇领着仨孩子，日子过得累。眼看快到年三十了，还没钱买年嚼活，丈夫急得团团转。媳妇把自己的长发剪下来，让丈夫换了几个钱，买了几斤面和几个萝卜，还有蜡烛等过年之物。

年三十正半夜，是旧年已过新年到来之际。家家煮好了饺子，打着灯笼，点着鞭炮，在路上撒些炭灰，请财神爷。这家丈夫和媳妇也挑着灯笼往门外走，丈夫一边走一边还冲媳妇说："今年远点接财神，明年好发个大财。"媳妇满不在乎地说："就咱家这么穷，还能请来财神，穷神都不来呀。"丈夫很不高兴，瞪了媳妇一眼："少说丧气话。"两口子说着话往前走着，猛抬头看见前面不远有一个白胡子老头，丈夫以为是财神爷到了，手指前面老头对媳妇说："那不是财神爷来了吗？"说着两口子走到了白胡子老头跟前，丈夫一瞅这老头可丧气了：哪里是财神爷，是老要饭花子，老头衣衫单薄，脸色苍白，被寒风冻得直打颤。丈夫见媳妇要跟老头说话，忙一拉媳妇衣襟说："走吧。"媳妇没理他，上前跟老头说话："老人家您怎么不回家呀？"老头说："我是要饭的，没家。"媳妇又说："大过年的看您老没地方去，就到我家过年吧。"老头说："怎好连累你们呀！"丈夫可老大不满意，心里话说：家里那点饺子，本来不够全家人吃的，还让这要饭花子吃，真气死我了。气得他一声不吭。这时媳妇一捅他说："我打灯笼，你背老人家。"丈夫好像没听到似的，没动窝，媳妇急了，狠狠地扭了他耳朵一下，无奈，他只好背老头回到了家里。

吃完了团圆饺子，老头说："不瞒你们两口子说呀，我有家，就是回不去呀，现在想必全家人正盼我回去过年呢。"媳妇一听很是着急，急忙问："您家在哪住啊，我们送您去。""不远，过了河就是，你们要是送我敢情好了，送我走到黄土岗就行。"媳妇又和丈夫搀着老人出了房门。

　　年三十晚上的夜是最黑的，老头走得很吃力，媳妇和丈夫两口子换班背老头。丈夫憋气带窝火，不吱声。过了河，丈夫把老头放在地上，老头不行了，快没气了，两口子可傻眼了，媳妇急得直拍大腿，丈夫直抱怨媳妇："这就是你做的好事。"正这时，老头说："我不行了，我死后只求你们一件事：在黄土岗西边的小山包上给我埋了。"说完老头就死了。

　　两口子就在小山包上挖坑，这小山包真难挖，除了石头就是树根，气得丈夫直骂……"真他妈倒血霉了。"挖着挖着，铁锹碰到了什么硬东西，丈夫一使劲，把一石板搬了起来，用手再一摸，下面是一把把银子，两口子十分欢喜。突然老头活了，他说："我是穷神爷，多谢你们的款待，我没钱周济你们，这是我借的两缸银子，先借给你们，你们过好了，再还给我就行了。"从这以后，这家的日子一天比一天好起来了，没用上一年，就还上了银子，成了一方有名的富户了。

　　　讲　　　述：刘桂兰
　　　记　　　录：孙大宇
　　采录时间地点：1986 年采录于铁东区山门镇

纸　人

从前，有一个傻子，他的父母过世后给他留下不少财物。有人见了很眼红，就撺掇傻子和他们一起赌钱。结果，傻子不但把所有的财产都输个精光，还欠了不少赌债。耍钱鬼们天天逼傻子还钱。傻子没钱还，愁得整天哭哭咧咧的。他们见傻子还不起，就给他出主意："傻子，你咋不上你姐家借去呢？她一定能借给你。""我去那可咋说呀？""那还不好说，就说你相亲，得给人家见面礼钱。"傻子一听可也是，就到姐姐家借钱。到了姐姐家，傻子说明了来意。姐姐一听兄弟要相亲，乐得不得了，赶忙拿出一吊钱来给了傻子，傻子乐颠颠地回到了家，还了钱。可是没过几天，傻子又输了。这时，耍钱鬼们又给他出主意："傻子，你再去你姐家借点钱。""再去，我还咋说呀？""就说你过头遍礼，她一定借给你。"傻子无奈，又去了姐姐家。姐姐一听兄弟的婚事有了眉目，乐得嘴都闭不上了，她拿出两吊钱来送给了傻子。傻子又乐颠颠地回去了。没过几天，傻子又输了不少钱，这回傻子可害怕了。耍钱鬼们又给他出主意："你再到你姐家去一趟，就说你八月十五成亲，还得过一遍礼，让你姐来喝喜酒，她一定能借你钱。"傻子没办法，只好又到姐家借钱。姐姐一听兄弟要成亲，高兴得拿出十吊钱来，让他筹办婚事。傻子回到家，把钱全还了债。

临成亲只有一天了，可是哪有新娘的影子啊！傻子愁得"呜呜"地哭起来。真是无巧不成书，偏在这节骨眼上，邻村的王员外这家死了大小姐，有人便给出主意说："傻子，你花点钱，求扎花的给你扎个纸人，就照员外家死的那个大小姐的模样扎，然后放倒在炕上，给她铺上褥子盖上被。你姐要来，你就说媳妇病了，千万别让你姐掀被看，这样也许能糊弄过去。"傻子别无办法，只好照办了。

八月十五到了，傻子的姐姐喜气洋洋地来到兄弟家，她一进院就召唤："兄弟媳妇看狗哇！"一边召唤一边往屋里走。进了屋，见傻子呆呆地蹲在地上，炕上躺着一个人蒙着被子，姐姐问傻子："怎么，兄弟媳妇不舒坦了？"傻子"喔喔"不上来，姐姐便想掀开被子看看。刚要伸手，傻子连忙拽住姐姐说："看不得，看不得！"两个人正一个想看，一个不让看的当儿，忽然被子一下子揭开了，一个美人打了一个哈欠坐起来。她看见傻子姐，不好意思地拉住她的手说："啊，是姐姐来啦！你看，刚受了点风寒，躺着躺着就睡着了。傻子你也真是的，姐姐来了也不叫我一声。"姐姐见兄弟说上这么个如花似玉、能说会道的好媳妇，乐得脸上的皱纹都开了。可是傻子呢，一见纸人活了，吓得一下子跑到外屋，再也不敢进屋来。媳妇见状忙吩咐说："傻子你怎么还愣着，快去买酒买菜，咱们好好招待姐姐。"傻子见媳妇召唤他，只好战战兢兢地走进屋里来。媳妇打开箱子，拿出银钱交给了傻子。

傻子买回了酒肉，媳妇麻利地把饭菜做好了，姐俩一边吃一边亲亲热热地唠嗑。只有傻子坐在一旁不敢吭声。吃完饭，姐姐满意地回家走了。这时，天已经黑了。媳妇焐好被，召唤傻子进屋睡觉。傻子更害怕了，说啥也不进去，媳妇只好把傻子哄到屋里去。

一晃几天过去了，傻子也就放下了心。两口子感情非常好。

到了第九天头上，两口子该回门了。两人备好礼品，傻子牵着驴，媳妇坐在驴背上，高高兴兴地回了娘家。王员外家一看姑娘活着回来了，还领来了姑爷，都非常惊奇。突然，员外夫人一捅咕傻子媳妇说："孩子，你不刚死十天吗，怎么又活了？"只听"哗啦"一声，一个纸人被捅破一个大窟窿。全家人见状，都"呜呜"地哭起来。傻子哭得伤心，他一边哭媳妇命短，一边哭自己命苦，非让丈母娘给他赔媳妇不可。员外夫人想到傻子让她们娘俩又团聚一场的好处，想到傻子憨厚可怜，就把自己的二小姐许配给了傻子。这真是老实厚道终有好报应。

讲　　述：张玉芳
记　　录：姜维芳

知 足 老 爷

从前有一个员外，在家享清福没事干，总想到外面访访世上有没有知足的人，访了好几年他也没访到。

有一年腊月，天下着小雪，员外走在一座桥上，听到桥下面有人说："这回我可知足了。"员外顺声走到那人跟前问："你知足了？"那人说："我知足了。"员外又问："你为什么知足了？"那人说："我是一个要饭花子。今天饭要得多，吃得很饱，看见这儿有堆热灰，趴在上面暖烘烘的，不饿不冷我就知足了。"员外听完赶紧把要饭花子请到府上，让府上的人们叫他"知足老爷"，还让一个叫腊梅的丫环好吃好喝伺候着他。时间长了，知足老爷也吃胖了，脸也放光了，就想上好事了。起先他对腊梅只是用话语挑逗，腊梅告诉员外，员外不信说："知足老爷已经知足了，哪会干那种事。"后来知足老爷对腊梅就动起手脚来，腊梅不管员外信不信，总是告诉员外，员外心想：没有这事，腊梅为啥总是这样说？哪天我去看看。一看还真像腊梅说那样。

又过了几天，员外对知足老爷说："你在家待着也腻了，到外面去走走。"知足老爷一听连忙说："好啊。"走的那天，员外叫家人给知足老爷换了新衣，备了好马，送到大门口，员外交给知足老爷一封信说："你愿意去哪就去哪，没钱花就卖衣卖马，最后再拆开信，就知道咋办了。"知足老爷记住员外说的话，足足走了半个多月，马也卖了，衣也卖了，拿出员外给他的信，拆开一看，写着三句话："知足堂上戏腊梅，忘了桥下那堆灰，今日一去别返回。"从打这以后，知足老爷又到外面要饭吃了。

讲　　述：王　斌

记　　录：陈雨清

五湖四海交朋友

从前，有一个叫五湖的书生，爱交朋友，仗义待人，周济贫困。由于家境过早衰败，没有钱念书，无奈只好退学回家了。

五湖整天在家里，什么也不会做，他的妻子很是发愁。一天，妻子对五湖说："咱们吃这顿没下顿的，你又不能做什么，我想了几天，总算想出一条挣钱道：我收拾几件旧衣服，你拿当铺当了，换些钱买点黄豆回米，我在娘家跟爹学会了做豆腐，我做豆腐你去卖。"五湖觉得妻子的话很有道理，满口答应。

第二天，五湖当完了旧衣服，换来了几吊钱，他在市上转悠，寻找卖豆子的。就在这时，从对面走过来一个要饭花子，要饭花子蓬松着头发，一步三晃地边走边把大爷称："大爷帮帮忙吧。"要饭花子走到五湖面前说："大爷帮帮忙吧。"五湖看要饭花子可怜，就把换来的几吊钱都给了要饭花子。要饭花子感激地问："您尊姓大名？"五湖说："区区小事，何足道哉。"要饭花子说："请公子一定要说出姓名，我才能收下这钱；要不留姓名，这钱我不收。"无奈，五湖报了姓名。要饭花子说："你要是不嫌弃我是要饭花子，我愿和你拜兄弟。"五湖说："人都是三穷三富过到老，我怎能嫌弃你呢？"两个人通报名姓：要饭花子叫四海，二十四岁；五湖二十三岁，五湖为弟，四海为兄。四海说："兄弟有事到苏州找我，再会。"说完扬长而去。

太阳落山了，五湖回到家，一进门，妻子就问："豆子可买回来了？"五湖就把白天的事说了。妻子很生气，说："你还可怜人家，谁可怜咱们？"妻子说是说，她理解丈夫。第二天，妻子摘下耳钳子让五湖卖了买豆子，五湖用耳钳子换回了豆子。第三天妻子起早做好了一盘豆腐，让五湖去卖。可是一天下来一块没卖。妻子问五湖："怎么一块也没卖？"五湖说："没人买。"妻子问："你在哪卖的？"五湖说："我在小胡同卖的。"妻子哭笑不得，说："没人去的地方，怎么能卖得！你得去热闹的店铺门口。"

　　早晨起来，五湖把豆腐拿到了市上最热闹的丝绸店铺门口，从店铺里走出一位做饭大师傅，把一盘豆腐全包了，并告诉五湖有豆腐就往这送，五湖满心欢喜地回家了。

　　几个月过去，五湖天天往店铺送豆腐，店铺的掌柜也认识了他。有一天，店掌柜的找五湖说他们有一笔账算不清，让五湖帮算账，要多少钱给多少钱。这样，五湖豆腐也不做了，给掌柜的算账，只用一天半的时间把账算得清清楚楚。掌柜的十分欢喜，并留五湖做管账先生。

　　这一年的夏天，店掌柜的让五湖去苏州买彩缎，五湖带领几个帮手，带上银子乘坐去苏州的船起程了，不料又被贼船劫去了。五湖这下可傻了眼，没法回去，只好在苏州城闲逛。

　　一天，他突然想起了个事：去看看四海哥哥。他逢人就打听四海，有人告诉他，北街最大府院就是他的。他来四海府门一看，被高阔的院落惊呆了。他敲开府门，问："这可是四海的家吗？"正这时，从里面走出来四海，五湖都不敢相认了，四海上前拉住五湖的手，进了屋，摆上酒席，哥俩喝了起来。

　　在酒席宴上，五湖把被贼船劫的事说了一遍，四海一劲安慰他说："几天以后我找找看。"五湖很高兴，便说："四海哥哥不要饭了？"四海哈哈一笑，"兄弟你哪里知道，我是装的，我早听说兄弟的为人，就想结交兄弟，因此才唱了那场装要饭花子的戏。"五湖一听，哈哈大笑。

　　住了几天，四海让五湖回去，五湖不肯，说没脸见掌柜的，四海说："兄弟只管回去，银子包在哥哥身上。"

　　五湖乘船回到店铺一看，大吃一惊，店铺修了好多房子，都装满了丝绸。

　　店掌柜的见五湖回来了，急忙接了出来，并告诉他说："你走后不久，这一船一船丝绸都运了回来，已经超出带去银子的价钱，兄弟你真行啊！你还给我来信，让我盖了这些房子，这都是新盖的。"　店掌柜的说得眉飞色舞，五湖可蒙住了，可是一想明白了，心里话说：这一定是他干的——四海，我的好哥哥。从此，五湖当上了二掌柜的，生活越来越好了。

讲　　述：孙玉清

记　　录：朱英芙

采录时间地点：2000 年采录于四平

观 音 显 圣

早先年，有这么一家，男的老婆死了，又娶来一个新媳妇。这个女人又刁又狠又毒辣，对先房扔下的那个丫头可厉害啦，今儿个骂，明儿个打，掐半拉眼珠子也看不上。吃不给那个孩子吃饱，睡不叫那个孩子睡实，穿的衣服也赤皮露肉，十冬腊月还常常把她撵外面去挨冻。这个后妈过门不多日子，就给那个小姑娘找个婆家，订了亲。一心想把她早点嫁出去，好拔掉这眼中钉肉中刺。

有后妈就有后爹，当爹的眼巴巴地瞅着自己的姑娘受气遭罪，也不敢吭声。

姑娘岁数一年年长大了，可浑身上下却瘦得皮包骨。她实在受不了后妈那死去活来的穷折腾了。一天，那个恶老婆又抓住姑娘的头发揍她，她哀求说："妈呀，你可别让我这么死不死，活不活地受零罪了，家里实在容不下我，你一刀把我杀了，就省心了!"

那个后娘一翻白眼珠子，撇着嘴骂道："想死？没那么便宜的，那些大罪谁去受呀!"一天，这个恶老婆让那姑娘给她往铡刀床子上续草，抽冷子一按铡刀，一下就把丫头的双手全给铡下来了，那个姑娘疼得剧烈暴跳，立时晕在地上。

早年间，姑娘订下亲事就不兴黄，瞎子和瘸子都得要。那个姑娘过门后，对婆婆非常孝顺。这一年偏赶上丈夫进京去赶考时，她生了个小男孩。老婆婆非常高兴：儿子媳妇老实厚道，对老人知冷知热，又给自己生了个小孙子，这可真没比的了。老太太怕儿子长久在外面变了心，就对儿媳妇说："孩子也会走了，明个你背着孩子，照这通信处进京，找你丈夫去吧。"儿媳妇说："咱家也没盘缠钱呀，再说家中也没人侍奉你老人家呀!"老婆婆说："家中的事不用操心，我能走能撂没啥怕的，你早去早回来就中!"又打些白面饼，对儿媳妇说："这些饼你带着走道上吃!"送到村头又嘱咐说："在路上，你可照量着点吃，别把饼掉在地上，你没有手，落地下就没法捡起来了，一定要小心着。"儿媳妇含着热泪走了。

　　这媳妇在道上走饿了，就领着小孩吃带来的饼，可偏刚吃一半饼，剩下的那一半就掉到地上去；拿婆婆给的桃子一吃，也保准有一半"叭哒"就掉在地上去；拿出李子一吃，也正好有一半掉到地上去。这媳妇可着急上火起来，心想：都说天无绝人之路，这可是怎么回事呢？必是该着我们母子要活活饿死在道上不成？不然为什么吃啥都非掉下去一半不可呢。她看小孩子饿得生哭，她就弯着腰四处找那掉下的饼、桃和李子。找呀找，她一下子看见了。原来那饼、桃和李子全被几只乌鸦叼在嘴里了。这媳妇腰中的东西都吃光了，想追上老鸦把那些半拉食物夺回来给孩子用，可是那些乌鸦也怪，她快追，它们就飞得快；她慢撵，它们就飞得慢，总是那么不紧不慢落那么一段距离。这媳妇一直追到天快黑了，她来到一座山下的一间小茅屋前边，忽然那些乌鸦连个影也不见了。她正在进退两难，只见从小院里走出个老太太来。

　　这媳妇上前央求道："老太太，你行个好，给我们娘俩一碗水解解渴吧！"老太太说："大树跟前有一口井，水平了地面，你上去喝吧！"

　　那媳妇说："我没有手，捧不上水呀，借我个瓢来舀水行不？"

　　老太太说："不用不用，你使胳膊肘撩着喝也一样！"

　　那媳妇照老太太的话一撩水，水还没等喝到嗓子眼，右手却长出来了。她乐得不得了，忙伸出左手一撩水，左手也眨眼工夫出来了。

　　老太太也乐得眉开眼笑："这回可啥也不怕了，跟我进院到屋里，我给你们母子收拾点饭菜吧。"那媳妇就跟着老太太进了小屋。

　　晚饭后，老太太把母子俩留下来住宿。那媳妇把自己怎么带孩子去找丈夫，怎么走了很多路的事，告诉给了老太太。老太太说："不要着急，你很快就会找到你丈夫了。"

　　第二天早饭后，老太太说自己要出去办事，叫他们哪也别去，等她回来，再让他们赶路，临出门前又把小米罐子和菜地在哪儿都告诉那媳妇了，让她自己做着吃。

老太太走后，他们母子日子过得很舒心，小米罐里的小米和院子里的菜，干吃不见少，小孩子院里院外跑着玩也挺乐。

有一天，小孩子出院去玩，领回来个牵马的人，跑进院就喊他妈："妈呀，来个人！"媳妇问："谁来了，在哪呀？"小孩子告诉："我爹来了，在院外呢！"

那媳妇说道："不提你爹我不伤心，一提他我心就凉半截，孩子你不知道，咱母子抛家舍业跑这么远，走这么些天就是找他呀！"

说话间，那牵马的人走进院来，媳妇一看，来的人果然是自己的丈夫，忙迎上前去："你怎么知道我们母子住在这里呢？"丈夫道："前几天我在县城里住店，观音菩萨老母给我托了个梦，说你领着孩子住在这儿多少天了，我就骑着马赶来！"

第二天一早，那个老太太也回来了，饭后老人送他们两口子带着孩子上路返家园。他们千恩万谢老太太的一片热心，表示永远不相忘。他们小两口带着孩子刚走不远，回头一看，老太太那座小屋着起了火，他们撒腿赶来救火时，那间小屋早烧得溜光了。老太太也不见了。原来，那个老太太就是观音菩萨。她一把火烧了那间小屋后，自己驾起云头回天上去了。

讲　　述：杨玉珍
记　　录：高　山
采录时间地点：1985 年采录于四平市

善有善报　恶有恶报

从前，有一个姓张的阴阳先生，他到处给人家看风水。

这一天，他走到陇望蜀，又饥又渴。当他走到一家门口时便向人家要点水喝。这家的媳妇便给他舀了一碗热米汤，随手往碗里撒了一把谷皮子。然后，这个媳妇就跟她男人接着商量盖房子的事。男人说："得找个阴阳先生看看风水。"阴阳先生听了，马上就说："我就会看风水。"于是他就说了在什么地方盖房子好。说完，他就走了。

过了十来年，阴阳先生从外地往家走，又经过这个地方。他想去看看这一家人还有没有。他想：这家人准都死了。可是他到屋一看，出乎他所料，这一家人过得非常兴旺。他问："你家有没有小孩？"女的说："有两个儿子。"阴阳先生又说："能不能让我看看呢？"女的说："当然可以了。"她的确有两个儿子，正在后院玩呢，她喊道："大鬼头，二鬼头，你们都进屋来！"阴阳先生一听到这两个孩子的名字，就对女的说："孩子的名字起得好。"女的问："为什么好呢？"阴阳先生说："我给你们看宅地时，这个地方是个鬼窝。可是，你们的孩子叫大鬼头、二鬼头，是鬼的头，就把鬼都给镇住了。"女的说："那你为啥要这样做呢？"他说："那年，你给我一碗米汤，你又撒上了一把谷皮子，我认为你太坏了，我就想报复你一下。"女的说："你想错了。当时那米汤是热的，我撒了一把谷皮子，谷皮子是干净的，会漂在上面。你要喝米汤，就得把谷皮吹到一边去。你吹谷皮，米汤就能凉得快点。""啊！"阴阳先生说："那我错怪你了，怪不得我的眼睛瞎了一只，那是因为我做了一件伤天害理的事，这是对我的报应啊！"

讲　　述：张李氏

记　　录：赵春树

狼心狗肺兔子肝

相传一个过路人被恶狼咬死了，正巧被一个猎人发现了。猎人见死尸的心肝、肺子全都让恶狼吃了，非常生气。他一枪把狼打死，开膛一看，狼心还跳着，猎人就把狼心掏出来给死尸安上了，可人没肺子和肝也活不了啊。这时他看见自己的猎狗正蹲在身后，猎人忍痛割爱，他又打死了狗，把狗的肺子掏了出来，又给死尸安上了，他正在为寻找肝而发愁，突然迎面蹦过来一只兔子，他灵机一动，一个健步蹿上去按住兔子，掏出了兔子肝，安在了尸体上，然后用树皮缝合，功夫不大，过路人复活了。过路人很感激猎人，并一再向猎人表示："恩人哪，你使我起死回生，你就是我的再生父母，将来我一定要重重报答你！"

猎人微微一笑："今天我真走运，不仅救了一条人命，而且还拾到了十两银子。"过路人一听猎人捡着十两银子，立刻起了坏主意，装模作样地惊叫起来："哎哟！我的十两银子刚才还在口袋里了呢！这一定是你趁我被狼咬之机偷去的。"边喊着，他边站起来拉住猎人的袖子："你还我银子，这是我的银子！"

就这样，无论猎人怎么辩解，过路人也不干。后来两人只得来到县衙去评理。县官一拍惊堂木，对猎人吼道："大胆刁民，青天白日的竟敢拦路抢劫，人证物证俱在，还想抵赖？如不从实招来，叫你皮肉受苦！"猎人不慌不忙地说："慢！老爷，今天我打猎回来正遇见他被狼咬，是我好心好意救了他。"

接着猎人就把自己如何救的过路人说了一遍。然后又说，要是老爷不信，就请掏出他的心肝，看是不是狼心、狗肺、兔子肝。如不是，就请大老爷把我的心肝肺掏出来！县官觉得猎人说得句句在理，立即命人掏出过路人的心肝肺，一看果真是狼心、狗肺、兔子肝。

从此以后，"狼心、狗肺、兔子肝"便引申为对那些见利忘义、转眼忘恩的人最合适的评价了。

讲　　述：张玉田
记　　录：齐锐雄
采录时间地点：2004 年采录于四平市

张三损问路巧遇送子娘娘

从前有个人姓张，排名老三，人刻薄狠毒，大伙都叫他"张三损"。

一天张三损外出迷了路，正当他找人家问路时，迎面走来个漂亮的女子。三损一见立刻神魂颠倒，垂涎三尺，便尾随那个女子而去。不多时来到一座院落门前，那女子反身关门时，三损上前施礼道："后生家住张庄，因中途迷路，望大姐指点道路。"那女人说："你家住处，我并不知道。不过，你既然已到我家门口，就请进来稍微歇息，待我去打听一下道路。"三损被安顿在东屋休息，那女子交待三损说："你只能在这东屋好好歇着，千万别到西屋去。"说完那女子便出去了。三损歇了一会儿，觉得奇怪：这么大院子怎么只有这么一个漂亮女人，还不让我去西屋？他心中犯疑，就走出去想弄个明白。他偷偷来到西屋，这西屋是一色的红门帘，红窗帘。再往里看，屋内是一群赤裸身体的男女孩子，有的孩子骑在龙头上，有的跨在凤背上，地上走动的孩子中，有的孩子长得漂亮健壮，有的缺胳膊少腿，破鼻子瞎眼睛，反正人间有啥模样的孩子，这里就有什么样的孩子，三损觉得惊奇。待那女人回来后，他问道："大姐，你那西屋里养那么多孩子干啥？"那女人道："你既然已经到西屋看过了，我也不瞒你了，实话给你说吧：你现在是在天界，我是天上送子娘娘。你们人间所有的孩子都是我送的，那骑在龙头上的男孩，送到人间就是你们人间的皇上，那跨在凤背上的女孩，送到人间就是你们人间的娘娘。心眼好，为人行善，不干坏事的父母，我送给他们漂亮健壮的孩子，这叫父母积德，荫子孙。心眼坏，不干好事的损人，我送给他们缺胳膊少腿、破鼻子瞎眼的孩子，这叫父母做损，损儿女。"张三损听了头发都竖起来了，连忙跪下道："听从送子娘娘教诲，我张三损今后再也不敢做损事了。"送子娘娘笑道："你知错改错就好，我是有意带你到这里来的，现在你可以回家了。"说完，给张三损指明了归路，三损再看时，送子娘娘不见了。

张三损回到家中，把问路巧遇送子娘娘的事告诉了乡邻。从此，不仅张三损变成了远近闻名的善人，而且十里八村的人无论男女老幼都不敢再做恶事。都记住了送子娘娘说的"父母积德，荫子孙；父母做损，损儿女"这句话。

讲　　述：李福莲
记　　录：李宏伟
采录时间地点：1986 年采录于四平市

黄土变成金

　　从前，有个员外，有房子有地，养活了好几个大年子。他娶了三个儿媳妇，每天，三个媳妇轮班做饭。但是老太太有个规矩，不管轮到谁做饭，事先都得让她亲自舀米，怕的是媳妇们私下舀多了米，多煮饭吃不了糟践了。

　　大媳妇把饭做到八成熟，这样一来，米丝不开，饭就不出息，因此，顿顿饭不剩。二儿媳妇把饭做得又干爽又肉透，直粘嘴唇，谁吃了这饭，明明吃饱了，还得多压上两碗，结果，她做的饭也一点不剩。只有三儿媳妇是老直奔儿，在娘家做的啥样，到这儿就做啥样，饭做得是稀烂稀烂的，这饭一烂就特别出息，而且烂大劲了还不咋好吃。所以，同样的米，回回她做的饭都剩半盆。老太太就三天两头地把三儿媳妇大骂一顿，有时急眼了，还操起大烟袋锅子，没脸没屁股地乱打一气，为这个，三儿媳妇不知哭了多少回。

　　后来，三儿媳妇实在受不了老太太的冤枉打骂，就偷偷地想了个主意：一轮到她做饭时，她就不下原来那些米，背着老太太把米试探着一回比一回多地往出舀，直到煮出的饭吃完了不剩下为止。然后把舀出的米全部藏到自己的大毯箱里。一来二去，三儿媳妇的米已经攒了一大毯箱了。

　　偏巧，这一年到了青黄不接的时候，家里的粮仓突然失了把火，把粮食整个浪儿都烧光了。这下老员外急得在地上直转磨磨，眼瞅着要铲二遍地了，家里突然断了顿，几个大年子，也张罗着要不干了。全家人都慌了神，你看我，我看你，个个没了主意。只有三儿媳妇稳稳当当，不慌不忙地把老员外领到自己的毯箱前，打开箱子，老员外一看，嗬！里面全是粮食。老员外一看有粮食，乐得不得了，眉开眼笑的。可又一琢磨，这米是咋来的呢？他就问三儿媳妇，三儿媳妇说："我常听人说，吃三年烂饭能攒个大牛钱。所以，一到我做饭，都把饭煮烂烂的，烂饭出息呀，顿顿饭都剩不少。没想到饭一剩下，老太太不是打就是骂，后来，为了不挨打受骂，我就不下原来那些米，把节省下的米一点一点地攒着，这才攒下了这些米。"

老员外听完了，连连点头，当时把老太太大骂一顿，还夸三儿媳妇会过日子。从此就让三儿媳妇当了家。

自从三儿媳妇当了家，她就立下一条规矩："不论老的小的，凡是到大门外去的，回来时都得在外面抓回一把黄土，放在大门旁。"用这个办法来表示家庭的和睦，一条心过日子。那时的家法啊，当家的说句话，别人哪敢不听啊。

这样一来，不论谁出了门儿回来，都得抓把黄土放在大门口，架不住时间长啊，这黄土堆一天比一天大，一天比一天高。

这一天傍晚，来了两个南方人，一老一小，到这儿借宿。老的提出要买这堆黄土，三儿媳妇一听，感到很纳闷，本打算不卖，但老者非要买不可，三儿媳妇只好答应了。

到了晚上，三儿媳妇越想越奇怪：一堆黄土，老头竟肯花钱来买，其中定有缘故。三儿媳妇想来想去觉得不对劲儿，就悄悄地来到西厢房的后窗下来听声。真巧，她刚走到窗根底下，就听里边那个小的说："师傅，你闲着没事，花钱买那堆黄土有啥用啊？离家这么远，咱们怎么往回拉呀？再者说了，哪还没有黄土啊？"老的说："你小小年纪知道什么？我买土是假，其实这土堆里还有一个金马驹子，告诉你，你可千万别说出去，听着了吗？"小的答应了一声，接着又问："师傅，那咱们怎么往出挖呀？如果大白天挖出来，人家能让吗？""嗨，怎么能挖呢，金马驹不是挖的，非得等到大年三十晚上接神之前，拿着妇人的裤腰带，手端簸箕，放上高粱，轻轻地叫两声：'金马驹子，你出来'。这样金马驹子自己就会蹦出来了，然后用裤腰带一拴就成了。"三儿媳妇听到这儿，心说：原来是这么回事。

转眼来到大年三十，晚上接神之前，三儿媳妇按照听来的话，把所用的东西全准备齐了，然后，趁着南方人还没到，来到土堆跟前，一手拿裤带，一手拿簸箕，轻声地叫了两遍："金马驹子，你出来。"果然，"呼"的一声，从土堆里蹦出个金光耀眼的金马驹

子来，三儿媳妇赶忙用裤腰带拴上了，牵进了屋，等两个南方人赶到时，已经晚了。

讲　　述：孙玉清
记　　录：刘桂平
采录时间地点：2004 年采录于铁东区山门镇

泉眼山白大姑娘

很久很久以前，在半拉山门南十里的泉眼山的山前山后，住着白万福和王起富两大户人家。两家相处得非常好，两个人拜了磕头弟兄，你来我往，常在一起饮酒作乐。

这一年，白王两家夫人都怀有身孕。一天，哥俩在一起喝酒的时候就说了：如果两家夫人生的都是男孩，就拜磕头弟兄；都生女孩，就结为干姐妹；要是生一男一女，可结为亲家。事情凑巧，白万福的夫人生了一女孩，起名白姑；王起富夫人生了一个男孩，起名王乐仁。两家互报喜事，儿女婚事就这样定成了。

光阴似箭，日月如梭，一晃十六年过去了。白姑已长成大姑娘了，出落得十分漂亮，白万福就这么一个女儿，十分宠爱。近些年，白万福的日子过得很不景气，家境也衰败多了。王起富这些年日子过得很旺，要钱有钱，要粮有粮。白万福是个刚正不阿的人，自己的日子过得不如人家，总怕人家瞧不起他，为此也很少到王起富家做客，王起富也很少到白万福家来。就这样，两家相处得疏远多了。

这一年腊月初五，王起富过生日，正式发下了请帖，亲朋故友拿着礼品前来祝寿。白万福也备了点礼品，领着夫人和女儿也来了。王起富一看亲家来了，热情相迎，十分客气，把白万福一家让到小客厅，吩咐倒茶，然后给亲友引见，又唠起了家常。白万福这时就说了："我的贤婿咋没来见我呀？"王起富忙说："乐仁这孩子受点风寒，在后院屋里躺着呢。"白万福也没说什么。白姑站在妈妈的身后，两眼一个劲地撒觅，她想见见自己的未婚夫长得怎么样。自从爹给她定下这门亲事，她一次也没有见着乐仁，挺大个姑娘又不好打听，只好去胡猜。今天来给公爹过生日，想必能见到乐仁，谁承想乐仁还病了。白姑这时的心情真是十五个吊桶打水——七上八下。

这时候，酒菜摆上，众宾团坐，开怀畅饮。白姑吃了几口饭，

放下碗筷，趁人不注意就离开了客厅，往后院走来。迎面来了一个小丫环，白姑上前打听王乐仁住在哪儿。丫环挺热心，领着白姑就往西厢房来了。两个人走到王乐仁屋前，丫环要拉门，白姑拦住了，然后白姑走到窗户下，用手把窗户纸捅个洞，一只眼睛往里瞅。见这屋很讲究，屋地下摆个八仙桌，八仙桌旁坐着一个公子。白姑不看这公子则可，一看吓了一跳，出了一身汗：只见这公子长得尖嘴猴腮，小个不高，弓腰驼背，脸上青一块紫一块，三分像人七分像鬼。白姑看罢，简直不敢相信这是自己的未婚夫。白姑心想：这是王乐仁？公爹怕儿子长得丑，不让露面。想到这白姑的眼泪要掉下来了。回到前厅，她不声不响地坐在爹妈的身边。白万福见女儿出去工夫不大，回来时脸色不好，也没有追问，吃完饭，带着女儿和夫人就回家去了。

刚进自家门，白姑放声大哭，弄得白万福两口子丈二和尚，摸不着头脑，白夫人问女儿："有啥伤心事，这样啼哭？"白姑也不搭言，就是哭，哭得悲悲惨惨，好不伤心。白夫人劝说不了，急得她直拍大腿。白员外走到白姑跟前，抚摸着女儿头说："白姑有啥不随心的事跟爹说。"白姑这才说了白天见到王乐仁的事，说完又号啕大哭。心尖宝贝这么一闹，老两口子可毛脚了，白夫人说："女儿实在不愿意这门亲事，就把亲退了得了。"白万福长叹一声："怎么说出口呀？"白姑听了这话，就哭着说："要是不退，我非死了不可了。"白万福是讲信用的人，他早知道王乐仁长得丑，女儿即使想不通也没有办法。亲都定了，一到现在看人家孩子长得丑，就要退亲，总觉得情理说不过去，脸面也不光彩。转念一想，这么一个女儿要真有一差二错的，多对不起女儿呀！无奈，只好硬着头皮干一次对不起的事了。

第二天，白万福来到王家，王起富让他到客厅，吩咐人摆酒，白万福手一摆说："不必了。"王起富觉得白万福很反常，眉宇间拧个大疙瘩，就问："难道亲家有啥为难事不成？""唉！"白万福打了个唉声："这话叫我实在说不出口呀。"王起富问："什么事呀？""昨日来给你祝寿，我女儿看令郎长得丑，回家就哭，执意要退这门亲事。"王起富一听这话，站了起来说："那可不行，我有婚约在手，白姑早就是我王家的人了，你想赖账，那可不行！"白万福苦笑了一声，说："我也是有难言之苦，真是没办法，我女儿说了，要是婚不退，她就不活了。我想王兄会通情达理的，如果你王家要娶我女儿的话，到那时我女儿一死，闹个鸡飞蛋打，人财两空，我想王兄是个明白人，不会这么做吧？"这话软不软硬不硬的，把成败利害摆了出来，王起富实在没有办法，只好退了这门亲事。

不久，白姑和刘俊公子结了亲。结婚这天，正是六月天气，王起富领着儿子王乐仁来送亲，王乐仁捧着一小坛酒走到刘俊公子眼前说："我是白姑的哥哥，这是我们家酿的老酒，送给你们一坛，祝您夫妻白头到老。"刘俊接过酒，放到了新房的桌子上。

贺喜的人们吃完酒席，都散去了。刘俊回到洞房，掀开了白姑头上的红盖头，打开王乐仁送来的那坛酒，满满地倒了一杯，走到白姑面前说："娘子，这是你哥哥送给我们的酒，来！我们喝一杯交杯酒吧。"刘俊让白姑先喝，白姑让刘俊先喝，两个人推之再三，让之再四，最后刘俊喝了，喝下酒后，刘俊就死了过去。

刘俊爹误认为白姑谋害亲夫，到县衙告了白万福父女。县官升堂问案，白姑上堂后把事情一说，最后说："这毒酒是王乐仁送给我们的。"县官一听，喊道："带王乐仁！"县官问王乐仁："这坛毒酒可是你送的？"王乐仁不慌不忙跪倒磕头："老爷，这酒是我送的！""嘟！大胆王乐仁，竟目无国法，敢在酒中下毒害人，你的头还要不要了？"王乐仁说："老爷容禀，这酒是我送的不假，可是这酒坛上写的是白万福的名字。"县官说："既然人赃俱在，将白万福给我拿下！送进监牢，听候发落。至于白姑，你年轻不懂事，成全你和王乐仁结为夫妻。"白姑听这话，在大堂上昏了过去。

原来，自从白姑退亲后，王乐仁怀恨在心，借给白姑贺喜之机，送给刘俊一坛毒酒，害死了刘俊，买通了县官钱不仁，打了这场便宜官司。

　　白姑回到家，身穿重孝，来到泉眼山这个沟里，跪倒在刘俊的坟前放声大哭，哭罢，就在刘俊的坟前树上吊死了。后来刘家知道了详情，把白姑和刘俊埋到了一起了。

　　一天晚上，王乐仁出门往家走，走到泉眼山，见一个白衣姑娘向他走来，那白衣姑娘蓬松着头发，身戴重孝。走近了一看，是白姑。王乐仁心想：是活见鬼了，吓得头也不敢回，跑回了家。他魂飞胆破，没有几天他就死了。从此，人们都传说泉眼山有一个白大姑娘，是真是假，人们谁也没有看见过。

讲　　述：孙玉清

记　　录：李春彦

采录时间地点：2005 年采录于山门镇靠山村

两 个 瞎 子

有两个瞎子在一个屋里过日子，住了几年，一向和和气气的。

这天，门口来了个卖鱼的，吆喝着："新鲜鱼喽，活蹦乱跳的大鲫鱼喽！"

一个瞎子说："新鲜鲫鱼熬汤最鲜了。"

另一个瞎子说："对，咱俩合伙买一条吧。"

他俩凑钱买了一条鲫鱼，有半斤多重。一个烧火，一个把鲫鱼煺巴煺巴往锅里一放。那鲫鱼还没死，刚一沾着锅里水就蹦出来，落在了锅台上。

锅烧了半个时辰，一个瞎子问："差不多了吧？"

另一个瞎子说："行了，有味了。"

两个瞎子各自拿碗盛汤，踩着锅台稀溜稀溜喝上了，一边喝一边说："鲜，真鲜！"

喝着喝着，一个瞎子说："光说是鲜，可我一点鱼也没吃着。你这个人太不咋的，你倒是给我点鱼吃呀。"

另一个瞎子说："你不是倒打一耙嘛！鱼都让你吃了，你反说是我吃了，我连个鱼刺都没吃着。"

两个人争着争着就吵起来，邻居们听见了，过来问："你们俩过得挺好的，今天这是为的啥呀？"

一个瞎子说："我们俩合买一条鱼，他自己把鱼都吃了。"

另一个瞎子说："你们别听他的，他把鱼吃了，还赖我。"

邻居们往锅里一瞅，说："嗨，这鱼不是在锅台上嘛！"

讲　　述：张玉芳
记　　录：郑长春
采录时间地点：1985 年采录于四平市

雇个新郎拜花堂

卢家沟这儿有个西甸子屯，屯中有个老财外号叫卢大胖子，雇了十三、四个长工，其中有个小长工叫王贵，大伙都叫他王半拉子。

一天，他和往常一样跟着长工们下地铲地。天快晌午了，太阳一晒，人们觉得干渴难挨，打头的叫小半拉子回去取壶水。半拉子扛着锄头拎着水壶走了，眼看快到家了，见一个骑青马的人，来到井沿旁，摇了半辘轳水，蹲在井旁"咕嘟咕嘟"喝了一阵子，喝完匆匆忙忙上马走了。

小半拉子来到井沿，摇上来一辘轳水，自己蹲下喝了个够，然后又把水壶灌满。提着水壶刚要走，发现地上有个钱褡裢，便奔骑马人追去。半拉子边跑边喊，一溜气追出二三里，终于追上了骑马人。骑马人回头一看，是小伙子捧着钱褡裢在追自己，半拉子气喘吁吁地来到近前说："老兄，这个钱褡子是你的吗？"那个骑马人匆忙下了马，接过钱褡子连声说："谢谢老弟，真是好人呐！"说着从钱褡裢里拿出二十两雪花白银酬谢半拉子，半拉子说啥也不要。二人推让了半天，半拉子还是不肯收，骑马人心里又感谢，又敬佩，点了点头上马走了。

等半拉子把水送到地里时，人们刚好要回家吃晌午饭。打头的一见半拉子，气不打一处来，不问青红皂白，上去两个大嘴巴，骂道："你这个混账王八羔子，干点儿活就偷懒，你咋没晚上回来呢，等回去再收拾你！"小半拉子怕回去挨打，在半路上逃之夭夭了。

人们见半拉子跑了，找了一阵子也没找着。

半拉子跑到了一个镇子上，又累又饿，要了两个大饼子，在一家客栈门口蹲了一宿。第二天一早，天刚放亮，他就跑到工夫市场卖零工去了。蹲了一会儿，一个管家模样的人朝他走来，要雇他做工夫，半拉子要求要整工钱，那人答应给他整工钱，半拉子跟着那人走了。

一溜气走出四五里地，来到一个屯子，那个人把半拉子领到一个财主家。老财主姓李，正赶上老财家办喜事，随礼的，捞忙的，捧场的，人来人往。那个人见着老财主说："东家，人雇着了，小伙子长得挺俊！"老财主一看半拉子也相中了，便对半拉子说明了用意。

原来老财主给儿子办喜事，儿子是个矬子，又歪歪嘴，咋看咋没个人样，怕女方知道不好办，所以雇人来替儿子拜堂成亲。早先年不兴相看，订婚互相见不着面，只是媒人把男女双方的生辰八字互换对方家里，在灶王爷供板上压七天，在这七天内两家都不发生意外的话，这门婚事就算订妥。然后，媒人就张罗过彩礼，选定良辰吉日成亲。

小半拉子听老财说自己是雇来替他儿子拜堂的，他说啥也不干，老财主一看半拉子没答应，紧忙答应多加工钱。这时有人进屋来报信：送亲车快进屯了。老财主急忙吩咐管家快把新郎衣服给半拉子穿上。半拉子一看，不答应也躲不过去，也就不吱声不言语地随着人群出门迎新媳妇去了。送亲的喜车进院后，小半拉子与新媳妇拜了花堂，捞忙的人张罗开席。酒席间，半拉子在媒人的带领下，按桌给娘家客敬酒。说来也巧，昨天丢钱褡裢的那个骑马人也在这里喝酒。原来，骑马人是新媳妇的亲舅舅。他昨天路过那个屯子就是为了参加外甥女的婚礼。

两个见面互相一愣神。小半拉子心里一紧张，手一抖，酒壶"啪"的一声落到地上，打个稀碎。骑马人不觉心中纳闷，昨天这小伙子还在那个屯，今天咋又跑到这儿当新郎了呢？他越想越觉得不对劲，找来老财主问道："这新郎官是你儿子吗？"半拉子一看瞒不过去了，没等老财主张口抢着说："我不是他儿子，他儿子是个歪嘴、矬子，我是他雇来的，替他儿子拜堂的。"

新娘子听罢，连哭带闹，说啥也不干了。娘家这头亲属都异口同声骂老财主缺德。新娘子走到舅舅近前，让舅舅做主退婚，不然就死在李家。舅舅低头寻思了一会儿，抬头对众人说："我外甥女

跟谁拜堂就跟谁成亲!"说着把小半拉子拽到近前说:"这孩子虽是扛活的长工,他心眼好,我昨天丢了钱褡子,他捡到后,撵出好几里给我送去了,钱好花,他都不动心,是个好心人!今天我做主,把我外甥女嫁给他为妻!"回头对李家说:"至于李家的彩礼钱,我们一文不少返还给你,操办喜事的损失钱,按价赔偿,明天叫管家送过来,以后你们李家少干这些缺德事。"说完吩咐老板子套车,把半拉子接回去,重新操办喜事,半拉子做了养老女婿。

讲　　述:崔立元
记　　录:房振林
采录时间地点:2007 年采录于山门镇

放 鹅 女

有一家，有三个儿子，老大老二都娶了媳妇。老公公总觉得这两个媳妇愣愣的，缺心眼，他总也不让她俩出去串门，也不让她俩回娘家。这俩媳妇偷偷合计：老爷子也太心狠了，咱俩进他们家好几年了，一趟娘家也不让回，咱们得找他说说。

老公公也觉着不是事儿，答应让她俩回娘家，临走时说："你们俩回家行，回来必须给我带点礼物。"她俩问："买啥呀？"老公公说："大媳妇回来给我买斤皮包骨，二媳妇回来给我买斤骨包肉。"听了这话，两个媳妇犯愁了，这皮包骨和骨包肉也从来没听说过呀！可想家心切，两个人硬着头皮走了。走到南甸子，俩人哭开了。

在南甸子上，有个放鹅的丫头，放鹅女问她俩："大热的天，你俩这是哭啥呀？"大儿媳妇说："可别说啦，我们俩嫁过来好几年了，老公公也不让我俩回娘家。这回开恩了，让我俩回去，他管我要一斤皮包骨，管她要一斤骨包肉。这两样玩意儿，我们都没听过，可上哪淘换呢？"放鹅女说："这好办，皮包骨是枣，骨包肉是核桃。"

俩媳妇乐了。从娘家回来，一个带来一斤枣，一个带来一斤核桃。老公公一看，心想：这两个缺心眼的玩意儿咋能猜对了呢？就问："谁告诉你们的？"她俩看瞒不住了，说："南甸子上有个放鹅女，是她告诉我们的。"

老公公想：我这两个儿媳妇没有一个精的，看来，这个放鹅女挺机灵，我不如把她给我三儿子娶来。主意拿定，他托了媒人，把放鹅女娶了过来。

成亲以后，老公公想试试放鹅女。这天，他让放鹅女去地里送饭。放鹅女问："地在哪儿呀？"老公公说："在鬼前头，人后头。"放鹅女一听就明白了，这不是在坟地那块嘛，她把饭送到了，老公公见了，心说：我这三媳妇可真精。

　　有一天，放鹅女正在外屋地烧火，她男人呼哧带喘地跑进屋来。放鹅女问："你咋的啦？"她男人说："刚才咱爹正说话呢，我在半道儿上接了一句，他说我把他的话根儿打掉了，来了气，追着要打我。"放鹅女说："不怕的，你先到房后去躲着。"

　　她男人刚藏起来，老公公就气呼呼地追来了。放鹅女迎上去说："爹，你怎么了？看把你气的。"老公公说："这小子，他把我的话根打掉了，我不能饶他，他回来没有？""回来了。""上哪儿去了？""他上房后挖西北风的风根儿去了。"老公公说："西北风还有根呀？"放鹅女说："那说话还有话根呀？"老公公叫放鹅女顶得没话说了，扛着锄头走了。

讲　　　述：张玉芬

记　　　录：郑长春

采录时间地点：1987 年采录于四平

古榆树

在叶赫镇北大桥旁有棵古榆树，树干能有对搂粗，树叶茂盛，像把大雨伞遮天蔽日。要想知道古榆树的来龙去脉，还得从几百年前说起。

传说在叶赫的北河湾住着一位老妈妈，丈夫早年以狩猎谋生。有一次山滑坡，不幸被埋到里面去了。老妈妈有三个儿女，当时大女儿十岁，二女儿八岁，小儿子五岁。

老妈妈心灵手巧会缝靰鞡鞋，垫上靰鞡草，拿到街上去卖，换点钱维持生活。老妈妈对孩子百般娇惯，总认为孩子没爹，怕孩子受委屈，对不起死去的丈夫，三个孩子逐渐养成衣来伸手饭来张口的习性。

光阴似箭，三个孩子都长大成人了，大女儿嫁到离家十里地的庙子沟；二女儿嫁到离家三十里地的于大裴；又过了几年，儿子也娶媳妇啦。

头几年老妈妈帮着儿媳妇喂猪哄孩子，还勉强。又过几年老妈妈年迈驼背了，儿媳妇把她看做眼中钉肉中刺，动不动就指鸡骂狗说："养只老母鸡还下几个蛋呢，你可倒好，死吃干嚼，瘟死算了。"

这年刚进腊月，儿媳妇说："你去闺女家吧。"没办法，老妈妈头顶鹅毛大雪，拎着个蓝布小包，一步一滑，走到大闺女家。大闺女说："你忙时给人家效力，闲时来了。"当时正是腊月初八，大闺女家蒸豆包。老妈妈望着锅盖上捂着的破麻袋片子还冒着热气。大闺女却说："妈妈饿了吧？上外边拣几个冻豆包吃吧，热的粘牙。"老妈妈揣了几个冻豆包，拄着拐杖向二闺女家走去。

二闺女虽然留下了老妈妈，却每天让妈妈喂牛，铡玉米秆，到大井边上挑水。老妈妈一晃住了三个月，这时已是春回大地，万物复苏的时候了。二闺女说："妈妈你回家吧。"老妈妈直到天黑才到儿子家。儿媳妇说："还知道回来，死到外边算了。"老妈妈鼻

子一酸，掉下了伤心泪说："我老了，不中用了，没有人要我了，干脆我也不活了。"她来到北大河洗把脸，薅把榆树钱吃，准备跳河自尽。谁知怎么也迈不动步，转眼间老妈妈变成一棵孤榆树。

村里有个懒汉想把树砍掉烧火。谁知这一斧子下去大榆树竟出血了。懒汉吓得面如土色，跪地求饶："求求树奶奶别见怪，下次再也不敢了。"村里人知道这件事后，对这棵大树非常尊重。有的人家孩子闹，大人领着孩子来到这棵榆树下，给树拴上红头绳，认这棵古榆树做干妈。

讲　　述：王凤山
记　　录：禹　梅
采录时间地点：2004 年采录于铁东区叶赫镇

一 副 玉 镯

从前，有个穷秀才，四十岁了，也没考上个一官半职。这一年，又赶上大比之年，他对妻子说："再凑些盘缠吧，我再去考一回，就这一回啦。"妻子说："咱家也凑不足盘缠啦。这样吧，你就把我娘家陪送的那副玉手镯带在身上吧。到实在不可解的份上，再把它换钱用。唉，这可是世上少见的玉镯，我真是舍不得呀。"说着，就叫十七岁的儿子从柜子底下掏出那对儿玉镯。秀才儿子手捧着玉镯，左看右看，稀罕巴嚓地对娘说："这么好的玉镯，咋舍得卖了呢？"娘说："唉，没法子呀！这手镯是你姥爷年轻时花了许多银子买来的。不是为了你爹能考取功名，我是说啥也舍不得往外拿呀！"

穷秀才打点好行装，就上路了。走了十几日，所带的零碎银子也就用得差不多了。这一日，天傍晚，来到一家客店。店主见进来一个穷嗖嗖的书生，也不太愿意管理。穷秀才早已走得又累又乏，又渴又饿，就对店主说："店主，拿酒饭来。"店主撇了撇嘴，从后屋端来一碗一盘，说："来了！圆米干饭，雪花菜！"放在桌子上，穷秀才一看，立刻来了气，说："店主！这不是高粱米饭、豆腐渣吗？"店主翻了几下白眼珠子说："这就不大离儿啦！"他心里说：我怕你连这个饭菜钱也给不起呢！

穷秀才穷是穷，可他爱要个脸儿，怎能受店主这番戏弄？他就说了："噢，你是怕我给不起饭钱哪？真是有眼不识金镶玉！"说着，就从怀里掏出那副玉镯来，显摆地放在桌子上说："我有这个，还怕给不起饭菜钱？"店主看见那副玉镯，眼睛"突"地一亮，马上换了一副模样，一边赔好话，一边重新给穷秀才张罗了一桌好酒好菜 。

店主为啥换了模样？这里有原因。这个店主有个儿子，十八岁了，是个独苗。常言说得好，霜打独草。店主这个独苗儿子生下来就有病，都十七八了还是病病歪歪。前些日，相成一门亲，女方所

要的彩礼，店主差不多都给置办齐了，只差一副玉镯没买着。这个店主倒不是缺钱，像个样的玉镯就难淘换了。女方家呢，你上不来好玉镯，人家闺女就不出门子！这可叫店主为难了。今天，穷秀才往外一亮玉镯，店主心里立刻来了道儿，就痛快地端出好菜好饭招待秀才。穷秀才吃饱喝足，店主把他安排在后屋睡下。半夜时分，店主偷偷进屋，把穷秀才杀了，从秀才身上翻出了玉镯，把尸首背进山里喂了野狗。

再说穷秀才的妻子，在家等了一年，没得着丈夫一点儿消息，附近十里八村的秀才都回来了，一问，都说在京城没见着穷秀才。穷秀才妻子慌了。她儿子说："娘，我出去找找吧？"没办法，穷秀才的妻子只好含着眼泪送儿子上了路。

穷秀才的儿子走了十几日，也住进了他爹住过的那个客店。这几日，那个店主正犯愁呢，他去年杀了穷秀才，得了一副玉镯，送到女方家，女方家非常满意，当下订好，一年后就过门成亲。可是，眼瞅着正日子还差两天了，他那病儿子突然死了。店主心疼儿子，也心疼过给女方家的彩礼。他没敢把儿子死的事张扬出去，偷偷摸摸地把儿子装进棺材，放进了杀死穷秀才的那个后屋。他正在琢磨着怎样才能把媳妇娶过来，然后再卖寡妇。这样他能捞回彩礼钱，还能把玉镯也弄回来。可是，儿子死了可咋娶媳妇呢？正当他犯愁的当儿，穷秀才的儿子来到了店里。

店主见来了穷嗖嗖的小伙子，也是十七八岁，心里立刻来了道儿，转着眼珠子说："要住店行，可你得答应我一件事，事办成了，店钱不要你的，还赏你五两银子。"穷秀才的儿子急忙问："什么事？"店主说："明天是我儿子的喜日子，娶媳妇。可惜呀，儿子死了。媳妇呢，我不能不要。就请你明天替我儿子拜堂成亲。事过之后，你走你的道儿，怎么样？"穷秀才的儿子一想，自己去找爹，不知什么时候才能找到，兜里的钱也快光了，就答应了。

第二天，店主家大操大办，吹吹打打把媳妇迎进门。当新郎新娘互拜时，穷秀才的儿子一下看见新娘手脖上的玉镯子，心里不由得"咯噔"一下。进了新房，新娘子羞羞答答，穷秀才的儿子可不在乎，他是替人家的，怕啥。他就问："你手上的玉镯是哪来的？"新娘子还披着盖头呢，说："这不是你们家送给的吗？"穷秀才的儿子紧接着问："啥时候送的？"新娘子回答："去年这个时候呗！你们家的事你还不知道？"穷秀才的儿子走近新娘子说："你摘下来，让我看看。"新娘子摘下玉镯递给穷秀才的儿子。他左看右看，没错，正是自家的玉镯。就说："姑娘，我不是你的男人，我是过路的。店主的儿子前几天死了，我是店主逼着来替他儿子成亲的。"新娘子一听这话，也顾不了许多了，一把扯下盖头，问："此话可当真？"穷秀才的儿子说："真的。这玉镯本来是我家的，我爹去年赶考时带在身上的，不知咋的就落在店主的手里了。我爹已经一年多没有音信了。"新娘可不管玉镯不玉镯的，她听说自己的男人已经死了，自个儿今天是被骗成婚，就号啕大哭起来。这一闹不要紧，外面喝喜酒的人都围了过来。穷秀才的儿子拉住店主就问："你这副玉镯是哪儿来的？你说！"店主一时答不上来，新娘也不干了，不住地逼问他为啥骗婚。这一下子，可闹大扯了。一轰轰，镇了上的官儿也来了，这事情就经了官。

到了县衙，穷秀才的儿子把他爹带玉镯去赶考，一年没音信，他出来寻父，店主死了儿子让他顶替骗娶姑娘，在姑娘手脖子上发现自家玉镯的来龙去脉向县太爷禀告了，县太爷一动刑，店主全招了，县太爷说："店主图财害命判死罪，玉镯原物归还。"那姑娘说："奴家已同秀才的儿子拜了堂，此事请大老爷做主。"

就这样，穷秀才的儿子找着了玉镯，还娶上了一个漂亮的媳妇。

讲　　述：肖玉珍
记　　录：郑长春
采录时间地点：1990 年采录于四平

巧 嘴 木 匠

早先，有这么一个老财主，特别小气。一天，他家要盖房子，雇来了一个木匠师傅给他干活儿。这木匠把自家的一个八岁孩子领来当帮手。八岁的孩子能干啥活儿呀，光顾贪玩儿。老财主见添了个吃闲饭的，心里不痛快，又不好明撵孩子走。

这天，老财主对木匠说："来，我闲着没事给你讲个故事解闷儿吧。"还没等木匠点头，老财主就讲开了：从前，有这么三个孝顺媳妇，一天她们的婆婆得了病，三个媳妇都很着急，妯娌仨凑在一起合计，决定到湖边的蚊王庙去许愿。这一天，三个媳妇来到庙里点上香，跪下说："蚊王爷呀，只要让婆婆的病好，我们情愿让湖里的蚊子吃上三天三宿。"事也凑巧，三个媳妇许愿回来没过几天，婆婆的病就好了。三个媳妇就轮流到湖边上让蚊子吃。大媳妇让蚊子吃了三天三宿，二媳妇也让蚊子吃了三天三宿，最后轮到三媳妇了。蚊子们都知道三媳妇长得年轻漂亮，肉也是有滋有味的。天刚擦黑，它们就"嗡嗡嘤嘤"地飞来了，半道儿上，遇到了牛虻，牛虻见蚊子们高高兴兴的样子，赶忙拦住问道；"蚊子老弟，你们干啥去？"蚊子们就把想法说了。牛虻一听，口水流出多长，急忙拦住蚊子说："你们把我带去吃一顿吧！""哎呀，不行呀，你的胃口那么大，人家小媳妇受得了吗？""咳！我不会紧紧腰带少吃点儿吗？"蚊子劝不过牛虻，只好和牛虻一起去了。等来到媳妇近前，牛虻早憋不住了，它腾地飞到小媳妇的背上，下嘴就咬了一大口，小媳妇一见就急眼了："我许的是你蚊子来吃三天三宿，你也不该带你的小爹来呀！"

木匠听完明白了，心想：噢，老财主原来是转弯抹角地骂我呀。木匠师傅寻思一会儿说："老东家，你爱讲故事，必定也爱听故事。来，我也给你讲一个。有一年过年，有个人想把他圈里的老母猪杀掉。那个人磨好了刀，他不捅猪要命的地方，却照着猪屁股猛扎一刀。老母猪疼坏了，嗷嗷直叫。好啦，先不讲了，咱吃饭

去吧!"

老财主听得正上瘾,忙问:"那猪到底杀没杀呀?""咳,吃完饭再讲吧。""哎呀!你还是讲完了吧。"木匠师傅说:"咳,咱吃一顿饭不就疼死那个王八羔子了嘛!"

讲　　述:肖玉珍

记　　录:郑长春

采录时间地点:1987 年采录于四平

连 环 计

从前，有一个人，叫智谋高，乡里乡亲有个大事小情，有啥棘手难办的事，只要他给出谋划策，再棘手的事都能迎刃而解，为此大家给他送了个外号——智谋高。

一天，智谋高从邻居家窗户下路过，听屋里有两个女人在唠他："都说智谋高有智谋，他媳妇勾引野汉子张大屠，他咋管不了呢？""这叫自己刀削不了自己把，我看他智谋高，也是名副其实的大草包。"智谋高暗暗把这件事记在心里。

一天，智谋高吃完饭，就对媳妇说："姑妈家捎来信，让我帮忙打几天柴火，晚上我就不回来了。"他的媳妇一听，心里暗暗高兴。

天擦黑的时候，智谋高又悄悄地回家，趴着窗户往屋里看，媳妇在厨房做饭，张大屠躺在炕上睡觉呢，一切都明白了，媳妇果然不贤，勾引奸夫。智谋高拿定主意，从窗户跳进屋里，把自己事先准备好的绳子，做个绳套套在张大屠的脖子上，一较劲，一声不响地把张大屠勒死了。随后他跳出窗外，又轻轻地关上了窗户，推开房门，轻轻地咳嗽了一声，智谋高的媳妇一听是丈夫的声音，可吓坏了。她镇静了一下，慌忙迎了出来："你怎么回来了？"智谋高像没事似的说："我怕你在家害怕，回来看看。"说着就进了屋，智谋高媳妇的心怦怦地直跳，都提到嗓子眼来了。

智谋高的媳妇放上了桌子，把刚做好的面汤端上来给智谋高盛了一碗，两口子吃上了。这时智谋高说话了："炕头上那是谁？也让他吃点呗。"媳妇忙解释说："那是张大屠，刚才和我唠嗑，还睡着了。"媳妇见智谋高没发火，这提的心也就放到了肚子里。

她走到张大屠跟前，一推张大屠，吓得"妈呀"声，差一点没背过气。野汉子张大屠死了。这时智谋高放下碗筷，脸往下一沉说："你既然和他相好，怎么又害死他呀？"智谋高的媳妇哑巴吃黄连，有苦说不出，忙给智谋高跪下："我错了，我错了，我求求

你智谋高，救救我吧，我以后再不干对不起你的事了，我发誓。"智谋高说："只要你学好，这事我自有办法处理。"

屯子东头有一个王老九，是个老菜农，家里小菜园侍弄得非常好。王老九有两个儿子，一个叫青头愣，一个叫愣头青。智谋高扛着张大屠的死尸，趁黑把死尸扔到了王家小菜园里，然后，智谋高咳嗽了两声。这两声咳嗽被看菜园子的青头愣、愣头青听见了，哥俩一听有人偷菜，两人拿着大棒子就追下来了。不料，哥俩的脚绊到了张大屠的死尸上，哥俩以为是偷菜的，不管三七二十一，举棒就打。天一亮，哥俩傻眼了，人被打死了。哥俩忙把这事告诉了他爹王老九，王老九一听吓了够呛，他指点哥俩说："这下你们可给我惹祸了，张大屠的媳妇哪能饶了咱爷们呢!"王老九想了想，就叫小哥俩去找智谋高。

哥俩来到智谋高家，一进门就给智谋高跪下了。智谋高假装一愣："出了什么事?"哥俩就把菜园子打死张大屠的事说了，让智谋高给出出主意。智谋高说："我有啥办法呀?"这哥俩一齐说："都说你智谋高，你就帮帮我们吧，你要是不答应，我们哥俩跪着也不起来。"智谋高说："这个忙我帮，可我有一个条件，得给我二百块钱。"哥俩一听很高兴："二百就二百。"

这天晚上，智谋高偷偷地扛着张大屠的死尸来到张家房门外，他敲了两下门，张大屠的媳妇还没有睡，一听敲门，问："谁呀?""我。"智谋高捏着鼻子说，因为张大屠有点囔鼻。张大屠媳妇一听是丈夫回来了，就大骂起来："死鬼，你整天在外耍钱闹鬼不回家，今天你别想进屋，吊死在房门前。"这时智谋高把张大屠脖子用绳一套，往房檐椽子头上一挂，悄悄地走了。

第二天早上，张大屠的媳妇哭着来找智谋高，智谋高假装吃了一惊，问："出了什么事?"张大屠媳妇说："张大屠死了，我没钱买棺材盛殓，来找兄弟帮忙。"智谋高说："我这有二百块钱先拿

　　去花吧。"智谋高把王老九给他的钱给了张大屠媳妇了，就这样，智谋高把事情三全其美地了结了。

讲　　述：孙玉清

记　　录：孔令达

王二小打围

从前有一个王员外，膝下有三女一子。这王员外家相当富有，要什么有什么。

王员外老夫妻非常喜欢吃野味。大女儿、二女儿都到了出嫁的年龄。王员外夫妻俩一合计，就把两个女儿嫁给了两个炮手，这样，要想吃野味，就不用花钱买了。

说话功夫这三女儿也到了十七八了。王员外跟老伴说："我说孩子他妈，这三丫可别再找炮手了，打来的山货吃着一股火药味。"老伴说："找啥样的，你说了算，我不管。"王员外说："我看找一个能射箭的吧。"

王员外打发人找一本地的媒婆，把三姑娘找婆家的条件跟媒婆说了，让她帮着物色一个。

这媒婆心里合计，有了，正好下沟有个王二小，人也相当。以前二小妈也跟媒婆说了，让她帮助找一个姑娘。

媒婆来到了王二小家，把王员外托媒的事说了，就一个条件，彩礼什么的也不要，只是王家姑娘要找个会射箭的。这下王二小娘俩可犯愁了，二小不会射箭哪。

二小家贫，娘俩将就着过这穷日子。但二小聪明伶俐，淳厚勤快。

二小心里想：怎么能让王员外知道我会射箭呢？哎，有了。二小赶紧上街买了一张弓，几十支箭，又买了一只母野鸡回到家，把一支箭插到鸡的后腔里，隔着大墙就扔进了王员外的后花园去了。

王二小背着弓，拿着箭来到员外大门口，一叫门，把门的出来开了门，二小说："我才刚到后山打围，射中了一只母野鸡，这只母野鸡带着伤飞到你家后院了，我进去找找行吗？"

把门的一听，别自个儿做主，回员外一声吧。员外一听，说："好，好，让他进来吧。"

大门一开，把门的领着王二小就进来了，王员外隔着窗户一

看，小伙可真不错，心里就喜欢上二小。再看二小拎的那鸡，箭是从后腔里穿进去的，他对二小就上了心。

又过了几天，二小买了只兔子，又在兔子的后腔插一支箭，从王员外后墙的水洞扔进了院内，二小从大门进去，和把门的说了，进去找着了兔子。

不几天，王员外就打发媒婆来到二小家正式说亲了，这亲事一说就妥。过些日子，王二小就和王家三姑娘结婚了。

到了老丈人王员外六十大寿了，王员外家热闹极了，人来人往，唧唧喳喳，三个姑娘、三个姑爷都给王老员外拜寿来了。

酒过三巡，菜过五味，老员外来了兴致，抬头一看，大门楼上落着五只鸽子。王员外要看三个姑爷的真本领，就说："大姑爷，你的枪打得挺好，你把那鸽子打下一只来。"大姑爷一听，这正是在老丈人面前显示显示的机会，二话没说，拿起枪"当"的一声，打下一只鸽子。大家一起鼓掌，齐说："好枪法，好枪法。"

又喝一阵酒，那几只鸽子又飞回来了，老员外一看，又说："二姑爷，你的枪法听说也不错，你也打下一只吧。"二姑爷照样也打下一只鸽子。

又吃喝一阵，剩下的三只鸽子飞回来了，老员外又要看三姑爷的箭法。二小一看，这下坏了，当面射鸽子，这不赶鸭子上架吗？我根本也不会射呀，这下可怎么好？不管咋的得试试，像不像作比成样呗，二小装模作样地拿起弓箭，拉开架势，一使劲，把弓拉开，二小心里不托底，这支箭没敢放出去；待了一会儿又拉满了第二弓，一看还不敢放，他心知道，这要射不中，这总射野兽后腔的神箭手的脸可往哪搁。刚要放下，正在这时，三姑娘走过来，她心着急，怕她丈夫射不中丢脸，一看丈夫拉两弓而不发箭，这叫什么射箭的？就用胳膊肘碰了二小一下，这箭就"飕"的一声射出去了，一下子射中了两只鸽子。大家齐声喝彩，二小埋怨妻子说："你看，你看，偏碰我，不的，再拉一弓，三只鸽子都射下来了。"

第二天，王员外高兴，叫三个姑爷上山打围，大姑爷在山上走了不到大半天，打了一只野猪；二姑爷在山上也走了半天，打了一只狍子。

三姑爷王二小背着弓箭，走啊走啊，看着什么打什么，可他什么也打不着。这可怎么办？眼看天都黑了，也没打着什么野物。

正在这时，只听树林子里"嗷"的一声，蹿出一个黑瞎子来。这黑瞎子足有六七百斤，嗷嗷三叫地向二小扑来。二小一看，这下坏了，撒腿就跑，黑瞎子在后猛追，二小心想，这样跑也不行，就往树上爬，二小急昏了头，他可忘了黑瞎子也会爬树。

黑瞎子一看二小上了树，可也不含糊，也就往树上爬。没想到爬到一半，熊大树枝小，"咔吧"一声，黑瞎子就掉下去了，正好把脑袋卡在了树丫上。上，上不去；下，下不来，四条腿蹬蹬抓抓就吊在半空中了。

二小摸了一下脑袋上的汗，一看这下有门了。他下了树，把剩下的三支箭都插在黑瞎子的后腔里了，那黑瞎子还有活吗？

再说家里这帮人可急坏了，特别是三姑娘。大姐夫打一头野猪回来了，二姐夫打一只狍子回来了，这个人咋还不回来？左等右等也不见踪影。

天都大黑了，人们正急得什么似的，二小才空着两手趔趔趄趄地回来，大伙一看他满身尘土，累得那个样子，都急着问："怎么才回来？"他问："大姐夫、二姐夫都弄回点什么呀？"王员外告诉了他，二小又问："伤着皮毛没有？"大姑爷说："打围哪有不伤皮毛的！"二小说："嘿，这要看谁的本领了，咱打那玩意儿，不伤皮毛，尽照腔眼钻。"小舅子忙道："别吹了，你打的啥？拿来我们看看。"二小说道："看什么！明天再套车取去吧。"

第二天大家套车去取，果然在老林子里有一头后腔插着三支箭的黑瞎子死在那里。

讲　　述：肖玉珍
记　　录：郑长春
采录时间地点：1986 年采录于四平

梦　哥

　　梦哥在没有出世时就死了爹，所以取名梦哥。家里只有老娘和他，娘俩相依为命，靠娘给人家洗衣服度日。梦哥八岁时就去给地主李二狠家放猪，十六岁放牛。这些年梦哥在李二狠家挨打受骂是家常便饭，有时连顿饱饭都吃不上。

　　一天，梦哥放牛来到一个小崴子，这里是个放牛的好地方，梦哥看牛吃饱后都挺老实，他心一动，想调理一下东家。就自个儿跳进泥坑滚了一身泥，出来就回到东家家里，哭着对李二狠说："东家，这回你打死我吧，我也没法活了。"李二狠一看吓了一跳，忙问是咋回事，梦哥哭着说："今个儿出去放牛，猛古丁地刮了阵大风，刮得天昏地暗，睁不开眼，把我迷迷糊糊地刮进泥坑，强爬出来。等风住了，睁眼一看，牛一个也没了，我这才回来送信儿。"说完又哭了起来。李二狠本来是个财迷。一听这话，顿时傻了眼，刚要发火，梦哥自言自语地说："唉，平常倒是做梦挺灵的，这回也不知道能不能梦到牛在哪？"李二狠正没咒念，急得团团转，听梦哥说能做梦，真是得病乱投医，忙说："那好，这回我先不打你，你要是能梦着找回牛，咱就算没事。"梦哥见李二狠上了当，胆子又大一些，说那得好好地让我吃上一顿才能做梦。李二狠命家人给梦哥备了一桌饭菜，梦哥吃饱喝足，要了一床被褥，一宿睡得挺香。早晨起来跟李二狠说："梦见牛在东边的一个山崴里，一个儿也没丢。"李二狠听后可乐坏了，打发几个家人骑快马来到山崴子，把一群牛赶回来。打这以后，梦哥做梦的事在远近出了名。

　　一天，禅宇寺方丈丢了木鱼，打发小和尚把梦哥请进了寺院。斋饭后，给梦哥请进一间屋子里，让他做梦。晚上梦哥翻来覆去睡不着，心想：上回丢牛是我想调理一下李二狠，自个儿编的；这回丢木鱼我可上哪梦去？想来想去还是溜吧，他趁夜深人静，走出房门，刚要跳墙，就听脚下"当啷"一声，用手一摸，正是庙里的木鱼。梦哥心里有了底，把木鱼用土埋上，悄悄地回到房里。早晨

方丈问："梦着没有？"梦哥腆着胸脯脯说："我这梦，一个保一个，没有梦不着的。你那木鱼埋在寺院东墙外墙角下。"几个小和尚果真在墙根下挖出来木鱼，这下梦哥的名气可更大了。

又过了一年，县衙大老爷丢了大印，可把这七品县令吓坏了，做官要是丢了印，可是个杀头的罪，连全家都得没命。县官慌了手脚，忙派差人张三、李四带了一些银两，抬着县官的大轿去找梦哥。张三、李四进屋把银子往炕上一搁，说："大老爷请梦哥去给做梦，马上就得走！"梦哥娘俩这回可吓蒙了，还是梦哥心眼来得快，说："二位差官请到外面等一等，我还得收拾收拾才能走。"张三、李四出屋到外边等候。梦哥娘哭着数落梦哥："早先我说不让你整那没影的事，你就是不听，这回算完了，找不着东西，大老爷非杀你不可，咱娘俩兴许再也见不着了。"梦哥收起银子对娘说："这回我怕是回不来了，这些银子也能够你老过几年的，只是我再也不能在娘身边尽孝了，以后娘就得自个照顾自个儿了。"梦哥娘哭得更是伤心。梦哥又说："娘要想多看我一眼，待会儿，约莫我能走出有一里多地的工夫，你就把咱家的柴火点着，我还能回来一趟。"梦哥娘点头答应，把儿子送出门外。张三、李四用大轿抬着梦哥正往前走，梦哥高喊："不好了！不好了！我家柴火垛失火了，快回去救火！"说着下轿就往回跑。张三、李四也跟着往回跑。跑到家一看柴火垛果真失火，几个人连浇水带拍打，总算把火扑灭。张三、李四觉得这事挺新鲜：他怎么走出好几里地还能知道家里失火的呢？张三上前问："梦哥你是咋知道失火的呢？"梦哥不慌不忙地说："我在轿里晃晃悠悠地睡了一觉，就梦见我家柴火垛失火了。再说，连自个儿家的事都不知道，那还叫什么梦哥？"张三一听可着急了，心想：这梦哥可真是神人，我得试探试探他："梦哥，不瞒你说，我家大老爷的大印丢了，这回就是请你去给做梦找大印。你说，这能是谁干的？"梦哥心里根本就不知道是谁，可他还是装着知道，顺口说："不是张三，就是李四。"其实，他说这话时，并不知道这两个差人一个叫张三，一个叫李四。可是，张三、李四两人做贼心虚，吓得忙跪在梦哥面前说："这事是我们

俩干的，可你是咋知道的呢？"梦哥万没想到，他还蒙对了，立刻
来了精神说："你俩偷印，我早就梦着了，快说把大印搁哪儿了？
我不说是你们俩偷的，免你俩一死。"张三、李四磕头作揖一五一
十地把偷大印的事说了一遍，梦哥心里有了底。来到县衙，县官大
老爷摆下酒席，亲自给梦哥斟酒布菜。酒过三巡，菜过五味，大老
爷愁眉苦脸地对梦哥说："本官今天请你来，是因为本县县印下落
不明，请你帮忙找找，找到必有重赏。""梦哥一梦就成，保你找
到大印。"县官顿时精神起来，一直和梦哥两人喝到天黑。一觉醒
来，县官赶忙起床找梦哥，问："做梦如何？"梦哥说："大印埋在
大堂的书案下。"县官派张三、李四在书案下取出大印，对梦哥感
谢不已。

　　县官有个独生女儿叫金兰，今年刚过二八，长得娇媚秀丽，县
官夫妻视为掌上明珠。这几天，金兰小姐也为父亲丢失大印的事寝
食不安，听说前堂请来个梦哥，又听说这梦哥，只要一做梦，就能
什么都知道，而且长得相貌堂堂，一表人才。这天金兰小姐趁父亲
和梦哥在前堂喝酒的工夫，让丫环领着偷偷地在窗外看了梦哥。这
天夜里金兰小姐不知咋的，怎么也睡不着。天刚放亮，丫环跑来叫
起金兰小姐，说是大印找到。小姐忙问："是他梦着的吗？""谁是
那个他呀！"丫环撇嘴做了一个鬼脸，接着又说："不是你那个他
还有谁呢？"说着又哈哈大笑起来，把个金兰小姐说得满脸通红，
"你再说我就撕开你的嘴。"丫环说："这事你可要自个儿拿主意，
我这就跟老夫人说去。"这时夫人推门走进来，丫环就把昨天和小
姐偷看梦哥的事说了一遍。夫人问道："兰儿你真的看中了？"金
兰红着脸点头答应，夫人站起身来说："那好，就先把他留下吧。"

　　县官得知小姐已看中梦哥了，也很高兴，便选了个黄道吉日为
梦哥与金兰小姐完婚。婚后小夫妻恩爱和睦，可梦哥心里总是一块
石头落不了地：县衙里要是再丢东西怎么办呢？他整天愁眉苦脸，
总闷闷不乐。小姐问他："为何心中不快？"梦哥说："我整天在家
里，有点待不惯。"小姐就让他到花园里去玩。一天梦哥在花园里
逮住一只家雀，又找到一个半尺多长竹筒，一头用纱布包好，把家

雀放进去，另一头塞进一条很长的布条。家雀在里边动弹不得，也死不了。弄好后，便藏了起来。晚上，他对小姐说："花园太小，我想到外边走走去。"小姐说："明天让家人带你出去打猎行吧？"第二天家人备好马，来请梦哥行围打猎。梦哥取回竹筒放在小姐的楼里，对小姐再三嘱咐："你可千万不要动我那个竹筒。"小姐把梦哥送出后楼，梦哥又对小姐说："谁也不准动我那个竹筒！"小姐答应："我不动就是了。"梦哥同家丁走出家门外又转身回到楼上看看竹筒，再对小姐又嘱咐一番，才和家丁们打猎去了。

金兰小姐独自一个人上楼上，一心想知道梦哥竹筒里的秘密，拿起那竹筒左看右看不知是啥东西。又小心翼翼地往外掏布条，这布条越掏越长，拽来拽去从里边飞出一只家雀，把金兰小姐吓了一跳，再往里看什么也没有了。小姐想把家雀抓住放回竹筒，可家雀已经飞走了。

梦哥打猎回来了，上楼直接去看竹筒。拿出一看，放声大哭："我走时嘱咐，不许动这个竹筒，你怎么把家雀给我放了，这下算完了，没有那家雀，我的梦再也不灵了。"小姐在旁边再三劝说，梦哥还是哭个不停。小姐无奈下楼请来夫人，夫人对梦哥说："那家雀飞就飞了吧，咱家要啥有啥，今后咱再不去给别人做梦了。明日让老爷请个先生，你好好在家读书，以后要是能金榜题名，那才是咱家的本分。"梦哥听后，心里的石头总算落了地。后来梦哥刻苦读书，考中头名状元，官封八府巡按。他为官公正廉明，除暴安良，百姓都叫他梦青天。

讲　　述：董哲生
记　　录：王春生
采录时间地点： 1986 年采录于铁东区城东乡

狸 猫 告 状

传说在很久以前，有一个叫吴二的公子，在关内做了几年买卖，挣了不少钱。多年来，吴二一直没回家，也很想念他唯一的亲人兄长吴老大。这一天，他骑着马，大脖子挎着钱褡子，奔家而来。行至黄土岗，他想解手，可是这里光秃秃的没有避人之处，只有一新埋的坟堆。他躲到坟的背后解下腰带，刚蹲下来，就在这时从新坟里蹿出一只大狸猫，上去一口就把吴二脖子上的钱褡子拽进了坟里，吴二很是心疼，气得够戗，嘴里一劲念叨："真他妈丧气。"

吴二牵着马继续赶路。他遇到了酒馆，把马拴到了树桩上，进了酒馆，他要了十个包子、一碗汤，坐在挨窗户桌边上，刚拿起一个包子咬了两口，这时从窗外跳进来吴二在坟堆头遇到的那个狸猫，上桌抓了两个包子就跑了，吴二这个憋气，时间不长，狸猫又进来了，上前又抓了两个包子，吴二可起急了，操起桌上的盘子向狸猫打去，只听"妈呀"一声叫唤，吴二以为打中了狸猫，不料想这盘子不偏不斜地打在了推车卖切糕张三的脸上，当时血就下来了。张三捂着脸，揪住了吴二，不容分说上了县衙。

到了县衙，大老爷问："吴二为何打人？"吴二把前后经过一说，大老爷一拍桌案："一派胡言！"吴二说："老爷不信，你可命人打开坟看看，我的钱褡子是青布所做，钱不多不少整五百。"大老爷觉得事情有些蹊跷，命令手下人备轿，奔黄土岗，开棺检验。

时间不大，来到黄土岗，差人把坟土刨开，打开棺材，众人往里一看，大吃一惊，棺材里死尸的脑袋旁果然有一个青布袋，棺材旁有一个窟窿，显然狸猫是从这个洞里钻进去的。大老爷命令差人拿过钱褡里的钱一点，果真是五百整。吴二也凑到棺材近前，往里一瞅，放声大哭："哥哥呀！"哭得泣不成声，昏了过去。

吴二醒来，跪在大老爷面前，哭诉说："这是我的胞兄吴老大，不知什么原因而死，望你给查一下。"大老爷叫来法医验尸，经过验尸，发现死者头部钉着一根铁钉，确定是被人所杀。吴二一听痛不欲生，跪爬半步："大老爷一定要给我哥哥报仇申冤啊！""吴二打了张三本是误伤，本县命你拿五百两银子给张三治伤也就是了。"张三忙跪倒："谢大老爷！"然后慌慌张张地转身就走，出门吓了一身冷汗。

县大老爷觉得这场人命关天大案蹊跷，他化装成卖货郎，去死者的家乡张家湾私访，经过几次明察暗调，觉得害死吴老大的有可能是吴老大媳妇吴刘氏。吴刘氏很不守本分，好卖弄风情，吴老大常不在家，刘氏在家总勾些不三不四的男人。最近听说跟卖切糕的张三勾打连环，常在一起鬼混。为了得到确凿证据，县大老爷冥思苦想，终于想出一条计策。

这一天，县大老爷叫差人从牢里拖出一具死尸，放在县衙门口，并贴出告示，告示说："这个死者，死因不明，他既没服毒，也没被打伤。如果谁能查出死者是怎死的，赏钱五百。"有很多人围观猜测，查看，有人说饿死的，有人说病死的。这时人群中有个妇女说："这人可能是用钉子钉在脑袋上钉死的。"县大老爷一看正是吴刘氏，忙吩咐："把吴刘氏抓起来！"吴刘氏还喊呢："我犯啥错了！"县大老爷也不理她，差人直接把吴刘氏推到了大堂。

县大老爷居中正座，一拍桌案："胆大刘氏，你是怎样害死亲夫吴老大的？还不快快招来！"刘氏吓得体似筛糠，战战兢兢地说："他是病死的，怎么说是我害死的？"县大老爷大喝一声："泼妇还敢狡辩，如不从实招来，大刑侍候！"刘氏一听事情已经败露，只好交代。

原来，吴老大老实厚道，刘氏自从过门就瞧不起吴老大，俩人总不合。吴老大在外边做小买卖不回家，刘氏就跟推车卖切糕的张三勾搭在一起。张三是个光棍，攒了几个瘪钱，两个人你来我往，越处越近，总想成为永久夫妻。可是还有吴老大呢，所以两人预谋已久，想害死吴老大。

一天晚上，吴老大回家很晚，又多贪了几杯酒，回到家就睡了。这时刘氏把事先准备好的钉子递给张三，张三接过钉子，一锤钉进了吴老大的脑袋里，吴老大连声没哼，就死了。俩人把吴老大装进棺材埋了起来，对乡邻们说："吴老大暴病而亡。"人们半信半疑，背后议论纷纷，觉得吴老大死得不明不白。

刘氏交代后，跪着求饶："大老爷，你可饶命啊，都怨那张三。"大老爷让差人把张三抓来，张三到了大堂一看事已败露，也如实交代了。县大老爷喝道："两个奸夫淫妇，胆大妄为，目无国法，害死亲夫，就地处死。"一对狗男女一听，吓得脸色苍白，瘫倒在地。

吴二跪倒在地说："谢大老爷给我兄长报仇。"县大老爷笑着说："要不是狸猫告状，你哥哥也就冤沉海底了，你应谢谢狸猫呀。"

讲　　述：孙玉清
记　　录：孔令达
采录时间地点：2004 年采录于山门岳家岗

神笔王二爷

早先年，有那么个大财主，家大业大，权势也大，据说前清时候是个王爷，因听说江湖上有个神笔王二爷，水墨丹青的画绘得最好，他想尽了办法，到底把这个神笔王爷请来了。

王二爷进来忙施礼道："参见王爷！"

"免了！"王爷说："你是神笔王二爷？"

"不敢当，不敢当。"王二爷说，"就会绘几张图。"

"好吧，你看见这个客厅没有？这山墙上缺一幅画，你给我画张大的。你得要多少银子呀？"

"王爷你想画墙这么大一张，好说，银子多少莫论！"王二爷说，"只要一样，您可得多给我点工夫！"

"好，一年怎么样？"

"不行。"

"二年怎么样？"

"不行！"

"三年呢？"

"若是三年，我保证给您画上！"

"那么这三年，你在这里住着，要多少钱，我给多少钱。"王爷还真是挺大方，"每天三顿，每顿给八个菜，我摆酒席招待你，怎样？"

"好，那我就住在这里吧！"

就这么地，把神笔王二给留下了，果真天天顿顿饭成席，每个月还给他家里送几百两银子。时间如流水，转眼三年过去了。

这天正好三年整，一点儿不差，王爷来了，说："王二爷，你看怎么样，该给我画了吧！"

"您纸都准备好了吗？"

"好了，墨，纸都齐全了。"王爷让丫环研了两盒徽墨，把玉版宣的宣纸并排铺在几张桌子的上面。

王二爷走到桌前，只见他弯下腰，双手往墨盒里一蘸，起身照宣纸上，十指齐下，只见"啪啦啪啦"……把手指又一勾勾，左荡右抿了几下，说："好了，来净水洗手！"

王爷这个气呀，心想：我桌上桌下招呼了你三年，像孝敬亲爹一般，成百两的银子一劲往你家里送，就这么用手拍拍，连笔都没使，能算是什么画呢，这不是糊弄我呢吗？王爷看王二爷回去歇着去了，就对丫环说："卷起这些废纸，给我扔出去！"这丫环把那宣纸卷巴卷巴，拿到她自己屋里去晾干，放一边了。丫环住这房子是东厢房。王爷住上房，过了些日子，丫环一高兴，就把那几张玉版宣纸的画全贴在三间房的墙上了。

这事经过好多日子了，王爷早就把王二爷绘画的事忘得一干二净了。有一天晚上，王爷借着大月亮地，从楼台上就走下来了，往底下一瞧：丫环的屋里还点灯，被那月光一照，他不由大吃一惊：怎么这三间厢房的后大墙怎么都倒了，我怎么不知道呢？倒了又为什么不快修起来呢？王爷知道，房后是葡萄架！现在月光一晃，照得一清二楚，那满架的葡萄嘀里嘟噜。这时正好从厢房里走出个丫环，王爷叫道："你过来，你们屋里那墙什么时候倒的？怎么回事？"

丫环一愣，这王爷怎么说起梦话来了，那墙连块砖都没掉，倒哪场呢？心这么想，嘴没敢吱声。

王爷就回屋去了，心想：明天得问问管家，东厢房后墙倒了，为什么不早点修理上呢？

第二天一早，他惦记着那堵墙的事，起身绕到屋后一看，墙没倒，细一瞧，那架葡萄还在那，不由发起愣来：咦！墙没倒，我怎从前面看到墙外的葡萄了呢？待到晚上，他又就着月亮地往东厢房里再一看：怪，那架水灵灵的大葡萄又挂满了架，叶子湛绿，十分招人稀罕，他想到屋里去看个究竟。

王爷走进屋，直奔那架葡萄走去，到跟前用手一摸，呀！才恍然大悟：原来那墙上贴的是玉版宣纸。掌上灯细一端详，才认识了——这是那幅画。

原来它是那天神笔王二爷手蘸墨汁拍的《葡萄丰收》丹青国画！这回他才相信神笔王二爷确实是神笔了。

讲　　述：李桐森
记　　录：赵高山
采录时间地点：1986 年采录于四平

宝　锅

　　从前，有一个叫张三的人，父母下世早，张三家里很穷。说来张三倒有福气，娶了大财主刘小抠的女儿。因为姑娘长得丑，才嫁给张三这个穷小子，自从媳妇过了门，吃上顿没下顿，生活很困难。

　　张三媳妇经常回娘家刮拉爹妈，刘小抠因为可怜女儿，只好背着自己两个儿子给闺女拿钱拿物。后来爹妈下世了，张三家常揭不开锅，张三媳妇只好厚着脸皮回娘家借，两个兄弟不但不借，还要大骂姐姐，张三媳妇只好哭着跑回家了。

　　张三的两个小舅子，一个叫刘福，一个叫刘贵，哥俩又抠，见钱还眼红。张三很恨他们，总想找个机会治一治两个小舅子。

　　一天，张三媳妇办满月，请来了亲朋好友，张三的两个小舅子也来了。张三见人来齐了，放上几张桌子，对人们说："昨天我在山上挖药材，挖出一个什么？你们猜一猜。"众人说："挖出药材呗。""不对。"张三直摇头，刘福忙问："姐夫挖出什么了？"张三脑袋一晃，卖关子说："兄弟你猜一猜？"刘贵接着问："是不是挖出宝了？"张三笑着说："对，我挖出一个宝锅！"

　　众人不相信地瞅着张三。刘福、刘贵笑着说："别听他瞎白话了。"张三说："好，大伙不信，我给大家看看。"说着让媳妇揭锅盖端饭菜，张三媳妇揭开锅一看，锅里竟是一盘盘菜，包子馒头热腾腾。人们一看这锅不用烧火，不冒烟，不冒气，要吃啥只要揭锅，吃啥端啥，真是宝锅。

　　众人吃罢饭都散去了，只有张三两个小舅子没走，哥俩见人们都走了，嬉皮笑脸地凑到张三面前。刘福说："姐夫我求你点事啊。"张三说："你们家大业大，能求我啥？"刘贵说："姐夫，你那宝锅借给我吧。"张三一听急了："什么？那可不行。"

　　哥俩一起跟张三商量："好姐夫，卖给我们吧，我们多给钱。"张三说什么也不卖，哥俩一个劲要买，张三说："对你们真没办法，卖给你们，给多少钱？"刘福说："给三百两银子。"张三说："那可不行，那叫宝贝，给三百两银子不卖。"刘福说："五百两怎么样？"张三说："好吧，看在亲戚的份儿上给你们，一手钱一手货。"两个小舅子十分高兴，回家拿来五百两银子给了张三，哥俩乐颠颠地把锅抬家去了。

中秋节到了，哥俩发出了请帖，宴请亲朋故友，刘福还请来了县太爷。县太爷听说刘家有一口宝锅，不用做饭菜就能什么时候吃什么时候端，很好奇。县太爷心想：长这么大岁数还没听说过呢。接到请帖就来了。

众人到齐了，哥俩把县太爷和众人让到客厅，分宾主落了座。这时，县太爷说话了："刘少爷，把锅揭开，开宴吧。""是。"哥俩乐呵呵来到厨房，把锅揭开一看，当时，哥俩傻眼了，锅里哪有饭菜，冰凉的锅里上了一层锈，有几只蚂蚁正在吃一个饭粒。哥俩当时就明白了，这是上了张三的当了。

原来，张三为了治一治两个小舅子，才想出这么一个计策，张三把事先做好的饭菜放到锅里，张三就这样唬出了两个小舅子五百两银子。

哥俩在厨房里急得团团转，今天这事可怎么办？现做又来不及。急得满头大汗，客厅里的人们更是着急，心里说话：这饭菜怎么还没端上来啊？

县太爷也急得不得了，他自从接到请帖两天了，没吃一顿饭，可是又不好说什么。只好耐心等待。这时，刘贵端一盘点心说："老爷，你先吃一点儿点心，饭菜马上就做好。"

县太爷问道："刘少爷的宝锅不是不用做吗？要啥有啥，不是你说的吗？"刘福说："老爷，实在对不起，宝锅不灵了。"县太爷一听很生气，"啪"一拍桌子："大胆刁民，竟敢戏弄县太爷，你可知罪？"刘家哥俩忙跪倒在地："给老爷磕头。小人知罪，小人知罪。"县太爷说："既然知罪，来人哪！"

县太爷叫来跟班的衙役，说："把刘福、刘贵拉出去，各打四十大板。"几个跟班的也很生气，满以为这次跟大人出来能吃点好

的，开开眼界，没承想还挨了饿，就更恨刘福、刘贵这两个小子，一顿大板，打得两个小子皮开肉绽，"嗷嗷"直叫唤。

县太爷领着跟班的气冲冲地扬长而去。众人也纷纷散去了。屋里只剩下刘福、刘贵哥俩，哥俩咧着嘴哭了。

讲　　述：孙玉清
记　　录：孔令达
采录时间地点：2003 年采录于铁东区山门镇

责任编辑：孙　昕　　　　　　　责任出版：卢运霞
特约编辑：关艳如

图书在版编目（CIP）数据

中国民间故事全书·吉林·铁东卷／白庚胜总主编 . —北京：
知识产权出版社，2013.1
ISBN 978 - 7 - 5130 - 1734 - 3

Ⅰ.①中… 　Ⅱ.①白… 　Ⅲ.①民间故事 - 作品集 - 铁东区
Ⅳ.①I277.3

中国版本图书馆 CIP 数据核字（2012）第 276589 号

中国民间故事全书·吉林·铁东卷（上、下）
总　主　编　白庚胜
本卷主编　李春彦　高志明

出版发行：知识产权出版社
社　　　址：北京市海淀区马甸南村 1 号　　　邮　　编：100088
网　　　址：http：//www.ipph.cn　　　　　邮　　箱：bjb@cnipr.com
发行电话：010 - 82000860 转 8101/8102　　传　　真：010 - 82005070/82000893
责编电话：010 - 82000860 转 8111　　　　责编邮箱：sunxin@cnipr.com
印　　　刷：北京市凯鑫彩色印刷有限公司　经　　销：新华书店及相关销售网点
开　　　本：880mm×1230mm　1/32　　　总 印 张：25.75
版　　　次：2013 年 1 月第 1 版　　　　　印　　次：2013 年 1 月第 1 次印刷
总 字 数：692 千字　　　　　　　　　　定　　价：89.00 元（上、下）
ISBN 978 - 7 - 5130 - 1734 - 3/I·251（4572）